Das Buch
China 1972, die Kulturrevolution ist auf ihrem Höhepunkt. Mit ihrer Mutter lebt die zwölfjährige Lian als einziges Kind in einem Umerziehungslager, wo es keine Schule gibt. Unterrichtet wird sie statt dessen von hochqualifizierten Professoren und Intellektuellen, die sonst im Lager hart arbeiten müssen. Ihre Lehrer führen die kleine Lian in völlig neue – unrevolutionäre – Gedankenwelten ein. Um all die neuen Eindrücke, die Widersprüche und Seltsamkeiten der Erwachsenenwelt zu verarbeiten, hält Lian den Fröschen und Kröten im Seerosenteich hinter der Baracke lange Vorträge – ihr ›Seerosenspiel‹. Als sie mit ihrer Mutter endlich entlassen wird und wieder in Peking wohnen darf, hat Lian sich verändert, sie ist kein Kind mehr. Auf der Oberschule, wo Kinder aus drei ›Kasten‹, drei Gesellschaftsgruppen, in einer Klasse sind – mit Eltern aus der intellektuellen Führungselite, aus dem Mittelstand und aus der Armut der Lehmhütten –, sieht sich Lian herausgefordert, die Lehren umzusetzen.
Ein eindrucksvolles Buch über das Erwachsenwerden in einer schwierigen Welt.

Die Autorin
Lulu Wang, Jahrgang 1960, wuchs in Peking auf und studierte an der Universität Peking Anglistik. 1986 ging sie in die Niederlande, wo sie heute an der Universität von Maastricht Chinesisch unterrichtet. An diesem auf niederländisch geschriebenen Roman, in den eigene Erfahrungen aus ihrer Kindheit in China eingeflossen sind, hat Lulu Wang sieben Jahre lang gearbeitet.

LULU WANG

DAS SEEROSENSPIEL

Roman

Aus dem Niederländischen
von Marlene Müller-Haas

WILHELM HEYNE VERLAG
MÜNCHEN

HEYNE ALLGEMEINE REIHE
Nr. 01/10792

Die Originalausgabe
HET LELIETHEATER, EEN JEUGD IN CHINA
erschien 1997 bei Uitgeverij Vassallucci bv,
Amsterdam, Niederlande.
Veröffentlichung in Absprache mit
Linda Michaels Limited,
International Literary Agents.

Umwelthinweis:
Das Buch wurde auf
chlor- und säurefreiem Papier gedruckt.

Copyright © 1997 by Lulu Wang
Copyright © Uitgeverij Vassallucci bv, Amsterdam 1997
Copyright © der deutschen Ausgabe 1997 by
Paul List Verlag GmbH, München
Wilhelm Heyne Verlag GmbH & Co. KG, München
Printed in Germany 1999
Umschlagillustration: Focus/Bruno Barbey/Magnum
Umschlaggestaltung: Atelier Ingrid Schütz, München, unter
Verwendung des Originalumschlags von Klaus Meyer, München
Satz: Pinkuin Satz und Datentechnik, Berlin
Druck und Bindung: Ebner Ulm

ISBN 3-453-14992-0

http://www.heyne.de

Inhalt

Vorwort zur deutschen Ausgabe
7

Danksagung
12

Anmerkungen der Autorin
14

Teil I   1972
19

Teil II   1971
181

Teil III   1973
291

Teil IV   1974
443

Worterklärungen
599

Vorwort zur deutschen Ausgabe

Was für ein Zauberkasten ist doch das Leben! Vor zwanzig Jahren, auf der Oberschule, glaubte ich, die Welt würde aus drei Ländern bestehen: China, Großbritannien und Deutschland. In meinen Augen waren die Chinesen traditionsbewußt, die Briten talentierte Bühnenautoren – der Name Shakespeare war nicht unbekannt – und die Deutschen freigebig.

Meine Ansicht über die Deutschen war durch ein kleines Erlebnis geprägt worden: Ich war fast noch ein Kind und spielte an einem schönen Sommertag auf dem Platz des himmlischen Friedens, als ein untersetzter deutscher Geschäftsmann auf mich zukam, um mich zu fotografieren. Ein paar Sekunden später zog er ein wunderbar buntes Bild aus seinem Apparat. Mir fielen fast die Augen aus dem Kopf. Das war ich, da auf dem Foto! Noch nie hatte ich ein Farbfoto von mir gesehen, und nun, das erste Mal, daß eines von mir gemacht wurde, glitt es aus einem magischen Kasten. Der blonde Mann wedelte noch ein bißchen mit dem Foto in der Luft, murmelte etwas Unverständliches und streckte mir dann die rechte Hand entgegen – er wollte mir das Foto schenken! Seit jenem Nachmittag habe ich die Deutschen immer mit Freigebigkeit in Verbindung gebracht. Insgeheim hoffte ich, eines Tages nach Deutschland zu reisen, um den großzügigen, etwas korpulenten Herrn aufzusuchen und mich bei ihm zu bedanken ... Aber ich hätte mir nie träumen lassen, daß mein Wunsch doppelt und dreifach, und dann noch auf solch unerwartete Weise, in Erfüllung gehen könnte.

Mit diesem Buch liegt Ihnen die deutsche Ausgabe meines Debütromans vor, der auf niederländisch geschrieben und aus dieser Sprache übersetzt wurde. Ich bin davon überzeugt, daß mich der blonde Geschäftsmann wiedererkennen wird – die kleine Chinesin vom Platz des himmlischen Friedens mit dem Grübchen in der rechten Wange und den beiden Zöpfen, von denen einer ein bißchen schief war.

Nicht immer hat mir das Leben so zugelacht wie an diesem Nachmittag. Ich wurde 1960 geboren, zu Beginn einer Hungersnot, die zwei Jahre dauerte. Einer meiner ersten Eindrücke von der Welt, noch als sehr kleines Kind, war der gebeugte Rücken meiner Mutter. Nicht, daß sie einen Buckel gehabt hätte – alles andere als das –, sondern weil sie sich so oft an den Stäben unseres Holzbetts festhalten mußte, um nicht vor Hunger umzufallen. Als ich fünf war, brach die Kulturrevolution los. Überall um mich herum sah ich Augen voller Angst, hörte ich Kinder weinen, weil ihre Eltern abtransportiert wurden, und roch ich den salzigen Geruch von Blut. Als ich neun war, wurde mein Vater in eine weit entfernte Provinz verschickt. Ein Jahr später wurde meine Mutter in ein Umerziehungslager gesteckt. Was in den darauffolgenden vier Jahren geschah, finden Sie zum großen Teil in dem Buch, das vor Ihnen liegt.

Als ich sechzehn wurde, war die Kulturrevolution zwar aus der Welt geschafft, aber nicht aus den Köpfen meiner Landsleute. Meine Cousins und Cousinen, die Mao als Rotgardisten in die unwirtlichen Gebiete Nordostchinas geschickt hatte, kehrten einer nach dem anderen nach Peking zurück. Die fanatischen Revolutionäre hatten sich in desillusionierte, hoffnungslose und abgestumpfte Wesen verwandelt. Sie lebten wie versteinert, ohne irgend etwas für sich oder andere empfinden zu können.

Als ich 1986 in die Niederlande kam, um an der Universität von Maastricht Chinesisch zu unterrichten, wurde ich durch meine isolierte Situation als Ausländerin mit meiner Vergangenheit konfrontiert. Alte Ängste, Kummer und Verwirrung, alles, was ich verdrängt hatte, als ich noch in China lebte, stiegen wie ein Ballon im Wasser nach oben. Tief in meinem Herzen begann ein Feuer zu brennen: das unentrinnbare Bedürfnis, die schmerzliche Vergangenheit aufzuschreiben, ein Gefühl, das sich allmählich zum Bewußtsein einer zwingenden Verpflichtung entwickelte – ich beschloß, ein Buch zu schreiben.

Beim Schreiben verwandelten sich der Groll, die Wut und der Kummer in Verständnis. Mir wurde allmählich klar, daß das jahrhundertealte Feudalsystem, der jahrzehntelange Mao-Kult und die undemokratische Politik die Kulturrevolution unvermeidlich gemacht hatten. Diese Einsicht zwang mich, selbst die Verantwortung zu übernehmen, jedes Ressentiment gegen die ehemaligen Linksradikalen aufzugeben und mich mit meinem Schicksal mehr oder weniger zu versöhnen.

Aber es gab noch etwas, das ich als Gewinn verbuchen konnte: Während ich dieses Buch schrieb, lernte ich nach und nach die Kultur meines Vaterlandes zu schätzen – die uralte chinesische Zivilisation, die mich auch zu der gemacht hat, die ich bin. Die Weisheiten und Redensarten, mit denen ich aufgewachsen bin, wurden mir plötzlich über die Maßen lieb und teuer, vor allem, als ich versuchte, sie in eine westliche Prosa zu übertragen, deren Geheimnisse ich Schritt für Schritt entschlüsselte. Langsam sah ich meine Muttersprache mit westlichen Augen. Mein erster Eindruck war, daß das Chinesische blumig und bildhaft ist, während mir das Niederländische klar, direkt und nüchtern erschien. Deshalb versuchte ich das chinesische Kulturgut ins Niederländische einzubringen, in der Hoffnung, so aus den Düften zweier grundverschiedener Sprachen ein völlig neues Parfüm zu komponieren.

Die Kulturrevolution habe ich als heranwachsendes Mädchen erlebt, und das ist die einzige Perspektive, aus der ich diese turbulente Zeit beschreiben kann. So ist dieses Buch nicht nur die Geschichte eines Menschen, der sich inmitten des gnadenlosen politischen Taifuns mühsam aufrecht hält, sondern auch (und auf einer anderen Ebene) die eines Mädchens, das langsam zur Frau wird und sich damit nicht abfinden kann.

Welchen Einfluß der Aufenthalt im Umerziehungslager auf die Entwicklung des Mädchens Lian, der Hauptfigur des Romans, hatte, habe ich durch die nichtchronologische Erzählweise zu verdeutlichen versucht. Das Buch setzt ein mit der Zeit im Lager, dem entscheidenden Wendepunkt in Lians Leben. Was dieser Erfahrung vorausgeht und was ihr folgt, kann nur durch diese Perspektive im richtigen Licht gesehen werden.

Erst als ich mit fünfundzwanzig in die Niederlande kam – damals hielt ich dieses Land noch für eine süddeutsche Provinz –, entdeckte ich, daß die Beziehung zwischen Eltern und Kindern nicht immer mit Demütigungen und ›Handgreiflichkeiten‹ einhergehen muß, einem Erbe der jahrtausendealten feudalen Tradition, die ungebrochen bis ins kommunistische China unseres Jahrhunderts weiterwirkt. Mir wurde auch bewußt, daß das Leben in dieser tragischen Episode der Geschichte meines Vaterlandes nicht *nur* miserabel war. Selbstverständlich gab es auch fröhliche und unvergeßliche Momente, bei denen einem warm ums Herz wurde (und die es vielleicht in einer anderen Zeit und unter anderen Umständen nicht gegeben hätte). Viele Chinesen wußten ihre Liebe und Integrität zu wahren, Eigenschaften, die unter den Hufen der maoistischen Diktatur nicht zertrampelt werden konnten.

1994 kehrte ich nach achtjähriger Abwesenheit nach China zurück. Ich traute meinen Augen nicht: relativer Wohlstand, politische Entspannung und zunehmende Freiheit – Dinge, von denen ich als heranwachsendes Mädchen nicht zu träumen gewagt hätte. Es war, als habe ein frischer Wind die dunklen Wolken von den Gesichtern meiner Cousins und Cousinen weggeblasen. Einen kurzen Moment lang war ich im Zweifel, ob mein Buch noch einen Sinn hatte. Aber der Zweifel wich unmittelbar dem Pflichtgefühl: Ich würde das berichten, was ich als heranwachsendes Mädchen während der Kulturrevolution erlebt hatte, in der Hoffnung, daß das Elend, welches das chinesische Volk erleiden mußte, nicht noch einmal anderen Menschen irgendwo auf der Welt auferlegt wird.

Zum Schluß möchte ich sagen, daß mich der spektakuläre Erfolg meines Buches in den Niederlanden völlig überrascht hat. Das anhaltende Interesse für ein Buch wie dieses ist möglicherweise ein Zeichen, daß sich die Distanz zwischen Ost und West verringert. Ich hoffe, auf diese Weise meinen Teil zum Prozeß der Versöhnung und des gegenseitigen Verständnisses beitragen zu können. Es bewegt und es freut mich, daß ich trotz der barbarischen Auswüchse der Kulturrevolution vielleicht ein wenig von der Schönheit der chinesischen Kultur vermitteln kann, von meiner Liebe zum chinesischen Volk und von der überall auf der Welt anzutreffenden Schönheit des körperlichen und psychischen Erwachens eines jungen Mädchens – unter welchen Umständen auch immer.

Möge dieses Buch die Sonne in Ihr Herz scheinen lassen.

Lulu Wang
Maastricht, im Mai 1997

Danksagung

Dieses Buch ist für mich wie eine Wassermelone. Wem schuldet die Frucht Dank für ihr Reifen? Dem Wind, der die Saat auf fruchtbare Erde getragen, dem Regen, der sie getränkt, der Sonne, die ihr ein warmes Bett bereitet hat, und den Mineralstoffen, die den Schößling genährt haben.

Der Wind, der mich in dieses wunderbare Land – die Niederlande – geweht hat, ist die Öffnungspolitik meines Vaterlandes, der Volksrepublik China. Der Regen, der meinen Mut und meine Ausdauer getränkt hat, ist mein Entdecker Nol van Dijk. Die Sonne, die mich bei dem langen und mühsamen Schreibprozeß gewärmt hat, ist die Unterstützung meiner Freunde, darunter Marlies Roemen, Jan Klerkx und Jeanne Holierhoek. Die Nährstoffe, die mein Manuskript brauchte, um zu wachsen, zu blühen und Früchte zu tragen, sind Oscar van Gelderen, mein zweiter Entdecker und zugleich mein Verleger, sowie Adriaan Krabbendam, mein engagierter Lektor. Oscars felsenfester Glaube an mich hat mein schlummerndes Selbstvertrauen wachgeküßt; dank ihm konnte ich mit Überzeugung und Hingabe weiterschreiben. Adriaan hat das Manuskript nicht nur fachkundig redigiert, sondern jedes Wort, jeden Satz und jede Passage liebevoll umsorgt.

Zu Wind, Regen, Sonne und Nährstoffen gehört selbstverständlich auch Lex Spaans, der Geschäftsführer des Verlags Vassallucci. Lex hat die Veröffentlichung dieses Buchs ermöglicht und mich der Literaturagentin Linda Michaels vorgestellt. Linda, meine dritte Entdeckerin, hat mein Buch sofort in viele Verlage auf der ganzen Welt gebracht.

Weiterhin danke ich Elsbeth van den Berg, August Hans den Boef, Chaja Polak, Ton Servais, Renée J. Lenders-Stam, Joan van de Ven, Jos Versteegen und Michèle Zwarts für ihre unentbehrliche Unterstützung bei der Entstehung dieses Buchs.

Keine Anstrengung jedoch ist der meines teuren Freundes Will vergleichbar, der mir in den sieben Jahren der Arbeit an diesem Roman all das an Liebe, Aufmerksamkeit, Hilfe und unschätzbarem Rat geschenkt hat, was ich so nötig brauchte.

Meinen Eltern kann ich nicht genug danken. Sie haben mich nicht nur in die Welt gesetzt, sondern durch ihre Erziehung dazu beigetragen, daß ich der Mensch wurde, der ich heute bin. Die vielen Träume, die sie für mich hatten, sind ganz unerwartet nach und nach wahr geworden.

Die Wassermelone dankt schweigend dem Schöpfer, indem sie den Menschen zur Nahrung dient. Ich hoffe aus ganzem Herzen, daß dieses Buch meinen Lesern dienen wird, indem es ihnen Liebe, Freude und Freundschaft anbietet.

> Lulu Wang,
> Maastricht, im Februar 1997

Anmerkungen der Autorin

Der Roman handelt von der Geschichte eines Mädchens in China auf der Schwelle zum Erwachsenwerden. Obwohl die beschriebenen Ereignisse auf persönlichen Erlebnissen basieren, stimmen die Details nicht hundertprozentig mit den Fakten überein. Die dargestellten Personen sind – bis auf Mao Zedong – fiktiv.

Die Namen der wichtigsten Handlungsträger wurden nach westlicher Konvention wiedergegeben: zuerst der Vorname und dann der Familienname. Die übrigen Namen wurden so geschrieben, wie es in China üblich ist: zuerst der Familienname und dann der Vorname.

In den chinesischen Namen oder Wörtern wird das Q wie *tch*, das X als *ch* und das Y als *j* ausgesprochen.

Die Passagen aus dem Kleinen Roten Buch wie auch die zitierten chinesischen Gedichte sind nach der Übersetzung der Autorin wiedergegeben.

Das Meer
der Traurigkeit
erstreckt sich
ins Unendliche

Aber
schau zurück:
Zu deinen Füßen
liegt die sichere Küste

Buddhistischer Spruch

»Welchen Spielzeugkorb möchtest du? Sag es nur.«

Sie nickte. Das Haarpinselchen, das wie eine Chilischote kerzengerade in die Höhe stand, wippte auf und ab, und ihr Gesicht blühte auf wie eine Seerose, die sich öffnet, anmutig und scheu.

»Welchen Korb? Den mit Jimus, den Bausteinen, oder den mit den Puppen und Kuscheltieren?«

Sie verschränkte die Arme vor der Brust und wiegte den Oberkörper.

»Also die Puppen. Eine Sekunde, Lian.«

Vater stieg auf einen Hocker. Sie riß die Augen so weit es ging auf und verfolgte jede seiner Bewegungen. Er stellte den Korb mitten ins Zimmer und kippte ihn aus. Begierig stürzte sie sich auf den Berg Puppen und Tiere. Vater ging in die Hocke und streichelte ihr den Rücken. Sie drückte einen blinden Bären an ihr Gesicht, schloß die Augen und wartete, bis er mit dem Knuddeln fertig war.

Sobald er die Tür wieder hinter sich geschlossen hatte, steckte sie einer der Puppen den Finger in die leere Augenhöhle. Tut es weh? fragte sie mit den Augen. Ach, natürlich nicht, du bist ja nur eine Puppe. Sie musterte ihre Sammlung und überprüfte alle Puppen und Bären, ob es noch welche gab, die Augen hatten. Ein paar mußten noch weiter bearbeitet werden; ihre Augen baumelten neben der Nase. Der Faden, mit dem das Auge in der Augenhöhle angenäht war, hatte sich so gedehnt, daß die Glaskugeln wie dicke Tränen über die Backen rollten. Lian streichelte die Augen; sie fand es schade, sie mit einem Ruck abzureißen, zerbiß den Faden dann aber doch. Katch! Geschafft – das Auge hüpfte über den Betonboden – ding-ding-ding-ding ...

Jetzt noch die Beine. Sie verbog sie so lange, bis sie in der Mitte einen Knick hatten, der nicht mehr wegging. Der Hals der Giraffe machte mehr Schwierigkeiten – er war so stramm, daß sie lange brauchte, um ihn zu verbiegen. »Ehnnn.« *Sie mußte ihre ganze Kraft aufwenden, um den Hals zu knicken, und preßte entschlossen die Lippen aufeinander. Schließlich hatte sie es geschafft, nicht ganz, aber es fehlte nicht viel – jedenfalls war er jetzt richtig schlaff. Sie drückte die Giraffe an ihr Gesicht und küßte sie, immer wieder, und streichelte ihr weiches, hellbraunes Fell.*

TEIL I
1972

Ich weiß nicht
wie die Lu-Berge aussehen
ich bin mittendrin.

Su Shi, im Jahr 1084

Mutters Scherz

Bäume standen in Blüte, Vögel flirteten, und die weißen Flecken auf Lians Körper eroberten nun auch ihre Arme. Wie jeden Tag strich sie eine stinkende, klebrige braune Salbe auf die erkrankten Stellen. Sie war traurig und fühlte sich einsam. Nie mehr würde sie wie andere Kinder saubere Bett- und Unterwäsche haben, weil die Salbe alles verschmutzte.

An jenem Morgen – das Umerziehungslager hatte den Häftlingen für das Wochenende einen Freigang gewährt – zog sich Mutter nach dem Baden die guten Kleider an, die sie vor ihrer Verhaftung getragen hatte. Wie anders sie doch aussah, nachdem sie monatelang in Lumpen herumgelaufen war! Lian konnte sich gar nicht satt sehen.

Mutter holte sogar ihre schicke Ledertasche aus dem Schrank und packte sie mit Delikatessen voll, die sie für ein Spottgeld von den Bauern in der Umgebung des Lagers gekauft hatte. Dann machte sie sich mit Lian auf den Weg zu einem ehemaligen Kollegen von Vater, einem Hautarzt, der bereits pensioniert war. Anders als Vater, der jetzt schon ein halbes Jahr in der Wüste von Gansu lebte, war er von der Evakuierung des Krankenhauses verschont geblieben, einer Maßnahme Maos, um das Heer und andere staatliche Stellen vor der Invasion amerikanischer und russischer Imperialisten zu schützen. Als die Frau des Arztes die Kastanien und Soleier sah, klatschte sie entzückt in die Hände: »So etwas haben wir schon seit Jahren nicht mehr gegessen! Wozu all diese sündhaft teuren Geschenke? Lians Vater und mein Mann sind doch gute Freunde!« Derartige Leckerbissen waren in der Stadt unbezahlbar.

Der Hautarzt untersuchte Lian und sprach dann unter vier Augen mit Mutter. Eine halbe Stunde später zog Mutter Lian hinter sich her nach Hause. Ihre Augen strahlten eine völlig neue Entschlossenheit aus, und ihre Schritte knallten auf dem Weg.

Frau Liu, eine der Erzieherinnen des Kinderheims, hatte Lian erzählt, daß Mutter schon seit Wochen Berichte an verschiedene Leiter ihrer Hochschule – der Pädagogischen Hochschule in Peking – geschrieben hatte, um sie davon zu überzeugen, wie wichtig es für Lians Gesundheit sei, sie in ihrer Nähe zu haben und den Verlauf der Krankheit im Auge behalten zu können.

Ein paar Tage nach dem Arztbesuch klopfte es mitten im Chemieunterricht an die Tür. Lian wurde hinausgerufen und sah Mutter im Gang stehen. Sie wollte gerade fragen, weshalb sie vorzeitig aus dem Lager zurückgekommen sei, las aber in Mutters angespanntem Gesicht, daß es besser war zu schweigen. Gehorsam folgte sie ihr hinüber zur Hochschule und dort ins Büro des Rektors.

»So, Weinschälchen, jetzt habe ich dich ein halbes Jahr nicht mehr gesehen, und schon hat sich das freche kleine Mädchen von damals in eine charmante junge Dame verwandelt!«

Lian wurde rot und wußte nicht, wie sie sich verhalten sollte. Sie kannte den Rektor ziemlich gut, denn er hatte das Projekt zur Erarbeitung eines *Lehrbuchs der modernen Geschichte Chinas* betreut, an dem Mutter jahrelang mitgewirkt hatte.

In der Zeit, als die Historikergruppe an dem Manuskript gearbeitet hatte, war Lian nach der Schule regelmäßig in Mutters Büro gegangen und hatte dort dann meist den Rektor getroffen. Er hatte sie immer mit dem Grübchen in ihrer rechten Wange geneckt: »Wer immer das Weinschälchen in deiner Wange mal austrinken sollte, müßte hinterher die Nachbarn fragen, wie er mit Nachnamen heißt! So tief ist das Grübchen, weißt du das?« Er hatte sie immer sehr freundlich und nie von oben herab behandelt – sie hätte nie vermutet, daß er nicht nur Projektleiter, sondern auch der Rektor der Hochschule war.

Mutter schob sie nach vorn: »Sag ›Guten Tag‹ zum Herrn Leiter des Parteikomitees der Universität!« Schüchtern ging Lian auf den Rektor zu und begrüßte ihn.

Er hatte inzwischen einen Stapel Papiere aus einer Schublade seines Schreibtisches geholt und begann aufmerksam darin zu lesen. Das Lächeln in seinem Gesicht wich einem Ernst, der Lian wie Strenge erschien. Die Stimmung im Zimmer war gedrückt, und sie wagte kaum zu atmen. Ohne den Blick zu heben, deutete er auf zwei elegante Ledersessel. Zaghaft nahmen sie Platz.

Nach einigen beklommenen Minuten nahm der Rektor die Papiere in die Hand und sagte mit gedämpfter Stimme: »Genossin Yang, in Ihren Dutzenden von Bittbriefen verlangen Sie Unmögliches von mir. Wie kann ich Ihre Lagerhaft unterbrechen? Nur, weil Sie Ihre kranke Tochter pflegen wollen? In den fünf Jahren seit der Gründung des Umerziehungslagers unserer Universität sind vierzehnhundert Menschen dorthin geschickt worden, und jeder hat seine Strafe voll und ganz absitzen müssen. Sogar wer in dieser Zeit selbst schwer erkrankt, muß dort bleiben. Wissen Sie noch, Professor Wu, vom Fachbereich Physik, ist der nicht im Lager an Leberkrebs gestorben? Was ist im Vergleich dazu eine Hautkrankheit?« Sein strenges Gesicht wurde milder, und er schaute Lian mit zärtlichem Blick an: »Wer sagt denn, daß unser Weinschälchen durch Vitiligo entstellt ist? Ich wollte, meine Laihui wäre halb so hübsch wie sie ...« Laihui war seine einzige Tochter. Sie war vier Jahre älter und besuchte die fünfte Klasse von Lians früherer Oberschule.

Mutter ließ sich von dem Kompliment nicht beeindrukken, denn sie fingerte nervös an ihrer Handtasche: »Geachteter Leiter, es stimmt, daß die Flecken noch nicht auf sichtbare Stellen wie Hände oder Gesicht übergegriffen haben. Aber wenn man das arme Kind länger seinem Schicksal überläßt, wird sich seine seelische und körperliche Verfassung weiter verschlechtern, und dann ist der Tag nicht mehr fern, an dem sich die Flecken auch dort zeigen werden. Ich habe mit einem bedeutenden Dermatologen gesprochen, und er hat mir gesagt, daß diese Krankheit psychosomatisch ist. Durch liebevolle Pflege kann vielleicht verhindert werden, daß sie noch schlimmer wird.«

Der Rektor zuckte mit den Schultern.

»Barmherziger Leiter des Parteikomitees, wenn sich die Krankheit mit der augenblicklichen Geschwindigkeit weiterentwickelt, wird Lian wegen ihrer Stigmatisierung bald nicht mehr von der Gesellschaft akzeptiert werden. Sie sind auch Vater. Wenn Laihui so etwas zustieße, was würden Sie empfinden? Würden Sie nicht auch wie ich alles daransetzen, ihr eine so düstere Zukunft zu ersparen?« Mutter zog ein Taschentuch hervor und trocknete ihre Tränen.

»Ach, Yunxiang«, plötzlich duzte der Rektor Lians Mutter, »übertreibst du nicht ein wenig? Ein paar Flecken am Körper, was macht das schon?«

»Ein paar?!« Mutters Stimme wurde rauh. Lian spürte, wie ihr Körper plötzlich steif wurde.

Nach einer unheilvollen Minute, in der beide schwiegen, stand Mutter auf und sagte: »Lian, zieh dich aus und zeige dem Herrn Rektor, daß ich nicht übertreibe.«

Das mußte ein Scherz sein. Fast hätte Lian schallend gelacht. Bis sie den entschlossenen, grimmigen Ausdruck in Mutters Gesicht sah. Ihre drohenden Augen signalisierten, daß Lian es nicht wagen solle, sich ihrem Befehl zu widersetzen. Lian blickte von Mutter – die sie zu etwas zwang, das ihr einen Riesenschrecken einjagte und wofür sie sich zu Tode schämte – zum Rektor, der jetzt eine gleichgültige Miene aufgesetzt hatte. Offenbar war er der Meinung, Mutter mache aus einer Mücke einen Elefanten. Zögernd löste Lian den Gürtel und schob ihre Hose Zentimeter für Zentimeter nach unten.

Als der Rektor ihre weiche, zarte Haut sah, über und über mit weißen Flecken bedeckt, wurde er kreidebleich und fuhr sich mit nervösen Fingern durch sein graues Bürstenhaar. Mutter merkte, daß er kurz ins Schwanken geriet, und ergriff die Gelegenheit, ihn ganz auf ihre Seite zu ziehen. Mit ihrer durch die Zwangsarbeit groben und stärker gewordenen Hand versetzte sie Lian einen heftigen

Stoß, so daß diese das Gleichgewicht verlor und umfiel. Flink zog sie Lian den Schlüpfer bis auf die Knöchel herunter. Völlig verwirrt und von Scham überwältigt lag Lian auf dem Boden und schluchzte leise – sie hatte Angst, der Rektor wäre böse auf sie, wenn sie laut weinte.

»Lian, mein Kind, beruhige dich doch«, sagte er. Er eilte zu ihr und half ihr auf. Sie erstickte fast an ihren Tränen und vergaß, ihre Hose wieder hochzuziehen. »Yunxiang, ich hätte nie gedacht, daß du so roh zu deiner Tochter sein kannst!«

Aber Mutter war immer noch wütend. Sie versetzte Lian einen Tritt in das nackte Hinterteil, packte sie an den Zöpfen und zerrte sie durch das Büro: »Du undankbares Kind! Hör endlich auf zu flennen! Was meinst du wohl, für wen ich das hier tue?«

»Schluß!« schrie der Rektor, tief bestürzt über den Anblick Lians und über Mutters hysterischen, barbarischen Auftritt. Seine energische Stimme brachte Mutter zur Besinnung. Beschämt nahm sie Lian in den Arm.

»Yunxiang«, er gab sich keine Mühe, seine Tränen zu verbergen, »hier, hinter geschlossenen Türen, kann ich dir mein Dilemma anvertrauen. Wenn es nach mir ginge, hätte ich dich schon gestern nach Hause kommen lassen, wegen dieses Kindes ... Ich traue meinen Augen nicht. Daß Lian innerhalb eines halben Jahres derart von dieser verfluchten Krankheit befallen worden ist ...« Mutter wagte kaum zu atmen, aus Angst, daß ihr auch nur ein Wort entgehen könnte. »Aber ... ich kann nichts tun, was das Revolutionskomitee der Universität mit Sicherheit mißbilligen würde.«

Dieses Komitee bestand aus Studenten, Rotgardisten, Reinigungspersonal und jugendlichen Heizern der Uni-Gebäude sowie unfähigen Dozenten, die nichts Besseres zu tun hatten, als ihren erfolgreicheren Kollegen unter dem Deckmantel der Revolution das Leben schwerzumachen. Von Rachsucht und Ehrgeiz getrieben, in einigen Fällen auch aus Unwissenheit, hatten sie ihr Gewissen übergeben an den Vater, Der Liebevoller Ist Als Unser

Leiblicher Vater, Der Die Mutter Ist, Die Fürsorglicher Ist Als Unsere Leibliche Mutter, Der Der Liebhaber Ist, Der Leidenschaftlicher Ist Als Alle Liebhaber Zusammen, Und Der Die Liebhaberin Ist, Die Zärtlicher Ist Als Alle Liebhaberinnen Zusammen. Sie würden den Rektor seines Amtes entheben und ihn geradewegs ins Straflager befördern, wenn er es wagen würde, Mitleid mit einer bourgeoisen Intellektuellen zu zeigen.

»Sie brauchen meine Lagerhaft nicht zu unterbrechen. Gestern ist mir eine bessere Lösung eingefallen. Bitte erlauben Sie mir, Lian mit ins Lager zu nehmen.«

»Du bist wohl von allen guten Geistern verlassen?! Was soll sie in dieser deprimierenden Umgebung? Und wo soll sie zur Schule gehen?«

»In den naturwissenschaftlichen Fächern kann ich sie selbst unterrichten. Sie wissen so gut wie ich, daß sich unter meinen Mithäftlingen die brillantesten Wissenschaftler und Professoren unseres Landes befinden, aus jedem nur denkbaren Fachgebiet. Meine Tochter bekäme dort nur besseren Unterricht. Außerdem wird sie sich bei mir nicht so elend fühlen und viel ruhiger werden. Ich schwöre bei Mao, dem Rettenden Stern, daß ihre Krankheit sich dort nicht so schnell ausbreiten wird wie jetzt.«

Hilflos schüttelte der Rektor den Kopf und schrieb einen Brief, den er seiner Sekretärin übergab.

»Mach einen Kotau vor dem Herrn Rektor und danke ihm für seine Güte«, befahl Mutter Lian. Aber Lian war immer noch tiefrot vor Scham und starrte trotzig schweigend aus dem Fenster.

Gegen sechs Uhr ging Mutter noch einmal ins Direktorat zurück und nahm dort ein getipptes Dokument in Empfang, in dem stand, daß Lian vom 28. Mai an für unbestimmte Zeit bei ihrer Mutter im Lager wohnen dürfe.

Mutter trug singend das Abendbrot auf, aber Lian weigerte sich zu essen. Sie ekelte sich vor sich selbst. Sie hatte sich ausziehen müssen vor einem Mann, der kein Arzt war, den sie obendrein seit vier Jahren kannte und der oft mit ihr gescherzt hatte. Lian konnte ihrer Mutter nicht verzeihen, daß sie sie skrupellos zu etwas so Unwürdigem gezwungen hatte.

Nachts im Bett, wo sie sich sicher fühlen konnte und keine Angst haben mußte, beleidigt oder gedemütigt zu werden, fantasierte sie, sie sei eine andere. Frei wie ein Vogel, glücklich wie ein rosa Wölkchen am Himmelsgewölbe und mit einer normalen Haut wie andere Kinder. Damit der Traum nicht zerstört werden konnte, beschloß sie, den Spiegel im Badezimmer ›aus Versehen‹ zu zerschlagen.

Das Elend gerecht verteilen

Um fünf Uhr früh wachte sie als die alte, fleckenübersäte Lian aus ihren seligen Träumen auf. Protestierend rieb sie sich die Augen. Wie gern hätte sie noch weitergeschlafen!

Als Lian gegen sieben in das Kinderheim zurückkehrte, waren alle grün und gelb vor Neid. Diese Anstalt verlassen zu dürfen bedeutete in den Augen der anderen so etwas wie den Eintritt ins Nirwana. Plötzlich waren Lians Haßgefühle gegenüber Mutter wie weggeweht. Schließlich hatte sie es ja möglich gemacht, daß Lian von hier weg konnte, und sie wußte genau, daß die Nähe der Mutter ihrer Gesundheit zugute kommen würde. Zum erstenmal seit Wochen konnte Lian wieder lachen. Aber sogar in diesem fröhlichen Augenblick wurde sie das Bild ihres entblößten Unterleibs im Büro des Rektors nicht los ... Welch tiefe Scham war der Preis, den Lian für ihre Befreiung hatte zahlen müssen! Mußte sie nun Mutter wegen ihrer Grausamkeit anklagen oder ihr im Gegenteil für die Rettung aus der krankmachenden Einsamkeit des Kinderheims dankbar sein?

Mittags ging Lian fröhlich durch den Korridor des Hauses *Westliche Kapitalisten Sind Heuschrecken Nach der Ernte,* in dem sie untergebracht war. Die Aussicht wegzugehen hüllte sie in einen Nebel der Gelassenheit. So hatte sie sich schon lange nicht mehr gefühlt. Erst jetzt wurde ihr bewußt, wie wenig sie in den vergangenen Monaten ihre Umgebung beachtet hatte – sie hatte sich nur noch mit ihrer Krankheit beschäftigt. Plötzlich fiel ihr auf, wie erschöpft Qiuju wirkte, die doch früher wie eine kräftige kleine Bäuerin ausgesehen hatte; jetzt standen neben ihrem Kopfkissen allerlei große und kleine Tüten voller Tabletten. Lian wartete geduldig, bis Qiuju das Zimmer verlassen hatte, und fragte dann Zhuoyue, was das zu bedeuten habe.

»Sag bloß, du hast das noch nicht mitgekriegt? Seit einem Monat hat sie eine Nierenentzündung. Hast du ihre Augenlider gesehen? Geschwollen wie zwei Walnüsse! Wenn man es nicht weiß, meint man, sie hätte die ganze Zeit geweint. Das kommt von dem Ödem, ein Symptom dieser Krankheit, sagt Frau Liu. Willst du wissen, wie oft sie in der Nacht aufs Klo geht? Achtmal! Ich schwöre beim Kleinen Roten Buch, daß es stimmt. Ich habe mal mitgezählt. Frau Liu bringt sie jede Woche ins Krankenhaus. Dort pinkelt sie dann in eine Flasche.« Zhuoyue deutete auf ihren knallroten Schal und flüsterte Lian ins Ohr: »*Gütiger Himmel! Ihr Urin sieht so aus!*«

Lian musterte Zhuoyue. Es tut mir leid, aber sie scheint auch nicht ganz in Ordnung zu sein, dachte sie insgeheim. Zhuoyues Wangen waren eingefallen, ihr Gesicht war gelber als Safran.

»Nur keine Bange.« Zhuoyue spürte Lians scharfen Blick, klopfte sich aufs Gesicht, damit es wieder ein wenig Farbe bekam, und zupfte an ihren stumpf gewordenen Haaren. »Ich habe keine Gelbsucht, wirklich nicht. Ich sehe nur meinem Vater immer ähnlicher. Der ist von Natur aus knallgelb. Frau Liu hat mich schon fünfmal in die Klinik gebracht. Nur mein CT-Wert ist anscheinend zu hoch. Der Arzt sagt, die meisten Hepatitiskranken hätten einen zu hohen CT-Wert, aber umgekehrt muß das nicht heißen, daß man bei einem hohen Wert auch die Gelbsucht hat ...

Du glaubst mir nicht? Wenn ich nur ein unwahres Wort sage, soll mich Buddha mit Fieberbläschen auf den Lippen strafen!«

Obwohl Zhuoyue darauf bestand, daß sie nicht so krank sei wie Qiuju, war es für Lian sonnenklar, daß auch ihre Gesundheit angegriffen war. Nur Qianru, das ›Prinzeßchen‹, strotzte noch immer vor Gesundheit. Das hätte Lian nicht gedacht, denn Qianru war mager und blaß wie eine Anämiekranke. Wie konnte es nur sein, daß es ihre Zimmernachbarinnen traf, die soviel robuster wirkten, während Qianru verschont blieb?

Nach dem Abendessen rief Lian Zhuoyue und Qiuju zu sich. Die Mädchen schlossen die Klotür hinter sich ab und sprachen voller Mißgunst über das Glück Qianrus. Nach einer heftigen Debatte kamen sie zu dem Schluß, daß Ru irgendwie immun sein müsse gegen die elende Situation, in der sie, die ›Waisenkinder‹, sich befanden. Sie war nicht kleinzukriegen, weder durch die Einsamkeit oder das schlechte Essen – von dem sie außerdem oft so gut wie nichts zu sich nahm –, noch durch die Tatsache, daß die Leiterinnen sie unablässig ausschimpften. »Es ist ungerecht«, sagten die drei im Chor. Leise natürlich, denn niemand durfte etwas von ihrem Geheimtreffen wissen. Qiuju urinierte Blut und hatte ständig Schmerzen im Rücken und im Unterleib; Lian war mit Flecken übersät; von Fangguo und Dong im Nachbarzimmer wußten sie, daß der eine seit kurzem eine kahle runde Stelle auf dem Kopf hatte und der andere ein Ekzem. Qianru jedoch fehlte nichts. Welcher Mensch mit nur einem Quentchen Gerechtigkeitsgefühl würde das hinnehmen? Sie knirschten mit den Zähnen und zermarterten sich das Hirn: »Wie können wir uns an Qianru rächen, die vor Gesundheit strotzt wie eine ... eine ...« Sie kamen nicht gleich auf das Wort, das ihre Empörung am drastischsten ausdrücken konnte, »... wie eine *Wildsau?!*«

Während ihrer kämpferischen Verschwörung fuhr es Lian durch den Kopf: Vor drei Stunden hat Zhuoyue noch mit großer Schadenfreude über Qiujus Nierenentzündung gesprochen, und Qiuju wiederum hat sich vor ein paar Monaten über meine unerträglichen Nervenschmerzen gefreut. Wie kommt es, daß wir jetzt plötzlich befreundet sind?

»Na warte«, schworen sie. »Qianru wird für ihr Glück büßen!«

»Die kleine Wolldecke!« Zhuoyues Augen strahlten, als sie das verkündete.

»Genau.« Lian klatschte in die Hände. »Das ist es. Daß ich Oberdussel nicht selbst darauf gekommen bin! Qiuju, weißt du noch, wie Qianru uns einmal erzählt hat, daß sie an der kleinen Wolldecke schnüffelt, wenn es ihr schlechtgeht? Die blöde Ziege schleppt den grauen Fetzen seit ihren Babytagen mit sich rum. Er ist eine Art Talisman für sie. Habt ihr sie jemals ohne diesen Lappen an der Nase ins Bett gehen sehen?!«

Qiuju boxte mit den Fäusten energisch in die Luft: »Morgen klauen wir ihr ihren Glücksbringer, dann wollen wir mal sehen, ob sie immer noch eine Gesundheit wie ein Bär hat!«

Am nächsten Tag, vor der Mittagsruhe, versteckten sie das Wolltuch hinter einem Abfalleimer im Flur und warteten voller Ungeduld, wie Qianru reagieren würde. Und wirklich, Qianru konnte nicht schlafen und lief unruhig hin und her. Sie durchsuchte jeden Winkel des Raums, das Klo und das gemeinsame Wohnzimmer. Dann kam sie zurück und kroch unter ihr Bett. Als sie mit rotem Kopf wieder auftauchte, sahen die drei Freundinnen, daß auch sie aus dem Gleis gekommen war.

»*Pfhhh!*« seufzten sie erleichtert.

»Habt ihr meine kleine Decke gesehen?« fragte Qianru verzweifelt.

»Was für eine Decke? Wir haben sie nicht versteckt.« Qiuju, die dumme Gans, antwortete viel zu schnell. Lian juckte es, ihr eine Ohrfeige zu verpassen: Mit dieser Antwort hatte sie ihr Geheimnis verraten.

Und richtig, noch ehe sich der Schleier der Nacht senkte, wurden die drei Verschwörerinnen zu Frau Xu ins Büro gerufen. Xu schlug mit der Hand auf den Schreibtisch und drohte, einen ›schwarzen Rapport‹ an die Schule zu schikken, wenn sie Qianru die Decke nicht zurückgäben.

Lian leugnete alles ab. Die beiden anderen auch. Sie setzten ihre kläglichste Miene auf und taten, als hätte man sie zu Unrecht verdächtigt. »Nein, Frau Xu«, sagten sie ruhig, »wenn Sie mit diesem Rapport unseren politischen Ruf ruinieren wollen, können wir Sie nicht daran hindern, aber wir haben keine, was haben Sie gesagt, Bettdecke, nein, eine Decke oder so was haben wir nicht angerührt ... Übrigens, warum sollten wir auch? Das Ding stinkt nach Qianrus Rotz und ihrer Spucke ...«

»Aha!« Xu stach mit dem Zeigefinger in die Luft. »Wie könnt ihr denn wissen, daß die Decke so muffelig riecht, wenn ihr sie nicht genommen habt?«

Jetzt war der Widerstand gebrochen: »Frau Xu, wenn Sie versprechen, es unserem Lehrer nicht weiterzusagen, liegt die Decke innerhalb von fünf Minuten wieder auf Qianrus Bett.«

So war ihre Racheaktion gegen Qianru danebengegangen. Aber die drei Verschwörerinnen stellten mit Befriedigung fest, daß Qianru seit diesem Tag nicht mehr so ruhig und ausgeglichen war wie früher. Sie spürte, daß sie von ihren Zimmerkameradinnen beneidet und gemieden wurde, und ihr war anzumerken, daß sie darunter litt.

Lian nahm Abschied von ihren Klassen- und Schicksalsgefährtinnen im Kinderheim. Die anderen platzten fast vor Neid. Zhuoyue gab endlich zu, daß ihr der Bauch, genauer gesagt, der Bereich um die Leber, sehr oft weh tat; damit wollte sie ihre Eltern dazu bringen, auch sie aus dem Kinderheim herauszuholen. Qianru, die bisher nie ihre Gefühle gezeigt hatte, sah niedergeschlagen aus. Ihre Augen waren rot angelaufen, nicht vom Weinen, sondern von einer Infektion. Das wußte Lian, weil sie gestern früh gesehen hatte, wie Qianru wegen ihrer entzündeten Augen zu Frau

Liu gerannt war. Das war zumindest ein Anfang; auch Qianru würde noch ihre Portion Elend abbekommen.

Unterwegs ins Lager

Zu Hause stopften Mutter und Lian ein paar Seesäcke mit Kleidern, Schulbüchern und anderen Sachen voll, die Lian bald brauchen würde. Sie war so froh, daß sie am liebsten aus voller Kehle gesungen hätte. Endlich würde sie wieder bei Mutter sein. Daß das im Lager wäre, machte ihr überhaupt nichts aus.

Mit gemischten Gefühlen blickte sie auf die Zeit im Kinderheim zurück. Jetzt, wo ihre Einsamkeit endgültig vorbei sein würde, begann sie diese unglückselige Zeit fast schon zu vermissen. Sie hatte mal gehört, daß man im Westen eine Ansichtskarte oder ein anderes Andenken kaufte, wenn man in ein fremdes Land reiste. Lian brauchte sich so etwas nicht anzuschaffen. Die Flecken, die auf ihren Körper gedruckt waren, würde sie vermutlich ihr Leben lang behalten, als Souvenir ihrer ›Reise zur Insel Einsamkeit‹.

Als es am Morgen der Abfahrt an der Sammelstelle zu den üblichen Abschiedsszenen zwischen den Eltern, die wieder abtransportiert wurden, und ihren weinenden Kindern kam, ging es Lian nicht mehr so nahe. Es war, als würde ein Film vor ihr ablaufen: Die Angst und die Traurigkeit, die diese Szenen bei ihr weckten, blieben erträglich. Schließlich stand sie jetzt auch auf der proppenvollen Ladefläche des Lastwagens, eingezwängt zwischen Mutter und deren Mitgefangenen; sie wurde ja diesmal nicht von der Seite ihrer Mutter gerissen. Nicht, daß sie kein Mitleid mit ihren Leidensgenossen empfunden hätte, aber es war nun einmal so. Den tiefen Schmerz derjenigen, die untröstlich zusehen mußten, wie ihr Vater, ihre Mutter oder auch beide Eltern ins Lager zurückgebracht wurden, konnte sie kaum noch nachempfinden.

Der an allen Ecken und Enden knarrende Lastwagen, in dem sich Lian und die anderen auf den Beinen hielten, holperte aus der stickigen, grauen Stadt aufs frisch duftende, grüne Land hinaus. Der Himmel kam ihr blauer und reiner vor, und die Dunstglocke, die auf die Metropole gedrückt hatte, nahm zusehends ab. Lian atmete tief durch und war sogar froh, daß sie ins Gefängnis in der freien und befreienden Natur mitkommen durfte.

Der LKW hielt vor ein paar Häuserreihen. War das wirklich ein Umerziehungslager? Nirgends hohe Mauern, Stacheldraht oder bewaffnete Aufseher. Die Gebäude lagen mitten in grenzenlosen, smaragdgrünen Äckern, übersät mit Hahnenfuß, Mohnblumen und Maßliebchen. Die Blumen reckten ihre Blütenköpfchen, als hießen sie die Ankömmlinge willkommen. Die heitere Farbrhapsodie unter freiem Himmel ließ Lian eher an einen Ferienort als an ein Straflager denken. Aber der Aufwand, die Häuser einzuzäunen, hätte sich nicht gelohnt – die Inhaftierten hätten sowieso nirgendwohin fliehen können. Unwillkürlich kam Lian eine der Losungen in den Sinn, die sie von klein auf hatte auswendig lernen müssen: *Das juristische Netz der Proletarischen Diktatur umspannt Erde und Himmel.*

Lian folgte ihrer Mutter zu einer der Baracken in der dritten Häuserreihe. *Uff!* Unwillkürlich zog sie die Nase kraus, als ihr ein muffiger Geruch entgegenschlug. Nur mit Mühe konnte sie etwas erkennen; bestimmt waren die Vorhänge noch zugezogen. Im Dunkeln tastete sie sich hinter Mutter her, dem Geräusch ihrer Schritte vertrauend.

Jemand machte das Licht an. Lian blickte sich um: In diesem Schlafsaal gab es keine Fenster, nur zwei kleine Luftlöcher. Die eisernen Gitterstäbe in diesen Öffnungen waren das erste Anzeichen ihrer Gefangenschaft. Lian schätzte den Raum auf knapp hundert Quadratmeter, etwa acht mal zwölf. Genau fünfundzwanzig Etagenbetten standen dort, so dicht an dicht, daß man nur mit Mühe zu seinem Schlafplatz gelangte. Hier waren neunundvierzig Frauen untergebracht.

Mit Gepolter ließ Mutter Lians Gepäck auf das blanke Holz eines Betts fallen. Eine mollige alte Frau zwängte sich durch einen Spalt zwischen den Schlafstellen: »Das ist bestimmt unsere kleine Lian, die jüngste Bewohnerin des Lagers.« Mit resoluter Freundlichkeit zog sie das Mädchen in ihre Arme: »Willkommen in unserer Mitte.« Dann nahm sie ihr eingerolltes Bettzeug und legte es auf das obere Bett, wogegen Mutter heftig protestierte: »Maly, Sie werden nicht oben schlafen! Sie haben Rheuma und können nur mit Mühe hinauf- und herunterklettern. Überlassen Sie das besser dem Kind – es ist viel gelenkiger.«

Die alte Frau schüttelte so heftig den Kopf, daß ihr fast die Brille von der Nase rutschte: »Nein, Yunxiang, *Der Jüngste bekommt das zarteste Stück Fleisch.* Wir können von mir aus im Gefängnis verfaulen, aber unsere Kinder werden es besser haben.«

Lian machte große Augen. Wie konnte es diese alte Dame wagen, sich so negativ über die Glorreiche Proletarische Kulturrevolution zu äußern? Würde das ihre Strafe nicht noch verschärfen?

Ein verwittertes, krankhaft bleiches Gesicht blickte aus einem der Etagenbetten hervor: »Yunxiang, nimm Malys Angebot ruhig an. Sie hat recht. Wir sind der fruchtbare Boden für die sich entfaltenden Blüten der jungen Generation.« Lian war sprachlos: Hatten sie keine Angst, daß ihre versteckte und trotzdem gewagte Kritik an der Politik von einer ihrer Mitgefangenen der Lagerleitung zugetragen würde? Es war doch allgemein bekannt, daß die Denunzianten unter den Gefangenen das unsichtbare und unentbehrliche Fernglas der Partei waren?

Aber Moment mal, kam ihr der Name ›Maly‹ nicht bekannt vor? Genau, der stand doch auf dem Titel von *Englisch ohne Mühe!* War diese ausgemergelte, graue kleine Frau mit Haaren wie eine alte Spülbürste und den zerlumpten Kleidern etwa die Verfasserin der berühmten Buchreihe zum Selbststudium?

Raschel, raschel. Mutter holte einen Armvoll gelbes Stroh mit grünlichen Schimmelflecken aus einer Zimmerecke und verteilte es auf Lians Pritsche. Offenbar sollte das ihre Matratze sein.

»Geht es nicht ohne?« fragte Lian hastig, denn bereits der Anblick verursachte ihr Brechreiz.

»Nein. Es ist sehr feucht hier – sieh dir nur den Fußboden an. Das Stroh isoliert wenigstens ein bißchen. Du möchtest doch in deinem Alter nicht schon Rheuma kriegen?«

Lian blickte nach unten. Der Fußboden schwitzte wie ein Marathonläufer.

Nachdem Lian das Bett gerichtet und ihre Sachen ausgepackt hatte, hörte sie ihren Magen knurren. »Wann gibt's was zu essen?« fragte sie.

»*Psst!*« warnte Mutter. »Sprich nicht so laut!«

Lian sah sich um. Die meisten Mitbewohnerinnen hockten vor ihren Betten und wuschen sich das Gesicht oder ihre Kleider in einer Wasserschüssel. Keine schlief. Warum durfte sie dann nicht normal reden?

»Mama, ich störe doch niemand.«

»Hör mit deinem Geschnatter auf!« flüsterte Mutter Lian ins Ohr. »Es ist bourgeois, über körperliche Bedürfnisse wie Essen und Trinken zu reden. Kapiert? Wenn mich eine von den Zimmernachbarinnen fertigmachen will, kann sie deine Worte der Lagerleitung melden, und ich muß dann ausgiebig für deine kapitalistischen Wünsche büßen!«

Lian hielt sofort den Mund. Aber in ihrem Kopf wimmelte es von Fragen. Jetzt verstand sie überhaupt nichts mehr. Gerade eben noch durften Maly und ihre andere Nachbarin in aller Offenheit die Kulturrevolution schlechtmachen, ohne daß ein Hahn danach krähte. Und nun bekam Mutter plötzlich Angst, nur weil sie gefragt hatte, wann die Kantine das Essen ausgeben würde. Logisch betrachtet waren Lians Worte in politischer Hinsicht harmloser als die von Maly ... »Und dabei habe ich immer gedacht,

Erwachsene würden logisch denken«, murmelte sie vor sich hin. An ihrem nervösen Gesichtsausdruck konnte Lian jedoch ablesen, daß Mutter wirklich befürchtete, verraten zu werden; notgedrungen ließ sie das heikle Thema fallen.

Nach dieser Erfahrung begann Lian an ihrem Denkvermögen zu zweifeln. In diesem Dschungel von Erwachsenen, samt und sonders Intellektuellen, die sich aber auf unerklärliche Weise widersprüchlich verhielten, bekam sie Minderwertigkeitsgefühle. Immer wenn sie etwas nicht verstand, suchte sie die Schuld bei sich: Dummkopf, mach dich am besten schnell unsichtbar – allein schon deine Anwesenheit hier ist eine Beleidigung für diese hochintelligenten Menschen...

Punkt fünf läutete die Kantinenglocke. Lian nahm einen Beutel, aus einem geblümten Handtuch genäht, in dem zwei Emailleschalen und ein Paar Eßstäbchen waren, und sauste aus dem Zimmer. Kaum hatte sie ihre Portion erhalten, verschlang sie in Sekundenschnelle das gedämpfte Maisbrot, das ungefähr so groß wie ihr Kopf war. Gleich darauf spürte sie ihren Hals. Die Körnchen des grob gemahlenen Maises hatten ihr die Kehle aufgekratzt, weil sie das Brot in solcher Eile in sich hineingestopft hatte. Den Reisbrei und den eingelegten Kohl schob sie zu ihrer Mutter hinüber, denn die konnte solche ›Delikatessen‹ besser gebrauchen. Aber Mutter drückte Lians Kopf gegen den Rand der Reisschale und sagte: »Iß alles auf. Nur so kann dein Körper der Vitiligo Widerstand leisten.«

Ruck, zuck. Lian schlang alles hastig in sich hinein und klopfte sich dann mit beiden Händen auf den vollen Bauch. Ah, ich fühle mich wie im siebten Himmel! Herrlich gegessen und Mutter neben mir, die mir nie mehr weggenommen wird, was will ich noch mehr? Sie flatterte um Mutter herum und sang das Lied *Die rote Laterne zeigt uns den Weg zum kommunistischen Paradies*.

Mit einemmal wurde es still im lärmenden Speisesaal. Lians fröhliche Stimme tönte nun viel lauter. Als sie Mutters zustimmenden Blick auffing, sang sie weiter.

Plötzlich hörte sie: *Tick-tick-tick-tick.* Ein Mann mit einem verschlissenen Strohhut auf dem Kopf schlug mit seinen Stäbchen an eine Reisschale und gab so den Rhythmus vor. Davon ermutigt stimmte Lian ein weiteres Lied an:

Zum Fahren brauchst du einen Kompaß
Zum Getreideanbau brauchst du die Sonne
Zum Leben brauchst du den Vorsitzenden Mao.

Jetzt beteiligten sich noch mehr Stäbchen an der Begleitmusik. Viele Häftlinge klatschten in die Hände und sangen mit; es war ein richtiges Konzert.

Als Lian ihr gesamtes Repertoire vorgetragen hatte und an ihren Platz zurückkehrte, erntete sie einen ohrenbetäubenden Applaus. Ein Mann klatschte besonders laut und machte damit noch eine Weile weiter, als die anderen schon längst aufgehört hatten. Er saß etwas im Hintergrund, fiel aber durch seinen glänzenden, kahlen Schädel auf. Seine Augen würde Lian nicht leicht vergessen: Sie strahlten eine männliche Kraft und zugleich große Zärtlichkeit aus. Wenn sie ihn ansah, hatte sie die Vorstellung, von dem Licht seiner Augen aufgesogen zu werden. Sie drückte ihren Daumennagel in die Kuppe ihres Zeigefingers: Werd jetzt bloß nicht sentimental!

Um sechs Uhr klopfte Herr Gao, der Lagerdirektor, an die Tür.

Sofort setzten sich alle in ihren Betten auf – da sich im Schlafsaal weder Stühle noch Tische befanden, war das Bett der einzige Ort, an dem man sich aufhalten konnte. Wen würde heute das Überraschungsverhör treffen?

»Genossin Yunxiang Yang! Komm heraus und bring deine Tochter mit«, befahl der Direktor.

Jeder, Mutter eingeschlossen, stieß einen Seufzer der Erleichterung aus, weil alle wußten, daß kein Unheil in der Luft lag, wenn er dem Namen die Anrede ›Genossin‹ hinzufügte. Lian sprang aus dem Bett und öffnete die Tür. Das strahlende Frühlingslicht blendete sie fast, da ihre Augen an den dunklen Schlafsaal gewöhnt waren, und sie verzog das Gesicht zu einer Grimasse.

Als der Direktor Lians krausgezogene Nase und ihre verkniffenen Lippen sah, lachte er: »Komm, Spaßvögelchen. Wir machen einen Spaziergang.«

Sie hüpfte neben ihm her und betrachtete sein längliches, mageres und eigentlich feines Gesicht. Mutter ging ein paar Schritte hinter ihnen und hörte dem Gespräch aufmerksam zu.

»Lian Shui, der jüngste Gast an diesem Ort!« Bei diesen Worten wandte er den Kopf von links nach rechts, verschränkte die Arme hinter dem Rücken und ging langsam und würdevoll weiter, wie ein angesehener, traditioneller chinesischer Lehrmeister.

Was für ein liebenswürdiger Mann! Lian hüpfte noch ausgelassener neben ihm her und bejahte: »*Dui!* Stimmt!«

»Warst du in der Schule Mitglied der Sing-und-Tanz-Propagandabrigade?«

Lian fühlte sich geschmeichelt, da er offenbar glaubte, sie hätte diese Mitgliedschaft verdient: »Nein, Herr Gao, aber mein Onkel ist bekannt dafür, gern Lieder aus der Pekingoper zum besten zu geben.«

»Hättest du Lust, öfter im Speisesaal zu singen? Es ist eine ideale Entspannung für deine Onkel und Tanten, die die ganze Zeit auf dem Feld gearbeitet haben und erschöpft sind. Und außerdem sagt die revolutionäre Genossin, die Waffenschwester, Schülerin und Ehefrau des Großen Steuermanns Mao – Madame Mao: ›Dem Volk ein einziges sozialistisches Lied zu Gehör zu bringen ist lehrreicher, als es hundertmal eine Parteilosung wiederholen zu lassen.‹«

Er schloß von vornherein die Möglichkeit aus, Lian könne auf die Idee kommen, irgendein bourgeoises Lied zu singen. Er wußte, daß Kinder ihres Alters nur vier streng zensierte Modell-Pekingopern kannten, nämlich *Die Geschichte der Roten Laterne, Das Fischerdorf Shajiabang, Die Eroberung des Tigerbergs* und *Krieg im Hafen von Shanghai.*

Warum nicht? dachte Lian. Dann kann ich auch etwas für die Erwachsenen hier tun, die so schrecklich auf dem Feld schuften und dauernd Selbstkritik üben müssen wegen ihrer reaktionären Gedanken, und sie antwortete höflich: »Mit Vergnügen.«

Erfreut klopfte er ihr auf die Schulter und ging weiter, als hätte er mit ihr noch mehr zu besprechen. »In welcher Klasse warst du noch mal?«

»In der ersten der Oberschule, Herr Gao.«

»Dann bist du genauso alt wie meine Tochter Chunhua.«

»Ist sie auch in einem Kinderheim?« fragte Lian.

»Nein. Bei der ältesten Schwester meiner Frau. In einem Dorf in der Provinz Shangxi.«

»Fehlt sie Ihnen?«

Plötzlich wandte er den Kopf und schaute sie erstaunt, aber zärtlich an. Dann sagte er zu Lians Mutter: »Das Mädchen hat Mut. Niemand im Lager wagt es, so mit mir zu sprechen.«

Lian rannte zum Wegrain und pflückte ein rosarotes Maßliebchen: »Hier, jetzt haben Sie Ihre Tochter bei sich. Ihr Name bedeutet doch ›Frühlingsblüte‹? Wenn Sie diese Blume hier anschauen, sehen Sie sozusagen auch Ihr Kind.«

Mutter holte aus und gab ihrer Tochter mehrere Ohrfeigen. »Lian, du weißt nicht, wie hoch der Himmel ist und wie hart die Erde! Hast du vielleicht Hundegalle gegessen, daß du es wagst, so respektlos zu Direktor Gao zu sprechen?!«

Aber der Direktor legte den Arm um Lian, um sie vor Mutters Schlägen zu beschützen. Er nahm das Maßliebchen entgegen und dankte ihr sichtlich gerührt.

Seit diesem Gespräch war Herr Gao besonders großzügig gegenüber Lian. Sie durfte als einzige der Lagerinsassen überallhin, in die riesige Küche der Kantine, in den Schweinestall, in die Werkstatt von Laifu, dem Zimmermann, in die Transistorenfabrik und sogar ins Direktorat.

Sie durfte an den Zusammenkünften der Gefangenen zur Anklage und Selbstkritik teilnehmen.

Hintenherum bekam Lian später heraus, daß auch der Direktor nicht freiwillig im Lager war. Um genau zu sein, war er ein in Ungnade gefallener Parteifunktionär. Durch die Versetzung auf den unangenehmen Posten im Straflager hatten seine politischen Gegner dafür gesorgt, daß er seines früheren Amtes enthoben wurde, ohne daß sein Gesichtsverlust allzu groß war.

Der Wein der Reue

Als Mutter und Lian nach dem Spaziergang in den Schlafsaal zurückkehrten, sah Lian, daß einige Frauen ein Heft auf den Knien liegen hatten und Briefe schrieben. Andere lasen die in vier Teile zerrissene *Volkszeitung* und wimmelten alle paar Minuten ihre Nachbarinnen ab: »*Schscht*, warte ab, bis du an der Reihe bist. Ich habe sie gerade erst in die Finger bekommen.« Für die fünfzig Bewohnerinnen des Saals gab es nur diese eine Zeitung. Nicht, daß interessante Informationen darin stünden; jedes Wort war von der Partei gefiltert. Die Zeitung war allein deshalb so beliebt, weil es sich um den einzigen Träger von Worten handelte, der hier zugelassen war. Wenn man beim Lesen eines Fachbuchs, eines Romans oder einer Illustrierten erwischt wurde, bekam man ohne Pardon Strafverschärfung.

Maly unterhielt sich in gedämpftem Ton mit ihrer Nachbarin Luosha: »Wie lange ist es her, seit du zum letztenmal Post aus dem Ausland bekommen hast?«

Nachdem sie vorsichtige Blicke um sich geworfen hatte, antwortete Luosha flüsternd: »Zwei Jahre, aber bei diesen Sachen weiß man nie so genau. Jinlan von der Fakultät für Wirtschaftswissenschaften, erinnerst du dich noch an sie? Die mit der sportlichen Frisur und dem tänzelnden Gang? Die hat vor zwei Monaten noch etwas von ihrem Bruder aus Australien gehört.«

Maly und Luosha gehörten zu den wenigen, die Verwandte in den ›vom Krebs des Kapitalismus befallenen Erdteilen‹ hatten.

1949, am Vorabend der kommunistischen Machtübernahme, hatte sich Malys Vater zur Flucht nach Hongkong entschlossen. Der Inhaber einer Hotelkette wollte seinen ganzen Besitz mitnehmen, einschließlich des Goldes, seiner Frau, seiner acht Nebenfrauen und einem Dutzend Kinder. Seine älteste Tochter Maly studierte damals an der Universität, wo die im Untergrund tätigen Kommunisten großen Einfluß hatten. Maly war von der glänzenden Zukunft des aufkommenden Roten China fest überzeugt und dachte nicht im Traum daran, fortzugehen. »Wer seine Hoffnung auf den verfaulenden Westen setzt, ist ein kopfloses Huhn«, wiederholte sie einen Satz, den ihr die Agitatoren vorgesagt hatten. Maos Armee rückte auf Peking, und Papas Konkubinen bekamen nasse Hosen, diesmal vor Angst. Sie befürchteten, die Soldaten der Volksbefreiungsarmee würden sie zuerst vergewaltigen und ihnen danach bei lebendigem Leibe die Haut abziehen, unter dem Vorwand, kapitalistische Parasiten zu eliminieren. Notgedrungen nahm die Familie Abschied von Maly.

Maly lachte sie aus und sagte später zu den Kommunisten: »Ihr seid doch nette Menschen. Ein paar Dummköpfe haben sogar geglaubt, ihr wärt grausame rote Diktatoren!« Aber ihr Optimismus währte nicht lange. Von 1953 bis heute war ihre ›komplizierte, verdächtige und bourgeoise‹ Herkunft immer wieder Anlaß für Verfolgung und Diskriminierung.

Vor fünf Jahren hatte sie über den Kapitän eines ausländischen Frachtschiffes einen Brief bekommen. Sie las, daß es ihren Eltern in Hongkong sehr gut gefiel. Seit 1950 hatten sie vier moderne Hotels bauen lassen, genau wie früher Goldgruben. Kürzlich hatte der Vater sie verkauft und sich zur Ruhe gesetzt.

Dem Brief waren zwei Fotos beigelegt. Offenbar wohnten ihre Eltern zu zweit in einem weißen Haus, das zehnmal so groß war wie die Baracke; dort könnte man sozusagen zweihundertfünfzig Gefangene einsperren. Und das war noch nicht alles: Jede der acht Nebenfrauen ihres Vaters besaß eine eigene Villa, in den acht Windrichtungen gelegen, damit Papa überall zu seinem Recht kommen konnte. Wenshan, Malys ältester Bruder, der früher nicht halb so gut lernen wollte und konnte wie sie, besaß jetzt eine Anwaltskanzlei in den Vereinigten Staaten. Das Schicksal wollte, daß seine Tochter Caroline im gleichen Alter war wie Malys Sohn, Jingdong (*jing* von ›Ehre erweisen‹ und *dong* nach ›Mao Zedong‹). Nur daß Jingdong jetzt in einem Kinderheim täglich sein Gesicht mit Tränen wusch und Caroline mindestens zweimal im Jahr mit ihren Eltern in Europa Ferien machte.

»Nun ja, wir können ein verdammtes kapitalistisches Gebiet nicht mit unserem kommunistischen Paradies vergleichen«, bot Maly der westlichen Dekadenz die Stirn ...
Den Wein der Reue sollte man lieber nicht kosten.

Ein Dachherr

Punkt neun wurde der Strom abgeschaltet – das Licht in den Schlafsälen erlosch. Lian schlief ein, erschöpft von den Aufregungen ihres ersten Tags im Lager.

Dong-dong-dong. Mitten in der Nacht schreckte sie von einem Poltern auf dem Dach hoch. Sie hielt die Luft an und analysierte die Ursache des Geräusches. Dem Lärm nach zu urteilen, mußte das Ding, das ihn verursachte, ziemlich schwer sein, aber wenn es das Dach berührte, gab es einen weichen und dumpfen Ton, wie von nackten Füßen ...

Schritte! Hör nur, sie klingen rhythmisch und bedacht. Ist das ein Dachherr, ein Dieb, der durch das Dach einsteigt ... oder ein Mörder? Wonach suchte er hier? Vor lauter Angst war Lian wie erstarrt.

Als sie am nächsten Morgen die Augen aufschlug, erinnerte sie sich an den ›Vorfall‹ der vergangenen Nacht: Was hatte der Dieb mitgenommen? Sie wartete auf den Schrei: »Wer hat mich bestohlen?!« Nichts, kein Ton.

Auf dem Weg in die Kantine sah sie unheimliche braune Tiere über die Stämme der gefällten Bäume huschen. Sie hatten schwarze Augen, eine spitze Schnauze, runde Ohren und einen langen Schwanz. Sie sahen Ratten zum Verwechseln ähnlich, waren aber bestimmt zehnmal so groß!

»Mama, was sind das für Tiere?«

»Weißt du das nicht? Ratten.«

»Aber sie sind größer als Katzen.«

»Ja, Lian. Diese Art Riesenratten kommt in einem so wasserreichen Gebiet wie hier häufig vor. Das Klima ist mild, und sie finden überall Nahrung.«

Triiiiiie! Nach dem Essen forderte ein gellendes Pfeifsignal die Häftlinge auf, sich auf einem kleinen Platz zu versammeln. In vier geordneten Reihen zogen die zweihundertfünfzig Zwangsarbeiter unter der Aufsicht von acht Wachleuten zu den drei Kilometer vom Lager entfernten Reisfeldern. Zu Fuß.

Lian stromerte um die Kantine herum, auf der Suche nach einer Katze. Wo es Essen gibt, gibt es auch Katzen. Deshalb bat sie einen glatzköpfigen Koch, ihr den Weg zur Vorratskammer zu zeigen. Dort lag in einer Ecke eine Katzenfamilie und schnurrte. Lian packte den Vater, einen dreifarbigen Kater, und schleppte ihn zu den Ratten hinüber, neugierig, ob sie Angst vor ihm hätten. Sie setzte den Kater auf einen Baumstamm und beobachtete die Begegnung der natürlichen Feinde.

Die riesige Ratte warf einen trägen Blick auf das schnurrbärtige, gestreifte und behäbige Tier und schloß gelangweilt die Augen. Lian warf den feigen Kater näher zur Ratte hin. Der Kater knurrte drohend – nicht in Richtung seines natürlichen Feindes, sondern zu Lian hinüber. Er kratzte sie sogar. Nach ungefähr zehn Minuten gab sie die Hoffnung auf, daß der Kater die Ratte je angreifen würde.

Der Koch sagte: »Warte nur ab, bis so eine Ratte nachts

aufs Dach klettert. Dann meinst du, ein kräftiger Mann würde dort oben auf und ab laufen.«

Eine merkwürdige Schule

Um halb eins trotteten Mutter und ihre Kameradinnen zur Kantine. Der Schweiß bildete helle Rinnsale auf ihren dick verstaubten, gelben Gesichtern, und sie sahen erschöpft aus. Nach dem Mittagessen erholte sich Mutter jedoch zusehends. Sie nahm Lian am linken Arm, zog sie durch den Speisesaal und blieb vor einer überschlanken, zerbrechlich wirkenden kleinen Frau stehen. Mutter drückte Lians Kopf fast bis an die Knie und befahl: »Mach einen Diener vor Frau Professor Dr. Bao!« Genausogut hätte man zu einer Leiche sagen können: »Der Schlag soll dich treffen!« – unter Mutters Händen war Lians Rücken schon gebogen wie eine Garnele. Das einzige, was sie noch sehen konnte, waren die schmutzigen Schuhe der beiden Frauen. Lians verspannte Nackenmuskeln zogen unangenehm, und sie versuchte, sich zentimeterweise aufzurichten.

Peng! Diesmal schlug Mutter Lian das Kinn auf den mageren Brustkorb und kreischte: »Haben dir vielleicht die Fledermäuse die Ohren abgebissen? Ich habe gesagt, du sollst dich vor deiner neuen Mathematiklehrerin verbeugen, verstanden?!«

Die Füße der anderen Frau bewegten sich einen Schritt nach vorn, und Lian wurde aus Mutters Griff befreit. Mit rotem Gesicht blickte sie dankbar zu ihrer Retterin auf. Diese sah wirklich sympathisch aus. Sie hatte glänzende schwarze Pupillen, die wie gut geölte Stahlkügelchen hin und her flitzten. Auch wenn sie nicht lachte, zeigten ihre Mundwinkel nach oben, und so sah sie immer fröhlich aus.

Sie streichelte Lian über den Kopf und sagte: »Kind, deine Mutter meint, ich würde dir einen Gefallen tun, wenn ich dich unterrichte. Wie kommt sie nur auf die Idee? Weil ich dich unterrichten darf, bekomme ich a: die Erlaubnis, im Lager meine Fachbücher zu lesen, und b: werde ich jeden zweiten Tag eine halbe Stunde von der Zwangsarbeit freigestellt. Wo findet man heutzutage noch so ein himmlisches Glück?« Mit einem Blick des Einvernehmens wandte sie sich an Mutter: »Yunxiang, würdest du nicht auch ganz kribbelig werden, wenn du endlich einmal die Gelegenheit bekämst, dein altes Fach auszuüben, nachdem man dich jahrelang als Schlangengeist und Rinderteufel beschimpft hat und du wie ein Regenwurm auf dem Feld ackern mußtest?«

Mutter entspannte ihre Schultern und sagte: »Professor Dr. Bao, es ist für Sie also keine Beleidigung, eine Schülerin der Oberschule zu unterrichten? Gerade Sie, wo Sie doch vor acht Jahren mit dem Nationalpreis der Wissenschaften geehrt wurden und zu den erfolgreichsten Mathematikern unseres Landes gehören ...«

»Hör auf, Yunxiang! Ausgerechnet du willst *den Kessel vom Feuer heben, in dem das Wasser noch nicht kocht?* Weißt du, warum ich zu denen gehöre, die hier schon am längsten einsitzen? Sieben volle Jahre? Eben wegen meines ›außerordentlichen‹ Beitrags zu dem, was dann doch als kapitalistisches Wissen gilt.«

Sie öffnete den Mund und zeigte die große Lücke in ihrem Gebiß: »Drei Zähne haben mir die Rotgardisten herausgeknüppelt – als ›Ehrerweisung‹ für die Arschkriecherin der bürgerlichen Wissenschaft und Technologie. Hätte ich vor der Revolution faul auf dem Hintern gesessen und nichts Sinnvolles getan, wäre ich nicht so schwer gestraft wie jetzt!« Sie legte ihren Arm um Lian, drückte sie an sich und seufzte: »Ach, einmal eine konterrevolutionäre Gelehrte, immer eine konterrevolutionäre Gelehrte. Wenn ich die Gelegenheit zum Unterrichten bekomme, ergreife ich sie gleich beim Schopf!«

»Ist es in Ordnung, wenn der Unterricht morgen anfängt? Um halb sechs bei Ihnen im Schlafsaal?«

»Lian, gib mir doch vorher deine Lehrbücher, wenn es geht. Kinder in deinem Alter habe ich noch nie unterrichtet, deshalb muß ich mich gründlich auf das große Ereignis vorbereiten.«

Anschließend hatte Lian auch vor den Herren Professor Dr. Yu, Fang, Shi und vor Frau Professor Dr. Zhao einen Kotau gemacht. Sie sollten sie in Physik, Chemie, Biologie, chinesischer Sprache und Literatur unterrichten. Nach einer Englischlehrerin brauchte Lian natürlich nicht lange zu suchen: die kleine Frau im Bett über ihr, Professor Maly, war für diese Stelle wie geschaffen. Mutter zählte an den Fingern ab und sagte zu Lian: »Jetzt brauchst du nur noch einen Lehrer in chinesischer Geschichte.«

Gespannt wartete Lian auf Mutters Entscheidung. Es schien logisch, daß Mutter sie in diesem Fach unterrichten würde. Sie war ja Dozentin für Geschichte und nach Meinung ihrer Fakultät eine sehr qualifizierte obendrein, aber ... Lian trat nach einem imaginären Kieselstein und weigerte sich, als erste das Thema anzuschneiden.

»Keine Bange«, Mutter gab ihrer Tochter einen Nasenstüber und lächelte vielsagend: »Ursprünglich hatte ich wirklich vor, dich selbst zu unterrichten, aber: *Mönche aus einem anderen Kloster tragen die buddhistischen Texte schöner vor*. Ich weiß, daß du lieber bei jemand Fremdem Unterricht nimmst – Mama ist bestimmt weniger gut als ihre Kollegen, stimmt's? *Haha!* Diesmal hast du sogar recht. Hier im Lager ist die Crème de la crème der Historiker unseres Landes versammelt. In ihrer Gegenwart würde ich eher tot umfallen, als auch nur ein einziges Wort über Geschichte zu verlieren. Professor Dr. Qin, der Verfasser des Klassikers *Geschichte Chinas seit der Ming-Dynastie – Ein Abriß* ist einer von ihnen. Es wäre eine außerordentlich große Ehre, wenn er dich unterrichten würde. Für den Fall, daß das klappen sollte, kannst du schon mal ein Loblied auf die Kulturrevolution anstimmen, denn ohne diese politische Zentrifuge wärst du nicht einmal in die Nähe so vieler angesehener Intellektueller gekommen. Weißt du, früher mußten sogar Professoren, die von weither kamen, Monate auf ein Gespräch mit Qin warten!«

Sie ging mit Lian zum hintersten Winkel der Kantine, wo kein Mensch zu sehen war und nur ein paar Säcke mit Kartoffeln und getrockneten Maiskörnern standen. »Mach einen Diener vor Professor Dr. Qin«, sagte sie. Lian sah sich suchend um: Wo war er bloß? Bis aus einem Spalt zwischen den Kartoffelsäcken etwas Graues zum Vorschein kam: Ein in Lumpen gehüllter Mann, der dort gekauert hatte, richtete sich langsam auf. Auge in Auge stand sie jemandem gegenüber, der nur noch der Schatten eines Menschen zu sein schien; der gebeugte Rücken, die fahle Haut und die eingefallenen Wangen standen in krassem Gegensatz zu dem durchdringenden Licht, das aus seinen Augen strahlte. Sie beeilte sich, ihm zu helfen, und stürzte beinahe, als er sie mit seinen spindeldürren, aber offenbar starken Armen von sich stieß.

»Yunxiang, spar dir deinen Speichel und bitte mich um nichts. Ich habe dem Unterrichten abgeschworen.«

»Aber, Professor Qin ...«

»Geh mir aus den Augen, bevor mir die Geduld reißt!« Er gestikulierte wild, als würde er einen Fliegenschwarm verjagen. Dabei blickte er krampfhaft in eine andere Richtung.

Weshalb versuchte er, ihren Blicken auszuweichen? Aber Moment mal, der Mann kam Lian bekannt vor. Woher kannte sie ihn nur? Ihr Denkapparat setzte sich in Gang.

Mit gesenktem Kopf verließ Mutter Qins ›Territorium‹ und zog Lian mit sich. Lian drehte sich um und heftete die Augen auf den berühmten Historiker, der wie ein Landstreicher aussah, und – *kwala!* – plötzlich brach der Damm ihrer Erinnerungen ... Diesem Mann war sie vor fünf Jahren schon einmal begegnet.

Qins Besuch

Eines Abends klopfte es an der Tür, und ein elegant gekleideter Herr trat ein. Er schüttelte den Eltern die Hand und musterte Lian, als hätte er noch nie ein siebenjähriges

Mädchen gesehen. Auf seinem Gesicht zeigte sich ein sonderbarer Ausdruck, und er stand so breitbeinig da, daß er einem Zirkel glich, mit dem man einen riesigen Kreis zeichnen könnte. Er legte einen Finger auf ihre Nase, runzelte die Brauen und fragte mit vollkommenem Ernst: »Woran liegt es, daß du so klein bist?«

So etwas hatte sie noch nie gehört. Sie steckte einen Finger in den Mund und dachte mit ihm zusammen nach ...

Er setzte sich im Schneidersitz auf die Couch im Wohnzimmer und fragte: »Wo sind denn eure Betten?«

Lian war von diesem Herrn sofort fasziniert, vor allem, weil er eine Bemerkung gemacht hatte, die nicht zu seinem fortgeschrittenen Alter paßte. Er zog sie an wie ein Magnet, und nicht zuletzt wegen seiner Fürsprache durfte sie an diesem Abend bis nach Mitternacht aufbleiben.

Nachdem er gegangen war, erklärte ihr die Mutter, daß er erst eine Woche zuvor aus dem bestbewachten Staatsgefängnis entlassen worden war. In den zehn Jahren seiner Haft hatte er weder Kinder noch Wohnzimmer gesehen; daher seine absonderlichen Fragen.

Als die beiden in den Schlafsaal zurückgingen, versuchte Mutter Lian zu trösten: »So ein Unglück ist es nun auch nicht, daß Professor Qin dich nicht unterrichten will. Anscheinend ist es Buddhas Wille, daß ich deine Geschichtslehrerin werde. Nimm es Herrn Qin nicht übel. Er hat schrecklich viele Enttäuschungen einstecken müssen und will offenbar mit der Welt nichts mehr zu tun haben.«

Lians Niedergeschlagenheit schlug plötzlich in Neugier um: »Was für Enttäuschungen?«

Mit einem schmutzigen Schal klopfte sich Mutter die dürren Grashalme und den gelben Staub aus den zerzausten Haaren und ließ sich wie ein Sack Mehl aufs Bett fallen. Sie sagte: »Das erzähle ich dir ein andermal. Ich bin todmüde und will mich ein wenig ausruhen, bevor ich wieder aufs Feld muß ... *chrrr* ...«

Sie schnarchte schon.

Wangshi Bukan Huishou

Am nächsten Morgen behauptete Mutter, sie hätte Wichtigeres zu tun, als Lian Geschichten über Qin zu erzählen. Aber Lian wurde allmählich klüger und entschloß sich, es mit einem Zugeständnis zu versuchen.

Schon seit ewigen Zeiten mußte sie regelmäßig ihre Turnschuhe säubern; sie wußte nicht weshalb, aber diese Arbeit konnte sie überhaupt nicht ausstehen. An diesem Morgen sagte sie katzenfreundlich: »Mama, ich hol mal rasch meine Schuhe und seif sie ein.«

Mutter, die das als einen Erfolg ihrer Erziehung verbuchte, sagte strahlend: »Das höre ich gern!« Zur Belohnung erfüllte sie ihr Versprechen und erklärte sich bereit, am Nachmittag von Qin zu erzählen.

Nach dem Mittagsschlaf nahm Mutter Lian mit aufs Reisfeld. Unterwegs begegneten sie keiner Menschenseele – sie konnten also offen reden.

»Professor Shunxing Qin, oder auch Wenting Qin, kam um die Jahrhundertwende in einer reichen Bauernfamilie zur Welt.«

Lian hob den Blick und runzelte die Stirn. »Wie? Qin hat zwei Namen?«

»Ja. Den einen benutzt er im täglichen Leben und den anderen, den sogenannten akademischen Namen, wenn er Gedichte oder Artikel schreibt oder mit Intellektuellen seines Niveaus korrespondiert. Das ist ein Überbleibsel einer jahrhundertealten chinesischen Tradition.

Mit sechs kam er in die Dorfschule und mit zwölf in die Oberschule der nächstgelegenen Stadt. Wegen seiner außergewöhnlichen Lernerfolge wurde er zum Studium an der Peking-Universität, der damals besten Universität Chinas, zugelassen. Er entschied sich für das Fach Geschichte ...«

»Ist es nicht verwirrend, zwei Namen zu haben? Stellen Sie sich einmal vor, ich würde sagen: ›Gestern habe ich Shunxing getroffen‹, und Sie kennen Qin nur unter seinem gelehrten Namen ›Wenting‹.«

»Erstens kommt es nur selten vor, daß man jemanden nur unter seinem akademischen Namen kennt; zweitens hättest du es bestimmt wunderbar gefunden, wenn du vor der Gründung der kommunistischen Volksrepublik geboren wärst und zwei Namen gehabt hättest. Schau mich nicht so fragend an. Ich will es dir ja gerade erklären. Der erste, gebräuchliche Name drückt immer ein irdisches Verlangen aus. ›Shunxing‹ beispielsweise bedeutet ›ein glückliches Leben führen‹; der zweite Name steht für einen hehren Wunsch. So bedeutet ›Wenting‹ ›literarischer Pavillon‹. Ein poetischer Gedanke, nicht wahr? Die doppelte Namensgebung in unserer alten Kultur spiegelte also die beiden Seiten des Menschen wider: einerseits den Hang zum Materiellen und andererseits das Streben nach spiritueller Reinheit.«

»Also wenn Qin sich Shunxing nennt, denkt er an den Erwerb von Geld und Ruhm; nennt er sich Wenting, wähnt er sich in einem taoistischen Kloster, wo er meditierend auf weißen Wolken durch den reinen Himmelsraum schwebt ...«

»Ja, so könnte man es ausdrücken. Die Realität und das Ideal sind wie Sonne und Mond: Die beiden begegnen sich auch niemals. Vielleicht gefällt es uns deshalb, zwei Namen zu haben.«

»Aber ...«

»Willst du nun die Geschichte Qins hören oder über Namensgebung philosophieren ...?!«

Lian versuchte ihre Fragen zurückzuhalten, damit Mutter ihren Bericht ungestört fortsetzen konnte.

»Bereits während seines Studiums publizierte Qin Bücher und Artikel mit Vergleichen zwischen der chinesischen und der europäischen Geschichte. Gleich nach dem Examen bekam er an seiner Fakultät eine Dozentenstelle. 1934 wurde er der jüngste Professor seit Gründung der Universität!«

»Schick.«

»Das ist kein guter Ausdruck. Sag lieber: ›Bewundernswert.‹«

»Wie kommen Sie darauf? Das sagen wir alle in unserer ... in meiner alten Klasse ...« Eine Art Heimweh fuhr Lian ins Herz wie ein Wespenstich. Ach, wie sehr vermißte sie plötzlich den Lärm in der Morgenpause ihrer ehemaligen Schule!

Als sie Lians traurigen Blick sah, versuchte Mutter sie zu trösten: »Geht es dir hier etwa nicht gut? Wer von deinen Klassenkameraden hat die Chance, sich unter solchen hochkarätigen Wissenschaftlern und Professoren aufzuhalten und Unterricht bei ihnen zu nehmen? In kürzester Zeit bist du die Gelehrteste deiner ganzen Klasse.«

Ja, das wollte Lian sein. Gelehrt. Weniger um des Wissens willen, sondern um mit den Erwachsenen hier mitreden zu können. Zwischen all den Gefangenen quälte sie in den letzten Tagen ein Gefühl der Minderwertigkeit. Sie redeten über ihren Kopf hinweg, und wie sehr sie sich auch bemühte, Probleme zur Sprache zu bringen, die ihrer Meinung nach ›intellektuell, tiefsinnig und interessant‹ waren, wurde sie den Verdacht nicht los, daß man sie nicht für voll nahm.

Mutter faßte Lians Schweigen als Zustimmung auf und fuhr fort: »Die damals noch schwache und illegale Kommunistische Partei Chinas, die KPCh, gründete im ganzen Land Untergrundorganisationen. Natürlich auch an der Peking-Universität. Einen so prominenten Hochschullehrer wie Qin, der jung und daher leicht zu beeinflussen war, konnten sie gut gebrauchen. Anfangs hieß die Parole ›mit Qin Gedanken austauschen über die moderne Geschichte Chinas und über den politischen Kurs, der für die heutige Regierung am geeignetsten wäre‹, aber auf Dauer wurde über Korruption und Unordnung im Land gesprochen, ohne ein Blatt vor den Mund zu nehmen. Es lag auf der Hand, daß Qin immer giftiger wurde, je mehr sie sich dieses Themas annahmen. Bevor Qin es merkte, hatte die KPCh ihn vor ihren Karren gespannt. 1938 besetzten die Japaner mühelos Peking und taten, was man von Eindringlingen erwartet – Häuser plündern und abbrennen, Männer ermorden und Frauen vergewaltigen. Unser Nationalstolz bekam einen nicht wiedergutzumachenden Knacks: Wie war es möglich, daß die japanischen Zwerge das Land ihrer Ahnen mit ihren winzigen Füßchen – wie sie solch eine Zwergenrasse nun einmal hat – über den Haufen rennen konnten? Sie gaben der Armee der Regierungspartei – der Kuomintang, den chinesischen Nationalisten – die Schuld, was nur zum Teil richtig war. Korrupte Offiziere hatten das Geld, das für Munition und den Bau von Bunkern vorgesehen war, zum Opiumschmuggel verwendet. Von außen von den Japanern unterdrückt und im Innern von rebellischen Gefühlen gegenüber der Regierung zerrissen, verlor das chinesische Volk jegliche Orientierung. Schon jahrelang hatte die Untergrundorganisation der KPCh Qin zu überreden versucht, in den Roten Distrikt Yan'an zu gehen, und nun schlug Qin endlich den Knoten durch. Er hatte jedes Vertrauen in die nationalistische Regierung verloren und sah in den Idealen der KPCh die einzige Perspektive für sein Vaterland.«

»Was für Ideale waren das?«

»Ach, Lian! Das haben sie dir doch schon im Kindergarten erklärt und dich dutzendmal aufsagen lassen.«

»Das weiß ich, aber ich habe gemeint, es wären nur Propagandasprüche. Wenn wir unter uns sind, sagen wir doch nie so komische Sachen.«

»Es waren gerade diese Worte, die Qin dazu brachten, sein Heil bei der KPCh zu suchen: gleiche Rechte für alle, den Ertrag der Arbeit gerecht unter das Volk verteilen und eine Regierung, die sich für die Massen einsetzt. Also genau das Gegenteil von Korruption, die für die KPCh die Wurzel aller Probleme Chinas war.«

Lians Augen begannen zu leuchten. Sie sang:

Es ist nicht schlimm, vor Hunger zu krepieren, lalala.
Schlimm ist es erst, wenn es keinen andern schert, tratratra.
Tod den fetten Gutsbesitzern, bontjatja, bontjatja.

Mutter schüttelte den Kopf und fuhr unbeirrt fort: »Im Roten Distrikt arbeitete Qin zuerst für das Ministerium für

Kultur und Propaganda, aber er wurde bald der Privatsekretär von W., dem Außenminister. 1949 gründete die KPCh ›die einzige Regierung, die die Interessen des Volkes vertritt‹, und prompt zog Qin mit W. und anderen Parteibonzen in den ehemaligen Kaiserpalast. Er wurde Kanzleileiter im Außenministerium und hatte zwanzig Elitebeamte unter sich. Täglich bekam er Geheimdokumente zu sehen, die die wahren Ursachen der Kette von mordlüsternen politischen Bewegungen enthüllten. Er war entsetzt, hielt aber den Mund und klammerte sich an die Illusion, die Parteiführung ließe Zehntausende, Millionen und sogar Dutzende von Millionen Köpfe für einen guten Zweck rollen. Sein Gewissen nagte an ihm, aber er betäubte dieses unangenehme Gefühl mit harter Arbeit. In seiner freien Zeit hielt er sich in seinem Fachgebiet Geschichte auf dem laufenden und veröffentlichte eine wissenschaftliche Publikation nach der anderen. Woher sollte er die Zeit zum Leben nehmen? Daß er bis 1954 Junggeselle blieb, ist also sehr begreiflich.

Es war im Sommer 1955, als das Idol des Palastes, die fünfundzwanzigjährige, bildhübsche Journalistin Feilan Zhu, die für das Parteiorgan *Der Rote Stern* arbeitete, ihre Mandelaugen auf den noch gutaussehenden, erfolgreichen Elitebeamten und Hochschullehrer Qin fallen ließ, obwohl sie von zahllosen jüngeren, muskulöseren Verehrern umschwärmt wurde.

1957, auf dem Höhepunkt der politischen Hexenverfolgungen, äußerte Qin seine – konstruktive – Kritik an der Partei. Sein unmittelbarer Vorgesetzter, Minister W., hatte nicht vor, Qin dafür zu bestrafen, aber einer von Qins Rivalen sah eine Gelegenheit, sich zu rächen. Sein Name war Xiangmin Bai, und er war Redakteur beim *Roten Stern*. Er ertrank fast in seinem eigenen Speichel, wenn er Feilans Nähe nur zu riechen meinte. Dieser Mann schrieb einen anonymen Brief an Maos Sekretär Tong, der daraufhin dafür sorgte, daß Qin ins Gefängnis kam, genau zu dem Zeitpunkt, als W. auf Staatsbesuch in der Sowjetunion war. Obwohl W. schon bald die Wahrheit herausfand, rührte er keinen Finger, um seinem treuen und verdienten Mitarbeiter zu helfen. Kritik an der Regierung war nun einmal Blasphemie. Wer sich für solch einen Sünder stark machte, würde selbst als Sünder fertiggemacht werden.

So landete Qin in Chinas strengstbewachtem Elitegefängnis. Hier waren jene Abweichler von der Linie der KPCh inhaftiert, die zu hohe Posten in der Regierung bekleidet hatten und über die geheimen Praktiken der Partei zu viel wußten, als daß man sie mit gewöhnlichen Kriminellen wie Mördern und Vergewaltigern hätte zusammenlegen können. Von hier aus schrieb Qin seiner Verlobten Feilan Hunderte von Briefen, ohne jemals auch nur eine Zeile als Antwort zu bekommen.

Mit der Zeit war Essen und Verdauen das einzige, an das diese ehemaligen Dissidenten noch dachten. Die Regierung hatte also keinen Grund mehr, sie noch länger im Zaum zu halten. Außerdem strömten die frischgebackenen politischen Kriminellen ins Gefängnis, angespült von der unbarmherzigen Flutwelle der Kulturrevolution. 1967 wurde Qin schließlich freigelassen, weil die Zellen nicht mehr ausreichten.

Minister W. lud ihn zu einem Gespräch in den Palast. Weil er wegen Qins jahrzehntelangem Elend ein ziemlich schlechtes Gewissen hatte, äußerte W. seine Bereitschaft, ihm künftig jede Art von Verfolgung zu ersparen. Außerdem wollte er Qin so gut es ging helfen, sein Leben und seine Karriere wieder aufzubauen. Aber der enttäuschte und verbitterte Sechzigjährige lächelte säuerlich wie ein Bauer, der versehentlich seinen Zahn wie eine Knoblauchzehe verschluckt hat, und hatte nur noch einen Wunsch: die Politik hinter sich zu lassen und statt dessen seinen ursprünglichen Beruf – die Lehre – wiederaufzunehmen. Am liebsten wollte er an die Pädagogische Hochschule in Peking.

›Na schön, das geht in Ordnung‹, sagte W. ›Möge dein restliches Leben dort gesegnet sein.‹

Über die Gerüchteküche, übrigens ein florierender Betrieb, neben dem die Konkurrenz – die offiziellen Medien –

nichts als ein Mäusefiepen ist, kam vielen von uns an der Universität die Lebensgeschichte Qins zu Ohren. Aufgrund seines einzigartigen politischen Hintergrunds nahm er von Anfang an eine Ausnahmestellung ein, die ihn nahezu unangreifbar machte. Er durfte gegen die Regierung aufbegehren, der Universitätsleitung widersprechen und sich andere lebensgefährliche Eskapaden leisten.

Was zur Zeit wirklich jeder aus der Universität über Qin weiß, ist ein sogenannter ›rosa Vorfall‹.

Es war im Jahr 1969. Eines schönen Tages saß Qin in seiner kleinen Junggesellenwohnung und las. Plötzlich klopfte es an der Tür. Rate mal, wer hereingeschneit kam? Seine ehemalige Traumprinzessin Feilan Zhu. Sie wackelte kokett mit ihrem noch immer wohlgeformten Hinterteil, und von ihrem übertrieben geschminkten Gesicht staubte weißer Puder wie aus einer aufgeklappten Puderdose. Qin erkannte unter der Schicht Schminke sofort ihre glatte, zarte und einladend errötende Haut wieder, und sein Herz hüpfte vor Freude. Nach ihrer schlanken Figur – wie von einem jungen Reh – zu urteilen, hätte sie noch immer ganzen Männerbataillonen den Kopf verdrehen können, gleich Wetterhähnen bei stürmischem Wind. Qin schloß daraus, daß ihr Mann – der Architekt seiner Gefangenschaft, in dessen Arme sie sich zwei Wochen nach seiner Verhaftung geworfen hatte – schonend mit ihr umgegangen war.

Aber jetzt gab es niemanden mehr, der sie umarmte. Ihr Ehemann war vor einem Monat als ›Beschreiter des kapitalistischen Wegs‹ von den Rotgardisten festgenommen worden. Sie wiegte sich in den Hüften und jaulte wie eine läufige Hündin: ›Wenting, jetzt begreife ich erst, daß ich mit dem falschen Mann verheiratet bin ...!‹ Qin warf sein Buch aufs Bett, packte sie und setzte sie – obwohl sie sich kreischend dagegen sträubte – vor die Tür. Du weißt, wie stark er ist.

Qin hat keine Freunde mehr und will auch keine haben. Er nimmt keine Hilfe an und hilft auch anderen nicht. Vor fünf

Jahren, als er gerade aus dem Gefängnis entlassen war und uns zu Hause besuchte, war das noch anders. Aber später kamen frühere Kollegen, Studienkameraden und sogenannte Freunde, die durch die Revolution in Schwierigkeiten geraten waren, scharenweise zu ihm, einer wie der andere mit schlauem Blick und untertänigem Grinsen. Sie schmeichelten sich bei ihm ein, weil sie wußten, daß er ihnen im Handumdrehen aus der Patsche helfen konnte, wenn er wollte – ein kleiner Brief an den Sekretär von Minister W., und alles wäre wieder in bester Ordnung. Aber wo waren sie gewesen, als Qin hinter Gittern saß? Kurz nach dem Vorfall mit Feilan begann er sich von seiner Umgebung abzusondern, und seither führt er ein Einsiedlerleben, wie er es von seiner zehnjährigen Haft gewohnt war ...«

»Und dann?« fragte Lian und hoffte, daß die spannende Geschichte nie enden würde.

»Dann was? Das ist alles, was ich von Professor Qin weiß ... O ja, da gibt es noch etwas. Kennst du seinen Wahlspruch?«

»Nein.«

»*Wangshi bukan huishou.*«

»Oh, aber diese Redensart habe ich oft in ergreifenden und daher verbotenen bourgeoisen Romanen gefunden. Ich weiß, was sie bedeutet: ›Dreh dich nicht um, denn hinter dir liegen die Schrecken der Vergangenheit.‹«

»Stimmt! Du hast recht«, sagte Mutter.

DER NUTZEN DER MATHEMATIK

Nach dem Frühstück um halb acht ging Lian in den Schlafsaal ihrer Mathematiklehrerin, Professor Dr. Bao. Sie saßen auf einem Schemel vor dem Bett, das als Schreibtisch diente, und Lian schlug ihr Lehrbuch auf. Bao erklärte ihr anhand von Zeichnungen und Beispielen das erste Kapitel und gab ihr Übungen als Hausaufgabe auf.

»Sich zu zweit ein Buch zu teilen ist lästig, und außerdem kann ich die Stunden nicht vorbereiten«, sagte sie.

»Wenn Mama und ich in fünf Tagen zum Wochenendausgang nach Peking fahren, kaufen wir noch ein Exemplar für Sie.«

»Gern! Ach, Kind, ich habe zu Hause so viele Mathematikbücher, aber die sind leider noch zu schwierig für dich ...«

In Lians Verstand öffnete sich eine kleine Luke. Ein frischer Wind weckte sie auf. Noch nie zuvor war sie sich so bewußt gewesen, daß es schwereren Lehrstoff gab, der in ihren Schulbüchern nicht vorkam. Die Vorstellung reizte sie, und sie nahm sich vor, unter der Leitung dieser erstklassigen Lehrer neue geistige Gebiete zu erkunden ... Zurück in ihrem Schlafsaal erledigte sie nicht nur ihre Hausaufgaben, sondern bereitete auch das Kapitel vor, das übermorgen behandelt werden sollte. Sie hatte noch nie im Selbststudium gearbeitet, aber es klappte recht gut. Bisher hatte sie nur passiv gelernt; der Dozent erklärte die Formeln, und sie wandte sie dann an. Das war's. Durch das Selbststudium begann sie mehr nachzudenken. Hinter vielen Theorien, die ihr früher völlig willkürlich vorgekommen waren, entdeckte sie die verborgene Logik und den Zusammenhang. Sätze, die sie nicht verstand, notierte sie, um Bao später danach zu fragen. Es war verrückt: Je mehr sie ihren Verstand benutzte, desto aktiver wurde er. Sie merkte, daß sie imstande war, genauso über Dinge nachzudenken wie die Erwachsenen.

Draußen zirpten die Grillen. Die Blätter an den Bäumen zwinkerten ihr zu. Die errötende Sonne streichelte Flora und Fauna, bis vor allem die Blumen erschlafften, als wären sie vor Ekstase in Ohnmacht gefallen. Normalerweise hätte sich Lian auf der Stelle der verlockenden Natur in die Arme geworfen, um die Pracht des Frühlings zu genießen. Jetzt aber hatte sie Wichtigeres zu tun. Sie schlug ihr Physikbuch auf und bereitete ein neues Kapitel vor. Vor dem Abendessen sollte sie von Professor Yu unterrichtet werden. Sie brannte darauf zu sehen, wie er gleich große Augen machen und sagen würde: »Hast du dir das selbst beigebracht, ganz allein?«

Allmählich hatte Lian bei fast all ihren Lehrern Unterricht gehabt. Eigentlich war sie ein wenig enttäuscht. Sie hatte mehr als genug Zeit, sich auf die Stunden vorzubereiten. Deshalb brauchten die Lehrer nicht viel zu erklären; neuen Lehrstoff hatten sie nicht in petto. Lehrer und Schüler starrten sich ratlos an und wußten nicht, wie sie die restliche halbe Stunde totschlagen sollten. Der Dozent hatte Recht auf sechzig Minuten Freistellung von der Feldarbeit. Wenn er den Unterricht vorzeitig beenden würde, müßte er sich sofort auf den Weg machen – für ihn vermutlich schlimmer, als ein unwissendes Kind am Hals zu haben. Deshalb blieb der Lehrer lieber im Zimmer sitzen und gähnte vor Langeweile. Also suchte Lian nach einem Gesprächsstoff, am liebsten über das betreffende Fachgebiet, aber das lief meist auf ein Fiasko hinaus. Was sie wußte, war nach dem hochentwickelten Geschmack ihrer Lehrer abgedroschenes Zeug, und was die Dozenten interessierte, war Lian zu hoch. Ihr Minderwertigkeitskomplex nahm ernste Formen an. Sie beschloß, unablässig zu lernen und alle erreichbaren Bücher zu verschlingen, damit sie diesen Intellektuellen eine würdige Gesprächspartnerin sein könnte. Genau wie in dem Liebesroman, in dem das Mädchen, das aussah wie eine graue Maus, sagte: »Wenn du die Jungs nicht bezaubern kannst, mußt du sie schockieren!«, begann Lian, die bizarren Ideen auszuarbeiten, die ihr in den letzten Tagen in den Sinn gekommen waren.

In einer Viertelstunde war Frau Bao mit ihrer Lektion durch. Das war der Moment für die Schocktherapie. Lian ermahnte die aufgeregt und ungeduldig piepsenden Küken in ihrem Bauch zur Ruhe und sagte so gelassen wie möglich: »Frau Bao, ich glaube, daß in der Mathematik viele Lösungen für politische Fragestellungen zu finden sind.«

Frau Bao sah Lian nicht an, sondern blickte auf eine Stelle hinter ihr, als versuche sie den Philosophen aufzuspüren, der sich hinter dem Mädchen versteckt hatte.

»Die Zahlenreihe zum Beispiel – nimmt man dem Klassenkampf seine Verkleidung, erkennt man, daß er nichts weiter ist als der Ausdruck einer verbrecherischen Haltung.«

Ihre Lehrerin wurde blaß und schaute sich um. Eine unwiderstehliche Neugier weckte ihren in der jahrelangen Haft eingeschlafenen Geist. Sie hielt Lian mit beiden Händen den Mund zu und flüsterte: »Nimm dich in acht, sonst ertappen sie dich noch bei deinen konterrevolutionären Gedanken, genau wie mich! Aber jetzt sag mal, was hat denn die Zahlenreihe mit dem Klassenkampf zu tun?«

Wie konnte sie denn antworten, wenn ihr Frau Baos knochige, aber bärenstarke Finger die Lippen verschlossen? Sie zwinkerte mit den Augen und gab Protestlaute von sich.

»Na schön, weil du noch minderjährig bist, darfst du vorläufig sagen, was du denkst, aber sprich leise ... Ehrlich gesagt, ich habe es immer faszinierend gefunden, Berührungspunkte zwischen Natur- und Sozialwissenschaften zu entdecken.«

Lian sprach so leise wie möglich, und Bao drehte sich zur Seite. So konnte sie die Tür des Schlafsaals im Auge behalten und gleichzeitig Lians Lippen lesen.

»Die Zahlenreihe, ein Begriff, den ich erst kürzlich von Ihnen gelernt habe, ist nichts anderes als ein Balken, der in Zehnerschritte unterteilt ist. Jeder Abschnitt trägt eine Ziffer. Die Differenz zwischen den Zahlen gibt den Abstand zwischen den verschiedenen Abschnitten an. So ist es von der 1 zur 2 nur ein Schritt, während die 1 und die 9 acht Schritte auseinander liegen. Wenn wir alle Zahlen einen Schritt nach vorn machen lassen, wird die 1 zur 2, die 2 zur 3, die 8 zur 9, usw. ...«

»Worauf willst du hinaus?«

»Was ich sagen will, ist folgendes: Wir sehen bei der Zahlenreihe, daß der Anfangsstatus einer Zahl für ihre Möglichkeiten, voranzukommen, eine große Rolle spielt. Auch wenn die 1 einen Schritt zur 2 gemacht hat, ist sie noch immer der ursprünglichen 2 unterlegen, weil diese von vornherein einen Schritt weiter ist. Um die 2 zu überholen, müßte die 1 zwei Schritte machen, vorausgesetzt, die 2 hätte nur einen einzigen Schritt gemacht. Andererseits kann die 1 dann zwar die 2 durchaus eingeholt haben, ist aber noch immer meilenweit von beispielsweise der 7 entfernt. Um die zu überholen, müßte sie sieben Schritte vorangehen ...«

»Und?« Bao zweifelte noch, ob sie Lian als Idiotin oder als Genie ansehen sollte, denn nur diese beiden Arten von Menschen können auf die Idee kommen, an solchen Binsenwahrheiten herumzutüfteln.

»Für die 1 bedeutet es eine große Anstrengung, beispielsweise die 7 einzuholen. Und das muß auch so sein, wenn wir rein mathematisch argumentieren. Aber wenn wir dieses äußerst simple Gesetz auf die Politik anwenden, können wir sofort den Klassenkampf entlarven, der für die meisten Menschen etwas so Wunderbares ist, daß sie ihr Leben und vor allem das Leben anderer aufs Spiel setzen würden, um das damit verbundene Ideal zu verwirklichen. Angenommen, die Zahlen symbolisieren soziale Klassen:

1 – Landstreicher
2 – Bauern ohne Grundbesitz oder ohne Dach über dem Kopf, die als Handlanger bei Gutsbesitzern ihren täglichen Brei verdienen
3 – Pächter
4 – Bauern mit eigenem Land
5 – Gutsbesitzer
6 – Gutsbesitzer, die außerdem kleine Fabriken in der Stadt haben
7 – Besitzer von großen Fabriken
8 – Leiter von Konzernen
9 – Leiter von Konzernen, die diese Funktion aus politischen Gründen innehaben
10 – Politiker, die selbst Konzerne leiten

Der Unterschied zwischen 1 und 10 ist so groß, daß ein Landstreicher neun Schritte tun muß, um einen Politiker, der selbst Konzerne besitzt, einzuholen, immer vorausgesetzt, der Politiker selbst geht keinen Schritt voran. Angenommen, der Landstreicher wird ungeduldig und hat keine Lust, jahrelang zu schuften, um all diese Schritte voranzukommen. Was macht er dann? Er nimmt ein Hackbeil und ruft die anderen Landstreicher zusammen: ›Das lassen wir uns nicht länger bieten, daß wir kein Dach überm Kopf haben, während die fetten Parasiten in ihrem Palast auf Elfenbeinbetten Orgien feiern.‹ Sie bilden eine rote Armee, schlagen den Reichen den Schädel ein und nehmen ihnen die Besitztümer weg. Und hoppla, mit einem einzigen Schritt hat die 1 die 10 eingeholt. Das ist das Wesen des Klassenkampfes.«

»Aber ohne die Hilfe der Regierung und damit der Politiker können Landstreicher und Bauern ohne Grundbesitz nur schwer vorankommen.«

Nicht nur, daß sie mich nicht auslacht, sie geht sogar auf meine Theorie ein! dachte Lian erfreut. »Ich gebe zu, daß Sozialpläne gemacht werden müßten, um die 1 und die 2 aus ihrem Rückstand herauszuholen. Was ich mit der Zahlenreihe sagen wollte: Indem die Armen Menschen, denen es besser geht, über die Klinge springen lassen und sie enteignen, setzen sie sich über das Naturgesetz der Entwicklung hinweg.«

Baos Gesicht wurde finster. »Ich warne dich: Sag solche Dinge niemals zum Direktor oder den Aufsehern. Du bist zwar minderjährig, aber wegen deiner gefährlichen, reaktionären Ideen würde man dich bestimmt bestrafen.«

Fremdes Zuhause

Zum erstenmal seit ihrem Aufenthalt im Lager durfte Lian zum Wochenendurlaub nach Hause. Auf dem LKW, der die Häftlinge transportierte, sang sie wie eine verrückt gewordene Nachtigall!

Als Mutter die Tür aufschloß, erkannte Lian die Wohnung nicht wieder. Überall gab es Fenster, noch dazu große. Die Sonne goß herrliches, warmes Licht in den Raum. Nicht ein einziger Regenwurm wand sich über den Boden, und alles war blitzblank und pulvertrocken. Außerdem standen hier sogar Tische, Stühle und Sofas, so daß Lian endlich nicht mehr die ganze Zeit im Schneidersitz hocken mußte.

Lian rannte zu ihrer Mutter, ergriff dankbar ihre Hände und sagte: »Mama, wie elegant ist doch Ihre Wohnung!«

Zuerst verstand die Mutter nicht, wovon Lian redete. Als sie in Lians freudestrahlende Augen blickte, wurde ihr klar, daß ihrer Tochter – berauscht von diesem unerwarteten Glück – die früher so vertraute Umgebung wie neu vorkam.

»Ja, wir beide haben wirklich eine schöne Wohnung. Genieß das nur in den eineinhalb Tagen, in denen wir Ausgang haben.«

Trotz Mutters Worten konnte Lian ihren Verstand nicht davon überzeugen, daß diese Traumwohnung ihr gemeinsames Heim war. Plötzlich konnte sie gut nachvollziehen, wie beeindruckt ihre beste Freundin Kim gewesen sein mußte, als sie Lian zum erstenmal zu Hause besucht hatte.

Sonntag nachmittag schickte Mutter Lian zu dem kleinen Laden auf dem Gelände der Universität, um die Fleischration zu holen. Es war dreißig Grad im Schatten, und Lian trug eine Bluse mit kurzen Ärmeln. Immer wieder sah sie sich ängstlich um, denn wenn jemand in ihre Nähe käme, müßte sie ihre Arme verdecken, damit niemand die Flecken auf ihren Ellenbogen bemerkte und sie auslachen oder verfluchen würde.

Die Schlange vor der Fleischtheke wand sich aus dem Laden heraus über den schmalen Weg bis vor das nahe Postamt. Lian stellte sich an. Wegen der Hitze und in der Gewißheit, daß es mindestens eine Stunde dauern würde, bis sie an der Reihe war, schlief sie im Stehen ein.

Kchmkchm, Kchmkchm ... Ein unablässiges trockenes Räuspern weckte sie auf, weniger, weil das Geräusch ihr Nickerchen störte, sondern weil sie wußte, daß dieses

Räuspern eine Aufforderung zum Gespräch war. Sie drehte sich um und sah Yuejiao, eine ehemalige Mitschülerin aus ihrer Oberschule. Es kam ihr wie eine kleine Ewigkeit vor, seit sie Kindern in ihrem Alter begegnet war. Sie hatte sich schon an den Anblick der alten, grauhaarigen und erschöpften Häftlinge im Lager gewöhnt. Begeistert sagte sie: »Hallo, Yue, schön, dich wiederzusehen!«

Yue musterte Lian von Kopf bis Fuß, runzelte die Stirn, zauberte aber trotzdem ein gezwungenes Grinsen auf ihr Gesicht: »Äh ... ja, das finde ich auch.«

Lian durchschaute Yue sofort: Sie ekelt sich bestimmt vor den Flecken auf meinen Armen. Lian trat schnell ein paar Schritte zurück und bekam lebhaftes Mitleid mit Yue: Wer würde einen Vitiligokranken nicht abstoßend finden?

»Ich habe dich ewig nicht gesehen. Wo warst du denn?«

»Hast du das nicht gehört? Vor einem halben Jahr bin ich ins Kinderheim der Universität für Industrielle Technologie umgezogen, weil meine Mutter ins Umerziehungslager geschickt wurde. Aber seit zwei Wochen wohne ich bei Mutter im Lager.«

»Bah, wie gräßlich! Bestimmt kriegst du da nur Schweinefutter zu essen, schläfst in einem feuchten, zugigen Schlafsaal und schuftest von früh bis spät unter der Knute der Aufseher.«

»Quatsch. Ich brauche nicht zu schuften. Ich bin doch keine politische Kriminelle ... meine Mutter schon ...«

»Aber du hast dort keine Freunde, keine Schule, keine Filme, und es gibt keine öffentlichen Verkehrsmittel. Wer möchte dort schon leben?«

Lian schielte auf ihre Arme und überlegte sich, ob sie Yue den wahren Grund ihres Aufenthalts im Straflager erzählen sollte. Aber glücklicherweise schnitt Yue das für Lian so heikle Thema von selbst an.

»Was sind das für Flecken?«

Erleichtert antwortete Lian: »Vitiligo. Eine Hautkrankheit.«

»Ach so ... Tut es weh oder juckt es?«

»Nein, ich spüre nichts.«

Das Gespräch kam an einen toten Punkt. Yue schien in Gedanken versunken, und Lian glaubte, die Konfrontation mit Yue über ihre beschämende Krankheit ungeschoren hinter sich gebracht zu haben, zumal sie nun fast an der Reihe war.

Da rief Yue plötzlich: »Sag mal, Lian, ist das eigentlich ansteckend?«

Lian schwieg betreten. Sie hatte Mitleid mit Yue, die Abstand hielt und deshalb die letzten Worte so laut gebrüllt hatte, daß sich die Leute hinter ihr unwillig räusperten.

Lian blickte zum Himmel, seufzte und sagte langsam: »Yue, es wäre schön, wenn es ansteckend wäre. Dann bekäme ich eine Medizin und wäre bald wieder gesund.«

Yue fiel offenbar ein Stein vom Herzen. Sie holte tief Luft, kam einen Schnitt näher und sah sofort ganz beruhigt aus.

Schnell kaufte Lian ihre Ration Fleisch und ließ die Menschenmenge hinter sich. Jedesmal, wenn sie sich entschuldigen mußte, indem sie anderen versicherte, daß sie keine Gefahr für deren Gesundheit sei, starb ein kleines Stückchen in ihr.

Glück im Unglück

Lian und Mutter hockten in der Kantine beim Mittagessen. Plötzlich sahen sie Professor Qin auf sich zukommen. Auf seinem Gesicht lag ein sonderbares Lächeln, das ihn mit einer Aura von Liebenswürdigkeit umgab. Er sagte: »Frau Yang – oder darf ich Sie Yunxiang nennen –, ich habe heute morgen mit Direktor Wanli Gao gesprochen. Er ist damit einverstanden, daß ich jeden zweiten Tag eine Stunde früher vom Feld zurückkomme, um Lian in moderner chinesischer Geschichte zu unterrichten.« Dann richtete er sich an Lian: »Kind, kommst du morgen um fünf in meinen Schlafsaal?«

Mutter und Lian wischten sich den Mund ab und starrten Qin sprachlos an: Hörten sie recht? Wieso hatte er sich plötzlich um hundertachtzig Grad gedreht?

Qin hockte sich zu ihnen und sagte: »Eßt in Ruhe zu Ende. Danach machen wir einen kleinen Spaziergang.«

Als hätten Mutter und Tochter es zuvor geübt, stopften sie das Maisbrot, von dem sie erst eine Hälfte gegessen hatten, im Gleichtakt in eine Schale, rannten zum Wasserhahn und wuschen die andere Schale und die Stäbchen ab. Innerhalb von zwei Minuten standen sie an der Tür.

Draußen sagte Qin: »Yunxiang, vorgestern war ich in dem kleinen Laden auf dem Campus, um ein wenig Schweinehack zu kaufen. Während ich in der Schlange wartete, hörte ich die Unterhaltung zwischen deiner Tochter und einer ihrer Klassenkameradinnen ...«, Wort für Wort wiederholte er, was Yue und Lian miteinander gesprochen hatten. Lian wunderte sich über die Genauigkeit seines Berichts, »... und da wurde mir klar, was für ein wunderbares Kind diese Lian ist. Sie hat auf die für ein dreizehnjähriges Mädchen besonders demütigende Frage: ›Ist das eigentlich ansteckend?‹ eine geniale Antwort gegeben. Sie hat es geschafft, dieses Mädchen zu beruhigen, und das auch noch, ohne es in Verlegenheit zu bringen. Ihre Antwort war bestimmt, aber freundlich, und ihre Haltung war korrekt, doch zugleich sehr sympathisch ...«

Mutter schaute Lian an, als sähe sie ihre Tochter zum erstenmal.

Qin fuhr fort: »Deine Tochter hat ein Herz aus Gold und obendrein Taktgefühl. Freundlichkeit und Intellekt, diese beiden Eigenschaften retten die Welt und machen einen Menschen unbesiegbar.«

Mutter drückte Lians Hände, während sie Qin in die Augen schaute.

Der Professor gab Mutter die Hand und sagte: »Ich kenne dich nicht gut. Wenn ich mir selbst eine Note geben müßte, wäre sie ziemlich schlecht. Ich glaube, daß ich gutherzig bin, und ich gebe mir Mühe, gerecht zu sein, aber ich bin zu direkt und in der Hinsicht auch nicht sonderlich klug. Menschen wie ich möchten vielleicht viel für ihr Land tun, aber es ist ihnen verwehrt. Sorgen wir dafür, daß die jüngere Generation lernt, klüger zu sein, damit sie in einer besseren Welt leben kann als wir. In meinen letzten Lebensjahren möchte ich noch erleben, daß Lian sich auf den Weg zu einer von ihr gewählten erfolgreichen Zukunft macht.«

Lian drängelte sich zwischen die beiden, packte sie rechts und links bei der Hand und rollte sich zu einem kleinen Ball zusammen. Sie ließ sich schaukeln und quietschte wie ein Baby, das gekitzelt wird.

Da sieht man's mal wieder, dachte sie, meine Flecken bringen Unglück mit sich, aber auch Segen.

Geschichtsstunde

Gleich am nächsten Tag ging Lian zur dritten Häuserreihe, wo sich der Saal befand, den Professor Qui mit achtundvierzig anderen Männern teilte. Es war erst zehn vor fünf – die Tür war noch abgeschlossen. Punkt fünf hörte sie das bekannte Scheppern und hüpfte der Quelle des Geräuschs entgegen. Die schmiedeeiserne Schaufel, die Qin über den unbefestigten Weg mit Kieselsteinen, groß wie Enteneier, schleifte, sprang von einem Stein auf den anderen und sang in Lians Ohren ein Lied:

Tjing-tjang-tjei,
ach die Schufterei,
ist für heut' vorbei.

Nur war es heute eine Solovorstellung, denn die Schar der Häftlinge, die normalerweise auf dem Heimweg ihre eisernen Werkzeuge klirrend hinter sich herschleiften, arbeitete noch auf den Reisfeldern. Qin war tatsächlich eine Stunde früher zurückgekommen, um Lian zu unterrichten.

Mit zusammengekniffenen Augenbrauen blätterte der Gelehrte ihr Schulbuch *Neueste Geschichte Chinas: 1910 bis heute* durch. Er sah aus wie ein buddhistischer Mönch, der versehentlich ein Pornoheft in die Hand bekommen hat.

Peng! Er feuerte das Lehrbuch auf sein Bett – ihren Tisch – und sagte drohend: »Lian, du kannst dich entscheiden: Entweder lese ich dir die Lügen aus diesem Lehrbuch vor, oder wir werfen es auf den Müll!«

Sie mußte sich am Rand des ›Tisches‹ festhalten, so heftig zitterte sie. Mit großen Augen sah sie Qin an. Wenn sie auch verflixt gut wußte, daß sein Unmut nicht ihr galt, konnte sie doch nicht verhindern, daß sie Angst hatte.

Qin bemerkte ihre Verwirrung nicht einmal. Wieviel Menschenkenntnis konnte man nach zehn Jahren Einzelhaft noch von ihm erwarten? Er nahm das Schulbuch und schüttelte es, daß es schwabbelte wie eine Scheibe Tofu: »Wofür brauchst du mich als Lehrer? Merk dir die Zusammenfassung jedes Kapitels und schreib sie auf die Prüfungsbögen. Ich garantiere dir, daß du das Examen nächsten Sommer im Schlaf bestehst.«

»Ja, warum lerne ich überhaupt Geschichte? Darüber habe ich nie nachgedacht. Mutter sagt, die Geschichte sei ein Spiegel der Gegenwart. Vielleicht kann ich auf meine Fragen zur heutigen Regierung eine Antwort finden, wenn ich auf die Vergangenheit zurückblicke.«

Qin nickte zufrieden, und seine Gesichtsmuskeln entspannten sich: »Dann betrachten wir dein Unterrichtsmaterial als notwendiges Übel. Du kannst es allein studieren und die ›wichtigen‹ Teile auswendig lernen. Nur für die Prüfung, verstehst du. Ich werde dir morgen die Stellen, auf die es ankommt, mit Rotstift markieren. Aber was ich dir vermitteln möchte, ist etwas anderes: die Geschichte als ehrlicher Mensch und später als verantwortungsbewußte Historikerin zu betrachten. Bist du damit einverstanden?«

Lian hatte das Gefühl, daß Qin sie nicht wie ein unwissendes Kind behandelte, sondern als gleichwertigen Gesprächspartner ansah. Sie kicherte und hatte ganz vergessen, daß sie vor ein paar Minuten noch vor Angst gezittert hatte.

»Bevor ich mit der modernen Geschichte beginne, möchte ich wissen, was du über die alte Geschichte gelernt hast, von 345 vor Christus bis 1910.«

Sie stand von ihrem Schemel auf und verschränkte die Hände hinter dem Rücken – wie sie es gelernt hatte, wenn sie Fragen des Lehrers beantworten sollte. Den Blick zur Decke gerichtet, wiederholte sie fast wörtlich ein Textfragment aus dem Lehrbuch des letzten Schuljahres:

Das zweitausend Jahre währende Feudalsystem des alten China hat wunderbarerweise genau die Wahrheit ans Licht gebracht, die Mao, der Unvergleichliche Führer, in seinem Kleinen Roten Buch auf S.129 festgehalten hat: ›Die unterdrückten Massen schieben den Wagen der Geschichte weiter.‹ Durch ihren ewigen, unablässigen und blutigen Kampf gegen die Klasse der Unterdrücker stürzten die Massen eine Dynastie nach der anderen, nur daß immer wieder eine neue erstand.

Qins Augen flackerten – er war bestimmt von ihrer Leistung beeindruckt. Sie schaute noch starrer zur Decke, als würde der Text dort von einem Diaprojektor wiedergegeben:

Leider hat der Klassenkampf zu keinem Ergebnis geführt. Trotz wiederholter Bauernaufstände beuteten die Machthaber das Volk weiterhin aus, und man lebte in kochendem Öl und in sengendem Feuer. Die Ursache dieser Tragödie lag darin, daß Mao noch nicht geboren war.
Ein Ende der finsteren Zeiten kam für unser Vaterland, als 1893 Mao, der »Rettende Stern«, am Horizont aufging. »Lang lebe der Sohn des Drachen!« riefen die Berge und Täler. Plötzlich tat sich für China eine ganz neue Zukunft auf. Mao hat die Saat des Kommunismus in alle Winkel unseres Landes gesät. Gleichzeitig hat er den Massen endlich, nach zweitausend Jahren blinden und fruchtlosen Kampfes mit den Ausbeutern, den Weg ins Paradies gezeigt. Das ist der Anfang der Modernen Geschichte Chinas, der MGC, die eigent-

lich in einem einzigen Satz zusammengefaßt werden kann: Die MGC ist die Periode, in der Mao, der Größte Prophet im ganzen Weltall, mit immer wieder auftauchenden konterrevolutionären Teufeln kämpfte, um 1949 den Seligen Staat – die Volksrepublik China – zu gründen.

Sie holte tief Atem, wie ein Popstar, der zu seiner Freude konstatiert, daß seine Nummer wieder ein Erfolg geworden ist, und setzte sich brav auf ihren Schemel. Ungeduldig wartete sie auf ein Lob Qins, denn letztes Jahr hatte sie für die gleiche Leistung in der mündlichen Prüfung im Fach Geschichte eine Eins bekommen.

Der Professor musterte sie wie ein seltenes Museumsstück und sagte: »Meinst du das ernst, was du da gesagt hast, oder hältst du mich zum Narren?!«

Sie schüttelte den Kopf und hoffte, daß ihre Ohren dann besser funktionieren würden. Worauf wollte er hinaus? Konnten Erwachsene es sich heutzutage aussuchen, ob sie sagten, was sie dachten, oder ob sie für einen bestimmten Zweck logen? Warum glaubte Qin ihr nicht?

»Ehrlich, Herr Qin, das ist alles, was ich über die alte Geschichte weiß.«

»Wenn das so ist, müssen wir ganz von vorn anfangen. Natürlich werde ich vor allem die moderne Zeit behandeln, aber ich muß der alten Geschichte wenigstens drei bis vier Stunden widmen. Übrigens, du hättest besser sagen sollen: ›Das ist alles, was man mir über die alte Geschichte gesagt hat.‹ Es ist ein großer Unterschied zwischen dem, was einem erzählt wird, und dem, was man weiß.«

»Aber etwas erzählt zu bekommen ist doch die einzige Möglichkeit, etwas über Geschichte zu erfahren. Ich kann ja nicht die Uhr zurückdrehen, um zu sehen, was vor langer Zeit wirklich geschehen ist, oder?«

»Du kannst über dasselbe Ereignis aber von mehreren Seiten Informationen sammeln und deine eigenen Schlüsse daraus ziehen. Erst wenn du das tust, kannst du sagen: ›Das ist alles, was ich über die Geschichte *weiß*.‹ So ist auch die Wissenschaft entstanden.«

Jetzt wurde es rätselhaft und spannend. Lian erkannte plötzlich, daß Worte nicht immer dem entsprechen, was sie beschreiben.

»Wenn du das, was ich dir beibringen kann, wirklich verstehen willst, mußt du Distanz zur Propaganda gewinnen. Du mußt aufhören, dogmatisch zu denken, und statt dessen lernen, selbständig zu argumentieren. Nicht alles, was Mao sagt, muß eine ewige Wahrheit sein, und außerdem ...«

Abrupt schluckte er seine Worte hinunter, weil sich in diesem Moment quietschend die Zimmertür öffnete. Qin erstarrte und blickte stumm vor sich hin.

Lian schaute auf Qins Armbanduhr: Es war erst halb sechs.

Der Mann, der ins Zimmer getrottet kam, sagte: »Aufseher Feng hat mich früher gehen lassen, weil ich, sieh nur ...«, er hob den rechten Fuß, der angeschwollen war wie ein gedämpftes Brot und violett verfärbt wie eine Schweineleber, »weil ich mir aus Versehen die Schaufel in den Fuß gestoßen habe ...«

Qin starrte immer noch vor sich hin und zeigte auch kein Mitleid, wie es sich gehört hätte. Seine Anspannung löste sich erst, als der verletzte Zimmernachbar auf sein Bett kletterte und einen Scherz machte: »Am Ende zahlt es sich doch immer aus, sich selbst ein wenig zu verstümmeln. Es tut zwar verdammt weh, aber so muß ich zumindest nicht die Demütigungen der Aufseher im Reisfeld ertragen. Allmählich sind mir körperliche Schmerzen lieber. Eskimos kennen sechsunddreißig Wörter für ›Schnee‹ – bald erfinde ich noch zweiundsiebzig Wörter für ›Qual‹!«

Qin sah Lian unverwandt an, und allmählich wurde ihr klar, was ihn so bedrückte. Er befürchtete wohl, daß sein Zimmernachbar die frevelhafte Bemerkung über Mao aufgeschnappt hatte. Und wenn das zutraf, wie groß war dann die Gefahr, daß er Qin bei der Lagerleitung denunzierte?

Sie trippelte zum Bett des verletzten Mannes und sagte wie eine unbefangene Erstkläßlerin: »Na, Onkel Yu, wie hat Ihnen meine Geschichtsstunde gefallen? Viel zu einfach für große Leute, was?«

Yu war Dozent für Psychologie. Er schloß gelangweilt die Augen und sagte: »Was für eine Stunde, Kind?«

Sie schaute Qin an und zwinkerte ihm erleichtert zu. Er lächelte, zog aber gleich wieder die Stirn in Falten.

Lian wippte von einem Fuß auf den anderen, summte ein Lied und sagte quasi nebenbei: »Haben Sie nicht gehört, worüber Herr Qin sprach, als Sie ins Zimmer kamen?«

Aber Yu blaffte sie an: »Lian, hör mal zu! Laß mich in Ruhe. Dieser verfluchte Fuß macht mir ziemlich zu schaffen. Aua! Weißt du, was ich bisher nur gehört habe? Dein Geschnatter!«

Sie verbarg ihre Freude und schaute Qin zum zweitenmal an. Ihr unterdrücktes Lachen begegnete Qins Lächeln. Plötzlich erhob sich zwischen ihnen eine Brücke wie ein Regenbogen. Je mehr er sich ihrer Seite der Brücke näherte, desto mehr wurde er von seinem Unglück befreit, und je näher sie seinem Ende der Brücke kam, desto erwachsener fühlte sie sich. In diesem Bündnis war er ihr Mentor, der sie aufklärte, und sie der Bulldozer, der die Angst und die Sorgen von ihm wegschob.

In der zweiten Unterrichtsstunde sprach Qin viel leiser. Wie Bao stellte er seinen Schemel so, daß sein Blick auf die Tür fiel. Lian tat instinktiv dasselbe. Wenn er in seinem Notizbuch las, übernahm sie die Wache; wie Wachhunde spitzten sie die Ohren und achteten auf jede Bewegung außerhalb des Saals.

Die Opfergabe

Mutter und Tochter hatten Wochenendausgang. Sie saßen gemütlich in ihrer Wohnung und lasen. Es war zwei Uhr nachmittags, und die gleißende Sonne verwandelte die Welt draußen in einen glühenden Ofen.

Tock-tock. Lian stand auf und wechselte einen flüchtigen Blick mit Mutter: Wer könnte das sein?

Seit Mutters Verbannung bekamen sie nur noch selten Besuch. Wer mit einem verurteilten Rechtsabweichler umging, schadete seinem Ruf. Ihre Lagerkameraden hatten zwar nichts zu verlieren, aber auch sie besuchten sich nicht gegenseitig. *Es gibt keine Mauern, die keine Luft durchlassen.* Irgendwie bekäme die Lagerleitung zugetragen, welche Häftlinge sich in ihrer Privatwohnung getroffen hatten – auf die politisch bewußten Nachbarn war eben Verlaß –, und dann finge das Theater an. Der Direktor würde die Gefangenen verhören: »Worüber habt ihr euch unterhalten? Über Gott und die Welt? Das glaubt ihr doch selbst nicht! Und warum nicht im Lager, sondern heimlich bei euch zu Hause?« Dahinter stand eine Volksweisheit:

Gutes kann in der Öffentlichkeit gesagt werden.
Schlechtes behalten die Leute lieber für sich.

Diese Auffassung stempelte den importierten Begriff *privacy* zu einem Synonym für Sünde. Deshalb gingen sich die Lagerhäftlinge sogar an ihrem freien Sonntag zu Hause, Hunderte von Kilometern von ihrem Gefängnis entfernt, aus dem Weg.

Als es zum zehntenmal klopfte, nickte Mutter Lian zu, und sie öffnete vorsichtig die Tür ...

Kim! Unvermittelt stand sie Auge in Auge ihrer besten Freundin gegenüber.

Es war, als würde die Zeit zurückgedreht bis vor gut einem halben Jahr, als Kim jeden Nachmittag bei ihr vorbeigeschaut hatte. Dieser Augenblick war Lian so vertraut, daß es ihr schien, Kim sei gekommen, um mit ihr zusammen Hausaufgaben zu machen.

Rasch zog sie Kim in die Wohnung. Vor Überraschung und Freude hatte sie glatt vergessen, wie man einen Gast empfängt. Sie stand im Flur, schaute Kim an, und Kim sah Lian an. Die eine machte einen Schritt nach links und die andere auch. So umkreisten sie sich, ohne es zu bemerken, mindestens viermal im Uhrzeigersinn. Erinnerungen an frühere Tage schnürten ihnen die Kehle zu, und sie sahen sich in die Augen auf der Suche nach dem vertrauten Klick, mit dem vor Monaten ihre Herzen zusammengeschlossen worden waren.

Mutter sah ihnen mit dem Buch in der Hand zu. Sie war viel zu überrascht, daß Besuch gekommen war, um auch nur ein Wort herausbringen zu können.

Tock-tocktocktock! Wieder unterbrach ein Geräusch die Stille. Es kam aus dem Beutel, der an Kims rechtem Arm hing. Lian sah, wie sich etwas heftig darin bewegte – kräftige Stöße, unterbrochen von Protestlauten. Ihre Augen glänzten: Wittie! Sie war auch mit auf Besuch gekommen! In dem Beutel steckte das Haushuhn, das Kims Familie mit seinen Eiern ein Zubrot verschaffte und in Lian viele Erinnerungen weckte.

Sie streichelte die Stelle, wo sich Witties Bauch befand, und sagte: »Kim, wie schön, daß du unsere unentbehrliche Kameradin mitgebracht hast. Ihr beide habt mir so gefehlt!« Erst jetzt wurde ihr klar, wie leer ihr Leben ohne die Freunde gewesen war.

Lian sah ihre Mutter an und bat mit den Augen um Erlaubnis, Wittie in der Wohnung frei herumlaufen zu lassen. Schweigend signalisierte die Mutter ihr Einverständnis. Der Beutel, in dem Wittie versteckt war, war nicht mehr als ein Fetzen geblümter Stoff. Kim hatte die vier Ekken des Tuchs zusammengeknotet. Wittie mußte ganz zusammengekrümmt hineingestopft worden sein.

Lian versuchte, den Knoten aufzubinden, mit dem der Beutel an Kims Arm festgemacht war. Zu ihrem Schreck begann Kim, den Arm heftig zu schütteln und Lian abzuwehren, so daß sie fast das Gleichgewicht verloren hätte. Sie schaute ihre Freundin verwundert an. Kim hatte die Lippen zusammengekniffen, und ihre Augen waren gerötet. Tränen rollten ihr über die Wangen. Lian hatte sie noch nie weinen sehen. Sie wußte nicht, was sie tun sollte.

Kim wandte den Blick von Lian ab und starrte zur Wand – sie standen jetzt schon ein paar Minuten in der

Diele. Die ganze Zeit hörte Wittie nicht auf zu gackern. Kim schlug wie eine Wilde auf den Beutel und sprach die ersten Worte, seit sie eingetreten war: »Halt den Schnabel, du dummes Ding!« Die Tränen kamen jetzt noch schneller, und ihrer Kehle entfuhr ein unterdrückter Schrei, gellend und zitternd.

»Was ... was hast du denn?« fragte Lian und weinte mit, wenn sie auch nicht wußte, warum.

»Ich habe ... ich habe gehört, daß du krank bist. Viwas-ligo hast du gekriegt. Zuerst hab' ich mich nicht getraut, dich zu besuchen ... denn ich habe unsere Abmachung nicht eingehalten ... ich habe bei den Herbstspielen nicht mitgemacht ... Später bin ich dahintergekommen, was diese Ligo für eine Krankheit ist. Ich konnte nicht glauben, daß du dieselben Flecken hast wie Das Weiße Gespenst ... Ich meine Jiangying ... Da hab' ich mir ein Herz gefaßt und bin doch gekommen ... Aber ich hätte nie gedacht, daß die Flecken sogar ... auf deine Arme und Hände gekrochen sind. Das Weiße Gespenst, o nein!« Kim schlug sich auf die Wange und redete hastig weiter: »Was für eine blöde Gans bin ich doch! Mehr Dreck im Kopf als Verstand. Ich meine, schließlich hatte Jiangying schon mit zwei Jahren weiße Flecken, aber du hast sie erst seit ein paar Monaten ... Nur Buddha weiß, warum sich dieser verdammte Mist so schnell ausbreitet!«

Natürlich, Lian hatte vergessen, daß sie nicht mehr so aussah, wie Kim sie im Gedächtnis hatte. Wenn sie in aller Ruhe ihre Flecken betrachtete, wurde ihr klar, wie sehr sie sich verändert hatte. Aber wenn sie mit irgend etwas anderem beschäftigt war, fühlte sie sich noch immer wie die Lian von früher, ohne Krankheit oder Sorgen ... Der Freundin Kummer zu bereiten war bestimmt das letzte, was sie wollte. Sie war es gewohnt, Kim zu helfen und ihr Hoffnung zu geben, und nun weinte Kim ihretwegen.

Sie versteckte die Arme hinter dem Rücken und zwang sich zu einem Lächeln: »Hör auf, Kim, so schlimm sind die Flecken nun auch wieder nicht.« Sie spürte einen Kloß im Hals und gab sich Mühe, ihre Traurigkeit zu verbergen.

Kim wandte Lian das Gesicht zu und musterte sie eine lange Minute, während sie versuchte, ihr Schluchzen so gut es ging zu unterdrücken. Doch sie mußte nur noch mehr weinen. Sie warf den Beutel mit Wittie auf den Boden, packte Lians Hände und zog sie an sich. Sie umarmte die Freundin.

»Li-aan!«

Nun mußte auch Lian wieder weinen. Mutter kam zu ihnen, streichelte die beiden Freundinnen, die sich umklammert hielten, und versuchte sie zu trösten: »Kinder, so ist das Leben nun mal. Wenn ihr größer seid, werdet ihr wissen, daß man lernen muß, mit viel Kummer zu leben.«

Kim machte sich aus der Umarmung frei und rief: »Trotzdem ist es ungerecht! Vor neun Monaten war Lian noch ... das schönste Mädchen, das ich je gesehen habe, und jetzt ist sie ganz voller Flecken und, und ... genauso mager und dürr wie ... wie ich ...!« Sie bückte sich, zog mit einem Ruck den Knoten des Beutels auf und packte Wittie an den Flügeln: »Hier, für dich. Im Arbeitslager hast du bestimmt nur eingelegtes Gemüse und Maismehlbrötchen gegessen. Erzähl mir nichts über das Essen im Gefängnis! Erwazi, der zweite Sohn meiner Nachbarin, war auch zwei Jahre eingesperrt. Wahrscheinlich siehst du deshalb so ungesund aus. Frau Yang, ich koche einen großen Topf Hühnersuppe für Lian. Das wird ihr guttun ...«

Waas?! Sie hatte Wittie also nicht mitgebracht, weil es mit ihr netter war? Sondern um ... um sie aufzuessen ...? Lian schlug sich auf die Schenkel und stampfte mit dem Fuß auf. Ihre Tränen versiegten sofort.

»Das ist Mord! Wittie ist genauso nützlich wie eine Hausfrau. Woher wollt ihr denn dann das Geld nehmen, um Salz, Seife, Streichhölzer und Hefte zu kaufen? Wie kommst du nur auf die Idee, sie auf den Hackklotz zu legen!!«

Kim biß sich auf die Lippen und schrie so laut, daß die Hängelampe im Flur wackelte: »Worüber regst du dich auf? Sieh dich doch an! Mager und ausgetrocknet wie ein Stück Dörrfleisch! Nennst du das ein Gesicht? Wenn du nicht besser ißt, brichst du bald zusammen und bist von Kopf bis Fuß voller Flecken!« Kim rannte in die Küche, nahm mit einem Griff ein Hackmesser von der Wand, und ... *Katch!* Aus der Küche drang großer Lärm, der mit einem dumpfen *dong!* endete.

Lian zitterte am ganzen Körper. Sie wagte sich nicht in die Küche. Mutter war Kim schnell hinterhergerannt, und auch Lian überwand schließlich ihre lähmende Angst. In der Küche erblickte sie, was sie befürchtet hatte: Witties Kopf war mit einem einzigen Schlag abgehackt worden und in das Waschbecken aus Zinn gefallen.

Kim hielt die Hühnerleiche mit dem Hals nach unten über eine große Reisschale, um das Blut auslaufen zu lassen. Rubinrote Perlen tropften aus dem Hals des armen Tiers in das Gefäß.

Lian lehnte sich an die Wand und kniff die Augen zusammen. Aber die Ohren konnte sie nicht verschließen. Die registrierten haargenau, wie jeder Blutstropfen in tausend winzige Perlen auseinanderspritzte.

Nach einer Ewigkeit, wie ihr schien, hörte sie Kim einen Küchenschrank öffnen – Kim fühlte sich in Lians Wohnung wie zu Hause. Sie gab eine Prise Salz in die Schüssel, damit das Blut schneller gerann, und sagte: »Frau Yang, daraus können Sie die Spezialität *Gebackene weinrote Würfel* zubereiten.«

Wut und Entzücken kämpften in Lians Brust um die Vorherrschaft. Sie war wütend, weil Kim die treue, freigebige Geldquelle und geliebte ›Freundin‹ ihrer Familie erbarmungslos umgebracht hatte. Wie hatte sie das nur übers Herz bringen können, nach allem, was die Henne Kim und ihrer Familie gegeben hatte? Sonderbarerweise verstärkte die Wut jedoch Lians Rührung. Ihr wurde klar, daß Kim das Huhn Wittie für sie geopfert hatte.

Ohne ein Wort gab ihr die Mutter ein Stück Seife, und Kim wusch sich die blutbeschmierten Hände.

Während Kim sich wie ein Chirurg Finger und Fingernägel einen nach dem anderen sorgfältig reinigte, durchstieß eine dünne, aber gnadenlose Nadel Lians Herz. Die Kaltblütigkeit, mit der Kim Wittie ums Leben gebracht hatte, jagte ihr Schauer über den Rücken. Plötzlich ging ihr durch den Kopf, daß Kim vielleicht genauso ruhig und überlegt einen Menschen töten könnte ... Sie kniff sich in den Oberschenkel und zwang sich, nicht so etwas Verrücktes zu denken. Wie konnte sie ein Huhn mit einem Menschen vergleichen?

Nachdem Kim sich die Hände abgetrocknet hatte, kramte sie in ihrer Hosentasche und holte etwas hervor, das wie ein Stück Holz aussah: »Das ist die Wurzel des *Hesun-Baums*, der nicht in unserer Gegend wächst. Mama und ich haben so einen Baum auf dem Qingcheng-Berg gefunden. Die Urgroßmutter meines Vaters sagt, daß der Saft dieser Wurzel blutreinigend ist und blaue und weiße Flecken heilt.«

»Aber Kim, der Berg ist in der Provinz Sichuan, mehr als tausend Kilometer von hier entfernt. Wie seid ihr denn dorthin gekommen?«

»Ich habe da so meine Möglichkeiten.« Kims Augen funkelten schelmisch – ein Zeichen, daß sie insgeheim ihre Kabinettstückchen genoß, von denen viele garantiert gesetzwidrig waren.

»Bist du wieder schwarzgefahren?«

»Nein. Wir haben Fahrkarten gekauft, wie es sich gehört.«

»Das glaube ich dir nicht.«

»Warum fragst du dann?« Sie grinste und erzählte weiter: »Bei der kleinen Stadt Tongxian, wo die Züge Wasser und Kohle nachfüllen, sind wir heimlich auf den Zug geklettert ... Ach ja, bevor ich es vergesse, Frau Yang, die Wurzel muß in zehn Stücke gehackt werden, dann reicht sie für zehn Wochen. Kochen Sie jede Woche ein Stück Wurzel in einem Topf Wasser, und geben Sie Lian den Sud zweimal am Tag zu trinken. Lian, ich garantiere dir, noch bevor alle Stücke aufgebraucht sind, hast du keinen einzigen Fleck mehr.«

Mutter und Tochter lachten über das ganze Gesicht; sie

zweifelten keine Sekunde an der magischen Kraft des Rezepts, das von Generation zu Generation weitergegeben worden war.

Lian unterbrach die Stille: »Komm mit in mein Zimmer. Wir haben uns noch viel zu erzählen.«

Kim trat einen Schritt zurück. »Das geht nicht. Sonst muß meine Mutter zu lange warten.«

»Wie meinst du das?«

»Meine Mutter hat mich hergebracht, weil ich Angst hatte, daß der Portier mich nicht hereinlassen würde. Aber eine alte grauhaarige Frau kann er kaum wegschicken, auch wenn sie zur Dritten Kaste gehört, oder? Sie steht jetzt vor dem Haus. Ich wollte eigentlich nur das Huhn und die Medizin bei euch abgeben und gleich wieder gehen...«

Mutter rannte aus der Wohnung, und zwei Minuten später wurde Kims Mutter mit sanfter Gewalt in die Wohnung geschoben. Auch dort hörte sie nicht auf zu protestieren: »O Buddha, öffne deine Augen. Siehst du denn nicht, wie unpassend und unhöflich es ist, daß ich, ein bettelarmer, demütiger Wurm der niedrigsten Kaste, bedeckt mit Erdkrumen, meine schmutzigen Füße in den Palast eines Doktors und Professors setze? Geliebter, gütiger Buddha, vergib mir meine Dickfelligkeit...«

Lian schoß auf sie zu: »Frau Mutter von Kim, weshalb sind Sie verlegen? Ihre Tochter ist meine beste Freundin. Natürlich sind Sie bei uns willkommen.«

Kims Mutter strich mit den Fingern ihr zerzaustes, fast weißes Haar glatt: »Nein, das ist etwas anderes. Kinder niedriger Geburt dürfen ab und zu vergessen, wo ihr Platz ist, und mit Kindern von reichen Leuten verkehren. Aber Erwachsene müssen sich entsprechend den Regeln ihrer Kaste verhalten. Sonst gibt es keine Ordnung mehr in der Gesellschaft.«

Lians Mutter mußte lachen: »Wissen Sie, meine Liebe...«

Kims Mutter fiel ihr ins Wort: »Oh, mein Rücken, das Gerippe einer Hungerleiderin, ist zu schwach, diese Ehre tragen zu können.«

Mutter trat einen Schritt zurück und fragte erstaunt: »Welche Ehre?«

»Aber verstehen Sie denn nicht? Die Ehre, von Ihnen, hochgeehrte Frau Professor, ›meine Liebe‹ genannt zu werden!«

Lians Mutter schüttelte den Kopf. »Wie kommen Sie darauf? Für mich ist es gerade eine Ehre, daß Sie und Ihre Tochter uns ... politische Gefangene besuchen.«

Kims Mutter verdrehte die Augen. »*Alter, Weiser Himmel*, nur Du begreifst mit der Klarheit Deiner Augen, was für eine Schande es ist, diese so unentbehrlichen Intellektuellen in ein Lager einzusperren. Was will der Kaiser, ach, Entschuldigung, der ›Parteivorsitzende‹, eigentlich? Daß alle so dumm sind wie ein Schweinehintern und ein Leben lang Analphabeten bleiben wie Kim, ihr Vater und ich? Wir sind verdammt, gerade weil wir *nicht* gebildet sind. Frau Yang, glauben Sie mir, diese sogenannte, äh ... Kulturrevolution ist wie der Schwanz eines Kaninchens – *der ist nicht lang und hält sich auch nicht lang*.« Mit ihren schwieligen Händen zog sie Lians Arme hoch und sagte: »Kleines Fräulein, diese Flecken hast du nicht verdient. Nimm den Wurzelsud jeden Tag ein. Dann wirst du sehen, daß die Flecken im Handumdrehen verschwinden!«

Kim begann wieder zu schluchzen. Diesmal blieben Lians Augen trocken – ihr reichte es jetzt. Sie wollte nicht, daß Kim und ihre Mutter sich immer nur Sorgen um sie machten; das war die verkehrte Welt! Sie rannte ins Wohnzimmer, zog die Schublade mit den Süßigkeiten auf und füllte eine große Schüssel mit Bonbons und Schokolade. Ihre Mutter ging ins Schlafzimmer und holte unter dem Bett einen Karton mit Walnüssen und Kastanien hervor. Sie bauten ganze Taschen voller Leckereien vor den beiden Besucherinnen auf.

»Wir dürfen nichts annehmen! Sonst wirkt die Medizin nicht.«

Mutter und Lian wurden sofort still. Die beiden hatten recht – es war nun einmal Sitte, sich nie dankbar zu erweisen, bevor die Krankheit geheilt war; sonst hatte es den

Anschein, der Arzt habe die Medizin nur seines materiellen Vorteils wegen verschrieben. Gehorsam räumten sie die Leckereien wieder weg. In diesem kritischen Augenblick, in dem sich entscheiden sollte, ob die Flecken ihrer Tochter verschwinden würden, beugte die Mutter das Haupt vor der abergläubischen Tradition. Und das, obwohl sie eine Wissenschaftlerin, eine Forscherin war, die ihren Studenten beibrachte, rational zu denken, und deren Mann noch dazu Arzt in westlicher Medizin war.

Kim ging zu ihrer Mutter und entschuldigte sich: »Tut mir leid, Mama, daß ich Sie so lange draußen warten ließ. Ich habe viel Zeit verloren, weil ich Lian zu überzeugen versuchte, Wittie aufzuessen.«

Lians Mutter sagte: »Ich wollte dich sowieso gerade fragen, Kim, was dir einfällt, deine Mutter ohne unser Wissen so lange draußen in der Sonne schmoren zu lassen?«

Kims Mutter kam ihrer Tochter zu Hilfe: »Es macht mir nichts aus, wirklich nicht, mein Kind. Die zähe, abgenutzte Haut deiner Mutter kann schon etwas aushalten. Wir gehen jetzt heim. Dein Vater repariert gerade das Dach, er kann unsere Hilfe gut gebrauchen. Frau Yang, melden Sie sich, wenn die Wurzel aufgebraucht ist. Aber ich bin mir sicher, daß die Flecken dann schon verschwunden sind.«

Lian brachte die beiden zum Tor ihres Viertels und schaute ihnen nach, bis sie nur noch zwei Punkte in der grünen Ferne waren.

In Windeseile kehrte Lian nach Hause zurück. Sie ging zum Spiegel in Mutters Kleiderschrank – dem einzigen, den sie noch nicht ›aus Versehen‹ zerschlagen hatte – und warf einen vernichtenden Blick auf die Lian, die ihr aus dem Spiegelglas entgegensah. Ihr abgemagertes Gesicht war olivgrün verfärbt, und die Lippen waren blau angelaufen. Die Wangenknochen ragten wie zwei spitze Hügel auf, und ihre Haut war zerknittert wie Pergament.

Ohne ein Geräusch hatte sich Mutter hinter sie gestellt. Sie sagte: »Kim hat recht. Das Essen in der Lagerkantine ist nichts für eine Heranwachsende wie dich. Ich verspreche dir, dafür zu sorgen, daß sich das ändert.«

Lian zuckte mit den Achseln: »Mama, wovon sprechen Sie? Ich fühle mich pudelwohl im Lager. Das Essen stört mich nicht, bestimmt nicht! Vielleicht ist es Zeit, ein bißchen magerer zu werden. Schauen Sie, Opa ist dünn, Oma ist dünn, und auch Sie sind nur Haut und Knochen. Es liegt einfach in der Familie.«

KINDERARBEIT

Das freie Wochenende war wieder vorüber. Lian hatte sich inzwischen in der neuen Umgebung eingelebt. Aber Mutter machte sich weiter Sorgen um Lians Gesundheit. Offensichtlich hatte sie einen Plan.

Beim Mittagessen nahm sie Lian mit zu dem Platz, wo Professor Qin hockte. Sie sagte zu ihm: »*Je weniger Zähne, desto mehr Weisheit*. Deshalb bitte ich Sie um Rat. Schauen Sie sich doch nur die Arme und Beine meiner Tochter an: Sie sieht wie eine Neunjährige aus. Ich befürchte, sie wird nie wachsen...«

Qin legte sein Maisbrötchen zurück in die Schale, hörte auf zu kauen und lauschte aufmerksam.

Mutter fuhr fort: »Für die Diagnose brauche ich keinen Arzt. Das Kind ist offensichtlich unterernährt ... Wie kann ich Lians Vater mit dem Kind vor die Augen treten, wenn ich so schlecht für sie sorge!«

Qin hörte geduldig zu, während Mutter mit ihrer Litanei fortfuhr. Er wußte, sie war klug genug einzusehen, daß nicht sie an den gesundheitlichen Problemen ihres Kindes schuld war.

»Herr Qin, das ist einfach ungerecht. Ich bin hier die Gefangene, nicht meine Tochter. Wenn es die Aufgabe der Lagerleitung ist, mich kurzzuhalten und auszuhungern, dann akzeptiere ich das. Aber Lian darf man das nicht antun. Ist es zuviel verlangt, ihr etwas besseres Essen zu geben?«

»Die Antwort lautet: Ja. Der Direktor hat es sowieso schon schwer genug mit deinem Fall. Ich habe gehört, ein paar Häftlinge hätten sich bei ihm über die ›elitären‹ Privatstunden Lians beklagt. Die Lagerleitung hat die Anschuldigung zurückgewiesen und gesagt, daß gerade die junge Generation zu guten Revolutionären erzogen werden muß. Wenn du jetzt wieder mit einem Gesuch ankommst, befürchte ich, daß du dir *eine eingedrückte Nase* holst.«

Mutter hielt Lian noch ein wenig fester, als würde sie dadurch noch dünner werden, um schließlich wie eine leise Brise davonzuwehen.

Qin hob seine Schale vom Boden auf und sagte: »Aber ich habe eine Idee. Heute früh hat uns der Hauptaufseher gefragt, wer von den über Siebzigjährigen in der Getreidemühle arbeiten möchte. Jetzt, wo du von Lians Ernährung sprichst, denke ich, ich sollte die Stelle ruhig annehmen. Was meinst du dazu?«

Seine Absicht war klar. Er wollte, daß sich Lian beim Direktor bewerben solle, mit Qin zusammen Getreide mahlen zu dürfen. Lian dachte sofort an das zusätzliche Abendessen, das das Personal in der Mühle bekam. Nicht etwa das normale Gefängnisessen, sondern die Delikatessen, die für die Parteifunktionäre bestimmt waren. Sie flatterte um Qin und die Mutter herum und jubelte: »Hurra, bald esse ich wie ein Kaiser! Fleisch, frisches Gemüse, kein eingelegtes, und weißen Reis! Ihr werdet schon sehen.«

Sie brach den Satz ab und schluckte ihren Speichel hinunter, bevor sie daran erstickte. Aua! Ein fürchterlicher Schmerz durchfuhr ihren linken Arm – schnurstracks wurde sie aus der Wolke der Euphorie auf den ernüchternden Boden der Realität geworfen. Sie schaute auf ihren Arm, wo sich ein sternförmiger blauer Fleck gebildet hatte. Mutter hatte Lian gekniffen, *ning-en*.

Immer, wenn Mutter böse auf sie war, nahm sie ein Stückchen von Lians Haut fest zwischen Daumen und Zeigefinger. Dann drehte sie das Hautstückchen so lange, bis Lian vor Schmerz fast umkam und wie ein Tropfen Öl in einer glühendheißen Pfanne auf und ab hüpfte.

Die Tränen machten sie blind. Sie hätte es wissen müssen. Auf das große Glück würde unweigerlich der Kummer folgen und es im Keim ersticken. In den dreizehn Jahren ihres Lebens hatte sie es nie anders erlebt, als jedesmal für die Freude zu büßen, die ab und zu wie ein Meteor ihre pechschwarze Welt erleuchtete. Das Dumme war nur, daß sie die Angst vor der Strafe vergaß, sobald sie nur ein Fitzelchen des Glücks erhaschte ...

»*Chihuo!* Der letzte Funken Verstand, den du hast, sitzt in deinem Bauch!« Mutter schlug auf Lian ein und schimpfte weiter: »Du denkst nur an die kleinen Vorteile der Arbeit in der Mühle. Bist du dir darüber im klaren, wie du dich abrackern mußt für das bißchen frisches Gemüse, die paar Streifen Fleisch und ein Schälchen weißen Reis?! Zehn Stunden am Tag, ohne Pause! Die elektrische Getreidemühle kennt keine Müdigkeit. Außerdem ist die Luft dort zum Schneiden: ein Vorhang aus Mehl. Bald wirst du dann zwar deinen Hunger gestillt haben, aber deine Lungenflügel werden aussehen wie panierte Hühnerfilets!«

Qin konnte Mutter nicht widersprechen und schüttelte hilflos den Kopf.

Lian mußte sich mit beiden Händen vor Mutters Schlägen schützen, die wie ein Platzregen auf sie niedergingen. Sie wagte es nicht, hemmungslos zu weinen – aus Angst, Mutter würde sie dann noch fester schlagen ...

Komisch, die Schläge hatten, viel früher als sonst, aufgehört. Verwundert schaute Lian auf. Mutters Augen waren gerötet. Plötzlich begriff sie, warum Mutters Tobsuchtsanfall vorüber war: Sie blickte auf Lians Arme. Die sahen aus wie vertrocknete Bambusstäbe. Und ihre Kniescheiben stachen wie Riesenhöcker aus den mageren Beinen hervor.

»Herr Qin, wenn meine Tochter nicht so stark unterernährt wäre, brächte ich es nicht übers Herz, sie zehn Stunden am Tag in dieser völlig verschmutzten Umgebung schuften zu lassen. Nun ja, eigentlich braucht Lian das nahrhafte Essen für das Mühlenpersonal unbedingt. Ich werde mich heute nachmittag um ein Gespräch mit dem Direktor bemühen...«

Qin beruhigte sie: »Yunxiang, mach dir keine Sorgen. Ich werde mein Bestes tun, um Lian das Schlimmste zu ersparen. Laß sie nur rechtzeitig kommen, genau um eins, damit jeder sieht, daß sie wirklich arbeitet und sich ihr Abendessen verdient. Sobald es um die Mühle herum ruhiger wird, so gegen fünf, schicke ich sie nach Hause. Abends um zehn kann sie wiederkommen, dann ist sie rechtzeitig da für das Essen um elf.«

Lian dachte an die endlos dröhnende Mühle und hatte plötzlich einen Einfall. »Dann kann mir Herr Qin während der Arbeit Geschichtsunterricht geben. Auf die Weise...«, flüsterte sie zuerst Mutter und dann dem Professor ins Ohr, »kann keiner hören, welche konterrevolutionären Ideen Herr Qin mir eingibt.«

Er legte den Zeigefinger an Lians Stirn: »Deine Pfiffigkeit und dein schlaues Köpfchen haben sie offenbar noch nicht aushungern können!« Aus seinem heiteren Lächeln schloß Lian, daß er mit ihr einer Meinung war.

Später berichtete Mutter Lian, daß der Direktor ihrem Antrag zugestimmt hatte.

An diesem Abend konnte Lian nicht einschlafen.

Erst die Arbeit, dann der Lohn

Punkt eins betrat Lian die Mühle. Ihr Herz klopfte – nicht nur vor Aufregung, weil es ihr erster Tag in der Mühle war, sondern auch, weil das ganze Haus von der gigantischen, mit Strom betriebenen Maschine, die wie verrückt brüllte, hin und her geschüttelt wurde, auf und nieder, von links nach rechts wie ein Schiff auf dem tosenden Meer. Qin war bereits da. Er drückte ihr eine Mütze und einen Overall in die Hände. Die Ausrüstung war aus demselben Stoff wie die Säcke für das Weizenmehl. Sie schaute erst Qin an, dann sich selbst: Sie sahen aus wie zwei Mehlsäcke auf Beinen.

Die Mühle, das Prunkstück des Straflagers, bestand aus drei Teilen: der erste war ein Behälter, der die Größe und die Form eines LKW-Containers hatte. In diesem Behälter brodelte der gelbbraune, ungeschälte Weizen wie ein Vulkan vor dem Ausbruch. Der zweite Teil war eine dicke, gleißende Aluminiumröhre, die sich durch die Mühle wand und in eine Maschine von der Größe eines Wohnzimmers mündete – Teil drei. Diese Maschine wiederum war mit einer weiteren Röhre verbunden, deren Durchmesser dem einer Waschwanne entsprach. Und an diese Röhre wurde ein Mehlsack gebunden, achtzig mal vierzig Zentimeter. Die aus der Röhre strömende Luft blies den Sack wie einen Ballon auf. Weil der Ballon neben einem Fenster hing, das vom Sonnenlicht angestrahlt wurde, konnte Lian durch ihn hindurchsehen. Ihr fiel auf, daß nicht nur Luft, sondern auch Mehl im Sack war, das von Sekunde zu Sekunde mehr wurde ...

»Beeil dich!« schrie Qin ihr zu und drückte ihr den Rand eines leeren Mehlsacks in die Hände, den er an der anderen Seite selbst festhielt. »Halt gut fest.«

Lian versuchte zu tun, was er ihr sagte. Vergeblich, denn der Sack reichte ihr bis zum Hals – es war ihr unmöglich, ihn auf gleicher Höhe wie der Professor an die Unterseite des Ballons zu pressen. Qin sauste in eine Ecke und packte einen Schemel, auf dem sie stehen konnte. Diesmal gelang es ihnen, den leeren Sack in der richtigen Position zu halten.

Inzwischen hatte sich der Ballon bis zum Bersten mit frisch gemahlenem Mehl gefüllt. Qin löste an der Unterseite den Knoten. *Ruff!* Wie ein Sturzbach aus Lärm und Mehl donnerte die weiße Masse in den leeren Sack, den die beiden genau unter die Öffnung hielten. Es schneite Mehlstaub. Lian wurde davon geblendet, und es nahm ihr den Atem.

Qin zog ein Stückchen Schnur aus einer Schachtel auf der Fensterbank und verschnürte damit den Sack. »*Wujau!*« schrie er wie ein Riese, der gerade einen Berg versetzen will, stemmte die Last und schleppte sie in eine andere

Ecke des Raumes. Gütiger Buddha, dort türmten sich Hunderte von Mehlsäcken, ordentlich gestapelt, wie gewaltige Backsteine.

»Schnell!« schrie ihr Qin in die Ohren. »Der Sack an der Röhre ist schon wieder halb voll. Her mit dem nächsten!«

Erschreckt durch das Geschrei griff Lian schnell nach einem neuen Sack. Neben dem laut dröhnenden Mahlwerk blieb einem gar nichts anderes übrig, als so laut zu brüllen. Wie Pistolenkugeln schossen Qin und Lian zwischen dem Ballon, der sich – verfluchter Sohn einer ledigen Mutter – immer schneller füllte, und dem Lagerplatz hin und her. Schon bald waren sie völlig außer Atem und naßgeschwitzt.

Es war erst halb zwei. Mußte sie das nun tagaus, tagein tun? Das würde sie nie durchhalten! Aber sie hatte kaum Zeit, darüber nachzudenken, denn der sich schnell füllende Sack an der Röhre hielt Geist und Körper in Trab.

Nach drei Stunden knochenharter Schlepperei und Rennerei hatte sie sich schon fast daran gewöhnt. Der Ballon schien sich langsamer zu füllen, so daß ihr die Pausen zwischen dem Füllen des leeren Sacks, dem Wegbringen und Warten und dem erneuten Leeren des Ballons zum Glück immer länger vorkamen. Sie sah Qin an, der ihr wie ein Yeti gegenüberstand und den Sack unter der Röhre nicht aus den Augen ließ. Den Mund an sein Ohr gepreßt, schrie sie: »Sind Sie nicht müde?«

Er kratzte sich am Ohr, als wollte er ihre Worte daraus hervorschütteln, und sagte: »Kind, brüll doch nicht so. Ich kann dich auch so gut verstehen.«

Sie hielt den Kopf schief und lauschte dem Lärm der Mühle. Es war verrückt, aber er schien plötzlich stark nachgelassen zu haben, und mit etwas Übung konnte sie durch Lippenlesen Qins Worte ganz normal hören und begreifen. Sie fragte noch einmal: »Sind Sie nicht müde?«

»Müde?« lachte Qin. »Im Vergleich zu der Plackerei auf dem Feld ist das hier ein ruhiger Posten.« Wie schwer es auch fiel, ihm zu glauben – gab es eine noch schwerere Arbeit als diese? –, nahm sie es ihm doch ab. Qin sah wirklich glücklich aus. Er stand entspannt da, seine Augen glänzten froh, und er bewegte den Kopf rhythmisch hin und her. Er sang ein Lied und schaute aus dem Fenster. »Siehst du, was habe ich dir gesagt? Nach fünf Uhr ist keine Menschenseele mehr in der Nähe unserer Mühle zu sehen. Hopp, hopp, Lian, nach Hause! Mach deine Hausaufgaben und bereite dich auf den Unterricht von morgen vor.«

»Die Hausaufgaben habe ich heute morgen schon gemacht. Ich werde Sie doch bei dieser schweren Arbeit nicht im Stich lassen!«

»Die ist nur für eine Person gedacht! Eigentlich brauche ich keine Hilfe. Du bist nur hier, um bei den anderen den Eindruck zu erwecken, daß du dein Abendessen nicht umsonst bekommst.«

Lian hörte es gar nicht gern, daß sie nicht unentbehrlich war. Aber Qin verlor die Geduld: »Nun geh doch schon! In einer knappen Stunde ist Essenszeit. Dann kommen die Leute auf dem Weg vom Feld in die Kantine hier vorbei. Wenn du dann erst nach Hause gehst, sieht jeder, daß du nicht die volle Zeit arbeitest.«

Widerstrebend verabschiedete sie sich: »Bis heute abend, Herr Qin. Zehn Uhr.«

Als es Zeit war, wieder an die Arbeit zu gehen, gab Mutter ihr eine Taschenlampe mit und sagte: »Gib acht auf die Pfützen – die können tiefer sein, als du denkst, und ich möchte nicht, daß du dir die Knöchel brichst.«

Im Lager abends allein aus dem Haus zu gehen war etwas anderes als in der Stadt. Hier drohte die einzige Gefahr für den nächtlichen Spaziergänger von den tückischen Kuhlen im Pfad, die voller Regenwasser standen und dadurch unsichtbar waren. Lian folgte dem gelben Lichtstrahl der Taschenlampe und ging in die kühle Umarmung der Sommernacht hinein. Der Schleier der Nacht war durchsichtig, aber dunkel, wie ein Stück schwarzer Spitze, und spannte sich über das ganze Firmament. Sterne spähten funkelnd durch diese Spitze und erzählten schweigend von der paradiesischen Geschichte dort oben. Die Lichter in den

Schlafsälen waren inzwischen erloschen und mit ihnen die Geräusche. Überall war es mäuschenstill, bis auf das Zirpen der Grillen und das Quaken der Frösche, die sich noch auf den Schilfhalmen und Seerosen am Teich hinter dem Lager über die Ereignisse des langen, heißen Sommertages unterhielten. Die Mühle arbeitete unablässig weiter.

Qin lächelte, als Lian wieder an ihrem Arbeitsplatz erschien. Er sah nicht mehr so frisch aus wie am Nachmittag – er hatte so gut wie keine Pause gehabt. Lian bestand darauf, den Mehlsack allein zu dem Lagerplatz zu schleppen, was Qin diesmal ohne Widerspruch hinnahm.

Um elf Uhr stellte er endlich die Maschinen ab. Plötzlich fühlte sich Lian wie in einem Geräuschvakuum. Noch nie hatte sie die Stille so sehr geliebt wie in diesem Augenblick. Sie nahm ihren Beutel mit Schalen und Stäbchen und hüpfte neben Qin zum Prominentenbereich der Kantine. Es war ein Weg von fünf Minuten. Keiner von ihnen sagte ein Wort, aber sie wußte, daß er wußte, daß sie in diesem Augenblick die glücklichsten Menschen auf der Welt waren.

In dem Zimmer, in dem das besondere Essen für die Lagerverwaltung – deren Sitzungen angeblich bis spät in die Nacht gingen –, für die Nachtwächter und das Mühlenpersonal zubereitet wurde, brannte grelles Licht. Der Wok, aus dem der Koch das Essen schöpfte, war ungewöhnlich klein, so klein wie ein Waschbottich, während der tagsüber benutzte Wok größer als eine Badewanne war. Beim kleinen Wok dachte man an gutes Essen, und das nicht zu Unrecht.

Lian hielt ihre Schale an den Rand des Woks und wartete mit klopfendem Herzen auf den kaiserlichen Leckerbissen. Sie schloß die Augen wie ein Kind, das auf sein Geburtstagsgeschenk wartet, und öffnete sie dann wieder voller Verlangen: gebackene Frühlingszwiebeln mit kroß gebratenen Streifen Schweinefleisch! So etwas hatte sie schon seit Monaten nicht mehr gegessen – vor Freude verlor sie fast den Verstand.

Sie wußte nicht, was in sie gefahren war, aber sie konnte sich nicht vom Wok trennen und hielt ihre Schale noch einmal hin, in der Hoffnung, der Koch würde noch eine Kelle hineinschöpfen. Ihre Augen mußten wohl sehr gierig ausgesehen haben, denn der Koch lachte schallend und sagte zu der Köchin neben sich: »Das kleine Ding hier weiß, wo's langgeht! Schau, sie möchte noch eine Portion«, aber er erfüllte Lians Wunsch. Die Schamröte stieg ihr ins Gesicht, doch das verlockend duftende Gericht und der dampfende, schneeweiße Reis ließen sie alles schnell wieder vergessen. Sie rannte in einen Winkel der Küche, ging in die Hocke und verschlang ihr Essen.

Qin folgte und sagte: »Lian, dieser Raum ist anders als die Kantine. Siehst du nicht, daß hier alle Tische und Stühle frei sind? Komm, wir essen ganz bequem im Sitzen.«

Sie machte einen Katzenbuckel und knurrte drohend wie ein streunender Hund, der im Abfalleimer einen Knochen gefunden hat und ihn nun mit aller Gewalt gegen die gierigen Mäuler seiner hungrigen Artgenossen verteidigt. Dabei stopfte sie die Frühlingszwiebeln mit Fleisch weiter in sich hinein. Das Essen quoll ihr beinahe aus dem Mund – sie schlang so gierig, daß ihre Augen fast aus den Höhlen gedrückt wurden. Qins Augen wurden feucht, und er hockte sich neben sie. Während er zusah, wie sie sich ohne alle Manieren den Bauch vollschlug, schob er sich selbst nur weißen Reis in den Mund. Mit den Stäbchen pickte er alle Fleischstreifen aus seiner Schale und legte sie auf Lians Reis.

Überrascht stand sie auf, und Qin sagte: »Bleib sitzen und iß weiter. Onkel Qin ist alt. *Die Augen eines alten Pferdes sind größer als sein Magen.* Das Fleisch, das ich esse, wird ohnehin nicht mehr gut verdaut. Warum sollte ich es nicht dir geben, mein Kind? Du mußt noch wachsen.«

Mit zitternden Stäbchen stopfte sich Lian die Fleischstreifen in den Mund. Qins Augen schimmerten vor Rührung. Lian fühlte sich verwöhnt und getröstet.

Nach dem Abendessen brachte Qin Lian zu ihrem Schlafsaal. Leise schlich sie zu ihrem Bett und konnte vor Glück nicht einschlafen. Zuerst dachte sie an Kim, die Kopf und Kragen riskiert hatte, als sie heimlich auf den Zug geklettert war, um die heilkräftigen Wurzeln auf den Berggipfeln zu suchen, und die ihre Kameradin Wittie getötet hatte, um Lian zu retten. Auch das Gesicht von Kims Mutter stand ihr vor Augen. Dann dachte sie an Qin. Er unterrichtete und beschützte sie und gab ihr von seinem Essen etwas ab. Sie wußte sich geborgen und sicher. Ihre Nerven, die seit Vaters Weggehen ständig angespannt gewesen waren, lockerten sich, ein Strang nach dem anderen.

Das Seerosentheater

Wie es Qin und Lian gehofft und geplant hatten, konnten sie den Geschichtsunterricht während der Arbeit in der Mühle fortsetzen – in der Pause zwischen dem Abstellen des gefüllten Sacks und dem Augenblick, in dem sich der Ballon an der Röhre wieder gefüllt hatte. Qin brauchte nicht mehr zu befürchten, daß jemand seine konterrevolutionären Ausführungen hören könnte, da die dröhnende Maschine die beste Tarnmusik war. Er konnte freiheraus seine eigene Sicht der Vergangenheit des uralten China vortragen. Er sprach so klar und fesselnd, daß Lian den Unterricht zum erstenmal nicht als eine Pflicht, sondern als Vergnügen empfand. Aufmerksam lauschte sie seinen Vorträgen und erlebte die Höhen und Tiefen ihres Vaterlands mit heißem Herzen mit, so wie sie als Dreijährige die Geschichten ihres Kindermädchens genossen und gejauchzt hatte, wenn die gute Fee das verletzte Reh heilte und zu seiner Mutter zurückbrachte, und wie sie getrauert hatte, wenn die böse Hexe die kleine Prinzessin in eine Eule verzauberte. Was sie anging, konnte Qin stundenlang reden – es wurde ihr nie zuviel.

Lian platzte fast vor Stolz auf ihr neuerworbenes Wissen und hätte es am liebsten an andere weitergegeben. Aber ... an wen? Die Erwachsenen um sie herum waren alle inhaftiertes ›menschliches Unkraut‹, mußten tagsüber

Zwangsarbeit verrichten und waren abends zu erschöpft, um etwas anderes zu tun, als zu dösen; und Kinder gab es außer ihr nicht im Lager. Trotzdem wollte sie sich mitteilen – notfalls der Wand.

Am Morgen ihres dritten Arbeitstages ging sie, nachdem sie eine Stunde später als ihre Saalnachbarinnen aufgestanden war und gefrühstückt hatte, zu dem kleinen See hinter den Baracken. Sie setzte sich ins Gras, ließ ein flaches Steinchen über das Wasser springen und bildete sich ein, das dabei entstehende Geräusch – *ting-tong-tong* – sei eine herzliche Formel, mit der der Teich sie begrüßte. Sie erzählte den Pflanzen und den Fröschen, die von einer Seerose zur nächsten sprangen, was sie gelernt hatte.

Immer wenn sie auf das unbewegte Wasser blickte, meinte sie, Qins runzliges Gesicht darin gespiegelt zu sehen. Er hörte ihr aufmerksam zu und ertrug ihre gewagten und oft verdrehten Bemerkungen und kindlichen Interpretationen historischer Ereignisse mit wohlwollender Gutmütigkeit. Seine Geduld, sein Verständnis und seine selbstverständliche Annahme von Lians Naivität bewegten etwas in ihrem Herzen ...

Am nächsten Morgen zog sie wieder zum See. Sie hatte den Ort inzwischen ›Seerosentheater‹ getauft, ein Name, der ihre Fantasie anregte und die Vorstellung, die Frösche und Grillen hörten ihr zu, noch verstärkte. Hier besprach sie alles, was sie von Qin gelernt hatte. Sie verschränkte die Hände hinter dem Rücken und schritt bedächtig und vornübergebeugt auf und ab, wie es sich für einen ehrwürdigen Lehrmeister gehörte. Mit Daumen und Zeigefinger der rechten Hand rieb sie sich über den Nasenrücken und tat, als rücke sie eine imaginäre Brille zurecht, das Symbol für Gelehrtheit.

Sie fragte die Natur ringsum: »Verehrtes Publikum, habt ihr schon vom Ruhm des chinesischen Kaiserreiches gehört? Nein? Dann hört mir gut zu«, und sie hob den Zeigefinger wie eine echte Lehrerin.

Die Grillen machten sich nichts aus ihrem Vortrag und zirpten, als wäre es ihnen Millionen Jahre verboten gewesen. Die Frösche pumpten ihre elastischen Köpfe seitlich auf, quakten einfach weiter und ignorierten hartnäckig Lians »*Pssst ...!*« Aber das dämpfte ihren Enthusiasmus nicht im geringsten.

»Vor langer, langer Zeit, als die Europäer noch in den Bäumen herumkletterten, stand das chinesische Kaiserreich schon in voller Blüte. Und was für ein Kaiserreich! Es war sage und schreibe zweihundertdreißigmal so groß wie zum Beispiel die Niederlande, ein kleines Land irgendwo in Westeuropa ...

Die chinesische Gesellschaft war tadellos organisiert. An der Spitze stand der Kaiser, der über seine Minister Abgaben einziehen ließ, und die Minister wiederum verlangten von ihren Untergebenen Steuern. Ganz unten in der Hierarchie krebsten die Bauern herum, die das riesige Reich mit Essen und Gebrauchsgütern versorgten und als Kanonenfutter dienen mußten, wenn das Land Krieg führte.

Es war ein Traumland: Jeder kannte seinen Platz, jeder gehorchte seinen Vorgesetzten und tat, was von ihm verlangt wurde. Die Bauern schufteten, die Beamten und Minister beuteten die Bauern aus – um ihrerseits vom ›Sohn des Drachen‹, wie unser Kaiser genannt wurde, ausgesaugt zu werden. Einen perfekteren Kreislauf können wir uns für die Gesellschaft nicht wünschen.

Das junge ›Reptil‹ lernte, dafür zu sorgen, sicher auf seinem Thron zu bleiben, während es seine Konkurrenten vergiftete, verstümmelte oder notfalls abschlachtete. Um die Zeit, als der kleine Drache geschlechtsreif wurde, bekam er eine neue Aufgabe, die er mit Vergnügen erfüllte: neue Reptilien zu produzieren. Nur so konnte das Kaiserreich schließlich zu angemessenen Herrschern kommen, nicht wahr?

Um diesen riesigen Staat zu regieren, war Einheitlichkeit unabdingbar, denn sonst konnte die kaiserliche Macht nicht bis in die fernsten Winkel des Landes dringen. Da jeder Distrikt oder jede Region ihre eigene Sprache hatte, wäre es ein aussichtsloses Unterfangen gewesen, die Anordnungen der Regierung in diese Sprachen zu übersetzen. Daher wurde eine Schriftsprache für alle erfunden, das *Wenyan*. Wer höher hinauswollte, mußte diese Sprache lernen, und so konnten alle lokalen Beamten die Regierungsdokumente lesen. Sie mußten dafür sorgen, daß die ungebildeten Bauern nach der Pfeife der Obrigkeit tanzten.

In dieser Zeit gab es noch kein Telefon, und es wurden noch keine Telegramme verschickt; es gab noch nicht einmal Briefe im heutigen Sinn des Wortes. Wie konnten die Dekrete des Kaisers die abgelegenen Dörfer erreichen? Indem man spezielle Postkutschen schickte. Weil die Straßen in den verschiedenen Gebieten nicht alle gleich breit waren, kamen die Kutschen manchmal nicht mehr weiter. Also schrieb das Staatsoberhaupt eine offizielle Breite für alle Straßen des Reiches vor.

Noch wichtiger war jedoch die Einheitlichkeit der Gedanken. Jeder mußte mit Leib und Seele hinter der Politik der Regierung stehen. Man stelle sich nur vor, ein schwachsinniger Bauer oder ein betrunkener Minister hätten gesagt, der Kaiser habe dies oder jenes nicht gut gemacht! Dann wäre das reinste Chaos ausgebrochen. Solch eine negative Bemerkung hätte sich in Windeseile verbreitet, und wer wollte leugnen, daß auch ein Kaiser Fehler macht? Da es in diesem Land keine einzige Möglichkeit gab, Unzufriedenheit mit der Regierung zu äußern, hätte eine derartige Kritik wie ein Funke in einem trockenen Heuhaufen gewirkt. Innerhalb kürzester Zeit wäre ein Aufstand ausgebrochen, und ein Bürgerkrieg wäre nicht zu verhindern gewesen. Die lokalen Beamten hätten ihre Heere eingeschaltet und die Gelegenheit beim Schopf ergriffen, ihre Macht zu vergrößern, indem sie benachbarte hohe Beamte von ihren Posten verjagten. Der Staat wäre in Blut ertrunken, und kein Bauer hätte mehr in Ruhe sein Land bestellen können. Wenn man nicht von den kämpfenden Armeen erstochen worden wäre, hätte man im Laufe der Zeit bestimmt Hungers sterben müssen. Seht ihr, Kritik am Kaiser zu erlauben hätte eine ›nationale Katastrophe‹ bedeutet. Und um das zu verhindern, wurde ein einzigartiges Rechtssystem geschaffen.

Wißt ihr, was das schwerste Verbrechen war? Nicht Mord, Landesverrat oder Diebstahl, sondern: anzuzweifeln, ob die politische Entscheidung des Kaisers zu hundert Prozent genial war. Wer das wagte, erhielt die Höchststrafe. So jemand wurde nicht gehenkt oder einen Kopf kürzer gemacht, nein, das wäre zu milde gewesen. Er wurde in eine riesige Pfanne mit siedendem Öl geworfen und erst herausgeholt, wenn er zu einem knusprigen Braten gebacken war.

Solche Maßregeln garantierten die Stabilität des Reiches, so daß die Wirtschaft florierte. In der Zeit, als die Europäer noch die Früchte von den Bäumen pflückten, um ihre behaarten Bäuche zu füllen, konnten die Chinesen bereits Vorräte anlegen und ihre Scheunen bis unters Dach mit Getreide füllen. Sie verbesserten ihre Anbaumethoden und steigerten Schritt für Schritt die Produktion. Das Bewässerungssystem verringerte die Abhängigkeit vom Wetter, und Eisenwerkzeuge dienten dazu, daß man den Akker immer tiefer, schneller und gründlicher bearbeiten konnte. In der Zeit, als die Europäer die Früchte noch mit Schale, Kernen und allem Drum und Dran aufaßen und sich darüber wunderten, daß an der Stelle, wo sie ihre Notdurft verrichtet hatten, ein Apfelbaum aus dem Boden schoß ... in dieser Zeit wurde in China der magnetische Kompaß erfunden. Kutschen konnten geradewegs zum gewünschten Ziel fahren, ohne sich zu verirren. Außerdem wurde das erste Schießpulver hergestellt. Zivilisation und Wissenschaft erreichten schlagartig neue Höhen – eine großartige Kultur war geboren.

Leider ist damit alles gesagt, was den Ruhm unseres Landes ausmacht. Der Rest der chinesischen Geschichte ist von Konservatismus, Neid und Heimtücke gekennzeichnet ...«

Hier stockte ihr Redefluß. Qins Gesicht, das sie im Spiegel des Sees sah, wurde immer klarer und lebendiger, als stünde er wirklich vor ihr und höre sich ihren Vortrag geduldig an. Er ermutigte sie fortzufahren und ermahnte sie hin und wieder, sich zu besinnen, wenn sie unhaltbare Dinge behauptete.

Seit der ersten Unterrichtsstunde bei Qin hatte sie sich danach gesehnt, frei von der Leber weg sprechen zu können. Jetzt, wo sie am See gefunden hatte, wonach sie suchte, fehlte ihr eine Kontrolle dessen, was sie sagte und dachte. Irgendwo mußte es doch eine Grenze zwischen Wahrheit und Wahnsinn geben? Lian wünschte sich einen freundlichen Grenzwächter mit offenem Geist, der für ihre unorthodoxen Ansichten Verständnis aufbrachte und sie gleichzeitig darauf hinwies, daß manche verrückten Gedanken nicht erlaubt waren. Nun, wo sie jede Freiheit hatte, die sie sich wünschte, erschienen ihr Einschränkungen dringend notwendig. Wie gern hätte sie jetzt Qin bei sich!

Mutter sah sie immer so seltsam, mißbilligend und spöttisch an, wenn sie irgendeine tiefsinnige Bemerkung über das Leben machte. Nein, sie wollte nichts davon wissen, daß sich ihre Tochter veränderte, und sie kappte gnadenlos jeden neuen Ast am Baum von Lians Bewußtwerdung. Und Vater war so weit weg von ihr, dort in Gansu; ehrlich gesagt hatte sie vergessen, wie er aussah. Außerdem würde sie ihre philosophischen Ideen nicht gern seiner Kritik aussetzen. Er war immer so geistesabwesend, von seiner Arbeit und der Sorge um die Patienten in Beschlag genommen.

Sie wußte nicht, wie es kam, aber sie war in letzter Zeit sehr empfindlich geworden. Eine unwillige Geste oder ein hartes Wort von Mutter, und ihr Herz krampfte sich zusammen.

Qin war nie ungeduldig. Jede Falte seines Gesichts war ein Zeichen seiner geistigen Toleranz und seiner sanftmütigen Seele; seine Stimme klang immer so ruhig und zärtlich ...

Ob sie nicht doch versuchen sollte, ihn zu überreden, mit zum See zu kommen und ihrem Vortrag beizuwohnen? Lian machte sich wenig Hoffnung, denn die Zeit zwischen zwölf Uhr nachts und ein Uhr mittags brauchte er zum Schlafen, um am Nachmittag wieder ausgeruht an die Arbeit gehen zu können. Er war schon zweiundsiebzig und mußte seine Kräfte schonen, wenn er die zehnstündige Plackerei in der Mühle Tag für Tag durchhalten wollte.

Die Frage brannte Lian auf der Zunge, aber sie hatte eine Heidenangst, enttäuscht zu werden. Weil sie sich nicht mehr auf die Arbeit konzentrieren konnte, war ihr schon ein Sack Mehl aus den Händen gerutscht. Sie war darüber sehr erschrocken, aber dieser Schreck war nichts verglichen mit der Angst vor dem ›Nein‹, das sie vielleicht zu hören bekäme, wenn sie ihre Bitte endlich auszusprechen wagte. Mit dem Mut der Verzweiflung entschloß sie sich, ihr Problem über einen Umweg zur Sprache zu bringen, in immer kleiner werdenden Kreisen ...

»Übrigens, Herr Qin, es gibt auch Menschen in meinem Alter, die etwas Interessantes zu erzählen haben.«

Er sah sie über die Schulter an – sie schleppten gerade einen Sack Weizenmehl zum Lagerplatz, und er ging vorneweg – und lachte: »Kinder in deinem Alter haben viele faszinierende Dinge zu verkünden. Wir Großen meinen, daß wir alles besser wüßten, aber wenn das wirklich zuträfe, gäbe es nicht soviel Leid und Zank auf der Welt.«

Vor Freude hätte sie den Sack fast zum zweitenmal fallen lassen und sagte hastig: »Also, Sie finden das, was ich zu sagen habe, nicht immer nur kindisch?«

Er blieb stehen, hielt seine Seite des Sacks nur mit einer Hand fest und tippte mit dem Zeigefinger der anderen Hand an ihre Nase: »Lian, merk dir das: ›Erwachsen sein‹ ist nicht gleichbedeutend mit ›weise sein‹. Nimm nur die Säuglinge, wie sie ihre Gefühle und Bedürfnisse äußern und nicht lockerlassen: *Bie tile!* Das ist etwas so Großartiges, daß es *durch die Zimmerdecke schießt!* Wir Erwachsenen verleugnen oft unsere Natur und tragen auch noch dazu bei, daß andere sich ihrer Natur schämen.«

»Also brauche ich mich wegen meiner Ideen nicht zu schämen?«

»Weshalb solltest du?« Er schlug ein paarmal auf den Mehlsack, um ihn flacher zu machen, damit der nächste Sack leichter darauf gestapelt werden konnte. »Scham sollte vom Erdboden verschwinden. Es ist ein völlig unnützes Gefühl. Scham lähmt dich, bis du weder vor noch zurück kannst.«

Lian stellte sich vor den Mehlsack und ließ die brennende Frage wie einen Feuerball aus ihrer Kehle herausschießen: »Ich habe meine eigene Sichtweise der chinesischen Geschichte zusammengeschrieben. Kommen Sie einmal mit und hören mir zu? Aber Sie dürfen mich nicht auslachen, abgemacht?« Dabei schlug sie heftig auf den Mehlsack, um Qin nicht in die Augen sehen zu müssen.

Er tippte ihr auf die Schulter und fragte: »Wie meinst du das? Willst du auch Geschichtsunterricht geben? Etwa mir?«

So kam sie vom Regen in die Traufe. Sie wußte immer noch nicht, ob er zu ihrem Vortrag kommen würde, hatte ihm aber wohl den Eindruck vermittelt, sie wolle ihn belehren! Sie sprang auf wie eine Katze, die versehentlich in einer heißen Bratpfanne gelandet ist: »Äh ... nein, Herr Qin, nein, ich trage nur das, was ich bei Ihnen gelernt habe, den Fröschen und Grillen am See hinter unserem Schlafsaal vor.«

»Ach, wie schade! Und ich dachte, durch meinen Unterricht würdest du dir eine eigene Meinung bilden.«

»Hätten Sie das gern?«

»Das wäre jedenfalls ein Zeichen deiner zunehmenden Klugheit.«

»Aber dann bin ich ja klug! Ich habe für das Seerosentheater schon eine Vorlesung über die chinesische Geschichte gehalten. Bitte, kommen Sie mit?«

»Wohin denn? Was redest du da von einem Theater?«

»Oh, wußten Sie das nicht? Das ist der See hinter den Baracken.«

»Was für ein schöner Name! Hast du ihn dir selbst ausgedacht?«

»Ich dachte, alle nennen ihn so.«

Qin mußte lachen und zog sie an sich.

Ein erlesenes Publikum

Lian suchte das kleine Wiesenstück vor dem See ab, in der Hoffnung, ein Fleckchen mit weichem Gras und ohne Brennesseln und Dornensträucher als Platz für Qin zu finden. Mit ihrer Geschäftigkeit hatte sie offenbar den Fröschen den Morgen verdorben, denn sie warfen ihr mit hervorquellenden Augen feindselige Blicke zu und sprangen verärgert auf die friedlich voll perlender Tautropfen daliegenden Seerosenblätter. Qin meinte, er könne auch stehen, aber Lian sah, daß sein Rücken vom Schlafmangel ganz gebeugt war. Gähnend setzte er sich auf den Platz, den Lian sorgfältig für ihn ausgesucht hatte, und rieb sich die geröteten, müden Augen, bis sein Blick ein wenig klarer war. Sie wandte das Gesicht ab, um ihre Tränen zu verbergen. Wie sehr mußte Qin sie mögen, daß er seine so notwendige Ruhe für sie opferte!

Um zu überprüfen, was sie an ihrem vorhergehenden Vortrag falsch gefunden hatte, beschloß sie, heute eine knappere Fassung zum besten zu geben ...

»Hochverehrtes Publikum! Ich halte Ihnen jetzt einen Vortrag über die Geschichte des alten China. Als die Europäer noch in den Bäumen herumkletterten, stand das chinesische Kaiserreich schon in voller Blüte ...«

»Na, na, was hast du da gesagt?« Qin war mit einem Schlag hellwach. »›Als die Europäer noch in den Bäumen herumkletterten‹? Wer gibt dir das Recht, dich so herablassend über andere Völker zu äußern? Würde es dir gefallen, wenn die Europäer von heute, die die schnellsten

Computer und die höchsten Wolkenkratzer der Welt bauen, über uns sagen würden: ›Während die schlitzäugigen Chinesen hinter ihren zahmen Wasserbüffeln hertrotten und ihre Reisfelder in prähistorischer Weise pflügen, fahren auf unserem Teil der Erdkugel die modernsten Traktoren, die die Arbeit der Bauern auf das Drücken von ein paar Knöpfen reduzieren‹?«

»Ob mir das gefällt? Rassisten würde ich sie nennen!«

»Und was bist du dann? Wie die Saat, so die Ernte. So wie du die Menschen im Abendland beleidigst, wirst du von ihnen beleidigt werden.«

Lian schwieg und ließ Qins Worte auf sich wirken. Dann sagte sie: »Herr Qin, ich verstehe, daß ich so nicht über die Europäer reden kann, aber sind Sie damit einverstanden, daß ich das jetzt mal kurz vergesse? Sonst verliere ich den Faden und weiß nicht, wie ich den Gegensatz zwischen China und dem Westen erklären soll.«

»Alles ist möglich, wenn du nur bereit bist, die Konsequenzen zu tragen.«

»Und wie sehen die aus?«

»Tja, wenn du zum Beispiel von den Europäern als ›gelbhäutiger Hungerleider‹ beschimpft wirst, mußt du dir im klaren sein, daß du das irgendwie verdient hast.«

Sie mußte kurz schlucken. Aber sie wollte ihre Geschichte so gern loswerden, daß sie in diesem Augenblick nicht darauf achten konnte. Sie stellte sich auf einen großen, flachen Stein, das Gesicht zum See gewandt, und fuhr mit ihrer Darlegung fort.

»... Die landwirtschaftlichen Produktionsmethoden, die unseren Staat ehedem zu zivilisatorischen Höchstleistungen gebracht hatten, waren nicht mehr effektiv genug. Während es eine Bevölkerungsexplosion gab und immer mehr Nahrung benötigt wurde, blieb die Agrarproduktion – noch immer die einzige Quelle des Lebensunterhalts – auf dem gleichen Stand. Hinzu kam noch, daß der Kaiser und seine hohen Beamten ein immer größeres Bedürfnis nach Luxus hatten. Der erste Kaiser hatte sich noch mit zwei Landhäusern, einem Kotelett pro Tag und zehn Frauen in seinem Harem zufriedengegeben; dagegen erwog ein späterer Kaiser sogar Selbstmord, weil er sich mit zehn Palästen, zwanzig Hühnerbrüsten pro Mahlzeit und ein paar tausend Konkubinen begnügen mußte ... Minister und andere hochgestellte Beamte folgten seinem Beispiel und zogen die Bauern *durch den Wringer*, um ihnen noch den letzten Blutstropfen auszupressen.

Der durch die Bevölkerungsexplosion verursachte Nahrungsmangel sowie die verstiegene, extravagante Lebensart der Oberschicht führten zu Wut und Unruhe in der Bevölkerung. Regelmäßig wie die vier Jahreszeiten kam es zu Bauernaufständen, obwohl Rebellion schwer bestraft wurde. Was konnte das die Bauern schon kümmern? Entweder sie krepierten vor Hunger, weil praktisch ihre ganze Ernte von der Regierung einkassiert wurde, oder sie wurden zusammen mit ihren aufständischen Brüdern von den kaiserlichen Soldaten getötet. Marx hatte recht: *Proletarier haben nichts zu verlieren als ihre Ketten.*

Der Kaiser hatte den Kopf so schon voll genug – schließlich mußte er jeden Abend mit sich selbst zu Rate gehen, um seine Beischläferin auszuwählen – keine einfache Aufgabe bei gut dreitausend Kandidatinnen. Außerdem machte er sich ernsthaft Sorgen, warum das Ding zwischen seinen kaiserlichen Beinen die himmlische Allmacht des Drachensohnes einfach nicht bestätigen wollte. Dazu kam noch die lästige Frage, wie die Bauern im Zaum gehalten werden konnten.

Jeden zweiten Tag wurden neue politische, juristische und administrative Dekrete erlassen; Gelehrte, Philosophen und Künstler hatten sich ausschließlich der Aufgabe zu widmen, Systeme zu ersinnen, um die Bevölkerung zu knechten.

Nichts half. Die Bauern kämpften weiter, und der Kaiser fuhr mit der blutigen Unterdrückung fort. Keiner der Gegner gab den Kampf auf. Es wurde zu einer Zwangsvorstellung: Beide Parteien waren fest davon überzeugt, daß ein Griff nach der Macht die einzige Möglichkeit sei, sich genügend Nahrung beziehungsweise Luxus zu verschaffen. Durch die unablässigen Kriege kam keiner auf die Idee, die Quelle des Wohlstands könne für beide auch woanders liegen als auf dem Schlachtfeld, zum Beispiel in der Erfindung und dem Einsatz neuer Produktionsmittel oder darin, daß man sich auch einmal einschränkte und dafür größere Lebensmittelvorräte anlegte ... Nein, für so eine langweilige Idee hatte man keinen Sinn. Alles blieb, wie es war: Die Schwerter mußten klirren, und die Köpfe mußten rollen. Damit war die typische chinesische Ideologie entstanden: Der eine mußte für das Glück und den Reichtum des anderen aufkommen, indem er sich seiner Existenzgrundlage berauben ließ.

Mißgunst wurzelte immer tiefer in der chinesischen Psyche und stachelte die Menschen an, jeden anzugreifen, der reicher war als sie selbst. Dem Reicheren wiederum war es fast zur zweiten Natur geworden, dem Armen mit Angst, Haß und Grausamkeit zu begegnen. Der vernichtende Kampf, der sich daraus ergab, schluckte jede produktive Energie.

In der Zeit, als die Europäer von den Bäumen herunterkletterten, um mit beiden Beinen auf dem Boden zu stehen und sich zu Bauern, Töpfern, Schmieden und Händlern zu entwickeln, schrieben chinesische Wissenschaftler Abhandlungen über die Frage, wie die Regierung die Bauern zwingen könne, noch mehr zu schuften, wie sie ihnen die Ernte wegnehmen und sie dennoch im Zaum halten könne. Als in London die erste Börse eröffnet wurde, diskutierten unsere Minister, welchen Körperteil man am besten abschneiden solle, wenn jemand kritische Bemerkungen über den Kaiser gemacht hatte oder Anführer eines Bauernaufstandes war: das aufwieglerische Organ – die Zunge – oder das Organ, das neue Rebellen schuf?

Allmählich schlug der Kampf zwischen Kaiser und Untertanen in einen Kampf der Untertanen gegeneinander um. Sie waren wütend auf die Machthaber, die im Reichtum schwammen, während sie selbst vor Hunger starben, wie Mücken in der Winterkälte. Gleichzeitig gönnte der eine Teil des Volkes dem anderen nicht das Schwarze unter dem Nagel, nur weil letztere einen Löffel Brei mehr zu essen hatten. Neid spaltete und schwächte das Volk, was die Regierung nur zu gern ausnutzte, um das Volk als Ganzes unter Kontrolle zu halten; es war die Politik des ›Teile und herrsche!‹. Ein System wurde eingeführt, bei dem Verrat großzügig belohnt wurde. Mißgünstige Bauern denunzierten ihre Nachbarn als ›aufständische Elemente‹ und wurden dafür als ›kaisertreue Bürger‹ belobigt. So konnten die Bauern den Kampf gegen den Kaiser nie gewinnen, wenn sie auch jeden Grund hatten, die Blutsauger aus ihren Ämtern zu vertreiben. Krieg und Intrigen, Haß und Neid, Verrat und Machtkampf brachten die Entwicklung Chinas zum Stillstand.

Als Europa seinen Blick auf den Rest der Welt fallen ließ, Entdeckungsreisende aussandte, neue Kontinente entdeckte und unerschöpfliche Quellen des Wohlstands erschloß, beharkten sich die Chinesen wegen eines Reiskorns mehr oder weniger. Die Welt außerhalb der Landesgrenzen und die Erprobung neuer Wege zum allgemeinen Wohlstand ließen uns kalt. Wir folgten dem Grundsatz: Wenn es uns nur irgendwie, sei es politisch oder militärisch, gelingt, unseren Nachbarn das Essen wegzunehmen, werden wir reich und glücklich sein.

Trotz des fortgesetzten Blutvergießens und der Entbehrungen konnten sich die Chinesen über Wasser halten. Bis ... die europäischen Kolonialisten mit ihren Kanonen das eiserne Tor unseres ›Ewigen Kaiserreiches‹ aufbrachen, einen Teil des Landes besetzten und unsere ›vom Himmel gegebene‹ Überlegenheit mit ihren behaarten Füßen traten ... Voller Schreck wurde uns klar, daß wir Chinesen nicht die einzigen Bewohner dieser Erde waren und daß es wirtschaftlich und militärisch stärkere Völker gab. Diese traumatische Erkenntnis stürzte China in einen Sumpf der Verwirrung. Völlig ratlos fanden wir Trost in unserer uralten Kultur. Geifernd vor Wut und Scham beschimpften wir die Europäer als ›blonde Affen mit Fuchsgeruch unter den Achseln‹. Ein krankhafter Nationalstolz hielt uns in dieser beschämenden Periode aufrecht. Das änderte jedoch nichts daran, daß die Abendländer mit ihren Geländewagen, die viel, viel schneller waren als die edelsten und schnellsten Pferde unseres Kaisers, unseren Neid erregten und unser Selbstvertrauen zerstörten.

Was nun? Unsere alte Regierung, die aus tiefster Überzeugung alles, was neu und unbekannt war, anprangerte, sah ein, daß sie um eine Modernisierung nicht herumkam. Vielversprechende junge Leute wurden ins Ausland geschickt, um die westliche Kultur und ihre Wissenschaften zu studieren. Als sie nach ein paar Jahren zurückkehrten, wollten sie China nach europäischem Vorbild reformieren. Doch damit stießen sie bei den traditionellen Machthabern auf Granit. Die alte Elite ließ nicht zu, daß ihr Monopol von einem Haufen besserwisserischer Rotznasen gebrochen wurde, die ein paar Jahre lang Stinkezeug – Käse – und rohes Fleisch gegessen hatten und daher nicht mehr wußten, wo ihr Platz war. So wurde der Kampf zwischen westlich ausgebildeten chinesischen Reformern und der alten Garde eingeläutet ... eingeläutet ... eingeläutet ...«

Wie eine Schallplatte mit Sprung wiederholte Lian das letzte Wort. Sie wußte nicht weiter, denn an dieser Stelle hatte Qins letzte Unterrichtsstunde aufgehört.

Qin warf den Zweig weg, mit dem er auf dem Boden Notizen gemacht hatte, und stand mühsam auf, die Hand in den Rücken gestützt. Er lockerte seine Beinmuskeln und schaute auf seine Füße.

Mit klopfendem Herzen wartete Lian auf seinen Kommentar ...

»Weißt du, Lian, ich habe dich nicht in Geschichte unterrichtet, damit du so abfällig über Chinas und auch über Europas Vergangenheit denkst. Deine Sichtweise ist erschreckend negativ, und das macht mich traurig ...«

Ihre Nase begann zu glühen. Tränen liefen ihr übers Gesicht. Es stimmte. Seit Vater nach Gansu hatte gehen müssen, waren in ihrem Leben die Lichter erloschen. Und noch trauriger machte es sie, daß Qin ihr dennoch so geduldig zugehört hatte und offenbar nicht die geringste Absicht hatte, sie abzukanzeln, wie unsympathisch und falsch sie die historischen Ereignisse auch interpretierte. Wie sehr hatte sie seine Toleranz auf die Probe gestellt?

Sie blickte auf den langen, dünnen Schatten, den Qin auf das Gras hinter sich warf, und verspürte eine fast unwiderstehliche Neigung, ihn ›Vater‹ zu nennen. Aber das war dummes Zeug, und sie unterdrückte diesen Gedanken sofort.

Qin schüttelte den Kopf und murmelte: »Lian, ich muß zugeben, daß auch ich nicht weiß, wie man die Geschichte anders betrachten soll. Mein Verstand sagt mir, daß eine düstere Sicht auf die Welt von einer ungesunden und falschen Denkweise herrührt, aber wie man fröhlich und optimistisch bleiben kann, wenn man sich die moderne Geschichte Chinas ansieht, ist mir genauso ein Rätsel …«

Ertappt

Obwohl es erst zwei Uhr nachmittags war, brauchten die Gefangenen nicht mehr zu arbeiten. Alle Frauen in Lians Schlafsaal waren damit beschäftigt, die schmutzige Wäsche zusammen mit Obst und Nüssen, die sie bei den Bauern gekauft hatten, in einen Jutesack zu stopfen. Es wurde gesungen und ausgelassen geplaudert. Eine festliche Stimmung herrschte: Bald durften sie für das Wochenende nach Hause.

Plötzlich wurde die Vorfreude unsanft gestört. Jemand hämmerte an die Tür, und die Stimme eines Aufsehers ertönte: »Yunxiang Yang, zum Direktor! Auf der Stelle!«

Schlagartig verstummte das Plauderradio des Schlafsaals. Es war totenstill. Alle hielten in dem, was sie gerade taten, inne.

Lian blickte Mutter an und wollte zu ihr rennen, aber die Beine gehorchten ihr nicht.

Mutter ließ den Sack fallen und kam statt dessen zu ihr hinüber. So ruhig wie möglich klopfte sie ihr auf die Schultern und verließ schweigend den Raum.

Zögernd wurden die Gespräche im Schlafsaal wieder aufgenommen, aber niemand summte mehr ein Lied, und gelacht wurde auch nicht. Ebenso wie Lian fragten sich ihre Zimmerkameradinnen schaudernd, welches Unheil Mutter wohl bevorstand.

Es dauerte ziemlich lange, bis Mutter zurückkam. Sie schloß die Tür hinter sich und wollte eigentlich sofort weiterpacken. Aber die ängstlichen Augen ringsum zwangen sie, ihre Saalnachbarinnen zu beruhigen: »Alles halb so wild. Eine Routinekontrolle. Es ging darum, wer uns letztes Urlaubswochenende besucht hat. Und dann muß ich noch unser Privatgespräch vom letzten Sonntag aufschreiben und der Direktion melden.«

Plötzlich lebte der Saal wieder auf. Es wurden sogar laut Witze gerissen.

Nur Lian beteiligte sich nicht. Sie war wütend, weil ihr klar war, daß ihr die Lagerleitung den Umgang mit Kim und deren Mutter verbot.

Mutter versuchte es ihr zu erklären: »Lian, man hat mir gesagt, daß wir Häftlinge kein Recht haben, ein Kind von roten proletarischen Landarbeitern mit unseren bourgeoisen Ideen zu infizieren.«

»Mama, ich bin erst dreizehn, und Kim ist fünfzehn. Wir reden nie über Politik. Dürfen wir nicht einmal mehr zusammen spielen?«

Sie schluckte die anderen Worte hinunter. Was hatte die Partei nur davon, sich in die allerunwichtigsten, harmlosesten und persönlichsten Dinge ihres Lebens einzumischen, die der Diktatur des Proletariats nicht im geringsten schaden konnten? Wegen der Kulturrevolution war ihr Vater fortgeschickt worden. Und jetzt sollte ihre liebste Freundin ebenfalls aus ihrem Leben verschwinden. Außer Mutter hatte sie nun nur noch Qin.

Tuuutuuut! Ein Hupsignal kündigte die Abfahrt des Lastwagens an. *Fst!* Lian flitzte aus dem Zimmer, zu den Transportern, die sie wegbringen würden. Zu Hause sein! Diese Aussicht machte sie so froh, daß sie all ihre Sorgen *hinter ihren Kopf schleuderte.*

Aus den Augenwinkeln nahm sie noch das traurige Gesicht von Frau Tang wahr. Anscheinend hatte sie geweint. Und das direkt vor dem freien Wochenende! Einmal oben auf der Ladefläche, hielt Lian nach Frau Tang Ausschau, konnte sie jedoch auf keinem der vier Autos entdecken.

»Mama, fährt Frau Tang nicht mit nach Hause?«

Mutter preßte ihr die Hand auf den Mund. Es lief ihr eiskalt über den Rücken: Alle Mitreisenden sahen plötzlich zu ihr hin.

Sobald sie in der Wohnung waren, ging Lian wieder in die Offensive: »Bitte, Mama, erzählen Sie mir jetzt, was mit Frau Tang ist.«

Mutter kniff die Augen so drohend zusammen, daß Lian meinte, zwei Rasiermesser zu sehen.

»Na gut, wenn Sie es mir nicht sagen wollen, frage ich eben die anderen Leute im Lager.«

Das war der Trick, um Mutter in Harnisch zu bringen. Sie schlug ihren Jutesack an die Wand und schrie: »Wenn du das wagst, reiß ich dir den Mund bis an die Ohren auf!«

Jetzt wurde es spannend. Wenn Mutter so reagierte, war bestimmt etwas Schlimmes vorgefallen. Lian überhörte Mutters Drohung und begann übertrieben ruhig, ihren eigenen Kleidersack auszupacken.

Mutter baute sich vor ihr auf und sagte mit schneidender Stimme: »Lian, wenn du je mit heiler Haut aus dem Lager kommen willst, dann mußt du dir eines abgewöhnen: dich um das Schicksal deiner Lagerkameraden zu kümmern.«

Lian schwieg und verstärkte damit den psychologischen Druck noch ein bißchen. Sie war sich sicher: Wenn sie jetzt kein Sterbenswörtchen sagte, wüßte ihre Mutter nicht mehr aus noch ein. Mutter hatte offenbar panische Angst, Lian könnte sich bei jemand anderem nach Frau Tang erkundigen.

»Na gut, du Nervensäge. Ich werde dir sagen, was mit Frau Tang los ist. Aber versprich mir, mit niemand darüber zu reden.«

Lian zog Mutter zum Sofa im Wohnzimmer hinüber. Sie setzten sich, so wie sie waren, die Kleider verstaubt, Hände und Gesicht voller Sand. Mutter berichtete: »Vor einer Woche – es war mitten in der Nacht, du hast schon geschlafen – wurde das Ehepaar Tang auf frischer Tat ertappt. In einer Höhle hinter dem See.«

Lian erschrak: »Haben sie jemanden ermordet?«

»Nein ... du bist noch zu jung, um das zu verstehen ... Sie lagen dort und ... liebten sich.«

»Ist das alles?«

»Das ist eines der schlimmsten konterrevolutionären Verbrechen!«

»Der Direktor und die Aufseher lieben doch auch ihre Frauen? Was soll das denn? Das macht doch jeder. Woher kommen denn sonst die Millionen von Chinesen?!«

»Siehst du, das hatte ich schon befürchtet. Lian, ich warne dich, sprich niemals, mit keinem Menschen, über dieses Thema. Deine rechten Ideen sind lebensgefährlich ...! Schau mal, du kannst bourgeoises Schlangengezücht wie uns nicht mit Revolutionären auf eine Ebene stellen. Vor allem Lagerhäftlinge dürfen unter keinen Umständen Geschlechtsverkehr haben.«

»Aber die Tangs sind verheiratet! Mir kam es schon immer merkwürdig vor, daß die Lagerleitung Ehepaaren verbietet, unter vier Augen miteinander zu reden, geschweige denn in einem Raum zu schlafen.«

»Auf Seite 45 des Kleinen Roten Buches steht: *Revolution bedeutet Leugnung menschlicher Gefühle. Wer das nicht kann, ist unser Feind.*«

»Ach so. Wir dürfen das Leben nicht genießen. *Aber sie!* Die Aufseher und der Direktor können alle drei Tage mit ihren Geländewagen nach Hause, um mit ihrer Frau im weichen Bett *die Sache des Regens und der Wolken zu betreiben*, und ihr angeblich bürgerlichen Dozenten werdet wie Mörder an den Pranger gestellt, wenn ihr es nicht mehr aushalten könnt und in einer feuchten Höhle mal ein bißchen miteinander schmust.«

Mutter schüttelte den Kopf. »Weil sie dieses Verbrechen begangen haben, dürften die Tangs das Lager sechs Monate lang nicht mehr verlassen, mit den freien Wochenenden ist es für sie vorläufig vorbei.«

Lian wurde übel.

Das rosa Schwein

Lian bekam einen Tick. Unwillkürlich zog sie jede halbe Minute ihre Bauchmuskeln an, um ihren Bauch gleich darauf wieder mit Luft zu füllen. Den einen Augenblick sah ihr Bauch wie ein Krater aus, den nächsten wie ein Volleyball.

Als wäre das noch nicht genug, lag ihr Mutter ständig in den Ohren: »Hör auf damit! Dein Bauch ist kein Fahrradschlauch – du mußt ihn nicht ständig aufpumpen.« Als könnte sie etwas daran ändern! Je mehr Lian bewußt wurde, wie unmöglich dieses Verhalten war, desto weniger hatte sie sich im Griff.

Der krankhafte Zwang nahm sie völlig gefangen, sie konnte an nichts anderes mehr denken. Im Unterricht lernte sie nichts mehr. Wie konnte sie denn auch aufpassen, wenn die Lehrer ihr etwas beizubringen versuchten? Wie sehr sie auch mit ihrem Bauch stritt, weil sie hoffte, er würde sie in Ruhe lassen, das Ergebnis blieb dasselbe: Ihr Bauch machte, was er wollte.

Während der Mittagspause – wie immer verspeisten Lian und Mutter ihr Mahl im Hocken – sah sie drei ihrer Lehrer auf sich zukommen. Sie hielt im Zerkauen des Maisbrötchens inne und hörte sich an, welche Beschwerden sie vorbrachten: »Yunxiang, wir können den Unterricht genausogut beenden; die Ohren dieses Kindes nehmen kein einziges Wort auf ...«

Das war ja die Höhe – sie sprachen in ihrer Gegenwart über sie, als wäre sie eine Strohpuppe, die nichts von dem Gespräch mitbekam.

Um halb fünf kam Mutter unerwartet in die Mühle. Sie übernahm Professor Qins Arbeit und sagte: »Das geht doch nicht! Jetzt hat Lian schon wieder ein neues Leiden. Ich kann es gar nicht mit ansehen. Ihr Bauch tanzt wie der Deckel eines brodelnden Kochtopfs.«

Als Mutter das sagte, fiel Lian auf, daß sie in der letzten halben Stunde glatt vergessen hatte, ihre Bauchmuskeln anzuspannen. Qin trat einen Schritt zurück, musterte sie aus einem gewissen Abstand, wie ein Kunstkenner ein kalligraphisches Gemälde aus der Tang-Dynastie betrachtet, und sagte belustigt: »So, Lian, deine Mutter behauptet also, daß du etwas mit deinem Bauch machst. Komisch, mir ist nichts aufgefallen.«

Lian drehte sich zu ihm um und wollte beweisen, daß sie wirklich nicht ganz in Ordnung war. Merkwürdig, diesmal brachte das Zusammenziehen und Aufpumpen der Bauchdecke nicht das klammheimliche Vergnügen, das sie sonst dabei verspürte ...

Qin sagte zu Mutter: »Laß sie in Ruhe, dann hört es von allein auf«

Mutter war der Verzweiflung nahe. Sie flehte ihn an: »Professor Qin, bitte helfen Sie Lian. Das Kind muß so schon genug erdulden ...« Sie unterbrach sich, um ihre Tochter zur Ordnung zu rufen: »Lian! Verschone mich und nutze die Situation jetzt nicht aus, indem du schon wieder deinen Bauch aufpumpst!«

Qin klopfte ihr auf die Schulter und lenkte ein: »Mach nicht so eine finstere Miene, Yunxiang. Wenn du nicht an ihre natürliche Heilung glaubst, gibt es noch einen anderen Weg.«

Lian hielt den Atem an, neugierig, wie Qin ihr den Tick abgewöhnen wollte.

Qin mied Mutters Blick. »Bist du damit einverstanden, wenn wir sie zu Doktor Fu schicken? Er war einer der berühmtesten Psychiater Pekings.«

Mutter wurde rot und suchte nach Worten: »... Äh, ja! Warum bin ich nicht selbst darauf gekommen?«

»Wer ist das?« fragte Lian. Sie kannte fast alle Bewohner des Lagers, aber von einem Psychiater namens Fu hatte sie noch nie gehört.

Mutter erklärte: »Der Onkel, der ein wenig mollig ist, du kennst ihn bestimmt. Die Aufseher nennen ihn das *Rosa Schwein*.«

Lian hatte Doktor Fu vor ungefähr einem Monat zum erstenmal gesehen. Eines Morgens standen die Gefangenen nach dem Frühstück in vier Reihen zum Appell. Einer der Aufseher hatte die Scheunentür geöffnet und fünf große Säcke Kunstdünger herausgeschleppt. Sie waren monatelang aufeinandergestapelt gewesen, und dadurch war der Dünger zu einem harten Klumpen zusammengebacken. »Rosa Schwein, komm her und stampfe den Dünger locker!« befahl der Aufseher.

Ein dicker Mann mit auffallend zarter, heller Haut trat aus der dritten Reihe nach vorn. Er wurde rot wie eine reife Tomate und blickte ängstlich zu dem Aufseher, in der Hoffnung, daß es sich um einen Scherz handelte und er nicht vor den Augen von zweihundertfünfzig Gefangenen derart gedemütigt werden sollte.

»Nun mach schon!«

Zögernd stellte Fu sich auf die Säcke und fing langsam an, den Dünger locker zu stampfen. Das Schauspiel erregte die Aufmerksamkeit von einigen anderen Aufsehern. Sie grölten vor Vergnügen. Der ›Regisseur‹ des Theaterstücks fühlte sich geschmeichelt und sagte kichernd: »Das Gewicht des Schweins kommt gerade recht! Schneller, du Fettsack! Wir brauchen den Dünger, um ihn gleich aufs Feld zu streuen!«

Doktor Fu bewegte sich schneller. Sein Doppelkinn, der schwabbelige Bauch und seine rundlichen Beine bebten, und aus seinen Blicken sprachen Demütigung und Kummer.

»Bist du taub?! *Schneller*, habe ich gesagt!« Der Aufseher kreischte, als würden seine edlen Teile von den Zähnen eines Krokodils bedroht.

Es sah aus, als stünde Fu unter Strom. Sein Körper tanzte auf und ab wie die Klappe einer Dampfmaschine. Die weiblichen Häftlinge schlugen die Hände vor die Augen. Lian meinte zu hören, wie ihnen die Zähnen klapperten. Ihr Magen drehte sich wie eine Waschtrommel, und sie hatte Angst, in Ohnmacht zu fallen.

»*Hihihi, hahaha!* Ich fick' deine Großmutter! So einen Spaß hatten wir schon lange nicht mehr. Wir wußten gar nicht, daß Rosa Schwein so ein guter Steptänzer ist.« Die Wachleute hielten sich den Bauch vor Lachen und heulten wie Hyänen.

In der Mittagspause folgten Mutter und Lian Qin zu seinem Zimmer, wo auch Doktor Fu wohnte. Mit einem verlegenen Lächeln begrüßte sie der Doktor und ließ sie auf seinem Bett Platz nehmen. Mutter öffnete den Mund, aber Fu legte einen Finger an die Lippen. Jetzt sah er nicht mehr so verlegen aus, sondern hatte ein richtiges Arztgesicht aufgesetzt.

Fu sagte zu Lian: »Mädchen, zuallererst muß ich dir ein Geheimnis verraten: Ich weiß viel über dich. Zum Beispiel, daß du später Historikerin werden willst und regelmäßig ins Seerosentheater gehst ...«

»Woher wissen Sie das?«

»Ich habe so meine Informanten.« Er blickte Qin vielsagend an.

Mutter errötete wieder.

Was ist denn nur los? dachte Lian.

Plötzlich fragte der Arzt: »Sei mal ehrlich, Lian, wozu brauchst du eigentlich diesen Tick?«

»Was?!« Sie sprang auf. »Wie können Sie es wagen! Ich hasse diesen Tick *aus tiefster Galle*. Wie könnte ich dieses Leiden für irgendwas brauchen?«

»Wenn das so wäre, hättest du diese Angewohnheit längst aufgegeben und wärst schon lange geheilt.« Er sah sie eindringlich an und schwieg.

»Onkel Fu, ich will den Tick loswerden.«

»Warum? Solange es dir gefällt, mit diesem Zustand zu leben, du dir also selbst leid tust und mit dem Schicksal haderst, mach ruhig weiter so. Denn ...«

Mutter fiel ihm ins Wort: »Aber Doktor ...«

Fu fuhr unbeirrt fort: »Lian, eines mußt du von nun an lernen: Trau dich, zu tun, was du willst. Der Rest regelt sich von allein.«

TONGXINGLIAN

Mutter und Lian hatten zum Dank für Doktor Fu Butterblumen, Löwenzahn und Mohn auf dem Feld gepflückt. Für Lian war der Arzt eine Art Magier, und sie suchte immer wieder nach einer Gelegenheit, mit ihm zu plaudern. Statt Historikerin wollte sie nun plötzlich Psychologin werden. Dieses Fach schien ihr wirklich das schönste – es würde sie lehren, die Seele des Menschen zu ergründen.

Lian ging zu Doktor Fu, um ihn zu fragen, wie man die Gedanken anderer Menschen erraten könnte. Wenn sie diese Technik – ihrer Ansicht nach der Kern der Psychologie – beherrschen würde, könnte sie die Gedanken des Großen Vorsitzenden lesen. Dann könnte sie voraussagen, wann er endlich genug hätte von seinem Meisterwerk, der Kulturrevolution. Dann könnten ihre Eltern und sie wieder ein normales Leben führen.

Der Pfad unter ihren Füßen schien wie aus Leim – die Sommersonne hatte den Asphalt fast zu Gelee gekocht. Es war drei Uhr nachmittags; normalerweise rackerten sich die Gefangenen um diese Zeit auf dem Feld ab, aber samstags durften sie schon um zwei mit der Arbeit aufhören. Im Lager war es still. Jeder, der nicht bettlägerig war, war zum Markt gegangen.

Während ihres Mittagsschläfchens stießen die Zikaden

ab und zu ein langgezogenes Zirpen aus, nur um ihren Artgenossen zu signalisieren, daß es ihnen rundum gutging.

Lian wußte, daß Doktor Fu in seiner Baracke sein würde, denn er war bekannt für seine Antipathie gegen ›energieverschwendende körperliche Bewegungen‹. Manche nannten ihn deshalb auch *Zoujia*, den Stubenhocker. Als Lian in den Schlafsaal kam, sah sie zwei Männer auf einem Bett sitzen. Sie hatten einander die Arme um die Schultern gelegt und murmelten etwas, was Lian auf die Entfernung nicht verstehen konnte. Einen so intimen Umgang von zwei Menschen hatte sie noch nie zuvor gesehen – nicht einmal Vater und Mutter berührten sich in Lians Anwesenheit. Sie wollte still und leise wieder gehen; der Saal schien jetzt sogar für drei Personen zu klein. Aber bevor sie sich davonstehlen konnte, hörte sie Kleider rascheln. Die beiden Männer hatten sie entdeckt und standen erschrocken auf

Nach einer langen, sonderbaren Stille sagte Fu mit heiserer Stimme: »Guten Tag, Lian. Setz dich.«

Zentimeter für Zentimeter bewegte sie sich auf die beiden Männer zu, wagte es aber nicht, sie anzusehen.

Qin lachte: »Ich dachte, du wärst ein Gespenst. Alle unsere Mitbewohner sind zum Markt. Ich habe mich schon gefragt, wer wohl so schnell wieder zurückgekommen ist ... Und siehe da, es ist unsere kleine Nymphe Lian!«

Sein Scherz nahm ihr die Verlegenheit, und sie schaute zu den beiden Männern auf. Ihre Wangen waren rosig angehaucht wie reife Pfirsiche, etwas, das Lian noch nie zuvor an ihnen aufgefallen war.

Abends im Bett dachte Lian an Qin und Fu. Wie kam es nur, daß sie so schön und glücklich ausgesehen hatten? War es das *Große Abenteuer der Liebe*, wie das in den bourgeoisen Romanen für Erwachsene immer genannt wurde ...?

Kaum war Lian in der Mühle, sagte sie zu Qin: »Entschuldigen Sie bitte, Onkel, daß ich Ihnen letzten Samstag so einen Schreck eingejagt habe.«

Er trat rasch ein paar Schritte zurück, schüttelte den Kopf und öffnete den Mund. Aber es kam kein Wort heraus. Unter seiner dunkelbraunen Gesichtshaut schimmerten rote Flecken. Man konnte sagen, was man wollte, aber so dumm war sie nun auch wieder nicht: Das war ein völlig anderes Erröten als das, was sie vor zwei Tagen bei Qin und Fu bemerkt hatte. Damals war es vor Glück gewesen, nun vor Scham. Qin war offenkundig aus dem Konzept geraten, und Lian fühlte sich schuldig.

Er kam auf sie zu und flüsterte ihr ins Ohr, als wäre das in der dröhnenden und vibrierenden Mühle nötig: »Kind, ich kann das Geheimnis nicht vor dir verbergen, auch wenn du es nicht verstehst: Fu und ich, wir lieben uns. *Schscht ...!* Erzähl das nie und nimmer weiter, egal wem ...!«

Vor Freude machte sie fast einen Luftsprung: »Aber das ist wunderbar! Endlich treffe ich jemanden, der zugibt, daß er verliebt ist. Ich höre von allen Seiten immer nur, daß sich die Leute bis aufs Messer bekämpfen. Und sie geben dem Ganzen auch noch einen schicken Namen: Klassenkampf«

Er riß die Augen auf und stammelte: »Ist dir klar, daß ... daß Fu und ich ... zwei Männer ... also ...«

Aufgeregt fiel sie ihm ins Wort: »Ach, dann sind wir ja gleich: Ich liebe Kim, und wir sind beide Mädchen ...! Ist das der Grund, weshalb Sie sich ins Lager haben einsperren lassen? Das mußte doch nicht sein, oder? Hatte Ihnen denn der Außenminister nicht versprochen, Ihnen für den Rest Ihres Lebens jede politische Verfolgung zu ersparen?«

Qin seufzte wie ein Pianist, der vor einer Herde von Rindviechern spielen soll: »Äh ... äh ... eigentlich ja ... Fu wurde vor zwei Jahren von Linksextremisten der Universität fast zu Tode gefoltert. In dieser Zeit habe ich ihn kennengelernt und erfahren, daß er schon mehrere Selbstmordversuche hinter sich hatte. Ich habe ihm damals versprochen, ihn aus dem Rachen des Tigers zu befreien. Durch meine Vermittlung bekam Fu die einmalige Chance, ins Umerziehungslager aufgenommen zu werden. Hier ist wenigstens vorgeschrieben, welche Körperstrafen erlaubt und welche verboten sind ...«

»Also ... Sie haben sich freiwillig ins Lager gemeldet? Um Fu seelisch und moralisch zu unterstützen?«

»Mehr oder weniger.«

»Ist das die Liebe wert?«

»Für mich schon.« Seine Augen wurden trübe, sein Blick traurig.

Gedanken an Feilan, Qins frühere Verlobte, wirbelten Lian durch den Kopf. Diese Frau hatte ihn gerade in seiner schwersten Zeit fallenlassen. War es vielleicht seine Enttäuschung über Frauen, daß Qin einen männlichen Geliebten vorzog? Aber ihr hatte kein Junge jemals so viel Kummer gemacht, und trotzdem liebte auch sie eine Person ihres eigenen Geschlechts.

»Homosexualität – *Tongxinglian* – ist in unserem Land ein offizielles Tabu, hast du das gewußt? Sag also bitte kein Sterbenswörtchen über dieses Thema. Versprichst du mir das?«

»Was? *Tongxinglian:* ›Menschen mit demselben Familiennamen, die einander lieben‹?«

»Lian, Lian, wie konnte ich nur auf die Idee kommen, mit dir über so etwas zu sprechen?!«

Sie hätte sich selbst prügeln können. Oh, war sie ein Dussel. So dumm! Saudumm! Sie kapierte aber auch überhaupt nichts.

Aber sie gab ihr Ehrenwort, mit niemandem über Qin und Fu zu sprechen. Und damit war das Thema erledigt.

Obwohl sich Lian an ihr Versprechen hielt und kein einziges Wort über Qin und Fu fallenließ, schaute sie Mutter doch immer geheimnistuerisch an, wenn die Namen zufällig erwähnt wurden. Jedesmal, wenn Lian ein Gefühl der Freude empfand, weil Qin und Fu sich liebten, wollten ihr die Worte aus dem Mund sprudeln. Wie gern hätte sie diese Freude mit Mutter geteilt und ihr gesagt, um wieviel besser die Welt aussähe, würde nur Zuneigung statt Mordgier herrschen.

Wenn Lian sich nicht täuschte, amüsierte Mutter sich jedesmal über das wichtigtuerische Gebaren ihrer Tochter. Aber keine von beiden wagte es, das heikle Thema zuerst anzuschneiden. Es war, als wäre zwischen ihnen ein Paravent aus Papier; sie wußten voneinander, daß jede etwas über Qin und Fu verschwieg, aber keine wollte als erste am Zeigefinger lecken und mit ihm ein Loch in den Paravent bohren.

Eines Tages konnte es Lian nicht länger für sich behalten. Sie führte Mutter zu einem stillen Fleck hinter den Barakken und flüsterte: »Weiß die Partei eigentlich, daß Qin und Fu äh ... Freunde sind?«

»Kind, was dachtest du denn, warum Qin in unserem Lager ist? Meinst du, der Lagerleitung käme es nicht merkwürdig vor, wenn jemand aus freiem Willen ins Gefängnis möchte? Diese Art von Liebe steht der von Mao angeordneten ›Liebe zu Vater, Mutter, Liebhaber und Liebhaberin in Einer Person‹ nicht im Wege. Man hält sie nicht für gefährlich, weil sie weniger befriedigend sein soll. Ein Tabu ist sie trotzdem.«

»Gibt es noch mehr Leute um uns herum, die sich auf diese Weise lieben?«

»Du willst immer alles haargenau wissen, oder? Das geht dich nichts an. Du bist noch zu jung, um an die Gründung einer Familie zu denken.«

Im Dunkeln tasten

Als Qin und Lian diesmal beim See ankamen, brannte die Sonne aufs Wasser. Ein leichter Wind wehte, und die Wasseroberfläche sah aus wie die schuppige Haut eines rotgoldenen Karpfens. Qin setzte sich auf seinen gewohnten Platz, und Lian stieg auf ihr kleines Podium. Es war so schön, daß beide eine ganze Weile schwiegen. Als Qin sich schließlich räuspern mußte, begann Lian mit ihrem Seminar.

Sie sprach über den Einfluß, den die Oktoberrevolution auf die chinesische Gesellschaft gehabt hatte, über die Bewegung des Vierten Mai, den Aufstieg der Kuomintang und den Kampf zwischen den damals regierenden Nationalisten und der Kommunistischen Partei.

Qin hörte ihr interessiert zu, aber sein Gesicht verfinsterte sich ...

Das konnte auch nicht anders sein, waren doch die meisten historischen Fakten in Lians Bericht sehr deprimierend: militärische Konflikte, politische Intrigen, mordlüsterne Razzien und niederträchtige Gewalt.

Nachdem Lian von dem flachen Stein herabgestiegen war, kamen unheimliche Visionen in ihr auf. Zynismus und Pessimismus rissen wie zwei hungrige Bären an ihr, als wollten sie ihr jede Lebenslust aus dem Körper schütteln.

Sie setzte sich neben Qin ins Gras und fragte ihn um Rat. Er hielt einen Kieselstein in der Hand, den er zähneknirschend so fest umklammerte, als sei er ein Entenei, das er zerdrücken wollte. Demonstrativ rückte er von Lian ab und sagte in distanziertem Ton: »Was willst du, Lian? Ein positives Bild von Chinas Vergangenheit und seinen historischen Persönlichkeiten? Ohne Angst in der Gegenwart leben? Optimistisch sein?« Er stand auf und hielt Lian fest. Sie sah ihm an, wie angestrengt er nachdachte. Offenbar suchte er nach tröstenden Worten, aber vergeblich ...

Sie entwand sich seinen Armen. Daß das Leben so düster war, wie er es zeichnete, glaubte sie nicht. Oder besser gesagt, sie *wollte* es nicht glauben. Qin steckte bereits zu lange im Sumpf der Enttäuschung, um noch herauszuwollen. Auch wenn Lian seinen Kummer mit ihm teilte, sie war erst dreizehn und *wollte* einfach nicht glauben, daß es stimmte, was er ihr einredete ... aber was stimmte nun wirklich?

HUNGERSTREIK

Es war sechs Uhr abends. Wie jeden Tag wartete Lian am Lagertor auf Mutter und ihre Schicksalsgefährten. Eisenschaufeln schepperten auf dem Pfad, der von der Sommerhitze gerissen war und Kerben zeigte wie der Rücken einer Schildkröte. Das vertraute Geräusch kündigte die Rückkehr der Arbeiter und damit die Essenszeit an.

Als sie den Eingang erreicht hatten, rief Aufseher Kong: »Halt! Revolutionäres Gebet 459!«

Die Zwangsarbeiter legten sofort ihre Arbeitsgeräte hin, hielten automatisch den Atem an und richteten den Blick fromm in Richtung Osten, *wo die Sonne aufgeht und wo die Nie Untergehende Sonne residiert*. Im Chor schrien sie:

Mao, Barmherziger Stern der Rettung,
vergib uns unsere heutigen bourgeoisen Sünden
und hilf uns, den nach Unflat stinkenden Geist aus unserem
kapitalistischen Schlangenkopf herauszuspülen.
Dafür sei Dir Dank!

Danach sagte Kong: »Ihr könnt gehen.«

Wie Hunde, die endlich von der Leine gelassen werden, lösten sich die Arbeiter mit schnellen Schritten aus der Kolonne und redeten eifrig durcheinander.

»Lian, schau mal, was Onkel dir mitgebracht hat!« Ein großer, klapperdürrer und wettergebräunter Mann, der sie an ein vergilbtes Schilfrohr erinnerte, eilte auf sie zu. Unter seiner verschwitzten blauen Jacke bewegte sich etwas.

Ihr Gesicht hellte sich auf, und sie rannte ihm entgegen: »Onkel Yie, was haben Sie da?«

Er griff unter seine Jacke, die Lippen geheimnisvoll zusammengepreßt, und dann sah sie es: Es war ein Vogel!

»Oh, ist der schön!« rief sie. Das Tier hatte pechschwarzes, glänzendes Gefieder, funkelnde Augen und einen leuchtend orangefarbenen Schnabel, der mit seinem einfarbig schwarzen Körper hübsch kontrastierte.

Yie hielt das Tier an den Füßen fest und erklärte: »Das

ist eine Krähe. Ich habe sie im Reisfeld entdeckt, sie ließ sich ganz leicht fangen.«

»Eine Krähe!« wiederholte Lian den Namen dieses wunderbaren Geschöpfs, das sie noch nie aus der Nähe gesehen hatte. »Mama, darf ich sie behalten?« fragte sie flehend.

Mutter sah die beiden an und sagte: »Also gut. Aber nur, weil wir hier im Lager sind.«

»Richtig«, kam Yie Lian zu Hilfe, »sonst hat das Kind überhaupt keinen Spielkameraden.«

Lian streichelte der Krähe über den Kopf. Wie warm und weich die Federn waren! Wie aus Samt.

Yie bot an, einen Käfig für den Vogel zu besorgen, der jetzt mit ganzer Kraft versuchte, seine Füße aus Yies Griff zu befreien. Nach langem Suchen fanden sie einen Riesenkorb aus geflochtenem Bambus, der zum Transport von Kartoffeln und Zuckerrüben gedient hatte.

Lian stellte ihre kleinste Emailleschüssel als Futternapf und ein altes Marmeladenglas als Wasserbehälter unter den umgedrehten Korb. Fertig. Dann setzten sie auch die Krähe darunter. Lian hockte noch Stunden vor dem Käfig und grübelte. Das Geflatter beunruhigte sie: Gefiel es dem Vogel nicht, Essen und Trinken fix und fertig vorgesetzt zu bekommen und eine Freundin noch dazu? Aber ihre Freude wog schwerer als ihre Besorgnis. Es war ihr, als hätte sie ein Geschöpf gefunden, in dem der Rhythmus und die Schwingungen ihrer Seele Widerhall fanden. Diesem Vogel fühlte sie sich mehr verbunden als Mutter, sogar mehr noch als Qin.

Beim Abendessen hob sie vier Löffel Brei und zwei Bissen Maisbrot auf für ihre Krähe.

Vorsichtig hob Lian den Korb hoch und sah den schwarzen Vogel reglos auf dem Boden sitzen. Er hatte noch keinen Bissen angerührt. Auch der Wasserbehälter war noch immer voll. So ging das nun schon seit zwei Tagen. Wieso nur? Schmeckte der Krähe das Futter nicht? Lian kniete sich hin und flehte den Vogel an, etwas zu fressen. Sie vertraute dem Tier Geheimnisse an, die sie niemand anderem im Lager preisgeben würde. Aber die Krähe starrte nur apathisch vor sich hin. Vielleicht wollte sie fliegen.

Lian rannte in die Küche und fragte die Köche um Rat. Sie sagten ihr, Krähen fräßen lieber ungekochtes Getreide. »Nur zu«, sagten sie wohlwollend, »ausnahmsweise darfst du eine Handvoll ungeschälten Reis aus dem Vorratsraum holen.«

Dieses Angebot nahm Lian nur allzugern an. Sie rannte mit dem Krähenfutter zu ihrem Vogel und streute es ihm vorsichtig vor den Schnabel.

Mit viel Schmeicheln und Quengeln gelang es ihr am nächsten Tag noch einmal, den Köchen ein wenig ungeschälten Reis abzuschwatzen. Und wieder sauste sie damit zu ihrer Freundin.

Aber was war das?! Sie fand die Krähe unter dem Korb, reglos, tot, mausetot – und das ganze Futter, das Lian mit so viel Mühe für sie zusammengebettelt hatte, lag noch neben ihrem leblosen Köpfchen.

Lian hockte sich hin und streichelte den Vogel nun, wo er sich nicht mehr sträubte, zum erstenmal ausgiebig und ungestört. Das Gefieder war immer noch bildschön, wie ein Stück tiefschwarzer Samt. Der Schnabel, der auf dem Boden ruhte, sah nach wie vor wie ein orangefarbener Edelstein aus. Aber in dem Körper strömte kein *Qi* mehr. Die Seele war weggeflogen. In den Himmel.

Lian fühlte sich elend. War sie die Mörderin? Sie wollte sich aufrichten und zur Kantine rennen, aber die Verzweiflung lähmte sie, und so kam sie nur schleppend voran. In der Küche herrschte eine unheilvolle Stille, die sie wieder zur Besinnung brachte. Schritt für Schritt näherte sie sich den Herdreihen, wo sonst die vielen Köche und Köchinnen arbeiteten, sich dabei Witze erzählten und sich gegenseitig neckten. Aber jetzt war keine Menschenseele zu sehen. Undeutlich hörte sie Stimmengewirr, wie es für eine Anklageversammlung typisch war. Wie der Wind rannte sie zum Speisesaal, aus dem das Geräusch zu kommen schien. Komisch, sagte sie sich unterwegs, solche Versammlungen halten sie doch sonst nie ab. Da das Kantinenpersonal überwiegend aus Ungebildeten bestand, war es keine Zielscheibe für proletarische Säuberungsaktionen.

Aber es war tatsächlich eine richtige Anklageversammlung. Wieder einmal wurde jemand in die ›Flugzeugposition‹ gebracht. Zwei kräftige Männer drückten mit der einen Hand den Kopf eines Mannes auf den Boden und drehten dem armen Tropf mit der anderen die Arme wie einen ausgewrungenen Putzlappen auf den Rücken.

Wortfetzen drangen an Lians Trommelfell: »... denk nach und benutze ein einziges Mal in einer Million Jahre dein Gehirn, auch wenn es eher eine Schale mit faulen Eiern ist. Antworte! Wen liebst du mehr: den Vater, Mutter, Liebhaber und Liebhaberin in Einer Person oder die kapitalistische Hündin, aus deren Bauch du vor einundfünfzig Jahren gekrochen bist ...?«

Normalerweise hätte sich Lian über diese Praktiken empört, aber im Augenblick war sie an Politik nicht interessiert. Sie stahl sich heimlich aus dem Saal, wohl wissend, daß sie hier absolut nichts zu suchen hatte, denn in so einer ernsten Versammlung von einem toten Vogel anzufangen wäre gleichbedeutend mit konterrevolutionärer Sabotage.

Ratlos streifte sie im Lager umher. Bis auf die mit dem Klassenkampf beschäftigten Köche war niemand da. Alle anderen Häftlinge waren auf dem Feld. Sie konnte das Bild der toten Krähe nicht vergessen, und viele Fragen schwirrten ihr durch den Kopf. Als letzte Möglichkeit fiel ihr Direktor Gao ein. Ja, der brauchte nicht zu arbeiten, und die Versammlung der Köche war nicht so wichtig, daß er dabeisein mußte. Mit dem Mut der Verzweiflung klopfte sie bei ihm an.

»Herein.«

»Herr Direktor, meine Krähe ist gestorben!« Sie stürmte in sein Büro, und die mühsam zurückgehaltenen Tränen brachen hervor, weil sie endlich ein offenes Ohr gefunden hatte.

Der Direktor legte die Zeitung hin, die er gemütlich neben der dampfenden Teekanne gelesen hatte, und tröstete sie: »Wie schrecklich! Bist du dir sicher, daß sie tot ist? Du hattest sie doch erst seit drei Tagen!«

»Sie ist ganz bestimmt verhungert, sie hat nicht gefressen und nicht getrunken ...«

Der Direktor holte einen Bambusfächer von seinem Bett – das Büro war gleichzeitig sein Schlafzimmer – und kühlte Lians tränenüberströmtes, verschwitztes Gesicht: »Kopf hoch, mein Kind. So schlimm ist es nun auch wieder nicht. Möchtest du einen neuen Vogel? Dann sag' ich den Aufsehern, sie sollen dir einen fangen.«

»Nie, nie mehr!« Sie schob den Fächer des Direktors weg und stampfte mit dem Fuß auf. »Vögel sterben bei mir doch nur ... Oh, was habe ich nur falsch gemacht, daß meine Krähe gestorben ist? Ich habe ihr das falsche Futter gegeben. Ich habe sie umgebracht!«

Der sonst so strenge Direktor verlor nicht die Geduld, im Gegenteil, er hockte sich vor sie und schaute sie betrübt an. Wie konnte er sie nur beruhigen? Er suchte die Schlüssel in seinen Hosentaschen, in den Schubladen des Schreibtisches und unter dem Kopfkissen, konnte sie aber nirgendwo finden: »Komm, Lian. Dann schließe ich die Tür einmal nicht ab. Wir gehen jetzt zu deiner Krähe, und ich sehe mal nach, woran sie gestorben ist.« Bereitwillig trippelte Lian hinter ihm her.

Nachdem er die Krähe gewissenhaft untersucht hatte, erklärte der Direktor: »Kind, es hat nicht am Futter gelegen ... Die Krähe ist an Kummer und Einsamkeit gestorben.«

»Können Sie denn sehen, wie sich der Vogel gefühlt hat?«

»Nein, mein Kind, trotzdem ... Der Vogel war unglücklich, weil er gefangen war, weit weg von seiner Familie, vielleicht von einem Nest voller Vogelkinder. Weit weg auch von der grünen Wiese, wo er früher nach Herzenslust herumfliegen konnte. Du kannst Gift darauf nehmen, daß er wütend und betrübt war; deshalb hat er nicht fressen wollen, egal wie gut es schmecken mochte. Lian, kennst du das Wort ›todunglücklich‹? Die Krähe ist gestorben, weil sie im wörtlichen und im übertragenen Sinne todunglücklich war.«

»Wirklich?«

»Denkst du, ich würde mit so etwas spaßen? Vögel lieben die Freiheit. Sie gehören in die grenzenlose Natur. Sie einzufangen und in einen Käfig zu sperren bedeutet für sie meist den Tod.«

Lian riß ihre Augen weit auf. Komisch, daß Menschen nicht sterben, wenn sie eingesperrt sind. Sie war schon zwei Monate im Straflager, aber sie hatte noch nie gesehen, daß jemand im Sarg weggebracht wurde, obwohl doch klar war, daß auch Menschen ihre Freiheit nicht missen können. Ihre Augen glänzten wie die eines unartigen Kindes, das gerade dabei ist, jemandem einen Streich zu spielen. Nur zu gern hätte sie dem Direktor offen ins Gesicht gesagt, was ihr gerade durch den Kopf ging, und seine Reaktion darauf gesehen. Als könne er ihre Gedanken lesen, drehte er sich um. Seine sonst meist hochgezogenen Schultern fielen zusammen, und er eilte Hals über Kopf zurück an den sicheren Ort – das Direktorat, wo das Farbfoto des Großen Steuermanns auf ihn wartete.

Mutter oder Mao

Während der Mittagspause sah Lian, daß sich in der Kantine hier und da kleine Gruppen gebildet hatten. Sie schienen über etwas Geheimnisvolles zu diskutieren. Mutter und Lian waren noch unschlüssig, zu welcher Gruppe sie sich gesellen sollten, als Lian einen Schrei ausstieß: Fast wäre jemand an ihre Schale mit Maisbrei gestoßen.

»Verzeihung, ich habe ... nicht richtig aufgepaßt.« Maly entschuldigte sich umständlich und wandte ihr sorgenvolles Gesicht ab.

Mutter fragte beunruhigt: »Was ist los? Kann ich dir irgendwie helfen?«

Tante Maly schüttelte den Kopf und wollte weggehen.

Aber Lian hielt sie am Ärmel fest. Da überlegte sie es sich anders und seufzte: »Kommt, setzen wir uns dort in die Ecke. Dann erzähle ich euch von einer neuen Katastrophe.«

Lian fühlte sich geschmeichelt, daß Maly ihnen ihr Geheimnis anvertrauen wollte, und rannte schnell hinter den beiden Erwachsenen her. Dabei schwappte die Sauce des Mittagessens über den Rand ihrer Schale, und Mutter fuhr sie an: »Gerade in der Sauce sind die Vitamine, die du so bitter nötig hast. Kannst du nicht ein bißchen aufpassen?«

Als sie sich gesetzt hatten, schaute sich Maly zuerst vorsichtig nach allen Seiten um und erzählte dann hastig die ganze Geschichte: »Gestern war eine Anklageversammlung...«

Lian nickte altklug. Sie war stolz wie ein Pfau, daß sie von etwas wußte, was den Erwachsenen gerade erst zu Ohren gekommen war.

»... gegen den alten Koch You.«

»Was? Gegen den guten Onkel You? Der immer so leckere gebackene Auberginen macht? Der ist doch die Sanftmut in Person. Er könnte es sich ja nicht mal verzeihen, wenn er aus Versehen auf einen Regenwurm treten würde...!« rief Lian aus. Gleichzeitig machte sie sich Vorwürfe: Nur weil meine Krähe gestorben ist, habe ich gestern nicht einmal darauf geachtet, gegen wen die Anklageversammlung in der Kantine gerichtet war.

Mutter gab ihr einen Knuff, und Maly berichtete weiter.

»Als You ein paar Monate alt war, in den zwanziger Jahren, hat sein Vater auf einem Dampfer angeheuert, der zwischen Amerika und China fuhr. Wegen der Bürgerkriege in den dreißiger Jahren konnte er nicht mehr zu seiner Frau und seinem einzigen Sohn zurück. Er blieb in den USA, und You wurde von seiner Mutter großgezogen. 1948, kurz vor der Gründung der Volksrepublik China, schickte er seiner Frau seine ganzen Ersparnisse, damit sie nach Amerika kommen konnte. Sobald er das Geld zusammengekratzt hatte, wollte er auch You nachkommen lassen. Ihr kennt die Geschichte, daraus ist nichts geworden.

Nach 1949, als die Grenzen geschlossen wurden, verfluchte Yous Vater sich, daß er so dumm gewesen war, sich das Geld für die Schiffspassage seines Sohnes nicht zu leihen. Aber sie haben sich all die Jahre geschrieben. Bis vor einer Woche. Da bekam die Lagerdirektion die Anordnung, jeden Brief an Lagerbewohner zu öffnen und zu lesen, auch wenn die Adressaten nicht konterrevolutionäre Häftlinge, sondern ›sauber‹ waren, wie der größte Teil der Belegschaft in der Kantine und den Schweineställen. Und jetzt hat es You erwischt. Letzte Woche Donnerstag hat der Direktor den Brief von Yous Mutter kontrolliert. Na ja, der Inhalt war nicht verdächtig, es ging um dieses und jenes, ein ganz normaler Brief. Seine Mutter schrieb, daß es ihr gesundheitlich nicht mehr so gutgehe und daß sie You und seine beiden Kinder, ihre einzigen Enkel, schrecklich vermisse. Aber allein die Tatsache, daß You mit jemandem aus dem dekadenten Westen Kontakt hält, noch dazu aus dem Zentrum des Kapitalismus, reichte schon aus, um You als Staatsfeind und Spion zu brandmarken. Der Direktor hat dem Kantinenchef aufgetragen, es sich von You schwarz auf weiß geben zu lassen, daß er seiner Mutter abschwört und ihr bis zu seinem Tod keinen Brief mehr schreibt, sonst ...

Dabei ist dieser You doch so eine einfache Seele! Die Kulturrevolution ist an ihm, dem gottgesegneten Analphabeten, unbemerkt vorübergegangen. Er ist Koch. Schon vor der Revolution hat er Gemüse- und Fleischgerichte gekocht, und jetzt, während der Revolution, tut er das immer noch. Für ihn hat sich die Welt nicht verändert. Daher hat er zuerst geglaubt, es handle sich um einen schlechten Scherz, als ihn sein Vorgesetzter zwingen wollte, den Kontakt zu seiner Mutter abzubrechen: ›Parteivorsitzender der Küchenabteilung, jeder von uns hat ein Herz, und dieses Herz ist aus Fleisch und Blut. Oder etwa nicht? Spüren Sie darin nicht Liebe und Dankbarkeit für Ihre Mutter? Oder glauben Sie, daß wir wie Bambussprossen auf einem Felsen gewachsen sind?‹

Sein Chef hat alles versucht, um You vom Ernst der

Lage zu überzeugen, aber You hat sich auf die Brust geklopft und gesagt, lieber würde er sterben, als seine Mutter nicht mehr anzuerkennen. Daher die Anklageversammlung gegen ihn ...«

Maly schwieg. Ihre faltigen Lider röteten sich, und sie schluckte. »Jetzt wird mir endlich klar, warum ich seit anderthalb Jahren keine Post mehr von meinen Eltern bekommen habe. Ich bin schlechter als You. Die Lagerleitung hat jahrelang meine Briefe aus Hongkong gelesen und verbrannt!«

Lian bebte vor Wut.

Mutter sagte rasch: »Maly, du darfst nicht so negativ denken. Wie willst du wissen, ob sie wirklich deine Post zurückhalten? Vielleicht hatte deine Familie zuviel zu tun, um dir schreiben zu können ...«

Lian schaute angestrengt in eine andere Richtung. Auch sie wußte, daß ihre Mutter log ...

WILLKOMMENER ZUWACHS

Lian erwachte aus ihrem Mittagsschlaf und ging ins Freie. Das kühle Antlitz der Herbstsonne blickte gleichgültig auf sie nieder. Trotzdem hatte die Sonne offenbar noch genügend Kraft, die Ahornblätter feuerrot zu färben. Unter dem azurblauen Himmel, an dem da und dort kleine weiße Wolkenknäuel trieben, sahen sie aus wie lodernde Flammen, die über den Abschied des lebenslustigen Sommers klagten.

Scha –, scha –. Eine kräftige Brise war aufgekommen und forderte die kupferfarbenen Blätter auf, sich vom Boden zu erheben und mit ihr davonzutanzen. Der frische Wind vertrieb Lians Schläfrigkeit. Sie bekam sofort Lust, etwas zu unternehmen. Ihre Hausaufgaben hatte sie schon am Morgen erledigt, und der Unterricht begann erst in zwei Stunden. Sie konnte sich also getrost amüsieren.

Aber wohin könnte sie gehen? Nicht zur Kantine, denn das Küchenpersonal bekam um diese Zeit seine tägliche

Ration politischen Unterricht verabreicht. Zu Leifu, dem Zimmermann, konnte sie auch nicht, denn Mutter hatte ihr verboten, allein mit einem jungen Mann zu reden. Mutter sagte, so ein Kerl könne ihr mit einer Axt den Schädel spalten wie eine reife Wassermelone – auch wenn Lian sich nicht vorstellen konnte, daß dieser freundliche Mann dazu imstande wäre. Nun gut, sie ging lieber auf Nummer Sicher und kam ihm nicht zu nahe.

Da kam ihr eine gute Idee: der Schweinestall. Die Leute dort hatten keine Zeit, sich mit geistiger Säuberung zu beschäftigen: Die Schweine scherten sich nun einmal einen Dreck um das, was die Regierung vorschrieb. Sie ließen es sich einfach nicht gefallen, wenn ihr Pfleger sie nicht stündlich fütterte und tränkte oder wenn er ihren Mist nicht rechtzeitig entfernte.

Schon von weitem roch sie den Stall. Säuerlicher Schweinemist, verdorbene Essensreste aus der Kantine, modriges Heu und gärendes Gemüse – das alles vertrieb die frische Landluft und schuf eine Duftinsel mit einem ekelerregenden Aroma. Aber der Spaß, der sie erwartete und der ihre chronische Einsamkeit wenigstens ein Weilchen vertreiben würde, machte sie immun gegen den Gestank.

Pia, pia. Ein grauhaariger Mann goß einen zähflüssigen Brei aus Gemüse und Gras in den Trog und murmelte dabei den Tieren freundliche Worte zu. War das eine Bande von Gierhälsen! Sie konnten nicht einmal warten, bis der Mann den Trog gefüllt hatte. Sobald sie das erste *pia* hörten, fingen sie schon an zu schlingen, ohne ihre dicken Köpfe aus dem Futtertrog zu heben, so daß ihre Schnauzen und Köpfe mit dem unappetitlichen Futter vollgekleckert wurden, das an ihrem Hals entlang wieder in den Trog tropfte.

»Onkel Rui, sind Sie gerade beschäftigt?«

»Grüß dich, Lian, *bist du gekommen?*«

Nachdem sie den traditionellen Austausch von Grußformeln hinter sich hatten, sagte Rui: »Warte nur, wenn ich mit dieser Reihe fertig bin, habe ich eine wunderbare Überraschung für dich.«

Durch das eintönige Lagerleben war ihre Neugier leicht zu entflammen: »Onkel, wenn ich Ihnen beim Futterausteilen helfe, sind wir schneller fertig.«

Sie flitzte zu der Scheune und holte sich dort einen Eimer. Wieselflink tauchte sie ihn in den Behälter mit Schweinefutter. Den Inhalt des randvollen Eimers schüttete sie in einen der Tröge.

»Du mußt das Futter gleichmäßiger verteilen, Kind.«

»Gut, Onkel.«

Insgeheim aber war sie anderer Meinung: Wie pedantisch er doch mit dem Schweinefutter umging, als hantiere er mit seinen Chemikalien im Labor ... Man konnte ihm ansehen, daß er einmal Professor gewesen war.

Endlich! Mit klopfendem Herzen folgte sie Rui eine halbe Stunde später zu seiner Baracke. Er ging als erster hinein und zeigte ihr kurz danach einen Korb, in dem ...

»Ach, das kann doch nicht wahr sein! Ein Welpe! O wie süß, was für flauschige Haare er um den Hals hat. Und jetzt macht er die Augen auf. Onkel, gucken Sie doch, wie schwarz die sind, und kugelrund!«

Sie streichelte dem Hündchen über den Kopf, und ein schmerzliches Gefühl schoß ihr wie ein Pfeil durchs Herz. Sie war so entzückt und überrascht, daß ihr angst und bange wurde.

Lian wußte trotz ihrer Erfahrungen mit der Krähe sehr wohl, daß es verboten war, Haustiere zu halten. Warum, das verstand sie nicht. Sie wußte nur, daß sie sich immer wie eine Verräterin am ›Vater, Mutter, Liebhaber und Liebhaberin in Einer Person‹ fühlte, wenn sie ihre Liebe zwischen einer Katze oder einem Goldfisch und der ›Viereinigkeit‹ aufteilen mußte. Schließlich war ihr eingeschärft worden, dem Großen Steuermann bis zum letzten Atemzug die Treue zu halten.

Lian befürchtete auch, daß Rui eine schlimme Strafe zu erwarten hatte, wenn er den Welpen behielt: »Aber Onkel, das ist doch gar nicht erlaubt, oder?«

»O doch, heute morgen habe ich dem Lagerdirektor den

Hund gezeigt. Weißt du«, er tätschelte den samtweichen Bauch des kleinen Tiers, »es war das erstemal, daß ich den Direktor lächeln sah! Ganz schnell habe ich eine lange Liste aufgezählt mit Aufgaben, die der Hund übernehmen könnte, wenn er erst einmal groß ist: die Schweine hüten, wenn sie auf den frisch abgeernteten Feldern oder auf dem Abfallhaufen losgelassen werden, um dort Futter zu suchen; auf die Hühner aufpassen, damit sich kein Wiesel mehr an sie herantraut ...

Aber das alles war nicht einmal nötig, mein Kind. Der Direktor hat einfach gesagt: ›Ich weiß, was für eine Hilfe ein Hund sein kann ... Schließlich hatten wir zu Hause drei Hunde, als ich ein kleiner Junge war ... Tagsüber kann euch der Hund ein bißchen helfen. Abends soll er dann zu mir kommen und hier schlafen.‹« Rui grinste. »Mir war sofort klar, daß der Direktor eine Schwäche für Hunde hat.«

Lian machte einen Luftsprung und quietschte: »Hurra! Wir dürfen den Hund behalten!«

Der Welpe erschrak und sah wachsam um sich. Lian hätte sogar einen Kopfstand gemacht, wenn sie dem Tierchen damit eine Freude bereitet hätte!

»Wie heißt er?«

»Ich habe ihn erst gestern nachmittag am Weg unter einem Baum gefunden. Ich habe noch nicht daran gedacht, ihm einen Namen zu geben.«

»Ahuang«, sagte Lian. »Der Hund mit dem goldgelben Fell.«

»*Hm*, eine prima Idee.«

Jetzt, wo Ahuang ihr Herz gestohlen hatte, roch sie nicht einmal den Gestank des Schweinestalls. In den weiten Ärmeln ihrer Jacke schmuggelte sie alles mögliche für den kleinen Hund mit: ihren roten Wollschal mit den grünen Karos, der jetzt Ahuangs Decke werden sollte, ein Stückchen Maisbrot, das sie gestern beim Abendessen heimlich in die Hosentasche gesteckt hatte, und eine Troddel, die vorher an der Spitze ihrer Wintermütze gebaumelt und die sie heute früh heimlich abgeschnitten hatte. Ein Babyhund mußte doch etwas zum Spielen haben.

Rui weichte das Brötchen in einer Schale Wasser ein und stellte es vor den kleinen Hund. Geräuschvoll schlang er alles in sich hinein. Mit seiner roten Zunge leckte er die Schale im Handumdrehen blitzblank.

Der Schweinehüter und Biologe Professor Dr. Rui schüttelte den Kopf. »Eigentlich wäre es besser, wenn er ein wenig Milch bekäme. Vermutlich ist er höchstens drei bis vier Wochen alt, und in dem Alter brauchen Welpen noch Muttermilch.«

Aber woher sollte sie die Milch nehmen? In dem halben Jahr, das sie nun hier lebte, hatte Lian nie einen Tropfen Milch gesehen. Milch stand nur der Lagerleitung und den Oberaufsehern zu ...

»Ich hab's! Onkel Rui, darf ich Ahuang für eine halbe Stunde im Körbchen mitnehmen?« fragte sie.

»Keine reine Milch, hörst du! Du mußt sie mit Wasser verdünnen, sonst bekommt Ahuang Durchfall.« Rui ahnte bereits, was sie vorhatte, und gab ihr schon im voraus Instruktionen.

Lian ging mit dem Welpen in die Kantine. Sie mußte unbedingt Tante Liu finden! Die bereitete nämlich immer das besondere Essen für die privilegierten Kader zu. Und richtig – der Anblick des goldigen Tierchens stimmte die Tante milde. Sobald ihre Augen zu glänzen begannen, bettelte Lian um eine Tasse Milch.

Daraufhin zog Liu sofort ein langes Gesicht und sagte in beängstigend düsterem Ton: »Ich riskiere es, genau wie deine Mutter, Zwangsarbeit verrichten zu müssen, wenn *die*«, dabei deutete sie mit dem Kopf nach oben, »herausfinden, daß ich den Lebenssaft, der ausschließlich für Revolutionäre bestimmt ist, einem Vierbeiner gebe.«

Lian schielte zu dem Topf, in dem Liu die Milch für die Elite warm machte, und sagte: »Wissen Sie was? Gießen Sie das Wasser, mit dem Sie den Topf ausspülen, nicht weg, sondern heben Sie es in einem Fläschchen für Ahuang auf.«

»Schlaukopf!« Liu drückte ihren Mittelfinger an Lians Stirn und tat ihr den Gefallen.

Ein paar Tage später erfuhr Lian eine aufregende Neuigkeit. Tante Liu flüsterte ihr ins Ohr: »Gestern früh um sieben bin ich wie jeden Tag zum Direktor gegangen, um ihm seine Schale warme Milch zu bringen. Ich habe die Schale auf den Tisch gestellt und bin aus dem Zimmer gegangen. Auf dem Weg zur Kantine fiel mir plötzlich ein, daß ich vergessen hatte, den Warmhalter aus Schilf mitzunehmen. Da bin ich zum Direktorat zurückgelaufen und habe durchs Fenster geschaut – nicht absichtlich, wirklich nicht, Buddha ist mein Zeuge –, aber Gütiger Himmel, Lian, mein Kind, was sehe ich da? Der Direktor füttert Ahuang mit seiner Schale Milch! So geduldig und beinahe menschlich habe ich unseren Leiter noch nie erlebt.«

Wie der Wind verbreitete sich im Lager das Gerücht, der Direktor verfüttere sein kostbares Essen an einen Hund. Aber seltsamerweise war niemand neidisch auf Ahuang, wenn auch jeder für sein Leben gern – und sei es nur für einen einzigen Schluck Milch – mit dem Hund getauscht hätte. In den Augen der Gefangenen funkelte jetzt eine zaghafte Freundlichkeit, wenn sie dem Direktor zufällig begegneten. Offenbar glomm in ihnen die Hoffnung, der Hund könne ihn sanftmütiger machen und seine Lust an Folter und Mord eindämmen.

Schon bald war Ahuang zu einem Kaventsmann von Hund geworden. Wenn er rannte, konnte Lian nicht mehr mithalten, und wenn er bellte, fiel das trockene Geäst von den Bäumen. Tagsüber half er Rui, auf die Schweine, Hühner und Enten aufzupassen, und abends rollte er sich zu Füßen des Direktors zusammen. Neugierig wie er war, beschnüffelte er jeden vorbeigehenden Häftling. Dann wedelte er mit seinem buschigen Schwanz und trabte zu Rui oder dem Direktor zurück.

Obwohl es heißt, die Nase eines Hundes sei um ein vielfaches schärfer als die des Menschen, war Ahuang der einzige Lagerinsasse, der die politische Spannung nicht witterte. Er sprang munter umher und behandelte jeden wie seinesgleichen. Trotz ihrer abgestumpften Gefühle war es den Gefangenen ein Trost, zu sehen, daß es auf diesem Planeten wenigstens noch eine Tierart gab, die Menschlichkeit und Zuneigung hervorrufen konnte.

Der allmächtige Souffleur

Die Bäume wurden von winterlichen Fingern bis auf die Rinde entkleidet, und der Himmel war öfter steingrau als strahlend blau. Die Winterbrise schwoll zu einem schneidenden Wind an. Der Boden war hart gefroren, und die Häftlinge mußten an langen Sitzungen zur geistigen Umerziehung teilnehmen.

Heute war Generalversammlung. Die Kantine war brechend voll mit Gefangenen und Lagerpersonal. Die vier Mitglieder des Direktoriums saßen auf dem Podium. Ihre Gesichtshaut war stärker gespannt als die Wand einer Blase bei starkem Harndrang. Es ging das Gerücht, eine wichtige Mitteilung würde verkündet.

In Mutters und Lians Schlafsaal hatte in der vergangenen Nacht niemand ein Auge zugetan; sie alle grübelten, um welche Neuigkeit es sich handeln könnte. Insgeheim hofften sie, die Kommunistische Partei werde vor dem chinesischen Neujahrsfest eine Reihe von Gefangenen freilassen, und sie rätselten, wer wohl zu den Glücklichen gehören würde ...

Normalerweise ging es im Versammlungsraum zu wie auf einem Basar, wo die Händler lauthals ihre Waren anpriesen und interessierte Kunden mit fast gleicher Lautstärke um die Preise feilschten, als hinge ihr Leben von ein paar *Mao* mehr oder weniger ab. Heute jedoch war es im Saal mucksmäuschenstill. Lian saß beklommen neben Mutter, weil sie spürte, wie Hoffnung, Unruhe und Unsicherheit in den Herzen der Inhaftierten miteinander rangen.

Nach einem ausführlichen revolutionären Ritual – dazu gehörten das Lied *Mao, die Sonne, die niemals untergeht*, der dreimalige Ruf »Lang lebe der Parteivorsitzende Mao« und »Gesundheit dem Stellvertretenden Parteivorsitzenden« sowie das laute Bekennen der bourgeoisen Gedanken, die am Morgen in den Köpfen der Gefangenen herumgespukt waren – bekamen sie endlich den Grund für die Versammlung zu hören.

Von Freilassung war keine Rede. Der Direktor berichtete, daß am 15. Januar, eine Woche vor dem chinesischen Neujahrsfest, eine Delegation des Zentralkomitees das Lager inspizieren würde. Dann erklärte er, wie sich alle darauf vorzubereiten hätten: »Es ist unsere *re-vo-lu-tio-nääääääääre* Pflicht, dem Inspektor zu zeigen, wie ihr bourgeoisen Intellektuellen euch gebessert habt! Und welchen Grad der geistigen Säuberung ihr bereits erreicht habt!« Er schrie die Worte heraus, als trete ihm ein Nilpferd auf den Fuß, und er log wie der Großvater aller Lügner. Jeder wußte, worum es ihm wirklich ging: Er hatte Angst, Kopf und Kragen zu verlieren. Wenn die Delegation herausfinden würde, unter welch erbärmlichen Umständen die Häftlinge hier vegetierten und sich abschuften mußten und was für eine bestialische Behandlung sie zu erdulden hatten, dann würde er *das Essen, das er nicht aufessen konnte, eingepackt mitnehmen,* sich also in Zukunft dafür verantworten müssen.

Am nächsten Morgen wurden die Gefangenen in aller Frühe wach getrommelt, damit sie das Lager säuberten – zuerst die Schlafsäle, dann die Kantine und die Versammlungsräume, und zuletzt den Innenhof. Der Inspektor mußte vor allem davon überzeugt werden, mit welchem hygienischen Standard die Häftlinge lebten.

»Hygiene ... was ist das?« murrte Maly. »In den vier Jahren, die ich hier einsperrt bin, ist das Lager noch nicht einmal gereinigt worden. Der Direktor ist wie *ein Esel, der sich einen Lauchstengel in die Nase steckt und meint, dann sei er ein Elefant.*«

Sie hatte recht. Auch Lian hatte im letzten halben Jahr noch nie gesehen, daß jemand den Boden ihres Schlafsaals fegte. Die Zwangsarbeiter waren völlig erschöpft, wenn sie vom Feld zurückkamen. Sie hatten nicht einmal mehr die Energie, sich das Gesicht zu waschen. Woher sollten sie noch die Kraft nehmen, den Schlafsaal zu putzen?

Vor einem Monat hatte Lian ihren Saalgefährtinnen eine Freude machen wollen und den Boden gescheuert. Aber es hatte mindestens drei Wochen gedauert, bis das letzte Wasser verdunstet war – es gab ja keine Fenster, Sonne und Wind konnten nicht hinein. Gegen Ende der dritten Woche hatten Moskitos die Pfützen als Brutstätte erobert und Massen von Eiern hineingelegt. Lian wurde mit bösen Blicken beschossen. Verzweifelt hatte Mutter sich vom Direktor einen Stapel alter Zeitungen erbeten und auf dem Boden ausgebreitet. Nach ein paar Tagen hatten die Zeitungen das Wasser aufgesaugt. Mutter wies Lian in blumenreichen, drohenden Worten an, den schmutzigen Raum künftig so zu lassen, wie er war.

Die sonst übliche Feier des westlichen Neujahrsfestes konnten die Häftlinge in den Wind schreiben. Die Lagerverwaltung hatte ihnen nicht nur den Wochenendurlaub gestrichen, sondern sie auch gezwungen, den Sonntag durchzuarbeiten. So hatten sie den Neujahrstag mit Schrubben, Putzen und Bohnern verbracht. Am nächsten Tag war Großreinemachen im Schweinekoben und in den Hühnerställen angesagt. Zum erstenmal seit der Errichtung des Lagers wurde die Mistgrube mit einer Matte aus geflochtenem Stroh abgedeckt, um dem Inspektor und den Mitgliedern seiner Delegation den Gestank zu ersparen. Das versteh' ich nicht, dachte Lian, die hohen Herren haben uns doch gerade beigebracht, *Gestank vor der Nase sei Parfüm für den proletarischen Geist*. Außerdem lag der Schweinestall gar nicht auf der vorgesehenen Inspektionsroute. Der Direktor wollte offenbar auf Nummer Sicher gehen.

Auch abends wurde den Lagerinsassen keine Ruhe gegönnt. Für jeden Schlafsaal wurde ein Verantwortlicher gewählt, der die Sprechübungen leiten mußte. Jeder hielt ein von der Lagerleitung verfaßtes und vervielfältigtes Blatt in der Hand. Darauf standen die Fragen, die der Inspektor offenbar stellen würde, beispielsweise:

Hat die Zwangsarbeit deiner Meinung nach dazu beigetragen, eine vollkommen neue proletarische Denkweise zu schaffen?
Wie sieht ein normaler Tag im Lager aus?
Kannst du ihn kurz beschreiben?

Unter jeder Frage stand eine Standardantwort.

Die Sprechübungen waren dazu gedacht, daß die Gefangenen die Fragen und vor allem die vorgeschriebenen Antworten, die ebenfalls auf dem vervielfältigten Blatt standen, auswendig lernten, damit sie diese ohne Stocken herbeten konnten, falls der Inspektor sie anspräche.

Für Lian war es ein wahres, wenn auch perverses Vergnügen, zu sehen, wie sich die Erwachsenen von dem Verantwortlichen dressieren ließen. Offenbar fiel es ihnen sehr schwer, die Antworten zu behalten. Und wenn es ihnen dennoch gelang, vergaßen sie, welche Antwort zu welcher Frage gehörte. Auf die Frage:

Was eßt ihr meist zu Mittag?

gaben sie zur Antwort:

Revolutionärer Parteifunktionär, der großartigen Führung unseres Lagers verdanken wir eine effiziente ideologische Transformation. Ich erwarte, schon bald aus meiner alten, bourgeoisen Schlangenhaut zu kriechen und mich in einen proletarischen Drachen zu verwandeln.

Und auf die Frage:

Wie verläuft deine revolutionäre Gehirnwäsche?

antworteten sie:

Hühnersuppe mit riesigen *Stücken Hühnerfleisch, im Wok gerührten Chinakohl mit* Fleischstreifen *und gedämpfte Brötchen aus* Weizen*mehl*.

Bestimmte Wörter und Silben waren unterstrichen, und die Häftlinge wurden gezwungen, diese Wörter zu betonen. Jedesmal, wenn jemand die falsche Antwort gab, brüllten alle im Schlafsaal vor Lachen.

Lian begann zu ahnen, daß es Absicht war. Und ihr Verdacht wurde noch dadurch bestätigt, daß das Gelächter immer unbändiger und sarkastischer wurde. Manche schlugen sich sogar auf den Mund, wenn sie versehentlich die *richtige* Antwort abspulten.

Lian leckte sich heißhungrig die Lippen, als sie sich das beschriebene Mahl vorzustellen versuchte. Solches Essen hatte sie in der Kantine noch nie bekommen, von den Abendessen nach der Arbeit in der Mühle einmal abgesehen. Es waren pure Lügen, die den Gefangenen eingebleut wurden.

Sie empfand Verachtung für diese Praktiken, und sie spürte, daß es den Erwachsenen ebenso ging – irgendwann schlossen sie nur noch die Augen, leierten die Worte der Vorlage herunter und feixten, wenn sie sich von Zeit zu Zeit bewußt wurden, was sie da von sich gaben.

Im Grunde war das Ganze eine Posse, aber eine tragische, denn niemand konnte sich seiner Rolle in diesem Theaterstück entziehen. Höhepunkt der Vorstellung war die Drohung des Direktors: Wer es wagte, von den vorgeschriebenen Antworten abzuweichen und dem Inspektor die Wahrheit über das Lager zu erzählen, dessen Strafmaß würde er ›eigenhändig‹ verdoppeln.

Ein wahrer Tierfreund

Die Delegation sollte einen ganzen Tag bei ihnen im Lager verbringen und würde daher auch beim Mittag- und Abendessen dabeisein. Das bereitete dem Direktor großes

Kopfzerbrechen. Zwar konnte er die Lagerinsassen zwingen, über die Verpflegung Märchen zu erzählen, aber er konnte nicht verhindern, daß der Inspektor das Essen – oder besser gesagt das Schweinefutter – der Häftlinge selbst in Augenschein nahm. Vorsetzen konnte er es ihm erst recht nicht. Mit dem jährlichen Zuschuß, den ihm die Regierung auszahlte, damit er menschenwürdige Nahrung für die Gefangenen einkaufen konnte, hatte der Lagerkommandant vor allem die Aufseher und sich selbst gemästet; finanzielle Rücklagen hatte er nicht. Wie hätte er ahnen können, daß ihm diese verdammten Topfgucker auf den Hals gehetzt würden?

Das Lager besaß um die achtzig Schweine, zweihundert Enten und vierhundert Hühner, aber die durften erst nach dem Herbst des kommenden Jahres geschlachtet werden, sonst würde ein riesiges Loch in der Kasse entstehen. Mit Mühe und Not kratzte die Lagerleitung das Geld zusammen, um zwanzig Kilo vom billigsten Gemüse und zwei Kilo Fleisch zu erstehen. Das Küchenpersonal rebellierte, als der Direktor forderte, sie sollten ein Festmahl zubereiten. Womit denn? Gegen das Gemüse war ja nichts einzuwenden; gut wässern, bis es aufquoll und dann nach etwas aussah. Aber das Fleisch? Selbst wenn man es fein wie Nadelspitzen zerschnipselte, würde es längst nicht ausreichen, um ein ordentliches Essen für zweihundertfünfzig Personen zu zaubern. Morgen sollte es soweit sein, und der Direktor ging in Sack und Asche.

»Wieviel Kilo brauchst du noch, hast du gesagt?« fragte er verärgert die Kantinenchefin.

»Herr Direktor, ich will es Ihnen wirklich nicht zu schwer machen, aber ohne weitere zehn Kilo Fleisch kann ich die Gerichte nicht zubereiten. Ich bin Köchin und keine Zauberin, die sich eine Kuh aus dem Ärmel schütteln kann.«

»Geh wieder in die Küche. Ich komme gleich zu euch.« Die Augen des Direktors leuchteten plötzlich auf. Er hatte einen Geistesblitz. Er rannte regelrecht zum Schweinestall: »Ahuang, komm her.«

Sein treuer Freund kam schwanzwedelnd angelaufen und sah zu ihm auf. Seine samtweichen Lider blinzelten, und seine ganze Haltung verriet Überraschung: »Der Himmel ist noch blau. Wie kommt es, daß Sie mich jetzt schon zum Schlafen holen?«

Ein zärtliches Lächeln huschte über das Gesicht des Lagerdirektors, aber er räusperte sich rasch, um das gefährliche Gefühl aus seiner Brust zu vertreiben. Rui, der sich gerade über einen Schweinetrog beugte, blickte auf, als er Ahuang so ausgelassen bellen hörte.

Der Direktor sagte: »Heute abend wird dir die Lagerleitung ihren Beschluß bezüglich Ahuang mitteilen.« Dann rief er den Hund und machte sich schnell davon.

Der siebenundsechzigjährige Rui hatte in seinem Leben viel erlitten. Es gab kaum noch etwas, was ihn wirklich treffen konnte, aber nun liefen ihm heiße Tränen über das wettergegerbte Gesicht ...

Der Direktor ging zunächst ins Büro der beiden stellvertretenden Kommandanten; anschließend machten sich alle drei auf den Weg in die Küche.

»Ahuang, mein Kleiner, spring mal auf die Waage«, lockte der Direktor seinen neugierig blickenden Freund. »Hops! Und jetzt stehenbleiben! Fünfzehn Kilo wiegt er schon – meine Morgenmilch hat ihm gutgetan ...« Der Direktor gab sich gelassen und sogar ein bißchen brutal, damit ihn seine Kollegen aus dem Direktorium nicht auslachen und für einen Schwächling halten würden, der Zuneigung für einen Hund hegte. Für die Partei war ein Mensch erst ein waschechter Revolutionär, wenn er sogar die eigene Mutter für ein kommunistisches Ziel opferte. Und jetzt hieß dieses Ziel: einen guten Eindruck bei den Inspektoren zu hinterlassen.

Ohne weitere Erklärung begriff das Küchenteam, was das alles zu bedeuten hatte. Onkel Dong, ein breitschultriger Koch um die Fünfzig, wurde beauftragt, die nötigen Vorbereitungen zu treffen.

Hoher Besuch

Lian und ihre Saalgefährtinnen wurden durch ein unablässiges Hämmern an der Tür unsanft aus dem Schlaf gerissen. Tante Qu, deren Schlafplatz dem Eingang am nächsten war, wickelte sich aus ihrer warmen Decke und setzte sich auf die Bettkante. Sie murrte: »Was ist denn das wieder für ein Theater? Mitten in der Nacht!«

Tante Wen, die Chefin des Küchenpersonals, war es, die buchstäblich mit der Tür ins Haus fiel: »Neuer Befehl der Direktion: Ihr müßt heute beim Mittagessen, wenn es gebratenen Chinakohl gibt, die Fleischstreifen gut sichtbar auf das Gemüse legen. Hebt sie gut auf und eßt sie erst ganz zum Schluß.«

Schlaftrunkenes Kichern war die Reaktion. Als wäre auch das einstudiert, versicherten sie alle im Chor: ›Ja, ge*wiß*, wir werden dafür *sorgen*, daß der In*spek*tor gut sieht, daß wir *Fleisch* beim Essen bekommen.« Lian drehte sich angewidert um. Sie versuchte wieder einzuschlafen und träumte, sie flöge in ein anderes Land, in dem sie nicht zu lügen brauchte, um am Leben zu bleiben.

Die allmächtigen Lautsprecher quäkten, knarrten und knatterten so lange, bis jeder hellwach war. Das lästige Spektakel nahm kein Ende; es war nervenzerreißend. Trompetenmusik dröhnte über das Lager, und das Morgenlied rief zur Tat auf:

Vorwärts! Vorwärts!
Wir stürmen das Hauptquartier
der kapitalistischen Festung!

Nach dem Frühstück war Appell. Die Häftlinge standen wie immer in Reih und Glied auf dem kleinen Platz. Der Direktor höchstpersönlich ging die Namensliste durch.

»Nummer eins!«

Ein Greis humpelte nach vorn und antwortete mit krächzender Stimme: »*Zai*. Anwesend.«

Der Lagerkommandant rümpfte die Nase und musterte das menschliche Wrack, das sich nur mühsam auf den Beinen hielt. Er schnauzte ihn an: »Bist du gerade aus dem Bett gekrochen oder was? Hättest du dich nicht kämmen können? Und warum, glaubst du, geben wir euch Wasser? Damit du dir deine Visage waschen kannst! Ich fick' deinen Großvater ...!« Schlagartig fingen alle an, sich die Haare glattzustreichen und so gut es ging mit den Fingern zu kämmen. »Und die Fetzen, die du am Leib hast, Nummer eins. Die sehen aus wie vollgeschissene Babywindeln! Trägst du diese Lumpen absichtlich, um deine Verachtung für die Diktatur des Proletariats zu demonstrieren?!«

Die anderen Zwangsarbeiter erbleichten. Alle begannen, an ihren schmutzigen, verschlissenen Kleidern zu nesteln und zu zerren. *Sjie-sjie-sjie* ... Das Geräusch von zerreißendem Stoff ging wie eine Welle durch die Reihen.

Das brachte den Direktor nur noch mehr in Rage. Er brüllte: »*Waa*rum müßt ihr euch ausge*rech*net *heu*te wie eine *Her*de Wasserbüffel präsentieren, die gerade aus einem Schlammloch steigen?! Ihr seht aus wie sterbenskranke Bettler! Habt ihr vielleicht die Absicht, mich beim Inspektor in ein schlechtes Licht zu rücken? Verfluchte Bastarde aus dem Schoß einer ledigen Mutter! Zurück in die Baracken! Wascht und kleidet euch ein einziges Mal in zehn Generationen anständig! Wenn ich in einer halben Stunde noch einen einzigen schmutzigen Hungerleider in meinem Lager finde, darf er einen Monat lang bei den Schweinen hausen!«

Gekränkt kniffen die Häftlinge die Lippen zusammen. Sie hatten immer so ausgesehen. Und nun sollte das plötzlich ein Verbrechen sein? Aber niemand wagte es, sich dem Befehl des Direktors zu widersetzen. So gut es ging, richteten sie sich her, wie es für sie vor Jahren selbstverständlich gewesen war, damals, als sie noch nicht in ›Schlangengeister und Rinderteufel‹ verwandelt worden waren.

Als sie eine Stunde später ihre Schlafsäle verlassen wollten, wurde ihnen der Weg versperrt. Sie durften nicht hinaus: Der Inspektor war eingetroffen und machte seine

Runde durch den sauberen, ordentlichen und politisch korrekten Teil des Straflagers. Wie eine Schafherde wurden sie in einen kleinen Raum getrieben. »Nicht so laut reden«, wurde gerufen. Die Aufseher gaben sich heute besonders große Mühe.

Um elf Uhr wurden die Häftlinge in die Kantine geführt. Unterwegs schrie der Oberaufseher: »Ich warne euch: Wer nur ein Wort vom vorgeschriebenen Text abweicht, ist erledigt!«

Lian folgte den Zwangsarbeitern in einem gewissen Abstand und betrat nach ihnen die Kantine. Die Wände waren mit Wandzeitungen bedeckt. Darauf stand in großen Schriftzeichen:

Wir heißen die revolutionäre Delegation, die unser Lager mit der Aura allumfassender Erleuchtung beschenken wird, herzlich willkommen! Unerschütterlich ist unser Beschluß: Nicht als bourgeoise Intellektuelle, als wahre Proletarier werden wir sterben. Und unsere Augen nicht eher schließen, auch wenn der Tod uns früher ereilt.

Auf dem Podium saß eine Reihe von Leuten in grauen Mao-Anzügen. Die Frauen sahen aus wie kampflustige Hähne, während die Männer eher an die frustrierten Konkubinen eines alten Lüstlings erinnerten. Lian suchte die Reihe ab, konnte aber an nichts den Inspektor erkennen.

»Ruhe!« rief der Direktor.

Einer der Männer auf dem Podium stieg auf einen Stuhl, weil er sonst nicht an das Mikrofon herankam. Er begann, von einem Zettelstapel einen Text abzulesen:

Der Ostwind unterdrückt den Westwind. Die Flüsse strömen zum Meer; alle Völker der Welt laufen ins kommunistische Lager über. Wer die meisten Köpfe rollen läßt, ist der größte Held; wer die größten Aufstände anzettelt, ist Maos treuester Jünger …

Nach jedem Satz kratzte er sich unter den Achseln, als hätte er Läuse. War *das* etwa der Inspektor …?!

Als das Männchen endlich mit seinem Vortrag fertig war, wurde das Essen aufgetragen. Jeder bekam eine Schale mit Reis und darüber gebackenem Chinakohl sowie obenauf ein paar Streifen Fleisch. Normalerweise wäre Lian schon beim Anblick all dessen aus dem Häuschen gewesen, heute jedoch beschlich sie ein seltsames, unangenehmes Gefühl. Die Fleischstreifen waren dunkelrot und mager, überhaupt nicht so hell und fett, wie sie es kannte. Sie konnte sich nicht überwinden, auch nur zu kosten, und sah um sich. Manche Häftlinge stopften sich voll, als säßen sie bei einem Festmahl, andere bekamen kaum einen Bissen hinunter ...

Der Höhepunkt des Abendessens war eine ungeheure Leckerei: Reisbrei mit grünen Bohnen und dazu noch Datteln! Die Lagerinsassen standen für eine zweite Portion Brei an. Heute bekam man Nachschlag, so oft man wollte. Der Brei war so dünn, daß man die Reiskörner und Bohnen an den Fingern abzählen konnte. Man wurde nur dann einigermaßen satt, wenn man eine Schale nach der anderen in sich hineinschaufelte.

Gegen acht Uhr, fast zwei Stunden nach Beginn des Festmahls, machten die ersten Männer schlapp. Sie lagen auf dem Rücken und konnten sich nicht mehr bewegen. Der wässerige Brei hatte ihre Bäuche aufgebläht: rund wie ein umgedrehter Wok und schwer wie ein Mühlstein. Schamlos stöhnten sie vor sich hin. Wenn sie zu laut schrien, schwabbelte ihr Bauch wie ein Teller Gelatine.

Glücklicherweise war der Inspektor zu dieser Zeit schon wieder abgereist. Der Direktor befahl zwanzig jungen Männern, zehn Schubkarren aus dem Schuppen zu holen. Die Vielfraße wurden kurzerhand auf die Karren gelegt und im Schlafsaal abgeladen. Sie sahen eher wie schwangere Frauen aus, die in den Kreißsaal gerollt werden – nur hatte ihr Bauch außer Flüssigkeit mit da und dort einem Reiskorn nichts zu bieten ...

Trotzdem konnte keiner darüber lachen.

Lian saß auf Vaters Schultern und quietschte vor Aufregung. Opa Himmel und Oma Erde! Eine Ziege in einem goldgelben Mantel mit roten Streifen balancierte auf dem Seil, und eine junge Dame spielte auf einem Erhu mit zwei Saiten aus getrocknetem Schafdarm ein schrill klingendes Lied:

> Wusong schlägt mit bloßen Fäusten
> den Tiger Jinquianbao tot.

Die Spannung wurde so unerträglich, daß sich Lian fast in die Hose machte.

›Ahuangs Seiltanz‹ kündigte ein Mann im Clownskostüm an. Nanu, was hatte der Lagerdirektor im Zirkus zu suchen?

Lian folgte dem Zeigefinger des Clowns und erblickte statt eines Seils den gewölbten Querbalken eines Tors, genau wie das am Eingang des Lagers. Der Balken war so breit, daß der gewandte Hund mit geschlossenen Augen darübertraben konnte. Was war daran so besonders? Oder würde Ahuang ein anderes Kunststück vorführen, etwas viel Schwierigeres? Lian suchte in den Gesichtern des Publikums nach einer Erklärung. Sie schnupperte – es roch nach Pulver.

Ein Dompteur kletterte auf das Tor und legte ein langes Seil darüber. Wie ein gelenkiger Affe sprang er auf den Boden und knüpfte aus dem einen Ende des Seils eine Schlinge.

»Ahuang, leg den Kopf in die Schlinge!« brüllte der Clown Gao. Der Hund wollte nicht gehorchen und rannte weiter herum. Aber Gao war ein guter Clown. Mit sanfter Stimme und singendem Tonfall lockte er das Tier zu sich: »Ahuang, braves Hündchen, komm her zu mir. Ich habe einen leckeren Knochen für dich.« Und wahrhaftig, nach wenigen Sekunden saß der Hund erwartungsvoll zu seinen Füßen. Lautstark gab der Clown seinem Assistenten die Anweisung, Ahuang die Schlinge vor die Nase zu halten, und hoppla! steckte der Hund seinen Kopf hindurch. Der Dompteur rannte zum anderen Ende des Seils, zog daran – rrrrrrrrrrrrrrrrrrrrr –, und schon baumelte Ahuang am höchsten Punkt des Torbogens. Der Akrobat Mit Dem Goldgelben Fell zappelte heftig mit den Beinen und schwenkte den Kopf.

Lian hatte das Gefühl, jemand drücke ihr die Kehle zu. Sie wollte schreien, aber es ging nicht. Sie konnte kaum atmen. Mit schallendem Gelächter hüpfte sie auf und ab wie ein zu stark aufgepumpter Basketball: »Oh, oh, Ahuang führt ein tolles Kunststück vor! Er turnt mit einer Schlinge um den Hals! Mit einer Schlinge um den Hals …!« Sie wandte sich zum Publikum, schlug sich wie eine Wahnsinnige auf die Schenkel: »Ahuang ist der beste Akrobat der Welt! Seht nur, welch fantastische Technik er hat! Hoch lebe A-hu-ang!!!«

Fhut, fhut … *Hinter ihrem Rücken kämpfte Ahuang um sein Leben. Lian drehte sich um und lachte noch ausgelassener: »Dummerchen, wehr dich nicht so, sonst zieht sich die Schlinge nur noch weiter zu! Herr Clown, beste Onkel und Tanten, seht her: Das Seil sitzt viel zu stramm! So kann er seine Kunststücke doch nicht gut vorführen …« Wie besessen rannte sie zwischen dem Clown und den verstummten Zuschauern hin und her. Offenbar stand sie nun im Mittelpunkt der Vorstellung, denn alle schauten auf sie. Und über ihr zappelte Ahuang noch immer mit den Beinen. Seine Augen traten aus den Höhlen. Lian blickte zu ihrem Freund hinauf. Plötzlich hatte er keine Lust mehr, im Zirkus aufzutreten. Er gab auf. Hing einfach da.*

Wieder begann Lian hysterisch zu lachen: »Hee! Hör jetzt auf, Ahuang, du machst uns angst. Mach die Augen auf …«

Aber Ahuang tat so, als ob er sie nicht hörte. Das Publikum applaudierte und lachte lautlos. Niemand rührte einen Finger, um den Akrobaten aus seiner mißlichen Lage zu befreien. Lian kniete nieder und machte unaufhörlich Kotaus – donggg – donggg – donggg. Sie schlug mit dem Kopf auf den harten, ausgetrockneten Boden, wie eine tanzende Murmel auf eine Marmorfläche. Blut färbte die braune Erde rot. Sie sprang auf und streckte die Hände in die Luft. Weinend und lachend zugleich rief sie dem Dompteur zu: »Wird es nicht Zeit, Ahuang herunterzuholen und ihm seine Belohnung zu geben?«

Aber die Vorstellung war vorbei, und das Publikum strebte unter zufriedenem Geplauder dem Ausgang zu. Vater packte Lian und zerrte sie nach Hause. Lian schlug die Zähne in Vaters Hand und konnte sich aus seinem Griff befreien.

Sie rannte zu Gao, dem Clown, und sah ihm in die Augen:

»Was haben Sie mit Ahuang gemacht?!« Der Clown wich ihrem Blick aus, aber sie starrte ihn unverwandt an und folgte seinen Augen wie ein Magnet. Aua! Er trat sie mitten in den Bauch! Sie stürzte zu Boden und rutschte noch ein Stück weiter. Ihr Gesäß hinterließ eine zwei Meter lange Schleifspur ...

Schreiend wachte Lian auf. Sie tastete sich zu Mutters Bett und rief. »Mama, wo ist Ahuang?«

»*Ennn* ...« Von allen Seiten hörte sie schläfriges Gestöhne. Mutter zog ihre Decke über Lians Kopf und flüsterte: »*Ssst*, es war nur ein Traum. Versuch zu schlafen. Es ist alles in Ordnung.«

»Wirklich? Ich hatte solche Angst.«

Sie hörte Mutter seufzen und kroch unter die klamme Decke. Sie konnte keinen Schlaf mehr finden.

QINS RAT

Unerwartet schnitt Qin ein Thema an, dem Lian schon eine ganze Weile bewußt ausgewichen war: das Seerosentheater.

»Lian, wann hast du zum letztenmal eine Vorlesung über Geschichte gehalten?«

»Herr Qin, es tut mir leid, ich ...«

»Du brauchst dich nicht zu entschuldigen, und du mußt mir auch nichts erklären. Aber liegt es vielleicht daran, daß jedesmal ein schlechter Geschmack in deinem Mund zurückbleibt, wenn du dich negativ über Chinas Vergangenheit und seine historischen Persönlichkeiten äußerst?«

Sie nickte eifrig. Wie konnte er das wissen?

»Alle Achtung, mein Kind. Offenbar findest du dich nicht mit dem düsteren Bild ab, das unser Land vermittelt, und suchst nach einer besseren Lösung. Das bewundere ich. Ich selbst bin schon so verbohrt, daß ich mir ein anderes Leben gar nicht mehr vorstellen kann. Um so mehr freut es mich zu sehen, daß sich die jüngere Generation nach einem neuen Weltbild sehnt.«

Nie hätte sie gedacht, daß das, wovor sie sich monatelang gefürchtet hatte, eine so wunderbare Wendung nehmen könnte: Statt wegen ihrer mangelhaften Ausdauer in bezug auf ihre Vorlesungen im Seerosentheater kritisiert zu werden, bekam sie ein Lob für ihre Sehnsucht nach einem besseren Weltbild.

»Lian, auch wenn mir mein Verstand sagt, daß ich die Geschichte positiv beurteilen sollte, ist mein Gehirn schon so verkalkt, daß ich nicht wüßte, wie ich das anfangen sollte. Kennst du das Sprichwort: *Man kann einen alten Esel keine neuen Kunststücke lehren?*«

Lian schmiegte den Kopf an seine Brust und schlang die Arme um seine Taille. Beide zitterten. Sie beide waren ein lebendiges Beispiel für Machtlosigkeit. Von Mutter bekam Lian bei ihrer Suche nach Optimismus und Freude keinerlei Unterstützung; Qin konnte ihr dabei zwar ebenfalls nicht helfen, versuchte es aber zumindest ... Sie entdeckte, daß sich auch Erwachsene bei manchen Fragen keinen Rat wußten. Wie bedrückend die Welt doch war! Trotz Qins kräftiger Umarmung zitterte sie wie ein Blatt im Herbstwind.

»Hör bitte auf zu weinen, sonst fühle ich mich noch elender. In letzter Zeit habe ich viel nachgedacht: Wie kann ich dir sonst noch helfen? Lian, mein Kind, ich muß zugeben, daß ich dir nichts anzubieten habe, was dich lehren könnte, Vergangenheit und Gegenwart voll Zuversicht zu sehen. Ich muß dich loslassen.«

Sie zog und zerrte an seinem Mantel und schluchzte verzweifelt: »Onkel Qin, bitte lassen Sie mich nicht fallen! Was soll ich ohne Sie anfangen?!«

»Lian, mein Mädchen, dich loszulassen ist etwas anderes, als dich fallenzulassen. Es ist wie bei einem gewissenhaften Arzt: Der entläßt einen Patienten, den er nicht behandeln kann, auch aus seiner Obhut, damit der Kranke einen besseren Doktor aufsuchen kann. *Ach*, Kind, du bist der Sonnenstrahl meiner alten Tage. Du ahnst ja gar nicht, wieviel Licht du in mein Leben gebracht hast! Ich werde dich nie im Stich lassen. Auf mein Wort! Das Wort eines

Gefangenen, der zehn Jahre dem Tod ins Auge gesehen hat.«

Sie hörte zu weinen auf und sah argwöhnisch zu ihm hoch. Es war ihm ernst! Sie ergriff seine rechte Hand und zog ihn zu einem Stapel Mehlsäcke, wo sie sich nebeneinander hinsetzten.

Qin sagte: »Vor ein paar Tagen ist mir wieder ein bekanntes Zitat eingefallen: Wissenschaft ist die Zusammenfassung aller Phänomene im Weltall, und Religion ist die Zusammenfassung aller Wissenschaften. Verstehst du diesen Satz? Er bedeutet, wenn wir mit unserem Verstand nicht mehr weiterkommen, können wir uns immer noch der Religion zuwenden.«

»Aber Religion ist Opium für den Geist.«

»Wer hat dir das beigebracht? Karl Marx hat gesagt: Religion ist Opium für das Volk. Das ist etwas völlig anderes.«

»Das kapiere ich nicht. Wo liegt denn da der Unterschied?«

»Marx' Worte sind viel nuancierter. Er urteilt nicht. Wörtlich sagt er, die Religion sei ›der Seufzer der bedrängten Kreatur, das Gemüt einer herzlosen Welt‹. Religion ist unentbehrlich für den, der in Schwierigkeiten steckt. Das ist sehr mild gedacht.«

»Glauben Sie, daß er recht hatte?«

»Das mußt du selbst herausfinden, Lian. Mein Kind, wenn ich dir einen Rat geben darf, dann ist es dieser: Laß dir von niemandem vorschreiben, was du denken sollst. Buddha hat dir Verstand gegeben. Gebrauche ihn! Und nun kommt mein Vorschlag: Halte deine historischen Vorträge künftig vor dem Kannibalen.«

»Der Kannibale? Sie meinen die Glühbirne?«

»Ja, den Mönch.«

»Den Sabbernden Anbeter von Vater, Mutter, Liebhaber und Liebhaberin in Einer Person?«

»Ja, die Ewige Lachtaube.«

»Das ist doch nicht Ihr Ernst!«

»Früher habe ich genauso über ihn gedacht wie du jetzt,

aber in letzter Zeit bin ich mir nicht mehr so sicher ... mehr noch, ich habe da so eine Ahnung. Wenn es überhaupt einen Ausweg aus dem Labyrinth deines Pessimismus geben kann, ist dieser Ausweg bei dem Kannibalen zu finden. Er könnte dich leiten.«

Sie schwieg. Was sollte sie dazu sagen? Daß sie größte Zweifel am Sinn seines Vorschlags hatte? Meist war das, was er sagte, viel weiser, als es zunächst schien.

Die Namen des Mönchs

Einfach zum Kannibalen gehen! Die Idee war so befremdlich, daß Lian sich erst daran gewöhnen mußte. Sie versuchte, ihre Erinnerungen an diesen Mann aufzufrischen und sich ein Bild davon zu machen, wer er wirklich war. Aber es wollte ihr nicht gelingen, er war wie eine *Yaojing*. Kaum hatte sie seine Gestalt vor Augen, verwandelte er sich wieder in etwas anderes.

Was sollte sie tun? Sie hätte gern mit irgend jemand darüber gesprochen, jemand, der ihr einen weisen Ratschlag geben könnte. Sich an Qin zu wenden wagte sie nicht. »Wieso?« würde er sie fragen. »Bist du noch nicht bei ihm gewesen?!« Was sollte sie darauf antworten? Von Mutter konnte sie nur Moralpredigten erwarten, und das war das letzte, was sie jetzt brauchte.

Plötzlich wußte sie, was sie tun mußte. Sie würde zu ihrem stillen Freund und treuen Zuhörer gehen – zum Seerosentheater.

Schon von weitem kamen ihr die typischen Frühlingstöne entgegen. Vögel tschilpten, Grillen zirpten, Frösche quakten, und unzählige Insekten, deren Namen sie nicht einmal kannte, stimmten mit rührend schrillen Stimmchen ein Loblied auf die lebensspendende Jahreszeit an. Ein leichter Wind fuhr Lian mit zärtlichen Fingern durchs Haar, blies die Strähnen in seiner tolpatschigen Verliebtheit dann aber richtig wirr über ihr ganzes Gesicht. Sie schüttelte den Kopf, lachte ihn neckend aus und machte ihn auf das Ziel ihres Spaziergangs aufmerksam: den See.

»Wißt ihr, verehrtes Publikum, der Kannibale ist schon ein komischer Vogel. Was sagt ihr? Ob er keinen richtigen Namen hat wie andere Leute? Keine Ahnung. Jedenfalls hieß er schon so, als ich vor fast einem Jahr hier angekommen bin. Ich habe dann zwar erlebt, wie er zu seinen vielen anderen Namen gekommen ist, aber das erzähle ich euch später. Alles zu seiner Zeit. Zuerst werde ich euch berichten, wie der Spitzname ›Kannibale‹ zustande kam. Maly, die alte Frau über mir – im Etagenbett, ihr wißt schon –, hat es mir zugeflüstert.

Vor drei Jahren – Mutter war damals noch nicht hier – bekamen die Häftlinge am 1. Oktober, dem Nationalfeiertag, ein Festmahl, wie Maly sagt, hundertmal besser als das Essen vor ein paar Wochen, als der Inspektor im Lager war. Daumendicke Fleischstreifen waren in dem Gericht. Maly hockte in einer Ecke und schluckte das Fleisch wie ein Staubsauger hinunter. Als sie mit großem Bedauern die letzten Reste aus ihrer Schale ausleckte, sah sie einen großen Kreis Menschen um den Kannibalen herumstehen. Auch wenn er damals noch nicht so genannt wurde, versteht ihr? Aus Neugier gesellte sie sich dazu. *Ptjie!* Sie brach in Lachen aus: Riesige Kerle und ältere Frauen, die schon heranwachsende Kinder hatten, starrten mit offenem Mund auf die Eßstäbchen des Kannibalen. Von Zeit zu Zeit pickte er einen Streifen Fleisch aus seinem Chinakohl, um ihn in eine der Schalen fallen zu lassen, die ihm die Umstehenden entgegenstreckten ...

Erst als seine Schale leer und von ihm nichts mehr zu erwarten war, schlug die Stimmung um. Viele klopften sich auf den Bauch, rülpsten, wie es sich gehört, und fragten den Kannibalen in neckendem, sogar abfälligem Ton: ›He, warum ißt du das Fleisch nicht selbst? Hast du etwa Angst, einen Bandwurm zu bekommen?‹

Der Kannibale stellte sein Eßgeschirr auf den Boden

und sagte: ›Vor der Kulturrevolution war ich Buddhist. Jetzt darf ich meine Religion leider nicht mehr ausüben.‹ Vorsichtig musterte er sein Publikum. ›Zumindest nicht offen. Und daher nenne ich mich jetzt Vegetarier.‹

›Gemüsefresser‹, erklärte höhnisch einer der Umstehenden den anderen. ›Bekommst du denn auch genug Eiweiß und andere Nährstoffe, um bei Kräften zu bleiben?‹

›Denke nur an einen Gorilla. Er könnte dich wie einen Tischtennisball von einer Ecke der Kantine in die andere schleudern – und doch frißt er nur Bananen und andere Früchte.‹

Darauf wußten die Leute nichts zu entgegnen. Bis einer meinte: ›Kannst du mir sagen, welcher theologische Gedankengang dem Vegetarismus der Buddhisten zugrunde liegt?‹

Das Gesicht des Kannibalen hellte sich auf: ›Im Kleinen Roten Buch steht: *Religionen sind kindische Fehlinterpretationen der Erscheinungen des Weltalls.* Nur zu, verehrte Anwesende, benutzt dieses revolutionäre Abschreckungsmittel des Geistes, um das, was ich euch jetzt erzähle, damit einzusprühen: Die Antwort ist – Reinkarnation. Ein lebendes Wesen kann in verschiedenen Leben verschiedene Gestalten annehmen. In dem einen Leben ist es ein Mensch, in einem anderen Leben kann es ebensogut ein Schwein sein. Wenn ich dieses Fleisch esse, könnte es also durchaus sein, daß ich meinen Großvater verspeise, falls er nach seinem Tod als Schwein reinkarniert wurde.‹

›*Hohoooo, hohoooo!*‹ Die Menge bog sich vor Lachen. Sie brüllten die ganze Kantine zusammen. Einige waren von dieser Vorstellung wirklich belustigt, andere verbargen auf diese Weise ihre Angst – man stelle sich vor, er hätte recht!

Aber ein Mann mit bleichem Gesicht schrie wütend: ›Seinen eigenen Großvater auffressen! Das ist ja der reinste Kannibalismus!‹ *Hoho*, das brachte die Bande auf einen neuen Gedanken. Sie heulten im Chor: ›Du bist ein Kannibale!‹

Ehrlich gesagt gibt es hier im Lager viele Leute, die alles andere als schmeichelhafte Spitznamen haben, wie ›Der

Weg ist holprig‹ – der Lahme –, ›Die kernlose Melone‹ – der Mann, der keinen Sohn gezeugt hat – und so weiter ... Aber bei diesem Namen werden sie höchstens hinter ihrem Rücken genannt, wenn über sie geklatscht wird. Der Kannibale ist eine Ausnahme. Manchmal sehe ich den abgrundtiefen Haß, aus dem heraus ihn manche mit diesem Namen ansprechen, als könnten sie sich nur so an ihm rächen. Er hat nichts weiter getan, als seinen Mithäftlingen etwas über Reinkarnation beizubringen – aber das nehmen sie ihm noch Jahre später übel.

Und wißt ihr, verehrtes Publikum, wie der Kannibale zu seinem zweiten Namen – ›Glühbirne‹ – gekommen ist? Jeden zweiten Monat dürfen die männlichen Häftlinge zum Friseur ins nächste Dorf. Dort sagt der Kannibale jedesmal: ›Scher mir den Kopf kahl.‹

›Völlig kahl?‹

›Ja, wie eine Glühbirne.‹

Den Spitznamen ›Mönch‹ hat er bekommen, als er letztes Jahr die Tritte und Flüche der Aufseher nicht mehr ertragen konnte und ein Gesuch an die Lagerverwaltung einreichte. Er hat darum gebeten, wieder in den Qingyun-Tempel im Wutai-Gebirge gehen zu dürfen. Dort hoffte er seinen alten Meditationsmeister zu finden und das Klosterleben wiederaufnehmen zu können. Bereits seit seinem fünften Lebensjahr war er bei dem Meister in der Lehre und zu dessen Nachfolger ausersehen. Anfang der fünfziger Jahre ist er jedoch auf den neuen ›kommunistischen‹ Staat neugierig geworden, den Mao gegründet hatte; angeblich sollte er ja das Paradies auf Erden sein. So nahm er Abschied von seinem Lehrer, verließ die Berge und zog ins Land hinein. Weil er einer der wenigen war, die noch Sanskrit lesen konnten, und wegen seiner fundierten Kenntnisse des Buddhismus wurde er an die Pädagogische Hochschule berufen. Die schonungslosen politischen Kampagnen seit 1953 erschütterten ihn sehr, aber er hat nie einen Gedanken daran verschwendet, an den sicheren Ort im Wutai-Gebirge zurückzukehren ... Bis letztes Jahr.

Die Antwort der Direktion könnt ihr euch sicher vorstellen: ›Sag deiner Mutter, sie soll dich in die Gebärmutter zurücknehmen, weil dir das Leben hier draußen nicht mehr paßt. Du Opportunist! Du willst immer nur den Rahm abschöpfen, was? Wenn es in der Welt der Laien lustig zugeht, verläßt du den Tempel, aber wenn dir der Boden hier zu heiß wird, willst du zurück in die Berge. Kommt nicht in Frage!‹ Der Direktor genoß es, aus dem Honigtopf seiner Macht zu schlecken, den Kannibalen wie ein hilfloses Kaninchen in seinen Bärentatzen zu drehen, ihn ein bißchen zu kratzen und zu kneifen; so konnte er seine Lust am Schikanieren gründlich ausleben.

Den Namen ›Die ewige Lachtaube‹ haben die anderen Häftlinge erst kürzlich erfunden. Ich kann mich nicht erinnern, wann genau es angefangen hat, jedenfalls lacht der Kannibale seit ungefähr einem halben Jahr immer öfter, ganz herzlich und ganz unbefangen – wie ein Baby, das von seiner Mutter liebevoll gewiegt und verwöhnt wird. Selbst die ermüdendste Feldarbeit und die demütigendsten Anklageversammlungen können seinen Optimismus und seine Fröhlichkeit nicht dämpfen. Er ist der einzige, der pfeifend durchs Lager geht; wäre er nicht schon zweiundsiebzig und schlecht zu Fuß, würde er sogar hüpfen, da bin ich mir sicher. Seine Haltung zu seiner Gefangenschaft ist einzigartig: ›Ist es nicht wunderbar, hier zu leben? Wir brauchen uns nicht den Kopf darüber zu zerbrechen, wie wir originäre wissenschaftliche Forschung betreiben oder ein akademisch vertretbares Buch schreiben; wir brauchen nicht einzukaufen; dreimal am Tag wird für uns gekocht. Und wo gibt es in Peking so gute Luft? Wir leben gesund und verrichten körperliche Arbeit in der freien Natur. Genau das haben die alten Meister vor Jahrhunderten als das Vorrecht der Unsterblichen besungen. Außerdem, versucht doch einmal, euch in Mao, den Größten und Weisesten Führer des Weltalls, hineinzuversetzen. Was soll er mit einem Haufen Intellektueller wie uns anfangen, die zuviel von Idealen wissen und zuwenig von der Realität begreifen? Ich kann mir schon vorstellen, warum er uns in ein Lager gesteckt hat: um uns mit der Nase auf die Tatsachen zu stoßen. In einem agrarischen Land wie dem unseren dürfen wir nicht erwarten, daß ein demokratisches System nach westlichem Vorbild innerhalb von ein paar Jahren realisiert werden kann.‹

Genau das hätte er nicht sagen sollen. Es gibt zwar zahllose Verräter unter uns, aber niemand ist mit Maos Politik gegenüber der Intelligenz einverstanden. Dieser Äußerung verdankt der Kannibale seinen abscheulichsten Beinamen: ›Sabbernder Anbeter des Vaters, der Mutter, des Liebhabers und der Liebhaberin in Einer Person‹.«

Als Lian ihren Vortrag beendet hatte, lauschte sie dem Konzert der Natur. Eine unauflösbare Kette von Geräuschen umschlang alle lebenden Wesen. Die Natur flüsterte Lian zärtliche Worte ins Ohr – im Namen der Liebe, des Lebens und der Liebe zum Leben. Warum regte sie sich noch über Ideologie und all das lästige Drumherum auf? Konnte sie nicht einfach das Sein an sich genießen?

Nein, so einfach war es nicht. Sie wollte alles haargenau wissen – sie glaubte, daß darin ihr Glück lag. Sie beeilte sich zu fragen: »Sagt, verehrtes Publikum, was haltet ihr vom Kannibalen? Ist er verrückt oder ein Genie? Wird er mich von meiner Traurigkeit erlösen können oder nicht?«

Das grüne Meer

Zwei Monate lang erwähnte Lian in Qins Gegenwart weder ihre Geschichtsvorträge noch das Thema ›der Kannibale‹, bis sie an einem sonnigen Tag wieder einmal zu dem kleinen See ging. Sie stellte sich auf ihren gewohnten Stein und sagte: »Guten Tag, verehrtes Publikum! Es ist lange her, daß ich euch besucht habe. Seid ihr mir deshalb böse? Verzeiht, ich wäre ja gern gekommen, aber ich war so durcheinander. Über die chinesische Geschichte zu sprechen regt mich auf. Deshalb habe ich mir vor ein paar Monaten vorgenommen, mir keine Sorgen mehr um die düstere Vergangenheit und Gegenwart meines Vaterlandes zu machen. Seht ihr, Zuschauer des Seerosentheaters, die Erde dreht sich auch ohne meine Sorgen weiter.«

Die vollkommene Ruhe und die in jede Pore des lebendigen Organismus eindringende frische Luft umgaben sie, als sei nichts geschehen. Der leise Wind flüsterte ihr ins Ohr: »Hallo Lian! Da bist du ja wieder. Endlich! Willkommen daheim!« Nicht der geringste Vorwurf war aus der Stimme herauszuhören. Die Spannung in ihrem Körper löste sich, aber gleichzeitig waren ihre Sinne geschärft ...

Riech doch nur! Der Frühling lag in der Luft. Ein frischer, harziger Geruch umschmeichelte Lians Nase und ließ ihr Herz schneller schlagen. Aufbrechende Blüten verströmten ihren süßen Atem und versetzten sie fast in Trance. Aus manchen braunen Zweigen streckten hellgrüne Knospen schüchtern ihre Köpfchen hervor, andere prahlten schon keck und überschwenglich mit leuchtendgelben Blüten. Wiesenblumen waren über das Gras gestreut wie Sterne am nächtlichen Firmament. Wenn eine leichte Brise sie umgaukelte, zwinkerten sie mit den schelmischen Augen einer flirtenden Schönheit. Die Blätter der Wasserpflanzen im Weiher sahen frisch aus und glänzten in der Sonne.

Auf einer Weißbirke war ein Rotkehlchenpaar emsig dabei, ein Nest zu bauen. Zwei Amseln machten Stimmübungen, um ihre Liebeslieder noch verführerischer schmettern zu können. Ihre Melodien mischten sich mit dem Plätschern des Bachs, der am See entlang zum Kornfeld führte; sie sangen im Duett die *Frühlingssonate*.

Lian folgte dem Bach und erreichte das Feld: einen dunkelgrünen Teppich mit hohem Flausch. Der Wind frischte auf, und plötzlich veränderte sich die Farbe des Teppichs in Mintgrün – die Pflanzen bogen sich und zeigten die hellere Unterseite ihres Röckchens. Lian rannte in das grüne Meer hinein und ließ sich in seine Arme sinken ... Ihre Ängste, Zweifel und Sorgen verflogen. Die Grenze zwischen Lian und ihrer Umgebung verwischte sich. Sie ging darin auf, existierte nicht mehr ...

*frei wie eine Schwalbe
offen wie ein Kornfeld
durchsichtig wie die schwangere Frühlingsluft
leicht wie tanzender Blütenstaub
voller Freude wie die lächelnden Blumen.*

Fühl doch nur! Der Wind war in dieser Jahreszeit zärtlich und samtig wie Mutters streichelnde Hand. Lians Poren öffneten sich, und ein kräftiger Blutstrom bahnte sich einen Weg durch ihre Adern und wurde in all ihre Glieder gepumpt.

Die Kraft des Frühlings erwachte aus ihrem Winterschlaf. Sie ließ das Gras in die Höhe schießen, lockte die Blüten aus ihren Knospen, färbte die Zweige grün und flüsterte wie ein erfahrener Liebhaber der jungfräulichen, hellen Wintersonne etwas in die Ohren, bis sie schließlich über die Maßen erröten mußte.

Sieh doch nur! Die Natur grünt und blüht und kümmert sich nicht darum, wie brutal und unter welchem Vorwand sich die Menschen gegenseitig verfolgen oder ausrotten. Das Weltall steht über der menschlichen Dummheit und nimmt unbeirrt seinen Lauf, jahrein, jahraus. Nichts und niemand, wie mächtig und furchterregend auch immer, kann den Kreislauf der Natur aufhalten.

Hör doch nur! Die ruhige, aber deutlich vernehmbare Stimme der Natur. War das der Weg aus ihrem Pessimismus, der Weg, nach dem sie so lange gesucht hatte?

Die farbenprächtigen Pflanzen, die parfümierte Luft und der aufgetaute Bach, der jubelnd an Lian vorübertanzte, sie sangen im Chor:

*Lebe und erlebe!
Nur eines zählt im Kosmos,
und das ist: das Leben.
Der Rest ist Illusion,
Illusion und nichts als Illusion ...*

Sollte sie konkrete Dinge wie Zwangsarbeit, Gehirnwäsche und Anklageversammlungen denn als Wahnvorstellungen ansehen? Waren das Umerziehungslager, das Schweinefutter, das sie jeden Tag vorgesetzt bekam, und der schmutzige Schlafsaal ohne ein einziges Fenster, aber mit Heerscharen von Kakerlaken, nur Wahnideen? Vielleicht ja. Es klang zwar alles wichtig, aber hier, im grenzenlosen, duftenden und farbenfrohen Kornfeld, kam ihr alles eher wie eine Mücke vor, die versucht, ein Konzert zu stören.

Lian wirbelte um ihre Achse, sah in den Himmel, ließ die orangefarbene Sonne in ihre Augen scheinen und gab der Natur recht.

Sie rannte zum Schlafsaal zurück, tastete unter dem Bettstroh umher und zog die dreieckige Glasscherbe hervor, die ihr als Spiegel diente. Lian hatte die Scherbe vor vier Monaten auf dem Weg zur Gemeinschaftstoilette gefunden. Um nicht die Aufmerksamkeit ihrer Nachbarinnen zu erregen, von denen einige gern petzten, verwahrte sie die Scherbe sicher unter dem Stroh. Ab und an, wenn alle auf dem Feld waren, holte sie sie hervor.

Aber das war schon mehr als einen Monat her. Warum sie heute auf einmal Lust hatte, sich zu betrachten, wußte sie nicht genau.

War sie das wirklich? Dieser schlampige Huschel? Ihr linker Zopf war ungleichmäßig geflochten, in der Mitte saß ein dicker Knoten. Wirre Strähnen hingen ihr wie ein Mop ins Gesicht. Ich sehe aus wie ein ungepflegter Pudel, dachte sie laut.

Aber dort unter dem verstrubbelten Haar tanzten Funken in ihren Augen. Solche aufregenden Lichter hatte sie bisher noch nie bei sich gesehen. Woher kamen sie so plötzlich? Was hatten sie hier zu suchen? Sie faßte sich ins Haar und kämmte mit den Fingern die Strähnen nach hinten.

Was war das? Die weißen Flecken auf ihren Händen und Armen waren spurlos verschwunden! Rasch krempelte sie die Hosenbeine hoch. Allmächtiger Buddha! Sie starrte auf die zarte, gleichmäßige Haut ihrer Schienbeine und war sprachlos.

»Das kann doch nicht wahr sein!« schrie sie nach einer langen Pause ihr überraschtes Spiegelbild an, als hielte die andere Lian sie zum Narren. »Die hartnäckige Vitiligo kann doch nicht einfach verschwunden sein?!«

Zehn Minuten verstrichen. Aber die Flecken kamen nicht wieder. Ihre Haut zeigte nicht den geringsten Makel. Sie konnte es nicht fassen. Denk nach, befahl sie sich, wie bin ich von der Vitiligo geheilt worden? Den Wurzelsaft, den Kim ihr gegeben hatte, hatte sie höchstens vierzig Tage eingenommen, und das war außerdem fast ein Jahr her. Der Lagerdirektor hatte ihr damals den Umgang mit Kim und ihrer Familie verboten, damit sie nicht mit ihren giftigen bourgeoisen Ideen unschuldige Landarbeiter infizierte. Deshalb hatte sie nichts mehr gegen die Hautkrankheit tun können. Sie wußte nicht genau, warum, aber plötzlich schoß ihr der Lieblingsspruch ihres Großvaters aus Qingdao durch den Kopf

Wenn du keine Wünsche mehr hast,
wirst du mit Glück überhäuft.

Sie setzte ihre Inspektion fort. Die graue Hose, die ursprünglich himmelblau gewesen war, hing ihr wie ein Fetzen um die Taille. Ihre Jacke glänzte wie ein Harnisch aus schwarzem Metall. Staub und Fett bildeten eine dicke, schmierige Schicht, in der sich das Lampenlicht des Schlafsaals spiegelte. Wie konnte sie sich unterstehen, solche vergammelte Kleidung zu tragen? Warum hatte sie sich so vernachlässigt?

Sie zerrte eine Holzkiste unter Mutters Bett hervor und kramte nach sauberen Sachen. Dann ging sie nach draußen. Warum, wußte sie auch nicht genau. Einfach um anzugeben, fürchtete sie. Aber außer dem Küchenpersonal und den Arbeitern im Schweinestall waren nur die Mitglieder des Direktoriums da. Und auch die hielten sich drinnen auf. Der kleine Platz lag wie ausgestorben da. Trotzdem achtete sie besonders auf ihre Haltung. Ging sie aufrecht und zog sie den Bauch ein? Trippelte sie nicht wie der arme Ahuang? Sie fühlte sich, als seien Tausende von Augen auf sie gerichtet, die jeden Fehler in ihrer Haltung entdecken und ihr dafür Noten geben würden.

Sie dachte daran, wie ihre Cousine Fengyi, die Traumprinzessin ihres Dorfes, die Füße setzte: ganz ohne Eile und voller Anmut. Lian versuchte Fengyi unauffällig zu imitieren, aber beim Opa Himmel, so konnte sie sich doch nicht die ganze Zeit fortbewegen? Zum Tor, das nur zweihundert Meter entfernt war, bräuchte sie dann mehr als eine Stunde!

Erstes Erwachen

Nach seinem Beschluß, Lian loszulassen, kam Qin nicht mehr zum Seerosentheater, um ihre Vorlesungen zu hören. Aber sein Geschichtsunterricht ging wie gewohnt weiter. Eines Tages erzählte er ihr von der zweiten Bodenreform in den fünfziger Jahren. Während dieser Kampagne wurden die Gutsherren gezwungen, auf allen Besitz zu verzichten, einschließlich ihrer Nebenfrauen.

Lian wußte bei Buddha nicht, warum, aber sie mußte dem Professor eine idiotische Frage stellen: »Stimmt es, daß die Nebenfrauen der Gutsbesitzer meist hübsch waren?«

Qin schüttelte den Kopf, seufzte und mußte schließlich lächeln: »Lian, du bist ein großes Mädchen geworden.«

Diesmal war es an ihr, verblüfft zu sein. Was meinte er damit?

Qin fuhr fort: »Du gehörst nicht hierher. Du bist in einer Phase, in der du dich nur im Umgang mit Gleichaltrigen richtig kennenlernen kannst.«

Eigentlich hatte Lian schon ganz vergessen, daß sie minderjährig war. Ob sie es wollte oder nicht, in den elf Monaten, die sie nun schon im Lager lebte, hatte sie sich den Erwachsenen angepaßt. Dem Bedürfnis, mit Gleichaltrigen zu *spielen*, war sie schon lange entwachsen. Die einzige, die sie vermißte, war Kim. Aber sogar an Kim dachte sie nur noch selten. Wie mochte es ihr wohl gehen? Zum erstenmal seit Monaten kam ihr diese Frage wieder in den Sinn ...

Während des freien Wochenendes hatte Mutter Lian gebeten, Einkäufe zu erledigen. Als sie zu dem kleinen Laden bei der Universität geschlendert war, hatte sie die Passanten studiert. Vor allem Mädchen in ihrem Alter fanden ihre Aufmerksamkeit. Die eine hatte eine flache Nase, eine andere zu dicke Lippen und eine dritte wohlgeformte Beine. *Ui*, Lian wagte keinen Schritt mehr zu gehen, glichen ihre Beine doch den Bambusstöcken, mit denen man ein Moskitonetz aufstellte.

Komisch, daß ich mich zur Zeit so sehr für Mädchen interessiere, dachte sie. Jungen bedeuteten ihr nichts und Erwachsene – mit wenigen Ausnahmen – eigentlich auch nicht. Die Jungen vor allem deshalb nicht, weil die meisten von ihnen solche Stoppeln auf der Oberlippe hatten – manche sogar am Kinn! Sie sahen alles andere als sauber aus, und ihre Stimme klang wie eine rostige Säge. Aber vor allem, und das war das widerwärtigste an ihnen: Sie stanken. Sie verbreiteten einen unbestimmten Geruch, wie ... genau wie ... jetzt wußte sie es: wie verdorbener Blumenkohl. Sie mied Jungen wie die Pest.

Es konnte natürlich auch an ihr liegen, daß ihr dieser Geruch unangenehm war. Sie war sehr empfindlich geworden. Ihre Sinne waren in letzter Zeit messerscharf. Wenn jemand meilenweit entfernt ein Lied summte, konnte sie es genau hören; sie sang dann mit, im *gleichen* Rhythmus. Und wenn sie dem anderen Sänger Minuten später begegnete, stellte sie fest, daß beide auf das Wort genau bei derselben Strophe des Lieds angekommen waren. Blumen roch Lian schon von weitem, und sie konnte genau sagen, um welche Sorte es sich handelte.

Erwachsene rochen zwar nicht nach verdorbenem Blumenkohl, aber sie fand sie trotzdem wenig anziehend. Sie redeten nicht viel, und wenn, sprachen sie nur über so prosaische Dinge wie Anklageversammlungen, die neuesten politischen Entwicklungen, die Plackerei auf dem Feld und, wenn es sein mußte, über Kochen und Wäschewaschen. Sie wurden nie rot, wenn sie ein Kompliment bekamen, und sie waren selten traurig, wenn sie Kritik ernteten. Sie ermahnten Lian, ›sich normal zu benehmen‹, wenn sie kicherte oder vor Begeisterung aufsprang. Als hätten *sie* die Wahrheit gepachtet ...

Der Vorstoss

Genau drei Monate, nachdem Qin ihr geraten hatte, sich an den Kannibalen zu wenden, beschloß Lian, ihr Glück zu versuchen. Vielleicht könnte er sie von ihrer Traurigkeit heilen.

Sie ging zum hinteren Ende der Kantine, wo der Kannibale mutterseelenallein sein Mittagessen verspeiste.

»So, Lian, *bist du gekommen.*«

In seiner Stimme schwang etwas mit, das sie außerordentlich erstaunte, aber was war es? Sie hockte sich neben ihn und fing an, über Gott und die Welt zu reden. Sein scheinbar allwissender Blick ging ihr durch Mark und Bein. Plötzlich wußte sie, daß er schon lange auf ihr Kommen gewartet hatte. Sein ›bist du gekommen‹ war nicht nur die übliche Begrüßungsformel, sondern sollte vor allem bedeuten: ›Endlich, da bist du also!‹

Sie hielt den Kopf schief, betrachtete ihn aufmerksam und überlegte, warum sich dieser erwachsene Mann so kindisch verhielt. Nur kleine, naive Kinder überließen sich solchen Vorahnungen, während dieser Mann ohne Scham zeigte, daß er mit ihrem Erscheinen gerechnet hatte ... Sie hörte auf zu plappern, denn sie spürte, der Kannibale wartete geduldig darauf, daß sie mit dem eigentlichen Anlaß ihres Besuchs herausrückte. Er wußte, früher oder später würde sie ihre Frage stellen.

Aber noch bevor sie damit anfing, sagte er schon: »Ich kann nicht beurteilen, ob deine Ausführungen der historischen Wahrheit entsprechen. Dazu fehlt mir die nötige Ausbildung. Ich kann nur deine Sicht auf die von dir als wahr unterstellten historischen Fakten kommentieren.«

Hastig erwiderte sie: »Um mehr bitte ich Sie auch nicht.«

»Wann möchtest du anfangen?«

»Äh ...« Daran hatte sie noch gar nicht gedacht. Sie hatte bereits für alle Fächer einen Privatlehrer bekommen, und Mutter konnte den Lagerdirektor nicht um einen weiteren bitten. Wenn es tagsüber nicht möglich war, würde es sicher nicht gehen. Abends nach der harten Feldarbeit wäre er bestimmt zu erschöpft und hätte keine Zeit mehr für sie ...

Aber er schlug selbst eine Lösung vor. »Sollen wir uns für Sonntag nachmittag verabreden, wenn die Anklageversammlungen vorbei sind? Ich meine, wenn wir kein freies Wochenende haben und Tante Xiulan und ich nicht nach Hause können?«

»Oh, aber gehen Sie dann nicht zum Schwarzmarkt, um Eier und Nüsse zu kaufen?« Sofort bereute sie ihre lose Zunge. Der Kannibale aß ja nie ein Ei, den Embryo eines lebendigen Wesens, wie er es voller Ehrfurcht nannte.

Er sah sie nur an und stand auf, um seine Schale auszuspülen.

Lian rief ihm nach: »Beim See hinter den Baracken!«

Eine neue Perspektive

Lian kannte die Schönheit des Seerosentheaters vor allem von den Morgenstunden, die sie mit Qin dort verbracht hatte. Der Schleier des Morgennebels lag dann noch über dem See, und Lian mußte sich anstrengen, mit ihren historischen Betrachtungen die Frösche zu übertönen. Jetzt hatte die Leidenschaft der Mittagssonne den Schleier vertrieben. Statt von der geheimnisvollen, friedlichen Morgenstimmung war Lian nun von der Klarheit und Vitalität der natürlichen Kulisse ergriffen.

Vor Staunen blieb ihr der Mund offenstehen. Was war denn das? Der kobaltblaue Hügel in der Ferne war auf einmal smaragdgrün. Und nicht nur das: Er hatte einen Zwillingsbruder bekommen, nur stand der zweite Hügel auf dem Kopf. Eine Frühlingsbrise ließ ihn sich wiegen wie frisch gewaschene Laken im Wind. Die optische Täuschung, die das Spiegelbild bei Lian hervorrief, hatte fast etwas Mystisches – was war Wirklichkeit, was Illusion? Von Zeit zu Zeit kam ihr die Spiegelung auf der Wasseroberfläche, wo sie damals Qins Gesicht gesehen hatte, auf absurde Weise realistisch vor ...

Riets-riets-riets ... Das Geräusch von aneinanderreibendem Stoff zerriß die Stille. Als Lian sich umdrehte, sah sie den Kannibalen auf der Suche nach einem Sitzplatz. Sie unterdrückte den Impuls, ihm zu helfen, denn er machte nicht den Eindruck, daß er Hilfe brauchte. Qin fiel ihr ein. Der hätte sich notfalls in den Schlamm gesetzt, wenn sie nicht für ein trockenes Fleckchen gesorgt hätte. Der Kannibale jedoch suchte sich in aller Ruhe einen geeigneten Platz, ließ sich dort im Lotossitz nieder und schloß die Augen.

Lian blickte auf ihren neuen Zuschauer und fragte sich im stillen, ob der Kannibale beim Meditieren wohl noch ein Ohr für ihren Vortrag haben würde. Aber sie schob den Gedanken beiseite und begann im Vertrauen auf seine uneingeschränkte Aufmerksamkeit mit ihrer Vorlesung über die politischen Manöver, die sich der ›Weiseste Führer des Weltalls‹ seit 1949 ausgedacht hatte, um seine Gegner systematisch auszumerzen. Sie sprach auch über die vielen blutigen Massenkampagnen, die Er unter dem Vorwand ins Leben gerufen hatte, das Kommunistische Paradies zu errichten, die in Wirklichkeit jedoch nur dazu dienten, Seinen Thron zu festigen.

Gerade als sie richtig in Fahrt kam, ließ die Stimme des Kannibalen sie plötzlich aufschrecken ...

»Lian, Lian«, der Kannibale schüttelte den Kopf. »Was

für einen Groll hegst du doch gegen die Nie Untergehende Sonne! Ich darf dir nicht zu nahe kommen, denn jeden Moment kann die Bombe deiner Wut explodieren.«

»Finden Sie etwa gut, was Er getan hat?! Wie er die Mitglieder der KPCh manipuliert hat, um sich seinen Traum, Kaiser zu sein, zu erfüllen?«

»Kennst du das Sprichwort: *Eine Fliege saugt nicht an einem Ei ohne Sprung?* Hätten die Kommunisten ihren Verstand benutzt und nicht blindlings geglaubt, was Er verkündete, wäre es Ihm nie gelungen, sie vor seinen Karren zu spannen, oder, in deinen Worten, ihre revolutionäre Begeisterung für seine privaten Ziele zu nutzen.«

Es verschlug ihr die Sprache, gleichzeitig wurde der Ballon aus Wut in ihrem Bauch immer größer. Mit diesem faulen Spruch konnte man Seine Taten doch nicht rechtfertigen!

Der Kannibale wußte offenbar genau, was sie dachte: »Ich rechtfertige es auch nicht, mein Kind, sondern ich will dir den Zusammenhang zwischen Ursache und Wirkung zeigen. Das Problem liegt nicht bei Ihm allein, sondern bei Ihm und Seinen fanatischen Anbetern. Ehrlich gesagt, hat Er ihnen nichts anderes angetan, als sie die Früchte ihrer Gedankenlosigkeit ernten zu lassen.«

Das pumpte den Ballon in ihrem Bauch nur noch mehr auf. »Das Volk hatte kaum Schulbildung und war überhaupt nicht in der Lage, rational zu denken. Es ist doch nicht fair, wenn der Klügere dieses Unvermögen mißbraucht?!«

»So ist das Leben nun mal, Kind. Hast du schon einmal von Darwins Recht des Stärkeren gehört?« Lian hörte nicht mehr zu. Bitter enttäuscht wandte sie sich von diesem Zyniker ab. Doch er fuhr unbeirrt fort: »Gerade das ist der meistverbreitete Denkfehler: Die Mehrheit unserer Landsleute, du inbegriffen, wirft dem Großen Steuermann ihr Leiden unter dem kommunistischen Regime vor, aber sie können und wollen nicht einsehen, daß ohne ihre Mitwirkung die Unterdrückung nicht aufrechterhalten werden kann.«

»Mitwirken? Keiner tut das! Wir sind doch nicht verrückt.«

»Aber dumm. Was tun wir denn? Zuerst schauen wir, was die Nachbarn machen. Leisten sie Ihm Widerstand? Nein? Warum sollen *wir* dann Kopf und Kragen riskieren? Es ist ein Teufelskreis. Je weniger Menschen sich trauen, desto gefährlicher wird es für den einzelnen, auch nur das Geringste zu unternehmen. Und wer erntet die Früchte? Der Unbesiegbare Führer!«

Der Ballon in ihrem Bauch drohte zu platzen, und ein stechender Schmerz durchzuckte sie: »Buddha noch mal! Entschuldigen Sie, daß ich fluche, aber sonst platze ich wirklich vor Wut. Wenn ich Ihnen Glauben schenken soll, werden wir armen Schlucker wie Straßenköter herumgeschubst, dürfen uns aber nicht mal beklagen, weil wir eigentlich selbst daran schuld sind! Was für ein, ein ... himmelschreiendes Unrecht!«

»Lian, das läßt sich ganz leicht ändern. Nur liegt die Lösung nicht darin, daß wir den Sündenbock verbal oder körperlich vernichten, sondern daß wir uns unseres eigenen Handelns bewußt werden und die Konsequenzen akzeptieren.«

»Er soll unser Sündenbock sein?«

»Ja. Er hat im Prinzip nichts Falsches getan. Nur das, wonach sein Herz verlangte: seine Vorstellungen über die Staatsführung und über sein eigenes Leben in die Tat umzusetzen. Möchten wir das etwa nicht? Ich bin überzeugt, daß ein einfacher Bauer, hätte er Maos Begabungen, Seinen Mut und Seine Möglichkeiten, wahrscheinlich genauso handeln würde. Mach dir keine Illusionen über ›Heilige‹. Wir sind alle nur Menschen, mit Bedürfnissen und Wünschen. Der Punkt ist nur – wir müssen endlich aufhören, Ihm allein die Schuld an unserem Elend zu geben. Statt dessen sollten wir uns darauf verlegen, uns selbst zu bessern.«

»Wie denn?«

»Indem wir die Verantwortung für unser Glück selbst übernehmen, damit wir nicht länger einen Führer vergöttern müssen und ihn über unser Schicksal bestimmen lassen. Wenn es uns dann schlechtgeht, haben wir es nur uns selbst zuzuschreiben, nicht dem Gott, den wir uns geschaffen haben.«

Einen Moment lang fühlte sich Lian erquickt durch die Perspektive, die der Kannibale ihr ausmalte. Er hatte recht: Man hat es selbst in der Hand, sein Leben zu gestalten. Trotzdem war das Gefühl in ihrem Bauch stärker. O Buddha, wie konnte sie Ihm und der KPCh nicht die Schuld an dem Elend geben? Man brauchte sich nur jeden Morgen die neuen Leichen auf dem Weidensee hinter der Universität anzusehen – die Leichen der gefolterten Professoren und Dozenten, die in ihrer Verzweiflung den erlösenden Tod einer lebendigen Hölle vorzogen; man brauchte sich nur das herzzerreißende Weinen der Kinder anzuhören, deren Eltern vor ihren Augen deportiert wurden; man brauchte nur das Wehklagen der Eheleute zu hören, die sich in aller Eile voneinander verabschieden mußten, weil sie in zwei verschiedene Straflager geschickt wurden und bei Buddha nicht wußten, wann und ob sie einander überhaupt noch einmal wiedersehen würden; man brauchte nur die traurige Luft zu riechen, die in den Krankenhäusern hing, in denen geistig und körperlich geschundene Menschen lagen und wimmerten ...

Sie warf sich ins Gras und hämmerte mit den Fäusten auf den Boden. Hilflosigkeit und Zorn überwältigten sie, und ihre ganze Wut richtete sich auf den Kannibalen. Sie packte ihn an den Handgelenken und trat ihn ans Schienbein: »Das ist ungerecht! Onkel Kannibale, sagen Sie mir, wie es uns möglich sein soll, keine Wut gegen einen Parteiführer zu hegen, der nicht davor zurückschreckt, sein fast eine Milliarde zählendes Volk seinem Machtkampf zu opfern? Die Haie, die Sie Verstand nennen, haben Ihr Herz verschlungen! Sie können unser Leid nicht mehr nachempfinden, und deshalb sprechen Sie die Partei frei ... Wie können Sie das nur tun?!«

Er ließ sie gewähren, ertrug ihre Tritte, schaute sie ruhig und unbewegt an und hielt sie an den Armen fest, damit sie das Gleichgewicht nicht verlor. Schließlich sank sie erschöpft auf den Boden.

»Lian, sieh deinen Onkel an. Bitte, sieh mich an, nur für einen Moment. Denkst du etwa, ich hätte keinen Grund, das Regime zu hassen? Mein einziger Bruder, ein hervorragender Hirnchirurg, wurde vor drei Jahren zu Tode geknüppelt; seine Leiche haben sie auf die Bahngleise gelegt, damit es wie Selbstmord aussah. Und das nur, weil er einmal geäußert hatte, die Worte aus dem Kleinen Roten Buch auswendig zu kennen reiche nicht aus, um einen Gehirntumor zu operieren. Weißt du, warum ich letztes Jahr nicht zum Wutai-Berg gehen konnte, um im Qingyun-Tempel wieder als Mönch zu leben? Daß der Lagerdirektor mir die Genehmigung verweigerte, war nebensächlich; meinst du, ich hätte es nicht gewagt, zu fliehen? Hör zu, du bist die einzige, der ich das erzähle: Ein paar Monate zuvor war mir über einen meiner früheren Mönchsbrüder zu Ohren gekommen, daß unser Meditationsmeister, der ehrwürdige Qingyun, schon 1969 von den Rotgardisten bei lebendigem Leib verbrannt worden ist. Er war damals hundertsechsunddreißig Jahre jung. Nachdem er eine Dynastie, zwei Kaiser und zehn Präsidenten der chinesischen Republik überlebt hatte, starb er unter den Lederriemen von ein paar Rotznasen, die sich Rotgardisten nennen. Ich bin Waise geworden; Meister Qingyun war wie ein Vater für mich. Kannst du dir vorstellen, wie sehr ich die Regierung unseres Landes hasse? Meinst du wirklich, ich könnte nicht nachempfinden, wie schrecklich du dich fühlst, ein Kind, das schon mit dreizehn Jahren so viel Elend hat mit ansehen müssen?«

Er spürte, wie sich Lians Armmuskeln entspannten, und schaute sie liebevoll an: »Aber, meine kleine Lian, wenn ich mich durch deine und meine eigene Traurigkeit mitreißen lasse, bleibt uns hier nur noch eines übrig: Jammern und Klagen ohne Ende, bis wir nicht mehr wissen, wer wir sind. Was hat das für einen Sinn? Ich muß einfach klar mit dir reden, damit du dich über diese Gefühle hinwegsetzen kannst und hinter den dunklen Wolken das ewige Sonnenlicht siehst. Schließlich bin ich ein Erwachsener und habe dir gegenüber eine Verpflichtung. Verstehst du mich jetzt? Du bist nicht zu mir gekommen, um mich in dein durch die Kulturrevolution verursachtes Leiden hineinzuziehen, sondern um die Zusammenhänge zu verstehen, damit du dich von diesem Leid befreien kannst, verstehst du? Haßt du deinen Onkel jetzt immer noch?«

Lian sah zu ihm auf und lachte unter Tränen. Sie warf sich in seine Arme. Mit seinen knochigen Fingern strich er ihre wirren Haare glatt und sagte leise: »Kind, Kind, einmal wird die Zeit kommen, in der du ein glücklicher Mensch sein wirst, ohne Angst, Kummer und Qual, das verspreche ich dir. Dein Onkel hat das alles schon erlebt, als er sich im Qingyun-Tempel auf das Klosterleben vorbereitete. Es war ein wunderbares Gefühl ... als wäre ich eine hauchzarte Wolke, die langsam durch den ätherischen Raum schwebt, eins mit dem Weltall, eins mit meinem Körper und meiner Seele ...«

Aber vorläufig brauchte Lian sich noch nicht auf das Klosterleben vorzubereiten. Hier bei dem Kannibalen fühlte sie sich bereits wie im siebenten Himmel. Qin hatte recht. Wenn es überhaupt jemanden gab, der sie von ihrem Pessimismus befreien und ihr einen neuen Horizont eröffnen konnte, dann war es der Kannibale.

Klimawechsel

»Achtung, Achtung! Heute findet um halb neun eine Versammlung aller Häftlinge und Angehörigen des Personals statt. Ort: die Kantine. Jeder ist zur Anwesenheit verpflichtet. Die Arbeit auf den Feldern wird einen Tag ausgesetzt.« Die Lautsprecher wiederholten diese Meldung so lange, bis Lians erfinderisches Unterbewußtsein den Lärm nicht mehr in ihren Traum verweben konnte. Sie wachte auf.

Schon wieder ein Erdbeben. Über ihr drehte sich Professor Maly um, so daß das Etagenbett wackelte und knarrte. Streifen von Morgenröte krochen durch die Luftlöcher in den Schlafsaal und hingen wie rotsilberne Bänder im Raum. In dem gebrochenen Licht sah Lian die umhertastenden Finger Mutters. Nach viel Murren und Stöhnen gelang es Mutter, ihre Armbanduhr unter dem Kopfkissen hervorzuwühlen: »Erst fünf Uhr! Was kann denn so dringend sein, uns in aller Frühe aufzuwecken?!«

»*Uaah* ...« Mutters Worte riefen bei den Saalnachbarinnen eine Welle schläfriger und klagender Laute hervor. Wenn sich auch alle über die Lautsprecher ärgerten, die die Nachtruhe – das einzige, in das sich die Partei in der Regel nicht einmischte – störten, war niemand wirklich wütend. Das schloß Lian aus dem langen und entspannten Endklang der ›*Uaahs*‹. Seit ein paar Monaten lag die Ahnung in der Luft, daß es bezüglich der Kulturrevolution zu einer positiven Veränderung kommen könnte. Der ideologische Taifun hatte inzwischen sieben Jahre gewütet und das Durchhaltevermögen des ausgehungerten und gedemütigten Volks auf eine harte Probe gestellt. Ein massenhafter Wutausbruch konnte nicht mehr lange ausbleiben. Der Weiseste Führer des Weltalls wäre nicht der Weiseste Führer des Weltalls, wenn Er sein politisches Bombardement nicht rechtzeitig einstellen würde. Denn alle ›guten‹ Herrscher in der Geschichte wußten genau, wieviel Entbehrung, Krieg, Angst und Schmerz sie ihren Untertanen zumuten konnten, ohne daß es zu Aufständen käme. Konnte es sein, daß man sie heute über die lang erhoffte Veränderung informieren würde? Natürlich wagte es keine, diesen kühnen Traum laut auszusprechen.

Wie an jedem Morgen krochen sie aus dem Bett, putzten sich die Zähne am stinkenden Wassergraben vor dem Schlafsaal und scheuerten sich schweigsam das Gesicht mit dem grau gewordenen Handtuch trocken. Punkt halb neun saßen sie in Reih und Glied auf den Holzbänken der Kantine. Das Schwatzen und Rufen, das in einer politischen Versammlung sonst üblich war, blieb heute aus. Alle hielten den Atem an.

Lian saß neben Mutter. Kurz nachdem sie im Lager angekommen war, hatte der Direktor gemeint, es könne nicht schaden, wenn Lian an den Versammlungen teilnähme, auch wenn sie noch ein Kind sei. Im Gegenteil: So könne sie schon früh ein proletarisches Bewußtsein entwickeln.

Lian deutete zum Podium. »Mama, sieh mal, das Porträt des Zweiten Vorsitzenden der KPCh hängt nicht mehr an der Wand!« flüsterte sie Mutter ins Ohr, aber laut genug, daß man im Umkreis von fünf Metern jedes Wort verstehen konnte. Mutter hob den rechten Arm und holte aus. Ehe ihre Handfläche auf Lians linke Wange knallte, zuckte sie schon zusammen: Sie war sich sicher, daß dieser Schlag sie mindestens zwei Zähne kosten würde.

Pia! Lian fiel mit dem Gesicht auf den Boden. Trotz des Schmerzes tastete sie zuerst nach ihren Zähnen und hoffte aus tiefstem Herzen, daß ein paar ausfallen würden. Dann könnte sie mit blutendem Mund aufstehen, und alle Onkel und Tanten würden sie bemitleiden und Mutter tadeln. Aber leider war nur die Haut an der Stirn, den Wangen und dem Nasenrücken tief abgeschürft. Mutter schlug nie so fest, daß es bei anderen Empörung hervorrief, sie konnte ihre Tochter also weiter ungestraft verprügeln.

Wahrhaftig. Der Zweite Vorsitzende hatte sich ins Abseits manövriert. Nach Dokumenten der Regierung, deren Inhalt bekanntgegeben wurde, war Maos Parteispitze mit knapper Not einer fatalen Krise entgangen. Wie verlautet, hatten der Zweite Vorsitzende und einige Minister und Staatssekretäre – seine sogenannten Komplizen – versucht, die Regierung zu stürzen. Als der Plan durchsickerte, ließ Mao sie verhaften und initiierte eine antirevisionistische Kampagne gegen sie.

Lian zog ihre Augenbrauen wie zu einem aufgerollten Igelchen zusammen; ihre linke Wange schmerzte, und in ihrem Kopf tanzten Fragezeichen: War das nun eine gute oder eine schlechte Nachricht? Mutter danach zu fragen traute sie sich nicht mehr, und so versuchte sie, es selbst herauszufinden. Daß der Vater, Mutter, Liebhaber und Liebhaberin in Einer Person mit einer neuen Generation von Gegnern kurzen Prozeß gemacht hatte, imponierte

Lian nicht im geringsten, denn das hatte Er schon einige Dutzend Male fertiggebracht. Was sie aber beschäftigte, war die Frage: Hat dieser Vorfall den Führer einigermaßen zur Besinnung gebracht? Sah er jetzt endlich ein, daß die ständigen politischen Massenkampagnen das Land bald in den Ruin treiben würden?

Wie zu erwarten war, räumte die Regierung in den verlesenen Dokumenten mit vorsichtigen Worten ein, daß die sozialen Mißstände und die schon seit acht Jahren herrschende Rezession Anlaß zu einer gewissen Besorgnis gäben, aber ... schuld daran sei laut Mao letztlich die Politik der konterrevolutionären und revisionistischen Bande. Jetzt, wo das teuflische Komplott aufgedeckt sei, könne die Regierung glücklicherweise wieder zur Tagesordnung übergehen und das Volk dabei unterstützen, wieder Ordnung und Wohlstand zu schaffen. Aber Lians Herz hüpfte vor Freude, als der letzte Absatz des Dokumentes verlesen wurde: Die Partei stellte eine Lockerung der Umerziehungspolitik und eine Haftverkürzung für bourgeoise Intellektuelle in Aussicht. Es gab also Hoffnung, daß Mutter bald freigelassen würde und auch Vater schließlich wieder nach Hause käme.

Widersprüchliche Gefühle

Lian saß im Schlafsaal und machte Hausaufgaben. Plötzlich öffnete sich die Tür: Mutter war zurück. Es war drei Uhr nachmittags. »Gibt es auf dem Reisfeld nichts mehr zu tun?« fragte Lian verwundert.

Mutter versuchte, sich die Dreckspritzer vom Gesicht zu wischen, verschmierte dabei aber alles zu einer braunen Maske: »Es gibt immer etwas zu tun, aber die Direktion hat mich zu einem Gespräch bestellt.« Mit schnellen Bewegungen streifte sie die hochgekrempelten Hosenbeine herunter und trabte zum Direktor.

»Wollen Sie sich nicht das Gesicht waschen?« rief Lian ihr nach, fassungslos, daß eine Frau wie Mutter, die sonst so auf Hygiene achtete, sich mit diesem schmutzigen Gesicht zum Lagerdirektor wagte.

Nach einer Dreiviertelstunde kam Mutter strahlend zurück: »Lian, von heute an bin ich ein freier Mensch! Morgen fahren wir nach Hause, für immer!«

Das Zimmer drehte sich vor Lians Augen – sie hatte das Gefühl zu schweben. Tränen strömten ihr übers Gesicht. Statt Freude empfand sie jedoch Kummer. Kummer über das Unrecht und die Verzweiflung, die Mutter und sie in den vergangenen eineinhalb Jahren hatten ertragen müssen. Sie rannte zu Mutter, umklammerte sie und verbarg den Kopf in ihren Armen, damit sie ihre Tränen nicht sah.

Es war, als würde ein Fluch aufgehoben. Vor ihrem geistigen Auge wurde ein Film rückwärts abgespult: Sie sah, wie Vater ihnen vom fahrenden Zug aus zuwinkte; wie Mutter wie ein Baby schluchzte und sie selbst sich fragte, was der Grund für diese Traurigkeit war; und sie meinte noch einmal die gelben Staubwolken hinter den Lastwagen zu schmecken, die Mutter und ihre Lagergefährten wegbrachten und die Kinder allein in dem lieblosen Kinderheim zurückließen.

Mutter streichelte Lian über das Haar und sagte: »*Pssst*, sei still, sonst bekommen die anderen mit, was für Glückspilze wir sind. Ich bin unter den ersten vier Gefangenen, die das Lager verlassen dürfen. Die anderen zweihundertsechsundvierzig müssen noch – Buddha weiß wie lange – auf ihre Entlassung warten. Mach es ihnen nicht noch schwerer, indem du deine Gefühle so offen zeigst.«

»Aber warum dürfen Sie denn früher nach Hause? Müssen Sie ... wieder neue Lehrbücher mit Lügen vollschreiben?«

»*Pssst* ...! Nimm dich in acht mit deinen blasphemischen Sprüchen! So redet man nicht über die Partei! Nein, Kind, diesmal zum Glück nicht. Der neue Stellvertretende Parteivorsitzende der KPCh hat einen politischen Kurs festgelegt, wonach wir unter anderem angewiesen sind, wieder mit dem Unterricht zu beginnen. Onkel Yie – erinnerst du dich noch an ihn, den großen, hageren Mann, der dir die Krähe geschenkt hat? –, Onkel Yie war früher Rektor der Pädagogischen Hochschule. Man hat ihn gebeten, Vorbereitungen zu treffen, um neue Studenten für das kommende Jahr zu werben. Zum erstenmal seit sieben Jahren wird es wieder einen Lehrbetrieb an unserer Hochschule geben! Professor He und ich haben den Auftrag bekommen, ein Buch zu schreiben mit dem Titel *Die Geschichte Chinas 1911 bis 1949. Zeitzeugen berichten.* Gerade habe ich den Brief des Zweiten Vorsitzenden des Zentralkomitees an unsere Fakultät gelesen: Der Begriff ›historische Wahrheit‹ soll die Grundlage und das wichtigste Kriterium unseres Projektes sein. Was hältst du davon? Es geht aufwärts mit unserem Land!«

»Aber warum ist gerade dieses Projekt auf einmal so wichtig?«

»Was bist du doch für ein Dummerchen, Lian. Mit diesem Forschungsprojekt will die Partei dafür sorgen, daß die Erfahrung, das Wissen und die Erkenntnisse der Generäle und hohen Parteifunktionäre, die noch nicht von der Kulturrevolution in den Tod getrieben wurden, rechtzeitig festgehalten werden. Wenn wir noch länger warten, wird es keinen Überlebenden aus der Zeit vor der Gründung der Volksrepublik mehr geben!«

»Wann brechen wir morgen auf?«

»Gegen acht. Onkel Yie und die beiden anderen Herren, die auch freigelassen werden, wollen lieber nächsten Samstag zusammen mit den Häftlingen losfahren, die ein freies Wochenende haben. Ich nicht. Ich will hier keine Minute länger bleiben. Daher habe ich bei der Direktion nachgefragt, ob es vielleicht schon eher eine Mitfahrgelegenheit nach Peking gibt. Zufällig fährt morgen ein Traktor in die Hauptstadt, um neue Geräte für den Sommer zu kaufen. Er nimmt uns mit.«

Uff, kostete es Lian Mühe, sich nichts anmerken zu lassen. Sie war fast verrückt vor Freude, aber Mutter hatte ihr eingeschärft, sich jedes Lächeln zu verkneifen, um die Zurückbleibenden nicht neidisch zu machen.

Mutter band ihr eine riesige Rolle auf den Rücken. Sie hatte die Daunendecke, das Kopfkissen, die Kleider, die Toilettensachen, die Waschschüssel und Stapel von Büchern hineingestopft. Unter dieser Last konnte Lian nicht mehr aufrecht gehen. Sie sah nur noch den schlammigen Weg vor ihren Füßen. Das Gepäck auf Mutters Rücken war noch beeindruckender. Außerdem schleppte sie noch zwei schwere Taschen mit allen möglichen Dingen mit sich: Thermoskanne, Fliegenklatsche, Klapphocker, Emailleschalen und -teller, Schuhe, Gummistiefel und so weiter.

Aber sie dankten Buddha, daß sie gebückt gehen und zu Boden blicken mußten, denn der Abschied von ihren früheren Schicksalsgefährten fiel ihnen nicht leicht. Was sollten sie ihnen sagen? Wie überglücklich sie waren, dieser Hölle zu entkommen? Daß auch sie bald an die Reihe kommen und freigelassen würden? Wer waren Mutter und Lian, daß sie so etwas prophezeien könnten? Der Weiseste Führer des Weltalls änderte seine Politik so schnell, wie die Nacht auf den Tag folgt.

Plötzlich hatte Lian das Gefühl, ihr Gepäck sei leichter geworden. Vorsichtig drehte sie sich um. Zuerst sah sie zwei Arme und dann in ein Paar liebevolle Augen. Professor Maly hob Lians Gepäckrolle an und verteilte so das Gewicht zwischen ihren Händen und Lians Rücken. Maly schwieg, und Lian hatte große Angst, etwas zu sagen, das sie verletzen könnte. Sie hörte noch mehr Schritte, der Boden vibrierte. Sie spürte die Verbundenheit mit ihren ehemaligen Lagergefährten, die jetzt, ohne ein Wort zu sagen, hinter den beiden Glücklichen hergingen, um ihnen zum Abschied nachzuwinken. Tränen tropften in den Schlamm zu ihren Füßen; am liebsten wäre sie wieder in den vertrauten Schlafsaal zurückgekehrt.

Tuuututuut! Der Traktor begann zu brummen, und Lian sah, wie Mutter das Gepäck auf die Ladefläche warf. Maly befreite ihre Schülerin von der Rolle und legte sie ebenfalls in den Laderaum. Der Fahrer, Tiangui, ein junger Mann, der normalerweise in der Küche Gemüse hackte, kletterte auf den Fahrersitz und bewegte die Lenkstangen. Der Traktor schoß ein Stück nach vorn und verbreitete dabei einen ohrenbetäubenden Lärm in alle acht Himmelsrichtungen. Schwarzer Rauch stieg aus dem Auspuff, der aus der gewölbten Schnauze des Traktors aufragte. Die Wundermaschine faszinierte Lian. Wie lenkte man so ein Ding?

Tianguis Rufe störten ihre Gedanken: »Lian, mach schon, rauf auf die Ladefläche, und halt dich gut an den Stäben fest. Der Traktor kann ziemlich heftig schaukeln!«

In diesem Augenblick ergriff Maly Lians Arme und sagte mit Tränen in den Augen: »Mein Kind, herzlichen Glückwunsch zu eurer Entlassung. Streng dich in der Schule an und mach etwas aus deinem Leben!«

Ihre Worte wirkten wie eine Lunte, die gut zweihundert Stimmen entzündete: »Yunxiang und Lian, herzlichen Glückwunsch! Alles Gute für euch!«

Eine graue Menge mit ausgemergelten Gesichtern und verklebten Haaren stand da und winkte ihnen mit mageren Armen überschwenglich zu, ohne den geringsten Funken Neid, voller Liebe und mit Glückwünschen, die von Herzen kamen. Mutter, die bereits auf der Ladefläche stand und normalerweise keine Gefühle zeigte, riß sich den zerlumpten Schal vom Hals, schlug damit auf ihre Knie und gab herzzerreißende Schreie von sich – schamlos unelegant, fand Lian: wie eine Bäuerin, die ihre einzige Milchkuh sterben sieht. Lian tauchte in die Hecke aus Menschen ein, ergriff ziellos die Hände von Onkeln und Tanten und rief: »Wir fahren zusammen nach Hause! Wir fahren zusammen nach Hause!« Sie schlug rechts und links mit ihrem Kopf an die Brust eines jeden, den sie sah, und einen Moment lang glaubte sie, vor Trauer, Hilflosigkeit und widerstrebenden Gefühlen, die in ihr aufwallten, sterben zu müssen.

Zwei kräftige Hände packten Lian und schleppten sie zum Traktor. Sie wußte, daß es Professor Qin war. Er hob sie hoch, wie er die Mehlsäcke in der Mühle stemmte ...

Die Erinnerungen an die Mühle, an die Fleischstreifen, die er ihr in die Reisschale zu legen pflegte, schlugen wie haushohe Wellen über ihr zusammen. Sie machte sich schwer und versuchte ihr Gewicht zu verdoppeln, damit Qin noch mehr an ihr ziehen mußte. Beim Opa Himmel, sollte dies der letzte Kontakt zwischen ihnen sein? Am liebsten würde sie diesen Augenblick bis in alle Ewigkeit ausdehnen ...

»Hör mir zu, Lian, willst du nach Hause oder nicht?!« Qins Stimme klang beängstigend streng.

Sonderbarerweise fand sie seine Stimme liebevoller als je zuvor. Selbst wenn er sie anbrüllte, würde sie ihn noch gern haben.

»Onkel Qin! Ich will gar nicht nach Hause! Ich will bei Ihnen bleiben! Wir fangen noch einmal von vorn an. Ganz von vorn. Diesmal ... diesmal werde ich nicht mehr so negativ über die Geschichte sprechen, ganz bestimmt, Ehrenwort! Onkel Qin, wir gehen wieder ...«

Qin löste seinen Griff, und Lian wäre fast gestürzt. Er schaute schnell in eine andere Richtung, aber Lian hatte seine Tränen schon gesehen. Sie fing sich sofort wieder und klammerte sich an seine Hosenbeine.

»Onkel Qin, was soll ich tun? Sagen Sie mir, was ich tun soll. Ich möchte ja frei sein und nach Hause fahren, aber es geht nicht ohne Sie.«

Qin kniete sich hin und faßte sie bei den Schultern: »Kind, Kind! Ich bin doch immer bei dir, du hast dir ein Nest in meinem Herzen gebaut. Du lebst in mir, genau wie in Onkel Kannibale ...«

Lian schaute um sich. Wo war Onkel Kannibale?

»Sei unbesorgt. Der wird sich bestimmt noch zeigen. Zu seiner Zeit. Er liebt dich noch mehr als ich ... weil, weil er besser im Lieben ist ...«

»Lian, setzt du dich ans Steuer neben mich?« Tiangui hoffte, sie mit dieser Verlockung zu beruhigen. Durch die Perlenvorhänge ihrer Tränen betrachtete Lian die brummende Wundermaschine und die beiden Lenkstangen, die mit rotem Plastikband umwickelt waren. Die Neugier siegte über ihre Trauer.

Fünf Minuten später holperten sie über den Pfad, der sich in Richtung Stadt schlängelte. Lian hatte ihren bequemen Platz neben Tiangui Mutter überlassen und sich in den Hänger gesetzt. Als sie den letzten Streifen Ackerland passierten, der zum Lager gehörte, tauchte aus dem Nichts eine Männergestalt auf. Tiangui erschrak, behielt aber die Lenkstangen gekonnt unter Kontrolle, so daß der Traktor nicht vom Weg abkam. Lian ahnte, daß der Vorfall etwas mit ihr zu tun hatte. Sie kniff die Augen zusammen, um besser sehen zu können. Es war der Kannibale!

Trotz seiner fast siebzig Jahre kam er quer über das grüne Reisfeld gerannt und winkte dabei ununterbrochen mit seinen knochigen Armen. Lian wollte zurückwinken, aber ihre Anne waren schwer wie Blei. Zum Glück bat Mutter Tiangui, einen Augenblick anzuhalten. Lian wollte aus dem Traktor springen und sich in die Arme ihres Freundes werfen, aber ihr Körper spielte ihr einen Streich. Mit zitternden Knien saß sie wie angewurzelt auf der Ladefläche.

Der Kannibale lehnte sich an den Hänger und schaute Lian schweigend an. Die Erinnerung an ihre Zusammenkünfte im Seerosentheater stieg in ihr auf. Wie er sie schonungslos kritisiert, sie aber gleichzeitig mit aller Kraft bei ihren Versuchen unterstützt hatte, den Fallstricken ihres Pessimismus zu entkommen, und ihr damit den Weg zu einem leuchtenden Horizont der Hoffnung gezeigt hatte. Was sollte sie ohne seinen Rat anfangen, jetzt, wo sie ins normale Leben zurückkehrte? Würde es ihr gelingen, sich dort wieder einzugewöhnen?

Der Kannibale zog seinen rechten Ärmel über die Hand und trocknete Lians Augen und Wangen: »Kind, du bist ein großes Mädchen geworden, und große Mädchen weinen nicht so leicht.«

»Was heißt hier ›leicht‹?! Ich kann Sie nicht mehr zum Seerosentheater mitnehmen, und wir werden nie mehr über chinesische Geschichte diskutieren können. Nie mehr!«

»Wer sagt das?«

Sie hörte abrupt auf zu schluchzen und sah ihn verblüfft an: »Werden Sie denn auch bald freigelassen?«

»Das meine ich nicht. Ach, Mädchen, ich habe keine Wünsche mehr. Wunschlose Menschen können nicht mehr enttäuscht werden.«

Sie dachte: Wie typisch für ihn. Ohne Philosophieren geht es nicht. Muß er ausgerechnet in diesem Augenblick so ein tiefsinniges Thema anschneiden?

Der Kannibale bemerkte ihr Unverständnis und beeilte sich zu sagen: »Ich meine, ich werde hier bestimmt noch lange bleiben müssen. Aber deine Geschichtsvorträge kann ich mir trotzdem noch anhören.«

Ihre Augen glänzten: »Natürlich, Sie haben recht! An den freien Wochenenden! Verabreden wir, daß ich dann bei Ihnen vorbeikomme?«

Tiangui drehte ungeduldig an den Lenkstangen. Der Traktor brummte und murrte, und Mutter stieß Lian in den Rücken: »Wir müssen los.«

Der Kannibale klammerte sich an die Seitenwand des Fahrzeugs und sagte: »Abgemacht. Wohnung 307, Haus 24. Merk dir meine Hausnummer. Bis in zwei Tagen!«

Plötzlich spürte Lian, wie die Kraft in ihre Beine zurückkehrte. Sie stand auf und wollte von der Ladefläche springen. Der Kannibale hatte ihr bewußtgemacht, welches Gefühl in ihr bohrte: Schon jetzt hatte sie ein unerklärliches Heimweh nach dem Lager – eigentlich wollte sie überhaupt nicht weg. Sie wollte beim Kannibalen bleiben und ›lernen, unter dem Joch der Haft die Freiheit zu erfahren‹, wie er es ausdrückte ...

Sie wollte, sie wollte, sie wollte ... Was bildete sie sich ein! Auf dem wegfahrenden Traktor balancierend, schaute sie den alten Kannibalen an, der vergebens versuchte, mit ihnen Schritt zu halten, und sie sah ein, daß sie nichts zu wollen hatte ... Sie fühlte sich wie ein willenloser Kieselstein, der vom Strom der Revolution mitgerissen wurde.

»Onkel Kannibale! Ich werde Sie nie vergessen! Ich besuche Sie jedes freie Wochenende!«

Staubwolken ließen seine Gestalt in der Ferne verschwimmen ...

Ein Göttertrank

Der frische Wind trocknete Lians Tränen, und allmählich kehrte ihre innere Ruhe zurück. Ihr Blick schweifte über die Felder mit Gemüse und Getreide und die gebräunten Rücken der Bauern, die Unkraut jäteten.

Die Straße hatte diese Bezeichnung nicht verdient; der Traktor glich eher einem Schaukelpferd. Zuerst machte Lian das Schaukeln noch Spaß, aber das ein paar Stunden lang aushalten zu müssen war alles andere als ein Vergnügen.

Drei Stunden waren vergangen, und sie hatten erst die Hälfte des Wegs zurückgelegt. Die Frühlingssonne erhitzte Lians Gesicht zu einem Feuerball, und sie hatte eine ausgedörrte Kehle. Tiangui ging es vermutlich ebenso, er schlug vor, irgendwo etwas zu trinken.

Hier auf dem flachen Land gab es kaum Läden. Die Bauern bekamen am Jahresende ein paar Scheine als Lohn für die Arbeit eines ganzen Jahres. Woher sollten sie das Geld zum Kaufen nehmen? Gaststätten gab es ohnehin nicht, und die Teehäuser waren bereits seit Beginn der Kulturrevolution geschlossen.

Tiangui stellte den Motor ab und ließ Mutter und Lian im Schatten einer alten Weide warten. Er rannte zum nächsten Dorf und kam eine halbe Stunde später keuchend mit einer guten Nachricht zurück: »Fünf Kilometer von hier ist ein großes Dorf namens ›Kommunismus Ist Mit Sicherheit Das Beste‹, und dort gibt es einen Laden. Da fahren wir jetzt hin.« Mit einem zufriedenen Lächeln stieg er wieder auf den Traktor.

Die drei durstigen Reisenden betraten den Laden, ein stockfinsteres Loch von zwei mal drei Meter Größe. Unter dem durch Fliegendreck gedämpften Licht einer Glühbirne saß ein steinalter kleiner Mann mit einem Spitzbart. Die Waren in den Regalen waren ungefähr so alt wie der Verkäufer. Vier Fünftel davon bestanden aus Thermoskannen, Seife, Zahnpasta, Gummischuhen und Tragelaternen, Marke *Arbeiter, Bauern und Soldaten sind die Führer unseres Vaterlands*. Alles war mit einer dicken Staubschicht bedeckt.

Mutter schaute sich um und fragte ohne große Überzeugung: »Können wir hier ein paar Flaschen Limonade bekommen?«

Der Greis fuchtelte mit der Rechten, um die dicke Fliege zu vertreiben, die seine violette Knollennase gerade mit einem schwarzen Punkt verzierte. Nach langem Nachdenken kniff er die faltigen Lider zusammen und fragte: »Genossin, was haben Sie gesagt?«

Tiangui wurde ungeduldig: »Sagen Sie, alter Mann, haben Sie etwas zu trinken?«

»Meinen Sie Tee?«

»Äh ... ja, wenn Sie nichts anderes haben. Waschen Sie die Schalen mit Seife aus, bevor Sie den Tee einschenken.« Tiangui kam öfter zu Bauern und wußte, daß sie normalerweise den Rand der gebrauchten Teeschalen mit dem Zeigefinger abwischten, bevor sie den Gästen Tee anboten.

Lian hatte gehört, daß es ein Vermögen kostete, einen Brunnen zu graben. Die meisten Bauern holten ihr Trinkwasser aus einer entlegenen Quelle, was oft einen halben Tag Arbeit bedeutete. Kein Wunder, daß sie so sparsam mit Wasser umgingen.

Nachdem sie zu dritt eine ganze Kanne ausgetrunken hatten, fragte Mutter: »Was sind wir Ihnen schuldig?«

»Zwei *Fen*«, sagte der Greis entschuldigend. »Sehen Sie, normalerweise kostet es einen *Fen*, aber ich habe die Tassen mit Waschmittel saubergemacht. Sie wissen ja, wie teuer Seife ist...«

Mutter legte fünf *Fen* auf den Ladentisch. Auf dem Weg zum Traktor hörten sie, wie ihnen der alte Mann mit heiserer Stimme nachrief: »Vielen Dank Ihnen allen! Vielen Dank Ihnen allen! Buddha segne Sie! Mit diesen drei *Fen* kann ich endlich die Heilkräuter kaufen, die der Arzt meinem Enkel verordnet hat. Vier Monate lang läuft der arme Kerl schon mit einer Darmentzündung herum; wissen Sie, Heilkräuter sind eigentlich unbezahlbar!«

Mutter wurde rot.

Nach zwei weiteren Stunden Geholpere kamen die Außenbezirke Pekings in Sicht. Die Straßen, an denen Läden lagen, waren jetzt meist asphaltiert; die Kleider der Passanten waren nicht mehr schlammbedeckt, schäbig und altmodisch, und man sah sogar Frauen mit modischen Frisuren. Die drei Reisenden hatten mittlerweile nicht nur Durst, sondern auch Hunger. Tiangui brachte sie in eine belebte Straße, wo sie in einen richtigen Laden gingen.

Lian, inzwischen an graue, staubbedeckte und einförmige Produkte gewöhnt, war von der Farbenpracht der ausgestellten Waren fast geblendet: das Rot der Äpfel, das Gelb der Bananen, das Orange der Apfelsinen, die weißen Brötchen und das Silberpapier, in das Süßigkeiten eingewickelt waren – das alles kam ihr ganz unwirklich vor. Sie nahm Mutters Hand, und aus ihrer Kehle lösten sich aufgeregte Schreie: »Gütiger Himmel, Mama, schauen Sie, was für Leckereien!«

Mutter zog sie zum Ladentisch und sagte: »Lian, möchtest du Limonade mit Orangen- oder mit Ananasgeschmack?«

Sie blickte Mutter verblüfft an. Was war das denn für eine Frage?! Ebensogut hätte sie einen ausgehungerten Bettler vor die Wahl stellen können: Möchten Sie Ihre Lachsforelle mit Sahne- oder Weinsauce?

Lian nahm die Flasche Limonade mit in eine ruhige Ecke und ließ sich den Göttertrank Tropfen für Tropfen durch die Kehle rinnen. Das süße, duftende Getränk erweiterte ihre Blutgefäße. Langsam, aber sicher schuf es Platz für das neue Glück. Das schöne Leben fängt wieder an, sang es in ihrem Herzen.

Die Limonade kostete fünfzehn *Fen*.

TEIL II
1971

Am Himmel wie ein Biyi-Vogel
beide: ein Flügel und ein Auge
derselbe Rhythmus und dasselbe Ziel.
Zwei Lianli-Zweige hier auf Erden
einer Wurzel entsprossen.

Bai Juyi, im Jahr 807

Der Pechvogel

Mit klopfendem Herzen betrat Lian die Oberschule Nummer 58. In einem Korridor voller Geschrei, zwischen herumrennenden Jungen und kichernden Mädchen, suchte sie den Raum 005. Dort war ihre Klasse, die dritte Gruppe des ersten Jahrgangs der Unterstufe.

Aus einem der Klassenzimmer drang eine schrille Mädchenstimme.

»Ich fick' deine Mutter!«

Reflexartig wandte Lian den Kopf in die Richtung, aus der die Beschimpfung kam. Auf der offenen Tür stand die gesuchte Nummer: 005. Drinnen, auf dem Boden neben dem Podest, bewegte sich etwas. Ein Mädchen lag auf dem Bauch, und auf dem Hinterteil ihrer zerlumpten Hose sah man einen staubigen Schuhabdruck. Schnell rappelte sie sich mit schmerzverzerrtem Gesicht auf, wischte sich ein paar Tropfen Blut von der Oberlippe und klopfte sich so gut es ging ihre Hose sauber. In ihren Augen stand keine einzige Träne. Und das bei einem Mädchen!

Die anderen Schüler sahen mit großen Augen zu. Einen besseren Sündenbock konnte die Klasse gar nicht finden!

Ein kleiner, gelenkiger Stänkerer im Mao-Anzug sprang wie ein Kung-Fu-Meister einen Meter in die Höhe und versetzte dem Mädchen brutal einen zweiten Tritt. Diesmal knallte sie mit dem Kopf an den hölzernen Rahmen der Wandtafel. Auf ihrer Stirn wuchs eine glänzende Beule.

»Ich fick' die Mutter deines Vaters!« Haßerfüllt, hysterisch, aber offenbar nicht im geringsten gekränkt, schleuderte sie dem Quälgeist die Verwünschung an den Kopf.

Lian stand wie versteinert vor ihrem Platz. Sie hatte zwar schon davon gehört, daß es auf der Oberschule barbarisch zuging, wenn der ›Pechvogel der Klasse‹ gepiesackt wurde, aber daß es so schlimm sein könnte, hätte sie nie gedacht.

Als das Mädchen zu seinem Stuhl trottete, leerte ein anderer Stänkerer einen vollen Abfalleimer über ihrem Kopf aus. Sie schüttelte den Unrat aus dem ›Vogelnest‹, wie man ihren Haarschopf nannte, und schimpfte: »Ich fick' deine ganze Sippschaft zusammen!«

Pfff. Lian mußte lachen. Hut ab vor dem linguistischen Erfindungsgeist dieses Mädchens, das trotz seiner jämmerlichen Lage noch fähig war, eine so wirkungsvolle und allumfassende Variante des gebräuchlichen Fluchs zu kreieren.

»*Hihi, hahaha!*« Schadenfroh jubelte die Klasse den Plagegeistern zu. Lian ballte die Fäuste. Am liebsten hätte sie ihre Mitschüler angeschrien: Ihr Satansbraten, habt ihr euer Gewissen beim letztenmal vielleicht mit ausgeschissen?! Aber sie wußte nur zu gut, daß es alles andere als vernünftig wäre, dieser Neigung nachzugeben.

Der Pechvogel hieß Kim Zhang. Kein Tag verging für sie ohne Schikane. Der eine spitzte seinen Bleistift und streute ihr seelenruhig die Schnipsel auf den Kopf, ein anderer versteckte ihre Schulbücher auf der Knabentoilette. Aber Kim hielt stand. Sie weinte nicht, und sie gab nicht klein bei. Flüche waren ihre einzige Waffe. Ihr war wohl klar, daß Tränen die steinernen Herzen ihrer Peiniger nicht erweichen würden.

Sie zu quälen wurde für die Mitschüler zu einer Manie. Sie wollten sie in die Knie zwingen, bis sie darum bettelte, in Ruhe gelassen zu werden. Aber diese Genugtuung gönnte Kim ihnen nicht. Sie dachte gar nicht daran, zu kapitulieren. So blieb der Klasse nichts anderes übrig, als sie weiter zu piesacken.

Lian fand mit der Zeit die ›Gründe‹ für die Mißhandlungen heraus – offenbar meinten die anderen, Kim hätte die Quälerei ›verdient‹. Die Schüler stammten aus drei verschiedenen Kasten, und jede Kaste verachtete, demütigte und unterdrückte die nächst niedrigere. In so einem System mußte es einfach jemanden geben, der als Fußabtreter diente. So wurde der Kastenhaß zu einem sie verbindenden Schlot, durch den alle Vorurteile, Frustrationen und sadistischen Gelüste abziehen konnten.

Kim erfüllte alle Bedingungen für den Titel ›Pechvogel der Klasse‹: Erstens war ihr Vater ein ehemaliger Landarbeiter, der ohne die Genehmigung der Behörden in die Stadt gezogen war, wodurch sie zur untersten Kaste gehörte; zweitens verrichtete er die am schlechtesten bezahlte, schmutzigste und entwürdigendste Arbeit, die es überhaupt gab.

Der schwarze Yeti

Lian war Kims Vater schon einmal begegnet. Vor zwei Jahren, an einem kalten Wintertag. Der schneidende Wind hatte durch die kahlen Bäume gepfiffen und Lian mit harten, eiskalten Schlägen ins Gesicht gepeitscht. Sie war in eine Straße eingebogen, die steil anstieg. Plötzlich tauchte vor ihr ein Kohlenberg auf, der sich langsam voranschob. Sie wich zurück und sah sich den schwarzen Haufen genauer an. Der Berg war offenbar aus Hunderten von ›Bienenkörben‹ zusammengesetzt – einer Art Steinkohle, die man zum Essenkochen verwendete. Darunter tauchten die Reifen eines Dreirades auf, die durch die schwere Last fast platt gedrückt wurden. Lian blickte suchend nach rechts und links, konnte aber keinen Fahrer entdecken. Der Kohlenberg nahm ihr die Sicht.

Worauf wartete sie noch? Sie schlug sich auf die Wangen, wie konnte sie nur so gedankenlos sein? Mit einem Schwung warf sie ihre Schultasche über die Schulter und begann zu schieben. Eine Minute lang fühlte sie sich wie im Traum: So sehr sie sich auch anstrengte, der Wagen bewegte sich weiterhin nur im Schneckentempo fort. Wie in einem Alptraum, wenn man fliehen will und nicht von der Stelle kommt. Nur die Schweißtropfen, die ihr in die wattierte Jacke rannen, bewiesen, daß sie nicht träumte.

Die Straße war wie ausgestorben. Der Wind hatte sich

plötzlich gelegt. Die einzigen Geräusche waren das Keuchen des Fahrers – den sie immer noch nicht sehen konnte – und das Knarren der Achse. Schon bald gelang es ihr, Waden- und Rückenmuskeln kräftiger anzuspannen und die Füße fester gegen den Boden zu stemmen. Der Kohlenberg bewegte sich nun etwas schneller voran. Dann ging es bergab. Nun rollte das Fahrzeug mühelos, als hätte es Daunenfedern geladen. Lian lief nach vorn und sah jetzt den Fahrer. Er saß nicht auf dem Sattel, sondern hatte das Dreirad offenbar den ganzen Weg geschoben.

Da er sich jetzt nicht mehr so abzurackern brauchte, konnte er sich nach Lian umsehen. Etwas Weißes blitzte in seinem pechschwarzen Gesicht auf – er lachte ihr zu. Seine Zähne stachen von der dunklen Haut ab.

Lian bezwang den Impuls, sich davonzustehlen. Schon als kleines Kind hatte sie es nicht leiden können, wenn sich jemand bei ihr bedankte. Vor Verlegenheit wußte sie dann nicht, wohin sie ihren Blick wenden sollte. Aber diesmal war sie zu sehr von der Arbeit des Mannes beeindruckt, um wegzulaufen. Ohne zu blinzeln, sah sie ihn an. In der kalten Luft hüllte der Schweiß seinen Kopf in eine Dunstwolke. Lian mußte an einen Dampfkochtopf denken. Mit einem anthrazitfarbenen Tuch, das er um den Hals gebunden hatte, wischte der Mann sich den strömenden Schweiß ab. Eins, zwei, drei hellbraune Streifen zeichneten sich auf seinem Gesicht ab. Seine tatsächliche Hautfarbe kam nun zum Vorschein. Er war braun.

Lian zeigte ihre Überraschung nicht und kickte aus Verlegenheit ein paar Kieselsteine weg, die ihr auf einmal im Weg zu liegen schienen. Wieder warf sie neugierige Blicke auf den Mann. Für einen Erwachsenen war er klein. Keine eins sechzig, schätzte sie. Sein Brustkorb war eingefallen, so daß sein Oberkörper eher wie eine flache Kuhle aussah. Beim Anblick seiner spindeldürren Arme und Beine fragte sie sich, woher er die Kraft nahm, eine so gewaltige Last fortzubewegen. Die Frage brannte ihr auf der Zunge, aber sie wagte nicht, sie auszusprechen: Warum machte er diese scheußliche Arbeit? Sie wußte: So direkt durfte man nicht fragen.

Noch schrecklicher wurde die Arbeit dadurch, daß er sie in aller Öffentlichkeit verrichten mußte, direkt vor den Augen der Fußgänger, Radfahrer und Busninsassen, den Rücken gekrümmt wie eine Garnele und von Kopf bis Fuß mit Kohlenstaub bedeckt, der ihn in einen schwarzen Yeti verwandelte.

*Wenn du Hunger leidest, schlag dir auf die Wangen,
bis sie anschwellen.
Dann sieht niemand, wie spindeldürr du bist.*

Diese Weisheit erkannte jeder Chinese an, wenn er nur einen Funken Selbstachtung besaß. Alle Entbehrungen sind zu ertragen, solange es kein anderer bemerkt. Auf Kims Vater sahen die Leute vor allem herab, weil er nicht imstande war, der größten Schande zu entrinnen: Er mußte sein erbärmliches Schicksal vor aller Augen erdulden.

Die Dritte Kaste

Kims Mutter hatte keine feste Stelle. Ab und zu fand sie eine Gelegenheitsarbeit und trug so ihr Scherflein zum Lebensunterhalt der Familie bei. Eine der wenigen Möglichkeiten, als Arbeitslose ein wenig Geld zu verdienen, war die Anfertigung von Streichholzschachteln. Sie holte sich in der Streichholzfabrik einen Stapel Karton, anderthalb Meter lang und einen Meter breit, bedruckt mit gestrichelten Formen, die ausgeschnitten und zu kleinen Schachteln gefaltet werden mußten. Anschließend wurden sie noch zusammengeklebt. Hundert Schachteln brachten einen *Mao*. Wenn sie von morgens bis abends nichts anderes tat, schaffte sie fünfhundert Stück. Das machte einen Tagesverdienst von fünf *Mao* oder fünfzig *Fen*! Dreißig Tage mal fünfzig *Fen* waren fünfzehn *Yuan*, die Hälfte von dem, was ihr Mann verdiente. Nicht schlecht für ein

›Stück billigen Dreck‹, wie man Frauen im allgemeinen bezeichnete.

Obwohl es in Kims Familie nur zwei Kinder gab – Kim und ihre kleine Schwester Jienjing –, betrug ihr Einkommen pro Kopf nur elf *Yuan* monatlich, weniger als die Hälfte dessen, was einem Angehörigen der Ersten Kaste zur Verfügung stand. Als Kohlenfahrer hatte Kims Vater auch nicht mehr zu erwarten. Kims Mutter war nicht imstande, vierzehn Stunden am Tag Streichholzschachteln zu falten. Sie litt unter Schwindelanfällen. Xiuhua, ihre Schwester, führte es auf Blutarmut zurück. Ihre Tochter meinte, es sei einfach ›Nahrungsarmut‹.

Kim selbst war auch ein Problemfall. Sie sah häßlich aus. Ihr Gesicht erinnerte an eine Kiwi, aber nicht an eine normale, sondern – eingefallen und gelbgrün, wie es war – an eine Kiwi, auf die versehentlich jemand getreten war. Sie hatte die Statur einer Zehnjährigen, obwohl sie zwei Jahre älter war als ihre Klassenkameraden – letztes Jahr war sie sitzengeblieben. Die Haare standen ihr wie Gestrüpp vom Kopf, weil Kim sie höchstens einmal im Jahr wusch und kämmte. In ihrer Nähe mußte sich Lian wegen des üblen Geruchs anfangs fast übergeben. Aus Kims Nasenlöchern hingen zwei trübe Rinnsale. Wenn sie – *tjiee* – die Nase hochzog, kehrten die Rinnsale zu ihrer Quelle zurück; war sie mit etwas beschäftigt und achtete nicht darauf, tropften sie aufs Schulheft. Handschuhe waren für Kim unerschwinglich. Im Winter schwollen ihre Hände zu dunkelroten, wulstigen Klauen mit violetten Beulen an, die nach einer Weile aufbrachen. Dann liefen Blut und Eiter heraus, und es stank wie nach verwesenden Ratten.

Auch Kims Kleidung war eine Katastrophe. Sie trug umgeänderte Männersachen. Lian brauchte nicht lange zu raten, woher sie stammten: Sie waren aus den Overalls geschneidert, die Kims Vater einmal pro Jahr zustanden. Drei Jahre lang trug er denselben Overall und sparte so zwei für seine Familie auf. Kims Mutter nähte sie in zwei Paar Jacken und Hosen um. Am Hosenschlitz war natürlich nichts zu ändern. Kim machte sich mit dieser Hose lächerlich. Welches Mädchen trug denn schon eine Hose mit dem Verschluß vorn?

Aber war sie überhaupt ein Mädchen? Sie benahm sich überhaupt nicht weiblich. Frauen wurden zwar wie der letzte Dreck behandelt, aber wenn sie sich einmal nicht wie Frauen benahmen, war ihr Leben vollkommen ruiniert. Wenn etwa ein Mädchen einen Tisch umstellen sollte, mußte sie – auch wenn er leicht war – so tun, als sei sie zu schwach dazu. Das bedeutete, daß sie verführerisch seufzte, um einen Jungen auf sich aufmerksam zu machen. Der fühlte sich dadurch in seiner Männlichkeit geschmeichelt, scheuchte das Mädchen auf rüde Art weg und stemmte den Tisch dann mit einer Hand hoch. War ein Mann höflich zu einer Frau, wurde er als Schwuler oder Schlappschwanz beschimpft.

Kim bat nie einen Jungen um Hilfe. So vermied sie Beleidigungen, denn für sie würde ohnehin keiner einen Finger rühren. Aber sie konnte zwei Tische gleichzeitig stemmen und sie genau am gewünschten Platz wieder abstellen. Deshalb trug sie auch den Spitznamen ›Wildschwein‹. Lian stellte staunend fest, daß die kleine, schmächtige Kim die Bärenkräfte ihres Vaters geerbt hatte.

Niemand hatte Kim je weinen sehen. Wie konnte eine Frau nicht einmal imstande sein, ein paar Tränen zu zerdrücken? Ausgerechnet Kim – die allen Grund dazu hatte.

Der letzte, aber bestimmt nicht unwichtigste Grund, warum man Kim als Pechvogel der Klasse bezeichnen konnte, waren ihre schlechten Leistungen in der Schule. War sie nicht letztes Jahr sitzengeblieben? Es gehörte ziemlich viel dazu, das Jahr wiederholen zu müssen. Neunundneunzig Prozent der Schüler wurden problemlos in die nächste Klasse versetzt. Die Schulen waren mehr als überbelegt. Da drückten die Lehrer meist beide Augen zu und ließen schlechte Schüler ins nächste Schuljahr aufrücken. Nur wer wirklich absolut nichts vom Lehrstoff begriff, wurde herausgepickt.

Besondere Mühe machte Kim den Lehrern nicht. Sie brauchten weder Hausaufgaben noch Klassenarbeiten zu korrigieren. Ohne hinzuschauen, gaben sie ihr dreißig Punkte – und das war noch geschmeichelt. Sie stellte im Unterricht keine Fragen, obwohl sie kein Wort verstand. Mit intelligentem Blick schaute sie den Lehrer an und ersparte ihm so die Mühe, ihr die Grundlagen zu erklären, die sie bereits im Vorjahr hätte beherrschen müssen. Man konnte sich ausmalen, wie ihre Klassenkameraden vor Vergnügen kreischen würden, wenn sich herausstellte, daß Kim dem Unterricht nicht folgen konnte. Diesen Triumph gönnte sie ihnen nicht.

Dennoch ging sie jeden Tag brav zur Schule. Wenn sie zu Hause bliebe, müßte sie doch nur Streichholzschachteln falten. Nach Schulschluß hatte sie ohnehin noch genug für die Eltern zu erledigen.

Das Propagandabrett

Um zehn Uhr ertönte die erlösende Schulglocke. Die Schüler flogen aus dem Klassenzimmer wie Vögel aus einem geöffneten Käfig. Die Jungen sausten durch den Gang, und die Mädchen tauschten den allerneuesten Klatsch aus. Zwei Mädchen waren in der Klasse zurückgeblieben: Kim und Lian.

In der vergangenen Woche hatte Kim auf drastische Weise erfahren, wie gefährlich es war, ihren Mitschülern außerhalb des Unterrichts unter die Augen zu kommen. Als sie vor fünf Tagen zum erstenmal im Korridor erschien, waren die Jungen sofort aufmerksam auf sie geworden. Sie hatten einen Wettkampf darum eröffnet, wer in einer bestimmten Zeit Kim am häufigsten in den Hintern treten konnte.

Die Mädchen sahen bei diesem Spiel voller Abscheu zu. Allerdings hatten sie nichts dagegen, daß Kim gequält wurde, durchaus nicht: Sie fanden, es sei Kims eigene Schuld. Wenn sie nicht so abstoßend und widerwärtig aussähe, würden sich die Jungen gar nicht erst veranlaßt fühlen, so über sie herzufallen. Wie dem auch sei, Kim hütete sich, in der Pause in ihre Reichweite zu kommen.

Lian hatte sich letzte Woche im Turnunterricht den Knöchel verstaucht. Deshalb blieb sie heute ebenfalls im Klassenzimmer. Sie saß drei Reihen hinter Kim.

Kim sah sich im Klassenzimmer um. Die bunt bemalte Tafel an der Rückwand erregte ihre Neugier. Sie zögerte und überlegte, ob sie diese interessante Tafel wohl von nahem betrachten dürfte. Vorsichtig stand sie auf und bewegte sich Schritt für Schritt auf die Rückwand zu.

Die Tafel hatte die gleichen Abmessungen wie die Wandtafel an der Stirnseite des Klassenzimmers. Offiziell wurde sie als ›Das Politische Schlachtfeld‹ bezeichnet, aber der Volksmund nannte sie ›das Propagandabrett‹. Man konnte mit farbiger Kreide geschriebene Aufsätze zur politischen Lage des Landes bewundern. Man erfuhr beispielsweise, welche Kampagne im Augenblick durchgeführt wurde oder welche neue Parole sich Mao ausgedacht hatte. Auch seine jüngsten Dekrete wurden in einer für Jugendliche verständlichen Sprache erläutert. So wurde ihnen erklärt, Maos Befehl, Konfuzius zu zermalmen, sei so zu verstehen, ›daß wir den Außenminister fertigmachen mußten‹. Worin um Himmels willen die Parallele zwischen dem zeitgenössischen Diplomaten und dem Philosophen bestand, der so weise gewesen war, gut zweitausend Jahre vor Mao ins Grab zu sinken, das wurde nicht weiter ausgeführt. Andere Aufsätze beschäftigten sich mit dem Verhalten einzelner Schüler. Revolutionäre Schüler wurden belobigt und kapitalistisch denkende Elemente kritisiert. So wurde Shunzi einmal gepriesen, weil er die Fenster des Klassenzimmers ›heimlich‹ geputzt hatte. Damit hatte er seinen proletarischen Glauben an Maos Lehre zum Ausdruck gebracht:

Dem Volke eifrig dienen
wie ein Büffel, der das Reisfeld pflügt.

Die Texte waren meist von einer roten Sonne – dem Symbol des Großen Steuermanns – umgeben, um die sich Sonnenblumen gruppierten, das Symbol des ihm gehorsamen

Volkes. Hier und da fand sich auch ein Rosenzweig oder ein Veilchenstrauß als Verzierung. Diese bunte Tafel übte eine unwiderstehliche Anziehungskraft auf die Schüler aus.

Das Brett war gerade neu beschriftet worden, und Kim wollte wissen, was darauf stand. Lian bewegte ihren Fuß hin und her, um zu fühlen, ob der Knöchel noch weh tat – zum Glück hatte der Schmerz schon nachgelassen. Mühsam stand sie auf und hinkte zu der Tafel. Sie sah, wie sich Kims Nacken verspannte. Kim rückte sofort von ihrem Platz mitten vor der Tafel, wo sie den wichtigsten Aufsatz studierte, nach rechts. Lians Herz krampfte sich zusammen: Hatte Kim solche Angst vor ihr? Fünf Meter vor dem Brett blieb sie stehen. Ihr war die Lust zum Lesen vergangen.

Kim rührte sich nicht. An ihrer verkrampften Haltung konnte Lian ablesen, wie verwirrt sie war. Offenbar wußte sie nicht, wie sie sich verhalten sollte. Um Kim zu zeigen, daß sie nichts zu befürchten hatte, ging Lian weiter auf die Tafel zu. Ehe sie sich versah, war Kim zum alleräußersten Rand des Bretts geflüchtet.

Lian stellte sich vor die linke Seite der Tafel, damit Kim endlich merkte, daß sie vor ihr nicht zu flüchten brauchte. Vergeblich. Kim stand wie angewurzelt da. Jetzt war nur noch eines möglich: etwas zu sagen.

Eine unbestimmte Angst schnürte Lian die Kehle zu. Noch nie hatte jemand mit Kim gesprochen – außer man zählte Brüllen oder laute Beschimpfungen dazu. Wenn sie Kim ansprach, würde sie sich von ihren Klassenkameraden absondern. Sie würden sie als Verräterin an ihrer Kaste meiden. Andererseits – und dafür war sie der Partei endlich einmal dankbar – hatte sie ein Druckmittel. Der Weiseste Führer Aller Zeiten ritt ständig darauf herum, Landarbeiter zählten zur ersten Klasse und müßten alle anderen Klassen umerziehen. Obwohl seine Lehre nicht mit der Praxis übereinstimmte – die höheren Klassen benutzten den Rücken der Landarbeiter immer noch als Fußabstreifer –, würde es niemand wagen, Lian wegen ihrer

Sympathien öffentlich zu beschuldigen. Die Klassenkameraden könnten sie höchstens insgeheim verurteilen. Wer empfand mit den Landarbeitern schon echtes Mitgefühl? Wer überhaupt Interesse an ihnen zeigte, tat es nur, um dem Führer zu demonstrieren, daß er Seine Worte befolgte. Und so jemand war ein Heuchler, ein Arschkriecher! Und wenn er nicht solche Nebenabsichten hatte, war er einfach nur verrückt. Aber solche Etiketten schreckten Lian nicht. Sie war sich ihrer privilegierten Stellung als Angehörige der Ersten Kaste so sicher, daß sie glaubte, durchaus einmal ins Fettnäpfchen treten zu können. Außerdem würde sie schon dafür sorgen, daß ihre Sympathie für Kim absolut geheim blieb.

Die Luft war rein, denn sie waren immer noch allein im Klassenzimmer. »Komm, Kim, laß uns doch den wichtigen Aufsatz zusammen lesen«, schlug sie so unbefangen wie möglich vor, als sei es die normalste Sache der Welt, jemanden aus der Dritten Kaste anzusprechen.

Wie ein aufgeschrecktes Reh wandte Kim den Kopf und sah sie an. Tiefe Falten standen auf ihrer Stirn. Hatte sie richtig gehört? Eine aus der Ersten Kaste, die so freundlich mit ihr sprach? Lian hörte förmlich, wie ihr Verstand arbeitete.

Um ihre Aufrichtigkeit zu beweisen, ging Lian lächelnd auf Kim zu. Aber das wurde Kim zuviel. In Panik schob sie Tische und Stühle zur Seite und rannte zu ihrem Zufluchtsort – ihrem Platz direkt vor dem Podest. Die Lehrer hatten sie ganz nach vorn gesetzt, damit es im Unterricht keiner wagte, sie zu ärgern.

Lians Augen füllten sich mit Tränen. Kims tief verwurzelte Angst und ihr Mißtrauen gegenüber Angehörigen der höheren Kaste zerrissen ihr das Herz. Bilder aus ihrer Kinderzeit kamen ihr in den Sinn: wie sie, als einzige Tochter einer Professorin und eines Kardiologen, wohlbehütet aufwuchs, bis der Weiseste Führer Aller Zeiten die Kulturrevolution entfesselt und der Geborgenheit ein Ende bereitet hatte ...

Ein sauer verdienter Keks

Lian konnte Vater nirgendwo finden.

»Mama, wo ist Papa?«

»Das Krankenhaus hat Vater in den Süden geschickt, in die Provinz Yunan, mehrere tausend Kilometer von hier. Dort muß er Bauern beibringen, wie man ›Beschreiter des kapitalistischen Weges‹ erkennt und sie ausrottet«, erklärte Mutter.

Sie wußte nicht, was diese gewichtigen Ausdrücke bedeuteten, aber sie fühlte sich alles andere als wohl. Ein Leben ohne Vater, das gefiel ihr nicht. Sie klammerte sich an Mutters Beine und konnte kein Wort herausbringen.

Zwei Wochen später sah sie, wie Mutter ihre Kleider einpackte. Sie empfand plötzlich große Furcht.

Mutter sagte: »Lian, möchtest du mal wieder zu Opa und Oma?«

Sie nickte artig. Die Angst verschwand aus ihren Augen.

Mutter erzählte ihr, was geschehen war: »Jetzt bin ich an der Reihe und werde, wie Papa, für einige Zeit in ein abgelegenes Dorf abkommandiert. Ich bringe dich zu Opa und Oma, weil sonst niemand da ist, der auf dich aufpaßt.«

Lian rannte in ihr Zimmer und drückte Mischa, ihren Kuschelbären, an die Brust. Zerstreut blickte sie auf ihre mittlerweile augenlosen Puppen und Tiere, die auf der Fensterbank aufgereiht waren. Das kleine Bett mit seinem Milchgeruch kam ihr plötzlich ganz besonders gemütlich vor. Sie dachte an ihre Freunde im Kindergarten und wußte nicht, was sie empfinden sollte.

Lians Großeltern wohnten in Qingdao, einer kleinen Provinzstadt ungefähr neunhundert Kilometer von Peking. Um dorthin zu kommen, waren Mutter und Lian fast sechzehn Stunden mit der Eisenbahn unterwegs. Qingdao hatte Stadtrechte, aber für Lian war es nicht mehr als ein Dorf. Vor einem der Häuschen entdeckte sie Oma, die sich am Türpfosten festhielt. Ihre Füße erinnerten an Süßkartoffeln, spitz und zu klein für das Gewicht eines so großen, korpulenten Menschen. Als sie ihre Enkeltochter bemerkte, kam sie ihr schwankend entgegen, wie ein Kleinkind, das gerade laufen lernt.

Opa folgte ihr. Er war dunkelhäutig, mager und voller Falten. Aus seinem Mund ragten zwei lange gelbe Zähne. Unwillkürlich dachte Lian an die Stoßzähne eines Elefanten.

»Lian! Laß dich mal anschauen. Bist du aber groß geworden!« sagten sie im Chor.

Sie wurde hochgehoben und auf den Kang, den großen steinernen Schlafplatz, gesetzt. Oma kletterte ebenfalls hinauf. Im Schneidersitz zog sie Lian auf ihre Knie und drückte sie an ihren Busen, der sich so in die Länge und in die Breite ausdehnte, daß er ihren ganzen Oberkörper bedeckte. In die bequemen Polster von Omas weichen Brüsten gekuschelt, stieg langsam ein heißer Strom in Lians Nase auf. Sie schielte zu Mutter hinüber und dann zu Oma, bei der sie sich sofort heimisch fühlte.

Draußen vor dem Fenster tauchte eine Reihe Köpfe auf. Eine ganze Kinderschar hatte sich zu ihrem Empfang versammelt. In der kleinen Provinzstadt war die Ankunft eines Gastes aus der Hauptstadt eine wichtigere Nachricht als der Ausbruch des Dritten Weltkrieges.

»Geh ruhig zu deinen neuen Freunden«, ermutigte Oma Lian. »Sie warten schon seit einer Woche auf dich.« Sie gab ihr ein Netz, das an einem langen Stock befestigt war. In der schwangeren Sommerluft tanzten weiße, blaue und gelbe Schmetterlinge. Mit dem Netz konnte Lian sie fangen.

»Ooooh!« Sie kreischte vor Aufregung. Ihre widerstreitenden Gefühle vergingen wie Schnee in der Sonne.

Abends wurden Lians Spielkameraden einer nach dem anderen von ihren Eltern ins Haus gerufen.

»Es ist Essenszeit«, sagte Lihua, ein Mädchen aus der Gruppe, zu Lian. Sie brachte sie nach Hause.

»Schau mal! Ich habe zehn Stück gefangen!« Lian hielt

die Glasflasche gegen die Lampe und wollte Mutter ihre prächtigen Schmetterlinge zeigen.

»Lian, komm mal her.« Oma breitete die Arme aus.

Lian suchte im Bett, unter dem Bett, hinter der Tür und sogar im Kohlenschuppen. Von Mutter keine Spur.

»Deine Mutter hatte es eilig«, sagte Opa. »Sie ist schon abgereist.«

Lian fühlte sich wie ein Baby, das man in einen tiefen See geworfen hat. Nirgendwo ein Halt, überall eiskaltes Wasser. Sie konnte nicht protestieren, gegen nichts treten, denn es gab keinen Widerstand. Sie konnte sich nirgendwo festklammern, weil das Wasser unbarmherzig durch die Finger glitt. Sie drehte den Deckel von der Flasche.

»Fliegt nur zu eurer Mutter«, sagte sie zu den Schmetterlingen.

An diesem Abend hatte sie keinen Appetit. Auch in Omas Armen wurde sie von Einsamkeit überwältigt. Sie fühlte sich hintergangen. Sie konnte doch nichts dafür, daß sie ihren Kummer mit einem Schlag vergessen hatte, als sie mit ihren neuen Freunden auf Schmetterlingsjagd gegangen war! Die Erwachsenen hatten wohl geglaubt, sie fände es nicht schlimm, wenn Mutter klammheimlich abreiste.

Omas Ofen weckte Lian mit merkwürdigen Geräuschen. Er war aus Backsteinen gebaut und hatte unten eine runde Öffnung. Mit der linken Hand kippte Oma alle zwei Minuten eine kleine Schaufel Steinkohlenstaub hinein, mit der rechten zog sie an einem Stab, der mit einem Blasebalg verbunden war. Jede ihrer Bewegungen ließ zischende Flammen auflodern. Der Blasebalg sang ein rhythmisches Lied: *Hien-tja-tja, hien-tja-tja, hien-tja-tja.*

Opa war nicht zu Hause. Er war zu den Fuchshügeln gegangen, um Brennholz zu hacken.

»Steh auf, Lian. Opa kann jeden Augenblick zurückkommen. Dann gibt es Frühstück«, rief Oma aus der Küche.

»Nur noch ganz kurz«, antwortete Lian und kroch ein

bißchen tiefer unter die Decke. Sie wollte noch ein Weilchen in dem gemütlichen Bett bleiben.
 Oma schwieg.

Lian hatte noch gar keine Zeit gehabt, sich die Wohnung der Großeltern genauer anzusehen. Sie bestand aus einer drei mal vier Meter großen Stube und einer Küche von zwei mal zwei Meter. Der Kang nahm zwei Drittel des Zimmers in Beschlag. Der schmale Streifen, der übrigblieb, diente als Durchgang zur Küche. Das einzige Möbelstück war ein Schrank, einen Meter hoch und sechzig Zentimeter lang. Er stand auf dem Kang. An den Wänden hingen vier Tücher, hinter denen sich quadratische Nischen befanden. Darin wurden Dinge wie Geschirr und Besteck aufbewahrt.

Alles spielte sich auf dem Kang ab: schlafen, pinkeln (dafür gab es einen Nachttopf), essen, trinken, lesen, schreiben, Kleider flicken, Wassereimer reparieren, Gäste empfangen. Während sich Lian anzog, rollte Oma das Bettzeug zusammen, um Platz für den Eßtisch zu schaffen – nicht mehr als ein hölzernes Tablett. Darauf stellte sie eine Schale mit Streifen von eingelegtem Chinakohl, einen Teller mit drei gedämpften Brötchen und einen Topf Maisbrei.

Jie-aaa ... Das Tor des Vorgärtchens klagte wie ein Traumkönig, den man in seinem Schlummer stört. Lian sah, wie sich ein Berg von Reisig in den Innenhof schob. Kurz darauf kam Opas schweißnasses Gesicht zum Vorschein. Er legte das Brennmaterial neben den Hühnerstall und ging in die Küche, um sich zu waschen. Opa war über siebzig, marschierte aber jeden Morgen die vier Kilometer zu den Hügeln und kehrte schwer beladen zurück – kein Wunder, daß er so gesund blieb.

Sie setzten sich im Schneidersitz um das Tablett. Opa füllte ihre Schalen mit Maisbrei. Sie hielten sich die Schale an den Mund und schlürften – *hsjeee* – die Flüssigkeit in sich hinein.

Lian hatte den letzten Bissen noch nicht hinuntergeschluckt, als Lihua schon vor der Tür stand. »Tante, Lian und ich gehen Seilspringen. Um die Ecke, unter den Weiden«, sagte sie zu Oma.

Nachdem sie ein paar Stunden gespielt hatte, bekam Lian Hunger. Sie ging nach Hause, um sich eine Zwischenmahlzeit zu holen, und kletterte auf den Kang. Durch eine der Glasscheiben des Schranks sah sie eine orangefarbene Keksdose. Aber die Schranktüren waren verschlossen. Lian blickte Oma ganz lieb an. Sie wußte zwar, daß man nicht um Essen betteln durfte, aber ihr Magen trommelte ein Protestlied. Oma drehte den Kopf in die andere Richtung und stellte sich dumm. Lian hatte schon verstanden; die Kekse waren für besondere Anlässe. Sie suchte überall nach etwas Eßbarem. Ohne Erfolg.

»Mach mir einen Tee«, sagte Opa zu Oma. Oma schaukelte in die Küche. Plötzlich wurden Opas Augen zärtlich. Er sah Lian spitzbübisch an. Auf den Zehenspitzen angelte er nach einem Schilfkörbchen, das hoch oben an der Wand hing. Geheimnistuerisch verbarg er die rechte Hand hinter seinem Rücken und sagte: »Rate mal, mein Kleines, was ich hier habe.«

Lian rannte um ihn herum und sah in seine Hand: Erdnüsse! Vor Aufregung riß sie die Augen weit auf, als könnte sie mit ihnen statt mit dem Mund davon kosten. »Eins, zwei, drei, vier.« Vier Nüsse hatte sie bekommen. Ihre Kiefer knackten, und das Wasser lief ihr im Mund zusammen.

»Vielen Dank, Opa!« rief sie glücklich.

»*Pssst!* Sag nichts zu Oma. Keiner darf da drangehen«, flüsterte er ihr ins Ohr.

Lian eilte hinaus.

Neben dem Hühnerstall lag ein morscher Baumstamm. An die Mauer gelehnt, die Füße auf dem weichen Stamm abgestützt und das Gesicht dem Himmel zugewandt, kaute sie in aller Ruhe ihre Erdnüsse, unendlich langsam, eine nach der anderen. Sie hatte nicht gewußt, daß Erdnüsse so herrlich schmecken konnten.

Endlich war es Zeit zum Mittagessen. Es war die Hauptmahlzeit und daher ein wenig umfangreicher. Auf dem Tablett standen ein Teller Chinakohl, im Wok gebraten, eine Schüssel mit gedämpften Brötchen und eine kleine Schale mit einer grauen Paste.

Die Paste roch nach Stinkefüßen. Oma strich sie auf Lians Brot und sagte: »Das ist sehr nahrhaft.« Die aus schon fast verdorbenen Garnelenköpfen, kleinen Fischen und Schalentieren zusammengekochte Masse trug den schönen Namen: *Huangjiang* – Garnelenpaste. Zwei *Mao* pro Kilo.

Zum Abendessen bekam sie ein *Mantou*, das vertrocknet, steinhart und kalt war, man konnte damit einen Nagel in die Wand schlagen. Oma strich eine Schicht *Huangjiang* auf das Brötchen. Dann schnitt sie aus dem Weißen eines Lauchstengels ein Stückchen heraus und drückte es Lian in die Hand. »Geh damit ruhig nach draußen«, sagte sie.

Lian ging auf die Straße. Es dämmerte schon. Eine lange Reihe Kinder lehnte an der Hauswand. Sie machten Lian Platz. Alle hatten das gleiche Brötchen in der Hand. Von ihnen lernte Lian, wie man es essen mußte. Zu jedem Bissen Brot mit *Huangjiang* mußte man einen Happen Lauch nehmen. Lian merkte bald, wie gut die Soße zum Lauch paßte.

Lian gewöhnte sich schnell an das Leben auf dem Dorf. Allmählich vergaß sie, daß sie ihre Eltern vermißte.

Ihr ruheloser Magen war an allem schuld. Sie litt nicht etwa Hunger: Brot gab es genug im Haus. Aber nach einem Monat mit nichts als Weizenmehl, Maismehl, eingelegtem und gebratenem Chinakohl fing sie an zu träumen. Sie sehnte sich nach Abwechslung und vor allem: nach etwas Süßem. Süßigkeiten und Kekse bekam sie aber nicht. Sobald sie auch nur andeutungsweise zu verstehen gab, was sie sich wünschte, bedeutete ihr Oma mit einer Geste, daß sie sich für ihre Gier schämen solle.

Lian hatte sich angewöhnt, einen bestimmten Laden regelmäßig aufzusuchen. Die bunte Verpackung der Karamelbonbons in einem der runden Gläser zog ihre Augen an wie ein Magnet. Wenn ein Kunde den Laden betrat, schraubte die Verkäuferin den Deckel des Glases auf. Lian stellte sich dann so dicht wie möglich daneben. Sie mußte sich am Ladentisch festklammern, um nicht in Ohnmacht zu fallen. Der himmlische Duft liebkoste ihre Nase und weckte ungeahnte Fantasien in ihr.

»Verschwinde, du kleiner Vielfraß!«

Das Geschimpfe der Verkäuferin zerstörte jedesmal ihren herrlichen Traum.

Zu Hause schielte sie immer gieriger auf die Keksdose, die hinter der Glastür des Schranks unerreichbar war. Manchmal setzte sie sich einfach vor den Schrank, und das Wasser lief ihr im Mund zusammen. Oma bemerkte es zwar, reagierte aber nicht darauf. Opa wagte es nur gelegentlich, ein paar Erdnüsse für sie zu stibitzen. Auch für ihn war der Schrank tabu.

Es goß in Strömen. Nach dem Frühstück machte Oma ein schiefes Gesicht. Offenbar hatte sie keine Lust mehr, ständig so zu tun, als würde sie Lians begehrliche Blicke auf die Kekse nicht bemerken. Demonstrativ setzte sie sich auf den Kang. »Kind, heute bekommst du von mir einen Keks«, kündigte sie an und warf Lian einen zu.

Lians Herz hüpfte wie ein Welpe, der einen Knochen riecht. Mit zitternden, weit geöffneten Händen fing sie den Leckerbissen auf

»Iß nur, du Vielfraß, dessen Haut dicker ist als die Ecke der Langen Mauer!« schrie Oma. Lian hörte auf zu kauen. »Womit habe ich das verdient, daß du mir so teure Lebensmittel abluchst?« fuhr sie fort. »Deine Mutter ist eine undankbare, geizige Tochter.« Lian blieb der Keks im Hals stecken. Sie schluckte, aber der trockene Klumpen wollte nicht verschwinden. Sie zog an der Haut ihres Halses – auch das half nicht. Oma war nicht mehr zu bremsen: »Sie verdient sechsundfünfzig *Yuan* im Monat. Und was schickt sie uns? Ein Almosen! Ja, jetzt, wo *du* da bist, jetzt schickt sie mehr!« Das so heiß begehrte Naschzeug brachte nur Unglück. Lian brach in Tränen aus. »Wenn uns deine Mutter statt Geld Geschenke gegeben hätte, wäre das ja auch in Ordnung gewesen. Aber rate mal, was ich letztes Jahr von ihr bekommen habe?« Sie hob ihre Füßchen und schlenkerte damit. Spöttisch sagte sie: »Ein einziges Paar Socken, das nach dreimal Waschen lappig wird wie die Haut am Bauch einer Mutter, die ein Dutzend Kinder geboren hat! Willst du wissen, was mir deine älteste Tante geschickt hat?« fuhr sie fort, »zwei Paar Nylonsocken! Opa von Lian, hör auf zu dösen! Willst du vielleicht als Schwachsinniger durchgehen?! Hol mal die Schmuckstücke aus der Schachtel. Dort, in der mittleren Nische in der östlichen Wand.«

Zuerst reagierte Opa nicht, aber als sich ihr Blick in den seinen bohrte, sprang er Hals über Kopf zu dem Loch und reichte Oma das Geschenk der Tante.

Oma wedelte mit den hauchdünnen, schneeweißen Socken und sagte: »So, und jetzt vergleiche sie mit denen, die ich anhabe. Siehst du den Unterschied zwischen deiner dankbaren Tante und deiner geizigen Mutter?«

Lian sah nichts mehr. Tränenschleier hingen vor ihren Augen.

Opa klopfte seine Pfeife am Aschenbecher aus und sagte: »Oma von Lian, nun ist es aber genug!«

Aber davon wollte Oma nichts hören. Ihre Stimme wurde lauter: »Sooo, Opa, dir ist es bestimmt peinlich, was, daß eine Sechsjährige so etwas zu hören bekommt? Dabei brauchst du doch nur in deine Tabaksdose zu sehen. Wie viele Blättchen Tabak hast du von deiner gelehrten Tochter bekommen? Kein einziges Gramm! Ist das der Dank dafür, daß wir sie haben studieren lassen?!«

Aufgebläht vor Wut, sah Omas Hals aus wie ein knallroter Ballon. Sie hatte die Hände zu Fäusten geballt. Opa hielt krampfhaft seine Pfeife fest und schickte abwechselnd einen empörten Blick zu ihr und einen hilflosen zu Lian hinüber.

Lian weinte bitterlich. Ihr Herz, ihr Magen, ihre Gedärme bebten vor Kummer, schossen förmlich nach oben und wollten durch ihre Kehle hinaus ins Freie.

»Und du wagst es noch zu weinen? Du? Kind einer nichtswürdigen Schlampe von Mutter! Nun sag mir nur: Weinst du, weil ich deine Mutter kritisiere oder weil du mit uns bedauernswerten alten Leuten Mitleid hast?«

Plötzlich erhob sich Opa. Sein hagerer Körper bebte vor Empörung. »Noch ein Wort, und ich schlage den Wok in Scherben!«

Lian zitterte am ganzen Körper. Sie kannte Opa gut genug, um zu wissen, daß er seine Drohung wahr machen könnte. Und ein Wok wurde nur einmal in einer Generation angeschafft. Einen Wok zu zerschlagen bedeutete für die Familie eine regelrechte Katastrophe. Und das alles, weil ihre Mutter ihre Kindespflichten vernachlässigte!

Aber auch Oma erschrak. Sie lockerte wohlweislich ihre Fäuste und sah schon weniger haßerfüllt aus.

Opa hakte schnell ein: »Lian ist erst sechs. Sie weiß ja kaum, was Geld ist. Was kann sie für ihre Mutter? Kann sie vielleicht etwas ändern?«

Er hatte ins Schwarze getroffen. Warum beschuldigte Oma Mutter in ihrem Beisein? Wem konnte sie noch glauben? Mutter, der Allerliebsten auf der Welt, die von Oma als herzloser Geizkragen hingestellt wurde? Oma, die ihr Probleme aufbürdete, von denen sie nichts verstand? Oder Opa, der Omas Brutalität nicht gewachsen war und sie nicht wirklich beschützen konnte?

Oma reagierte jetzt anders auf die Tränen ihrer Enkelin. Schließlich war sie kein Unmensch ... Sie öffnete die Dose und holte sogar noch zwei Kekse heraus. »Da, Lian. Iß und hör auf zu flennen!«

In dem Augenblick, als sich die Dose öffnete, hatte Lian sich hoch und heilig geschworen, die Köstlichkeit heldenhaft abzulehnen und in die Luft zu werfen. Anschließend würde sie aus dem Haus rennen und den ganzen Tag und die ganze Nacht draußen herumstreunen. Aber jetzt, wo die Kekse so verführerisch vor ihrer Nase dufteten, vergaß sie ihren Vorsatz. Sie konnte dem Leckerbissen nicht widerstehen; das Verlangen verbannte ihren Verstand in die hinterste Ecke ihres Gehirns.

Wie im siebten Himmel und voller Ehrfurcht fing sie die Kekse mit ihren feuchten Händen auf. Durch das Mattglas ihrer Tränen lachte sie den Plätzchen zu. Sie trocknete ihre Tränen. Das war nicht einfach. Das Weinen hatte ihr Gesicht in einen Tümpel verwandelt. Sie wußte nicht mehr, wo ihre Augen aufhörten und die Nase anfing.

Schnell stopfte sie sich beide Kekse gleichzeitig in den Mund.

Von da an lebte Lian in ständiger Angst. Beim geringsten Anzeichen, daß Oma sie wieder mit Vorwürfen überschütten würde, machte sie sich ganz klein. Trotzdem konnte man die Uhr danach stellen. Genau zweimal pro Woche mußte sie eine derartige Schimpfkanonade über sich ergehen lassen.

Nach einem halben Jahr hatte sie sich auch daran gewöhnt.

Die Drei Tugenden

Drei Tage waren vergangen, seit Kim voller Panik vom Propagandabrett und vor Lian davongelaufen war. Inzwischen hatte sich Lian eine Strategie ausgedacht, wie sie Kim von ihrem Pechvogelstatus befreien könnte. Sie würde ihr helfen, zum Schüler der Drei Tugenden gewählt zu werden.

Die Drei Tugenden waren:

1. proletarische, also progressive Gefühle hegen,
2. alle Prüfungen mit sehr guten Noten bestehen,
3. gute sportliche Leistungen und ein guter Gesundheitszustand.

Zweimal im Jahr fanden die Wahlen statt, im Februar vor dem chinesischen Neujahrsfest und im Juli vor den Sommerferien. Von hundert Schülern mußten vier über die Drei Tugenden verfügen. In einer Klasse mit sechzig Schülern kamen also zwei bis drei Schüler dafür in Frage. Jeder durfte sich um diese Auszeichnung bewerben, unabhängig von seiner Klassen- oder Kastenzugehörigkeit. Wenn Kim zu den Auserwählten gehörte, würden es sich die Mitschüler bestimmt dreimal überlegen, bevor sie den Fuß hoben, um sie ans Schienbein zu treten.

Das erste Kriterium erfüllte Kim zwangsläufig. Als Tochter eines Landarbeiters hegte sie selbstverständlich proletarische Gefühle. In der Praxis bedeutete das: Man mußte auf schwere und schmutzige Arbeit und auf alle möglichen seelischen und körperlichen Entbehrungen versessen sein und – man mußte der Partei bedingungslos gehorchen.

Mit dem zweiten Kriterium war es schwieriger. Um gute Zensuren zu erhalten, müßte Kim ziemlich viel Lehrstoff nachholen. Lian nahm sich vor, ihr bei den Hausaufgaben zu helfen und ihr Nachhilfeunterricht zu geben. Sicherlich würde es eine Weile dauern, aber es bot auch die Chance, daß Kim eines Tages von der Klasse als vollwertige Mitschülerin akzeptiert würde.

Das dritte Kriterium war geschenkt. Die kleine, schmächtige Kim war bärenstark. Wenn sie regelmäßig trainierte, hatte sie gute Chancen, bei den Herbstspielen mehrere Wettkämpfe zu gewinnen. Damit könnte sie beweisen, daß sie auch mit der dritten der Drei Tugenden ausgestattet war.

Lians Gedanken hörten auf zu mahlen. Plötzlich wurde ihr bewußt, daß sie gerade einen Plan für jemanden schmiedete, mit dem sie noch nie ein Wort gewechselt hatte. Es mußte etwas geschehen, aber was? In der Schule wagte Lian es nicht, Kim offen anzusprechen. Vielleicht nach dem Unterricht? Sie konnte Kim zu Hause besuchen. Aber dafür müßte sie die Kastengrenzen überschreiten. Schon bei dem Gedanken rieselte es ihr kalt über den Rükken.

Ein Eindringling

Vor zwei Sommern war Lian schon einmal im Wohnbezirk der Dritten Kaste gewesen.

Mutter hatte Lian einen Beutel gegeben, der aussah wie ein Kissenbezug, und gesagt: »Könntest du heute ausnahmsweise einmal das Weizenmehl im Getreideladen holen?« Eigentlich war das Vaters Aufgabe, aber er war schon seit zwei Wochen fort, und das Mehl war fast aufgebraucht.

Lian sah Mutter ängstlich an. Für diesen Einkauf mußte sie das Wohnviertel der Dritten Kaste durchqueren. Jeder wußte, daß es für ein Kind der Ersten Kaste gefährlich war, diesen Bezirk zu betreten.

»Nur dieses eine Mal, das verspreche ich dir! Sobald die Marxistische Studiengruppe Vater freiläßt, geht er wieder einkaufen. Du weißt, Mama hat seit ein paar Monaten Probleme mit Krampfadern. Wenn ich besser laufen könnte, würde ich das bestimmt nicht von dir verlangen.«

Lian nahm sich zusammen und sagte: »Gut, Mama.«

Auf dem ersten Stück des Weges gab es keine Probleme. Lian genoß sogar das schöne Wetter. Die Sommersonne überzog das Laub der Bäume mit einer Glasur, so daß die Blätter wie grüne Spiegel in ihre Augen schienen. Grillen flirteten miteinander, indem sie unermüdlich Reim um Reim an ihre Liebeslieder reihten.

Als Lian sich dem Wohnviertel der Landarbeiter näherte, erstarb plötzlich jedes Geräusch. Selbst die Blätter hörten auf zu rascheln.

»Tu's doch!« zerriß eine Mädchenstimme die Stille.

Lian wurde bleich vor Schreck.

»Die Kleine da hat dich bestimmt verhext, was?«

»... Halt den Schnabel! Ich und verknallt in so eine aufgetakelte Zicke?« Eine verärgerte Jungenstimme schallte durch die schmalen Gassen.

Lian rutschte das Herz in die Hosen. Ihre Fingerspitzen wurden zu Eisklumpen.

»Dann zeig, daß du nichts an ihr findest! Du Lügner ...«

Wuhuhu-dong! Ein kalter Luftzug pfiff an Lians linkem Ohr vorbei, und ein großer Backstein zersplitterte vor ihren Füßen. Ihre Beine wurden plötzlich weich und schlaff wie gekochte Mi-Streifen. Sie stürzte zu Boden. Jetzt trafen kleinere Steine ihren Rücken, und neben ihren Füßen spritzten Kieselsteine hoch, die knapp ihr Ziel verfehlt hatten. Die Angst verlieh Lian unerwartete Kräfte. Sie rappelte sich auf und rannte wie besessen nach Hause zurück.

Am Abend bekam Lian von Mutter ein Donnerwetter zu hören. Sie schwieg. Lian wagte es nicht, Mutter zu erzählen, was vorgefallen war.

DER VORSCHLAG

Bedeutete Kim ihr so viel, daß sie diesen Alptraum noch einmal ertragen würde? Eigentlich gab es nur eine Antwort auf diese Frage. Wenn Lian sich einmal etwas in den Kopf gesetzt hatte, war sie nicht zu bremsen. Ihr Vorsatz, Kim zu helfen, war noch keine zwei Tage alt, als sie anfing, *ihren Kopf anzuspitzen, um sich in die Schatzkammer der Möglichkeiten hineinzubohren.*

Um zwei Uhr läutete die Schulglocke. Es war Samstag, und daher war die Schule eine Stunde früher als sonst zu Ende. Die Mitschüler stürzten aus dem Klassenzimmer, als würden die Zurückbleibenden von einem Schwarm Haie bedroht. Kim rührte sich nicht vom Fleck und wartete geduldig, bis sie ebenfalls den Raum verlassen durfte – natürlich als letzte. Lian blickte aus dem Fenster. Die volle Herbstsonne breitete die Arme aus, und ihrer Brust entströmte eine zärtliche Wärme. Das gab Lian Mut und Ruhe. Jetzt ist der Moment gekommen, Kim meinen Vorschlag zu unterbreiten, sagte sie sich. Sie nahm ein Heft aus der Schultasche, blätterte es scheinbar interessiert durch, steckte es wieder ein und zog es noch einmal hervor. So würde es nicht auffallen, daß sie Zeit gewinnen wollte.

Das Klassenzimmer war jetzt leer, bis auf Kim und Lian. Draußen strahlte die Sonne so grell auf die Bäume, daß man die Blätter für Kristalle halten konnte.

»Kim, in gut einem Monat sind die Herbstspiele. Du bist sehr gut im Langstreckenlauf ...«

Kim starrte Lian erstaunt an und zog ihr Gesicht in Falten, daß es in der Sonne wie eine ausgepreßte Apfelsine aussah.

Lian fuhr unbeirrt fort: »Wenn du regelmäßig trainierst, gewinnst du vielleicht im Fünfzehnhundertmeterlauf. Hast du Lust, mit mir zu trainieren? Jeden Morgen vor der Schule?« Ohne Luft zu holen, hatte sie ihren oft geprobten Monolog heruntergespult. Nun war ihre ganze Energie verbraucht. Sie lehnte sich an einen Tisch und wartete nervös auf Kims Antwort.

Das Altmännergesicht wurde runzelig, die dünnen Lippen spannten sich. Sonst war Kims Körper steif wie ein Besenstiel. Lian biß sich auf die Lippen, um den Strom von Worten aufzuhalten, der aus ihrem Herzen aufwallte: Kim, glaub mir, ich bin nicht deine Feindin, sondern eine Schicksalsgefährtin. Vor fünf Jahren, als ich bei meinen Großeltern in Qingdao bleiben mußte, war ich genauso wehrlos und arm dran wie du.

Sie wollte Kim so vieles sagen. Daß sie aus ganzem Herzen mit ihr fühlte und ihr helfen wollte, die Rolle des Pechvogels loszuwerden. Aber ihre Zunge hatte sich in einem *nervösen Knoten* verschlungen.

Draußen zirpten die Grillen unablässig weiter; Spatzen schwatzten über dies und jenes; Krähen krächzten sich gegenseitig die Ohren voll. Im Raum jedoch herrschte eine bedrohliche Stille. Lian hielt es nicht mehr aus – sie mußte dieses beklemmende Schweigen durchbrechen, koste es, was es wolle.

»Kim, bin ich dir nicht gut genug zum Trainieren? Ich kann prima spurten, wirklich. Willst du mal sehen, wie schnell ich renne?«

Kim stand mit dem Rücken zum Fenster. Die Sonne zeichnete ihre Silhouette auf den Boden. Ein paar Sekunden nach Lians Rede machte der Schattenriß eine abrupte Bewegung. *Dong!* Kim warf sich die Schultasche über ihre knochigen Schultern, schlug mit der Faust auf den Tisch und schrie: »Du reicher Parasit! Verpiß dich!«

Lian wich vor Schreck einen Schritt zurück. Ihre Beine stießen gegen den Tisch, an den sie sich vorher gelehnt hatte.

Draußen waren die Spatzen inzwischen zu Liebeserklärungen übergegangen; drinnen konnte man eine Nadel fallen hören.

Abends im Bett sagte sich Lian: Ich lasse einfach nicht locker und bestürme Kims Zitadelle aus Vorurteilen so lange mit liebenswürdigen Angriffen, bis sie ihren Widerstand aufgibt. Aber das nächstemal muß ich es ein bißchen geschickter einfädeln.

Süsskartoffeln

Der azurblaue Himmel schmückte sich mit Schäfchenwolken; ein süßer Duft hing in der Luft. Lian holte tief Atem und versuchte, die Quelle des herrlichen Geruchs auszumachen. Aus den Küchenfenstern der Wohnblocks drang das Aroma von ... Ja, natürlich! Die Zeit der Süßkartoffeln war angebrochen! Ihre Nasenflügel bebten; das betörende Aroma entführte sie ins Reich der Fantasie ...

Wie Musik klang ihr der Satz in den Ohren: *Geröstete Süßkartoffeln schmecken genauso gut wie gebackene Eßkastanien.* Alle Kinder – und auch Lian bildete da keine Ausnahme – waren verrückt danach, zumal sie ständig Lust auf Naschzeug hatte. Die Süßkartoffeln waren eine köstliche Ergänzung des eintönigen Speisezettels.

Als sie jedoch an die endlosen Menschenschlangen vor den Läden dachte, ließ sie den Mut sinken. Selbst wenn sie bis zum Schluß eisern in einer dieser Reihen ausharren würde, konnte sie sich das Ergebnis schon ausmalen. Auch mit größter Toleranz – und man konnte davon ausgehen, daß Kinder wie sie die im Überfluß besaßen – konnte man nur die Hälfte der fünf Kilo, die jeder Familie zustanden, als eßbar ansehen. Den Rest mußte man auf der Stelle wegwerfen. Einige Kartoffeln waren voller Dellen, aus denen eine schleimige, stinkende Flüssigkeit tropfte, andere waren mit schwarzen Flecken übersät und schmeckten, wenn man sie röstete, nach Sägemehl. Zuerst suchte sich das Verkaufspersonal, das die Lastwagen entlud, die schönsten aus. Dann ließ man den Fahrer die empfindliche Fracht auf einen offenen Platz kippen. Das heißbegehrte Nahrungsmittel lag ungeschützt auf dem Platz, der eisigen Kälte und dem nassen Schnee ausgesetzt.

Kims Mutter baute selbst Süßkartoffeln an. Angehörige der Dritten Kaste hatten kein Anrecht auf eine staatliche Mietwohnung, und so hatten sich Kims Eltern vor zehn Jahren entschlossen, ein Lehmhaus zu bauen. Der einzige Platz, den sie dafür finden konnten, lag am Stadtrand, neben einem Schlammtümpel, in den die Anwohner ihre Nachttöpfe entleerten. Weil Wasserratten die Gegend unsicher machten, war diese Stelle noch frei. Kims Eltern waren begeistert. Sie bauten sich ein kleines Haus und legten einen großen Garten an, in dem Kims Mutter Gemüse und Getreide zog. So gab es bei Kim zu Hause jedes Jahr köstliche Süßkartoffeln in Hülle und Fülle. Und das verbarg sie auch nicht vor ihren Klassenkameraden, denen schon beim Gedanken daran das Wasser im Mund zusammenlief.

Eines Tages kam Kim in die Schule, die Hosentaschen voller Süßkartoffeln. In der Pause holte sie eine heraus. Zuerst schälte sie die Kartoffel mit den Zähnen. An den Schalen hing noch eine ziemlich dicke Schicht Fruchtfleisch, aber die spuckte sie – *puh!* – einfach aus. Ihre Klassenkameraden schielten auf den Boden und mußten einen Aufschrei unterdrücken. Wie gern hätten sie die dicken Schalen aufgehoben und sich in den Mund gestopft! Aber damit hätten sie für immer das Gesicht verloren. Also ließen sie sich nichts anmerken.

Kim schloß genüßlich die Augen und stöhnte mit vollem Mund: »*Mmm* ...« – nur um ihre Mitschüler zu triezen. Wenn sie kaute, kauten die anderen mit; wenn sie den Leckerbissen hinunterschluckte, schluckten die anderen mit. Der Höhepunkt kam, wenn sie die halb aufgegessene Süßkartoffel nicht mehr mochte und – *pja!* – auf den staubigen Fußboden warf. Man brauchte einen eisernen Willen, um nicht automatisch in die Knie zu gehen und die Stücke schnell aufzuheben. Die wenigen Tage, an denen im Gemüsegarten ihrer Mutter Süßkartoffeln geerntet wurden, bildeten eine Insel der Glückseligkeit in Kims Hundeleben, das den Rest des Jahres andauerte. Die Kartoffeln waren ihre süße Rache.

Es war Lian nicht einmal aufgefallen, daß sie am Schultor angekommen war, so tief war sie in Gedanken versunken. Die Süßkartoffeln hatten sie auf eine Idee gebracht, wie sie diesmal mit mehr Erfolg Kontakt zu Kim aufnehmen könnte. Ihren Plan mußte sie noch in aller Ruhe ausarbeiten. Eine gute Gelegenheit war die Stunde, in der Herr Kong, der Lehrer für politische Erziehung, seine übliche Predigt über die Notwendigkeit des Klassenkampfes hielt.

Viertel nach vier stand Lian am Schultor und wartete auf Kim. Sobald sie in Sicht kam, schwenkte Lian ihre Schultasche wie die Flügel einer Windmühle. Federn, Bleistifte, Radiergummis, Bücher und Hefte regneten auf ihren Kopf. Anscheinend war die Klappe ihrer Schultasche offen. In Kims Augen machte sie sich bestimmt lächerlich, aber das war ihr gleichgültig, solange sie Kims Aufmerksamkeit auf sich ziehen konnte.

Kim blieb kurz stehen und machte dann einen Bogen um sie. Lian rief: »Ich muß schnell nach Hause! Hurra, meine Tante aus Qingdao kommt zu Besuch! Sie bringt einen großen Sack Süßkartoffeln mit!« Dabei ließ sie Kim nicht aus den Augen. Sah sie auch zu ihr her? Kam sie näher? Während sie schreiend ihre Tasche schwenkte, bat sie Buddha um seinen Segen.

Kim spuckte aus und spottete: »*Tje*, ein armes Schwein, das nicht mal weiß, wie arm es ist!«

Der Fisch näherte sich dem ausgeworfenen Haken.

Lian warf die Schultasche hin und sagte mit gespielter Entrüstung: »Was willst du damit sagen?!«

»Ich brauche keine Onkel und Tanten, um genug Süßkartoffeln zu haben. In unserem Garten mögen nicht mal die Ratten dieses Zeug!«

Lian hielt sich den Bauch, als würde sie platzen vor Lachen: »Es ist erst drei Uhr. Noch hellichter Tag. Und du träumst schon! Wer läßt denn auf seinem Acker Süßkartoffeln verschimmeln? Die Sonne würde morgen im Westen aufgehen, wenn ich dir glauben würde!«

»Komm mit und überzeug dich selbst! Unser Garten ist eine richtige Schatzkammer!« Kim packte Lian am linken Handgelenk. Ihr Griff war wie eine Rohrzange. Lian sträubte sich zum Schein, ließ sich aber folgsam zu Kims Haus schleppen.

Nach ein paar Schritten ließ Kim Lians Handgelenk los. Statt Empörung zeigte ihr Gesicht nun Wachsamkeit – ihre Überlebenstechnik. Rechts vom Schultor führte eine breite Asphaltstraße zum ›Reihenzimmerviertel‹, wo die Angehörigen der Zweiten Kaste wohnten. Dahinter lag das ›Lehmhausviertel‹ der Dritten Kaste. Die Straße wurde schmaler, je näher man den Reihenzimmern kam. In Lians Kopf tanzten unangenehme Erinnerungen an diesen Stadtteil einen gespenstischen Reigen. Sie rannte hinter Kim her.

Kim aber fühlte sich hier in ihrem Element. Sie ging mit raschen Schritten, den Blick nach vorn gerichtet. Mit Kim in ihrer Nähe fühlte sich Lian sicher. Der asphaltierte Weg mündete schließlich in einen Pfad aus Betonplatten, die voller Risse und Löcher waren. Kaum einen Meter neben dem Pfad befanden sich die Türen der Reihenzimmer. Jede Wohnung beherbergte eine Familie, unabhängig von der Zahl der Familienmitglieder – in den meisten Fällen wohnten um die acht Personen in einem Zimmer von ungefähr vier mal vier Metern. Vor jeder Tür war eine gelbgrüne Pfütze, die gefroren war.

Puf! Lian rutschte aus und stürzte der Länge nach auf

so ein Eisstück. Kim hatte für Lians Unbeholfenheit nur einen verächtlichen Blick übrig und ging mit ausgreifenden Schritten weiter. Lian rappelte sich so schnell wie möglich wieder auf und versuchte, Kim einzuholen. Jetzt achtete Lian besser darauf, wo sie ihre Füße hinsetzte.

Tjiaaa ... Direkt vor ihrer Nase wurde eine wacklige Tür geöffnet. »Paß auf deine Kleider auf!« Eine Frau um die Vierzig trat vor die Tür, um einen Kübel auszuleeren. Gerade noch rechtzeitig zog Kim Lian drei Schritte zurück, und – *huah!* – ein Vorhang aus hellgrünem Abwasser landete auf dem Weg. Daher kam also das grüne Eis!

Der Geruch der öffentlichen Toilette, gut hundertfünfzig Meter weiter, schlug Lian entgegen. Für die vier Reihen Wohnungen gab es nur eine einzige Sanitäranlage, das heißt, vierzig Familien, mehr als dreihundert Menschen, waren darauf angewiesen. Und wer machte sich schon die Mühe, nachts in der Eiseskälte und im Stockdunkeln für ein kleines Geschäft hundertfünfzig Meter weit zu laufen? Zwanzig Meter weiter stand ein gemauertes Waschbecken; der Wasserhahn war mit Stroh umwickelt. Hier mußten die Bewohner aus einem Umkreis von zweihundert Metern ihr Trinkwasser holen.

Links von Lian rannte ein kleiner Junge aus dem Haus. »Mach die Tür zu!« rief ihm eine Stimme hinterher.

Wohnungen dieser Art hatten keinen Eingangsbereich. Vor den meisten Türen hing eine wattierte Decke. Das Leben im vorderen Bereich der Zimmer wurde meist zur Hälfte durch eine improvisierte Küche dem Blick entzogen. Dann und wann ging ein Mädchen oder eine Frau hinein, um den Wasserkessel auf den Kohlenherd zu stellen oder um Essen zu kochen. Sie waren bis an die Zähne gegen die Kälte gewappnet.

Der betonierte Weg ging in einen Lehmpfad über. Lian spürte durch ihre Schuhe die steinharten Erhebungen gefrorener Wagenspuren. Die Farbe der Häuser wechselte vom Rotbraun der Backsteine in das Braungelb des Lehms. Strohbüschel stachen aus den Wänden. Die beiden Mädchen waren im Lehmhausviertel angekommen.

Der Pfad ging im Zickzack weiter. Die Häuser hier waren nicht vom Staat, sondern in beliebiger Abfolge von einzelnen Landarbeitern gebaut worden. Von Stadtplanung keine Spur. Die meisten Häuser waren von hohen Mauern umgeben. In diesem Viertel war der traditionelle chinesische Baustil erhalten geblieben. Die Regierung hatte hier nichts zu melden.

Tjiiie, knarrte das Tor aus Maisstengeln. Die beiden Mädchen standen schon im Innenhof von Kims Haus.
»Mama, Besuch!«
Gruh, gruh, grunzten zwei pechschwarze Schweine, die vor Lians Füßen herumliefen. Ein weißes Huhn flatterte auf und setzte sich auf die Fensterbank. Aus einer mannshohen Lehmküche tauchte eine spindeldürre, ausgemergelte kleine Frau auf, rieb sich die Hände an ihrer Schürze trocken und eilte auf Lian zu. Sie begrüßte sie mit einem Kopfnicken und blies die Haarsträhnen zur Seite, die wie ein Federwisch vor ihren Augen baumelten. Jetzt erst konnte Lian ihr Gesicht sehen. Es zeigte Überraschung und Ehrfurcht, eine Kombination, die dem faltigen Gesicht ein komisches Aussehen verlieh.

»Lieber Opa Himmel, was für ein günstiger Wind hat uns heute eine Azalee von einem Fräulein in unser Armenviertel geweht! Bitte kommen Sie herein. Vorsicht, treten Sie nicht in den Schweinemist. Entschuldigen Sie den Schmutz. Oh, wohin soll ich mein beschämtes Gesicht nur wenden! Ich bin noch nicht dazu gekommen, den Innenhof zu fegen. Sehen Sie, Fräulein«, sie deutete auf einen großen Holzzuber in der Küche, »ich wasche schon den ganzen Tag Wäsche.« Sie reckte den Hals und sagte zu einem Schatten im Zimmer: »Vater von Kim, wir haben einen vornehmen Gast.«

Lian wollte schon hineingehen, um ihn zu begrüßen, aber Kims Mutter kam ihr zuvor und schlüpfte wie ein Aal an ihr vorbei zurück in das Zimmer.

»Vater von Kim, hier, leg dir die Jacke über die Knie.« Sie lächelte dem Besuch verlegen zu.

Lians Pupillen weiteten sich. In dem einzigen kleinen Fenster war kein Glas, sondern ein Stück gelbliches Reispapier. Mit viel Mühe konnte sie die Möbel erkennen. Im Dunkeln standen ein Kang und ein hölzerner Ständer mit einer Waschschüssel.

»Nehmen Sie Platz«, sagte der Schatten auf dem Kang. Das mußte Kims Vater sein. Aus dem Klang seiner Stimme folgerte Lian, daß er eine Pfeife zwischen den Zähnen hielt. Er rückte etwas zur Seite, damit sie sich neben ihn setzen konnte.

»Guten Tag, Onkel Zhang«, sagte Lian.

»Machen Sie sich nicht über Kim ihren Vater lustig.« Die Mutter wußte nicht, wo sie ihre Hände lassen sollte. »Er sieht heute unmöglich aus, er hat eine alte Hose von mir an. Ich war nämlich gerade dabei, seine Kleider zu waschen.«

»Halt den Schnabel!« sagte der Mann mit erhobener Stimme. Er zog eine Decke heran und deckte seine – oder besser gesagt ihre – Hose damit zu.

»Du brauchst dich vor diesem Fräulein nicht zu schämen, Papa von Kim. Die Handvoll Lebensjahre, die ich altersschwache Mauleselin hinter mir habe, haben mir wenigstens ein bißchen was an Menschenkenntnis eingebracht. Sieh mal, sie sieht richtig freundlich aus, wie eine von uns.« Lächelnd trippelte sie zu Lian und fuhr fort: »Morgen geht mein Alter auf Hochzeit, beim jüngsten Neffen vom Schwager von Kims Tante väterlicherseits. Da muß er doch ordentlich aussehen. Darum habe ich seine Kleider einmal tüchtig eingeweicht. Was meinst du, Alter, sind die Sachen wohl morgen trocken?«

»Mama, ist meine Klassenkameradin gekommen, um sich Ihre Geschichten anzuhören?« fragte Kim.

»Kind, da sagst du was. Hol rasch ein bißchen Brennholz. Wir kochen Tee für unseren Gast.« Sie zog ihre Jacke hoch und schloß die Augen, um sich besser konzentrieren zu können: Sie suchte etwas, das an ihrem Stoffgürtel hing. Schließlich hielt sie einen kleinen Schlüssel in der Hand, krabbelte damit zu einer Holzschachtel auf dem Kang, schloß sie auf und nahm ein versiegeltes Töpfchen mit Teeblättern heraus.

Lian zögerte einen Moment. Dann sagte sie: »Tante Zhang, das mit dem Tee ist nicht nötig.«

»Mögen Sie keinen Tee? Soll ich Ihnen Eiersuppe kochen?« Sie bückte sich, um ein Tongefäß mit Reis unter dem Kang hervorzuholen. Sie griff hinein und wühlte in den Reiskörnern. Ihre Wangen färbten sich feuerrot. Sie murmelte: »Wo sind sie nur geblieben? Wie kann das sein? Ach ja ... Jiening hat vorige Woche das letzte Ei bekommen, als sie Grippe hatte.« Sie sah hinaus und sang: »*Kooo-kokoko! Witt-ie! Komm!*«

Das Huhn flatterte einfach weiter herum. Kims Mutter rannte auf den Hof und versuchte, es einzufangen. Wittie schlug mit den Flügeln. Die Federn wirbelten durch die Luft und schneiten auf den Boden. Mit Schwung stülpte Kims Mutter einen Weidenkorb über das unwillige Huhn. Dann packte sie das Tier und drückte ihm mit Daumen und Zeigefinger fachkundig auf das Hinterteil. Nach einer Minute sagte sie enttäuscht: »Ich fühle keinen Knubbel in ihrem Hintern. Keine Eier heute.«

»*Maa-ma!*« Kim stampfte mit dem Fuß auf und sagte: »Lian ist hier, weil sie die Süßkartoffeln im Gemüsegarten sehen will. Sie braucht keine Eiersuppe.«

»Oh, mögen Sie Süßkartoffeln? Ach, hätten Sie das doch eher gesagt!« Ihr Gesicht hellte sich auf. »Kim, nimm eine Schippe aus der Küche und grab so viele Kartoffeln aus, wie das Fräulein haben will.« Erleichtert ging sie in die Küche, setzte sich auf einen Hocker, zog den Holzzuber zu sich heran und fuhr fort, die Kleider ihres Mannes auf dem Waschbrett zu rubbeln.

Die beiden Mädchen wollten gerade in den Garten gehen, als ein dünnes Stimmchen aus dem Dunkel ertönte: »Hat das Fräulein mit dem schicken Kleid am Monatsende auch nichts mehr zu essen?«

Lian schielte zum Kang. Wahrhaftig, in einer Ecke saß noch jemand: Kims kleine Schwester Jiening, die sich bisher still verhalten hatte. Kim überhörte ihre Frage und gab

Lian ein Zeichen, einfach weiterzugehen. Die Mutter hob ihre violett angelaufenen Hände aus der eiskalten Seifenlauge und brüllte in Richtung Kang: »Jiening! Red nicht so dummes Zeug! Das Fräulein hat Lust auf Süßkartoffeln, weil sie es satt hat, immerzu nur teures Weizenmehl und Reis zu essen.«

Lians Blick fiel auf den Dachrand, dort hingen bestimmt zwanzig Zöpfe mit getrockneten Süßkartoffelscheiben. Natürlich, die Landarbeiter hoben sich dieses Nahrungsmittel als Notration für das Monatsende auf, wenn das Haushaltsgeld aufgebraucht war. Wie konnte sie verwöhnter Vielfraß nur auf die Idee kommen, diesen Menschen ihre Notration streitig zu machen?

Kaum hatte Kim den Spaten in die Erde gestochen, gestand Lian: »Ich habe überhaupt keine Tante in Qingdao, die uns Süßkartoffeln mitbringt. Die Geschichte habe ich nur erfunden, damit ich mit dir reden kann. Sonst hätte ich ja nie zu dir nach Hause kommen dürfen.« Kim ließ den Spaten senkrecht in der Erde stecken. An ihren angespannten Kiefern las Lian ab, daß sie mit den Zähnen knirschte; sie erwartete einen Wutausbruch. Kim fühlte sich wohl hintergangen.

Eine Weile blieb es still. Keine Reaktion. Lian wagte Kim kaum anzusehen. Hatte es Kim etwa die Sprache verschlagen, weil sie gerührt war über Lians Versuch, eine Freundschaft anzuknüpfen?

Eine Minute verstrich. Noch immer keine Reaktion. Kim zog den Spaten aus der Erde und ging ins Haus. Aus dem Loch unter dem Herd holte sie drei Süßkartoffeln, die in der heißen Asche geröstet waren. Mmm, sie riechen nach Honig, dachte Lian. Kim steckte die Leckerbissen in Lians Jackentaschen und zog sie in die Küche: »Mama, Lian mag lieber geröstete Süßkartoffeln. Ich habe ihr drei gegeben. Sie muß jetzt nach Hause.«

Kim schob Lian aus der Tür. »Wenn die Nachbarn dich fragen, was du hier suchst, dann sag, daß du dich verirrt hast.« Sie schloß die Tür hinter Lian.

Den ganzen Heimweg lang grübelte Lian. War Kim ihr

böse, weil sie geschwindelt hatte? Oder war sie nicht doch froh, daß Lian mit ihr Freundschaft schließen wollte?

Eine bleiche Athletin

Am nächsten Tag saß Lian bereits um fünf vor acht an ihrem Platz. Sehnsüchtig hielt sie Ausschau nach ›ihrer Freundin‹. Nach zwei endlosen Minuten des Wartens kam Kim endlich hereingeschlichen. Wie immer ließ sie den Kopf hängen und mied jeden Blickkontakt mit ihren Klassenkameraden. Nichts ließ erkennen, daß die gestrige Begegnung etwas bei ihr bewirkt hatte.

Kim war noch meterweit von ihrem Stuhl entfernt, knickte aber schon ihren Oberkörper und die Beine ein, als wolle sie sich bereits auf die Sitzhaltung vorbereiten. Im Grunde genommen machte sie sich so klein wie möglich, um weniger aufzufallen und nicht sofort wieder eine Zielscheibe für die Schikanen ihrer Klassenkameraden abzugeben.

Eine Sekunde hatte Lian gehofft, Kim würde sie anschauen und heimlich grüßen. Aber das war wohl sehr naiv. Wie konnte sie so etwas erwarten? Ohne nach rechts und links zu schauen, ließ sich Kim auf den Stuhl fallen und starrte wie gewohnt den Lehrer an.

Lian kramte in ihrer Schultasche und wartete darauf, daß die anderen Schüler das Klassenzimmer verließen. Kim anzusprechen, wagte sie nicht mehr: Das könnte falsch aufgefaßt werden. Aber warum blieb sie trotzdem sitzen? Ihr Wunsch, Kim kennenzulernen und ihre Freundin zu werden, war stärker als ihr Verstand. Sie glaubte an ein Wunder.

Das Klassenzimmer hatte sich inzwischen geleert. Wieder war sie mit Kim allein. Sollte das Wunder tatsächlich eintreffen, war jetzt der richtige Augenblick. Lians Nerven waren so angespannt, daß sie in ihrem Kopf dröhnten.

Kim stand auf und ging zur Tür. Die Mißklänge in Lians Kopf schwollen um ein vielfaches an, sie tosten wie ein Orkan.

Kim drehte sich zu ihr um. Lian hatte das Gefühl, in einem Stummfilm zu sein, denn sie hörte nichts, sah aber, wie sich Kims Lippen bewegten. In ihren Ohren gellte nur ein eintöniges *wuuuun...* Sie nahm ihren ganzen Mut zusammen, stand auf und fragte: »Was hast du gesagt, Kim?«

Kim zog die Stirn in Falten, sah Lian verwundert an und antwortete: »Morgen früh, halb sieben, bei eurem Tor.« Dann schnellte sie wie ein Pfeil davon.

Das konnte nicht wahr sein! Kim sprach nicht nur mit ihr, sie wollte auch mit ihr für die Herbstspiele trainieren! Sogar den Zeitpunkt hatte sie festgelegt.

Fünf vor halb sieben wartete Lian am Eingang zu ihrem Viertel auf Kim. Die Wachen würden es in Anwesenheit der Gastgeberin mit der oft erniedrigenden Routinekontrolle für Leute der Dritten Kaste wie Kim weniger genau nehmen. Um sich ein bißchen aufzuwärmen, stampfte Lian mit den Füßen auf dem gefrorenen Boden. Der Himmel hing wie ein schwarzes Laken über ihr. Wenn sie nicht unter der Lampe des Wachhäuschens stünde, könnte sie nicht die Hand vor Augen sehen.

Kim erschien Punkt halb sieben.

»Guten Morgen!« grüßte Lian.

Ihr Gruß wurde nicht erwidert.

Ein wenig unsicher suchte Lian nach einem Gesprächsthema: »Kalt, was?«

Kim ging nicht darauf ein.

»Zu unserem Sportplatz sind es zehn Minuten. Sollen wir hinrennen?«

Ohne ein Wort zu sagen, folgte Kim Lian, sobald diese losgelaufen war. Auf dem Sportplatz waren viele Leute. Der Boden dröhnte unter ihren Tritten. Der Wind peitschte Lians Wangen und brachte ihre Haut zum Prickeln.

»Sollen wir mit Aufwärmübungen anfangen?« schlug sie vor.

Und nach den Übungen: »Sollen wir die fünfzehnhundert Meter trainieren?«
Zu ihrer Überraschung gab Kim diesmal eine Antwort. »Lieber die zweitausend.«

An der Startlinie blieb Kim stehen. Sie hob den rechten Fuß und setzte ihn hinter den linken. Mittlerweile rannte Lian über den Strich. Nach wenigen Sekunden hatte Kim sie eingeholt.

Nach der ersten Runde von vierhundert Metern zitterten Lians Beine vor Anstrengung, und sie ließ sich auf das Gras neben der Bahn fallen. Es fühlte sich an wie ein Teppich aus Eisnadeln. Das reicht fürs erste Mal, tröstete sie sich.

Das schwarze Laken verblaßte und ging in ein helles Grau über. Lian konnte jetzt die Umrisse der Sportler erkennen. Kims magere Gestalt näherte sich der Startlinie: Sie hatte die zweite Runde beinahe hinter sich gebracht.

Das Laken wurde durchsichtig. Lian konnte die vorbeiflitzende Kim inzwischen ganz genau unterscheiden. Ihr fiel etwas Merkwürdiges auf. Alle anderen Läufer hatten puterrote Köpfe, Kims Gesicht dagegen war kreidebleich. Um die Körper der anderen Läufer hing ein weißer Nebel aus Schweiß, während die Luft um Kim herum unverändert blieb. Noch beunruhigender fand Lian, daß Kims Gesicht immer blasser wurde, je länger sie rannte. Trotzdem überholte sie einen nach dem anderen in atemberaubendem Tempo. Sie keuchte nicht, ihr Gesicht war völlig ausdruckslos. Lian erschrak: Sie sah aus wie eine rennende Leiche!

Irgendwie nötigte ihr dieses geheimnisvolle Mädchen Respekt ab. Ihr ganzes Wesen strahlte Entschlossenheit aus, so intensiv, daß es einem angst machte. Diese Willenskraft trieb Kim in die dritte, vierte, fünfte und die sechste Runde, und noch immer gab es kein Anzeichen dafür, daß sie aufhören wollte. Sie hatte sage und schreibe zweitausendachthundert Meter zurückgelegt ...

Nach einer Weile kam sie zu Lian. Sie stützte die Hände

in die Seiten, als könne sie so besser Luft bekommen. Aber die Atemnot war schnell vorbei. »Ich muß schon sagen, für die frühe Morgenstunde sind ziemlich viele Leute auf dem Sportplatz«, versuchte sie ein Gespräch anzufangen.

Diesmal waren die Rollen vertauscht. Lian schwieg.

»Wenn ich jeden Tag trainiere, habe ich gute Chancen, bei den Herbstspielen zu gewinnen, oder?«

Zum erstenmal hörte Lian sie so selbstbewußt sprechen. Sie wollte ›Na und ob!‹ sagen, aber ihre Stimme verweigerte den Dienst. Sie packte Kim beim Arm, um sich davon zu überzeugen, daß sie nicht träumte und Kim wirklich vor ihr stand. An diesem Morgen hatte sie eine völlig ausgewechselte Kim erlebt. Diese Kim war unermüdlich und ging schnurstracks auf ihr Ziel zu; sie war nie mit dem zufrieden, was sie erreicht hatte, sondern stellte immer höhere Anforderungen an sich. Was könnte diesem Mädchen noch im Weg stehen, um auch in der Schule Erfolg zu haben?

Alltag im Lehmhaus

Am Tag nach dem gemeinsamen Training auf dem Sportplatz schlug Lian Kim vor, in Zukunft zusammen Hausaufgaben zu machen.

»Aber nicht jeden Tag«, antwortete Kim.

»Und warum nicht?«

»Mama braucht mich oft im Haushalt, verstehst du?«

Ehrlich gesagt, verstand Lian es nicht: Kims Mutter hatte keine feste Stelle. Was machte sie den ganzen Tag zu Hause? Konnte sie das kleine bißchen Hausarbeit nicht selbst erledigen? Aber Lian konnte sich nicht erlauben, abfällig über Kims Mutter zu sprechen.

Sie gab dem Gespräch eine andere Wendung: »Dann komme ich mit zu dir nach Hause. Zuerst helfe ich dir bei deiner Arbeit, und anschließend machen wir zusammen Hausaufgaben.«

»Bei uns gibt es keinen Tisch.« Kim sah verlegen weg.

»Und worauf schreibst du? Bestimmt auf dem Kang. Das kenne ich. Meine Großeltern in Qingdao machen das auch so.«

Darauf wußte Kim nichts mehr zu erwidern.

»Sollen wir heute anfangen?«

Kim kniff die Augen zusammen und preßte die Lippen mühsam aufeinander, um angesichts von Lians Übereifer nicht loszuprusten. Sie sagte: »Dann mußt du mit zum Wieselhügel. Ich muß heute Brennholz hacken.«

Lian folgte Kim nur allzugern zu den kleinen Lehmhäusern. Diesmal plagten sie keine unheimlichen Erinnerungen an dieses Viertel. Sie schritt genau wie Kim tüchtig aus und blickte weder nach rechts noch nach links.

»Ich muß nicht jeden Tag Holz hacken«, erklärte Kim unterwegs, »meist macht es Mama, nur ist sie heute schon um fünf Uhr früh losgegangen zur Metzgerei *Revolutionäre Wasserbüffel* im Haidian-Bezirk.«

»Hier gibt es doch auch Metzgereien? Und warum dann so früh? Zum Haidian-Bezirk braucht man doch nur anderthalb Stunden.«

»Du täuschst dich, Lian. Wenn sie dort ankommt, ist es ungefähr zwölf Uhr. Sie schafft um die vier Kilometer in der Stunde. Da kannst du dir ausrechnen, wie lange sie unterwegs ist.«

Lian hatte sich nicht getäuscht – sie hatte nur eine andere Vorstellung, wie man Entfernungen zurücklegte. Sie ging davon aus, daß man den Bus nahm.

»Bei den *Revolutionären Wasserbüffeln* arbeitet der Vetter einer Schwägerin von Mutter. Er gibt uns immer Bescheid, wenn sie ganze Schweine kriegen. Die werden dann gleich ausgebeint. Die Knochen werfen sie auf den Müll – meist so gegen zwölf Uhr. An manchen Knochen hängt noch ein bißchen Fleisch. Deshalb sieht meine Mutter zu, daß sie dann an Ort und Stelle ist. So haben wir drei Tage im Monat fürstlich zu essen, ohne unsere Fleischmarken dafür aufbrauchen zu müssen.«

Lian sah auf Kims mageres, grünliches Gesicht und schluckte die Tränen hinunter. Wie sollte Kim denn wachsen, wenn ihre Eltern sich nicht einmal das rationierte halbe Kilo Fleisch pro Familie im Monat leisten konnten?

Die Tür von Kims Haus stand sperrangelweit auf.
»Kim, du hast heute früh vergessen, die Tür zu schließen.«
»Hab' ich nicht. Ach ja, letztes Mal, als du da warst, war der Ofen an. Mama wollte Papas Kleider darauf trocknen. Normalerweise ist er immer aus. Fühl mal. Gibt es einen Unterschied zwischen drinnen und draußen? Genau gleich kalt. Also, warum sollten wir das Fenster und die Tür zulassen?«
»Dein Vater arbeitet doch als Fahrer bei einem Steinkohlenwerk?«
»Stimmt. Brennstoff bekommt er um die Hälfte billiger. Aber dann kostet es immer noch Geld, oder vielleicht nicht?«
»Kocht ihr deshalb nicht mit Steinkohlen?« Lian kam sich vor wie ein Detektiv.
»Genau.« Kim holte ein verrostetes Hackbeil aus der Küche. Dann nahm sie Anlauf, sprang hoch und zog ein Stück Seil von einem Nagel in der Wand. »Komm, wir gehen.«

Nach anderthalb Stunden kamen sie mit einem Bündel Holz zurück, das kaum reichte, um zwei Mahlzeiten zuzubereiten. Lian war völlig zerschlagen. Kims Mutter mußte stundenlang Holz hacken, Futter für die Schweine und das Huhn besorgen, ständig den Hühner- und Schweinemist wegfegen und Kilometer für einen Bissen Fleisch laufen ... War es dann so verwunderlich, daß sie auf Kims Hilfe angewiesen war?

Als Lian ins Zimmer kam, zog sie aus Gewohnheit die Jacke aus.
»Laß das! Oder willst du dich erkälten?« sagte Kim.
Lian griff rasch wieder zu ihrer Jacke. Wie ihre Armmuskeln schmerzten! Sie wollte sich gerade auf den Kang setzen, als Kim schrie: »Paß auf, Hühnerkacke!«

Lian wurde ganz nervös – sie machte aber auch alles falsch.

Kim sagte: »Wittie ist wieder auf den Kang gesprungen. Siehst du ihren gelben Mist nicht? Da, neben deiner linken Hand.« Mit einer Schaufel hob sie den Kot gekonnt auf. Dann nahm sie ein Tuch vom Waschschüsselständer und wischte damit die Schilfmatte auf dem Bett sauber. Sie warf einen Blick auf Lian, die nicht wußte, wie sie sich verhalten sollte, und ging in die Küche.

Als sie zurückkam, gab sie Lian zum Trost ein Stück geröstete Süßkartoffel: »Nicht warm, aber gut.«

Lian sah aus dem Fenster. Die Abenddämmerung hatte ihre anthrazitfarbenen Vorhänge heruntergelassen. Die Uhr zeigte Viertel vor sechs. Sie sagte gehetzt: »Ich muß heimgehen.«

»Eigentlich habe ich auch keine Zeit mehr für Hausaufgaben. Mama ist in einer Stunde wieder da. Wenn sie zurückkommt, ist sie immer todmüde. Dann muß ich dafür sorgen, daß das Essen fertig ist.« Es klang wie eine Entschuldigung.

Lian zog ihre ungeöffnete Schultasche hervor und beruhigte sie: »Es ist nicht so schlimm, daß wir diesmal keine Hausaufgaben gemacht haben. Ich schaffe das heute abend noch.«

Kim lächelte gequält.

Wahrscheinlichkeitsrechnung

Am nächsten Tag trafen sich Kim und Lian wieder am Schultor. Kim schlug auch diesmal vor, bei ihr daheim Hausaufgaben zu machen.

»Meinetwegen«, sagte Lian, »aber ich fände es schön, wenn du auch einmal mit zu mir kommen würdest. Weil ... wenn du unsere Wohnung siehst ...«

»Ich komme auch gern zu dir. Nur ... sind deine Eltern damit einverstanden?« Wieder wandte sie den Blick ab.

»Wofür hältst du meine Eltern? Sie sind anders als die

meisten Leute aus der Ersten Kaste. Sie haben mich von klein auf ermuntert, Menschen in Not zu helfen.« Jetzt flunkerte Lian ein bißchen, denn ihr Vater wollte lieber nicht in Gesellschaft von Angehörigen der Dritten Kaste gesehen werden.

Kim schwieg.

Oje, jetzt hatte sie wieder etwas Falsches gesagt mit ihren ›Menschen in Not‹.

Endlich – Lian kam es wie eine Ewigkeit vor – sagte Kim: »Ich gebe zu, daß mein Schicksal nicht gerade rosig ist ...«

Lian geriet in Panik: »So habe ich das nicht gemeint ...«

Kim schüttelte den Kopf und winkte ab: »Es tut verdammt weh, was du sagst, aber eines weiß ich genau: Du bist die einzige, die es gut mit mir meint ...« Sie hob den Kopf zum Himmel und drängte ihre Tränen in die Nase zurück. »Mein Opa hat einmal gesagt: ›Das Schicksal ist wie ein Gespenst. Wenn du dich vor ihm fürchtest, macht es mit dir, was es will. Aber wenn du zu ihm sagst: Mach, was du willst, mir kannst du nichts anhaben, hat es plötzlich keine Lust mehr, dich zu ärgern.‹«

Lian trat einen Schritt vor und sagte rasch: »Deshalb habe ich ja vorgeschlagen, daß wir zusammen lernen und auf dem Sportplatz trainieren. Dann geht es aufwärts in der Schule.«

Kim schüttete weiter ihr Herz aus: »Früher wollte ich mich gegen das Schicksal wehren, indem ich meinen Eltern soviel wie möglich geholfen habe. Aber Vater und Mutter sagen, daß sie mich schonen möchten. Eigentlich hatte ich vor, mir nach der Oberschule Arbeit in einer Fabrik zu suchen. Aber das geht jetzt nicht mehr, wegen Maos Befehl Nummer 41. Jetzt heißt es auf einmal ›Alle Abiturienten müssen auf dem Land Wurzeln schlagen‹. Ich habe nicht mehr weitergewußt ... Dann bist du gekommen. Jetzt habe ich wieder Hoffnung. Ich will eine gute Schülerin werden. Dann kann ich vielleicht auf die Universität.«

Das war wieder die andere Kim, die Kim, die Lian auf

dem Sportplatz kennengelernt hatte, die schnurgerade auf ihr Ziel losstürmte, voller Energie und Selbstvertrauen.

Lian trat vor Ungeduld von einem Fuß auf den anderen: »Laß uns zu dir nach Hause gehen und lernen.«

Bei Kim zu Hause setzten sie sich auf einen Schemel und legten ihre Schulbücher und Hefte auf den Kang – ihren Tisch.

»Mit welchem Fach fangen wir an?«

»Am liebsten mit Mathematik«, sagte Kim, »bei der Verhältnisrechnung und dem ganzen Zeug drumherum verstehe ich nämlich nur Bahnhof. Wie können zwei Zahlen denn zwei völlig anderen Zahlen entsprechen?«

»Ganz einfach«, antwortete Lian, »zwei Zahlen können im Verhältnis zueinander zwei anderen entsprechen. So eine Gleichung wäre zum Beispiel $1:5=2:10$. Fünf ist das Fünffache von eins. Zehn wiederum ist das Fünffache von zwei.«

»Aber das Gleichheitszeichen bedeutet doch, daß zwei Zahlen gleich groß sind. Also: $1+5=6$ und $2+10=12$. Wie kann sechs gleich zwölf sein?« Kim freute sich offenbar diebisch über ihre Argumentation, denn sie blickte Lian triumphierend an, als hätte sie sie besiegt: du mit deiner Verhältnisrechnung!

Lian war sprachlos. Es dauerte einen Moment, bevor ihr eine Antwort einfiel. Sie erinnerte sich, daß Frau Tian, ihre Mathematiklehrerin, immer ein Beispiel brachte, wenn sie einen schwierigen Sachverhalt erklären wollte.

»Da sind zwei Bauern«, sagte sie schließlich, »der eine hat letztes Jahr eine Tonne Mais geerntet und dieses Jahr zwei Tonnen. Sein Ertrag hat sich verdoppelt. Richtig? Der andere hat letztes Jahr zwei Tonnen eingebracht und dieses Jahr vier. Seine Produktion hat sich auch verdoppelt. Wenn du ihre Ernte als mathematische Formel ausdrückst, bekommst du eine Verhältnisgleichung: $1:2=2:4$. Die beiden Bauern sind sich also gleich, was das Wachstum ihrer Produktion angeht.«

»Das nennst du gleich?« protestierte Kim. »Der zweite

Bauer hat aber doch drei Tonnen Mais mehr in seiner Scheune als der erste.«

Nicht aufgeben, sagte sich Lian, ich muß ihr klarmachen, daß es um die Proportion geht. »Es verhält sich nämlich so«, sagte sie ein wenig nachdrücklicher zu Kim, die ihre Finger an die Schläfen preßte und müde Augen hatte, »bei Proportionen geht es um das Verhältnis zwischen Zahlen. Nimm ein anderes Beispiel: Laoda fährt zweimal in der Woche mit dem Fahrrad zur Arbeit, Lao'er viermal. Angenommen, das Verhältnis zwischen der Anzahl der Fahrten und der Möglichkeit eines Verkehrsunfalls sei 1000:1, dann hat Lao'er ein doppelt so hohes Unfallrisiko wie Laoda. Das Verhältnis zwischen der Anzahl von Fahrradfahrten und dem Risiko zu verunglücken bleibt sich jedoch gleich, nämlich 1000:1. Daher steht ein Gleichheitszeichen zwischen diesen beiden Zahlenpaaren ...«

Jetzt begannen Kims Augen zu funkeln. Sie lachte sich schief. »Buddha hilf! Das ist der größte Unsinn, den ich je gehört habe! Nach deiner Theorie hat derjenige, der öfter Rad fährt, mehr Unfälle als der, der weniger oft mit dem Rad unterwegs ist. Mein Vater hat fünfzehn Jahre lang mit seinem Dreirad Steinkohlen ausgefahren, aber er hatte noch nie einen Unfall. Ergou, unser Nachbarjunge, fährt noch kein Jahr und hat sich schon zweimal den Arm gebrochen. Da hast du deine Theorie von der Verhältnismäßigkeit. 1000:1, daß ich nicht lache!«

»Ich sagte: das *Unfallrisiko* und nicht: *die tatsächliche Zahl von Unfällen*«, verteidigte sich Lian. Aber sie mußte zugeben, daß sie auch nicht weiterwußte.

Eine Waage auf zwei Beinen

Nach der Schule sagte Kim zu Lian: »Heute ist Wasserholtag. Kommst du mit zu mir? Diesmal dauert die Arbeit nicht länger als eine halbe Stunde.«

»Na klar«, antwortete Lian. »Hauptsache, wir sind zusammen.«

Kims Mutter war wieder nicht zu Hause. »Sie holt in der Fabrik neuen Karton für die Streichholzschachteln«, erklärte ihr Kim.

»Hm.« Lian nickte verständnisvoll.

Kim ging in die Küche.

Tongggg! Woher kam nun schon wieder dieses Geräusch? Sie folgte Kim in die dunkle Küche. In einer Ecke stand ein Faß aus Ton. Es mußte mehr als einen Meter hoch sein, denn es reichte Lian bis zur Schulter. Nur noch ein kleiner Rest Wasser war darin. Kim hatte bestimmt an die Wand des Gefäßes geklopft. Auf dem Wasser schwamm etwas Gelbes, aber Lian konnte im Schummerlicht nicht gut erkennen, was es war.

Kim beugte sich über das Faß. Mit der linken Hand hielt sie sich am Rand fest, während ihr Oberkörper in dem Gefäß verschwand. Je tiefer sie hineintauchte, desto mehr zappelten ihre Beine in der Luft. Lian befürchtete, Kim würde mit dem Kopf auf dem Boden des Fasses aufstoßen, und hielt sie an der Taille fest.

Wunnnn, klang es aus dem Faß. »Laß mich los! Du kitzelst mich. *Kekeke ...!* Ich falle noch rein!« Kims Beine schüttelten sich vor Lachen. Mit der rechten Hand fischte sie das gelbe Ding heraus, dann tauchte sie wieder aus dem Gefäß auf. Das Ding war ein *Piao*, ein Schöpflöffel, aus der Schale einer *Donggua* geschnitzt.

Aus einer anderen Zimmerecke holte Kim zwei Zinneimer und einen Holzstock. Die Eimer reichten bis an Lians Schenkel und hatten den Umfang einer alten Eiche. Kim stellte den Stock senkrecht auf den Boden. *Ho,* er war zwei Köpfe größer als sie! Sie hängte an jedes Ende einen Eimer und sagte zu Lian: »Geh ruhig ins Haus und warte auf mich. Ich hole das Wasser. Bin gleich wieder da ...«

»Was soll *ich* denn tun? Ich will dir doch helfen!«

»Na gut. Dann komm mit, aber helfen brauchst du mir nicht. Du brichst dir dabei noch den Rücken.« Sie legte den Stock über ihre Schultern und ging los, wie eine Waage auf zwei Beinen. Lian eilte hinterher.

Sie überquerten zwei Pfade und kamen an drei Häuserreihen entlang. Vor dem Wasserhahn stand eine Menschenschlange. Zum Glück wurde sie ziemlich schnell kürzer. Lian sah sich um. Bis zu Kims Haus war es ungefähr einen halben Kilometer, schätzte sie.

Während Kim die Eimer füllte, hörte Lian, wie eine der Hausfrauen hinter ihnen zu ihrer Nachbarin sagte: »Das ist eine ganz Tüchtige. Schon mit sieben konnte sie ganz allein einen Eimer Wasser heben. Jetzt rennt sie wie ein Wirbelwind mit zwei vollen Eimern nach Hause.«

Nach einer halben Stunde war das Faß voll. Kim klopfte wieder an die Wand. Diesmal gab es ein dumpfes Geräusch. Lian klang es wie Musik in den Ohren. Für dieses Ergebnis hatte Kim die beiden Eimer fünfmal schleppen müssen.

Sie fingen mit Mathematik an.
»Weißt du«, sagte Kim, »heute habe ich im Unterricht von Frau Tian das meiste verstanden.«

Lian machte große Augen. Erst jetzt wurde ihr klar, daß Kim in der Schule oft gar nichts mitbekam.

Für den Unterricht in chinesischer Grammatik mußten sie Sätze bilden, in denen fünf Wendungen vorkamen, die sie gerade gelernt hatten, wie ›eine Theorie an der Praxis überprüfen‹ oder ›jemanden einsperren‹. Es war nicht gerade Kims Lieblingsfach. Nach zehn Minuten hatte sie erst einen einzigen Satz zusammengebastelt.

Die Partei revolutionäre Theorien sind immer hundertprozentig richtig und brauchen deshalb nicht an der Praxis überprüft zu werden.

Kim hatte den Satz wörtlich aus dem Lehrbuch *Grammatik für die Unterstufe* abgeschrieben, bis auf ein Schriftzeichen: ›Maos‹ hatte sie durch ›Die Partei‹ ersetzt.

Lian zeigte auf das Wort und sagte: »Du mußt das Schriftzeichen für *die* nach hinten stellen. Dann steht da: ›*der* Partei‹. Damit gibst du den besitzanzeigenden Bezug zwischen der *Partei* und den *revolutionären Theorien* an.« Sie versuchte sich auf den grammatikalischen Aspekt des Satzes zu konzentrieren, denn der Inhalt war ihrer Ansicht nach vollkommener Unsinn: War die Partei so etwas wie Buddha? Urteilte die Partei niemals falsch? Sie mußte an einen anderen Satz aus dem Lehrbuch denken:

> *Wer an der Richtigkeit von Maos Worten zweifelt, wird von den kommunistischen Messern zu Hackfleisch gemacht.*

»Damit habe ich immer Schwierigkeiten. Ich finde die Regeln so einen Firlefanz. Jeder kapiert doch, was ich sagen will?«

»Na ja, die Regeln sind nun einmal nötig. Sie sehen schwerer aus, als sie sind. Wenn du viel liest, wendest du sie automatisch an.«

»Liest du zu Hause Bücher? Einfach so, zum Spaß? Wie Lehrer?« Kims Neugier war geweckt.

»Ja, ziemlich oft.« Lian hielt Ausschau nach einem Bücherbrett. Vergeblich. »Soll ich dir ein Buch leihen? Ich habe eine ganze Menge. Du kannst dir gern ein paar aussuchen. Aber dafür mußt du zu mir kommen.«

Ein Bündnis

Das Versprechen, Kim Bücher zu leihen, war ein ausgezeichnetes Lockmittel; endlich konnte Lian Kim dazu bringen, nach der Schule mit zu ihr zu kommen.

Lian war so aufgeregt, daß ihr der vertraute Heimweg wie das Gemälde einer Landschaft erschien.

> *Silberbirken strahlen ihr reinweißes Licht aus*
> *Das Himmelsgewölbe erstreckt sein tiefes*
> *Azurblau bis ins Unendliche*
> *Die Sonne schenkt dem Kunstwerk*
> *ihren Atem, ebenso wie*
> *der Stimmung ihres Geliebten*

Freude öffnet die Tür meines Herzens
Am liebsten möchte ich dieses Gefühl
mit jemand teilen ...

Oh ... Wo war Kim geblieben?

Lian drehte sich um. Kim ging ungefähr drei Meter hinter ihr. Lian suchte ihre Augen, aber Kim tat so, als wäre sie eine Fremde.

Lian blieb stehen.

Sofort verlangsamte Kim ihren Schritt.

Als der unvermeidliche Augenblick kam, daß sie wieder auf gleicher Höhe waren, machte Kim kehrt.

»He! Wohin gehst du?« rief Lian verblüfft.

»*Pssst ...!*« Kim machte sich ganz klein und flüsterte fast: »Geh vor mir her. Ich folge dir. Merkst du nicht, daß wir schon fast am Eingang sind?«

»Und was soll das heißen?« Lian sprach absichtlich laut, um Kim zu zeigen, daß sie auf die Meinung der anderen pfiff.

»Möchtest du unbedingt, daß die Leute uns schikanieren?« Kim sprach noch immer mit gedämpfter Stimme, aber Lian hörte den besorgten Unterton heraus. Sie sah sich um. Kim hatte recht – sie waren von Angehörigen der Ersten Kaste umgeben, die mit ihren Adlerblicken jede geringste Unregelmäßigkeit sofort erfaßten. Zweifellos würden ihnen die Haare zu Berge stehen, wenn sie Lian Schulter an Schulter mit einem Mädchen aus der Dritten Kaste stehen sähen. Zuerst würden sie die beiden drohend anschauen, und wenn das nicht reichte, würden sie sie ausschimpfen und Mitstreiter herbeirufen, bis sich eine Front gegen die Verletzer der Kastengrenzen gebildet hätte. Lian fügte sich und ging voraus.

Zu dem Wachmann am Eingang sagte sie: »Das ist meine Klassenkameradin, Kim Zhang. Wir wollen zusammen Hausaufgaben machen. Sie verläßt das Gelände vor sechs Uhr.«

Um ihm zu demonstrieren, daß sie es für völlig normal hielt, jemanden aus der Dritten Kaste mit nach Hause zu nehmen, zog sie Kim freundschaftlich am Arm. Sie spürte, wie ihre Freundin zitterte. Es war das erstemal, daß Kim am hellichten Tag dieses Viertel betrat. Frühmorgens, wenn sie zum Training kam, konnte sie sich noch unter dem dunkelblauen Laken der Morgendämmerung verstecken. Nun fühlte sie sich den strengen, feindseligen Blicken preisgegeben.

Lian kannte Kim inzwischen so gut, daß sie wußte, jeder Versuch, sie zu beruhigen, würde nur das Gegenteil bewirken. So blieb ihr nur noch der Ausweg, sich so locker wie möglich zu geben. Sie setzte eine Maske überschäumender Fröhlichkeit auf und tauschte mit vielen Leuten traditionelle Grußformeln aus.

»Tante Qian, haben Sie schon gegessen?«
»Ja, Kind.«
»Ältere Schwester von Yunping, büffeln Sie für das Februarexamen?«
»Ach.«
»Opa Gao, wohin gehen Sie?«
»Nach draußen.«
»Onkel Song, was haben Sie vor?«
»Mal sehen.«

Einer nach dem anderen sah Lian verwundert an und fragte sich bestimmt, warum sich das sonst so schüchterne und stille Mädchen plötzlich in ein freundliches Plappermaul verwandelt hatte.

Die Rechnung schien aufzugehen: Kim ließ sich von Lians heiterer Stimmung anstecken. Sie holte Lian ein und blickte zu den Häuserreihen hoch. Die Glasfenster hatten es ihr angetan. Auch im Klassenzimmer waren die Fensterscheiben aus Glas, aber die zählten nicht mit, weil dort niemand wohnte. Hier aber waren die Häuser etwas Besonderes.

»Jetzt verstehe ich, warum ihr aus der Ersten Kaste Blumen seid, die früher blühen. Ihr habt Sonnenlicht und Wärme im Überfluß«, folgerte Kim.

Sie bewunderte die Balkons und starrte auf die leeren Blumentöpfe. Sie stellte sich vor, wie es im Sommer aussah, wenn die Balkons von drei Seiten mit Geranien, Margeriten und violetten Stiefmütterchen geschmückt waren ...

Lian riß sie aus ihren Träumereien. »Komm, bei mir zu Hause kannst du dir so eine Wohnung von innen ansehen.«

Kim ging kopfschüttelnd neben ihr her. Lian wohnte im dritten Stock des Hauses Nummer 23. Als sie die Tür öffnete, trat Mutter aus ihrem Zimmer. Es war noch nicht halb vier, aber sie war schon daheim. Als Dozentin mußte sie nur zu Seminaren und Versammlungen an ihrem Arbeitsplatz sein.

»So, das ist bestimmt Kimmie.« Typisch Mutter: Sobald sie einen von Lians Freunden und Freundinnen kennenlernte, gab sie ihnen einen Kosenamen, als hätten sie noch einen Schnuller im Mund.

Kim versteckte sich hinter Lian.

»Lesen Sie gerade Referate?« fragte Lian.

Mutter sah Lian verständnisvoll an, als wollte sie sagen: Ihr möchtet bestimmt allein sein. Bevor sie wieder in ihr Zimmer ging, sagte sie: »Unter der Teehaube steht eine Kanne Jasmintee. Was zu naschen und Obst wirst du ja wohl finden.« Sie wandte sich Kim zu und streichelte ihr über den Kopf. »Mein Kind, ich hoffe, du fühlst dich wohl bei uns.«

Lian führte Kim ins Wohnzimmer. Bewundernd betrachtete Kim die Dreiercouch und die Sessel. Sie starrte auf den Wandschrank, hinter dessen Glastüren Schalen mit Karamelbonbons und Äpfeln lockten. Ihr Blick glitt weiter zur gegenüberliegenden Wand. Zwei Metallrohre machten sie neugierig. Sie ging darauf zu und faßte sie an. »*Aua!*« schrie sie, »die sind ja heiß!«

Lian meinte trocken: »Zum Glück. Sonst wäre es keine Zentralheizung.«

»*Was?!*« Kim hüpfte auf und ab wie ein Frosch. »Habt ihr die berühmte ZH, wie in *Der Code ist eine Rose?*« Sie meinte damit einen amerikanischen Antispionagefilm, einen der wenigen, der die Mühlen der Zensur überstanden hatte.

Dann untersuchte sie die Lamellen der Heizkörper: »Wo kommen denn die Kohlen rein?«

»Damit haben wir nichts zu tun. Das wird zentral erledigt, im Hauptkessel unseres Viertels. Neben dem Tor, durch das wir gerade gekommen sind, war doch so ein graues Haus. Mit einem turmhohen Schornstein, erinnerst du dich? Dort ist es.«

»Ihr heizt also nicht *selbst*? Die warme Luft kommt wie Leitungswasser in diese weißen Rohre?« Kims Augen kletterten an den Röhren hoch. Aus ihrem nach oben gerichteten Blick sprachen Ehrfurcht und Scheu, als sei sie Zeuge einer Offenbarung.

Kim zog sich die Ärmel über die Hände. Lian wußte, wieso: Kim versuchte, ihre Winterhände zu verstecken, die wieder einmal wie Rosinenbrötchen aussahen: geschwollen und von weinroten, offenen Wunden verunziert. Lian ging schnell zum Büfett und baute die Süßigkeiten und das Obst auf dem Wohnzimmertisch auf.

»Nimm soviel du magst«, sagte sie zu Kim, als könne sie sich damit von ihrem Schuldgefühl freikaufen.

Kim drehte ein Karamelbonbon in den Fingern.

»Warum ißt du es nicht? Magst du solche Bonbons nicht?«

»Schon, nur ... Jiening hat so etwas noch nie gekostet ...«

»Nimm ihr etwas mit.« Lian schüttete eine Schale voll Bonbons in Kims Jackentasche und häufte ihr zusätzlich einen Berg auf die Hände. Kim zögerte lange und stopfte die zweite Portion dann auch noch in die Tasche. Buddha! Hob sie *alles* für ihre Schwester auf?

»Willst du die anderen Zimmer auch sehen?«

Kim nickte.

Lian klopfte an eine Tür.

»Herein.«

»Hier arbeiten und schlafen meine Eltern«, sagte Lian.

»Wenn es euch nicht stört, lese ich einfach weiter«, entschuldigte sich Mutter und deutete auf einen Stapel Referate vor ihr auf dem Schreibtisch.

»In Ordnung, Mama. Oder, Kim?« Lian sah ihre Freundin an. Kims Blick schweifte über die Bücherregale, die eine ganze Wand des Zimmers in Beschlag nahmen. Sie ging darauf zu, rannte aber sofort wieder zu ihrem Platz zurück. Auf den Buchrücken standen ›Schnörkelbuchstaben‹. Sie hatten das erste Jahr Englischunterricht in der Schule, und Kim war davon gar nicht begeistert.

Das Doppelbett neben dem Fenster faszinierte Kim auf den ersten Blick. Auf dem merkwürdigen Ding standen keine Kisten, und sie sah nirgendwo eine Kommode. Das Bettzeug lag nicht aufgerollt am Kopfende, und statt einer Schilfmatte war ein blütenweißes, besticktes Laken darüber gebreitet, unter dem etwas Unebenes war. Kim steuerte geradewegs darauf zu. Ehe Mutter und Lian es erfaßt hatten, war Kim bereits aufs Bett geklettert und versuchte, sich im Schneidersitz hinzusetzen ...

»Buddha, Gnade!« Sie schrie, als würde sie gelyncht.

Lian suchte sie, sah aber nur noch zwei in der Luft zappelnde Arme. Der Rest von Kim versank im dicken weißen Bettzeug. Lian rannte zu ihr hin und griff sie fest an den Händen. Kim richtete sich mühsam wieder auf. Ihr Gesicht war weißer als das Laken: Sie wischte sich den kalten Schweiß von der Stirn und sah Lian verdattert an.

Kim stotterte: »Ich dachte, ich würde in einem Jauchenloch versinken ... Sanniu, einem Jungen aus Jienings Klasse, ist das ... letzten Sommer passiert, und er ist ... darin erstickt ...«

»Ach, mein Kind«, sagte Mutter und drückte Kims Kopf an ihre Brust, »hab keine Angst. Das ist keine gefährliche Grube. Das Bett hat eine Matratze mit Federkern. Weißt du, was ein Federkern ist? Das sind Stahlspiralen.« Eine richtige Lehrerin. Sie ließ keine Gelegenheit ungenutzt, etwas zu erklären.

Kim hatte sich wieder beruhigt und sagte: »Ach so ... Eigentlich ist das Bett ja prima. Weich wie ein Heuberg.« Und mit diesen Worten stieg sie wieder hinauf. Sie verschränkte die Beine und saß da wie eine Königin. Mit der Hand klopfte sie auf den Platz neben sich, und mit den

Augen forderte sie Lian auf. Komm her, dann können wir uns hier gemütlich unterhalten.

Mutter öffnete entsetzt den Mund. Lian hatte ihre Miene nicht unter Kontrolle und warf Mutter einen triumphierenden Blick zu. Sie fand es erfrischend zu sehen, wie sich jemand aus der Dritten Kaste über die sterile Etikette des ›besseren‹ Milieus hinwegsetzte.

Erst nach ein paar Sekunden fiel Kim auf, daß etwas nicht stimmte. Sie stieg von dem ›Heiligtum‹ herab und flüchtete zu Lian.

Diese sagte so gelassen wie möglich: »Ach, weißt du, wir setzen uns lieber auf die Couch oder auf einen Stuhl. Das Bett ist nur zum Schlafen da. Komisch, was?«

Aber Kim spürte natürlich, daß sie sich lächerlich gemacht hatte. Sie senkte den Blick. Hätte sie nur die kleinste Ritze entdeckt, wäre sie sofort hineingekrochen.

»Sollen wir in mein Zimmer gehen?« schlug Lian vor.

Lians Zimmer lag am Ende des Flurs. Auf dem Weg dorthin schielte Kim auf die halboffenen Türen, die in die Küche und ins Badezimmer gingen.

»Auf mein Bett darfst du dich setzen«, sagte Lian in verschwenderischem Ton, sobald sie die Tür hinter Kim geschlossen hatte.

Aber Kim mied das Bett, als wäre es ein heißes Bügeleisen. Sie setzte sich auf einen Stuhl und legte die Hände auf den Schreibtisch: »Machen wir von jetzt an hier unsere Hausaufgaben?« Ohne Lians Antwort abzuwarten, deutete sie auf einen Sessel: »Hat der auch einen Federkern?« Aber dann ging sie zur Kommode und stellte eine wirkliche Frage: »Wer ist das?« Sie zeigte auf einen alten Mann auf einem Familienfoto.

»Mein Opa väterlicherseits.«

Kim sah sich das Foto ganz genau an und schüttelte den Kopf: »Das kann nicht sein. Er ist wie mein Opa. Er sieht aus wie ein Bauer.«

Opa hatte ein weißes Schweißtuch um den Kopf geschlungen, ähnlich dem Turban der Moslems, wie Lian es einmal in einer Zeitschrift gesehen hatte. Sein Mantel wurde von Stoffstreifen zusammengehalten, die in traditioneller Weise geflochten waren, und er trug eine Pumphose. Diese Tracht war typisch für die Landbevölkerung.

Lian sagte voller Stolz: »Opa war ja auch Bauer. Er wohnte in einem Dorf vor Peking. Er hat sein Leben lang wie ein Pferd geschuftet, damit seine Kinder die Schule besuchen konnten. Als mein Vater, Opas jüngster Sohn, das Examen bestanden hatte, verdiente er sich sein Geld als Lehrer. Nach sechs Jahren hatte er genug gespart, um Medizin studieren zu können.«

Kim blickte ungläubig von Lian zu Lians Vater, der auch auf dem Foto war, und schließlich auf den Großvater. Sie legte ihre schwitzigen Hände auf das eingerahmte Foto, bis das Glas beschlug. Auch Lian legte eine Hand auf das Bild. Ihre Hände verschränkten sich ineinander, und ihre Augen sprachen eine Sprache, die nur sie beide verstanden. Sie hatten ein Bündnis geschlossen.

»Ist es nicht Zeit, mit den Hausaufgaben anzufangen?« fragte Kim und legte ihre Bücher und Hefte auf den Schreibtisch. Eine Minute später waren sie wieder in mathematische Probleme vertieft.

Verbrechensbekämpfung

Es war halb vier. Die beiden Freundinnen saßen bei Lian daheim über ihren Hausaufgaben. Kim benahm sich merkwürdig. Sie rutschte auf ihrem Stuhl hin und her und starrte abwesend vor sich hin.

»Ist was?« fragte Lian.

»Wittie ist gestern abend nicht nach Hause gekommen.«

Lian erschrak. Sie wußte, wieviel das alte Huhn für Kims Familie bedeutete. Witties Hinterteil war die Sparbüchse der Familie. Der karge Lohn von Kims Vater und das bißchen Geld, das die Mutter mit Gelegenheitsarbeiten zusammenkratzte, reichten gerade aus, um ein bißchen Getreide zu kaufen. Alle anderen Ausgaben, wie Küchensalz, Essig, Seifenpulver, Bücher und Hefte für Kim und

Jiening sowie Tabak für Kims Vater, wurden mit den Eiern bezahlt, die Wittie legte. Wie gering die Ausgaben auch waren, die Familie war in jedem Fall auf Witties Eierproduktion angewiesen. Was sollten sie ohne das Huhn anfangen?

»Wo ist Wittie denn geblieben?« fragte Lian naiv.

»Wenn ich das nur wüßte. In den fünf Jahren, seit wir sie haben, hat sie sich kein einziges Mal verlaufen. Zu dieser Jahreszeit kommen die Wiesel aus den Hügeln hinter unserem Haus nicht in die Siedlung. Es bleibt nur eine Möglichkeit ...« Sie schluckte den Rest hinunter.

Lian durchfuhr ein Schreck. Sie wußte, was Kim andeuten wollte: Wahrscheinlich hatte einer der Nachbarn das Huhn gestohlen. Aber wie konnte man den Dieb überführen?

»Vielleicht hat sich Wittie diesmal wirklich verlaufen. Ach, du findest sie schon wieder. Wenn du nach Hause kommst, sitzt sie bestimmt wie immer kakelnd ...« Lian versuchte Kim zu beschwichtigen.

Kims Gesicht heiterte sich auf. »Na warte, Wittie. Wenn du heute abend nach Hause kommst, schüttle ich dich, bis dir Sägemehl aus dem Kopf fliegt! Weißt du, Lian, meine Eltern haben heute nacht kein Auge zugetan. Wie soll Vater heute den schweren Karren ziehen? Oh, Wittie, du verrücktes Huhn, du kriegst eine Tracht Prügel, an die du noch lange denken wirst!«

Sie lachten wie zwei Verrückte. Aber das fröhliche Intermezzo war genauso schnell vorüber, wie es angefangen hatte.

Nach zwei Tagen war Wittie immer noch nicht wieder aufgetaucht. Fünf nach drei trotteten Kim und Lian mit Blei in den Schuhen zum Lehmhausviertel. Angeblich, weil sie vorhatten, heute bei Kim Hausaufgaben zu machen, aber sie wußten verflixt gut, wohin sie gingen und warum.

In Kims Familie war die Spannung zum Zerreißen. Etwas Ungeheuerliches lag in der Luft. Kims Mutter ging im Innenhof rastlos auf und ab. Sie begrüßte Lian höflich, aber geistesabwesend. Lian verbarg ihre Angst und versuchte, sich ganz normal zu benehmen. Sie richtete sich mit ihren Büchern und Heften auf dem Kang ein.

»Pfui Teufel.«

Lian bekam einen Mordsschreck. Sie entdeckte den Schatten, der Kims Vater war, in der hintersten Ecke des Kang. Er saß da und rauchte in aller Ruhe seine Pfeife. Wie war das möglich? War er nicht arbeiten gegangen?

»Älteste Tochter, koch mir einen Tee! Und Vater von Kim, hör auf zu murren. Stell die längste Leiter ans Haus und hilf mir, auf das Dach zu steigen.« Lian hatte richtig gehört: Kims Mutter erteilte Befehle.

Schweigen. Keiner rührte einen Finger.

»Schnell! Gleich geht die Sonne hinter den Westlichen Bergen unter.«

Lian sah zum Himmel. Es war ungewöhnlich schönes Wetter. Silberwolken tanzten über das hellblaue Firmament. Kein Windhauch rührte an die Zweige des Baums im sonnenüberfluteten Innenhof. Der Frühling schien von seinem Weg abgekommen zu sein und sich versehentlich in der späterbstlichen Landschaft niedergelassen zu haben. Die Bewohner lüfteten ihr Bettzeug auf den Wäscheleinen oder sonnten sich vor ihren Häusern ...

Das Teewasser brodelte im Kessel. Kims Mutter war schon auf dem Flachdach des Lehmhauses. Das Dach diente nicht nur als Platz zum Trocknen für Süßkartoffelscheiben und eingelegtes Gemüse, sondern auch als Rundfunkstation. Es war hoch, und so wurde der Schall ungehindert ein ganzes Stück weitergetragen. Hatte ein Lehmhausbewohner dem ganzen Viertel etwas mitzuteilen, schrie er es buchstäblich von den Dächern. Die Mutter hatte sich einen günstigen Tag für ihre Sendung ausgesucht: Jedermann saß im Freien.

Ein Weilchen später kletterte auch Kim aufs Dach und brachte ihrer Mutter eine Kanne Tee und einen Becher. Die Mutter trank einen Schluck, um ihre von der Erregung brennende Kehle anzufeuchten. Der Augenblick war gekommen, dem Feind den Krieg zu erklären – einen Krieg der Worte.

»Wer hat sein Herz von einem Aasgeier wegpicken lassen und war so grausam, seine diebischen Klauen auf unsere Wittie zu legen?!« donnerte sie los.

Mit einem Schlag verstummte der Lärm im ganzen Viertel. Frauen, die gerade noch laut geschwatzt hatten, streitende Kinder und Männer, die das schöne Wetter nutzten, um ihr Haus auszubessern, hielten inne und spitzten die Ohren.

»Was haben wir dir denn angetan, du Bastard eines Kaninchens und einer Eule, daß du unsere Wittie stehlen mußtest?«

Keine Reaktion. Die Nachbarschaft verhielt sich mucksmäuschenstill.

Jetzt geriet Kims Mutter erst richtig in Fahrt: »Stell deine Schlappohren auf, du feiger Hühnerdieb, und hör gut zu. Glaubst du, ich wüßte nicht, wer Wittie geklaut hat? Du schlitzäugige, gelbzähnige und krummbeinige Ausgeburt einer Schildkröte!«

Trotz der beklemmenden Spannung mußte Lian lachen. Es war ein geniales Ratespiel. Fast jeder in diesem Land hatte Schlitzaugen. Aus mangelnder Hygiene waren die Zähne der meisten Lehmhausbewohner gelb. Mehr als die Hälfte der Anwohner hier hatte wegen Vitaminmangels und mineralarmer Ernährung O-Beine. Kims Mutter konnte mit ihrem Steckbrief kaum falsch liegen.

Sie trank noch einen Schluck Tee und wartete, bis jemand zu Kreuze kriechen und seine Schuld eingestehen würde.

Nichts geschah. Man konnte eine Nadel fallen hören.

»So, du willst es also nicht zugeben, was? Dann bin ich leider gezwungen, es dem Teufel zu überlassen, dich zu strafen...

Wuhu-ah-wuhu, Höllenfürst aus Sulu! Haltet einen Moment ein mit Eurer Arbeit im Fegefeuer und steigt herauf aus der

*Hölle. Hier ist ein Hühnerdieb, der seine Schuld nicht gesteht.
O bitte, helft mir!
Wenn der Spitzbube meine arme Wittie verspeist hat, laßt ihn
kotzen, bis ihm Magen, Galle und die Gedärme aus seinem
abscheulichen Gerippe hervorquellen!
Wenn er mein Huhn wegen der Eier behält, dann laßt alle
seine Tiere sterben! Sorgt dafür, daß jede seiner Kühe die
Maul- und Klauenseuche bekommt, daß seine Ziegen eine
Fehlgeburt nach der anderen haben und daß all seine Eber an
der Schweinepest krepieren!
Wuhu-ah-wuhu, ich danke Euch, Herr Dämon!«*

Die Stimme von Kims Mutter war ganz heiser geworden. Sie trank ihren Becher aus und spähte nach unten. Die Lehmhausbewohner standen wie angewurzelt da und hörten ihr zu. Aber keiner tat oder sagte etwas.

Es wurde Zeit, schwereres Geschütz aufzufahren: »Gestehst du immer noch nicht?

Furu-wu-muru, Oberteufel Lakadubu! Bestraft den starrköpfigen Hühnerdieb. Macht, daß seine Frau nur noch billigen Dreck gebiert und daß der Name seiner Familie im Erdboden verschwindet!«

Noch vor Einbruch der Dunkelheit hörten sie Wittie auf dem Innenhof gackern. Der Schuldige hatte natürlich Angst, daß der Teufel die Verwünschungen von Kims Mutter erhören würde. Das eine Huhn war die Schande nicht wert, daß seine Frau möglicherweise nur noch Mädchen, ›billigen Dreck‹, bekäme ...

Viertel vor sechs verabschiedete sich Lian von Kim. Auf dem Heimweg merkte sie, daß sich die Aufregung im Viertel wieder gelegt hatte.
Ting, tong, ting. Männer schlugen die letzten Nägel ein, Kinder heckten wieder Streiche aus, Rauchwolken schlängelten sich aus den Schornsteinen, und die Luft war von den herrlichsten Essensdüften erfüllt.

Es war unglaublich, wie schnell das Viertel den aufsehenerregenden Auftritt von Kims Mutter vergessen hatte. Aber noch erstaunlicher war es, wie sich das Viertel ihre wilden Beschimpfungen schweigend angehört und sie gutgeheißen hatte. Was Kims Mutter getan hatte, wurde offenbar als eine angebrachte Form der Verbrechensbekämpfung beurteilt. Lian dachte daran, wie höflich und sympathisch Kims Mutter sonst war und wie rabiat und gnadenlos sie sich heute gezeigt hatte. Seit Lian Kims Mutter kannte, hatte sie nie Abstufungen in ihrer Stimmung erlebt. Sie war nie unzufrieden oder verärgert, nie weinerlich oder schlecht gelaunt. Entweder war sie fröhlich und nett oder wutentbrannt und barbarisch.

Von klein auf wurde einem beigebracht, immer freundlich zu lächeln, selbst wenn man im Innern vor Wut kochte. Man mußte seinen Unmut unterdrücken, bis er langsam zu einer Wasserstoffbombe anwuchs. Und diese Bombe explodierte irgendwann mit einem ›Urknall‹. Dann warf man seine anerzogenen Manieren in den Ozean und sprang dem anderen an die Gurgel.

Ein paar Frauen nahmen das Bettzeug von der Wäscheleine. Eine von ihnen sagte: »Das war vielleicht was! Sein Huhn zu verlieren! Zum Glück hat der Schurke Wittie heimlich zurückgebracht.«

Die andere antwortete: »Wenn ich Kim ihre Mutter wäre, wüßte ich doch zu gern, wer es war. Wenn ich den in die Finger kriegte, ich würd' ihm die Kiefer aus den Scharnieren schlagen!«

Die erste Frau pflichtete ihr bei: »Meine Rede. Die Verwünschungen von Kim ihrer Mutter sind eine viel zu milde Strafe für ihn …«

An diesem Abend träumte Lian von Mura, der Katze, die für sie die Rolle der großen Schwester eingenommen hatte, als sie noch ein kleines Kind war.

Sie nahm Mura auf den Schoß, beugte sich über sie und küßte ihr kitzelndes, aber samtweiches Fell. Ihre Beine vibrierten von

Muras lautem Schnurren. Sie tastete mit ihrem Finger unter den Katzenkörper, der auf einem Meer des Schlummers trieb. Plötzlich miaute Mura und streckte ihren Schwanz in die Höhe. Lians Knie fühlten sich naß und kalt an. Opa Himmel! Mura hatte sich in eine Schlange verwandelt! Sie sprang auf und rannte weg. Der Schlangenkopf verfolgte sie wie Radar ein Flugzeug ...

Freundschaft – ein Luxusartikel

Vater war bereits mehrere Wochen fort. Im Haus war es leer und still.

Mutter hatte schon dreimal *Jianbing* gebacken, was sie sonst nur einmal im Jahr tat. Aber so verwöhnt zu werden war kein Ersatz für den Verlust. Im Gegenteil. Es betonte noch Lians Gefühl, daß nichts mehr so war wie früher.

Trotzdem trainierte sie jeden Morgen mit Kim. In drei Tagen begannen die Herbstspiele. Lian versuchte, ihre Trauer in Tatendrang umzusetzen, den sie und Kim bitter nötig hatten, damit ihr langgehegter Traum in Erfüllung ging. Es war fünf Uhr nachmittags. Kim saß bei Lian im Wohnzimmer und lernte.

Mutter kam in die Wohnung gestürmt und sagte entschuldigend: »Kim, hättest du etwas dagegen, deine Hausaufgaben zu Hause fertigzumachen? Ich muß dringend etwas mit meiner Tochter besprechen.«

Lian wurde blaß. Als Kim weg war, sagte Mutter, Lian solle sich auf ihren Schoß setzen – das war in den letzten Jahren nur noch selten vorgekommen.

Der Schlag war schwer zu ertragen. Mutter berichtete, daß auch sie Peking verlassen müsse. Nicht, weil ihre Hochschule ins sichere Landesinnere evakuiert werden sollte – als Vorbereitung auf die militärische Invasion durch die imperialistischen Supermächte, Sowjetunion und USA, wie es mit Vaters Krankenhaus der Fall gewesen war –, sondern weil sie in ein Umerziehungslager gesteckt werden sollte.

Seit ihrem sechsten Lebensjahr hatte Lian schon viele Nachbarn, Freunde, Bekannte und Kollegen ihrer Eltern verschwinden sehen, einfach so, von einem Tag auf den anderen. Manche von ihnen trieben ein paar Tage später wie ein in Milch eingeweichtes Brot im *Weidensee* am Ende des Universitätsgeländes, wo die Lehrkräfte wohnten; andere sah man nie wieder. Hier und da wurde getuschelt, und Lian vermutete deshalb, daß sie in Gefängnissen, Straf- oder Umerziehungslagern festgehalten wurden.

Im stillen hatte sie sich schon seit längerem gefragt, wieso Mutter bisher noch verschont geblieben war, bis Vater seine Frau vor einem halben Jahr mit der Bezeichnung: ›Geschichtsfälscherin!‹ aufgezogen hatte. Mutter war bis unter die Haarwurzeln errötet.

Mutter gehörte zu einer Gruppe von Historikern, die das *Lehrbuch Moderne Geschichte Chinas: 1911 bis zur Gegenwart* für Oberschulen verfaßte. Fünf Jahre hatten sie an dem Projekt gearbeitet. Vor vier Jahren, als das zensierte Manuskript bereits beim Drucker lag, wurden vier hohe Marschälle und drei Minister kaltgemacht. Das Heikle daran war, daß sie alle in der modernen Geschichte eine wichtige Rolle gespielt hatten und daß dies schwarz auf weiß im neuen Lehrbuch stand. Das Ministerium für Kultur, Propaganda und Schulwesen ordnete unverzüglich an, diese Personen ›neu zu bewerten‹ – ein Euphemismus für das Entfernen ihrer Namen. Ein Jahr darauf wurden zehn weitere führende Politiker für immer zum Schweigen gebracht, und auch die mußten neu bewertet werden. Und so ging es immer weiter.

Um es banal auszudrücken: Mutter und ein paar ihrer Kollegen war das Lager bisher erspart geblieben, weil die Partei sie für die Geschichtsklitterung brauchte.

Die Schüler hatten in der Zwischenzeit kein Unterrichtsmaterial, was natürlich auch nicht gewollt war. Wie sollte man ihnen so denn eine ordentliche Gehirnwäsche verpassen können? In diesem Frühjahr – 1971 – schlug das Ministerium den Knoten durch. Der Referatsleiter und Koordinator für das Lehrbuch mußte in der obersten Etage erscheinen und sich eine Standpauke anhören. »Wann hörst du endlich auf, dauernd an den Texten herumzuändern?!« brüllte ihn der Minister an. Der Referatsleiter wollte widersprechen, hatte aber keine Chance. Der Minister knurrte: »Schon gut. Du brauchst mir nichts zu erklären. Ich weiß ja, was los ist. Aber jetzt reicht's. Das ist das letzte Mal, daß die Geschichte umgeschrieben wird!« Sein Knurren ging in ein Flüstern über: »Ganz unter uns: Und wenn ›Mao, Vater, Mutter, Liebhaber und Liebhaberin in Einer Person‹, der ganzen alten Garde den Kopf von den Schultern schraubt, am Manuskript wird kein Wort mehr geändert! Schluß mit den Mogeleien!«

Lian war unbehaglich zumute. Sie schlenkerte mit den Beinen und unterdrückte zum x-tenmal den Wunsch, Mutter zu fragen, ob sie als Historikerin keine Gewissensbisse hatte. Jemanden, der zehn Tage in der Wüste überleben konnte, weil er seinen eigenen Urin getrunken hat, fragt man ja auch nicht: »Hat Ihnen Ihre Pisse geschmeckt?« Außerdem hatte man Mutter und ihren Kollegen die Pistole auf die Brust gesetzt. Hätten sie sich geweigert, die historischen Tatsachen zu verdrehen, wären sie als Verschwörer gegen die Kommunistische Partei verurteilt worden. Das Umerziehungslager wäre dann eine viel zu milde Strafe gewesen.

Unwillkürlich dachte Lian an die letzte Diskussion zwischen ihren Eltern, bevor Vater in die Provinz Gansu hatte gehen müssen. Mutter bestritt vehement seinen Standpunkt, Kinder sollten vom politischen Wirrwarr der Gegenwart so wenig wie möglich mitbekommen. Sie schrie fast: »Je früher sie damit konfrontiert werden, desto eher können sie die Lügen der Regierung durchschauen!«

Jetzt wurde Lian rot. Wie hatte ihre Mutter, die an der Geschichtsfälschung mitschuldig war, solche Worte in den Mund nehmen können? Andererseits: Hatte sie überhaupt eine Wahl? Plötzlich tat ihr Mutter leid. In welch einer Zwickmühle hatte sie die letzten fünf Jahre gesteckt!

»Was werden Sie im Lager tun?«

»Das gleiche wie alle anderen: Mich von meinen rechtsabweichlerischen Ideen reinigen und versuchen, ein neuer Mensch – ein Proletarier – zu werden.«

»Wie machen Sie das?«

»Indem ich schufte wie ein Bauer, Anklageversammlungen beiwohne und Selbstkritik übe.«

»Wie lange dauert die Strafe?«

Mutter starrte ins Leere und seufzte: »Bei Buddha, das weiß ich nicht. Die Partei ist unberechenbar ... Lian, laß den Mut nicht sinken. Ich habe auch eine gute Nachricht für dich. Anders als bei Papa, der zweitausendeinhundert Kilometer von Peking entfernt ist und uns nur alle zwei Jahre besuchen kann, liegt mein Straflager nur hundert Kilometer von hier, im Distrikt Renqiu in der Provinz Hebei. Zweimal im Monat werden wir mit Lastwagen nach Hause gebracht. Na, werden wir nicht verwöhnt? Das bedeutet, wir können alle vierzehn Tage zwei Nächte und einen ganzen Tag lang zusammen sein. Wie findest du das?« Sie sah ihre Tochter mit gezwungener Fröhlichkeit an.

Was sollte Lian darauf antworten? Ihr Schweigen riß Mutter aus ihrem Rausch, und sie ließ wieder den Kopf hängen.

Obwohl Lian wußte, daß es aussichtslos war, bettelte sie: »Mama, Mama, können Sie den Parteivorsitzenden der Universität nicht um ein paar Jahre Aufschub bitten? Sie können mich doch nicht allein zurücklassen?«

»Deshalb schicken sie dich in ein Kinderheim.«

»Aber das ist ja noch viel schlimmer!« Schon bei dem Gedanken bekam sie eine Gänsehaut. Von ihrem ersten bis zu ihrem siebenten Lebensjahr hatte sie an den Wochentagen in eine Kindertagesstätte gemußt, was sie immer schrecklich gefunden hatte. Aber sie beschloß, nicht länger zu versuchen, dem Schicksal zu entrinnen. Sonst würde sie Mutter noch mehr Kummer machen. Eine eigenartige Ruhe überkam sie, und sie fühlte sich auf einmal doppelt so alt. Sie versetzte sich in Mutters Lage und überlegte mit ihr gemeinsam, wie es weitergehen sollte.

Zugegeben: Eine andere Möglichkeit gab es nicht. Zu den Großeltern in Qingdao konnte sie nicht mehr, weil ihr ältester Onkel vor einem Jahr einen Sohn bekommen hatte. Nun konzentrierte sich alle Liebe und Aufmerksamkeit auf das erste *richtige* Enkelkind, den kleinen Stamm- und Penishalter, den künftigen Auswerfer der Familiensaat. Von daher war einzusehen, daß die Großeltern sich nicht mehr um Lian, ihre Enkeltochter, kümmern konnten. Auch wenn sie mutterseelenallein dastand und der kleine Cousin nicht nur Vater und Mutter, sondern auch noch Opa und Oma zu seiner Bedienung hatte.

Mutter hatte zwar eine Schwester in Peking, Tante Yunhuan, die eigentlich ihre Nichte zu sich nehmen könnte, aber die war schon seit ihren Kindertagen neidisch auf ihre jüngere Schwester. Sie hatten dieselbe Schule besucht, aber Mutter war immer besser gewesen als sie und hatte später ein Stipendium bekommen. Als Tante Yunhuan die Arbeit in einer Spinnerei aufnahm, wurde Mutter als gutbezahlte Dozentin an der Universität angestellt. In gewissem Sinne begrüßte die Tante die Kulturrevolution, weil ihre intelligente Schwester dadurch offenbar *in den Treibsand* geriet. Da sieht man's wieder, sagte sie sich erleichtert, am Ende siegt doch immer die Gerechtigkeit! Seit 1967 begann jeder ihrer Briefe an Lians Mutter mit einer Mao-Parole:

Arbeiter und Bauern sind die Führer Chinas!
Intellektuelle müssen sich von der Arbeiterklasse umziehen lassen!

Freunde und Bekannte von Lians Eltern, die zufällig nicht in Haft waren, würden es nicht wagen, sich Lians anzunehmen – die Partei könnte sonst vermuten, sie empfänden Sympathie für die ›Bastarde‹ bourgeoiser Elemente.

Am nächsten Morgen begleitete Mutter Lian zur Schule. Sie wollte Herrn Dong, den neuen Direktor, sprechen. Weil er erst kürzlich aus einem Umerziehungslager entlassen worden war, brauchte sie ihm die Situation nicht zu erklären. Er stand ihr freundlich Rede und Antwort.

»Ich werde die Sekretärin bitten, die Zeugnisse der Schülerin Lian Shui bereitzulegen. Sie werden ihr bestimmt nützen, wenn sie sich an einer anderen Schule anmeldet. Die Kulturrevolution mag Bildung und Wissenschaft noch so sehr verteufeln, aber Schulen bevorzugen nun mal Kinder mit guten Noten. Noch keiner politischen Bewegung ist es gelungen, traditionelle Werte und Vorstellungen völlig zu beseitigen. Aber wem sage ich das. Sie sind schließlich Historikerin und werden mehr davon verstehen als ich.« Er lächelte Mutter vielsagend zu. Auch wenn er ihr zum erstenmal begegnete, empfand er eine geistige Verwandtschaft mit ihr. Er wußte, daß sie genau wie er genug Tinte getrunken hatte; sonst fänden es die Revolutionäre nicht der Mühe wert, sie anzugreifen und zu verfolgen.

»Können wir die Zeugnisse noch heute vormittag abholen? Ich werde schon morgen früh deportiert und habe deshalb nur wenig Zeit, alles für meine Tochter zu regeln.«

»In einer halben Stunde sind sie fertig. Ich kenne die überstürzten Maßnahmen der Partei. Wissen Sie, Frau Professor Yang, mich haben sie aus dem Bett gezerrt und regelrecht ins Lager geworfen. Ich hatte nicht einmal Zeit, meine Essigflasche mitzunehmen!«

Lian erriet sofort, woher er stammte: aus der Provinz Shanxi. Die Menschen von dort kommen keinen Tag ohne Essig aus.

Setzt man einem Soldaten aus Shanxi das Messer an die Kehle, gibt er lieber sein Gewehr her
als seine Essigflasche.

Lian wollte nur eins: mit Kim reden. In der Pause erzählte sie ihrer Freundin, daß sie fortmußte.

Kim war wie vom Blitz getroffen.

Lian gab sich bemüht fröhlich. Als Kind eines Landarbeiters hatte Kim keine Ahnung, was mit den Intellektuellen aus der Ersten Kaste geschah. Es war nahezu unmöglich, ihr die komplizierte Sachlage zu erklären.

So erzählte Lian ihr nur, daß sie in eine andere Schule müsse, weil ihr neuer Wohnort zu weit entfernt sei. Das Wort ›Kinderheim‹ vermied sie sorgfältig. Sonst würde Kim sofort wissen, daß Lian im Schlamassel steckte. »Versprichst du mir, daß du morgen bei den Herbstspielen dein Bestes gibst? Schreibst du mir über deine glorreichen Siege?«

Kim bekam weiche Knie. So emotional hatte Lian sie noch nie erlebt: »Was?! Du mußt morgen schon weg? Kannst du nicht ein bißchen länger bleiben? Wenigstens einen halben Tag?« Ihre Stimme wurde heiser.

»Nein. Die Parteiführung von Mutters Arbeitseinheit hat angeordnet, daß sie morgen um acht Uhr ins Lager gebracht wird. Gleich danach muß ich ins Kinder... äh, in meine neue Wohnung. Nichts zu machen.«

Abends im Bett ging Lian das Abschiedsgespräch mit Kim immer wieder durch den Sinn. Merkwürdig, sie hatte es sich schmerzhafter vorgestellt, als es in Wirklichkeit war. Wahrscheinlich weil ihr jetzt der Kopf beinahe zersprang aus Sorge um Vater, Mutter und sich selbst. Ab morgen würden sie an drei weit voneinander entfernten Orten leben. In ihrem Herzen blieb nur wenig Platz für ihre frühere, tiefe Zuneigung zu Kim. In diesem Augenblick wurde ihr klar, daß Freundschaft ein Luxusartikel ist, den man sich erst erlauben kann, wenn die Grundbedürfnisse wie Essen, Trinken und Sicherheit befriedigt sind. Obwohl ... wenn sie an die Herbstspiele dachte, schnürte sich ihr die Kehle zusammen. Sie sah wieder Kims verzweifelten Blick vor sich, und sie konnte sehr gut nachempfinden, was in ihrer Freundin vorging, als sie erfuhr, daß Lian bei den Wettkämpfen nicht dabeisein konnte. Wie sie Kim kannte, war das Schlimmste zu befürchten: Ohne Lian würde sie nicht teilnehmen. Dann wäre alles umsonst gewesen.

Wenn das Schicksal gegen dich ist, bleibt dir sogar Wasser in den Zähnen hängen. Als sei es nicht genug, daß sie sich von

ihren Eltern trennen mußte, verlor sie nun auch noch ihre
liebste Freundin und damit alles, was sie gemeinsam unter großen Anstrengungen aufgebaut hatten.

Lastwagen voller Gelehrter

In aller Frühe schleppten Mutter und Lian ihr Gepäck zu
einem der kleineren Ausgänge ihres Viertels. Bevor das
Tor in Sicht kam, hörte sie schon die aggressiven Stimmen:
»Rechtsgerichtete Gelehrte, kriecht in den Bauch von Bäuerinnen zurück, damit ihr als Proletarier wiedergeboren
werdet!«

An der Straße entlang waren rote Tücher zwischen die
Bäume gespannt und flatterten unablässig im schneidenden Wind. Um Laternenpfähle waren Wandzeitungen gewickelt, auf denen Texte standen wie:

Die Partei ist großzügig zu dem,
der sich selbst als konterrevolutionär entlarvt,
und erbarmungslos zu dem,
der seine ideologischen Verbrechen leugnet!

Als sie näher kamen, hörte Lian Hunderte von Kindern
weinen. Sie klammerten sich an die Jacken ihrer Eltern und
flehten sie an, nicht fortzugehen. Die Eltern nahmen sie auf
den Arm, setzten sie aber gleich wieder ab. Sie warfen
ängstliche Blicke zu den Lageraufsehern, die eine rote
Armbinde trugen und brüllten: »Beeilung! Sofort alles aufsteigen!«

Beim Tor standen vier riesige Lastwagen, mit denen
normalerweise Kies und Sand transportiert wurden. Mutter drückte Lians Gesicht an ihre Brust; beide schwiegen.
Viele Großeltern, die mit gebundenen Händen zuschauen
mußten, wie man ihre Kinder abtransportierte, stießen
Verwünschungen aus. Die Häftlinge selbst schwiegen. Die
Aufseher, die zwischen ihnen standen, würden das geringste Zeichen von Unzufriedenheit oder Protest notieren und

so dafür sorgen, daß ihre Strafe noch verschärft wurde. *Wir müssen Scheiße essen, aber erbrechen dürfen wir uns nicht.*

Ein etwa achtjähriger Junge jammerte: »Papa! Mama! Wohin geht ihr? Muß ich allein in dem Kinderheim bleiben? Ich habe doch nichts Böses getan? Ich will jetzt immer gaaanz brav sein, großes Ehrenwort! Bitte, laßt mich nicht allein!«

Mutter sagte zu Lian: »Der Kleine kennt das Kinderheim noch gar nicht und macht sich jetzt schon Sorgen. Er wird bald sehen, daß alles halb so schlimm ist. Ich kenne ein paar der Betreuerinnen, frühere Kolleginnen von mir. Sie arbeiten dort als Strafersatz; ins Lager brauchen sie nicht, weil sie ernsthaft krank sind. Sie sind ganz nett, glaub mir!«

Lian hielt wohlweislich den Mund. Sie dachte: Dem hintersten Ende eines Schweins kannst du weismachen, daß es im Kinderheim nur halb so schlimm ist, mir nicht! Aber sie wollte Mutter nicht widersprechen, denn die hatte es im Moment schon schwer genug. Mutter sah wirklich aus wie eine Verurteilte. Sie trug Lumpen, mit dicken Lagen bunter Flicken auf den Ellbogen, den Knien und dem Hosenboden. Sie hatte Mutter noch nie in so einer Aufmachung gesehen; wo sie den Plunder herhatte, war Lian ein Rätsel. Auch ihre Schicksalsgefährten – Professoren, Dozenten und Lehrer –, die normalerweise adrett gekleidet waren, steckten nun in schmutzigen, zerknitterten Anzügen. Was Lian am meisten auffiel, war ihr Gesichtsausdruck, den sie in mysteriöser Weise ihrer Kleidung angepaßt hatten. Sie waren sozusagen nackt, jeder Selbstachtung und Menschenwürde entblößt.

»Zum letzten Mal: Schmeiß dein Gepäck auf den Wagen und spring auf! Wir fahren in fünf Sekunden. Fünf, vier, drei …« Ein bärtiger Mann, offenbar der Kommandant der Aufseher, brüllte, als würde er ohne Betäubung kastriert.

Lian hielt sich tapfer: »Gehen Sie ruhig, Mama. Machen Sie sich meinetwegen keine Sorgen … Wenn Vater mir schreibt, lege ich seinen Brief zu meinem dazu. Werden Sie das auch tun?«

Ohne einen Blick zurück ging Mutter zum Lastwagen. Ein ehemaliger Kollege half ihr mit dem Gepäck. Der Motor wurde angelassen, aber das Jammern der Kinder übertönte den Lärm. Mutter stand jetzt auf der Ladefläche und sah Lian mit geröteten Augen an. Brummend setzte sich der Wagen in Bewegung. Gleich darauf bildete sich eine gelbe Staubwolke, die den vollbeladenen Lastwagen ihrem Blick entzog.

Lian rannte hinter dem Auto her, aber es fuhr erbarmungslos weiter. Sie lief noch schneller und rief aus voller Kehle: »Maaama!« Der Staub setzte sich in ihrem Hals fest. Sie wünschte sich, fliegen zu können.

Die Lastwagen verschwanden hinter dem Staubvorhang, aber das Geschrei der Kinder holte sie ein ...

»Mama ...! O Buddha, wo bist Du? Hilf uns doch, bitte!« Lians Rufe gingen in einem Meer von Geweine unter. Sie schwor sich: Niemals, nie im Leben werde ich einer Parteispitze verzeihen, die Kindern ihre Eltern und Frauen die Männer wegnimmt!

Das Kinderheim

Das Kinderheim gehörte zur Universität für Industrielle Technologie und lag gut sechs Kilometer von Lians Zuhause entfernt. Es wurde von zwei weiteren Bildungseinrichtungen mitfinanziert: dem Institut für Fremdsprachen und der Pädagogischen Hochschule in Peking, wo Lians Mutter arbeitete, nein, gearbeitet hatte. Die Kinder des Personals dieser drei Hochschulen wurden – im Alter von sieben bis sechzehn Jahren – hier aufgenommen. Für die Unterbringung brauchten sie nichts zu bezahlen, nur Essen und Kleidung gingen auf eigene Rechnung. Alle Eltern hinterlegten eine Summe, mit der Essensmarken für die Kantine gekauft wurden. Der Rest des Geldes war für Kleidung, Schuhe und Zahnpasta gedacht. Das Haus, in dem sie von nun an wohnten, hatte vor der Kulturrevolution *Haus der Chemie* geheißen. Jetzt wurde es *Westliche Kapitalisten Sind Heuschrecken Nach der Ernte* genannt. Der Einfachheit halber nannten es die Kinder *Die Heuschrecke*.

Lian teilte sich mit drei anderen Mädchen ein vier mal vier Meter großes Zimmer. Eines der Mädchen hieß Qianru. Sie war neun und erinnerte Lian an eine Prinzessin aus einem Comic-Heft. Aus ihren Augen strahlte ein samtweiches Licht, und ihre Haut war zart und hell. Durchscheinend weiß und von rührender Zerbrechlichkeit, glichen ihre langen, schlanken Finger jungen Bambussprossen.

Zhuoyue war elf. Ihre Pausbacken erinnerten an rote Äpfel. Sie sprudelte über vor Energie und hatte die Gewohnheit, jedes Gespräch an sich zu reißen.

Qiuju war zwölf, wie Lian, aber einen Kopf größer. Sie war stämmig, hatte einen stark vorstehenden Unterkiefer und bewegte sich wie ein Gewichtheber. Sie sprach nicht viel, aber wenn sie den Mund aufmachte, kam es Lian vor, als schössen kleine Messer daraus hervor.

Punkt zwölf wurden die vier aufgefordert, in die Personalkantine zu gehen. Nach einem zehnminütigen Fußmarsch und einer Viertelstunde Schlangestehen waren sie an der Reihe.

Ping! Der Koch senkte eine gußeiserne Schöpfkelle in ihre Emailleschale, kippte sie um und ließ – *patsch* – eine undefinierbare Masse hineinplatschen. Lian inspizierte das Zeug und kam zu dem Schluß, daß es zu Mus zerkochter Chinakohl sein könnte. Unwillkürlich mußte sie beim Anblick dieses Gerichts an einen frischen Kuhfladen denken. Anschließend mußten sie sich wieder in einer Reihe anstellen. Nach zwanzig Minuten bekamen sie ein *Mantou*, das inzwischen kalt und hart geworden war. Jetzt galt es, einen Sitzplatz zu erobern. Der Saal war gerammelt voll. Die hölzernen Zweierbänke waren fast alle mit vier Personen besetzt, und Stehplätze waren auch keine mehr frei. Sie bahnten sich einen Weg durch meterdicke Menschenmauern in einen nicht ganz so überfüllten Bereich. Das ging ganz gut, weil sie unter den Achseln der Großen hindurchschlüpfen konnten. Am Kantineneingang fanden sie noch ein freies Plätzchen. Weil es dort zog wie Hechtsuppe, wurde dieser Platz von den meisten gemieden. Aber das machte den Mädchen nichts aus. Sie hatten schon fast eine Stunde verloren, um ein bißchen Essen zu ergattern, und jetzt hatten sie das Warten satt. Sie stellten sich vor ein Fenster neben der Tür und machten sich über das Essen her.

Lian wußte nicht, wie die anderen darüber dachten, aber ihrer Meinung nach war Hunger keineswegs der beste Koch. Obwohl ihr der Magen knurrte, fand sie, daß das Essen nach Kerzenwachs schmeckte; nur mit großem Widerwillen würgte sie es hinunter.

Zehn Minuten später bahnte sich das Quartett einen Weg zum Waschbecken, wo die Schalen ausgespült wurden. Lian sah, wie Qianru die Hälfte ihres Essens in das Faß mit Essensresten warf: daran durften sich die Schweine der Kantine gütlich tun.

Nun mußten sie wieder in die Eiseskälte hinaus, um in die *Heuschrecke* zurückzugehen. Lian glaubte, ihr würde das Blut abgeschnürt. Wenn sie jeden Tag solches Essen bekäme, würde sie nicht lange durchhalten. Sie wußte, sie war nicht die einzige, die solche trübseligen Gedanken hegte.

Bereits um sieben gingen sie zu Bett. Lian konnte nicht einschlafen; sie mußte dauernd an Mutter denken, die jetzt bestimmt schon im Lager war. Gestern hatte sie einen Brief an Vater geschrieben und ihm von Mutters Gefangenschaft berichtet. Ein Brief nach Gansu brauchte ungefähr fünf Tage. Wie würde er auf die Nachricht reagieren? Armer Papa.

Die gelähmte Zunge

Frau Xu brachte die dreißig Neuankömmlinge vom Kinderheim zur Grundschule Nummer 163. Nach einem langen Gespräch mit dem Direktor ließ sie elf Kinder dort, darunter Lians Zimmerkameradinnen Qianru und Zhuoyue. Mit den übrigen ging sie weiter zur Oberschule Nummer 21. Dort teilte die Direktorin sie in drei Gruppen, die den entsprechenden Klassen zugewiesen wurden. Qiuju und Lian waren im ersten Jahr, die eine in Gruppe 10-C, die andere in 10-E. Nachdem Frau Xu Qiuju ihrem Klassenlehrer vorgestellt hatte, begleitete sie Lian zum Klassenzimmer 10-E und klopfte an.

Ein großer, hagerer Mann erschien in der Tür: »Ist das die neue Schülerin, Fräulein Lian Shui? Willkommen.«

Lian versteckte sich hinter dem Rücken von Frau Xu, die dem Mann ihre Hand entgegenstreckte: »Ich bin Xu, Leiterin des Kinderheims der Universität für Industrielle Technologie.«

Er schüttelte ihr die Hand und sagte:»Ich werde in Zukunft Fräulein Shuis Klassenlehrer sein und unterrichte sie auch in chinesischer Grammatik. Mein Name ist Du.«

Xu drehte sich um und packte Lian grob am Arm: »Wo hast du deine Manieren gelassen? Sag ›Guten Morgen‹ zu Herrn Du!« Lian ließ verlegen den Kopf hängen; sie spürte, wie ihre Augen feucht wurden. »Hat dir etwa ein Krokodil die Zunge abgebissen?«

Herr Du sah Lian freundlich an und schüttelte den Kopf: »Frau Xu, seien Sie nicht so streng mit ihr. Sie fühlt sich bestimmt noch nicht heimisch in der neuen Umgebung.« Der sympathische Ton, in dem er sprach, erinnerte Lian an Vater.

Nach Dus Fürsprache ließ Frau Xu Lian in Ruhe und überreichte ihm einen Stapel Papiere. »Hier sind Lians Zeugnisse. Möchten Sie sie einsehen?«

»Frau Xu, darf ich Sie für einen Moment in mein Büro bitten? Sie müssen noch ein Anmeldeformular unterschreiben.« An Lian gewandt, sagte er: »Geh schon mal vor ins Klassenzimmer. Ich bin in fünf Minuten wieder da. Dann stelle ich dich deinen Mitschülern vor.«

Lian sah Xu an. Sie wollte ihr zu erkennen geben, daß sie sich allein nicht traute. Frau Xu drehte den Kopf weg.

Lian legte ihr rechtes Ohr an die Tür und hörte das Lärmen einer Klasse, die der Lehrer allein gelassen hat. Ihr blieb keine Wahl, sie mußte hineingehen. Wenn Herr Du in ein paar Minuten zurückkam, konnte sie nicht mehr im Gang stehen; das würde einen schlechten Eindruck machen.

Herzlicher Empfang

Kaum hatte sie die Tür geöffnet, geriet die Klasse völlig außer Rand und Band. Die Mädchen schwatzten noch lauter miteinander als zuvor und zeigten mit dem Finger auf Lian. Die Jungen sprangen auf die Tische und brüllten wie eine Herde wild gewordener Stiere. Ein schlaksiger Bengel stellte einen runden Hocker auf das Podest, packte ihn an zweien der drei Beine und richtete die Sitzfläche auf Lian. *Tatatata!* Er imitierte das Geräusch eines Maschinengewehrs und tat, als würde er sie mit einer Salve niedermähen. Ein kleiner, stämmiger Junge schwenkte einen Besen mit langem Stiel im Kreis und kreischte dazu in schrillem Ton: *Riee-rierie!* Er machte eine B-52 nach, die im Tiefflug über den Wohnhäusern kreiste. Der bedrohliche Lärm des Bombenwerfers sollte Lian davor warnen, daß jeden Moment eine Ladung Splitterbomben auf sie niedergehen könnte.

Andere Jungen folgten dem Beispiel der beiden und rannten in zwei verschiedene Ecken des Klassenzimmers, wo sie Schilfhandfeger und Kehrichtschaufeln aus den Wandschränken holten. Sie schlugen sie gegeneinander und veranstalteten einen ohrenbetäubenden Lärm ...

Lian stand vor der Klasse und wußte nicht, wie sie sich verhalten sollte. Die Mädchen hörten zu reden auf und betrachteten verwundert die ungewohnte Szene. Instinktiv schoben sie Lian die Schuld zu: »Roll dich davon, du faules Ei! Laß uns gefälligst in Ruhe! Wozu hast du die beiden dunklen Löcher in deinem Kopf? Siehst du nicht, was für ein Durcheinander du anrichtest?!«

Zuerst erklärten ihr die Jungen den Krieg, und dann

schimpften die Mädchen sie auch noch aus. Lian rannte aus dem Zimmer und stellte sich weinend in eine Ecke.

Ein großes, schlankes Mädchen war ihr gefolgt. Sie legte ihr eine Hand auf die zuckenden Schultern: »Hab keine Angst. Die Jungs meinen es nicht böse. Sie ziehen dich nur auf.«

Lian hörte auf zu weinen und sah das Mädchen dankbar an.

»Wie heißt du?« fragte das Mädchen.

»Lian«, sagte sie unter Tränen, »Lian Shui.«

»Ich heiße Xiangyin. Willkommen bei uns.«

In der großen Pause ging Lian zur Toilette. Die Mädchen tuschelten miteinander und starrten sie an. Komisch, aus der Art, wie sie zu ihr hinsahen, sprach ein gewisser Neid. Worauf wohl? Doch sie war von dem Empfang in ihrer Klasse noch zu erschrocken, als daß sie ihre Gedanken hätte erraten können.

Als sie ins Klassenzimmer zurückkam, sah sie sich nervös um. Keiner gab einen Mucks von sich. Die Jungen hefteten die Augen auf sie, ließen ihre Gesichtsmuskeln wie einen Batzen Brotteig hängen und kneteten daraus allerlei unheimliche Formen: das Maul eines hungrigen Wolfs, einen angreifenden Tiger, einen schlauen Fuchs und eine grinsende Hyäne. Lian sah in eine andere Richtung und hörte sie sofort kreischen:

Zimperliese trinkt Wasser voll Dreck
Ihr Bauch wird rund wie'n Stück Speck
Da kommt dann ein Soldat vorbei
Pflanzt in ihr'n Kopf 'ne Dattel rein,
Und die, die ist pechschwarz.

Drohten sie ihr mit dem Tod? In der Umgangssprache bedeutete ›schwarze Dattel‹ schließlich soviel wie ›Gewehrkugel‹. Sie kannte das Lied noch aus ihrer Kindergartenzeit; damals hatten sie damit immer die Heulsusen in ihrer Gruppe geärgert. Sie verstand nicht, warum sich die Jungen so kindisch aufführten. Die Mädchen kannten sie noch nicht einmal, hatten sie aber offenbar schon zur Feindin erklärt. Sie wollten nichts mit ihr zu tun haben, als sei das die selbstverständlichste Sache der Welt.

Sie fühlte sich einsam unter den Krawallmachern und litt unter den feindseligen Blicken. Unwillkürlich öffnete sie ihre Federschachtel. Darin lag ihr einziger Trost: eine Kette aus fluoreszierenden Plastikperlen, die Vater ihr zum achten Geburtstag geschenkt hatte.

Vater hatte die Kette unter eine Leselampe im Wohnzimmer gelegt und ihr vorgeschlagen, sie einmal mit in den dunklen Wandschrank zu nehmen.

O Himmel! Die Kugeln leuchteten auf – sie sandten hellgrüne Strahlen aus. Sie waren wie Sterne. So etwas Zauberhaftes hatte Lian noch nie gesehen. Sie hatte sich sofort in die Perlen verliebt.

Seit vier Jahren behandelte sie die Kette wie ein Kleinod. Für sie war es eine Art Schutzengel. Wenn sie sich vor etwas fürchtete oder niedergeschlagen war, brauchte sie nur die Kette in die Hand zu nehmen. Sobald sie dann auf die Perlen blickte, tauchte Vaters liebes Gesicht vor ihr auf.

Aus solchen Erinnerungen an ihre Lieben baute sich Lian ein behagliches Nest, in das sie sich immer mehr zurückzog, nachdem die Welt um sie herum so kalt und unheimlich geworden war. Sie hatte eine Technik entwickelt, mit offenen Augen, am hellichten Tag und inmitten ihrer feindseligen Mitschüler Bilder aus der Vergangenheit vor ihren Augen lebendig werden zu lassen. Ihr Unglück war eine Art Hefe, die ihre Vergangenheit zu einem herrlichen Wein vergor, noch die alltäglichsten Vorfälle von früher schmeckten wie Nektar.

Außer an die Eltern dachte sie oft an Kim, weil sie nun keine einzige Freundin mehr hatte.

Bestohlen

Während der Pause war Lian zur Toilette gegangen. Als sie ins leere Klassenzimmer zurückkam, ahnte sie Schlimmes: Ihre Federschachtel stand weit offen. Sie eilte zu ihrer Bank, und richtig: Die Kette war weg! Lian rannte aus dem Raum und schaute ratlos umher. Eine Horde Jungen grinste sie an.

»Ich will meine Perlen wiederhaben!« jammerte sie.

Als die Jungen ihr verzweifeltes Gesicht sahen, kreischten sie vor Begeisterung: Der Streich war gelungen! Doch das war noch nicht alles. Wie der Wind rannten sie durch den Gang und versuchten Lian aus der Reserve zu locken: »Komm doch und hol sie dir.«

Freude machte ihre Füße federleicht, und sie sauste hinter ihnen her. Sie flitzten in stets neuen Windungen durch das Gebäude wie eine besonders flinke Schlange. Lian erkannte rasch, daß man sie zum Narren hielt. Sie bettelte: »Bitte, gebt mir meine Kette wieder. Wollt ihr im Tausch meinen Füller, den mit den gelben Sternen?«

Ihr Flehen stachelte die Jungen noch mehr an. Von Lian verfolgt, jagten sie ins Treppenhaus. Am Fuß der Treppe blieben sie stehen und grinsten sie an; sie genossen es, sie leiden zu sehen. Einer der Jungen holte die Kette aus der Hosentasche und ließ ihren Lieblingsschmuck in der Luft baumeln.

Sie sah das Gesicht von Vater, der jetzt in der Wüste war. Abschiedsszenen rollten sich vor ihren Augen ab. Sie war am Ende und schluchzte wie ein Kleinkind – sie stampfte mit den Füßen, schlug sich mit den Händen auf die Knie und schrie laut auf.

Der Anführer der Gruppe schlenkerte nur noch heftiger mit den Perlen. Die anderen starrten sie verblüfft an und brachen dann in brüllendes Gelächter aus.

Pingpong

Herr Hong gab das Ergebnis der Physikarbeit bekannt: Lian hatte die beste Note. Für sie war das nichts Besonderes; an ihrer alten Schule hatte sie auch immer gute Zensuren gehabt. Für die Klasse war es jedoch eine Sensation: Das hätten sie von so einer Heulsuse nicht erwartet.

Während der Mittagspause sagte Rui, der große, magere Junge, der sie am ersten Tag mit dem Hocker ›beschossen‹ hatte: »Lian, du siehst aus wie meine Cousine in Shanghai.«

Sie wurde rot. Jeder kannte den Spruch:

Kanton ist die Stadt, wo man köstliches Essen hat.
Aber in Shanghai stehen die hübschen Mädchen in der Reih'.

Erstaunt sah sie Rui an: Warum machte ihr dieser Plagegeist plötzlich ein verstecktes Kompliment?

Auch Ming, der kleine stämmige Junge, der damals mit seiner B-52 die Bombenladungen auf sie abgeworfen hatte, wollte sich bei ihr beliebt machen. Er zeigte ihr eine Armbanduhr mit Leuchtziffern.

»Opa Himmel, die ist aber toll!« rief sie aus, nicht nur vor Staunen, sondern auch um ihm eine Freude zu machen.

Er zog seine Hosen am Gürtel hoch, wie es Jungen tun, die zeigen wollen, wie stolz sie sind, und sah sich nach allen Seiten um. Als er sicher war, daß ihnen keiner zuhörte, flüsterte er ihr ins Ohr: »Ich mußte drei Tage hintereinander ein blödes Buch lesen, damit mir mein Vater die Uhr für einen Tag leiht. Du magst doch solches Glitzerzeug, oder?«

»Wie hieß denn das blöde Buch?«

»*Berühmte Erfinder der Welt*. Ein bourgeoises Buch, das die Rotgardisten nicht gefunden hatten, weil es hinter meine Kommode gefallen war. Aber was habe ich davon? Wenn ich hundert Jahre früher geboren wäre, hätte ich ein besseres Grammophon erfunden als Edison!«

Nach der Schule kam eine Gruppe Jungen aus der Klasse auf Lian zu. Rui war der Wortführer. Er fragte, ob sie mit zu Ming nach Hause käme. Sie verstand den plötzlichen Sinneswandel nicht, aber sie nickte, und die Jungen warfen ihre Mützen oder Schultaschen in die Luft und sprangen übermütig herum wie junge Hunde.

Wie bei den meisten chinesischen Familien üblich, wohnten bei Ming zu Hause drei Generationen unter einem Dach. Die Großmutter war wie eine Eidechse. Auf ihren faustgroßen Füßchen trippelte sie mit Tee, Obst und Süßigkeiten erstaunlich flink ins Spielzimmer und wieder hinaus. Die Jungen fühlten sich von ihr gestört. Aber Lian war überglücklich – endlich ein Mensch, der sie beachtete. Das entging Mings Oma natürlich nicht. Sie stützte sich auf der Tischkante ab, schaukelte auf ihren kleinen Füßen näher heran und setzte sich neben Lian. Mit ihren welken, runzligen Fingern streichelte sie Lians Hände und hielt einen geheimnisvollen Monolog. Sie sprach den Dialekt von *Zhejiang*, einer Provinz in der Nähe von Shanghai. Wenn Lian auch kein einziges Wort verstand, so spürte sie doch, daß diese alte Frau sie mochte, und das versetzte sie in einen regelrechten Rausch.

Rui schlug vor, Pingpong zu spielen. Weil sie keine Tischtennisplatte hatten, schlugen sie den Ball gegen die Wand. In ihrer alten Schule war Lian in der Pingpongmannschaft gewesen; sie spielte genauso gut wie die Jungen. Während sie wartete, bis sie an der Reihe war, kostete sie die Geselligkeit schwelgerisch aus. Seit sie vor einer Woche ins Kinderheim gezogen war, hatte sie noch kein einziges Mal so viele lachende Gesichter beisammen gesehen.

Im Untergrund

Am Tag nach dem gemeinsamen Tischtennisspiel fragten die Jungen Lian nach der Schule: »Kommst du mit zu den unterirdischen Räumen der Universität?« Erwartungsvoll und verschwörerisch blickten sie Lian an.

Eigentlich hatte sie wenig Lust; bestimmt war es dort finster und gruselig. Aber wenn sie ihre Angst zugab, würden die anderen sie auslachen und als feige beschimpfen. Besser, sie *straffte die Kopfhaut*. Ohne mit der Wimper zu zucken, sagte sie zu.

Lian folgte den Jungen in das Tunnelgewölbe. Es stank durchdringend nach Urin. Im Stockfinsteren wirkte der Gang noch beengter. Zum Glück gelangten sie schnell in einen kleinen Saal.

Flup! Eine orangerote Flamme erleuchtete den Raum. Rui hatte ein Feuerzeug in der Hand, und Ming zog ein Päckchen aus der Jackentasche. Wieder zeigte sich das verschwörerische Grinsen auf ihren Gesichtern. Sie nahmen sich eine Zigarette aus dem Päckchen, steckten sie an und wetteiferten miteinander, wer die rundesten Kringel blasen konnte. Sie strahlten wie Wiesel mit einem Huhn im Maul. Statt der Flamme von Ruis Feuerzeug sah man jetzt sechs rote Lichtpunkte.

Rauchen war auf der Oberschule streng verboten. Wer erwischt wurde, wurde mindestens so hart bestraft, als hätte er jemandem bei einer Rauferei das Nasenbein gebrochen. Wie konnten sie nur! Lian wollte sich nicht in die Sache hineinziehen lassen und rief: »Werft das Dreckzeug weg. Sonst gehe ich und werde nie wieder mit euch spielen!«

Guofeng, ein kleiner, gelenkiger Junge, versuchte sie zu beschwichtigen: »Reg dich wieder ab. Das ist nicht das erstemal. Wenn du uns nicht verpetzt, erfährt es niemand. Hier im Bunker sind wir sicher.«

Lian stürmte zum Ausgang.

Rui schrie: »Die Zigaretten weg! Wegen so was fangen wir keinen Streit an!« Er zwinkerte seinen Kumpanen vielsagend zu: »Wem schmecken die Dinger denn wirklich? Seid mal ehrlich. *Ich kann euch doch an der Schwanzspitze ablesen, ob ihr trocken oder dünn kacken werdet*. Rauchen ist bloß interessant, weil es verboten ist. Na los, oder ist jemand anderer Meinung?«

Die orangefarbenen Pünktchen wurden an der Wand ausgedrückt. Lian hörte die Jungen maulen: »Das kommt davon, wenn man mit einem Weib loszieht.« Sie hielten sich die Nase zu und äfften schrille Mädchenstimmen nach: »Dies ist verboten ... das ist verboten ...«

Ming, der bisher geschwiegen hatte, mischte sich ein: »Na, hört mal, so eine Zicke ist Lian aber nicht! Hat sie sich bis jetzt nur einmal so angestellt?«

Um die unangenehme Diskussion zu beenden, schlug Lian vor, Verstecken zu spielen – dieser verwinkelte Zufluchtsort war dafür wie geschaffen.

Während Guofeng und Rui sich die Augen zubanden und laut bis hundert zählten, rannte Lian mit Jie, einem dünnen, blassen Jungen, zu einer versteckten Nische in einem Gang, den die anderen nie im Leben entdecken würden – das hofften sie jedenfalls. Sie verhielten sich mucksmäuschenstill, bis Guofeng und Rui nichtsahnend an ihnen vorbeiliefen. Erleichtert krochen sie aus ihrem Versteck, um kurz Arme und Beine zu strecken. Dann schlüpften sie wieder in die Nische, für den Fall, daß die Fänger unverhofft zurückkämen.

Um sich die Zeit zu vertreiben, unterhielten sie sich flüsternd. Mit Jie konnte Lian gut reden; er spielte sich nicht so auf wie Rui und Ming und tat ihre Fragen nie hochmütig ab.

»Weißt du, Jie, ich frage mich schon die ganze Zeit: Warum seid ihr nur mit mir befreundet und nicht mit den anderen Mädchen? Und was ich auch nicht verstehe: Erst überschüttet ihr mich mit Beleidigungen, und drei Tage später sind wir auf einmal die dicksten Freunde. Bin ich denn nicht dieselbe Lian wie vorher?«

»Wer sagt, daß wir dich beleidigt haben?«

»Na, hör mal! Einen Hocker als Maschinengewehr zu nehmen und auf mich zu feuern oder mir meine Lieblingskette zu stehlen, nennst du das etwa keine Beleidigung? Das war doch wohl kaum ein Freundschaftsbeweis!«

»Aber sicher! Wir Jungen, äh, Männer, ärgern ein Mädchen nur, wenn wir es schnuckelig finden. Welcher Blödmann hat denn Lust, eine Zimtzicke zu triezen? Oh, das war zu komisch, als du auf der Treppe wegen dem Plastikkram geheult hast!«

»Ist das dein Ernst?«

»Ich schwöre es beim Kleinen Roten Buch von Mao Zedong. Wenn du mir nicht glaubst, frag doch Rui oder Guofeng, oder die anderen. Sie werden dir sogar noch mehr erzählen. Sie halten dich nämlich für das hübscheste Mädchen der ganzen Schule. Nur ich bin da anderer Meinung. Ich finde, meine Schwester Liuxiang ist die Schönste. Und dabei bleibe ich. Wenn die Polizei es erlaubt, heirate ich sie später.«

Lian schwieg. Was Jie da erzählte, war ihr vollkommen neu. Es rückte ihre Erfahrungen der vergangenen anderthalb Wochen in ein ganz anderes Licht. Mit einem Schlag war ihr klar, warum die Mädchen aus ihrer Klasse – außer Xiangyin – und die auf der Toilette sie so neidisch anstarrten; wie es kam, daß sie ihr schon am ersten Tag die Schuld an der Kriegserklärung der Jungen gegeben hatten; warum die Jungen sie mit offenem Mund angestarrt hatten, als sie mit den Füßen aufstampfte und um ihre fluoreszierenden Perlen bettelte; warum sie wie Welpen herumsprangen, wenn sie ihnen versprach, mitzuspielen.

Trotzdem fand sie es widerlich, auf welche Art sie ihre Zuneigung ausgedrückt hatten. Die Schikanen hatten einen Sprung in die Vase ihres Herzens geschlagen ...

Fallgruben

Lian spielte mit den Jungen im verwilderten Garten hinter der Universität ›Fallenstellen‹. Dieses Spiel hatten sie dem Film *Der Grabenkrieg* abgeschaut – einem der vier Filme, die seit 1967 gezeigt werden durften. Die drei anderen hießen: *Der Landminenkrieg*, *Lenin in der Oktoberrevolution* und *Lenin 1917*. Auch wenn man sie schon hundertmal gesehen hatte, konnte man nie genug davon kriegen. Selbst wenn man mitten in der Nacht geweckt würde, um einen Abschnitt aus einem der vier Klassiker herzusagen, wäre das kein Problem:

Da Shitou, auf dem Wachturm haben sie das Feuer entzündet: Die japanischen Teufel sind im Anzug und werden, noch ehe wir eine Pfeife Tabak geraucht haben, in unserem Dorf sein!

Wie schlaftrunken man auch war, die Antwort konnte man mühelos, Wort für Wort, herunterleiern:

Schlag den Gong und ruf die Dorfbewohner zusammen. Wir heben Fallgruben aus für die Sakesäufer!

Wenn auch keiner wußte, ob die USA im Süden Europas oder im Osten lagen, waren doch alle bestens informiert, wie man eine Fallgrube baut oder eine Landmine legt.

Die sieben Kinder spalteten sich in zwei Gruppen. Lian war in der Gruppe von Jie, Ming und Xiaoyong. Sie kämpften gegen Rui, Guofeng und Weilong. Jede Partei bekam weit entfernt voneinander ein Stück Land zugewiesen. Sie durchkämmten die Umgebung auf der Suche nach Eisenstücken, die sie als Schaufeln verwenden konnten. Nach dem Graben sammelten sie Äste, die weder zu dick noch zu brüchig waren. Daraus flochten sie eine Art Satérost, den sie über die Gruben legten. Wenn die Eindringlinge darauf traten, mußten die Äste stark genug sein, sie zunächst zu tragen, aber auch so trocken, daß sie gleich darauf mit einem *kracks!* durchbrachen, worauf die Feinde unter Anrufung Buddhas in die Grube purzeln würden. Je mehr Mitglieder einer Gruppe in der Falle landeten, desto schwerer war die Niederlage.

Lians Gruppe durfte ihre Gegner nicht unterschätzen, denn Weilong verschlang Kriegscomics und war ein As im Ausdenken von Tricks. Aber Lian war auch nicht auf den Kopf gefallen. Sie mußte an eine spannende Episode aus *Der Landminenkrieg* denken:

Nachdem die japanischen Truppen durch die Landminen der chinesischen Bauern schwere Verluste erlitten hatten, riefen sie um Hilfe. Man holte Sprengstoffexperten aus Tokio, die zahlreiche Minen entschärften. Ein pfiffiger kleiner Chinese hatte eine Mine erfunden, die nicht mit Pulver, sondern mit seinen eigenen Exkrementen geladen war. Als der japanische Experte die Bombe untersuchte, fiel er von dem Gestank in Ohnmacht.

Soweit Lian wußte, war dieses Verfahren beim Fallgrubenspiel noch nie eingesetzt worden. Sie zog mit Jie los, um Pferdeäpfel zu sammeln. Das war nicht so schwer. Da Pferd und Wagen auch in der Stadt eines der drei wichtigsten Beförderungsmittel waren, gab es Pferdeäpfel im Überfluß.

Rui war der Unglückliche, der in der Falle landete. Als er seine Beine aus der Grube zog, waren Schuhe und Hosenbeine gelb vom Mist. Seine Mitstreiter, die mit Kampfgebrüll Lians Front bestürmten, blieben wie angewurzelt stehen. So still hatte Lian sie noch nie gesehen. Sie machten auf der Stelle kehrt und rannten um ihr Leben.

»Hurra, die Angreifer ziehen den Schwanz ein und hauen ab!« jubelten die Soldaten in Lians Armee. Sie wollten frische Pferdeäpfel holen, aber die Gegner kamen schon wieder zurück.

»Rui ist nach Hause gegangen, er verpestet die Luft!« rief Guofeng. »Das Spiel hängt uns zum Hals raus. Machen wir was anderes?«

»Mit anderen Worten: Ihr ergebt euch. Einverstanden. Erzählen wir uns jetzt Geschichten?«

»In Ordnung. Das können wir nämlich besser.« Weilong sah eine Gelegenheit, sich zu rächen.

Getroffen

Gruselgeschichten, Räuberpistolen und Witze, die sie schon x-mal erzählt oder gehört hatten, wurden wiedergekäut. Es ging um die Geselligkeit, nicht um den Inhalt. Die Jungen wurden immer alberner und fingen an, sich gegenseitig aufzuziehen. Xiaoyong dachte sich einen neuen Spitznamen für Weilong aus: ›Froschmaul‹. Sie schauten auf Long, schlugen sich auf den Bauch und kugelten sich vor Lachen. Wahrhaftig, sein Mund reichte vom einen Ohr bis zum anderen. Wenn man ihn von vorn ansah, fiel es nicht so auf. Aber im Profil präsentierte sich einem ein Spalt, der die Wangen halbierte. Ein richtiges Froschmaul!

Long gab Ming den Namen ›Baumstumpf‹ wegen seiner gedrungenen Gestalt. Nach etwa zehn Minuten hatte jeder einen Spitznamen – bis auf Lian. Sie sah sich unruhig nach allen Seiten um, weil sie wußte, daß sie jetzt an der Reihe war. Die Jungen musterten sie von Kopf bis Fuß und öffneten den Mund, ohne etwas zu sagen. Nach einer Weile flüsterte Weilong Jie etwas zu. Offenbar von den Funken einer genialen Idee erleuchtet, übertrug dieser seine Aufregung auf Guofeng. Im Nu sahen alle begeistert aus.

Weilong rief: »Eins, zwei, drei!«, und die Jungen sangen im Chor: »Be-zau-bern-des Wai-sen-mäd-chen!«

Lian traute ihren Ohren nicht. *Waisenmädchen?* War sie in ihren Augen eine Waise?

Nichts hätte sie mehr treffen können als dieser Spitzname. Sie war außer sich vor Zorn, beherrschte sich aber: In gewissem Sinn hatten sie recht. Sie hatte keine Eltern, die für sie bereitstanden, keine Familie, die mit ausgebreiteten Armen und voller Zuneigung auf sie wartete. Aber wie konnten sie es übers Herz bringen, sich darüber lustig zu machen? Eine Bande von Sadisten, die einer Ertrinkenden auf den Kopf traten!

Sie rannte zu einer Fallgrube, von der die Tarnung bereits weggenommen war, und sprang hinein. Wenn es nach ihr ginge, käme sie nie wieder aus dieser Grube heraus. Hier gehörte sie hin, weit weg von den Jungen, die sie für ihre Freunde gehalten hatte, und weit weg von der Welt, die ihr die Eltern genommen und sie wie ein überflüssiges Möbelstück aus dem Haus geworfen hatte. Jetzt begriff sie, was sie von den Jungen trennte.

Die Jungen verstanden erst gar nicht, was in sie gefahren war, bis Ming schrie: »Weilong, du Tolpatsch, weißt du überhaupt, was ›Waise‹ bedeutet? Lians Eltern sind doch nicht tot!«

Weilong wurde blaß. »Ja, aber die Betonung lag auf ›bezaubernd‹, nicht auf ›Waise‹. Früher gab es doch einen Film, der so hieß. Die Schauspielerin sah Lian täuschend ähnlich!«

»Was stehst du da, als ob du einen Besenstiel verschluckt hättest? Geh zu ihr und entschuldige dich!« befahl Ming und schubste Weilong in Lians Richtung.

Lian las einen Haufen Stöcke zusammen und hielt abwartend einen in der Hand. Sie würde ihn nach Weilong werfen, falls er es wagen sollte, näher heranzukommen. Ihre Augen sprühten Funken. Er wich zurück, als er ihr Gesicht sah. Dann versuchten Jie und Guofeng sich der Grube zu nähern, aber sie wurden mit einem Bombardement von Holzstücken vertrieben.

Ming war der einzige, der an seinem Platz blieb. Er sah erschrocken und traurig aus. Nachdem seine Kumpane einer nach dem anderen zum Rückzug gezwungen worden waren, legte er seine Hände wie eine Trompete an den Mund und rief mit schallender Stimme: »Liebe Lian, hör auf damit! Ist es nicht ein bißchen übertrieben, sich über einen Scherz so aufzuregen? Long hat es nicht so gemeint. Laß uns Frieden schließen.«

Sie kroch aus ihrem Versteck, warf Ming den letzten Zweig ins Gesicht und rannte ins Kinderheim. Dort gehörte sie hin, als armseliges Findelkind.

Kein Berg zu hoch

Gegen acht betrat Lian zufällig zusammen mit Weilong das Schulgebäude. Er lächelte sie honigsüß an, aber sie behandelte ihn wie Luft.

In der Pause marschierten ihre sechs früheren Freunde, mit Rui an der Spitze, durch das Klassenzimmer. Die Mädchen kreischten, als sähen sie ein Gespenst. Rui schwenkte einen langen Stock, an dessen Spitze sie eine tote Katze gebunden hatten. Die Jungen sangen und tanzten. Abwechselnd schwangen sie den Stock mit dem Kadaver durch die Luft. Je lauter die Mädchen ihren Ekel herausschrien, um so ausgelassener führten die Jungen das Schauspiel mit der armen Katze auf. Und das alles in der Hoffnung, Lian zu erschrecken oder zum Lachen zu bringen und so das Eis zu brechen.

Lian starrte unbewegt vor sich hin und zeigte nicht die geringste Regung. Sie ließ die Jungen in ihrem eigenen Saft schmoren und schlenderte aus der Klasse. Aber im Grunde ihres Herzens empfand sie Mitleid, wenn sie daran dachte, wie sehr sie sich abmühten. Oder war es Liebe? Starrsinnig hielt sie an ihrer Überzeugung fest, daß es zwischen ihr und diesen verwöhnten Jungen keine Freundschaft mehr geben könne. Die sechs hatten alles, was ihr fehlte: ein Zuhause, einen Vater und eine Mutter.

Es war erst halb sechs, aber Lian lag schon im Bett. Die Mädchen aus ihrem Zimmer waren zum Abendessen in die Kantine gegangen. Lian hatte keinen Appetit. Seit Tagen nicht. Ihr Magen war nicht in Ordnung, und ihr Schlaf war mehrere Nächte nacheinander von Alpträumen zerstückelt worden. Tagsüber war sie müde und lustlos. Heute legte sie sich früh ins Bett.

Riets-riets ... Am Fenster kratzte etwas.

Einbrecher! Sie stand auf und hastete zum Lichtschalter. Hinter der Scheibe war ein Gesicht. Vom grellen Licht geblendet, kniff jemand die Augen zu.

Merkwürdig, der Dieb hatte einen Papierhut auf. So einen hohen, spitzen, wie ihn die Konterrevolutionäre trugen, wenn sie von den Rotgardisten durch die Straßen getrieben wurden. Nur standen auf dieser Mütze keine Sätze wie: *Ich bin ein Schlangengeist und Rinderteufel* oder *Ich bin ein Geheimagent der USA und hierhergekommen, um westlichen Kapitalisten zu helfen, China zugrunde zu richten.* Warum trug der Dieb diesen Hut? So fiel er doch sofort auf.

Aber als sie genauer hinsah, konnte sie nicht ernst bleiben: »Jie! Was machst du denn hier?«

Er winkte Lian begeistert zu. Sie sah ihn schwanken ...

Opa Himmel! Der kalte Schweiß brach ihr aus. Sie wohnte im zweiten Stock. Das hieß, Jie mußte auf einer enorm langen Leiter stehen. Wenn er nun das Gleichgewicht verlor?! Sie lief zum Fenster und blickte nach unten. Die Leiter war nicht aus Holz oder Eisen, sondern wurde von ihren ehemaligen Spielkameraden gebildet; zu sechst hatten sie einen Turm von fast neun Metern Höhe gebaut, indem einer auf die Schulter des anderen geklettert war. Und Jie, der leichteste und gelenkigste, stand ganz oben. Der kleine, stämmige Ming war die unterste Sprosse. Auf seinen Schultern stand Weilong, und auf dessen Schultern balancierte Xiaoyong.

Sie war perplex. Mit erstickter Stimme sagte sie zu den Draufgängern: »Steigt vorsichtig ab. Ich verspreche, mit euch zu reden.«

Rui, der als mittlere Sprosse diente, versuchte Lian anzusehen, aber die menschliche Leiter geriet sofort ins Schwanken.

»Achtung! Sonst sind wir gleich *Pias* aus Menschenhackfleisch!« warnte Jie, der die brenzligste Position innehatte.

Es kostete die Jungen ein paar nervenaufreibende Minuten, bis die Leiter sicher abgebaut war.

Lian mußte nun wohl oder übel mit ihnen reden. Aber was sollte sie ihnen sagen? Daß sie sich bei ihnen wie ein Wesen von einem anderen Stern fühlte? Daß sie nicht mehr mit ihnen spielen, lachen und Streiche aushecken konnte, weil ihr das Trennende zu bewußt war? Sie würden sie doch nicht verstehen. Trotzdem ging sie vor das Haus; die Jungen standen dort im Kreis und sahen sie hoffnungsvoll an.

Es kostete sie genauso viel Mühe wie der Versuch, das letzte Restchen Zahnpasta aus der Tube zu quetschen: »Wenn ... wenn ihr denkt, daß ich noch wütend bin wegen des ... Spitznamens, dann liegt ihr meilenweit daneben. Es ist nur, daß ich ... ich habe einfach keine Lust mehr, mit euch zusammenzusein ... Wenn ... wenn ihr mich noch einmal belästigt, melde ... melde ich euch bei Direktor Du!«

Nie, niemals würde sie die erschrockenen und verletzten Gesichter vergessen. Sie sahen aus wie kleine Äffchen, die ihren Augen nicht trauen wollen, wenn sie von ihrem geliebten Pfleger aus dem Käfig geholt, auf den Experimentiertisch geschnallt und mit einem die Muskeln lähmenden Mittel vollgespritzt werden. Sie begriff bei Buddha nicht, wie sie so grausam sein konnte. Selbst die größten Draufgänger konnten beim bloßen Gedanken an die vernichtende Macht einer solchen Denunziation nur Angst und Schrecken empfinden.

NADELN

In der Nacht träumte Lian von einer Menschenleiter, die hoch, ganz hoch zum Himmel reichte, bis ins Nirwana. Sie selbst befand sich weder im Nirwana noch auf der Erde. Vor ein paar Tagen hatte sie beschlossen, ihren Körper zu verlassen – aus Selbstschutz. Ihre Seele schwebte durch den Äther, unerreichbar für Kummer und Schmerz, einsam und ziellos. Mit einer drückenden Klammer um die Stirn wachte sie auf.

Zum Glück ließ der Schmerz gegen zehn Uhr etwas nach. Plötzlich zogen sich die Nerven hinter ihren Ohren zusammen – sie spürte einen Stich. Nach einer Weile schlug der stechende Schmerz von neuem zu. Noch bevor sich Lian an ihn gewöhnt hatte, war er vorüber. Sie versuchte, sich seinem Rhythmus anzupassen. Vergeblich. Mal kündigte er sich innerhalb einer Minute wieder an, dann wieder ließ er fünf peinigende Minuten auf sich warten. Lian blieb in ständiger Anspannung, um gegen den Schmerz gewappnet zu sein.

In der Pause kam Herr Du auf sie zu. »Lian, du siehst blaß aus. Geht es dir nicht gut?«

Gerührt von seiner Sorge, vergaß sie für einen Moment

den Schmerz. Ihre Überzeugung, allein auf ihrer Insel zu sein, geriet ins Wanken.

Bei ihrer Antwort blieb sie ganz sachlich: »Ich habe Kopfschmerzen, Herr Du.«

»Soll ich das Kinderheim anrufen und fragen, ob du zum Arzt gehen darfst?«

»Nein, nein, ich kann auch allein ins Krankenhaus gehen!« Lian dachte an die saure Miene von Frau Xu, als Zhuoyue letzten Donnerstag gesagt hatte, sie habe Fieber. Die Angestellten des Heims konnten Kinder nicht ausstehen, um die sie sich mehr als üblich kümmern mußten. Lian ging lieber auf eigene Faust ins Krankenhaus.

Der Arzt, der sie untersuchte, sagte: »Tut mir leid, Kind, ich kann nichts Besonderes finden, das die Beschwerden verursacht. Lebst du denn gesund? Schläfst du gut? Was ißt du im allgemeinen? Wenn die Schmerzen nach zwei Tagen noch nicht weg sind, dann komm mit deinem Vater oder deiner Mutter wieder. Ich kann dir nicht richtig helfen, bevor ich mit ihnen gesprochen habe.«

Tränen stiegen ihr in die Augen. Sie flehte: »Ich habe keine, nein, meine Eltern wohnen nicht in Peking. Bitte, tun Sie etwas gegen die Schmerzen!«

Als er ihr schmerzverzerrtes Gesicht sah, meinte er: »Akupunktur könnte die Beschwerden vielleicht ein wenig lindern, aber diese Behandlungsmethode schließe ich aus. Ihr Kinder bleibt lieber krank, als euch mit Nadeln stechen zu lassen, oder?«

Sie widersprach ihm heroisch: »Ich bin anders. Verschreiben Sie mir das ruhig. Ich schwöre beim Kleinen Roten Buch des Vaters, der Mutter, des Liebhabers und der Liebhaberin in Einer Person, daß ich die Kur durchhalte.«

Offenbar hatte sie den Arzt überzeugt, denn er kam ihrem Wunsch nach. Sie wurde in ein großes Zimmer geführt, wo sie sich auf einen Drehstuhl setzen mußte. Vier Nadeln wurden hinter ihre Ohren gesetzt, sechs auf die Kopfhaut und acht in die Knie. Über einen Silberdraht waren sie mit einem summenden Apparat in der Ecke des

Zimmers verbunden, der Vibrationen in ihren Körper übertrug. Auf den vibrierenden Nadeln blitzte das Sonnenlicht, das ins Zimmer fiel. Lian wurde vor Schmerz und vom Anblick der glänzenden Nadeln und Drähte schwindlig. Wenn Vater oder Mutter hiergewesen wären, hätte sie gejammert und versucht wegzulaufen. Aber so blieb sie brav und vernünftig sitzen, aus freiem Willen an die Foltermaschine gekettet.

Der Akupunkturarzt, der eine Szene mit Gejammer und Protest erwartet hatte, wunderte sich über ihre Gelassenheit und sprach ihr ein dickes Lob aus: »Du bist ein tapferes Mädchen. Wenn nur alle Kinder wären wie du, müßten sie sich nicht so lange mit ihren Krankheiten quälen.«

Trotzdem wurden die Nervenschmerzen nur noch schlimmer und griffen auf Lians Gliedmaßen über. Wäre sie noch zu Hause bei ihren Eltern gewesen, hätte sie sich geweigert, in die Schule zu gehen. Die Eltern hätten sie verwöhnt, und sie hätte alles tun dürfen, was ihr sonst verboten war: im Bett essen, lesen und vor allem – Vater und Mutter nicht gehorchen und ihnen sogar widersprechen. Aber hier im Heim wäre es langweilig und traurig, allein im Zimmer zu liegen. Alle anderen würden in die Schule gehen, und die Erzieherinnen würden das ›lästige Balg‹ vernichtend anblitzen, wenn sie überhaupt einen Blick an sie verschwendeten. Dann stand Lian doch lieber auf und zog sich an.

Qiuju, die gerade ihr Bett machte, sah, wie sich Lians Gesicht in Krämpfen zusammenzog: »Lian, du brauchst dich nicht zu schminken. Mit der Mimik kannst du auf der Stelle im Staatszirkus als Clown auftreten.«

Lian gönnte Qiuju diese Chance, sich an ihr zu rächen. Drei Tage nach ihrer Ankunft hatte Lian schon eine kleine Heerschar Verehrer, während die Jungen Qiuju behandelten wie den letzten Dreck.

BAMISUPPE

Einen Monat lang hatte Lian diesen Tag herbeigesehnt – heute abend gegen sechs sollten Mutter und ihre Lagergefährten zum erstenmal heimkommen. Aus unerfindlichen Gründen durften sie nicht alle vierzehn Tage nach Hause, wie es vor ihrer Verhaftung geheißen hatte. Um halb sechs brachte Frau Liu die dreißig Kinder der verbannten Mitglieder der Universität zum Tor – dort hatten sie vor dreißig Tagen von ihren Eltern Abschied genommen. Lian hatte ihre besten Kleider angezogen. Jedes Geräusch, das das Kommen der Lastwagen verheißen könnte, ließ ihr Herz schneller schlagen.

Viertel nach sechs war es soweit. Noch bevor die vollgepfropften Transporter richtig zum Stehen gekommen waren, kletterten die Gefangenen schon herunter. Sie benahmen sich noch kindischer und ungeduldiger als ihre Kinder.

»Mein Herzblatt!« Qianrus Mutter rannte wie von Sinnen auf ihre Tochter zu und nahm sie fest in den Arm. Als würde sie sonst wie ein Vogel davonfliegen.

Lian war schon fünfmal um die vier Lastwagen herumgelaufen, konnte Mutter aber nirgends entdecken. Wirklich beunruhigt war sie nicht – die Gesichter der Reisenden sahen schließlich alle gleich aus, wie frisch ausgegrabene Kartoffeln, bedeckt mit einer dicken Schicht gelben Sandes. Selbst ihre Zähne hatten diese Farbe angenommen: Die Glückspilze, die als erste abgesprungen waren, ihre Kinder gefunden hatten und über das ganze Gesicht lachten, waren der lebende Beweis.

»Lian, Mama ist hier!« Wie sehr hatte sie diese Stimme vermißt! Sie sauste darauf zu.

Mutter stand mitten auf einem braunen Wagen, der früher einmal hellblau gewesen sein mußte, wie noch an einem quadratischen Fleck an der Seitenwand zu erkennen war, wo eine Wandzeitung geklebt hatte. Mutter stürmte Lian entgegen, eine erwachsene Frau, die wie ein Baby quietschte. Sie ging in die Hocke und umarmte Lian innig.

So, aus der Nähe, konnte Lian Mutter besser betrachten. Trotz des Staubes sah sie, daß Mutter im Gesicht schrecklich mager geworden war; die Jochbeine stachen wie zwei spitze Berge aus ihren Wangen, und ihre früher so glatte Stirn hatte Falten bekommen.

»Komm, mein Kind, komm, laß uns gleich nach Hause gehen!« sagte sie freudestrahlend und nahm Lian bei der Hand. Buddha! Mutters Handflächen waren rauh wie Sandpapier!

Weil sie in so ausgelassener Stimmung war, versuchte Mutter aufrecht zu gehen, aber ihre ungelenken Bewegungen verrieten, daß ihre Arme und Beine zu stark belastet worden waren. Lians unbändige Wiedersehensfreude wurde von Fragen überschattet: War Mutter im Lager vielleicht mißhandelt worden? Oder war die Zwangsarbeit für sie zu schwer? Es war natürlich Unsinn, diese Fragen laut zu stellen. Mutter würde ihr doch nicht die Wahrheit sagen.

Sie schlossen die Tür auf, und der vertraute Geruch ihrer Wohnung, süß wie Hyazinthen, hieß sie willkommen. Mutter ging gleich in die Küche, um das Abendessen vorzubereiten. Gemüse und Fleisch hatten sie nicht, Mutter mußte improvisieren. Das Klappern der Töpfe und Pfannen und das Summen des Wasserkessels weckten in Lian Erinnerungen an ihr glückliches Leben früher. Wehmütig betrachtete sie die Vorhänge mit den orangefarbenen und grünen Streifen, die jetzt zugezogen waren, und dachte an die Abende, die sie mit den Eltern verbracht hatte, mit Lesen, Plaudern und Teetrinken.

Nach einer halben Stunde stellte Mutter eine Schüssel auf den Tisch. Bamisuppe! Mit dem Dampf stieg der köstliche Duft dieser Delikatesse auf. *Eine tüchtige Hausfrau kann aus nichts eine herrliche Mahlzeit zaubern ...* Mit etwas Weizenmehl, eingelegten Kohlrabi, süßer Sojasauce und einem Tröpfchen Sesamöl hatte Mutter tatsächlich ein fürstliches Mahl kreiert.

Jetzt spielte sich die Lian so vertraute Szene ab: Mutter nahm den Schöpflöffel und teilte die Reisnudeln in ungleiche Portionen, Lian bekam zwei Drittel, Mutter den Rest. Lian versuchte, den Inhalt ihrer Schale in die von Mutter umzufüllen, aber Mutter hielt beide Hände über ihr Eßgeschirr: »Kind, du brauchst mehr Essen. Du mußt noch wachsen.« Und die Antwort darauf lautete: »Wie kann ich mit ansehen, wenn Sie mit halbleerem Magen zu Ihrer Arbeit trotten?« Dieses Geplänkel war so eingefahren, daß es zu einem richtigen Ritual geworden war.

Nach dem Essen fiel Lian auf, daß ihre seit Wochen anhaltende Übelkeit verschwunden war. Sie betastete ihren Kopf. Auch die Nervenschmerzen waren weg. Sie kuschelte sich in Mutters Arme und berauschte sich an ihrem warmen Duft. Mutter wollte viel zu schnell wieder aufstehen, um den Tisch abzuräumen.

»Ach nein, Mama, bitte, können wir nicht noch einen Moment sitzen bleiben?«

»Dummerchen, Mama geht nicht fort. Sie bleibt zwei lange Nächte und einen ganzen Tag bei dir. Bist du jetzt beruhigt? Dann gehe ich die Schalen ausspülen.«

Während Mutters Abwesenheit hatte Lian sich wie eine Erwachsene benehmen müssen. Nun war ihre Selbständigkeit wie weggeblasen. Seit Mutter zu ihr gesagt hatte: »Komm, wir gehen nach Hause«, hatte sich Lian wieder in ein Kind zurückverwandelt. Sie wurde albern und dehnte jedes Wort unendlich in die Länge: »Neiiin, Maa-maa, Sie geehen niicht in die Küüche!«

Gegen halb zehn wollte Mutter sie ins Bett bringen, aber Lian quengelte: »Darf ich heute bei Ihnen schlafen?«

Mutter wollte gerade nein sagen, doch als sie Lians flehende Augen in dem schrecklich schmal gewordenen, blassen Gesicht sah, gab sie nach: »Na gut. Aber ich muß noch ein paar Zeilen an Papa schreiben. Der Brief soll noch morgen früh auf die Post.«

Nach dem Frühstück wusch Mutter Lians Kleider, machte Feuer im Kohleofen, der das Badewasser erhitzte, und putzte gründlich die Wohnung. Anschließend mußte Lian in die Wanne. Während Mutter ihr den Rücken einseifte, erzählte sie, was sie Vater geschrieben hatte.

Seit dreißig Tagen war es das erstemal, daß Lian sich so waschen konnte. Im Kinderheim gab es keinerlei Möglichkeit dazu. Inspiriert von einem Satz aus dem Kleinen Roten Buch – *Besser ein schmutziger Körper und ein proletarischer Geist als ein gut geschrubbter Körper und ein schmutziger bourgeoiser Geist* –, hatten die *Revolutionäre* Anfang 1967 fast alle öffentlichen Badehäuser zerstört.

Beim Baden unterhielten sich Mutter und Lian über alles mögliche. Das wichtigste Thema war natürlich Vater. Mutter und Tochter wetteiferten, wer die meisten seiner Briefe auswendig kannte. Sie diskutierten über jeden Satz – darüber, was er bedeutete und was Vater ihnen damit vielleicht versteckt mitteilen wollte.

Nach dem Bad zeigte Lian ihre Arbeitsergebnisse aus der Schule, verlor jedoch kein Wort über ihre kurze Freundschaft mit den Jungen, das Leid, das sie sich gegenseitig angetan hatten, und über die alles andere als netten Erzieherinnen im Heim. Trotzdem war sie selig. Sie folgte Mutter wie ihr Schatten und kicherte pausenlos. Die Krankheiten, die sie gestern morgen noch ans Bett gefesselt hatten, waren verflogen, als hätte es sie nie gegeben.

Wie inständig wünschte sich Lian, dieser Tag möge nie aufhören!

Die Lastwagen, die Mutter und die anderen Gefangenen wieder ins Lager zurückbrachten, würden erst um zehn Uhr abfahren. Mutter wollte nicht, daß Lian ihr zum Abschied winkte, sonst würde sie drei Unterrichtsstunden verpassen. Lian klebte beinahe an Mutter fest, und keine zehn Pferde hätten sie dazu gebracht, loszulassen.

»Na gut.« Mutter gab sich geschlagen. »Ich bringe dich

zur Schule. Aber nur, wenn du dann auch pünktlich hineingehst, versprochen?«

Sie nahmen den Bus Nummer 23 und stiegen an der Haltestelle *Blumengarten* aus. Lian führte Mutter einen Pfad entlang, der den Weg um die Hälfte abkürzte. Allerdings mußte sie dann durch ein Loch im Stacheldraht kriechen, der die Schule umgab. Weil die Öffnung gerade noch groß genug war für Kinder unter dreizehn, blieb Mutter vor der Absperrung stehen. Als sie sah, daß Lian ohne Blessuren durch den Draht gekrochen war, machte sie eine Handbewegung, die sagen sollte: Liebes Kind, geh nur zum Unterricht, sonst kommst du zu spät ... Lian sah das eingefallene, faltige Gesicht, das vor einem Monat noch so jung und frisch ausgesehen hatte, den gebeugten Rücken, der vor vier Wochen noch so anmutig gerade gewesen war, und das gequälte Lächeln. Sie warf sich gegen den Stacheldraht und bettelte: »Mama, ich will mit Ihnen nach Hause!«

Mutter drehte sich um und rannte weg, die Hände vor das Gesicht geschlagen.

Lian streckte die Hände durch den Zaun und machte einen letzten Versuch, nach Mutter zu greifen. *Tjie!* Sie zerriß ihre Ärmel an den eisernen Dornen. Da sah sie einen Schatten auf ihre Füße fallen.

Sie drehte sich um: Herr Du stand hinter ihr. Er rief: »Frau Professor Yang, es ist gut, daß Sie gehen. Für Lian wird es nur noch schwerer, wenn sie Sie noch länger sieht ...« Seine Stimme klang traurig.

Er legte seine Hand auf Lians Schulter; Mutter war inzwischen verschwunden. Die Schulglocke hatte bereits vor mehr als zehn Minuten geläutet. Du hätte längst mit dem Unterricht beginnen müssen, aber er wartete geduldig auf Lian. Auf dem Weg zum Klassenzimmer sagte er: »Lian, du bist schon zwölf ... Weine nie mehr, wenn du dich von deiner Mutter verabschiedest.«

Sie sah zu ihm hoch. Sie war ihm dankbar für sein Mitleid, fragte sich aber, wie er so gelassen bleiben konnte.

Eine kleine Lüge

Mutter war kaum einen Tag fort, als Lians Nervenschmerzen sich so grimmig wie zuvor zurückmeldeten. Der unvorstellbare, stechende Schmerz trat anfallartig auf und trieb sie an den Rand des Wahnsinns. Sie schaffte es gerade noch, dem Unterricht zu folgen und ihre Hausaufgaben zu erledigen, aber sonst war sie zu nichts mehr zu gebrauchen. Sie war überaus reizbar; schon beim geringsten Anlaß konnte sie sich in eine fauchende Tigerin verwandeln.

An Schlaf war nicht mehr zu denken – jeden Muskel angespannt, lag sie im Bett und starrte an die Decke. Sie stand in aller Frühe auf, rannte den ganzen Tag herum, überdreht und todmüde zugleich.

Am dritten Tag nach Mutters Abreise entdeckte Lian, als sie sich morgens den Schlafanzug auszog, auf ihren Schienbeinen blaue Flecken. Sie überlegte hin und her, konnte sich aber nicht erinnern, sich kürzlich irgendwo gestoßen zu haben. Ach, es wird an meinem Gedächtnis liegen, sagte sie zu sich, die Nervenschmerzen haben mich bestimmt um den Verstand gebracht.

Sie hatte es schon fast wieder vergessen, als sie zwei Tage später etwas Beängstigendes entdeckte: Die blauen Flecken waren nicht weggegangen, sie hatten sich sogar noch vermehrt. In dieser Nacht hatte sie besser geschlafen und konnte wieder klar denken – sie war sich ganz sicher, daß sie sich in den letzten Tagen nicht das Schienbein gestoßen hatte. Was war nur mit ihr los?

Unbemerkt hatte sich das Jahr 1972 hereingeschlichen. Inzwischen war es für Lian zur fixen Idee geworden, jeden Morgen nach weiteren blauen Flecken zu suchen. Irgendwann bestätigten sich ihre Befürchtungen: Die Flecken hatten sich über die Oberschenkel und Hüften ausgebreitet. Ob sie nicht doch eine der Erzieherinnen bitten sollte, mit ihr zum Arzt zu gehen? Diesen Gedanken, den sie anfangs verdrängt hatte, konnte sie nun nicht länger unterdrücken. Mit den Nervenschmerzen hatte sie sich allein ins Krankenhaus getraut. Aber damals litt sie noch nicht unter Hypochondrie. Nun verfolgte sie schon mehrere Tage lang die Vorstellung, an einer schrecklichen Krankheit zu leiden. Diesmal wagte sie sich nicht allein zum Arzt.

Noch am selben Tag begleitete Frau Liu sie in die Klinik zu einer Blutuntersuchung.

Nach zwei Tagen kam das Ergebnis. Glücklicherweise war es nichts Ernstes. Der Arzt meinte, es seien nur subkutane Blutergüsse. Die Ursache? »Tja«, er zuckte mit den Achseln, »da kann vieles in Frage kommen. Einseitige Ernährung, die dazu führt, daß die Zellwände dünner und die Haargefäße zerstört werden. Oder Streß, wodurch das innere Gleichgewicht gestört ist. Aber das ist wohl zu weit hergeholt«, wies er seinen eigenen Gedanken von sich. »Wie kann so ein kleines Mädchen überspannt sein?« Er gab Lian ein Präparat mit Mineralstoffen und Vitaminen und beruhigte sie: »Die blauen Flecken werden schon verschwinden, sobald dein Körper genügend Nährstoffe bekommt.«

Als Mutter das nächstemal kommen durfte, bekam sie einen Riesenschreck, als sie Lians Rücken einseifte und die blaugefleckten Schenkel sah. Lian behauptete, sie hätte sich vom Hügel hinter dem Kinderheim rollen lassen und dabei schrecklich gestoßen.

Patsch! Mama warf den Schwamm in die Wanne und schrie: »Kannst du in Zukunft nicht ein bißchen besser aufpassen?!«

War Lian froh, daß sie geflunkert hatte! Wenn Mutter wüßte, daß die Flecken nicht von einem Unfall herrührten, sondern Symptom einer Krankheit waren, würde sie sich noch mehr Sorgen machen.

Die staatliche Kinderklinik

Allmählich hatte sich Lian mit ihren blauen Flecken ausgesöhnt. Schließlich starb man nicht daran.

Aber eines Morgens gab es wieder etwas Neues. *Aua!* Als sie aus dem Bett sprang, tat ihr die Brust weh. Sie betastete die schmerzenden Stellen – und erstarrte. Jetzt war es soweit: Sie hatte Krebs. Auf jeder Seite ihres Brustkorbs war eine Geschwulst. Wenn sie darauf drückte, spürte sie einen stechenden Schmerz. Muß ich jetzt sterben? fragte sie sich bang. Diesmal zögerte sie keine Sekunde. Sie ging sofort zu einer Erzieherin.

Als Lian Frau Liu ihre Beschwerden schilderte, erntete sie einen sonderbaren Blick. »Warte eine Weile ab. Dann werden wir sehen, ob du wirklich zum Arzt mußt.«

Lian reagierte hysterisch: »Soll ich vielleicht warten, bis die Geschwülste zu groß sind zum Operieren?« Sie sank auf die Knie und weinte: »Frau Liu, helfen Sie mir!«

Frau Liu schüttelte Lians Hände von ihren Hosenbeinen ab: »Also meinetwegen. Ich hab' noch nie so eine lästige Göre erlebt wie dich.«

Abends kam Frau Liu eigens in Lians Zimmer, um sich die Geschwülste anzusehen. Sie nahm sich viel Zeit. Offenbar war sie nun auch beunruhigt, denn sie versprach Lian, sie ins Krankenhaus zu bringen.

Am nächsten Morgen zog die Erzieherin Lians Zudecke weg und befahl ihr, ihre schönsten Kleider anzuziehen. »Schnell! Sonst sind die Wartenummern für heute vergeben.«

Lians Herz machte einen Sprung: Jetzt fahren wir in ein richtiges Krankenhaus, nicht in die winzige Klinik der Universität!

Nach anderthalb Stunden Fahrt in einem schaukelnden Omnibus gelangten sie zu einem Gebäudekomplex. Über dem Portal hing ein imposantes Schild: STAATLICHE KINDERKLINIK. Lian sah Frau Liu dankbar an – es war wirklich zu nett von ihr, sie in eine richtige Fachklinik zu bringen.

Im Korridor saßen, hockten oder standen Patienten und warteten, aufgerufen zu werden. Ärzte und Pfleger gingen mit steinernen Mienen vorbei. Es stank nach Spiritus oder etwas Ähnlichem. Ohne mich, sagte sich Lian, wenn ich wirklich im Bett liegen muß, bleibe ich lieber im Kinderheim, denn hier ist es erst recht deprimierend ...

»Fräulein Lian Shui.« Gegen vier Uhr nachmittags wurde endlich ihr Name aufgerufen. Sie folgte der Krankenschwester in ein steril riechendes Zimmer auf der Station Innere Medizin.

Sobald Lian den Arzt erblickte, redete sie wie ein Wasserfall von ihren Geschwülsten und den unerträglichen Schmerzen, die sie ihr bereiteten. Er hörte nur mit halbem Ohr zu, stellte Lian drei ihrer Ansicht nach irrelevante Fragen und sagte: »So, Mädchen, dann zeig mir mal deine Geschwülste.«

Sie machte den Oberkörper frei, und er rieb ihr mit seinen Handflächen über die Brust. Zu Lians Befremden wich der Ernst auf seinem Gesicht Erheiterung. Er grinste Frau Liu an, die neben Lian saß. Frau Liu reagierte mit hämischem Kichern.

Nie würde Lian dieses Kichern vergessen, denn sie spürte, daß die Gedanken dahinter alles andere als edel waren. Nackt bis auf die Hüften zwischen zwei feixenden Erwachsenen, fühlte sich Lian genarrt und tief gedemütigt.

»Junge Dame«, der Arzt bemühte sich nicht einmal, sein Lachen zu unterdrücken, »das sind keine Tumore. Du bekommst Brüste.«

Lian wäre am liebsten aus dem Fenster gesprungen. Sie befanden sich im vierten Stock, und es war so gut wie sicher, daß sie unten zerschellen würde. So schnell sie konnte zog sie sich wieder an und schlug die Hände vors Gesicht. Sie schämte sich wie noch nie – und wurde auch noch zu allem Überfluß ausgelacht.

Seit jenem Tag ging Lian mit vorgebeugtem Oberkörper zur Schule. Sie hoffte, so die peinlich aufragenden Fleischklumpen zu verbergen. Sobald jemand in ihre Nähe kam, machte sie sich klein – aus Angst, als Nutte entlarvt zu werden. In der Klasse war sie pures Dynamit. Wenn ein Junge sie von der Seite ansah, erwartete sie, von ihm als rollige Katze verspottet zu werden. Sie kniff die Augen zusammen, und wenn er es wagte, sie zu grüßen, ging sie fast an die Decke: »Noch so eine Bemerkung, und ich melde dich dem Parteisekretär!« Wenn ein Mädchen ihre Augen auch nur eine Sekunde über Lians Oberkörper gleiten ließ, drehte sie fast durch. Dieses Mädchen brauchte nur einmal durch das falsche Nasenloch zu atmen, und Lian sprang ihr an die Gurgel.

Rui, Ming, Jie und ihre anderen früheren Freunde schauten verstört auf diese Lian, die sie kaum wiedererkannten, und machten einen großen Bogen um sie, aus Angst, sie durch eine harmlose Bemerkung zur Explosion zu bringen. Es war offenkundig, daß sie Lian verachteten – sie, das frühreife, ordinäre Weibchen ...

In der Kantine begegnete Lian einer alten Freundin von Mutter, Frau Professor Teng. Frau Teng streichelte ihr über den Kopf und sagte: »Kind, bist du aber groß geworden!« Lian machte sich so schnell wie möglich aus dem Staub, denn sie wußte ja: Teng meinte den Umfang ihres Busens.

Noch am selben Abend holte sie alle ihre hübschen Kleider aus dem Schrank. Wenn sie die tragen und versehentlich lächeln würde, sähe sie aus wie ein Fuchs, der die Jungen anlockt, um sie zu verschlingen. Solche Dinge sagten die Mädchen aus ihrer Klasse, jedenfalls hatte Xiangyin ihr das erzählt. Auch wenn sie solchen Tratsch verabscheute, gab sie ihnen doch langsam recht. Lian mußte immer wieder an die vorwurfsvollen Blicke denken, die ihr die Mädchen zugeworfen hatten, als die Jungen am ersten Tag den Tumult veranstalteten. Vielleicht hatten die Mädchen sie ja zu Recht beschuldigt, und sie war für diese Szenen verantwortlich, weil sie schon damals anfing, ihre teuflische Weiblichkeit zu zeigen. Sie knüllte die Kleider zusammen und warf sie unters Bett.

Was sollte sie tun, wenn an ihrem Körper und ihrem Wesen etwas so grundlegend falsch war? Sich verstecken?

Das tat sie doch schon, durch ihre krumme Haltung. Sich verabscheuen? Damit war sie auch schon vollauf beschäftigt. Trotzdem fand Lian, daß sie noch lange nicht genug für ihr Frausein büßte.

Eine aussätzige Hexe

Zehn Tage, nachdem Mutter zum zweitenmal wieder ins Lager gebracht worden war, entdeckte Lian, daß die blauen Flecken völlig verschwunden waren. Aber ihre Freude währte nur kurz. Mitten auf ihren Schienbeinen entdeckte sie nun zwei *weiße* Flecken. Sie juckten nicht und taten auch nicht weh. Nur – sie stachen scheußlich von der gesunden Haut ab.

Nach der Schule ging Lian in die Klinik, allein. Nach all ihren bisherigen Gebrechen konnte sie nichts mehr erschüttern, glaubte sie. Aber da täuschte sie sich. Als der Dermatologe eine ernste Miene aufsetzte, sie mitleidig ansah und den Kopf schüttelte, rutschte ihr das Herz in die Hosen.

Am nächsten Tag fragte Lian in der Morgenpause Herrn Du, ob sie in die Klinik gehen dürfe.

»Warum gehst du nicht nach der Schule?« Er zweifelte nicht an der Notwendigkeit ihres Arztbesuches, wollte aber wohl seine Besorgnis zeigen.

»Der Arzt hat mich ausdrücklich gebeten, pünktlich um halb elf da zu sein.«

Im Krankenhaus wurde sie in einen kleinen Saal gebracht. Lieber Buddha, wie viele Männer in weißen Kitteln dort auf sie warteten! Lian mußte sich in die Mitte stellen und die Hosenbeine hochkrempeln. Ein paar Ärzte preßten eine violett gefärbte Glasscheibe auf die weißen Flecken, andere leuchteten das Glas mit UV-Licht an. Dann schickte man sie aus dem Saal.

Nach zehn Minuten wurde sie wieder hineingerufen.

Ein würdevoll aussehender Greis sagte mit düsterer Baßstimme: »Fräulein Lian Shui, wir müssen Ihnen eine unangenehme Mitteilung machen: Sie haben Vitiligo.«
Lian starrte auf ihre entblößten Beine.

Vitiligo. Diese Hautkrankheit kannte nur eine Richtung – sie breitete sich über den von ihr betroffenen Körper aus, ging aber nie mehr zurück. Vitiligo war unheilbar. Lian wußte davon, weil in ihrer früheren Schule ein Mädchen seit drei Jahren davon befallen war. Sie hieß Jiangying, aber jeder nannte sie ›Das Weiße Gespenst‹. Ihre Hände und ihr Gesicht waren mit Flecken übersät, die im Sommer in so starkem Kontrast zu ihrer gesunden Haut standen, daß sie in der warmen Jahreszeit den Spitznamen ›Schwarzbunte Kuh‹ bekam. Denn wie eine Kuh ging sie mit gesenktem Kopf, um zu vermeiden, daß Passanten sie beschimpften. Von jung und alt wurde sie angespuckt, wenn sie sich aus Versehen jemandem näherte. Manche Leute beleidigten sie zwar nicht ganz so offen, brachten sie aber trotzdem dazu, daß sie wie eine gewissenhafte Leprakranke in sicherer Entfernung blieb. In der Schule saß sie mutterseelenallein in der letzten Bank, und im Bus durfte sie sich nicht einmal an der Metallstange festhalten. Daß die Krankheit nicht ansteckend war, wollte niemand glauben. Die meisten Leute wußten von medizinischen Dingen wenig oder überhaupt nichts und hegten neben ihrer hartnäckigen Furcht vor ihnen einen abgrundtiefen Haß gegen alle Kranken, Verkrüppelten und Behinderten ... Gehörte Lian jetzt auch zu den vom Schicksal Verdammten? Sie war noch zu geschockt, um Angst zu empfinden.

Als Lian neun war, bekam der Nachbar über ihnen Besuch von seiner Nichte. Sie hieß Lie und war achtzehn Jahre alt. Sie war bildhübsch – lange, tiefschwarze Locken, seidige weiße Haut und Augen wie die einer liebreizenden Katze. Sie war taubstumm.

Bei schönem Wetter nahm Lie einen Hocker und setzte sich zum Sonnen in die Grünanlage vor dem Haus. Junge Männer aus der Nachbarschaft kamen zu ihr und gaben ihr mit Gebärden zu verstehen, sie solle sich die Hose ausziehen. Lie ignorierte sie.

Nach mehreren erfolglosen Annäherungsversuchen wurden die jungen Burschen böse. Was bildete sie sich eigentlich ein? Sie mußte sich geschmeichelt fühlen, daß sie sich herablassen wollten, sie zu ficken – war sie doch nichts als menschlicher Ausschuß, den man bei der Geburt im Nachttopf hätte ertränken sollen! Das teilten sie der ganzen Nachbarschaft lautstark mit.

Als nächstes verlegten sie sich darauf, Lie von hinten mit Nadeln zu stechen, wenn sie nichtsahnend auf ihrem Hocker saß, und sie mit Kieselsteinen zu bewerfen. Dann stand sie wütend auf und rannte ihnen hysterisch hinterher. »*Tjieeeee!*« Sie stieß gekränkte Laute aus und ließ ihren Tränen freien Lauf.

Der Onkel riet ihr, nicht mehr ins Freie zu gehen, denn er hatte keine Zeit, sie ständig gegen die Männer, die sie schikanierten, und die Kinder, die ihr Streiche spielten, zu verteidigen. Aber Lie sehnte sich nach Gesellschaft und war nicht von dem Glauben abzubringen, daß es Menschen gab, die sie so akzeptierten, wie sie war.

Jeden sonnigen Nachmittag sah Lian von ihrem Fenster aus, wie Rabauken Lie an den Zöpfen zogen, Männer sie in den Rücken traten und Mädchen sie verletzten, indem sie ihr deutlich ihre Verachtung zeigten.

Im Herbst kam Lies Mutter, die ältere Schwester des Nachbarn, um sie wieder abzuholen. Lie war inzwischen einen halben Kopf gewachsen. Ihre Figur war wie eine sich sanft im Frühlingshauch wiegende Weidengerte – so anmutig und begehrenswert war sie. Selbst ihre unbarmherzigen Peiniger mußten zugeben, daß sie immer noch hübscher wurde. Aber die Augen ... Lies Blick war nicht mehr der einer schnurrenden Katze, sondern der eines Meuchelmörders.

Die Erzieherinnen waren außer sich: Sie mußten zugeben, daß Lians Krankheit kein wehleidiges Getue war. Xu und Liu gerieten sich heftig in die Haare. Sollten sie Lians Mutter über die Krankheit informieren oder nicht?

Xu war dagegen. Sie sagte: »Genossin Yang unterzieht sich im Augenblick einer geistigen Säuberung und darf nicht durch so etwas Profanes und Bürgerliches wie die Gesundheit ihres Kindes abgelenkt werden.«

Liu kreischte wie eine Krähe, deren Junges von einem Adler geraubt wird: »Du revolutionäre Heuchlerin! Setz dich hin und scheiß auf den Boden, dann werden wir ja sehen, ob du auch von innen so radikal rotviolett eingefärbt bist. Wie wär's mit ein bißchen Fairneß? Stell dir vor, wie dir das Herz bluten würde, wenn deine Tochter mit einer Krankheit wie Vitiligo gestraft wäre ...«

Noch am selben Abend wurde ein Brief an Lians Mutter abgeschickt. Die Erzieherinnen wie auch Lian warteten ungeduldig auf eine Antwort, aber vergebens.

Dreißig Tage waren vergangen, seit die Lastwagen mit den Häftlingen abgefahren waren. Wieder standen Dutzende von Kindern am Eingang der Pädagogischen Hochschule und warteten auf ihre Eltern.

Die Autos hatten kaum angehalten, als eine frühere Kollegin von Lians Mutter heraussprang und Lian ein Stück beiseite zog: »Kind, was ist geschehen? Hast du wirklich ... Vitiligo? Gütiger Himmel ...! Sei lieb zu deiner Mutter und achte darauf, daß sie sich nicht zuviel Sorgen macht. Sie ist schon zweimal auf dem Kartoffelacker in Ohnmacht gefallen ... Weißt du, die letzten zwei Wochen hat sie den Direktor bestimmt zehnmal um einen halben Tag Sonderurlaub angefleht, weil sie mit eigenen Augen sehen wollte, was mit dir los ist. Aber er hat es nicht erlaubt ... Verstehst du das, Mädchen? Wir politischen Verbrecher ... Achtung, da kommt deine Mutter! Kein Ton über das, was ich dir erzählt habe. Versprichst du mir, daß du lieb zu ihr bist?« Sie sah Lians Mutter an, lächelte und schaltete auf eine fröhlichere Tonart um:

»Schau, hier ist deine immer noch bildhübsche Tochter!«
Doch sie sah, wie Mutters Nasenflügel bebten, und begriff, daß ihr Versuch, sie zu trösten, genau das Gegenteil bewirkt hatte. Sie schlenkerte mit den Armen wie ein tolpatschiger Lehrjunge und stolperte nach hinten weg – angeblich, um ihr Gepäck vom Lastwagen zu holen.

Mutter setzte ihre Seesäcke ab und fiel Lian um den Hals. Lian spürte ihre verschwitzten und zitternden Hände um ihre Schultern und wußte, daß ihr Elend jetzt vollkommen war. Sie hatte gehofft, Mutter würde die Krankheit tapfer hinnehmen und sich ruhig und überlegen verhalten. Jetzt, wo sie sah, daß Mutter noch niedergeschlagener war als sie selbst, brach die Welt für sie zusammen.

Zu Hause angekommen, baute Mutter den Inhalt ihrer Beutel auf dem Eßtisch auf. Was für ein Luxus! Soleier, Pflaumenmus, Äpfel, Birnen – und als Krönung geröstete Eßkastanien! Die Nahrungsmittel stammten aus dem Berggebiet, in dem sich Mutters Lager befand. Die Bauern konnten ihre Waren beim einzigen legalen Abnehmer, der Volkskommune, nicht losgeworden.

Vom Anblick der seltenen Leckereien ganz hingerissen, vergaß Lian im Nu ihren Kummer, tanzte herum und sang das Kinderlied:

Steuermann Mao ist die Sonne.
Ohne ihn verwelken die Blumen,
O Weisester Führer des Weltalls!
Mao ist das Wasser.
Ohne ihn sterben die Fische
Lalalalalala.

Nach dem Abendessen fragte Mutter: »Lian, ich habe lange darüber nachgedacht, aber ich weiß nicht, was ich tun soll. Sollen wir Papa von deiner Vitiligo berichten oder nicht?«

Ach ja! Über all den Sorgen und der Aufregung hatte Lian ganz vergessen, daß sie auch noch einen Vater hatte ...

Vater war Kardiologe und wußte ja vielleicht ein Mittel gegen die Flecken. Obwohl ... das war eher unwahrscheinlich. Und außerdem würde er sich schrecklich sorgen, wenn er die Nachricht bekäme. Lian legte den Kopf auf Mutters Schulter und wußte nicht, was sie sagen sollte.

Mutter seufzte bloß und brachte sie ins Bett.

Wie üblich begleitete Mutter Lian am Montag morgen zur Schule. Während der Busfahrt mußte Lian bestimmt fünfmal versprechen, jede Woche zu schreiben und Mutter über die Entwicklung der Flecken auf dem laufenden zu halten.

Als sie durch das Loch im Stacheldrahtzaun geschlüpft war und brav zum Schulgebäude lief, hörte sie, wie ihr Mutter nachrief: »Lian, haßt du mich?«

Sie blieb stehen. Hinter dem Stacheldraht sah sie Mutters trauriges Gesicht und fragte verblüfft: »Wieso?«

»Weil ich nicht für dich sorgen kann, jetzt, wo du diese furchtbare Krankheit hast.«

Lian warf sich gegen den Stacheldraht: »Sie können doch auch nichts daran ändern!«

»Ich kann nur eines tun: dir jeden Tag schreiben, um dir Mut zu machen. Paß gut auf dich auf. Tu, als würdest du mit meinen Augen sehen!«

Kaum war Mutter aus dem Blickfeld verschwunden, waren die Nervenschmerzen wieder da. Lian hatte so gut wie keinen Appetit mehr; kraftlos schleppte sie sich vom Klassenzimmer ins Bett und wieder zurück.

Lian schrieb Mutter, daß die Flecken nun auch auf ihren Füßen zu sehen seien. Drei Tage später bekam sie einen Brief, der wie ein Stück Klopapier aussah – Mutters Tränen hatten das Papier zerknittert und die Schriftzeichen verwischt.

Weiße Punkte fingen an, Lians Oberschenkel zu verunstalten. Mutter hatte ihr inzwischen einen dicken Stoß Briefe geschrieben und sie wiederholt gebeten, wenigstens einmal pro Woche zum Dermatologen zu gehen.

Der Hautarzt schickte Lian zu all seinen Kollegen in den größeren Krankenhäusern. Die Ärzte wunderten sich über das anomale Tempo, mit dem sich die Vitiligo ausbreitete.

Nun suchte Lian nicht länger Trost in ihren Erinnerungen an die süße Vergangenheit, nein, sie leugnete sogar, daß sie in der Gegenwart lebte. Sie weigerte sich zu glauben, daß sie einen Körper hatte. Seit einer Woche hatte sie aufgehört, in den Spiegel zu sehen, und wenn sie aus irgendeinem verflixten Grund doch dazu gezwungen war, spuckte sie ihr Spiegelbild an und rief: »Hau ab, du Hexe!«

TEIL III
1973

Wenn sie sich umdreht und lächelt,
springen die Dahlienknospen auf.
Wo sie raschelnd vorbeigeht,
schießen die Lilien empor.

Im Tempel ist es dunkel

Nachmittags um halb vier kamen Mutter und Lian zu Hause an. Die Fahrt hatte – ohne die Pausen unterwegs – gut sechs Stunden gedauert. Der Fahrer hatte sie vorher gewarnt, daß der Traktor nicht mehr als dreißig Stundenkilometer schaffte.

Abends, endlich wieder im eigenen Bett, kam sich Lian immer noch vor wie auf Tianguis Traktor. Ihr Schlafzimmer holperte, und ihr Körper holperte im gleichen Rhythmus mit. Das Motorengeräusch dröhnte ihr noch in den Ohren; sie mußte sich am Bettrand festhalten, um nicht herausgerüttelt zu werden. Völlig erschöpft und verwirrt sank sie schließlich in Schlaf.

Am nächsten Morgen hielten Lian und Mutter Putztag. Als die Wohnung blitzsauber war, kamen sie selbst an die Reihe und nahmen ein heißes Bad. Noch im Bademantel stöberte Mutter ihren Kleiderschrank nach ›normalen Sachen‹ für Lian durch. Sie mußte sich nun wieder wie die Tochter ›sauberer‹ Eltern kleiden. Das bedeutete im allgemeinen modische, farbenfrohe Kleidung aus Kunstfasern, ohne Flicken auf Ellbogen, Schultern und Gesäß. Aber Lians Sachen paßten nicht mehr – in den vergangenen achtzehn Monaten war sie kräftig in die Höhe geschossen.

»Da, nimm eine abgelegte Jacke von mir«, sagte Mutter. »Die kannst du heute anziehen. Morgen gehen wir in die Einkaufshalle *Mao ist der Kompaß unseres Lebens* und kaufen dir neue Sachen.«

Lian stellte sich vor den Spiegel und betrachtete ihr frisch geschrubbtes, glückstrahlendes Gesicht. Auf ihren Wangen lag ein rosiger Schimmer, und ihre Augen funkelten wie Tautropfen in der Morgenglut. Ihre vollen Lippen sahen aus, als wären sie weinrot geschminkt. War sie etwa das Mädchen im Spiegel?

Kaum waren sie am nächsten Tag vom Einkaufen zurück, schlüpfte Lian in ihre neue Jacke und Hose. Mutter sah sie mißbilligend an: »*Dein Bauch kann einen Wind nicht einmal eine Nacht halten.* Kannst du nicht bis morgen warten, wenn du mit den neuen Sachen in die Schule gehst?«

Lian hörte ihr gar nicht zu. Sie konnte sich an ihrem Spiegelbild nicht satt sehen und summte dabei ein Lied, das *aus ihren Ohren einen zugigen Durchgang machte:*

Der proletarische Ostwind
unterdrückt den kapitalistischen Westwind.
Wer hat nun Angst vor wem?

Ungeduldig und erwartungsvoll verließ Lian die Wohnung – sie glaubte in ein Märchenland einzutreten. Der Frühling hing in der Luft; ein rosarotes Meer blühender japanischer Kirschblüten entfaltete sich vor ihren Augen. Zarte, durchscheinend rosarote Blütenblätter überließen sich den Fingern des Windes und machten ihm den Hof. Lian wirbelte im Kreis herum, immer wieder, sie ließ sich von der Sonne mit Gold übergießen und atmete tief ein, als wäre es das erstemal. Ein Potpourri aus Blumendüften ergoß sich über sie; ihr Herz schlug einen Purzelbaum. Sie schützte ihren Oberkörper, aus Angst, sonst wie ein winziges Blütenstäubchen in den Himmel geweht zu werden, obwohl ihr die Erde doch so viele sinnliche Genüsse verhieß ...

Haus 24, soufflierte ihr Verstand. Ach ja, sie war ja auf dem Weg zum Kannibalen. Ein Schauder durchfuhr sie, als ihr unwillkürlich das Bild vor Augen stand, wie der Kannibale auf der staubigen Landstraße hinter dem Traktor herrannte. Statt Rührung weckte die Erinnerung geradezu Widerwillen in ihr ... sie wußte bei Buddha nicht, warum. Sie schüttelte den Kopf und versuchte sich auf das Gefühl ihrer Verbundenheit mit diesem sympathischen Mann zu konzentrieren, aber die verführerische Farbenpracht und der betörende Duft des jungen Mädchens namens Frühling, vor dem sie ihre Sinne nicht verschließen konnte, schlug sie ganz in seinen Bann. Geschichte, Philosophie, Weisheit ... Wozu war das alles gut? Reichte es nicht aus, sich einfach dem Leben, wie es war, in die Arme zu werfen und in der Wärme, die es schenkte, zu vergehen? Warum mußte sie unbedingt zum Kannibalen? Um zu lernen, wie man alles unter ein Mikroskop legen und einen Bericht über die Segmente schreiben konnte, aus denen sich alles zusammensetzte? Sie sah einen Stapel Backsteine und trat ihn absichtlich um.

Nachdem Lian die Treppen des Hauses 24 hinaufgestiegen war und der Kannibale ihr geöffnet hatte, betäubte eine gewaltige Knoblauchwolke ihren Geruchssinn. Das schüttere, weiße Flaumhaar des alten Mannes schimmerte im Sonnenlicht, das entschlossen durch die Fenster hereinströmte. Sie mußte an das vertrocknete Schilf beim Seerosentheater denken; ja, so sehen seine Haare aus, sagte sie zu sich und stürzte sofort in die Fallgrube ihrer Schuldgefühle, die sich immer wieder vor ihr auftat: Wie konnte sie sich nur so über einen Greis lustig machen?

Ohne Gruß drehte sich der Kannibale um und rief: »Xiulan, komm doch mal her! Dreimal darfst du raten: Wer ist diese junge Dame?«

Mit dem Knoblauchduft kam auch Tante Xiulan Ge näher. Als sie auf sie zueilte, wich Lian zurück. Zwischen den Fingern der Tante klebte Teig – es sah aus wie die Schwimmhäute einer Ente.

Tante Xiulan schüttelte den Kopf: »Changshan! Es stimmt wirklich: *Kleider machen Leute, aber der Sattel macht das Pferd.* Schau doch nur, wie anders unsere kleine Lian jetzt aussieht, wo sie nicht mehr wie im Lager Lumpen trägt!«

Aha. So hieß der Kannibale also mit richtigem Namen: Changshan – *Ewige Güte.*

Xiulan hatte vor der Kulturrevolution klassische griechische Philosophie unterrichtet und lebte jetzt bereits zwei Jahre im Lager. Dort war ihr Lian nur ein einziges

Mal begegnet.« »Lian, geh schon vor ins größte Zimmer und trage Onkel Changshan deine historischen Erzählungen vor. Ja, ja, ich weiß alles über deine Erzählkunst. Ich koche Mi mit Huangjiangsoße. Du ißt doch gleich mit uns, ja?«

Lian wurde rot. Der Kannibale hatte ihr Geheimnis verraten. Aber gleichzeitig war sie froh, daß er sie so ernst nahm.

Sie watete durch ein Meer willkürlich hingeworfener Schuhe, über den Fußboden verteilter Mohrrüben, umgedrehter Besen und überall im Flur herumstehender Woks in das ›größte Zimmer‹. Anders als bei ihnen daheim, wo es ein gediegen eingerichtetes Wohnzimmer gab, wurde dieser Raum gleichzeitig als Schlaf- und Wohnraum genutzt. Es gab weder Couch noch Sessel – nur ein paar Holzschemel. Der Kannibale deutete auf ein Doppelbett, auf das er gleich hinaufkletterte. Mit einem unbehaglichen Gefühl setzte sie sich neben ihn, und *hupps!* – stach ihr etwas Spitzes ins Hinterteil. Sie sprang auf und sah einen großen Rückenkratzer aus Bambus. Der Kannibale entschuldigte sich und versteckte das praktische Gerät unter einem Kopfkissen. Er nahm die Lotoshaltung ein und schloß die Augen – zum Zeichen, daß er für ihren Vortrag bereit war.

Aber Lian war keineswegs in der Stimmung, ein Referat zu halten. Mit gerunzelter Stirn musterte sie den Raum. Über einem der Hocker hing eine schmutzige, abgetragene Jacke ihres Gastgebers. Sie ertappte sich dabei, wie sehr ihr die Montur zuwider war, die auch sie und ihre Mutter fast zwei Jahre lang getragen hatten. Es war merkwürdig – trotzdem fühlte sie sich in dieser unordentlichen Behausung eher heimisch als im sauber geschrubbten Wohnzimmer ihrer eigenen Wohnung.

Der Kannibale fragte sich offenbar, warum Lian noch nicht angefangen hatte, denn er öffnete die Augen. Als er sie ansah, wich sie seinem Blick aus.

Es blieb still. Lians Vorlesung wollte einfach nicht beginnen.

Nach einer Weile sagte der Kannibale: »Buddha hat klare Augen, mein Kind.«

»Was wollen Sie damit sagen?«

»Er hat rechtzeitig eingesehen, daß du ein richtiger Teenager wirst und ins normale Leben zurückgehörst, unter Gleichaltrige. Du hast ja noch keine Ahnung, wie sich die Welt vor dir entfalten wird ... wie das Rad eines Pfaus. Genieße es in vollen Zügen. Komm, werde nur schnell deine Geschichtsvorträge an deinen Onkel los, dann kannst du in deinem Kopf Platz schaffen für all das Neue und Schöne, das dir auf deinem Lebensweg begegnen wird.«

Lian blinzelte verwundert. Woher nahm er so plötzlich die ganze Poesie? Sie verstand rein gar nichts. Kaum anderthalb Tage war sie frei, und schon verwirrte er sie mit all den angeblich fantastischen Dingen, die ihr noch bevorstanden ... Worauf wollte er hinaus?

Sie bat um ein Glas heißes Wasser. Wieder ein Trick, um ihren Vortrag hinauszuzögern. Sie versuchte ihre Gedanken wie Muscheln auf eine Schnur zu fädeln. Als sie bekam, um was sie gebeten hatte, blieb sie still sitzen, hielt das Glas in der Hand und blies über das dampfende Wasser.

Sie saß in einer Art Kanu, das leise über einen spiegelglatten See glitt. Das Blau des Wassers ging unmerklich in einen azurblauen Himmel über. Das Wasser war eben wie ein zugefrorener Ozean, fühlte sich aber zugleich an wie die zarte Milchhaut eines Säuglings. Hwala ... hwala ... hwala ... Ihre Ruder zogen Kreise in den See und verursachten das einzige Geräusch, das die überirdische Ruhe störte. Von weit her tönte Gesang, der zu ihr herüberschwebte, zu leise, um einzelne Klänge unterscheiden zu können; bevor sie etwas erkennen konnte, war es wieder verschwunden. Aber dann kehrte es wieder, anhaltend, verführerisch, doch unberechenbar wie die Liebe einer Seejungfrau ...

Lian kniff sich in die Schenkel und schlug ihr Notizbuch auf. Sie schob den träumerischen Gesang beiseite, setzte sich gerade hin und begann mit ihrem Vortrag. Aber die Begeisterung, mit der sie für gewöhnlich ihre Rede gehalten hatte, kam an keiner Stelle auf. Die Leidenschaft, historische Fakten in einen größeren Zusammenhang zu stellen und zu analysieren, stellte sich nicht ein – sie war verbannt worden von einem plötzlich erschienenen Tyrannen, einem Träumer, der dennoch ebenso hartnäckig war. Es war die Sehnsucht, von ihrer neuen – oder eigentlich alten – Umgebung akzeptiert, von ihren Mitschülern geschätzt und sogar bewundert zu werden, und das nicht zuletzt wegen ihrer Anziehungskraft. Schmeichlerische und zugleich quälende Gedanken störten ihre Konzentration. Sie klopfte auf ihr Notizbuch, als könnte das etwas an ihrer Zerstreutheit ändern.

Der Kannibale öffnete die Augen und sah Lian mit schief gehaltenem Kopf an: »Ich weiß, wie man sich fühlt, Lian, wenn man an der Schwelle zum neuen, brodelnden Leben steht. Es ist, als hätte man vor einer Buddhastatue ein Los gezogen: Man möchte es sofort lesen, aber im Tempel ist es zu dunkel ...«

Lian überlief eine Gänsehaut. Der Kannibale hatte ihre wirren Gefühle viel zu gut zusammengefaßt, viel zu klar, während gerade das Geheimnisvolle sie so faszinierte. Der Onkel war wie ein Spielverderber, der den Mund nicht halten kann und die Handlung eines Thrillers verrät, bevor man das Vergnügen gehabt hat, das Buch selbst zu lesen. Sie wurde wütend.

Auf dem Heimweg ging sie gedankenverloren durch die Straßen. Die orangefarbene Sonnenglut hüllte sie ein, und der seidenweiche Abendwind, getränkt mit Frühlingsparfüm, streichelte sie – sie bemerkte es nicht. Im Innern fühlte sie sich kalt, kälter als der strengste Winter. Aber:

Die Rehe der Leidenschaft
springen in meiner Brust
Sie führen mich zum See

Wo mir am anderen Ufer die Seejungfrau
zuwinkt, mit bebender, weißer Seide
Dort muß ich hin, dort muß ich hin

Wieder vereint

Nachdem Mutter sich kurz mit dem Rektor unterhalten hatte, durfte Lian in die Klasse.

Es war, als hätte die Zeit stillgestanden: Es war Pause, und Kim saß allein im Klassenzimmer. Der Kontrast zwischen der Stille im Raum und dem Stimmengewirr im Korridor, wo die Schüler durcheinanderrannten, schrien und kicherten, war noch genauso groß wie früher.

Ting-tong, ting-tong. Lian schoß geradezu auf Kim los. Sie schob die Stühle und Tische beiseite, die ihr im Weg standen, und stieß sogar einige um. Lian hatte sich schon oft vorgestellt, wie aufregend es wäre, Kim wiederzusehen, aber es war nicht im entferntesten das, was sie erwartet hatte. Von ihren Gefühlen überwältigt, stammelte sie: »Ki... Ki... Kim.«

Kim sprang von ihrem Stuhl auf, starrte Lian eine Weile, ohne mit der Wimper zu zucken, an und wandte den Kopf ab. Diese gleichgültige Reaktion verschlug Lian die Sprache.

In diesem Augenblick kamen die anderen Schüler ins Klassenzimmer. Ihre früheren Freundinnen Feiwen, Qianyun und Liru kreisten Lian ein und musterten sie von Kopf bis Fuß: »Willkommen, Lian. Ui, wenn wir dir auf der Straße begegnen würden, wir würden uns gar nicht trauen, dich anzusprechen.«

Lian wollte fragen, wie das gemeint war, aber Meimei sagte: »Das Umerziehungslager war anscheinend alles andere als schlecht für dich.«

Der Neid in Meimeis Ton entging Lian nicht. Sie kochte vor Wut. Wie konnte Meimei sich darüber lustig machen! Aber sie hielt sich wohlweislich zurück. Auch in ihrer neugewonnenen Freiheit konnte Lian es sich nicht erlauben, negativ über die Verfolgung von Intellektuellen zu sprechen. Trotzdem empfand sie sofort eine tiefe Abneigung gegen Meimei. Sie sah aus dem Fenster und mied die taxierenden Blicke ihrer Klassenkameraden.

Herr Wu, der Mathematiklehrer, war inzwischen eingetroffen. Zu ihrer Erleichterung entdeckte Lian, daß sie den Lehrstoff, den er behandelte, schon in ihrem Privatunterricht im Lager durchgenommen hatte. Sie konnte also die ganze Stunde lang über die faszinierende Zeit grübeln, die nach Meinung des Kannibalen heute für sie begann ...

Um zwölf wartete Lian beim Ausgang der Schule auf ihre beste Freundin. Wie immer kam Kim erst, als alle anderen gegangen waren. Froh, endlich mit ihr allein zu sein, lief Lian ihr mit ausgebreiteten Armen entgegen. Sie fühlte sich wie der Held in einem russischen Roman, ein junger Offizier des zaristischen Heers, so wie sie es auf Abbildungen gesehen hatte: Durch einen riesigen, mit Kristallüstern erleuchteten, leeren Ballsaal eilte sie der Geliebten entgegen, die sie so lange vermißt hatte.

Kim wurde rot und sah mit Absicht in eine andere Richtung, um Lians glückseligem Blick auszuweichen. Lian wußte zwar, daß Kim nie ihre Gefühle zeigte, aber sie konnte es nur schwer ertragen, daß sie ausgerechnet zu ihr so roh war.

Kim ging auf Lian zu, deutete auf ihren eigenen Kopf und dann auf Lians Schultern. Sie sagte: »Sieh nur, eine Riesin und ein Zwerg.« Lian erschrak. Kim hatte recht: Sie war fast einen Kopf kleiner als Lian. »Wir können uns nicht mehr treffen. Du bist inzwischen zu einem richtigen Fräulein herangewachsen, und ich bin noch immer ein Klumpen Teig, der nicht aufgegangen ist.«

Lian machte einen krummen Rücken, damit ihre Brüste weniger auffielen, und versicherte Kim: »Ich schwöre dir, daß ich noch dieselbe Lian bin wie früher. Hier, in meinem Herzen.« Sie hämmerte mit den Fäusten auf ihren Brustkorb.

Kim brach in schallendes Gelächter aus: »Hör doch auf mit dem theatralischen Gehabe! Du hast dich wirklich kein bißchen verändert!«

Beruhigt konnte Lian nun zum Wichtigsten kommen: »Wie steht es mit dem Lernen? Kommst du noch im Unterricht mit? Hast du jetzt bessere Noten?«

»Bah!« Kim spuckte aus, funkelte Lian feindselig an und schwieg.

Lian wußte, daß ihre Fragen Kim das Wiedersehen verleidet hatten. Sie machte schnell einen Rückzieher: »Ich meine ...«

»Du brauchst gar nichts zu erklären!« fiel Kim ihr ins Wort und machte mit der rechten Hand eine Geste, mit der man einen bettelnden Straßenköter wegscheucht. Lian hatte das Gefühl, sie bekäme einen Eimer eiskaltes Wasser über den Kopf geschüttet. »Ich muß nach Hause. Meine Mutter ist zum Schlachthof, um Knochen vor den Abfalleimern zu retten. Ich muß für Jiening Mittagessen kochen. Sie wartet zu Hause bestimmt schon mit leerem Magen auf mich.«

»Hat sie nicht selber Hände am Leib? Kann sie nicht schon einmal mit dem Kochen anfangen?« Innerhalb einer Sekunde kehrte Lians alte Abneigung gegen die verwöhnte Gans Jiening zurück. Sie erschrak selbst darüber, wie schnell sie wieder in ihre alten Denkmuster zurückfiel.

Kim zuckte mit den Schultern: »So ist es nun einmal bei uns. Kim schuftet, und Jiening freut sich ihres Lebens. Sie ist ja auch jünger, wir müssen gerecht sein.«

»Jünger? Ihr seid eineinhalb Jahre auseinander. Vor eineinhalb Jahren hast du auch schon die ganze Arbeit gemacht. Und vor drei, vier, fünf, nein, sechs Jahren war das auch schon so. Warst du *damals* denn nicht jung?«

Kim holte tief Luft: »Laß nur ...«

Lian war schon klar, daß die Sache mit Jiening nebensächlich war, und sie wechselte das Thema: »Es ist nicht schlimm, daß du immer noch mit dem Stoff nachhängst. Ich bin doch wieder da! Willst du wieder mit mir lernen? Jetzt kann ich dir wieder helfen, wie früher ... Obwohl, ich weiß nicht, ob ich selbst noch mitkomme, aber wenn es die nächsten Tage in den anderen Fächern auch so gut klappt wie heute früh in Mathematik, dann ist das kein Problem.«

Am nächsten Tag forderte Herr Yan, der Geschichtslehrer, Lian auf, die ›zehn glorreichen Feldschlachten, die Mao zwischen 1937 und 1949 angeführt hatte‹, aufzuzählen. Sie hatte keine Ahnung. Wovon sprach er eigentlich? Die ›richtigen Antworten‹, die ihre Klassenkameraden dann herunterbeteten, schockierten sie noch mehr: Sechs erfolgreiche Schlachten anderer militärischer Größen wurden dem Großen Steuermann zugeschrieben! Offenbar hatte man heftig in dem Topf mit den historischen Tatsachen gerührt. Aber ja, Qin hatte sich geweigert, das Schulbuch zu benutzen. Jetzt hatte Lian die Bescherung.

Aber noch war nicht jede Hoffnung verloren. Lian mußte sich nur ein paar Tage in ihrem Zimmer auf den Hosenboden setzen und das Lehrbuch auswendig lernen. Dann würde sie garantiert die Geschichtsprüfung bestehen, denn die war nicht viel mehr als ein verkappter Gedächtnistest.

Nach der Zehnuhrpause stolperte ein Mann ins Klassenzimmer. Fast wäre ihm eine Schachtel mit Ton und Werkzeugen aus den Händen gefallen. Die Klasse fing an zu lachen. Wanquan, ein Junge, der ein paar Bänke hinter Lian saß, sagte: »Da haben wir Herrn Chen, den großen Helden des Werkunterrichts.«

Der Mann räusperte sich: »Ruhe dort! Heute zeige ich euch, wie man eine Mao-Büste modelliert.«

Wanquan hatte schon einen Kommentar parat: »Ja, ja, das hören wir jetzt schon monatelang! Wann ist es denn endlich soweit? Wir haben nicht einmal gelernt, eine Kugel zu modellieren. Sie schaffen es ja selbst nicht.«

Wie konnte Wanquan es wagen, so zu einem Lehrer zu sprechen! Lian sah auch, daß er nicht der Allergeschickteste war, aber immerhin war er doch ein Lehrer!

In der Grammatikstunde schrieb Frau Bai an die Tafel:

*Lieber krepiere ich vor Hunger
in unserem proletarischen Staate,
als daß ich in Großbritannien
im kapitalistischen Überfluß bade.*

Dann schlug sie ein Buch auf und begann in aller Ruhe zu lesen. Was war denn das nun wieder? Gab es keinen Unterricht mehr?
 Liru, die hinter Lian saß, sagte leise zu ihr: »Das ist die Übungsstunde mit Stillarbeit. Schau auf die Tafel!«
 »Das habe ich bereits.«
 »Na also. Schreib eine Kritikabhandlung mit diesem Spruch als Titel.«
 »Eine *was?*«
 »Weißt du nicht, was eine Kritikabhandlung ist? Das ist eine Art Aufsatz.«
 »Lian Shui und Liru Xiao. Wenn ihr euch weiter unterhalten möchtet, setzt euer Gespräch bitte auf dem Gang fort«, mahnte Frau Bai.
 Lian schwieg und sah sich in der Klasse um. Einige Schüler hatten schon eine halbe Seite hingeschmiert. Ich muß mich beeilen, befahl sie sich. Sie kaute auf ihrem Stift und starrte auf die unsinnige Parole an der Tafel.
 Eine halbe Stunde später erhob sich Frau Bai, ging an den Tischen entlang und las über die Schultern der Schüler, was sie zu Papier gebracht hatten. Als sie bei dem behaarten Weimin – an seinem Kinn zeigten sich fünf oder sechs Stoppeln – ankam, rief sie aus: »Gut geschrieben!« Kurz darauf bekam Guoxiang, ein Mädchen aus der Zweiten Kaste, ebenfalls ein Lob. Frau Bai forderte die Klasse auf, sich die vorbildlichen Aufsätze Weimins und Guoxiangs anzuhören.
 Buddha noch mal, das also waren Kritikabhandlungen?! Lian beugte sich über ihr Heft, damit Frau Bai nicht auf die Idee käme, sie zum Vorlesen aufzurufen. Du liebe Güte! Wenn das ein Test im schriftlichen Ausdrucksver-

mögen gewesen wäre, hätte Lian ohne weiteres ein dickes
›Ungenügend‹ verpaßt bekommen. Sie ließ den Kopf hängen und war völlig niedergeschlagen, vor allem, wenn sie
an Kim dachte. Sie würde Kim leider sagen müssen, daß
sie ihr beim Lernen nicht helfen konnte.

In der Mittagspause merkte Mutter, daß Lian niedergeschlagen war. Sie fragte: »Gefällt es dir nicht in der
Schule?«
 »Mama, ich fürchte, ich muß das Jahr wiederholen.«
 »Wieso?«
 »Ich habe schrecklich viele Lücken. Zum Beispiel habe ich keine Ahnung, wie man eine Kritikabhandlung
schreibt.«
 »So? Hat dir das Frau Wie-heißt-sie-nur-Wieder, die
dich im Lager in chinesischer Grammatik unterrichtet hat,
nicht beigebracht?«
 »Nein! Frau Zhao hat mir erklärt, wie ein Aufsatz gegliedert sein muß, aber das ist etwas ganz anderes.«
 »So viel anders kann das doch nicht sein? Schau, wie
deine Klassenkameraden es machen, und mach es ihnen
nach. Einfacher geht's nicht. Du wirst doch nicht sitzenbleiben wegen eines so einfachen Fachs wie chinesische
Grammatik?«
 Lian schlang ihren Reis ruck, zuck hinunter und zog
sich in ihr Zimmer zurück. Mutter hatte recht: Sie mußte
einfach den Stil ihrer Klassenkameraden imitieren, und die
Sache war geritzt. Lian versuchte sich zu erinnern, wie die
Aufsätze von Weimin und Guoxiang geklungen hatten. Eigentlich, überlegte sie, ähnelten die Texte den Schimpfkanonaden von Fischweibern: Sie enthielten weder Begründungen, Argumente noch logische Schlußfolgerungen – es
war nichts als eine Aneinanderreihung von Flüchen, Demütigungen und Drohungen.
 An Guoxiangs Aufsatz erinnerte sie sich am besten:

*Ein Leben im Überfluß im gottverlassenen Großbritannien
führen? Dann lieber nichts zu beißen haben und notfalls den*

Heldentod in meinem armen, aber sozialistischen Paradies sterben! Wer die Bärengalle hat, nicht hinter meiner Entscheidung zu stehen, ist nichts als ein Spion der britischen Imperialisten. Diese Verräter unseres Vaterlandes, die Eier einer Schildkröte, gehören ins Gefängnis! Ich gönne solchen Klassenfeinden ihren verdienten Lohn! Inständig hoffe ich, daß die Kinder, die ihnen bald geboren werden, keinen After haben, damit sie an ihrem eigenen Kot ersticken!
Laßt uns alle gemeinsam ausrufen: Lang lebe der Große Parteivorsitzende Mao Zedong! Tod den Kapitalisten, Revisionisten und allen Feinden unseres kommunistischen Staates!

So einen Artikel kann ich auch schreiben, tröstete sich Lian. Sie brauchte sich nur vorzustellen, daß sie versehentlich zwischen zwei zankenden Hexen eingeklemmt war, und dann deren Wortwechsel notieren.

Kim war bei Lian zu Besuch. Lian hatte ihre Hausaufgaben nachgesehen. In Physik, Mathematik und Chemie war Kim besser als erwartet. Ihren Rückstand hatte sie in den letzten eineinhalb Jahren beträchtlich verringern können. In sechs Wochen würden die Prüfungen stattfinden. Lian hoffte, daß Kim dann weit genug wäre, auch in den naturwissenschaftlichen Fächern ein ›Ausreichend‹ zu bekommen. In den ›dummen‹ Fächern – wie Geschichte, chinesische Grammatik und Politische Erziehung genannt wurden, aber in denen es bei Kim trotzdem meist nur für eine Vierzig reichte – würde sie diesmal bestimmt eine Siebzig oder sogar eine Achtzig einheimsen. War das nicht ein Klacks? Kim mußte nur die entsprechenden Lehrbücher auswendig lernen. Gemeinsam stellten sie einen Plan auf und legten genau fest, welche Lektionen auswendig gelernt und welcher Teil der Hauptfächer ernsthaft wiederholt werden mußte. Voller Enthusiasmus sahen sie einer arbeitsamen und, wie sie hofften, fruchtbaren Wiederholungsphase entgegen.

Ein Abend wie im Märchen

Als Mutter die Wohnung betrat, stand Kim sofort auf und schob ihre Bücher und Hefte in die Schulmappe, ohne sie zuzuklappen.

Lian sah überrascht auf die Uhr: »Ach, Mama, ich habe mich schon gewundert, warum wir noch nicht mit unseren Übungen fertig sind. Sie sind fast zwei Stunden früher da als sonst ... Kim, was machst du?« Lian folgte der Freundin, die zur Tür eilte, und bat: »Mama, sagen Sie Kim doch bitte, daß sie sich vor Ihnen nicht zu fürchten braucht und hierbleiben soll, bis wir mit den Hausaufgaben fertig sind!«

»Tut mir leid, Lian, diesmal muß ich dich leider enttäuschen. Es ist besser, wenn Kim jetzt nach Hause geht ...« Sie ignorierte Lians Protest und fuhr fort: »Heute abend gehen wir aus.«

Tjie-aaa ... Kim hatte schon die Tür geöffnet: »Bis morgen, Lian. Auf Wiedersehen, Frau Professor.«

Lian nickte Kim nur zu und konnte ihre Neugier nicht länger bezähmen: »Mama, wo gehen wir hin?« Mutter nahm sie nur selten mit, höchstens einmal im Jahr.

Aber Mutter war schon in Lians Zimmer gelaufen und stand vor dem weit offenen Kleiderschrank. Lian drängte aufgeregt: »Bitte antworten Sie mir!«

»Wo ist die Bluse, die ich dir letzten Monat gekauft habe?« Mutter warf alle Sachen im Schrank durcheinander und überhörte Lians Frage.

»Oh, die schicke? In der obersten Schublade, links. Die haben Sie übrigens selbst dorthin gelegt. Ich darf sie doch nicht anziehen, ohne vorher zu fragen.«

»Heute darfst du sie tragen. Weißt du, wohin ich gehe? Zur Tochter von Marschall Dong, dem ehemaligen Verteidigungsminister. Ich muß sie interviewen.«

»Sicher für Ihr Buch *Moderne Geschichte Chinas?*«

»Du hast es erraten. Du darfst mit. Ich lasse dich abends lieber nicht allein zu Hause. Sie hat übrigens auch eine

Tochter, ungefähr in deinem Alter. Du wirst dort also Gesellschaft haben, während ich beschäftigt bin.«

»Hoppla!« Lian riß sich sofort ihre alten Kleider vom Leib und zog die schöne Bluse an, ein goldfarbenes Prachtstück mit violetten Karos und roten Tupfen.

Mutter kämmte Lian die Haare und flocht ihr zwei lange, dicke Zöpfe. Lian drehte sich vor dem Spiegel nach links und nach rechts und mußte kichern, ohne jeden Grund.

Mutter war ins Badezimmer gegangen, und Lian sah, wie sie ihr Gesicht puderte, bis es schneeweiß war. Wie attraktiv Mutter jetzt aussah! Nicht mehr wie eine Bäuerin, die jahrelang unter der sengenden Sonne geschuftet hatte. Normalerweise legte Mutter nur zum chinesischen Neujahrsfest Puder auf. Offenbar nahm sie den Besuch bei Dongs Tochter sehr ernst.

»Hast du schon Hunger?«

Lian schüttelte heftig den Kopf, klopfte sich auf den Bauch und sang fast: »Ga-hanz und ga-har ni-hicht ...!«

Mutter kniff die Augen zusammen, sah sich Lians Theater an und lachte: »Ja, ja. Ich weiß, was du möchtest ...«

Lian faßte das als Zustimmung auf, beendete ihre Theatervorführung und zog Mutter am Ärmel: »Lassen Sie uns gehen.«

Früher, als Mutter noch nicht im Lager gewesen war und Vater noch in Peking arbeitete, besuchten sie zweimal im Jahr ein Konzert in der Stadt. An solchen Abenden aßen sie nicht um halb sieben zu Hause, sondern gegen acht Uhr im vornehmen Restaurant ›Moskau‹. Mutter wußte sehr wohl, worauf Lian anspielte.

Da ihre Wohnung am Stadtrand lag, brauchten sie zweieinhalb Stunden bis ins Zentrum, wo Dongs Tochter wohnte – die Hauptstadt war nahezu grenzenlos. Nach einer Stunde Fahrt stiegen sie direkt vor dem Restaurant ›Moskau‹ aus dem Bus. Inzwischen war es sieben. Die sengende Sommersonne hatte sich hinter den schwarzgewandeten Bergen versteckt, die ihre grünblauen Mäntel ausgezogen und für den nächsten Morgen ordentlich gefaltet ins schlummernde Tal gelegt hatten. Das sprühende Mädchen namens Himmel war nun von Kopf bis Fuß in ein schwarzes Kleid gehüllt. Nur ihr makellos gewölbtes Antlitz durfte man sehen: klar wie ein silberner Spiegel, frisch wie ein betautes Vergißmeinnicht, rührend wie das Lächeln eines Säuglings. Die ganze Erde war von ihr fasziniert, und alles, aber auch alles, Bäume, Häuser, Fahrzeuge und sogar Menschen, schimmerten in demselben Silberschein, der von ihr ausging ...

Das Restaurant lag in einem Park. Straßenlaternen mit Lampenschirmen in Form von Seerosen vertrieben die beängstigende Unsicherheit des nächtlichen Dunkels, wahrten aber mit der Liebe eines Kunstkenners den Charme des verschleierten, romantischen Abends. Weiches Moos verwandelte den Weg in einen prächtigen, mintgrünen Läufer, der Mutter und Lian zu dem milchweißen Gebäudekomplex des Speiselokals ›Moskau‹ führte. Knöterich, der wie ein Brautschleier die Wegränder drapierte, sandte einen Hauch von Parfüm aus – ein undefinierbarer Duft, der Lian ablenkte und die Grenze zwischen Wirklichkeit und Traum verwischte. Das Laub der Bäume tanzte mit dem leichtfüßigen Sommerwind und zeichnete im Laternenschein Figuren auf den Weg, die in Lians Augen vieles darstellen konnten: ein Schloß, eine Brücke, galoppierende Pferde ...

»*Hahaha, hahaha*« – Gelächter, das immer wieder erklang, als kullerten die Perlen einer gerissenen Kette eine nach der anderen über einen Jadeteller, riß Lian aus ihrer Verzükkung. Sie blickte in die Richtung, aus der das Geräusch kam, und sah in einiger Entfernung drei Personen auf sich zukommen. In der Mitte die hochgewachsene Gestalt eines Mannes, dessen graues Haar mit dem Licht kokettierte, das es hin und wieder von den Straßenlaternen auffing. Schon von weitem fiel ihr auf, wie geschmackvoll sein Regenmantel war. *Tick, tick ... tick, tick ...* Seine Lederschuhe klopften eine rhythmische Melodie auf das Trottoir. Er wurde von zwei jungen Damen eskortiert, die zu schweben schienen. Ihre langen Locken flatterten im Wind, und ihre Augen strahlten wie Abendsterne. Sie gingen nicht – sie tanzten. Aus ihrer schlanken Figur und den anmutigen Bewegungen schloß Lian, daß es Schauspielerinnen waren. Sie näherten sich Mutter und Lian. Der Mann flüsterte seinen beiden Begleiterinnen etwas zu. Statt wieder in Gelächter auszubrechen, verneigten sich die beiden Schönen. Sie stützten dabei die Hände auf ihre langen Oberschenkel und verbeugten sich so tief, daß der Mann sie an den Armen festhalten mußte. Nach zehn Sekunden setzte das Gelächter wieder ein. Diesmal klang es so ansteckend, daß sogar eine Unbeteiligte wie Lian mitlachen mußte.

Der Mann flüsterte den beiden wieder etwas zu.

»Nein, Opa Himmel, bitte schone mich. Ich kann nicht mehr!« Das Fräulein zu seiner Rechten hielt sich den Bauch vor Lachen. »Sag nichts mehr!«

Was hatte der Mann wohl gesagt, daß die beiden jungen Damen so schrecklich lachen mußten? Was konnte Menschen nur derart in Verzückung bringen?

Als die drei wieder weit genug entfernt waren, flüsterte Mutter: »Das war Herr San He, der berühmte Filmregisseur. Du weißt doch, der von *Jasmin aus dem Süden*.« Mutter strahlte. Sie war sichtlich stolz, daß sie ihn aus so großer Nähe hatte sehen dürfen.

Sobald Lian das Restaurant ›Moskau‹ betrat, *zog sie Samtpantoffeln an.* Wie ein Dieb schlich sie ins Foyer. Den Kopf zwischen die Schultern gezogen, spähte sie nach links und nach rechts, nach oben und unten. Sie wagte kaum zu atmen, aus Furcht, die Stille zu stören. Das Hupen und Tosen des Verkehrs und der Schweißgeruch der Passanten schienen aus dem Gebäude abgesaugt zu werden. Mmm, eine angenehme Kühle hüllte ihren Körper ein. Das Foyer war wie eine Oase in der Wüste, ein Ort, zu erhaben über die kleinen Sorgen des Alltags, um real zu sein. Ein Pfeiler, dicker und höher als eine tausendjährige Tanne, stand da, mit – wahrhaftig! – kunstvoll eingravierten Tannenzapfen. Wieviel Arbeit hatte das den Künstler gekostet!

An der Garderobe mußte Lian einem jungen Herrn ihren Mantel überreichen. Mit kerzengeradem Rücken und galantem Lächeln hing er ihn an einen Haken. Sein glattgekämmtes, glänzend geöltes Haar und sein fleckenlos weißes Hemd, geschmückt mit einer tiefschwarzen Fliege, standen in krassem Gegensatz zu dem, was er war – einfach ein Dienstmann. Sie biß sich auf die Zunge und verbarg ihre Scham wegen ihrer plumpen Erscheinung.

Nein, sie durften noch nicht in den Speisesaal, alle Tische waren besetzt. Was für ein Theater! In einem normalen Lokal starrten die Neuankömmlinge den anderen Gästen einfach auf den Teller.

Als sie endlich am Tisch saßen, bestellte Mutter Rote-Bete-Suppe für Lian und für sich eine Hühnersuppe à la crème. Sobald der Ober außer Hörweite war, zupfte Lian Mutter am Ärmel: »Können wir eine Suppe abbestellen? Meine oder auch Ihre, das ist egal.«

»Warum? Hast du keinen Hunger?«

»Haben Sie den Preis gesehen? Eineinhalb *Yuan*. Sie versuchen einen hier *bei lebendigem Leib kahlzurupfen*.«

»*Psst!*« Mutter runzelte die Stirn und legte Lian die Hand auf die Schulter.

Lian beruhigte sich langsam. Sie versuchte ihr Gewissen zu beschwichtigen. Was stellte sie sich nur so an! Jeder fand es hier offenbar angebracht, für einen Teller Gemüsesuppe einen derart unverschämten Preis zu bezahlen. Aber in ihrem Kopf klapperten die Rechenkugeln. Zweieinhalb *Yuan*. Davon konnte Kims Familie gut eine Woche leben! Zehn Kilo Maismehl kosteten genau zwei *Yuan* und vierzig *Fen*.

Als jedoch die herrlich nach Butter duftende Suppe vor ihr stand, vergaß sie mit einem Schlag ihre Prinzipien. Im Nu war ihr Teller leer. Und während Mutter ihre Suppe, wie es sich gehört, langsam löffelte, wippte Lian vor Ungeduld auf ihrem Stuhl. Welche Köstlichkeit würde es wohl als nächstes geben?

Ein vager, aprikosenartiger Duft stieg ihr in die Nase. Ganz vorsichtig drehte sich Lian um, aus Furcht, mit einer schnellen Bewegung den Duft zu verscheuchen. Zu ihrer Enttäuschung roch sie nichts mehr ... oder doch! Für eine Sekunde streifte ein Hauch des Dufts ihren Geruchssinn, aber im nächsten Augenblick, wenn sie noch mehr davon einatmen wollte, war er spurlos verschwunden. Als spiele der Duft wie ein schelmisches, wunderschönes Mädchen Fangen mit ihr. Ganz allmählich schob sie sich auf die Quelle des himmlischen Duftes zu. Als sie schließlich hinzusehen wagte, erhaschte sie einen Blick der modisch gekleideten jungen Dame, die dieses Parfüm trug. Sofort schlug Lian die Augen wieder nieder. Aber das verführerische Aroma, das von diesem Tisch zu ihr schwebte, ließ sie für einen Moment alles vergessen. Sie betete zu Buddha, dieser Augenblick möge nie zu Ende gehen.

FANRUIS TRIUMPH

Um halb neun stiegen Mutter und Lian aus dem Bus. Sie waren nun im westlichen Teil des Zentrums, dem sogenannten Xidan-Bezirk. Baufällige Reihenzimmer und graue Wohnblocks flankierten die Straße, auf deren Gehsteig Hunderte von Familien den Abend verbrachten.

Im Sommer war es in Peking in der Regel nicht auszuhalten. Da die meisten Familien nur ein Zimmer besaßen, in dem die Temperatur noch am Abend über dreißig Grad betrug, suchten sie im Freien ein wenig Kühlung und mehr Raum. Überall lagen Schilfmatten auf dem Boden ausgebreitet, auf denen kleine Kinder krabbelten und alte Leute ein Nickerchen hielten. Junge Männer hockten unter den Laternen und spielten Schach oder Karten, junge Frauen saßen auf Hockern im Kreis; sie fächerten sich Kühlung zu, plauderten und tauschten den neuesten Klatsch aus. Die etwas wohlhabenderen Familien besaßen einen kleinen Radioapparat und stellten ihn natürlich mitten auf den Gehsteig, damit auch alle anderen die Musik – gesungene politische Parolen – genießen konnten. Die Gerüche nach Tabak, billigem Tee und Schweiß vermischten sich; die Stimmen der Frauen, das Kichern der Kinder und die aus dem Radio dröhnenden revolutionären Lieder überlagerten sich gegenseitig. Unter dem kärglichen Licht der Straßenlaternen wirkten alle wie eine große Familie.

Nach zehn Minuten Fußweg gelangten Mutter und Lian auf eine breitere Straße, gesäumt von vornehmen, hohen Pappeln. Es war ungewöhnlich still.

»Halt! Ihr Paß?!«

Aus einem unbeleuchteten Häuschen blitzte ein Bajonett, dann zeigte sich der Kopf eines Soldaten.

Rasch zog Mutter ein Empfehlungsschreiben, unterzeichnet vom Rektor der Pädagogischen Hochschule, aus ihrer Jackentasche. Eine Lampe leuchtete kurz auf. Nach zwei Minuten streckte sich eine Hand aus dem Fenster des Wachhäuschens, und eine energische Stimme sagte: »Zweites Haus links, zweiter Stock.«

Lian spähte in die Dunkelheit und merkte nun erst, daß sie vor dem Eingang eines der hermetisch von der Außenwelt abgeschirmten Wohnkomplexe standen. Mutter sah sich nach allen Seiten um. Offenbar war auch sie von diesen imposanten Häusern beeindruckt. Zartes bernsteinfarbenes Licht ergoß sich aus den großen Fenstern der weißgestrichenen Gebäude. Mit seinen Anlagen voller Orchideen und Pfingstrosen, die im Schatten von Weiden und Silberbirken gediehen, erschien dieser Ort wie eine Märchenlandschaft.

Nicht lange danach standen sie vor der Wohnung der Tochter von Marschall Dong und klopften.

»Treten Sie ein!« Eine glockenhelle Stimme erklang hinter der Tür. Es wurde geöffnet, und sie betraten einen geräumigen Flur. Nicht zu fassen – diese Diele war größer als das Wohnzimmer bei ihnen zu Hause! Grelles Neonlicht blendete Lian.

»Guten Abend, Frau Yang«, klingelte das Glöckchen wieder. »Das ist bestimmt Ihre Tochter.«

Mutter antwortete: »Guten Abend, Fräulein Fanrui Dong. Ja, das ist meine Tochter Lian Shui. Lian, das ist Fräulein Fanrui, die Tochter von Frau Heyuan Dong und die Enkelin von Marschall Dong.«

Lian riß die Augen auf und stand einem Mädchen gegenüber, das etwas älter war als sie. Lian war zu verlegen, um ihr direkt ins Gesicht zu schauen. Das einzige, was sie sah, war Fanruis Seidenbluse; sie war mit Pfirsichblüten bestickt, die dort besonders prachtvoll blühten, wo sich unter dem hauchdünnen Stoff zwei Wölbungen abzeichneten. Ein schwarzer Gürtel betonte Fanruis schmale Taille und lenkte den Blick auf einen lilafarbenen, engen Rock.

Ein Rock! Seit ihrem sechsten Lebensjahr hatte Lian keine Frau mehr in einem Rock gesehen. War es nicht schrecklich revisionistisch, so etwas zu tragen?! Oder war das proletarische Bewußtsein der Familien von Parteibonzen so hoch entwickelt, daß es von der westlichen Kleidermode nicht verdorben werden konnte?

»Willkommen, Liannie«, sagte die Rockträgerin.

Jetzt mußte sie Fanrui doch in die Augen sehen. Diese junge Dame hatte ein schelmisches, ein wenig nach oben weisendes Kinn, sinnliche Lippen und eine Haut, glatt und glänzend wie Porzellan. Ihr Teint hatte die Farbe des Mondes – weiß mit einem zartgelben Schimmer. Die ausdrucksvollen Augen tanzten verspielt, und Lian fragte sich, wann sie wohl stillstehen würden, damit sie erkennen konnte, was aus ihnen sprach: Freude, Neugier oder etwas anderes. Lian hatte schon einmal gehört, daß Babys mit geschlossenen Augen über die Haut erkennen können, ob ihre Mutter in der Nähe ist. Nun merkte sie, daß sie als Dreizehnjährige noch ähnliche Fähigkeiten besaß. Obwohl sie Fanrui nicht lange anzusehen wagte, spürte sie ihren taxierenden Blick.

Diese Prinzessin fand Lians Äußeres bestimmt lächerlich. Mutter hatte ihr zwar zwei prächtige Zöpfe geflochten, aber diese Frisur war längst aus der Mode. Sogar ihre schickste und teuerste Bluse hatte noch etwas Ärmliches, und in Fanruis Augen waren die Farben bestimmt zu schreiend. Außerdem sah noch ein Blinder, daß der Saum an Lians Hosenbeinen mehrmals ausgelassen war. Am liebsten hätte sich Lian in eine Mücke verwandelt und hinter dem Rahmen eines der Gemälde im Flur versteckt.

»Mama, Besuch für Sie!« rief Fanrui.

»Willkommen!« Eine schlanke Frau um die Vierzig, gekleidet wie eine Zwanzigjährige, kam auf sie zu und geleitete sie ins Wohnzimmer.

Als wäre Lian noch nicht genug gequält worden, folgte ihnen Fanrui auf dem Fuß. Sie setzte sich neben Lian auf das Ledersofa und versuchte, ein Gespräch anzuknüpfen. Fanrui gab jedem Wort einen koketten Schnörkel – Lians Antworten klangen daneben wie das plumpe Poltern einer Bäuerin. Fanrui saß kerzengerade, ihr Oberkörper wirkte wie ein junger Bambusstamm. Ab und zu wandte sie anmutig den Kopf, während Lian wie eine Riesengarnele dasaß: den Rücken krumm, die Brust wie ein Krater eingefallen und den Kopf unbeholfen und schlaff über allem. Man konnte ihr alles mögliche einreden, aber von einem war sie überzeugt: Fanrui beschäftigte sich nur mit ihr, um den Kontrast zwischen ihrer begehrenswerten Erscheinung und Lians schäbigem Äußeren noch hervorzuheben.

Die beiden Mütter unterhielten sich angeregt und schienen den psychologischen Krieg ihrer Kinder nicht zu bemerken. Nach etwa zehn Minuten erhob sich Fanrui. Überzeugt von ihrem Sieg, fand sie es offenbar nicht mehr nötig, ihre Zeit noch länger an diese kleine Bäuerin zu verschwenden.

Da saß Lian, allein gelassen von der Siegerin. Sie war in einen bodenlosen Brunnen gesprungen. Die Schwerkraft ihres Wunsches, liebenswert zu sein, zog sie noch tiefer hinab, während ihr Verstand nicht aufhörte zu mahnen, sie müsse wieder nach oben, in die nüchterne Realität, zurückklettern. Sie versuchte sich abzulenken, indem sie dem Interview zuhörte.

Heyuans Bericht über ihren Vater enthielt keine neuen Fakten; wie alle anderen talentierten Mitstreiter des Großen Steuermanns war auch Marschall Dong, nachdem er einen wichtigen Beitrag zur Gründung der Volksrepublik China geleistet hatte, von Ihm in den Tod getrieben worden. Bemerkenswert war Heyuans Klage über die Mißhandlung ihrer Familie durch die Rotgardisten.

»Ja«, sagte sie, »diese fanatischen Rotznasen haben 1968 meine Mutter, mich und meine Geschwister verhaftet. Im Winter 1969 sind wir dank der Intervention des Innenministers, er war früher Vaters Sekretär, wieder freigelassen worden – mehr aber auch nicht. Dieser undankbare Untergebene meines Pas!« Ihr Gesichtsausdruck verriet Lian, was sie eigentlich sagen wollte: Wenn Vater noch lebte, würde er diesen Speichellecker von seinem Posten entfernt und nach Tibet verbannt haben!

»Sehen Sie nur«, Heyuan deutete voller Verachtung und Selbstmitleid auf das luxuriöse Wohnzimmer, »in was für einer Höhle wir zur Zeit vegetieren müssen!« Ihre zart geschwungenen Lippen kräuselten sich wie zwei von einem Fahrrad überfahrene Regenwürmer, und ihre Augen sprühten Funken.

Buddha! Diese Leute bewohnten zu zweit eine geräumige Vierzimmerwohnung, während kaum zehn Minuten entfernt eine Familie mit vier Generationen, zusammen acht bis zehn Menschen, mit einem Zimmer von vier mal vier Metern auskommen mußte. Und sie hat noch die Stirn, sich über ihre Wohnung zu beklagen! Wie großzügig wären die Damen wohl untergebracht, wenn Marschall Dong nicht von Vater, Mutter, Liebhaber und Liebhaberin in Einer Person in den Tod getrieben worden wäre?!

Lian sog kühle Luft durch die Spalten zwischen ihren Zähnen ein. Sie mußte sich zusammennehmen, denn es kam noch dicker.

Mutter sagte: »Ich habe in dem nichtöffentlichen *Nachrichtenblatt für hohe Parteifunktionäre* gelesen, daß Sie seit Ihrer Freilassung 1969 als wissenschaftliche Mitarbeiterin am renommierten Kernforschungsinstitut tätig sind.«

»Ach ja«, gähnte Heyuan, »ab und zu schaue ich vorbei. Aber was soll ich dort? Am Monatsende liefert mir der Direktionssekretär persönlich mein Gehalt ab. Frau Yang, oder darf ich dich duzen, Yunxiang, ich mag dich, und ich vertraue dir. Du bist schließlich eine enge Freundin der Frau des Staatssekretärs im Ministerium für Kultur und Propaganda, die wiederum eine alte Bekannte meiner Mutter ist. Daher betrachte ich dich als eine von uns. Ich muß dir ehrlich gestehen: Ich habe nicht die leiseste Ahnung, was dort eigentlich geforscht wird. Ja, von 1961 bis 1965 habe ich zwar an der Universität von Peking Physik studiert, aber das war mehr in der Art von – wie einer meiner früheren Anbeter sagte: ›Heyuan ist besser im Brechen von Herzen als im Spalten von Atomen.‹« Sie lächelte scheinbar verlegen. Ihr Gesicht zeigte kaum eine Falte; man sah ihr noch an, daß sie einmal eine Schönheit gewesen war. »Meine Noten in der Abschlußprüfung waren ein Neujahrsgeschenk des Rektors, also eigentlich ein Geschenk für meinen Vater. Nun gut, 1969 brauchte ich eine Stelle. Ich habe mich für diese Anstellung entschieden, weil hier die besten Physiker des Landes arbeiten. Die Rahmenbedingungen und das Gehalt sind viel besser als irgendwo sonst. Und außerdem ist es schön nah – nur drei Minuten zu Fuß.«

Mutter schwieg.
Lian schluckte.

Ein ausgehungertes Kamel ist immer noch größer als ein gemästetes Pferd. Lian war nicht neidisch auf Heyuans und Fanruis Reichtum und Privilegien. Sie wollte mit ihnen nicht tauschen. Nicht auszudenken, ihr Vater würde ebenfalls vom Weisesten Führer des Weltalls aus dem Weg geräumt!

Es war schon nach elf, als sie sich von Heyuan verabschiedeten. Aus Mutters Verhalten folgerte Lian, daß sie sehr zufrieden war. Sie mißbilligte zwar, daß die Dongs so viele Privilegien hatten, fühlte sich aber gleichzeitig geschmeichelt, daß eine hochgestellte Persönlichkeit wie Heyuan – immerhin die Tochter des früheren Verteidigungsministers – so vertraulich mit ihr gesprochen hatte.

Heyuan ging in den Flur und rief: »Rui, Frau Yang und Lian gehen nach Hause! Komm und wünsche ihnen noch eine gute Nacht.«

Keine Antwort. Nach einer langen Pause kam Fanrui auf Zehenspitzen aus ihrem Zimmer, den Finger an den Lippen: »*Psst*, wir nehmen gerade Akkordeonmusik auf …!«

Lian spitzte die Ohren. Tatsächlich, da spielte jemand ein den Ohren schmeichelndes Stück. Nach der Melodie zu urteilen, handelte es sich nicht gerade um ein mordlüsternes, revolutionäres Lied. Im Gegenteil, es war eine romantische Serenade aus dem gottverlassenen Europa. Es war doch nicht erlaubt, solche Musik zu hören, geschweige denn sie aufzunehmen? In diesem Haus galten offenbar genau entgegengesetzte Regeln: Die Bewohner waren Nachkömmlinge eines proletarischen Parteiführers und deshalb immun gegen alle bourgeoisen Einflüsse.

Lian mußte an Professor Maly denken, die noch immer im Umerziehungslager eingesperrt war. Maly hatte Lian einmal erzählt, daß die Fakultät für Fremdsprachen an der Pädagogischen Hochschule fünf Jahre vergeblich auf ein Tonbandgerät für den Fachbereich Englisch gewartet hatte. Und hier spielte ein Teenager mit seinen Freunden einfach zum Spaß mit einem richtigen Tonbandgerät.

Aber wie Mutter fühlte sich Lian, obwohl sie die Privilegien der Dongs mißbilligte, vom Glamour dieser Elite angezogen. Sie wußte zwar, daß sie in Fanruis Kreisen nie akzeptiert werden könnte, hegte aber doch eine winzige Hoffnung, daß Fanrui ihr, wäre sie bildhübsch, ein kleines Plätzchen in ihrem Freundeskreis gönnen würde …

Frauengeheimnisse

Sechs Tage vor den Sommerferien wurden die Prüfungsergebnisse bekanntgegeben. Kim hatte eine Sechzig in Physik, Geschichte und Politischer Erziehung, eine Fünfzig in Chemie und Mathematik und eine Vierzig in Chinesischer Grammatik … nicht ganz so gut, wie sie heimlich gehofft hatten, aber auf jeden Fall ein Durchbruch. Zum erstenmal hatte Kim ein ›Ausreichend‹ bekommen, noch dazu in Physik! Kim lachte in sich hinein, wie eine halbautomatische Puppe, die zwar die Lippen bewegte, wenn man sie hin und her schüttelte, aber keinen Ton herausbringen konnte. Nicht einmal in diesem festlichen Augenblick konnte Kim, und sei es nur für eine Sekunde, ihre Gefühle zeigen.

Später rutschte es Kim heraus, sie hoffe jetzt, irgendwann einmal in allen Unterrichtsfächern ›Ausreichend‹ zu bekommen und in manchen Fächern sogar eine bessere Note als Sechzig zu erzielen. Daher fiel es Lian auch nicht schwer, Kim zu überreden, vor den Sommerferien jeden Tag zwei Stunden zusätzlich Hausaufgaben zu machen. Kim war auch bereit, das Lauftraining wiederaufzunehmen, damit sie bei den Herbstspielen noch erfolgreicher sein würden.

Es war morgens halb sieben, der zweite Ferientag. Anders als sonst begann Lian zögernd mit den Aufwärmübungen. Die junge Sonne hatte den Sportplatz in einen goldenen Teppich verzaubert, der die Schweißtropfen von Dutzenden Joggern auffing. Nach dem Dehnen der Wadenmuskeln ging Kim an der Startlinie in Position. Lian folgte ihr zögernd. Kim blickte sie verwundert und ungeduldig an.

Jetzt konnte Lian es nicht länger hinauszögern. Sie mußte Kim fragen: »Findest du es schlimm, wenn ich nicht mit dir laufe?«

»Ja.«

»Hör mal, es ist nur für ein paar Tage.«

»Warum?«

Sie zuckte mit den Schultern: »Darum ...«

»Na schön. Dann trainiere ich auch nicht.«

»Oh, mußt du mir das antun?«

»Du nimmst mir die Worte aus dem Mund«, sagte Kim, verließ die Startlinie und machte Anstalten, nach Hause zu gehen.

»Schon gut, ich erkläre es dir ...« Lian lief ihr nach und bereitete sich innerlich darauf vor, ihr schändliches Geheimnis preiszugeben. Sie spürte ein widerliches Gefühl im Mund, als hätte sie Sand zwischen den Zähnen: »Ich bin krank. Nicht richtig krank ... Ich bin unwohl.« Nachdem es endlich heraus war, atmete sie auf.

Kim drehte sich nach Lian um und musterte sie verächtlich von Kopf bis Fuß.

Lian ließ den Kopf hängen und wäre am liebsten im Boden versunken. Am ersten Tag hatte sie sich kaum auf die Straße gewagt. Sie traute sich nicht, langsam zu gehen, denn sie hatte das Gefühl, alle zeigten mit dem Finger auf sie und flüsterten sich zu: »Da ist dieses Flittchen. Lian Shui. So jung, und sie menstruiert schon wie ... wie eine verheiratete Frau!« In den Augen der Jugendlichen war die Monatsblutung ein Zeichen für Unmoral, die Strafe für eine zügellose Frau, die mit einem Mann geschlafen hatte und dafür mit diesem blutigen Brandmal geschlagen wurde. So etwas ließ sich leicht behaupten, solange es einen noch nicht selbst betraf. Aber sobald die eigene Menstruation einsetzte, kam Verwirrung auf. Obwohl man seine eigene Unschuld kannte, konnte man sich nicht von der Idee freimachen, die Sache an sich sei schmutzig und unschicklich, wie es Mädchen von klein an eingebleut wurde. Kim war natürlich schockiert, weil ihr nicht in den Kopf ging, daß Lian, die sie für ein anständiges Mädchen hielt, ein Flittchen geworden sein sollte. Sie war zweifellos gekränkt, weil sie Lian für eine Verräterin hielt, die sie im Stich gelassen hatte, indem sie sich ordinären, bourgeoisen fleischlichen Genüssen hingab. Wie konnte Lian ihr beweisen, daß das überhaupt nicht stimmte? Sie war ratlos. Vor Verlegenheit schoß ihr das Blut ins Gesicht, und sie ging Kim aus dem Weg wie eine rücksichtsvolle Aussätzige.

Ruhelos scharrte Kim mit den Füßen ein Grasbüschel aus dem Boden und sagte nach einer unerträglich langen Stille: »Entschuldige. Eigentlich verstehe ich solche Dinge schon, schließlich haben wir daheim auch Hühner und Schweine. Ich konnte mir nur nicht vorstellen, daß du auch soweit bist. Es ist nicht schlimm, wirklich, Lian. Wenn du Bauchkrämpfe hast, mußt du abgekochtes Wasser mit Rohrzucker trinken und viel ruhen. Das macht meine Mutter auch immer.« Sie wurde rot.

Lian ging verlegen auf ihre Freundin zu. »Danke, Kim, ich danke dir, daß du mich so nimmst, wie ich bin ... Ich verspreche dir, daß wir wieder zusammen trainieren, sobald ich mich besser fühle.«

»Sei vorsichtig! Warte, bis es vorbei ist, sonst fängst du dir noch was ein.« Kim ging von dem Aberglauben aus, daß sich bei Frauen, die während ihrer Monatsblutung körperlich arbeiten, Eierstöcke und Gebärmutter entzünden. Männer fanden es aufreizend, wenn ein Mädchen sagte, es könne momentan keinen Sport treiben, denn das bedeutete, daß sie ihre Periode hatte – und das galt als weiblich, bezaubernd und sexuell erregend.

Lian schaute bewundernd zu, wie Kim Runde um Runde auf der Aschenbahn zurücklegte und einen Läufer nach dem anderen hinter sich ließ. Obwohl sich Kim mit den Tatsachen abgefunden hatte, empfand Lian neben ihr ein Gefühl der Fremdheit. Jetzt gab es neben dem Kastenunterschied, der manchmal unüberbrückbar schien, noch etwas, das sie trennte.

Vor einem Monat, ein paar Tage vor Lians erster Menstruation, lernte die Klasse im Sportunterricht Liegestütze. Der Lehrer kritisierte Lians Haltung – ihr Rücken hinge durch, und ihre Bauchmuskeln seien nicht richtig angespannt. Um ihr zu demonstrieren, wie es sein sollte, faßte er sie um die Taille und sagte: »So muß dein Rücken sein.« Obwohl er seine Kritik nicht in schroffem Ton geäußert hatte, fühlte sich Lian gekränkt. Sie stand auf und lief weinend zu den Bänken an der Seite. Der Lehrer starrte ihr verblüfft nach, machte eine unbeholfene Handbewegung und stotterte: »Was ... was habe ich denn Falsches gesagt ... daß ... daß du so beleidigt bist?« Sie wußte bei Buddha nicht, warum, aber dadurch fühlte sie sich nur noch elender. Die Klassenkameraden hörten auf zu üben und funkelten den armen Mann wütend an, als hätte er versucht, Lian zu ermorden.

Am Tag nach Lians Ausbruch in der Turnstunde kam Qianyun, eine Mitschülerin aus der Ersten Kaste, zu ihr und sagte: »Du bekommst bestimmt deine Tage. Wie ich dich kenne, hättest du sonst nicht so überempfindlich reagiert!«

Lian war so froh über die Anteilnahme, daß sie Qianyun ihr Herz ausschüttete. Qianyun nickte verständnisvoll und legte ihr die Hand auf die Schulter. Lian schmolz dahin vor Dankbarkeit. Endlich ein Mensch, der sie verstand ...

Ein Liebesbrief am Pranger

Lian suchte nun engeren Kontakt zu Qianyun, die sie daraufhin in den Kreis ihrer Freundinnen einführte. Zu ihrer Verblüffung, aber auch zu ihrer Freude, entdeckte Lian, daß sie alle frei und offen über ihre körperlichen und emotionalen Probleme sprachen, über die Menstruation, über ihr Verhältnis zu den Eltern, ihre Ängste und Zweifel und vieles mehr. Bei Qianyun und ihren Freundinnen fühlte sich Lian wohl. Sie stand oft im Mittelpunkt und fühlte sich geschmeichelt, obwohl sie sich manchmal auch vor den neidischen Blicken einiger Mädchen fürchtete.

Kim dagegen ließ sich nie anmerken, ob sie Lian hübsch fand, wie sehr Lian sich auch herausputzte. Sie betrachtete Lian mit einer Gleichgültigkeit, als hätte sie ein Möbelstück vor sich – scheinbar ohne jedes Gefühl. Nur ein einziges Mal, als sie sich noch nicht lange kannten, hatte Kim nebenbei das Thema ›Schönheit‹ angeschnitten. Sie sagte: »Mit sechs Jahren habe ich beschlossen, nie mit hübschen und intelligenten Mädchen umzugehen.« Lian fragte sie, was sie damit sagen wollte, aber Kims Blick hatte sie zum Schweigen gebracht.

Ein paar Tage später – Kim und Lian hatten sich gerade an die Hausaufgaben gesetzt – klopfte es. Lian wußte schon vor dem Öffnen, wer vor der Tür stand. Feiwens schrille

Stimme und Qianyuns Worttornado verrieten die Besucher – die sechs Freundinnen aus der Ersten Kaste.

Liru stürmte als erste herein und rief: »Was?! Ihr lernt immer noch? Lian, Lian, du nimmst alles viel zu ernst! Denkst du etwa, daß die Lehrer die Hausaufgaben nachsehen?« Die anderen Mädchen verdrehten die Augen und spreizten die Handflächen, als wollten sie sagen: An diesem Bücherwurm ist Hopfen und Malz verloren!

Lian bekam sofort das Gefühl, daß sie sich sehr unkameradschaftlich verhielt. Sie sagte hastig: »Gut, dann mache ich die Hausaufgaben eben morgen fertig. Kommt schnell herein! Und macht die Tür zu, sonst fliegen die Mücken ins Haus.«

Es war nicht üblich, sich zu verabreden. Es war sogar beleidigend vorzuschlagen: »Hast du Lust, morgen abend gegen acht auf eine Tasse Tee vorbeizukommen?« Der so Angesprochene würde sofort aufbrausen und denken: Was meinst du damit? Heißt das etwa, daß ich sonst nicht willkommen bin? Wenn man nicht auf der Stelle Süßholz raspelte, konnte es vorkommen, daß der andere tief gekränkt war und nichts mehr mit einem zu tun haben wollte.

Die Freundinnen gingen schnurstracks zu Lians Zimmer statt ins größere Wohnzimmer.

»Oh. Ist Kim schon wiiiieder da?!« bemerkte Meimei verärgert.

Kim sprang auf, als hätte sie einen elektrischen Schlag bekommen. Mit zitternden Händen warf sie blitzschnell Stifte, Bücher und Hefte in ihre Schultasche und machte sich klein wie ein Igel, der von einem Wildschwein angegriffen wird. Mit der einen Hand warf sie sich die Tasche über die Schulter, mit der anderen hielt sie den Stuhl, auf dem sie gesessen hatte, und bot ihn der jungen Dame an, die zufällig vor ihr stand. Liru wartete, bis Kim ihr den Stuhl genau unter das Gesäß geschoben hatte, und ließ sich dann nieder. Kim war Luft für sie, als halte sie es für selbstverständlich, daß eine Angehörige der Dritten Kaste sie bediente.

Wie ein Aal schlüpfte Kim aus dem Zimmer, zur Wohnungstür. Ihr ›Viel Spaß‹ und ›Bis bald‹ waren wie das Wispern einer Termite. Nur Lian, ein Schwesterinsekt, hätte es hören können. Aber Lian hatte alle Hände voll zu tun, für jede Besucherin einen Sitzplatz zu suchen, und sie hatte plötzlich keine Zeit mehr für Kim.

Lian kochte Wasser und goß es in sechs große Becher. Sie streute Teeblätter hinein, die zuerst oben auf dem Wasser schwammen und dann langsam sanken.

Ihre Gäste benutzten die Zähne als Filter; ab und zu hörte man Geräusche wie *pfu* und *vjeh*, wenn sie die Blätter, die ihnen an den Zähnen klebten, wieder in den Becher spuckten.

Liru sprach, als wäre ihre Nase mit einer Wäscheklammer zusammengekniffen – das galt als kokett: »Diesen unverschämten Brief habe ich gestern der Lehrerin gegeben ...« Sie machte die Augen schmal und wandte den Kopf mit gespielter Entrüstung zum Fenster. Die anderen warfen ihr einen Blick zu, aus dem Bewunderung, Aufregung und ein wenig Neid sprachen.

Liru fuhr fort: »Ich mußte mich fast übergeben, als ich den Brief in meinem Pult fand! Die Lehrerin hat heute morgen gesagt, daß sie ihn am Propagandabrett aushängt.« Sie verzog das Gesicht, als hätte sie eine gekochte Made in ihrem Dämpfbrötchen gefunden, und warf den Kopf in den Nacken. Die anderen hörten ihr mit Abscheu zu – nein, das ging wirklich zu weit. Liru spürte die unausgesprochene Mißbilligung, brachte schnell ihren Auftritt zu Ende und warf gequälte Blicke um sich.

Der Brief, von dem sie sprach, stammte von Wudong, einem Mitschüler. Wudong hatte lange, dünne Arme und Beine, wie die meisten Jungen seines Alters. Sein Gesicht war blaß und glatt wie Seide; von Behaarung keine Spur – ganz im Gegensatz zu seinen Klassenkameraden. Wegen seines femininen – besser gesagt – angenehmen Äußeren und seinem Status als Angehöriger der Ersten Kaste waren alle Mädchen aus der Klasse insgeheim in ihn verliebt. Der Inhalt seines Briefes war nicht umwerfend: eben die törichten Worte und Phrasen, die man erwarten konnte.

Lians Freundinnen waren bestens informiert. Liru hatte das Corpus delicti jeder von ihnen zwei Tage zum sorgfältigen Studium ausgeliehen, damit sie es auswendig lernten und – wie sie heimlich hoffte – die Adressatin *bis tief in ihren Bauch* beneideten. Wenn es auch keine von ihnen laut aussprach – schließlich war es peinlich, den Wunsch zuzugeben, daß man geliebt werden wollte –, wußten sie doch alle, daß es eine seltene Auszeichnung bedeutete, wenn Wudong einem Mädchen seine Liebe erklärte.

Lian hatte wenig Lust auf ein Gespräch über Wudong. Sie wollte zwar auch hübsch aussehen und mit den anderen wetteifern, wer die Schönste war, aber sie hatte jedes Interesse an Jungen verloren, seit sie die ersten Anzeichen von Weiblichkeit an sich entdeckt hatte. Morgen würde der Brief am Propagandabrett hängen. Lian stellte sich vor, wie ihre Klassenkameraden vor Schadenfreude prusten, Wudong necken und ärgern würden. Ihr graute bei dem Gedanken, daß dieser Junge, der wahrscheinlich zum erstenmal im Leben einem Mädchen sein Herz geöffnet hatte, von Liru verraten und an den Pranger gestellt wurde. Mao lehrte jeden von klein auf, seine Mitmenschen, Verwandten und Freunde im Namen der Revolution zu verraten. Liru aber hatte Wudong aus einem egoistischen Grund denunziert: um von den anderen Mitschülern noch mehr angebetet und beneidet zu werden. Denn die Jungen der Ersten Kaste und alle Schüler der Zweiten und Dritten Kaste hatten den heißbegehrten Brief noch *nicht* gelesen. Liru konnte ja nicht einfach zu den Jungen gehen und ihnen den Brief zeigen. Mädchen ihres Alters mußten so tun, als könnten sie Jungen nicht ausstehen. Und sich mit Schülern aus der Zweiten und Dritten Kaste abzugeben war völlig unter ihrer Würde. Also brauchte Liru das Propagandabrett, um auch von den Mitschülern beneidet zu werden, die sie nicht persönlich informieren konnte.

Abends warf sich Lian im Bett hin und her. Die Gedanken galoppierten kreuz und quer durch ihren Kopf, wie eine Herde aufgeschreckter Pferde durch die Steppe.

Dreifaches Pech

Nach dem wöchentlichen Bad kuschelte sich Lian in ihr Bett und schlummerte herrlich langsam ein. Der Mittsommerföhn schlich durch die bestickten Gardinen ins Zimmer und spielte mit ihren nassen Locken. Die Sonnenstrahlen schienen auf ihre Wangen, bis sie in wonniger Trägheit dahinschmolz ...

Eine hungrige Mücke summte ihr ein unverständliches Lied in die Ohren und weckte sie auf. Das Insekt führte über ihrem Gesicht einen bizarren Tanz auf. Lian zog sich das Laken über den Kopf und versuchte, wieder einzuschlafen. Aber plötzlich verkrampfte sich ihr ganzer Körper. Sie saß aufrecht im Bett: Ihr fiel ein, daß sie den Kannibalen seit mindestens zwei Monaten nicht mehr besucht hatte!

Lian schnappte sich ein Taschentuch aus der Kommode und band damit ihre Haare zusammen, zog sich eine weite Hose und eine alte Bluse an und eilte zum Haus Nummer 24. Was sollte sie antworten, wenn er fragte, wo sie die ganze Zeit gesteckt hatte? Ihre letzte Verabredung hatte sie glatt vergessen. Verschämt zerrte sie an ihrer Bluse, die ihr von einem Tag auf den anderen zu eng geworden war. Sie bereute es bitter, daß sie sich nicht die Zeit genommen hatte, eine ihrer neuen Blusen anzuziehen, die viel weiter waren. Sieh doch nur, mäkelte sie an sich herum, die hier klebt wie Reispapier an mir! Sie machte einen Buckel, damit nicht irgendwelche Lausebengel die Hügel und Täler ihres Oberkörpers bemerken und sie deshalb verwünschen würden.

Tante Xiulan öffnete. Diesmal hing kein Knoblauchdunst um sie, und ihre Finger klebten nicht mit Schwimmhäuten aus Teig aneinander. Um sie herum war es totenstill.

»Kleine Lian! Der *Qi-Strom* fließt aber gar nicht mit dir – Onkel Changshan ist gerade zur Tür hinaus. Wohin? Und wenn du mich totschlägst! Er ist wie Rauch. Er geht, wenn er geht, und er kommt, wenn er kommt. Vielleicht zum Weidensee hinter dem Universitätsgelände? Dort schweben ziemlich viele Seelen seiner ertrunkenen Kollegen. *Wuh!* An deiner Stelle würde ich ihn nicht suchen. Schon bei der Vorstellung bekomme ich eine Gänsehaut. Nun ja, in letzter Zeit ist er stiller und eigensinniger als je zuvor. Es ist das Alter, glaube ich. *Wenn ein Zahnloser nach Westen will, können ihn keine zehn Pferde nach Osten ziehen.*«

Lian scharrte mit den Füßen auf dem glatten Fußboden und zwang sich, an alles, nur nicht an den möglichen Grund für das Verhalten ihres Freundes zu denken.

Tante Xiulan war nicht zu bremsen: »*Ein Buch ohne Zufälle ist kein gutes Buch.* Weißt du, normalerweise ist Onkel Changshan wie eine kupferne Pagode – es könnte sogar brennen, aber er würde sich nicht von der Stelle rühren. Er hockt einfach im Lotossitz auf dem Bett, dort in der guten Stube. Ich kann unser ganzes Porzellan zerschlagen, und dennoch läßt er sich nicht überreden, mit mir einkaufen zu gehen oder jemanden zu besuchen. Aber heute *hängt die Tür schief:* Ich hatte noch nicht einmal den Brei für das Frühstück aufgewärmt, und *tjeliuuu!* – weg war er! Und ausgerechnet heute kommst du, um ihm deine Geschichtsauffassung vorzutragen! Was glaubst du? So wahr meine Ahnen den Namen Ge trugen, *heute hängt die Tür total schief!*«

»Nun, dann geh' ich wieder. Grüßen Sie ihn von mir?«

»Aber Lian! Willst du nicht warten? Er kann jeden Augenblick zurückkommen.« Die Tante zog eine matte graue Haarsträhne über ihr Gesicht, um zu verbergen, daß sie selbst an ihrer Behauptung zweifelte.

»Nein, Tante. Ich muß noch Hausaufgaben machen.«

»Besuch den Onkel doch bitte am nächsten freien Wochenende. Du kannst dir gar nicht vorstellen, wie sehr er sich um dich sorgt. Es heißt immer nur Lian hier und Lian da!«

Lian rannte aus dem Haus, so schnell sie konnte. Endlich draußen, hörte sie, wie Tante Xiulan ihr noch immer nachrief: »Du kommst doch? Kommst du? Du kommst, ja?« Lian biß die Zähne aufeinander. Der Wunsch, umzukehren, sich der Tante in die Arme zu werfen und mit ihr endlich über alles zu reden, mußte im Keim erstickt werden. Auch wenn sie sich noch so gern mit ihr über den Kannibalen unterhalten hätte, wagte sie es nicht, der Tante in die Augen zu sehen. Lian fühlte sich wie *der Plünderer, der vor den Augen des Beraubten mit seiner Beute prahlt.*

DER RACHEN DES TIGERS

Am Abend wurde auf dem Sportplatz wieder einer der ›Vier Alten‹ gezeigt – *Lenin in der Oktoberrevolution.* Lian wollte gerade ins Bett gehen, aber die Musik aus dem Freilichtkino weckte etwas in ihr. Sie beschloß, sich den Film doch anzusehen, ohne Mutter Bescheid zu sagen.

Lian stand am Rand des Platzes. So sah sie zwar wenig von der Leinwand, aber sie hatte gelernt, sich nie mitten in eine Menschenmenge zu stellen. Im Dunkeln wäre sie den unverschämten jungen Burschen und erwachsenen Männern ausgeliefert, die ihre Finger nicht bei sich behalten konnten.

Der kühle Abendwind preßte ihr die Kleider eng an den Körper, und sie atmete tief ein. Die Luft roch süß, wie die Erinnerung an den langen, heißen Sommertag. Die Hitze wollte nicht Abschied nehmen und blieb hartnäckig hängen.

Oder war es etwas anderes? Sie spürte eine Feuermasse hinter sich, die ihr die Haut versengte und ihr zugleich kalte Schauder über den Rücken jagte. Instinktiv trat sie einen Schritt nach vorn, um der Wärmequelle auszuweichen. Aber wie sie befürchtet hatte, folgte ihr die Feuermasse wie ein Schatten. Sie erstarrte. Sie spürte nicht nur die Hitze, sondern nahm nun auch den Geruch wahr, vor dem sie sich am meisten ekelte.

Ein kleines, schrilles, bebendes Stimmchen bahnte sich einen Weg zu ihrer Kehle, blieb aber unterwegs stecken – sie schluckte es hinunter: Im Augenblick hielt sie es für das klügste, so zu tun, als hätte sie keine Angst.

Eine schnarrende Stimme drang in ihr Ohr: »Du bist mein Schatz ...« Der heiße Atem versengte ihre Nackenhaare.

Wuuuuun ... Die Leinwand wurde dunkler als die dunkelste Nacht. Das Blut sank ihr bis in die Zehen ...

Das Keuchen hinter ihr wurde heftiger, und sie nahm die Beine in die Hand. Hoppla! Sie hatte den kleinen Sandhügel übersehen und fiel mit dem Gesicht in den Sand. Sie hörte, wie sich Schritte näherten ... Lian rappelte sich auf, und ihre Schuhe verwandelten sich in Siebenmeilenstiefel. Sie flüchtete sich ins nächste Haus und rannte, ohne nachzudenken, zur Wohnung eines Kollegen und guten Freundes ihrer Mutter.

Onkel Song sah sie mit großen Augen an: »Weiß deine Mutter, daß du so spät noch auf bist?«

Sie wollte es herausschreien: Ich werde von Männern verfolgt! Aber Onkel Songs väterlicher Blick hinderte sie, ihm ihr Herz auszuschütten. Väter mögen es nicht, wenn ihre Töchter älter werden, fuhr es Lian durch den Kopf. Sie ließ ihn in der Tür stehen, rannte wieder aus dem Haus und spitzte die Ohren: Hatten die Dreckskerle ihre Spur verloren? Sie nahm sich nicht die Zeit, lange darüber nachzudenken, und rannte wieder los.

Bwam! Sie war gegen ein Ehepaar geprallt, das bei einem Spaziergang die Abendkühle genoß.

»Onkel und Tante! Bitte, helfen Sie mir!« Sie packte die Frau am Ärmel und sank zu Boden.

»Was ist denn los? Bist du nicht Yian? Oder Sian? Unsere zweite Tochter ist doch in deiner Klasse?«

»Mich verfolgt eine Bande von Schuften! Sie wollen mich ermorden!«

»Komm her!« Yuejiaos Vater legte den Arm um Lian. »Hab keine Angst, Mädchen! Wie heißt du noch mal? Warum sollten die jungen Burschen dich ermorden wollen? Sie versuchen dich nur – *aua!*«

Lian schüttelte verwundert den Kopf. Yuejiaos Mutter war ihrem Mann absichtlich auf den Fuß getreten. Sie sagte: »Komm, wir bringen dich nach Hause.«

»Ich will nicht nach Hause! Bitte, sagen Sie meiner Mutter nicht, was geschehen ist ... bitte!«

Yuejiaos Vater machte seiner Frau ein Zeichen, und die Tante flüsterte Lian ins Ohr: »Wir verraten deiner Mutter nichts, in Ordnung? Komm, laß uns gehen.«

Vor der Haustür blieben die drei stehen. Yuejiaos Vater ging und holte Mutter. Lian bekam immer größere Angst.

»Soll ich dich ins Krankenhaus bringen und dich ...« Mutters Stimme klang wie Donnergrollen, und ihre Augen blitzten im Dunkel der Nacht. Lian begriff nicht, wovon Mutter sprach. Sie hörte nicht auf zu zittern und zu weinen.

»Deine Ohren sind wie ein paar Stücke verdorbenes Fleisch! Wie oft habe ich dir nicht verboten, in diese verdammten abgedroschenen Filme zu gehen!!«

Yuejiaos Vater mahnte: »Frau Professor Yang! Schimpfen Sie Ihr Kind nicht so aus. Sie hat so schon genug Angst ...!« Seine Frau stellte sich vor Lian, um sie vor Mutters Schlägen zu schützen. Mutter schien sich zu beruhigen. Sie bedankte sich bei Yuejiaos Eltern äußerst höflich, wie man es von einer Intellektuellen erwartet, und versprach ihnen, Lian in Ruhe zu lassen. Zitternd folgte Lian ihrer Mutter nach oben.

Als sie in der Wohnung waren, *schlug* Mutter *den Hund hinter verschlossenen Türen.* Sie begann, Lian auszufragen. Schläge und Fragen wechselten sich ab. Sie wollte die unwichtigsten Einzelheiten wissen und hörte nicht auf, ihre Tochter auszuschimpfen und zu schlagen.

Lian wünschte sich, die Schufte hätten sie kaltgemacht, dann würde sie jetzt nicht von Mutter wie eine Kriminelle verhört und gedemütigt. Es war allzu naiv von ihr gewesen, auf Mutters Verständnis oder Trost zu hoffen.

»Was hast du denn auch dort zu suchen, in dem abscheulichen Kino! *Du reißt dem Tiger die Zähne aus dem Maul!*«

Lian trocknete ihre Tränen. Jetzt wurde sie auch noch beschuldigt, sie hätte die Jungen herausgefordert! Das war der Gipfel.

Oder ... war es vielleicht doch so? War sie etwa selbst an allem schuld ...? Konnte es nicht sein, daß *sie* die jungen Männer zu dem Gekeuche und der Brutalität provozierte? War sie einfach eine Hure? Warum belästigten die Schufte ausgerechnet sie und nicht all die anderen Mädchen ...? Ihr wurde schwindlig, nicht mehr von Mutters Schlägen, sondern von ihren Zweifeln und ihrem Selbsthaß. Sie flehte, jetzt ins Bett gehen zu dürfen.

»Du? *Ein Mönch, der von einem Weib träumt?!* Schlafen? Kommt nicht in Frage! Du wirst jetzt eine Selbstkritik schreiben, mindestens zwei Seiten! Und du schwörst beim Kleinen Roten Buch, daß du es nie wieder wagst, ins Kino zu gehen!!«

Lians Lider kämpften miteinander, und ihr Kopf schien zu schweben. Im einen Moment war sie ein Gefäß mit glühendem Stahl, dann wieder ein eiskaltes Meer. Sie biß auf ihren Füller und schwor sich, nie, aber auch wirklich nie mehr Mutter ihre Probleme preiszugeben.

Es wurde still im Haus. In Mutters Zimmer ging das Licht aus. Lian glaubte, schlau zu sein, und schlüpfte ins Bett.

Wie ein Wirbelsturm fegte Mutter ins Zimmer und zog ihr das Laken weg: »Du Schwindlerin! Du willst wohl deine Mutter zum Narren halten? Da! Da hast du deinen verdienten Lohn!« Sie stürmte zum Schreibtisch und zerriß die angefangene Selbstkritik in vier Stücke. Dann grinste sie und fauchte: »Jetzt kannst du wieder von vorn anfangen!« Mutter war unerbittlich. Sie blieb neben Lian sitzen, bis das letzte Schriftzeichen auf dem Papier stand.

Gegen drei Uhr morgens durfte sie endlich schlafen gehen. Lian fiel erschöpft ins Bett. Sie wagte nicht, sich auf die Seite zu legen – ihre Ohren waren schmerzhaft geschwollen. Endlich konnte sie ihren Tränen freien Lauf lassen. Sie fantasierte, Mutter würde sie zu Tode foltern, und die Nachbarn kämen, um ihren grün und blau geschlagenen Körper zu betrachten. Es war herrlich zu sterben.

Sie sah ihn nicht, aber sie hörte seine Stimme. Der Kannibale saß am anderen Ufer des Sees, vor einem dichten Jujubebusch. Seine Worte schallten durch die Luft. Sie konnte ihn nicht verstehen. Der Klang seiner Stimme tanzte auf und ab wie die Glühwürmchen, die durch das Gebüsch funkelten. Die Blätter raschelten, als ob sich jemand hinter dem Grün versteckte.

Ein einfaches Puzzle

Am nächsten Morgen kämpfte sich Lian mit heftigen Kopfschmerzen aus dem Bett. Sie zählte die Tage bis zu Onkel Kannibales nächstem freien Wochenende. Mutters Unterstellungen gingen ihr ständig durch den Kopf. Hatte sie eine Vergewaltigung herausgefordert? Hatte Mutter etwa recht?

Während sich Lian wusch, versuchte sie ihre Erfahrungen zu ordnen, sie vor dem Hintergrund von Mutters Beschuldigungen zu sehen. Sie mußte an den Tag denken, an dem jemand an die Tafel geschrieben hatte: *Meimei und Lian sind ausgelatschte Schuhe!* Damals hatte sie es als Äußerung von ein paar Stänkerern abgetan, die nicht wußten, was sie sagten. Ihr Name und ihr Ehrgefühl hatten nicht die geringste Schramme abbekommen. Jetzt dachte sie anders darüber.

Am Nachmittag schickte Mutter Lian, ein Päckchen Salz zu holen. Im Treppenhaus begegnete sie Meimei, die ein Stockwerk tiefer wohnte. Sie grinste Lian an: »Was für eine Ehre, wenn einem große Jungen nachstellen! Ich habe dich gestern abend gesehen, als du unten gestanden und geweint hast. Wozu die Krokodilstränen? Als hätte es dir nicht gefallen. Du scheinheilige Gans!«

Lian war wie vom Blitz getroffen. Wie bitte?! Hielt Meimei das für eine Ehre?

Aber die Bosheit machte Meimeis sanfte Gesichtszüge hart: »*Eine Fliege saugt nicht an einem Ei ohne Sprung*. Dein bourgeoises Aussehen und dein Verhalten wecken nun einmal dekadente Gedanken bei Jungs mit einem unterentwickelten politischen Bewußtsein. Hast du vielleicht gedacht, ich würde dein Vergehen dem Jugendbund verschweigen?«

Das war zuviel. Zuerst die Verfolgung durch diesen Dreckskerl, anschließend Mutters Kreuzverhör und ihre Beschuldigungen und jetzt noch die Gefahr, einen Minuspunkt auf ihr politisches Konto zu bekommen! Sie würde in der Flugzeugposition auf dem Podium stehen und *ihren bourgeoisen Geist wie Gift aus ihrem Schlangenkopf pressen müssen ...!*

Sie fiel auf die Knie und flehte um Gnade: »Meimei! Wir sind seit Jahren gute Nachbarn. Kannst du mich für diesmal *nicht* melden, bitte?«

Meimei schüttelte Lians Hände von ihren Hosenbeinen und schnaubte bitterböse durch ihre wohlgeformten Nasenflügel: »Das hängt von deiner Bereitschaft zum ideologischen Umdenken ab ...« Aber der sadistische Eifer, der Meimeis Pfirsichhaut verfärbt hatte, schien durch eine besondere Art von Ehrlichkeit verwässert zu werden. Sie beugte sich zu Lian: »Jetzt mal unter uns ... Ich weiß ja selbst, daß *kein Schwein an dir nagen und kein Hund seine Zähne in deine Schenkel schlagen würde,* wenn du nicht aussähest, wie du aussiehst. Erkläre mir eines, Lian, und wehe dir, wenn du es wagst, mich anzulügen: Warum kleben die Jungen wie Knochenleim an *dir* und nicht an mir? Ich fick' deinen Urgroßvater! Was ist an mir schlechter als an dir?«

Lian traute ihren Ohren nicht: Sollte das ein Witz sein? In Opa Himmels Namen, ich möchte sie nicht geschenkt haben, nimm die Jungs bitte mit, und zwar alle! Sie widern mich an! Das war es eigentlich, was Lian sagen wollte.

Sie stand wieder auf und versuchte ihre Verblüffung und Belustigung nicht zu zeigen. Mit unbewegtem Gesicht machte sie einen Kotau vor Meimei und vermied so die Gefahr einer falschen Antwort. Sie kannte Meimei nicht erst seit heute. Dieses Mädchen brächte es fertig, ihre Klassenkameradin und Nachbarin kaltlächelnd als ›Anbeterin des Kapitalismus‹ anzuzeigen; sie würde Lian in den Abgrund stoßen und dabei noch Witze reißen.

Meimei war nur in einem konsequent: Sie besaß ein unglaubliches Talent, persönliche Gefühle mit politischen Deckmäntelchen zu verbrämen. Sie konnte ihren Haß, Groll, Neid und ihre Habsucht in glorreicher, revolutionärer Weise ausleben und andere dafür zahlen lassen.

Nachdem Lian sich nun sicher war, daß Meimei sie nicht denunzieren würde, machte sie sich schnell aus dem Staub. Es war alles so kompliziert. Jungen brachten sie mit ihren zotigen Bemerkungen in Harnisch, Mutter warf ihr vor, das noch zu provozieren, und Meimei wandelte ihren Neid in politische Einschüchterung um. Gab es noch einen Menschen, der zu ihr hielt? Oder war sie einfach ein ordinäres Flittchen, das man treten und anspucken sollte? Ach, wäre sie noch im Lager, dann könnte sie wenigstens zum Kannibalen laufen und ihm ihr Herz ausschütten.

Aber noch weitere Überraschungen erwarteten Lian.

Zu Hause stellte sie das Salz in den Küchenschrank und ging in Mutters Zimmer, um sich zurückzumelden. Sie stieß die Tür auf und sah Onkel Song wie eine Kobra aus seinem Sessel hochfahren. Mutter versuchte ihre Bluse glattzustreichen und schrie: »Wozu hast du deine Pfoten?! Kannst du nicht anklopfen?«

Aber Mutter konnte die rosa Wölkchen auf ihren Wangen nicht verbergen, und auch bei Song waren sie unübersehbar. Lian mußte unwillkürlich an Qin und das Rosa Schwein denken. Schnell ging sie zurück und schloß leise die Tür hinter sich.

Im Düsenjägertempo setzte sie die Teile des Puzzles zusammen. Professor Song, der vierzigjährige Junggeselle, kam fast täglich zu Besuch. Immer wenn er da war, mußte sie früh ins Bett. Erschien er tagsüber, wurde sie mit einem Auftrag weggeschickt – einmal war es ein Päckchen Salz, ein anderes Mal Ingwer, alles in kleinen Mengen.

Vater war schon fast zwei Jahre fort. Lian hatte einmal in irgendeinem feudalistischen Buch gelesen:

Eine verheiratete Frau ist wie eine geöffnete Dose:
Sie muß ständig mit frischem Saft nachgefüllt werden.

Lian fand das alles in Ordnung. So hatte Mutter wenigstens ab und zu Gesellschaft. Weniger angenehm waren Mutters Wutanfälle. Lian war schon aufgefallen: Je öfter Onkel Song vorbeikam, um so mehr glich Mutter einer Ladung Dynamit. Sie konnte überaus freundlich zu Lian sein, aber im nächsten Augenblick wegen einer Kleinigkeit toben. Fast erleichtert strich sich Lian über die Ohren, die noch von der Tracht Prügel gestern nacht glühten.

Unterhaltung für die Jugend

Die fröhlichen Sechs hatten anscheinend Geschmack daran gefunden – sie schauten immer häufiger bei Lian vorbei. Wenn sie mit Kim an den Hausaufgaben saß, wurde Lian ständig von der Vorstellung verfolgt, die kichernde Mädchenbande könne hereinschneien. Sie konnte wenig dagegen tun. Es war unmöglich, sich mit ihnen zu verabreden, damit sie wenigstens außerhalb der Stunden mit Kim kämen. Dann würde ihnen der Besuch bald keinen Spaß mehr machen. Aber vielleicht konnte sie es den Mädchen durch die Blume sagen?

Sie wurde übernervös. Bei jedem Geräusch, das auf den Besuch der Freundinnen hindeutete, standen ihr die Haare zu Berge. *Ihre Handflächen wurden naß, und ihre Gedärme verknoteten sich.*

Kim tat so, als bekäme sie von alldem nichts mit. Lian wußte bei Buddha nicht, was ihre beste Freundin von der Sache hielt, und wagte es auch nicht, sie zu fragen.

Kim arbeitete einfach weiter, und immer, wenn Lian ängstlich zusammenzuckte und kreidebleich auf die Tür starrte, runzelte Kim die Stirn und murmelte leise vor sich hin: »Wie war das noch mal mit dieser Formel?«

Das Verhängnis ließ nicht lange auf sich warten. Um halb vier klopfte es. Ratlos suchte Lian Kims Blick, aber Kim sah sie seelenruhig und unbeteiligt an. Wie ein Goldgräber forschte Lian in diesem Blick nach einem Hinweis. War Kim eifersüchtig auf die Mädchen, die ihr Beisammensein störten und einen Großteil der Zeit beanspruchten, die eigentlich für sie reserviert war? Nahm sie es Lian übel, daß sie die Mädchen gewähren ließ und in Kauf nahm, daß Kim gehen mußte, sobald die anderen eintrafen – oder war es ihr gleichgültig? Warum sagte sie nichts? Oh, Kim wußte genau, wie sie Lian in den Wahnsinn treiben konnte!

Lian hatte sich geschworen: Beim geringsten Anzeichen, daß sich Kim durch Lians Umgang mit den anderen Freundinnen gestört fühlte, wollte sie die Sechsergruppe wie einen Backstein fallenlassen! Aber Kims leerer Blick verriet keine Gefühlsregung.

Zögernd öffnete Lian die Tür. Der Platzregen begeisterter Ausrufe, den die sechs Mädchen über sie ergossen, schwemmte Lians Enttäuschung über Kims Gleichgültigkeit im Nu weg. Kim stand schon im Hausflur. Lian machte sich nicht einmal die Mühe, sie zu verabschieden. Wie eine durstige Pflanze öffnete sie alle Poren für den erquickenden Saft der Freundschaft mit Mädchen ihrer Kaste.

Feiwen blieb vor der Tür stehen. Sie sagte: »Wir kommen nicht rein.«

Lian wollte gerade nach dem Grund fragen, da sagte Liru: »Das Jugendzentrum ist wieder geöffnet. Wir gehen hin. Kommst du mit?«

Lian machte vor Freude einen Luftsprung: »Na klar!« Sie schleuderte ihre Pantoffeln in eine Ecke und schlüpfte in Sekundenschnelle in ihre Sandalen. Lieder summend rannten sie zum Haus *Westeuropa ist ein Sinkendes Schiff und China ist die Einzige Insel der Hoffnung*. Im Parterre war das Jugendzentrum. Lian war noch nie dort, denn es war bereits seit 1966 geschlossen. Es hatte all die Jahre als ›Hotel‹ für Schlangengeister und Rinderteufel gedient, die die Gestalt von Professoren, Dozenten oder hoher Beamter angenommen hatten. Die etwas älteren Schüler hatten noch das Glück genossen, im Jugendzentrum spielen zu können – vor der Kulturrevolution. Sie waren damals schon Jugendliche, während Lian sieben war, als die Kulturrevolution ausbrach. Aus den Erzählungen der anderen schloß Lian, das Zentrum müsse ein Eldorado für Jugendliche sein. Man konnte dort unter anderem Kalligraphie lernen, zeichnen, tanzen, Schach, Tischtennis und Federball spielen. Es gab auch eine kleine Bibliothek, ausschließlich für die Jugendlichen. Dort konnte man lesen, Bücher ausleihen und darüber diskutieren. Vor allem die Diskussionen übten eine große Anziehungskraft aus. Und heute sollte Lian diesen Ort mit eigenen Augen sehen.

Als sie das Gebäude betraten, stach ihnen ein scharfer Kalkgeruch in die Nase. Die Wände waren grauweiß. Sie waren frisch getüncht, und an vielen Stellen war der Kalk noch nicht durchgetrocknet. Das ihnen bisher unbekannte Neonlicht versetzte sie in Begeisterung, und sie schnüffelten herum wie neugierige junge Hunde. Obwohl es ihr erster Besuch war, hatten sie den Plan des gesamten Zentrums im Kopf. Sie wußten genau, wo die Bibliothek war, wo die Tischtennisplatten standen und wo sie auf Scharen von Gleichaltrigen stoßen würden. Sie hätten den älteren Schülern keine ruhige Minute mehr gelassen, wenn in deren Beschreibung des legendären Zentrums diese Informationen gefehlt hätten. Die Freundinnen bewegten sich, als wären sie endlich im Wunderland angekommen, das sie bereits unzählige Male im Traum besucht hatten.

Der erste Raum links hieß *Heim der Schachspieler*. Es war dort völlig überfüllt, aber mäuschenstill. Alle zwölf Tische waren besetzt. Jungen zwischen zehn und achtzehn blickten ernst auf das Schachbrett vor ihnen, als hinge ihr Leben davon ab. Wieder so ein Phänomen, das erklärte, warum Lian mit Jungen nicht besonders viel anfangen konnte. Sie gingen meist in ihrer Tätigkeit auf, sei es nun Lernen,

Sport oder Spiel – waren sie einmal in eine Sache vertieft, vergaßen sie alles andere, sogar ihre Freunde. Oh, wie haßte Lian diese Egoisten! Hier sah man es wieder, hier war der schlagende Beweis für ihre Ansicht: Die Jungen spielen Schach und nehmen sich nicht einmal die Mühe, vom Spiel aufzusehen und die Neuankömmlinge zu bewundern. Wenn sie zu siebt über die Straße spazierten, wurde ihnen ständig nachgepfiffen, von *viel* besser aussehenden Jungen! Die Schachspieler waren nichts als eine Herde Esel, die auf einem karierten Platz endlos im Kreis trotteten.

Empört verließen sie das Schachparadies und wechselten in den großen Saal. In der östlichen Ecke standen zwei Tischtennisplatten, in der westlichen befand sich die Bibliothek, in der nördlichen war eine Kalligraphie-Ausstellung, und in der südlichen Ecke stand ein Schreibtisch, hinter dem eine Frau Anfang Dreißig saß. Der Raum war offenbar gleichzeitig das Büro der Leiterin des Jugendzentrums.

Vor den Tischtennisplatten standen lange Schlangen. Mindestens fünfzig Jungen und Mädchen warteten, bis sie an der Reihe waren. Liru schlug vor, sich für die ganze Gruppe anzustellen, dann konnten die Freundinnen inzwischen die übrigen Attraktionen bewundern. Zuerst spazierten sie zur Kalligraphie-Ausstellung. Die schwarzen chinesischen Schriftzeichen kamen an den frisch geweißten Wänden gut zur Geltung. Man sah verschiedene berühmte Schreibstile mit Namen wie *Die Bambusstriche*, *Der sich kräuselnde Weiher* und so weiter. Künstler hatten sie vor Hunderten von Jahren entworfen, um die Schönheit der Natur nachzuahmen und zu besingen. Bei wahren Kalligraphiekennern vermochte schon die Art, wie ein Schriftzeichen getuscht war, Bilder einer atemberaubenden Landschaft heraufzubeschwören. Deshalb fiel besonders ins Auge, daß die Schriftarten nicht gerade zum Inhalt der Texte paßten. So hatte man den Stil *Weiden im Frühlingswind* benutzt, um folgende Parole wiederzugeben:

*Schlag die beiden Schneidezähne
aus Professor Tianbo Jins Mund!
Dann werden wir ja sehen,
ob er noch die bourgeoisen Dramen
von Shakespeare dozieren kann!*

In der Leseecke, auch Bibliothek genannt, sah man keine Menschenseele. In den meterlangen Regalen stand nur ein Dutzend Bücher. Aus der Entfernung erinnerten sie an den Mund eines breit lachenden Hundertjährigen: ein dunkles Loch mit ein paar vereinzelten Zähnen. Die Bücher im Regal hatte Lian bereits vor Jahren auswendig gelernt. Es war der vorgeschriebene Lehrstoff für die Prüfung im Fach Politische Erziehung. Es handelte sich um das *Kleine Rote Buch*, den Comic *Liu Wenxue*, den Roman *Nachts kräht der Hahn* und das *Tagebuch von Lei Feng*. Es waren die einzigen Titel, die die Zensur überlebt hatten. Alle Bücher aus der Zeit vor der Kulturrevolution hatten die Rotgardisten verbrannt. Seither wurden im ganzen Land höchstens fünf neue Bücher pro Jahr publiziert.

Liu Wenxue handelte von einem neunjährigen Jungen zur Zeit der großen Naturkatastrophe von 1960–1962. Ein alter Mann – der angeheiratete Cousin der Schwester der dritten Konkubine eines früheren Gutsbesitzers – hatte seit fünf Tagen kein Körnchen Getreide gegessen. Weil er vor Hunger fast den Verstand verlor, schleppte er sich zu einem Gemüsefeld, um eine unreife Paprika zu stehlen. Als er seine Beute hinunterschlang, wurde er von einem kleinen Rotgardisten namens Liu erwischt. Liu packte den reaktionären Paprikadieb und wollte ihn zum Büro des Parteisekretärs der Produktionsbrigade zerren. Der alte Mann machte sich vor Angst in die Hosen, denn er wußte, was ihm bevorstand: mindestens fünf Jahre Zwangsarbeit in einem Umerziehungslager. Er flehte Liu an, ihn freizulassen, eine Bitte, die der Junge selbstverständlich zurückwies – schließlich hatte er ja gelernt, daß man jeden Konterrevolutionär schonungslos verfolgen mußte. Es kam zu einem Handgemenge. Der verzweifelte Greis schlug den starrsinnigen Jungen ein bißchen zu hart, er fiel mit dem Hinterkopf auf einen großen Stein und starb auf der Stelle an den Folgen.

Die Geschichte sollte demonstrieren, wie abgrundtief Liu den Klassenfeind haßte und wie heldenhaft er gegen ihn kämpfte. Er befolgte Maos Worte buchstäblich bis zum Umfallen. So müßten alle Kinder sein, meinte die KPCh.

Onkel Tianshou, der jüngste Bruder von Lians Vater, hatte sich im Mai 1961 zwei Wochen lang von Brennesseln ernähren müssen. Trotzdem schickte ihn seine Arbeitsbrigade auf das Maisfeld, weil unbedingt gejätet werden mußte und kaum noch Bauern da waren, die sich auf den Beinen halten konnten. Onkel Tianshou war vierunddreißig Jahre alt und wog dreißig Kilo. Wie ein Blatt Papier schwebte er über den Feldweg zum Acker. Ein Frühlingswind erhob sich, zu sanft, um seine Stoppelhaare zu bewegen, aber stark genug, um Tianshou aus dem Gleichgewicht zu bringen. Er fiel um und stand nie wieder auf.

Lian brauchte man mit der Heldentat Liu Wenxues nicht zu kommen. Hätte dieses kleine Miststück nur einen Funken Mitleid aufbringen können, hätte es weder das Leben des alten Mannes noch sein eigenes aufs Spiel gesetzt, dachte sie insgeheim.

Der Roman *Nachts kräht der Hahn* beschrieb einen ›typischen‹ Gutsbesitzer aus der Zeit vor Gründung der Volksrepublik. Er war ein Ausbeuter, wie er im Buche steht. Jede Nacht um zwölf kroch er in den Hühnerstall und krähte wie ein Hahn, damit seine Saisonarbeiter glauben sollten, die Nacht sei vorbei. So brachte er sie dazu, länger auf dem Feld zu arbeiten.

Dieses Meisterwerk sollte der modernen Jugend in Erinnerung bringen, in welch einem Paradies sie doch lebte und in welcher Hölle ihre Landsleute vor Maos Regime hatten ackern müssen.

Das *Tagebuch von Lei Feng* schließlich stammte von der Hand eines Soldaten, der Mao mehr liebte als seine eigenen Eltern. (Wie es der Zufall wollte, war der Held seit seinem zweiten Lebensjahr Waise.) Als Musterbild an Altruismus half er jedem – er richtete sich nach Mao wie die Sonnenblume nach der Sonne.

Warum dieser Lesewinkel eher ein toter Winkel war, ließ sich unschwer erraten.

Eine zweifelhafte Ehre

Schweigend schlenderten die Freundinnen im Saal herum. Keine wollte als erste ihre Enttäuschung über das ›Eldorado der Jugend‹ äußern. Liru war kaum weiter vorgerückt, und es dauerte bestimmt noch eine Stunde, bevor sie Tischtennis spielen konnten. Wie sollten sie die Zeit totschlagen? Jetzt schon nach Hause zu gehen wäre zu dumm. Zwar konnten sie sich hier nicht amüsieren, aber es war der einzige Ort, wo man noch ein wenig Geselligkeit finden konnte. In den Schlangen vor den Tischtennisplatten plauderten Jungen und Mädchen miteinander und musterten sich ausgiebig. Liru fühlte sich hier wie ein Fisch im Wasser und klagte mit keiner Silbe über die lange Wartezeit.

Als sie gerade überlegten, was sie nun tun sollten, hörten sie eine Stimme: »In welche Klasse der Oberschule geht ihr denn?«

Sie drehten sich um und sahen die Frau, die eben noch am Schreibtisch gesessen hatte. Geschmeichelt, weil die Leiterin des Jugendzentrums sie ansprach, antworteten sie im Chor: »In die dritte.«

»Hat eine von euch Lust, Mitglied in der Brigade zu werden?«

Ebensogut hätte sie fragen können, ob sie einen Himalaja aus Platin haben wollten.

Die Brigade, Abkürzung für Kulturelle Propagandabrigade, war eine neue Form des Gesangs- und Tanzensembles, das 1966 gegründet worden war. Jedes Wohnviertel, jede Schule oder Arbeitseinheit hatte solch eine Gruppe. Die Mitglieder rekrutierten sich aus den Bewohnern, Schülern oder Arbeitnehmern. Die Brigade gestaltete die musikalischen und tänzerischen Vorführungen auf Festen oder im besonderen Parteiauftrag. Dahinter stand die Absicht, Maos Befehle der Bevölkerung unterhaltsam, eindringlich und zielgerichtet einzuprägen. Der Große Steuermann hatte beispielsweise 1967 der Bevölkerung den Auftrag gegeben, alle ›Beschreiter des kapitalistischen Wegs‹ zu eliminieren. Zwei Wochen später gab es eine Aufführung mit dem Titel *Die sind wir los!* Sechs Mädchen mit Jungenhaarschnitt, in Uniform und mit roter Armbinde, standen auf der Bühne und stampften mit den Füßen. Zwischen ihnen stand ein Mann, der eine blutrote Fahne schwenkte. Sie brüllten das Lied ›Tod den Revisionisten!‹. Dann wurde ein alter Herr mit Brille, in Lumpen gehüllt, auf die Bühne gezerrt. Dieser Mann stellte den ›Beschreiter des kapitalistischen Wegs‹ dar. Die sechs Mädchen rannten um ihn herum, drohten mit den Fäusten, stießen Drohungen aus, traten, bespuckten und schlugen den armen Mann. Das Tempo steigerte sich allmählich. Der Höhepunkt bestand darin, daß der Mann mit der Fahne stehenblieb und mit der rechten Hand eine Kopf-ab-Geste machte. Daraufhin stürzten sich die Frauen wie die Aasgeier auf den betagten Revisionisten, rissen ihn an den Haaren und schlugen seinen Kopf auf den Boden. Der alte Herr brach zusammen und wurde von den Mädchen wie ein Sack Gartenabfall viermal im Kreis über die Bühne geschleppt, unter dem lauten Skandieren revolutionärer Parolen. Das Publikum klatschte ergriffen und hysterisch Beifall und schäumte über vor Lust, auch einmal ein paar Reaktionäre zu Brei zu zerstampfen.

Lian hatte Dutzende dieser Tanz- und Gesangsvorstellungen gesehen, aber es war immer dasselbe. Der einzige Unterschied bestand in der Anzahl Runden, die der ›Revisionist‹ über die Bühne geschleppt wurde, und in der Abfolge der Parolen. Trotzdem waren diese Aufführungen sehr beliebt. Es gab immer hübsche Frauen und gutaussehende Männer zu bewundern.

Es herrschte eine angespannte Stille, denn keines der sieben Mädchen wagte offen zu fragen, wen von ihnen die Leiterin des Jugendzentrums im Auge hatte.

»Du da, mit der blauen Bluse, wie heißt du?« fragte sie.

Tjie! Meimei schnaubte durch die Nase. Lians *Herz erschrak, und ihr Körper machte einen Luftsprung.* Meimeis Schnauben verriet, wie bitterböse sie war. Lian spürte die bohrenden Blicke, die auf sie gerichtet waren, und war ängstlich und froh zugleich.

Die Leiterin bat Lian, Namen und Adresse aufzuschreiben, und trug ihr auf, jeden Mittwoch und Freitag um drei Uhr nach der Schule herzukommen, um einen neuen Tanz einzustudieren.

Lian war geschmeichelt. Aber sie vergaß nicht, ihre Klassenkameradinnen im Auge zu behalten. Sie forschte in den Gesichtern ihrer Freundinnen. Wie ernst mußte sie ihre Eifersucht nehmen? Konnte es für sie gefährlich werden? Was mußte sie tun, damit die Freundschaft keinen Schaden litt? Zu ihrer Erleichterung war, abgesehen von Meimeis säuerlicher Miene, im Gesichtsausdruck der Gefährtinnen nichts Gefährliches zu lesen.

Ach ja, wie hatte sie das vergessen können! Natürlich fanden sie es nicht schlimm, daß ausgerechnet Lian für die Brigade ausgewählt worden war. Ihr sozialer Status war ja nicht vergleichbar. Lirus Vater war Direktor des Militär-Krankenhauses Nummer 706, Qianyuns Vater war General und bis vor zwei Jahren stellvertretender Gesundheitsminister, Feiwens Mutter war die Tochter des verstorbenen Marschalls Zhao ... Lians Vater war nur Arzt und ihre Mutter eine Universitätsdozentin. Der Statusunterschied war also derart groß, daß die anderen viel zu selbstsicher waren, um Lian so etwas zu neiden. Wie kann die verwöhnte Riesentöle eines reichen Herrchens neidisch auf einen mageren Straßenköter sein, der gerade einen abgenagten Knochen aus dem Mülleimer gezogen hat? Diese Gewißheit beruhigte Lian. Was das betraf, konnte sie sich unter ihren Freundinnen sicher fühlen. Meimei war ein

Sonderfall. Ihr Vater war Forscher an einem astronomischen Institut und ihre Mutter Professorin für Mathematik. Ihr Status entsprach in etwa Lians. Sie gönnte Lian das Salz in der Suppe nicht. Lian machte sich nichts daraus – allein konnte ihr Meimei nicht viel anhaben.

Der Tanz um das Totem

Zwei Tage später stand Lian Viertel nach drei zwischen fünf Mädchen und zwei Jungen im Übungsraum des Freizeitzentrums. Obwohl die anderen in ihrem Alter waren, kannte Lian sie nicht. Die Brigade gehörte zum großen Wohnviertel des Wanzhuang-Bezirks. Die Kinder besuchten sechs verschiedene Schulen und hatten sich vorher nie gesehen.

Der ›neue‹ Tanz hieß: *Die Partei führt uns von einem Sieg zum nächsten*. Lian war eine blutige Anfängerin – der Rest der Gruppe hatte schon eineinhalb Wochen geprobt. Frau Feng, die Leiterin des Zentrums und zugleich die Verantwortliche für die Choreographie, forderte die Gruppe auf, den Tanz vorzuführen, damit Lian eine Vorstellung davon bekäme. Der Tanz unterschied sich im Prinzip nur an einer Stelle von allen anderen Aufführungen, die Lian seit ihrem siebenten Lebensjahr besucht hatte: Er war um eine Szene erweitert worden, die lediglich die kultische Verehrung des Weisesten Führers im Weltall zum Inhalt hatte.

Fünf Mädchen streckten die Arme gen Himmel und blickten schmachtend nach oben, wo eine Nie Untergehende Sonne hing. Sie schluckten fünfmal nachdrücklich und kreuzten feierlich die Arme vor der Brust. Dann falteten sie die Hände, wiegten den Oberkörper, schlossen die Augen und schluckten erneut fünfmal. Dabei wurde eine nicht so blutrünstige, fast romantische Musik gespielt, und die Mädchen öffneten voller Verlangen den Mund. In diesem Augenblick schoß einer der Jungen auf die Bühne und schwenkte eine rote Fahne. Er übertönte mit seinem Geschrei die Musik: »Wir beschützen den Großen Parteivorsitzenden, indem wir aus den Klassenfeinden Hackfleisch machen!« Das weckte den Kampfgeist der Mädchen, und ihre Liebe zum Steuermann verwandelte sich in pure Energie. Die sich eben noch zart und anmutig bewegenden Frauenarme wurden zu den Klauen von Henkern, und die fünf nahmen ihre tägliche revolutionäre Arbeit wieder auf: den Mann, der die Rolle des Konterrevolutionärs spielte, zu demütigen, zu foltern und zu töten.

Frau Feng brachte Lian als erstes bei, wie die leidenschaftlichen Gebärden auszusehen hatten, mit denen sie ihrem Verlangen nach dem Weisesten Führer Ausdruck verleihen sollte. Weniger Mühe kostete es Lian, aus voller Brust die Standardparole zu brüllen: *Vater, Mutter, Liebhaber und Liebhaberin in Einer Person, jede Zelle unseres Körpers dürstet nach Ihrem Liebesregen*. Dazu brauchte sie sich über den Inhalt der Worte keine Gedanken zu machen. Aber als sie die Parole mit Armbewegungen illustrieren sollte, erkannte sie nur allzugut, um was es ging.

»Versuch dir vorzustellen, wie nett der Große Parteivorsitzende ist«, sagte Frau Feng, »zum Beispiel, als er unser Volk 1949 aus dem Meer der Betrübnis errettet hat.«

Teils aus Angst, einen politischen Fehler zu machen, wenn sie ihre Liebe zu ihm so linkisch äußerte, teils aus dem eitlen Wunsch, den anderen Gruppenmitgliedern zu beweisen, wie schön sie tanzen konnte, versuchte Lian angestrengt, sich einen liebenswerten Steuermann vorzustellen – ohne großen Erfolg. Allerlei störende Gedanken spukten ihr durch den Kopf. Unwillkürlich dachte sie an die Dinge, die sie mit Qin besprochen hatte, in der Mühle, im Seerosentheater ... Sie hörte seine Stimme in ihren Ohren donnern. Qin wetterte gegen die Massen, die Mao in seinem Größenwahn bestätigten. Mao war süchtig nach Macht, aber die Massen ebenso ... In wenigen Sekunden verlor sie sich in Erinnerungen, die in krassem Gegensatz zu dem standen, was sie hier gerade tat.

»Lian Shui, wird's heute noch?« unterbrach Frau Feng ihr Grübeln.

Lian schreckte auf und zwang sich mit Mühe, an einen gütigen, liebenswürdigen Mao zu denken. Plötzlich fiel ihr ein, daß Mutters Kollegen oft ihr honigsüßes Lächeln gelobt hatten, und prompt zauberte sie dieses Lächeln auf ihr Gesicht. Nun nickte Frau Feng zufrieden – Lians Lächeln machte offenbar ihre erbärmliche Tanzleistung wieder wett. Als nächstes mußte Lian lernen, den Hals so lang wie möglich zu recken und die Augen weit und leidenschaftlich aufzureißen, um anschließend ihren Speichel, am besten mit einem gurgelnden Geräusch, hinunterzuschlucken. »Diese Liebesbezeugung für den Steuermann muß sehr künstlerisch gestaltet werden«, bleute Frau Feng Lian ein.

Lian wagte nicht zu fragen, worin der Zusammenhang zwischen Speichel und dem Verlangen nach dem Steuermann bestand. Sie beschloß einfach, Frau Fengs Instruktionen blindlings zu befolgen. Mehr schlecht als recht mühte sie sich ab, die verlangten Bewegungen zu meistern.

Nun war es Zeit für die Schrittkombinationen. Damit fiel Lian endgültig durch. Ihr Koordinationsvermögen war schon immer katastrophal gewesen. Normalerweise konnte sie dieses Manko gut kaschieren, aber unter diesen Bedingungen war das natürlich nicht möglich. Wenn sie auf ihre Arme achten mußte, konnte sie auf keinen Fall noch etwas mit den Beinen tun. Liuhua, ein Mädchen aus der Gruppe, das sich auffallend elegant bewegen konnte und bei den anderen großes Ansehen genoß, machte ganz schmale Augen und unterdrückte ein abfälliges Grinsen.

Nach der Szene, in der sie die Rote Sonne angebetet hatten, mußten sie eine Schiffahrt imitieren. Vorn am Bug stand ein Junge und deutete mit ausgestrecktem Arm in die Ferne. Diese typische Geste eines Steuermanns sollte ausdrücken, daß Er das Volk in die Glorreiche Kommunistische Zukunft führte. Diesem Jungen mußte eine Ballerina folgen und sich anmutig in den Hüften wiegen. Sie symbolisierte die beinahe eine Milliarde Menschen zählende

Bevölkerung, die in Seinem Kielwasser schwamm. Aus unerfindlichen Gründen betraute Frau Feng Lian mit dieser Rolle. Durch die übrige Gruppe ging ein Aufstöhnen, denn alle hatten gesehen, wie unbeholfen Lian ihre Schritte setzte. Lian fiel es schon schwer genug, die einfachsten Bewegungen zu koordinieren, und nun sollte sie noch komplizertere Schrittfolgen lernen. Daß sie dieser Aufgabe nicht gewachsen war, war überdeutlich. In der Gruppe gab es vier Mädchen, die erstklassig tanzten. Warum bekam nicht eine von ihnen die Hauptrolle? Lian wußte bei Buddha nicht, was Frau Feng sich dabei dachte.

Natürlich gab Lian nicht zu, daß sie diese Ehre nicht verdiente. Sie war stolz wie ein Pfau, weil die Choreographin sie schätzte, und sie genoß ihren Status als Primaballerina. Sie reckte die Nase in die Luft und gab sich sehr schweigsam. Beliebte Mädchen mußten ja so tun, als seien sie taubstumm. Dann erst würden sie als unnahbares Idol und als marmornes Denkmal der Schönheit angebetet.

Lians Bedürfnis, bewundert zu werden, trug den Sieg davon – im Laufe der Zeit wurde sie immer eitler, unaufrichtiger und oberflächlicher. Sie hatte alle Lektionen Qins vergessen.

Verrat

Lian stieg nicht aus der Wanne – sie sprang heraus. Singend sauste sie zum Handtuch und rieb sich in ein paar Sekunden trocken. Vor dem Kleiderschrank wurden ihre Bewegungen immer langsamer, wie in Zeitlupe. Ihre Augen glitten unschlüssig von einer Bluse zur anderen, und ihre Hände bekamen einfach nicht das Kommando, eine davon herauszunehmen. Welche Bluse würde dem Kannibalen wohl gefallen? Der Sommerwind tanzte nur allzugern seinen Reigen um sie, und plötzlich fand Lian, sie müsse ihren nackten Körper bedecken, auf der Stelle.

Schließlich entschied sie sich für eine lila Bluse aus hauchdünnem Perlon. Aber als sie vor dem Spiegel stand, zogen sich ihre Mundwinkel mißmutig nach unten. Kein Wunder, daß über sie getratscht wurde. Ihre Brüste waren widerlich groß. Gerade weil ihr Körper sonst rank, sogar grazil war, traten diese beiden gräßlichen Fleischklumpen um so auffallender hervor. Auch mit ihren Hüften stimmte etwas nicht – ihre Rundungen ließen die Taille unheimlich schmal erscheinen. Neiderfüllt dachte sie an Feiwen: Schau sie an, sie fliegt fast davon, so lange, schlanke und gerade Beine hat sie! Kaum Fleisch auf den Hüften und eine wunderbar flache Brust. Warum wachse ich nicht mehr in die Länge, sondern gehe nur in die Breite und werde zu einer schweren, obszönen Frau? Tränen stiegen ihr in die Augen, als sie an ihre Lieblingsjacke mit dem Spitzenkragen dachte – deren Rückseite nun mit schwarzen Tintenflecken verunziert war. Qianyun hatte ihr erzählt, daß Yougui, der ekelhafte Kerl, seinen Füller darauf ausgespritzt hatte.

Letzte Woche hatte man ihr die Fensterscheibe eingeworfen. Ein großer Stein flog ins Zimmer, umwickelt mit einem Zettel: *Das ist dein verdienter Lohn, du Spionin Südkoreas!* Mutter hatte die Polizei geholt, und als erstes hatte der Polizist gefragt: »Kann es sein, daß Ihre Tochter einmal einen Jungen beleidigt hat?« Worauf Mutter nichts Besseres einfiel, als sich an Lians Verhör zu beteiligen. Lian kam sich vor wie eine Kriminelle! Was machte sie bloß falsch?

Nach allem, was vorgefallen war, freute sie sich um so mehr, daß der Kannibale an diesem Wochenende das Lager verlassen durfte. Sie rannte zu seinem Wohnblock, klopfte an und trat ungeduldig von einem Fuß auf den anderen. Zuerst hörte sie schwerfällige Schritte. Und dann stand er strahlend in der Tür: »Ist es denn die *Mög-lichkeit*, daß du noch an deinen Onkel denkst!! Xiulan«, rief er Richtung Küche, »du hattest recht! Lian hat Wort gehalten und kommt uns besuchen.« Er führte sie in das größte Zimmer, und seine Schritte klangen plötzlich nicht mehr so schwer.

Tante Xiulan folgte ihnen und stellte eine Schale Walnüsse aufs Bett: »Erinnerst du dich? Vom Schwarzmarkt neben unserem Lager. Haben sie dir nicht gefehlt?«

Lian hatte das Gefühl, als würde ihr eine *Biene ins Herz stechen:* Und ob sie das Lager vermißte! Nicht nur wegen der Leckereien auf dem Markt, sondern auch, weil das Leben dort nicht so kompliziert war. Dort hätte sie jedenfalls nicht alle möglichen Verrenkungen machen müssen, um den Jungen aus dem Weg zu gehen.

Der Kannibale nahm im Lotossitz auf dem Kang Platz und schloß die Augen.

»Onkel, ich habe keinen Vortrag vorbereitet.«

Er öffnete die Augen.

»Es tut mir leid.«

»Ach, wozu die Entschuldigung? Du wirst schon deine Gründe haben.« Er schob ihr die Schale mit Nüssen zu und wartete.

»Soll ich eine für dich knacken? Sie sind köstlich.« Der Kannibale hielt eine Nuß an den Holzrahmen des Bettes und zerschlug – *katche!* – mit einem Hämmerchen die Schale der kugelrunden Nuß. Sorgfältig trennte er die Schale vom Kern und bot Lian eine fast unversehrte, geschälte Nuß an. Lian hatte überhaupt keinen Appetit, nahm das Geschenk aber aus Höflichkeit an.

»Kein Appetit? Gib her.« Der Kannibale warf die Nuß zielsicher in die Seite seines Mundes, wo er noch ein paar Zähne hatte. *Mmmmh* – wie er sie genoß!

»Onkel ... bin ich eine Hure?«

Echnn! Der Kannibale verschluckte sich und – *khe, khe* – hüstelte, wobei sich sein Hals zu einem hundert Jahre alten Baumstumpf aufblähte. Lian fühlte sich schuldig, rutschte näher heran und klopfte ihm auf den Rücken, damit er das Stückchen leichter heraushusten konnte.

»Keine Bange«, sagte der Onkel, als er zu husten aufgehört hatte. »Mir fehlt nichts, aber dir. Was hast du da gesagt? Wie kommst du in Buddhas Namen auf die Idee, so etwas Dummes zu sagen?«

»Warum werde ich denn sonst dauernd beschimpft?«
»Ist das so? Was wirft man dir denn vor?«
»Nun ja, daß ich die Konkubine eines Gutsbesitzers bin.«
»Du hast das doch in Geschichte gehabt? Daß vor der Gründung der Volksrepublik junge Leute von ihren Eltern verheiratet wurden? Erst wenn ein Mann ziemlich gut bei Kasse war, schaffte er sich eine Nebenfrau an, am liebsten ein goldiges, junges Ding.«
»Wollen Sie ... wollen Sie damit sagen, daß es ein ... verstecktes Kompliment ist?«
»Was hast du denn gedacht?«
»Aber warum sagt mir das dann keiner direkt?«
»Kind, hast du vergessen, was im Kleinen Roten Buch steht? *Gefühle für einen Geliebten zu hegen ist Verrat an der Kommunistischen Partei.* Wie verwegen die Jungen auch sein mögen, sie wagen es nicht, ihre Arme in die Speichen der Diktatur zu stecken, indem sie ihre Zuneigung zu dir zeigen.«
»Sie nennen mich auch *südkoreanische Spionin.*«
»Sei mal ehrlich. Woher sollen die Jungen heutzutage ihre Idole nehmen? Sie haben nichts anderes als die zensierten Spionagefilme, und in denen sind die Geheimagentinnen allesamt sehr verführerisch.«
»Aber warum ruinieren die Jungs meine Jacken und Blusen mit Tinte und werfen mir die Fensterscheiben ein?«
»Warum?! Das habe ich doch eben erklärt.«
»Das glaube ich nicht.«
»So?«
»Bei uns in der Schule gibt es so viele hübsche Mädchen, und sie werden nicht angegriffen, nur ich, und ... und noch ein paar andere.«
Der Kannibale zog ein langes Gesicht: »Jetzt hör einmal gut zu. Kennst du den Unterschied zwischen hübsch und attraktiv?« Lian bekam eine Gänsehaut und wollte instinktiv weghören. »Bist du vielleicht ein Junge? Weißt du denn, was für Mädchen die Jungen hübsch finden?«
»Ja, Feiwen ist zum Beispiel ein Schönheitsideal. Sie ist groß und stattlich.«

»Welche Feiwen? Doch nicht etwa die Tochter von Professor Peng? Die magere, schwankende Bohnenstange?«

»Wie können Sie so etwas sagen? Alle meine Freundinnen finden, daß eine großgewachsene Gestalt das Symbol für Verlockung ist.«

Der Kannibale verdrehte die Augen: »Schweig über Dinge, von denen du nichts weißt.« Lians Gänsehaut wurde zu einer Eiskruste, und sie schloß die Augen. »Mädchen, eins mußt du dir einprägen: statt dich zu verachten, solltest du eigentlich ...«

»Bitte, Onkel, reden Sie nicht mehr davon.« Er blickte verwundert auf. »Ich finde es einfach ekelhaft, daß Jungen Interesse an mir zeigen. Als Sie zuletzt Ausgang hatten, am Sonntag, hat so ein Schweinigel zu mir gesagt: ›Du bist mein Schatz!‹ Muß einem davon nicht speiübel werden? Und ist es nicht gemein?« Der Kannibale schwieg. »Nur unverschämte Jungen oder schweinische Männer sagen so etwas zu einem Mädchen, nicht wahr? Sie zum Beispiel, Sie würden das nie im Leben tun.«

Der Onkel wandte den Blick ab. Lian bekam auf einmal Angst, als tue sich vor ihren Füßen eine bodenlose Spalte auf.

»Lian ... wie sehr ich es auch bedauere, aber ich muß zugeben: Auch ich bin nur ein Mensch, mit *den sieben Gefühlen und sechs Verlangen*.«

Wuuuunnn! Lian hatte das Gefühl, ihr würde der Schädel gespalten. Nie hätte sie gedacht, daß der Kannibale, der einzige Mensch, von dem sie glaubte, sich auf ihn verlassen zu können und dem sie voll und ganz vertraute, ebenfalls solche ordinären Bedürfnisse hatte. Sie hatte so sehr gehofft, daß es in dieser Welt reine Menschen gab, die keine schmutzigen Gelüste nach weiblichem Fleisch verspürten. Nun wurde ihr makelloser Traum in Stücke geschlagen, ihr letztes schützendes Bollwerk geschleift. Nicht einmal mehr beim Kannibalen fühlte sie sich sicher, und das bedeutete: nirgends mehr. Sie wollte aus der Wohnung stürmen, erinnerte sich aber, wie sehr sie es das letztemal bereut hatte, als sie ihrem Onkel einfach davongelaufen war. Aber was dann? Was sollte sie tun? Sie rückte noch ein Stück von ihm weg, und auf einmal schien ihr die Luft im Raum unerträglich – er atmete ja dieselbe Luft ein und aus wie sie.

»Hab doch Verständnis für die Jungen. Sie wissen sich keinen Rat mit ihren Gefühlen für dich, und darum ärgern sie dich.«

Lian sträubten sich vor Empörung die Haare. Was? Gab er ihnen etwa noch recht? Also sie war die Schuldige, ein Flittchen, das bedauernswerte, hilflose Jungen in Verwirrung brachte? Sie ballte die Fäuste und zwang sich, nicht loszuschreien. Nun hatte sich der Kreis geschlossen. Sie war hergekommen, um sich über die Schandtaten der Jungen zu beklagen, und landete wieder einmal auf der Anklagebank. Sie war zu betrübt, um Traurigkeit zu empfinden.

»Ach, Kind, so schlimm ist es doch nicht. Komm her.« Der Kannibale streckte die Hand nach ihr aus.

Lian dachte an den Geruch, das Keuchen und die Verwünschungen der jungen Burschen und erkannte plötzlich, daß der Onkel auch in deren Lager stand. Der Haß auf das andere Geschlecht versteinerte ihr Herz, und mit Schwung fegte sie die Schale mit den Nüssen auf den Zementboden – *kwanglanglang!*

»Was ist passiert?« Die Tante kam ins Zimmer gerannt und sah den zerbrochenen Teller auf dem Boden und die zahllosen Nüsse, die unter das Bett, den Tisch, die Hocker und in die Schuhe kullerten.

Blind vor Wut versetzte Lian der kaputten Schale noch einen Tritt. Aus den Augenwinkeln sah sie, wie der Kannibale seiner Frau ein Zeichen machte, zu verschwinden ...

»Tut mir leid, mein Kind, ich habe die Schale unserer Freundschaft und unseres Vertrauens zertrümmert.« Er vermied es, ihr in die Augen zu sehen. *Ghee-ghee* – seufzte er ohne Ende. Lian sah, wie sich seine Augen röteten. Aber sie hatte kein Mitleid mit ihm – nur mit sich selbst. Sie war es, die auf Mitleid angewiesen war, sie, die geborene Hure, die von Tausenden getreten und von Zehntausenden bespuckt werden mußte. Und dabei hatte sie noch die Pflicht, Verständnis für jene zu zeigen, die sie belästigten. Sie hatten ja schließlich das Recht, ihren verdammten *sieben Gefühlen und sechs Verlangen* nachzugeben. Gut, aber damit war dem anderen Geschlecht der Krieg erklärt. Und der erste, den es traf, war Onkel Kannibale, nein: der Kannibale, denn es hatte sich ausgeonkelt! *Tjiela!* Sie trat absichtlich auf die Scherben des zerbrochenen Tellers und sagte so höflich wie möglich: »Ach nein, Kannibale, nur – ich habe zu viele Hausaufgaben. Von nun an habe ich keine Zeit mehr, Sie zu besuchen.«

»Xiulan!« rief der Kannibale. Die Tante kam herbeigelaufen und hörte sich seine Beichte an. »Heute bekomme ich die Strafe, die ich verdient habe – ich habe unsere schöne Schale fallen lassen.«

Die Tante holte einen Besen aus dem Gang und sagte: »Auf Seite 126 des Kleinen Roten Buchs steht: *Wenn du weißt, daß du etwas falsch gemacht hast, und du hast den Willen, dich zu bessern, bist du immer noch ein guter Revolutionär.*«

Gebeugt und mit hängendem Kopf schob sich der Kannibale zentimeterweise vom Bett; er kroch unter das Bett und den Tisch und hob die in alle acht Himmelsrichtungen weggerollten Nüsse auf. Unter der Matratze zog er eine Papiertüte hervor und ließ eine Nuß nach der anderen hineinfallen.

Lian bekroch ein merkwürdiges Gefühl. Sie biß sich auf die Lippen und wollte nicht wissen, was dieses Gefühl zu bedeuten hatte. Sie wollte nur noch eines: sich so höflich wie möglich vom Kannibalen verabschieden und ihn nie wiedersehen. Und genau das tat sie auch.

In dieser Nacht erschien ihr im Traum wieder der vertraute See.

Es war Herbst, eine schaurige Stille. Braune Blätter und abgestorbene Zweige trieben auf dem Wasser, und das Kanu, mit dem sie über den See glitt, wurde von schönen, glänzenden Tieren umringt. Sie klagten und flehten. Als sie die Hand nach ihnen ausstreckte, sah sie die gierig aufgerissenen Mäuler von Haien.

Am nächsten Morgen stand eine Papiertüte mit Nüssen vor der Tür.

Ein unverhofftes Festmahl

Es war Mitte August. Der Feuerball des Mittags verkochte die dicken weißen Wolken zu rosarotem Dunst. Die Blätter der Bäume rollten sich ein, bis sie schließlich mit einem Seufzer – *krits* – den Kopf hängen ließen und sich nicht mehr gegen das Absterben wehrten. Die Zikaden saßen ganz still im Schatten, nur die jungen und unerfahrenen konnten der Versuchung nicht widerstehen, hin und wieder ihre kostbare Energie an ihr wesenseigenes Zirpen zu verschwenden. Fußgänger eilten nach Hause, als würden sie von der Zentrifugalkraft der heißen Luft heimwärts geschleudert.

Lian saß in ihrem Zimmer am Fenster und las. Alles klebte. Wenn sie die Arme auf den Tisch legte, klebten ihre schweißnassen Ellbogen auf der Tischplatte, die mit einem feinen Kondensfilm bedeckt war. Wenn sie nicht alle paar Minuten eine andere Haltung einnahm, blieb ihre durchgeschwitzte Hose am Stuhl kleben. Die Luft hing wie eine Daunendecke um ihren Körper, und wie sie sich auch drehte und wendete, aus ihr herauszukriechen war unmöglich.

Gegen vier Uhr erhob sich ein Wirbelsturm. Er trieb die Wolken zusammen, vermehrte sie in rasendem Tempo und überschüttete sie mit schwarzer Tinte. Die Daunendecke verwandelte sich in eine Stahlplatte, die Lian schwer auf der Brust lag. *Wuwu, wuwu!* brüllte der Sturm. Mit Riesenhänden rüttelte der Tornado an den Bäumen, bis sie mitsamt den Wurzeln aus dem Boden gerissen waren.

Dong, dong, dong. Es schlug etwas gegen das Fenster. Lian versuchte hinauszusehen, konnte aber nichts erkennen.

Der Nachmittag war zur finsteren Nacht geworden. *Tjintja, tjintja, tjintja.* Splitterndes Glas. Tastend erreichte sie den Schalter und knipste das Licht an. Ihr Tisch war mit Glasscherben bedeckt, und im Fenster klaffte ein großes Loch, wie der Rachen eines Löwen, durch den der wirbelnde Windstrom ins Zimmer schoß. Lian zitterte am ganzen Körper und steckte die Arme durch das Loch. Eiskugeln groß wie Eier fielen ihr in die geöffneten Hände.

»Mama!«

Als Mutter in Lians Zimmer kam, schloß sie schnell die Tür hinter sich, denn es entstand ein gewaltiger Luftzug. »Das sind Hagelkörner«, erklärte sie.

Voller Bedauern sah Lian die kristallklaren, harten Kugeln in ihren Händen kleiner werden, bevor sie zum Himmel zurückkehrten und nur eine Pfütze Erinnerung zurückließen. Zurück zum Rachen des Löwen. Mit der einen Hand fing sie die Hagelkörner auf, mit der anderen steckte sie die faszinierenden Kugeln in die Hosentasche. Ihr Fang wurde stetig spärlicher, und die Heftigkeit der Windstöße nahm ab. Das Tosen des Sturms, das Ächzen umstürzender Bäume und das Hämmern des Hagels auf Fensterscheiben, Dachziegel und Asphalt verloren ihre furchterregende Wirkung. Die Stille meldete sich zurück. Es war, als hielte Mutter Natur den Atem an, als wolle sie ihre verschreckten Kinder nicht länger stören und sie in den Schlaf wiegen. Vergeblich – ihre Brut wollte Aktion statt Ruhe.

Tjiuuu ... Überall öffneten sich die Türen. Aufgeregte Kinderstimmen hallten auf den kurz zuvor noch menschenleeren Straßen. Neugierig sah Lian aus dem Fenster. Der soeben noch tintenschwarze Himmel war wieder durchscheinend blau, mit Wolken wie leichtfüßige Elfen in weißen Kleidern, die anmutig trippelten, hüpften und miteinander balgten.

Als Lian auf die Straße blickte, sah sie, was der Hagelsturm in kaum einer halben Stunde angerichtet hatte: eine Winterlandschaft mitten im Sommer. Überall lagen entwurzelte Bäume, und die stehengebliebenen waren so gut wie entlaubt. Die wenigen Blätter, die noch an den Zweigen hingen, waren mit Regentropfen bedeckt, die wie winzige Spiegel das orangefarbene Sonnenlicht reflektierten. Nur diese grünen Blätter erinnerten daran, daß es nicht Winter war. Die Straßen waren verschwunden, zugedeckt von umgestürzten Bäumen und abgebrochenen Ästen. Kreischend hüpften die Kinder über die Barrieren. Sie suchten zwischen den Baumstämmen und unter dem Laub und stopften ihre Beute triumphierend in den Beutel, der auf ihrem Rücken hing.

»Was machen die Kinder, Mama?« fragte Lian.

»Sie sammeln die vom Hagel erschlagenen Spatzen.«

»Warum?«

»Warum wohl? Um sie zu essen.«

Lian nahm eine rote Einkaufstasche und flitzte nach draußen. Ein paar Gleichaltrige waren mit ihren Eltern da, die ihnen zeigten, wie man die Vögel am schnellsten finden konnte. Lians Mutter hatte keine Lust gehabt, daher suchte Lian allein nach toten Spatzen.

»Lian, bist du auch da?« begrüßten sie die vier Töchter der Familie Teng. Lian machte Augen wie Untertassen: Tengshan, die älteste, schleppte einen Jutesack, der bis zum Rand gefüllt war. »Wie habt ihr nur so viele Spatzen gefunden?« fragte sie voller Hochachtung. Die Schwestern Teng blickten mitleidig auf ihre leere Tasche und gaben ihr den Rat: »Du mußt nicht an den offenen Stellen suchen, du Dummkopf. Nimm einen Stock und dreh damit die abgebrochenen Äste um. Darunter liegen die Vögel bergeweise.«

Leider kam der nützliche Tip zu spät – die Abenddämmerung brach herein, und es war Essenszeit. Aus allen Küchenfenstern zog der Duft gebackener Spatzen – nun war Lian erst richtig neidisch auf die Glückspilze, die genug Vögel für ein fürstliches Mahl gesammelt hatten.

Abends betete Lian zu Buddha, er möge am nächsten Tag noch einen Hagelsturm schicken, damit sie mit dem goldenen Tip der Teng-Schwestern auch einen Jutesack voller Vögel sammeln könnte.

Lians Gebet wurde in ganz anderer Weise vom Barmherzigen erhört. Am nächsten Tag kam Tengshan vorbei, um Mutter und Lian einzuladen, am Abend mit ihnen gebackene Spatzen zu schmausen. Lian tanzte wie ein Kreisel durchs Zimmer. Der Gedanke an den Duft des Fleisches lud sie mit einer derartigen Energie auf, daß Mutter sie erst mit einer Ohrfeige wieder beruhigen konnte.

Frau und Herr Teng waren Mutters beste Kollegen, und sie dachten oft an Mutter und Lian, wenn sie etwas Leckeres gekocht hatten. Es war eine Sitte, Delikatessen, deren Zubereitung viel Mühe kostete, mit Nachbarn und Freunden zu teilen. Wenn Mutter *Jiaozi*, Ravioli, gekocht hatte, schickte sie Lian immer mit einem Schälchen zu ihren Lieblingsnachbarn und Freunden. Und die machten dasselbe, wenn es bei ihnen etwas Besonderes gab.

Um sechs Uhr abends klingelten Mutter und Lian bei den Tengs. Nach einer ausführlichen Begrüßung krempelte Lians Mutter die Ärmel hoch und fragte: »Und ... was kann ich tun?« Frau Teng führte sie in die Küche und deutete auf einen großen Zuber: »Die Spatzen rupfen.« In dem Behälter schwammen vierzig Tiere. Sie hatten eine Nacht und fast zwei Tage im Wasser geweicht und waren so angeschwollen, daß sie doppelt so groß aussahen wie zu dem Zeitpunkt, als sie von der Straße aufgelesen wurden. So konnte man sie angeblich leichter rupfen. Tengshan, Tengfang, Tengyang und Tengjiang, die vier Schwestern, saßen auf Hockern um den Zuber und reichten Mutter und Lian Pinzetten. Vater und Mutter Teng banden sich Schürzen um und fingen an, Zwiebeln und Ingwer zu schnippeln. Es war eine Sitte, den Gastgebern beim Kochen zu helfen. Das Geplauder beim Kochen war ein wesentlicher Bestandteil des Besuchs.

Zwei Stunden später waren die Spatzen bratfertig. Vater Teng goß ein wenig Baumwollsamenöl in den Wok. Die heiße Flüssigkeit begann zu singen, und Lians Herz trällerte mit. Bei der Vision von gebackenen Vögeln lief ihr das Wasser im Mund zusammen, und sie drohte vor Gier fast in

Ohnmacht zu fallen, wenn Vater Teng noch länger brauchen sollte. Aber zum Glück war das Essen in einer halben Stunde fertig. Tengshan schöpfte Reis in jedes Schälchen, und Mutter Teng legte jedem fünf Spatzen darauf – sie waren zu acht, und es waren genau vierzig Vögel. *Tjien-tjia-tjien-tjia.* Im Zimmer hörte man nichts als das herrliche Geräusch knackender Spatzenknochen. Die Vögel waren so kroß gebacken, daß sogar die Knochen knusprig geworden waren. Man konnte sie mit allem Drum und Dran aufessen.

Lian hatte ihre Portion in weniger als fünf Minuten hinuntergeschlungen. Sie blickte auf die Teng-Mädchen. Auch deren Schalen waren leer. Mutter wollte ihr gerade einen von ihren Spatzen abgeben, aber als sie die anderen vier sehnsüchtigen Augenpaare sah, aß sie den letzten Vogel doch lieber selbst auf.

Tengjiang zupfte unter dem Tisch Tengyang an den Kleidern. Lian hatte es bemerkt, ohne nach unten zu sehen. Wenn sie selbst heimlich etwas tat, spannte sie ihre Gesichtsmuskeln so an, als müßte sie einen Wind lassen und dabei jedes Geräusch vermeiden. Tengyang verständigte Tengfang, und die tippte wiederum auf Tengshans Knie.

»Nein, Kinder.« Vater Teng kannte seine Töchter lange genug: »Ihr dürft keine toten Spatzen mehr suchen. Bei dem warmen Wetter beginnen die Vögel schnell zu verwesen, und dann sind sie giftig.«

»*Oooooch …!*« Die Schwestern dehnten ihren Protestschrei so lange, wie es ihr Atem zuließ. Tengjiang, die jüngste, sie war noch keine fünf, drohte das herrliche Mahl mit einem Heulsolo abzuschließen.

Aber Mutter Teng sagte rasch: »Liebe Kinder, erinnert ihr euch noch? In zwei Monaten bekommen wir unsere jährliche Ration Tofu. Es ist sogar ein halbes Pfund! Den brate ich dann so knusprig, wie Papa heute die Spatzen gebraten hat. Ich verspreche euch, daß der Tofu dann genauso gut schmeckt wie die Spatzen.«

Das half. Durch die versprochenen Sojawürfel vergaßen die Teng-Schwestern ihren Wunsch nach noch mehr gebackenen Spatzen.

Ein richtiger Samenträger

Der Tod von Bäumen und Vögeln bescherte der Dritten Kaste viel Arbeit. Der technische Dienst der Universität konnte die schweren Aufräumarbeiten nicht bewältigen und heuerte arbeitslose Mütter aus dem Lehmhausviertel an, um alles wieder in Ordnung zu bringen. Schon beim ersten Morgengrauen hörte man sie die umgestürzten Bäume und Laternenmasten von den Straßen räumen. Anschließend kehrten sie das Laub und die Glasscherben auf. Die beschauliche Stille auf dem Universitätsgelände wurde von dem knarrenden Protest der Baumstämme durchbrochen, die, nachdem der Wirbelwind sie ums Leben gebracht hatte, auch noch in ihrer ewigen Ruhe gestört wurden, denn die Straßenfeger ließen die Bäume nicht an der Stelle liegen, wo sie ihren Geist ausgehaucht hatten. In den Lärm mischten sich die schrillen Stimmen der schwatzenden Frauen, die sich manchmal gegenseitig am Arm festhielten, um die Gesprächspartnerin zum Schweigen zu bringen und so ihre eigenen Ansichten loszuwerden.

Um drei Uhr nachmittags kamen fünf Frauen zu Lian in die Wohnung, um die zerbrochene Scheibe auszuwechseln und den Rahmen zu streichen. In einer halben Stunde waren sie mit der Arbeit fertig. Lian war tief beeindruckt von dem hohen Tempo, mit dem sie ihre Arbeit erledigten, und von der Wortflut, die ihre Arbeit begleitete. Als die Frauen schnatternd die Wohnung verließen, kam sich Lian wie auf einem Friedhof vor, so eine Grabesstille herrschte plötzlich. Von dem Geruch der frischen Farbe bekam Lian leichte Kopfschmerzen. Sie ging nach draußen, um frische Luft zu schnappen.

Vor dem Haus erstreckte sich ein riesiger Obstgarten. Unreife Birnen und Pfirsiche, die der Hagel von den Bäumen geschlagen hatte, lagen auf dem Boden und fingen an zu gären. Zum Essen waren sie zu klein, aber doch zu groß, um nicht ein Gefühl des Bedauerns bei den Passanten aufkommen zu lassen. Aber die Blätter an den Bäumen, die den Sturm überlebt hatten, glänzten besonders lebensfroh.

Lian atmete den herrlichen Duft des Gartens ein und fühlte sich wieder pudelwohl. Ihr Zeit- und Raumgefühl, das in den letzten beiden Tagen von den Hagelkörnern ausgeschaltet und unter ihrer Gier nach Spatzenfleisch begraben worden war, kam langsam in der alten Klarheit zurück ... Es war schon nach vier, und Kim war immer noch nicht da. Hatte sie vielleicht ihr gemeinsames Lernen vergessen? Eine unheimliche Vorahnung beschlich Lian, und sie rannte zu Kims Haus.

Je näher sie dem Lehmhausviertel kam, desto deutlicher hörte sie ein Durcheinander von Geräuschen.
»Da kommt der Balken!«
»Paß auf, der Zementeimer wird jetzt hochgezogen.«
»Gib mir noch ein paar Nägel.«
Überall waren Männer und junge Burschen dabei, die Häuser zu reparieren. Die Hälfte der Lehmhäuser war so gut wie durchsichtig geworden: Viele Dächer hatten dem Sturm nicht standhalten können, und die Fensterscheiben waren vom Hagelsturm zerschlagen. Bereits von weitem konnte man erkennen, was im Haus vor sich ging. Alte Leute kauerten auf dem dreieckigen Überrest ihres Kang; Kleinkinder schoben Waschschüsseln durch die Pfützen, die den ehemaligen Fußboden bedeckten, und kreischten vor Begeisterung, weil ihre Boote so schön schwammen. Hausfrauen wrangen das Bettzeug aus und hängten es auf die Wäscheleine, die unter der schweren Last fast zerriß. Lian beschleunigte ihre Schritte und betete zu Buddha, daß das Haus von Kims Familie zu den Häusern gehörte, deren Dächer noch intakt waren.

Patsch! Sie fiel in eine heimtückische Pfütze. Da der Weg voller Kuhlen war, die man nicht sah, weil sich hier das Regenwasser gesammelt hatte, wußte Lian kaum, wohin sie ohne Gefahr den Fuß setzen konnte. Tropfnaß eilte sie zu Kims Haus.

Als sie sich dem Eingang von Kims Innenhof näherte, korrigierte sie ihren Schritt – links, links, rechts, links –, weil sie mit dem linken Fuß eintreten wollte. Das brachte Glück.

Der Aberglaube taugte nichts. Der Hagel hatte das Dach, die Fenster aus Reispapier und die Tür völlig zerstört. Vom Kang sah man nur noch den obersten Teil, und der Lehmofen hatte sich aufgelöst. Anders als bei den Nachbarn war kein Ton zu hören und keine Bewegung zu sehen. Von Reparaturarbeiten wie bei den anderen Familien war nichts zu erkennen. Lian durchsuchte alle Ecken des ›offenen Hauses‹, bis sie endlich wahrnahm, daß sich etwas rührte. Es war das Hinterteil von Kims Mutter, die mit einem Bambusbesen eifrig das Wasser aus dem Zimmer zu schieben versuchte. Eine vergebliche Arbeit, denn sobald der Wasserspiegel niedriger wurde, strömte durch alle möglichen Ritzen in den Wänden neues Wasser herein. Auch ein Geräusch war nun zu hören: *tingtong, tingtong*. Lian bildete sich ein, daß sie die Tränen von Kims Mutter ins Regenwasser fallen hörte, und schämte sich zutiefst. Wie hatte sie so egoistisch auf einen zweiten Hagelsturm hoffen können, der ihr noch mehr tote Spatzen bescheren sollte! Hätte sie nicht daran denken müssen, daß kaum einen Kilometer weiter sehr viele Menschen in armseligen Hütten aus Lehm hausten, die nicht die geringste Chance hatten, eine derartige Naturkatastrophe zu überstehen? Der technische Dienst der Universität kümmerte sich sogar um die Pinselstriche Farbe für die Fensterrahmen, aber die Bewohner der Lehmhäuser bekamen weder von der Regierung noch von einer anderen Instanz Unterstützung, um das Lebensnotwendigste zu reparieren – ihr Dach über dem Kopf. Während Lian sich über den Geruch frischer Farbe beschwerte, drohten Dutzende von Familien der Dritten Kaste in dem Schlammtümpel zu versinken, der einmal ihr Haus gewesen war.

Als Kims Mutter ein Geräusch hörte, drehte sie sich verwundert um und entdeckte Kims Freundin. Ohne ein Wort nahm ihr Lian den Besen aus der Hand, damit Kims Mutter die Hände für Wichtigeres frei hatte.

Die Mutter zog einen kleinen Bottich heran, der auf dem Wasser schwamm und Beutel mit trockenem Maismehl enthielt, und ging in den Innenhof, um das Abendessen zuzubereiten. Mit vier roten Backsteinen baute sie einen behelfsmäßigen Ofen. Nach einem Blick auf den dämmerigen Himmel murmelte sie: »Mein armes Kind, jetzt bist du schon zwei Stunden unterwegs, um Holz zu sammeln. Heute ist es bestimmt nicht einfach, trockenes Reisig zu finden.«

Erst jetzt wurde Lian bewußt, daß Kim nicht zu Hause war. Kims Mutter tätschelte Lian die Schultern und begann wieder zu schluchzen.

Da noch kein Brennholz da war, räumte Kims Mutter das Haus weiter auf. Als sie einen Wischmop in der Hand hielt, brach der Stiel entzwei, weil er durch die Nässe morsch geworden war. Um nicht das Gleichgewicht zu verlieren, stützte sie sich auf den Rand des Kang, und ihre letzte saubere Bluse war voller Schlammspritzer.

»*Aya*, Alter Opa Himmel, was haben wir nur falsch gemacht, daß wir so ein Unglück verdienen? Hättest du uns, deinen törichten, aber gehorsamen Enkelkindern, nicht eine leichtere Strafe auferlegen können? So wahr ich ein Huhn ohne Federn bin, das keine Eier mehr legen kann, wir wissen einfach nicht, welche Sünde wir begangen haben.« Ihr Klagelied, das hin und wieder von einem Schluchzer unterbrochen wurde, klang in Lians Ohren eher komisch als traurig.

Kims Vater sah das offenbar anders. Bisher hatte er, in einem großen Zuber hockend, der mitten im Zimmer schwamm, seine lange Pfeife geraucht. Nun mahnte er ärgerlich: »He, du abgetakelte Hündin, hör endlich auf zu jammern!«

Kims Mutter warf ihrem Mann einen verächtlichen Blick zu und stellte sofort das Schluchzen ein: »Du kannst auch nichts als deine Frau anschreien. *Wenn du ein richtiger Samenträger bist*, warum gehst du dann nicht zu deinem Bruder auf der anderen Straßenseite? Er hat zwei kräftige Söhne, die könnten uns helfen, das Dach und die Wände in Ordnung zu bringen.«

Der Vater sprang wie ein Frosch aus seinem Zuber und

stand vor seiner Lebensgefährtin. Er packte sie bei den grauen Haaren und schlug ihren Kopf gegen die Wand: »Um-Hilfe-bitten-bei-diesem-eingebildeten-selbstsüchtigen-hochmütigen-Ei-einer-Schildkröte?!« In kunstvoller Weise entsprach der Rhythmus seiner Scheltworte dem Takt, in dem er ihren Kopf an die Wand schlug. »Eher-bringe-ich-dich-um-bevor-ich-das-tue!!« Seine sonst tiefe Stimme klang plötzlich schrill und falsch. Er schielte fast vor Wut. Büschel grauer Haare flogen umher, und das Gesicht von Kims Mutter lief blau an. *Dong-dong-dong*. In dem halb unter Wasser stehenden Haus gab es jedesmal ein dumpfes Geräusch.

Lian wußte vor Verzweiflung nicht mehr aus noch ein. Sie ließ sich einfach in die Pfütze fallen. Mit Armen und Beinen schlug sie ins Wasser, daß es nach allen Seiten spritzte. Sie schrie Zeter und Mordio. Ihre Rufe flogen durchs offene Dach hinaus, nach Osten, Westen, Norden und Süden, und echoten von den Hauswänden der ganzen Lehmsiedlung.

Tja-tja-tja-tja. Von allen Seiten näherten sich Schnitte, und in weniger als zehn Minuten waren gut sechzig Neugierige auf dem Innenhof zusammengelaufen. Trotz Lians Verblüffung über die Menschenmenge blieb sie im Wasser sitzen – sonst hätte jeder durch die nasse Hose ihre grüngestreifte Unterhose schimmern sehen. Kims Vater ließ erschrocken von seiner Frau ab. Beide wußten nicht, was sie mit dem versammelten Publikum anfangen sollten.

Nach einem stillen Präludium setzte ein Konzert von allgemeinem Geschwätz ein: »Ja, ja, kein Wunder, daß Kims Eltern Krach haben. Denen fehlen die Söhne, die ihnen helfen könnten, das Haus wieder in Ordnung zu bringen.«

»Das stimmt, was Sie da sagen, Mutter von Gangdar. Sie haben ja auch kein Geld, um Männer fürs Reparieren zu bezahlen.«

»Mutter von Tiedar, wer kann überhaupt Arbeitskräfte bezahlen? Es ist ein Fluch, wirklich ein Fluch, wenn man keine Söhne hat!«

Trotz des Ernstes der Situation mußte Lian losprusten: der Sohn der einen Frau hieß *Stählerne Hoden* und der andere *Eiserne Hoden!*

Alle möglichen Kommentare schwirrten durcheinander – der Innenhof verwandelte sich in eine Freilichtbühne.

Kims Vater fühlte sich offenbar nicht wohl in seiner Haut. Er wollte dem Spektakel ein Ende machen und versuchte etwas wie ein Lächeln auf sein Gesicht zu zaubern, schaffte aber nur eine Art Grimasse, als hätte er in eine saure Zwetschge gebissen. Er spreizte die Finger vor der Brust und entschuldigte sich: »Großväter und Großmütter, Onkel und Tanten, Brüder und Schwestern, Entschuldigung, daß wir Sie gestört haben ...« Seine Stimme versagte, seine Augen füllten sich mit Tränen.

Dann fiel sein Blick auf Lian, und er fand eine gute Ausrede: »Dieses Mädchen ist an allem schuld. Wenn sie nicht wie ein Schwein auf der Schlachtbank geschrien hätte, wäre gar nichts gewesen.« Mit neugewonnener Energie schoß er auf Lian zu und versuchte sie alles andere als freundlich aus dem Wasser hochzuzerren.

Jetzt setzte der Chor der Zuschauer ein: »Nein, Vater von Kim! Das stimmt nicht. Auch wenn das Kind zu einer höheren Kaste gehört, hat es doch ein Herz aus Gold und ist wie eine von uns.«

Lian schwebte in den Wolken, nicht nur wegen des Kompliments, sondern weil sich jetzt die Gelegenheit bot, Kims Familie zu helfen. Es war ihr nun egal, daß jeder ihre Unterhose sehen konnte.

Mit einem Ruck stand sie auf und imitierte Kims Vater, hielt ihre verschränkten Finger vor die Brust und flehte das Publikum an: »Großväter und Großmütter, Tanten und Onkel, Brüder und Schwestern, können Sie bitte Kims Eltern ein wenig helfen, nur einen einzigen Tag, das Haus zu reparieren?«

Kims Mutter, die sonst stolz auf ihre Courage war, Hilfe zu erbitten, stand wie angewurzelt. Sie war zu sehr von Lians Mut beeindruckt und zu nervös, um in irgendeiner Form zu reagieren.

»Mama?« Eine Milchstimme zerriß die undurchdringliche Stille: »Darf ich mithelfen? Ich kann Stroh hacken. Für den Lehm für das Dach, wissen Sie, wie Papa es mir beigebracht hat.«

Das löste auch die anderen Zungen. Mehr und mehr Nachbarn bekundeten ihre Bereitschaft, mitzuhelfen. Ein Mann mit schneeweißem Bart wurde gewählt, um die Sache zu koordinieren. Er trat gewichtig nach vorn und fragte in die Runde: »Nächsten Sonntag, beim dritten Hahnenschrei, fangen wir an, einverstanden?«

»*Enh!*« Das Publikum gab kehlige Laute von sich, die als Zustimmung gedacht waren. Die Menge ging auseinander, bis nur noch Fußabdrücke im Schlamm des Innenhofs zurückblieben.

Tjiaaa ... Das wacklige Tor öffnete sich, und ein Berg Brennholz wankte auf den Innenhof. Darunter sah Lian die dünnen Storchenbeine Kims.

Die Mutter eilte erfreut zu ihrer Tochter, nahm Kim den Reisighaufen ab und stellte ihren Wortspringbrunnen an: »Rate mal, was für einen Segen der Gnädige Buddha uns gewährt hat!« Sie ließ den betrüblichen Teil der Ereignisse sicherheitshalber aus und berichtete sofort von dem guten Ende: »Am Sonntag kommt die ganze Nachbarschaft und hilft uns, das Haus in Ordnung zu bringen!«

Kim schüttelte ungläubig den Kopf. Gelbe und grüne Grashalme flogen aus ihren tintenschwarzen Haaren. In ihrer Verwunderung sah Kim so komisch aus, daß die Mutter noch aufgeregter wurde. Sie plapperte weiter: »Wenn nur ein einziges Wort nicht stimmt, verwandle ich mich auf der Stelle in ein altes Pferd ohne Schweif.« Kim sah, wie Lian zustimmend nickte, und lauschte interessiert. »Kim, meine große Tochter, heute ist schon Mittwoch. Wie soll ich in drei Tagen alle Vorbereitungen schaffen? Das Stroh muß gekauft werden. Du weißt, wie lang die Schlangen vor den Läden sind, vor allem jetzt, nach dem verfluchten Unwetter. Der Lehm muß in den Bergen im Bezirk Tongxian gegraben werden. Die alten Balken des

Dachs sind zwar heil geblieben, aber sie müssen noch einmal gestrichen werden, sonst kommen Holzwürmer hinein. Und was ist mit den Häppchen und dem Schnaps für alle Nachbarn, die zum Helfen kommen? Woher nehmen wir nur das Geld? *Aya, aya!*« Sie fuchtelte mit den Armen, schlug die Hände vor die Augen und stieß Schreie aus, die teils sorgenvoll, teils freudig klangen.

Kims Vater klopfte mit der Pfeife auf die Steinplatte, die einmal die Fensterbank gewesen war: »Mutter, wenn ich sage, daß du eine dämliche Hündin bist, hab' ich recht: Du bist und bleibst ein dummes Schaf! Woher zauberst du auf einmal all die Probleme? Das Stroh kaufe ich schon. Morgen nehme ich einen Tag frei, Überstunden habe ich schließlich genug gemacht. Lehm und Balken – dafür sorge ich auch. Kim kann Maiskörner rösten. Und du unverbesserliche Nervensäge kannst Süßkartoffelscheiben bakken. Dann haben wir genug anzubieten. Nur Alkohol können wir uns nicht leisten. Dafür müssen die Nachbarn Verständnis haben. Und jetzt, Mutter von Kim, halt die Klappe und koch einen ordentlichen Topf Maisbrei zum Abendessen!«

Ptje! Kims Mutter kicherte wie ein Backfisch, der zum erstenmal von einem Jungen geküßt wird, und tanzte beinahe zu ihrem improvisierten Ofen. Sie war rundum zufrieden, weil ihr Mann alles unter Kontrolle hatte und dafür geradestand, daß es nächsten Sonntag wie geschmiert laufen würde. Statt wütend zu sein auf den Mann, der sie mißhandelt und gedemütigt hatte, war sie stolz auf ihn – sie wußte, daß unter seiner stachligen Haut ein liebevolles Herz schlug.

Beim Abendessen fragte Mutter, ob sich Lian nicht gut fühle – sie sähe so blaß aus. Lian hatte keine Lust, Mutter in ihre Erlebnisse vom Nachmittag einzuweihen, und ging schon um acht Uhr in ihr Zimmer.

Endlich im Bett, hatte Lian das Gefühl, ihre Knochen würden in tausend Stücke brechen, wie ein Hebekran aus

Jimu, der durch den Stoß eines Kinderarms in einen Berg Bausteine zurückverwandelt wird. Aber trotz der Schmerzen und der Müdigkeit war sie selig. Durch den engen Kontakt mit den Mädchen ihrer eigenen Kaste hatten sich Schicht um Schicht Eitelkeit, Scheinheiligkeit und Egoismus um ihre Persönlichkeit gelegt. Was sie dachte, sagte und tat, entsprach nicht mehr dem, was sie empfand.

Der Streit zwischen Kims Eltern hatte Lian jedoch wachgerüttelt. Sie wollte nicht mehr zwischen Kim und den falschen, engherzigen Angehörigen ihrer eigenen Kaste hin- und herpendeln. Sie blieb lieber auf einer Seite des Flusses – der Lehmhausseite.

Arbeitsvitamine

Die Mittagssonne briet die vom Hagel verwüstete Landschaft braun. Von dem sumpfigen Boden, den ertrunkenen Pflanzen, dem durchweichten Gefieder der Vögel, die wieder aus voller Kehle zwitscherten, stieg Dampf auf, und so trocknete alles wunderbar.

Weil sie wußte, daß Kim viel zu beschäftigt war, um mit ihr gemeinsam zu lernen, hatte Lian ihre Hausaufgaben schon ganz früh erledigt. Bei Kim zu Hause warteten noch genug Arbeiten, bei denen Lian sich nützlich machen konnte.

Bevor sie aufbrach, öffnete sie den Wohnzimmerschrank und ging mit sich zu Rate. War es wohl eine Sünde, wenn sie heimlich ein paar Flaschen Schnaps, die ihrem Vater gehörten, Kims Familie schenkte? Sie brauchte nicht lange zu grübeln.

Als sie Kims Mutter die Plastiktüte mit den fünf Flaschen Schnaps geben wollte, hob diese die Hände, die Finger gespreizt, die Handflächen nach oben gerichtet. Lian hatte gedacht, sie strecke die Hände aus, um die Flaschen entgegenzunehmen: Fast wäre die Tüte zu Boden gefallen.

Kims Mutter sprach ihr Dankgebet: »Barmherziger Buddha, was für klare Augen du doch hast! Du hast gesehen, daß wir kein Geld haben und keinen Alkohol für die Bauarbeiten am kommenden Sonntag kaufen können. Nun schenkst du uns den Schnaps über die Freundin meiner ältesten Tochter.«

Kim rannte zu Lian und nahm ihr gerade noch rechtzeitig die Tüte aus der Hand, während sie die theatralische Geste ihrer Mutter mit ernüchterndem Schulterzucken kommentierte. Als wäre nichts geschehen, widmete sich Kim anschließend wieder ihren Aufräumarbeiten. Die Mutter war inzwischen wieder auf eine Leiter gestiegen, um die Oberkante der Wände auf gleiche Höhe zu bringen, damit das Dach morgen einfacher darauf befestigt werden konnte. Kims Vater lag irgendwo unter einem Balken und strich ihn sorgfältig, und Jiening thronte wie eine Fürstin auf einem hohen Hocker und knabberte geröstete und gezuckerte Maiskörner, die ihre Schwester mit viel Mühe für die hilfsbereiten Nachbarn zubereitet hatte. Alles ging seinen gewohnten Gang.

Der Nachrichtendienst

Morgen war der große Tag. Jetzt war die Frage, ob sie es schaffen würden: In Kims Haus lag alles kreuz und quer. Die Backsteine, die der Vater gekauft hatte, waren direkt vor der Tür aufgestapelt. Lian mußte Hochsprungmeisterin sein, um ins Zimmer zu gelangen. Ein Berg roter Tonerde lag mitten im Innenhof. Die beiden Hühner, die Wittie ersetzen sollten, aber zusammen nur halb so viele Eier legten wie ihre Vorgängerin, sorgten dafür, daß die Erde in kleinen Klümpchen über den ganzen Innenhof verteilt wurde, was Kims Mutter einen Yangzi-Fluß an Verwünschungen an die Adresse der Ahnen ihres Federviehs entlockte. Kim kletterte an den Hauswänden hoch und runter und war eifrig dabei, alles vorzubereiten. Lians Aufgabe war es, sämtliche greifbaren Tröge, Krüge und Töpfe mit

Wasser zu füllen, damit man morgen ohne Verzug Zement und Lehm mischen konnte.

Gegen halb zwölf mußte Lian dringend auf die Toilette. Kims Mutter rieb sich die Hände trocken und wühlte in ihrem Durcheinander nach einem Stück Zeitungs- oder Packpapier, das Kim regelmäßig von der Straße aufhob und mitbrachte. Nach unzähligen Drohungen in der Art von ›Komm raus aus deinem Haus, du Mistding, oder ich schlag dir den Schädel ein‹, fand die Mutter endlich unter einem Haufen Lumpen ein Stück braunes, kartonartiges Papier. Sie knüllte es zusammen, zog es wieder auseinander und zerrte es hin und her, bis das Papier weich und faltig war wie altes Leder. »Da«, sagte sie zu Lian, »sei sparsam damit.«

Über den Spalten im Holzfußboden des Aborts hockten bereits vier Frauen mittleren Alters. Lians Erscheinen wirkte wie ein Knopfdruck auf ihre Redemaschine: Abrupt stoppte die Unterhaltung. Mit Adleraugen beobachteten sie jede Bewegung, von dem Moment, an dem sie den Hosengürtel löste, bis sie sich verschämt hinhockte. Dann betrachteten sie ohne jede Scham ihren Unterleib – warum, war ihr ein Rätsel –, was zur Folge hatte, daß sie nicht mehr mußte oder sich nicht traute. Oder sollte sie vielleicht so schnell wie möglich einen Kötel herauspressen und hoffen, daß dann das Interesse an ihr abnahm?

Zum Glück hielt es eine geschwätzige, dicke Frau nicht mehr aus: »Wo waren wir stehengeblieben? Ach ja, der Junge, also Erfu, der wurde vielleicht fuchsig! Wär' ich an seiner Stelle auch! Dabei hat er ihr zwei Bahnen Stoff geschenkt, aus Nylon. Daraus kann sie sich zwei Blusen und eine Hose nähen. Wo findet man heute noch so eine spendable Partie? Diese undankbare Trine, wie heißt sie noch wieder, Linwei, Weilin oder Weiwei, so ein stinkvornehmer Name, sie hat Erfu den Laufpaß gegeben, und das für ein Bleichgesicht aus der Ersten Kaste ...«

»Tja, welches Mädchen wünscht sich nicht, über das Kopfkissen nach oben zu kommen? Der Punkt ist nur, nicht alle Mädchen haben so ein ›Kapital‹ wie Weilin.

Sonst könnte sich ja jede den Sohn eines hohen Tiers angeln, und was dann?« wußte eine andere.

»Dieses Fuchsgesicht und die Schlangentaille von Weilin nennst du Kapital? Ich schwör's dir, Mutter von Yipin, der Körper eines unserer Mädchen kann noch so gefragt sein, sie ist und bleibt ein Stück Dreck unter den Schuhen der hohen Herren ...!«

Lian schauderte. Hastig verließ sie den Abort. Auf dem Rückweg mußte sie die ganze Zeit an Weilin denken, obwohl sie das Mädchen noch nie gesehen hatte.

Prahlereien

Heute war der erste Tag des neuen Semesters 1973/74. Lian saß an ihrem Tisch im Klassenzimmer. Es war schon zehn vor acht. Sie ließ die Tür nicht aus den Augen: Wo Kim nur blieb?

Wie immer bildeten die Mädchen zwei Gruppen: Vorn im Saal stand der Klub der Zweiten und Dritten Kaste und wetteiferte, wer am lautesten schnattern konnte. Selbst auf die Entfernung konnte Lian Wort für Wort ihrer Konversation folgen. Tieyuan erzählte: »Hört mal, was der Hagel bei euch zu Hause zerschlagen hat, ist« – sie zeigte auf ihre Füße – »ein kleiner Zeh im Vergleich zu dem, was er bei uns angerichtet hat. Hör auf, den Kopf zu schütteln, du siehst aus wie ein besoffener Affe! Du glaubst mir nicht? Frag sie doch. Yuehua, sag mal was! Der Hagelsturm hat die große Dattelpalme hinter unserem Lehmhaus entwurzelt. Sie ist auf unsere Küche gefallen, und das einstürzende Dach hat alles kurz und klein geschlagen!«

In der darauf folgenden Stille grinste Tieyuan ihren Zuhörern triumphierend zu: endlich eine Gelegenheit, ihre Kastengenossen zu übertrumpfen. Daß es für ihre Familie eine Katastrophe bedeutete, war unwichtig: Es war *ihre* Geschichte!

Verglichen mit dieser Gruppe verhielt sich der Klub der Ersten Kaste hinten im Klassenzimmer dezent still. Lian sah von ihrem Platz aus, wie die jungen Damen graziös gestikulierten; von ihrer Unterhaltung war kein Wort zu verstehen.

Eigentlich wurde auch von Lian erwartet, daß sie sich zu den anderen gesellte, aber sie hatte keine Lust, mit irgend jemandem zu reden. Die Gruppe vorn würde in ihr den Wolf im Schafspelz sehen und sie meiden. Sie wußten ja aus Erfahrung: Wenn sich eine junge Dame aus der Ersten Kaste ausnahmsweise mit ihnen einließ, steckte keine gute Absicht dahinter. Schloß sich Lian dem Klub hinten im Klassenzimmer an, müßte sie ständig das scheinheilige Gerede dieser Snobs ertragen. Meimei würde ›entrüstet‹ berichten, wie Scharen von Jungs, alle natürlich aus besseren Kreisen, hinter ihr her waren. Liru würde sich über das x-te teure Geschenk ›beklagen‹, das sie von ihrem Vater, Parteisekretär des Krankenhauses Nummer 706, bekommen hatte. »Wo soll ich das ganze Zeug nur lassen?!« würde sie mit gespielter Verzweiflung ausrufen. Lirus Vater unternahm alle paar Monate eine revolutionäre Inspektionsreise in irgendeine Provinz. Und jedesmal brachte er Wagenladungen voller ›Kontributionen‹ der örtlichen Kliniken und Krankenhäuser mit zurück.

Lian fühlte sich nirgendwo mehr zugehörig.

Dringgg! Endlich, die Glocke. Kim schoß ins Klassenzimmer und machte sich so klein wie möglich. Ihre Haare standen nach allen Seiten ab, ihre zerknitterte Bluse hatte Lehmflecken, ihre Wangen waren noch eingefallener als sonst, und die Augen waren vor Übermüdung geschwollen.

Während der ersten Hofpause ging Lian sofort auf sie zu. Kim seufzte erleichtert: »Endlich ist das Haus fertig. Ach, ist das schön, wieder unter einem Dach zu schlafen!« Sie hielt die Hände hinter den Rücken, aber Lian hatte es längst gesehen. Unter Kims langen Fingernägeln war ein kohlschwarzer Rand. Offenbar hatte sie es am Morgen zu eilig gehabt und war zu müde gewesen, sich ein bißchen herzurichten. Lian wollte eigentlich fragen, ob sie vom nächsten Tag an wieder ihr Langlauftraining aufnehmen sollten, aber als sie Kims völlig übermüdetes Gesicht sah, behielt sie ihren Vorschlag lieber für sich.

Anscheinend konnte Kim Lians Gedanken lesen. Sie lächelte überlegen und beruhigte sie: »Morgen um halb sieben warte ich auf dem Sportplatz auf dich.« Oh, wie alt sie aussah mit den Lachfalten in ihrem grünlichen Gesicht! Lian fühlte sich unbehaglich. Was hab' ich doch für eine tapfere Freundin! Trotz ihrer Erschöpfung denkt sie noch an die Vorbereitung für die Herbstspiele. Wenn so jemand nicht vorankommt, wer dann?

Zwei Schalen Blut

Eine Woche später, sie saßen gerade über ihren Hausaufgaben, benahm sich Kim sehr merkwürdig. Immer wieder sah sie Lian an, als wolle sie etwas sagen, richtete dann aber gleich den Blick auf ihren Schreibblock. Lian gab sich unbefangen und arbeitete einfach weiter.

Kim, die ihre Arbeit immer wieder unterbrach, um Lian so merkwürdig anzustarren, brauchte endlos, bis sie mit der Aufgabe fertig war.

Schließlich konnte Lian ihre Neugier nicht mehr bezwingen.

»Was hast du denn?«

Kim wandte den Blick ab und knabberte an ihrem Bleistift.

Lian mußte ihre Frage dreimal wiederholen, bis ihre Freundin damit herausrückte, was ihr auf dem Herzen lag. Mit schamroten Wangen sagte sie: »... Weilin, das bildhübsche Mädchen, erinnerst du dich, Lian, du hast mir doch kürzlich erzählt, was du auf dem Klo von ihr gehört hast?« Wieder errötete sie – sie sprach nicht gern über ›Angelegenheiten von Erwachsenen, wie Liebschaften und solchen Unfug‹. »Gestern nachmittag«, sagte sie, »bin ich gegen drei Uhr in die Wieselberge gegangen. Da hörte ich, wie jemand an die Tür eines Hauses hämmerte. Ich war zu Tode erschrocken: Es klang, als hätte es der Teufel eilig, eine sterbende Seele in die Hölle zu schleppen. Ich habe mich hinter einer Mauer versteckt und den Atem angehalten. Ich war sagenhaft neugierig, was jetzt passieren würde. Als die Tür von innen geöffnet wurde, hörte ich die bebende Stimme einer alten Frau: ›Aya! Was für eine Ehre für uns, daß Sie, der junge Großvater Erfu, uns besuchen.‹ Ich begriff sofort: Hier mußte Weilin wohnen. An dem unterwürfigen und ängstlichen Klang ihrer Stimme war zu hören, daß die Mutter Unheil witterte. ›Junger Großvater Erfu‹, sagte sie, dehnte den Satz so lange wie möglich und rief ihn so laut, als ginge es um ihr Leben. Ich verstand sofort: Sie wollte ihre Töchter Weilin und Weilan vor der hereinbrechenden Katastrophe warnen. ›Darf ich Ihnen Tee und Tabak anbieten?‹ Die alte Frau wand sich wie eine Ameise in einem heißen Wok und verbarg ihren Schreck hinter übertriebener Höflichkeit. Durch ein Loch in der Mauer konnte ich alles beobachten.

Ist das etwa Erfu? dachte ich bei mir. Eine abgebrochene Zaunlatte, nicht größer als einen Meter sechzig. Aber *seine Galle wog mehr als seine ganze Leiche.* Mit seinen O-Beinen machte er große Schritte und rief wie ein hergelaufener Krakeeler: ›Schluß damit, du verkohltes Weib, laß endlich dein sklavisches Getue. Sag mir lieber, wo diese undankbare, wie eine Füchsin stinkende Hure Weilin steckt!‹

Die Mutter flehte: ›Junger Großvater, ich weiß, daß Sie wütend sind, weil meine ungehorsame Tochter mit Ihnen Schluß gemacht hat. Aber Sie hat Ihnen doch alle Geschenke zurückgegeben und sich bei Ihnen entschuldigt. Können Sie ihr nicht verzeihen und sie in Ruhe lassen?‹

Aber noch ehe sie ausgeredet hatte, stand Erfu vor der Tür zu Weilins Zimmer. Eine Flut von Aufzählungen männlicher wie weiblicher Geschlechtsteile folgte dem großen *Bang!*, und ich sah, wie Erfu die weinende Weilin an den Haaren aus ihrem Zimmer zerrte.

Ihre Schwester Weilan machte sich heimlich davon, vermutlich um Hilfe bei ihrer Tante zu holen, die zwei erwachsene Söhne mit dicken Muskelpaketen hat. Wie meine Mutter hat Weilins Mama nur zwei Stück ›billiges Zeug‹. Um Zeit zu schinden, bis die beiden Vettern von Weilin da sein würden, kniete sich die Mutter auf den Boden und flehte ununterbrochen: ›Erfu, denken Sie doch an die Monate zurück, in denen Weilin so nett zu Ihnen war, und seien Sie gnädig …‹

Durch den Lärm sind dann schnell mindestens fünfzig Zuschauer in den Innenhof von Weilins Haus gelockt worden. Sie haben interessiert zugesehen, wie brutal Erfu aufgetreten ist. Ängstlich, aber auch schadenfroh haben sie sich das Gejammer von Weilins Mutter angehört. Keiner hat einen Finger krumm gemacht, um den beiden Frauen in ihrer Not zu helfen. Inzwischen war ich auch hingerannt. Was die Leute so von sich gaben, hörte sich eher wie eine Ermutigung für Erfu an: ›Welches Mädchen mit Haut statt Rindsleder im Gesicht läßt seinen Freund auch so einfach im Stich? Wie kann der arme Junge weiterleben? Fallengelassen von so einer Schlampe!‹«

Kim schlug die Augen nieder und schwieg.

»Und? Was ist dann passiert?«

Kims Gesicht lief violett an wie eine Leber. Sie wollte absolut nicht weitererzählen. Aber Lian gab nicht auf – sie löcherte sie so lange, bis sie auch den Rest der Geschichte zu hören bekam.

Erfu hatte Weilin beschimpft, sie in den Bauch getreten und dabei triumphierende Blicke um sich geworfen.

Als Erfu Angst, Verwirrung und sogar Mitleid in den Augen seines Publikums sah, stachelte ihn das an. Während die Mutter in der Hoffnung, Weilins Cousins würden bald eintreffen, eine weitere Bittrede losließ, löste Erfu seinen Gürtel. Er machte sich an seinem Hosenschlitz zu schaffen und holte nach viel Gefummel ein winzig kleines Ding hervor, befahl Weilin, vor ihm niederzuknien, preßte ihren Kopf an seinen Unterleib und kreischte wie ein Vampir, der einen Hals mit prallen blauen Adern vor sich sieht. Das Publikum schwieg verängstigt. Einige Frauen hielten ihren Kindern die Augen zu. Erfu war nun nicht mehr aufzuhalten. Er ließ seine Hose fallen, zerriß die Kleidung der sich sträubenden, halbtoten Weilin und schob sich wie ein Tier in sie. Er keuchte und grinste. Seine Visage verzerrte sich, als wäre er bitterböse und überglücklich zugleich.

»Ich bin vor Wut fast in die Luft gegangen«, fuhr Kim fort, »aber ich habe es nicht gewagt, mich zu rühren. Nicht einmal die weisen älteren Männer und die starken Kerle haben etwas unternommen. Was hätte ich allein schon ausrichten können? Aber dann hörte ich schon von weitem einen Schwall von Flüchen, die ich jetzt nicht wiedergeben möchte, und dann sind Weilins Vettern auf den Hof gestürmt, allerdings mit leeren Händen. Weil man sie plötzlich geholt hatte, konnten sie weder ein Beil noch einen Hammer mitnehmen. Erfu hat sich sofort die Hose hochgezogen, aber sein tröpfelnder Regenwurm hing ihm immer noch aus dem Hosenladen. Weilins Vettern sind wie die Löwen hochgesprungen, als sie ihre Lieblingscousine bewußtlos und halbnackt auf dem Boden liegen sahen. Sie haben sich dann umgesehen, weil sie irgend etwas als Waffe suchten, und da standen ja noch zwei Riesenschalen aus Hotelporzellan, die ihre Tante hingestellt hatte, um Erfu Tee einzugießen. Diese Schalen haben sie Erfu dann auf den Kopf geschlagen.
›Wah!‹ Der Vergewaltiger hat einen Schmerzensschrei ausgestoßen und ist wie ein Kuhfladen zu Boden geplatscht. Aus seinem Kopf floß hellrotes Blut, und Weilins Vettern haben die Schalen an das Loch im Kopf gehalten. Erst als sie bis zum Rand voll Blut waren, hat er aufgehört zu bluten ...«
»War er tot?« fragte Lian atemlos.
»Wer? Erfu? Du spinnst wohl! Wenn man zwei Schalen Blut verliert, gibt man doch nicht den Geist auf. Aber er mußte ins Krankenhaus. Dort haben sie ihn mit zwanzig Stichen genäht, und seine Eltern mußten achtzig *Yuan* dafür bezahlen. Vier *Yuan* für jeden Stich! Nähen die Chirurgen vielleicht mit Goldfaden? Für achtzig *Yuan* muß Erfus Vater drei Monate arbeiten!«

Lian wurde ungeduldig: Was interessierte es sie, woher Erfus Eltern das Geld nahmen? Sie hatten ihn zu einem Sadisten erzogen und mußten nun dafür büßen. Wichtiger fand sie, wie es Weilin ging. Sie fragte: »Aber Kim, was war denn dann mit dem schönen Mädchen, der schönen ... Frau?«

»Weilin? Ach, die, die hat nichts mehr zu verlieren. Zu ihrem bleichhäutigen Freund aus der Ersten Kaste kann sie nicht mehr zurück. Wer nimmt denn eine entjungferte Frau, noch dazu eine aus der Dritten Kaste?«

Lian spürte einen Kloß im Hals: »Aber sie hat doch nichts Böses getan? Sie ist vergewaltigt worden ...«

Kim zog die Augenbrauen zusammen und warf Lian einen feindseligen Blick zu: »Denkst du vielleicht, daß mit reichen Leuten wie euch zu reden ist?«

»Du tust auf einmal so, als ob ich schuld daran bin! Mir geht es nur um Weilin!« Lian wußte, daß sie es Kim nicht übelnehmen durfte. Eigentlich hatte die Freundin ja recht. Auch Lians Kastengenossen kannten keine Gnade, weder innerhalb der eigenen Schicht – man brauchte nur daran zu denken, wie oft sie sich gegenseitig bei der Partei anschwärzten – noch gegenüber Leuten aus der Unterschicht. Warum sollten sie auch? Lian beschloß, das Thema Weilin nie mehr anzuschneiden.

Lian hatte sich die ganze Zeit gewundert, warum Weilin Erfu nicht angezeigt und warum Erfu nicht gegen Weilins Cousins Klage erhoben hatte. Anscheinend hielt es jeder für gerecht, daß Erfu Weilin bestraft hatte. Andererseits billigten die Nachbarn aber auch die Vergeltungsaktion der Cousins gegen Erfu. In ihren Augen war die Sache abgeschlossen: Jede Partei hatte den verdienten Lohn erhalten. Warum also Polizei oder Gericht hineinziehen?

Lian erfuhr, daß es zwei Straßenbanden gab, *Die fliegenden Tiger* und *Der wilde Drache*. Wie absurd es ihr auch vorkam, die Bewohner des Lehmhausviertels waren über die rivalisierenden Banden froh: Sie garantierten zumindest, daß ihre Schützlinge nicht von der Gegenseite bedroht wurden, und so blieb alles in einem gewissen Gleichgewicht. Die Lehmhäusler mußten zwar zugeben, daß sie von den beiden Banden terrorisiert und erpreßt wurden, aber trotz ihrer Höllenangst vor ihnen betrachteten sie das als notwendiges Übel. In einem Punkt waren die beiden Banden allerdings völlig einer Meinung: Wenn jemand aus der Ersten Kaste einem Angehörigen aus der Dritten Kaste Unrecht tat, hatte der Reiche beide Gangs am Hals. Kein Wunder also, daß Mutter ihr früher, als Lian noch ein kleines Kind war, Angst zu machen pflegte: »Lian, wenn du noch ein einziges Mal unartig bist, laß ich dich von den Banditen im Lehmhausviertel holen!« Die Angehörigen der Ersten Kaste waren sich durchaus bewußt, daß sie es nicht zu bunt treiben durften, auch wenn sie auf die armen Leute herabblickten. Die Lehmhäusler waren für ihre Wildheit und ihre rüden Vergeltungsaktionen bekannt, bei denen sie meist keine Spuren hinterließen.

Startnummer 4027

Nach drei Jahren Training – Lian mit einer siebzehnmonatigen Zwangspause – war es endlich soweit. Morgen sollten die Herbstspiele anfangen. Aufregung und Ungeduld trappelten in Lians Herzen.

Um drei Uhr nachmittags war der Unterricht endlich vorbei. Lian wartete voller Ungeduld, bis alle Schüler die Klasse verlassen hatten. Sie hastete zu Kims Platz. Das Herz schlug bis zum Hals – sie brachte kein Wort heraus. Schade, sie hätte ihre Begeisterung so gern mit Kim geteilt.

Kim blieb seelenruhig sitzen, als sei es ein Tag wie jeder andere, und fragte: »Ich verstehe diese Formel nicht. Kannst du mir mal helfen?« Sie erinnerte Lian an den Dummkopf, der, obwohl sein Haus von einem Erdbeben wie ein Pudding hin und her geschüttelt wird, zuerst alle Lichter ausmacht, bevor er hinausrennt. Wie konnte sie nur in so einem entscheidenden Augenblick noch über irgendeiner verzwickten Formel grübeln? Jahrelang hatten sie den Spielen entgegengefiebert, alle Hoffnungen und Träume darauf gerichtet. Morgen, wenn Kim den ersten Platz bei den Wettkämpfen errungen hätte, würden alle Angeber und Quälgeister der Klasse sich lieber die Zunge abbeißen und hinunterschlucken, als es zu wagen, Kim auszulachen oder ans Schienbein zu treten. Das war Lians größter Wunsch: Sie wollte endlich miterleben, daß die anderen gezwungen waren, Kim als eine erfolgreiche oder zumindest vollwertige Klassenkameradin zu akzeptieren, die einen besseren Platz in der Klassenhierarchie verdiente.

Wenn sie es recht überlegte, konnte Lian Kims Gleichgültigkeit begreifen. Hatte sie in den letzten Stunden nicht selbst mit aller Kraft versucht, ihre frohe Erwartung zu dämpfen oder wenigstens nicht zu zeigen? Kim und auch Lian wußten nur allzugut, um was es ging. Kim mußte und würde den Erfolg einheimsen, der ihre hartherzigen Mitschüler zwingen würde, sie endlich zu akzeptieren und zu respektieren. Mit diesem Ziel vor Augen hatten die beiden Freundinnen nicht nur Kims Schicksal den Kampf angesagt, sondern auch einer Sozialstruktur, die Kim durch ihre Geburt in die unterste Kaste mit all ihren Erniedrigungen und Entbehrungen verwies.

»In Ordnung«, antwortete Lian, »ich werde dir die Formel schon noch erklären ... nach dem Wettkampf.«

Kim legte ihr Mathematikbuch auf den Tisch und sah plötzlich erleichtert aus. Sie öffnete ihre Schultasche und holte ein ordentlich gefaltetes Blatt heraus, auf dem mit roten Pinselstrichen die Zahl 4027 geschrieben stand. Sie hielt sich den Papierstreifen zuerst vor die Brust und dann an den Rücken. Ihre Augen funkelten vor Vergnügen. Lian entdeckte voller Freude sogar ein Fünkchen Eitelkeit in Kims Augen.

»Näh das Papier hinten auf dein Trikot«, riet Lian, »dann kann jeder deine Nummer sehen.« Sie ging wie selbstverständlich davon aus, daß Kim morgen an der Spitze laufen würde und ihre Konkurrenten nur ihren Rücken sähen. Es war unverkennbar eine Ermutigung. Kims Mundwinkel hoben sich freudig, freilich nur kurz. Gleich darauf verfinsterte sich ihr Gesicht wieder vor Sorgen. Sie biß sich auf die Lippen und mußte sich offenbar überwinden, Lian eine Frage zu stellen: »Ist es ... erlaubt, mit ... nicht mit einem Trikot, sondern mit einer normalen Bluse teilzunehmen?«

Opa Himmel, Lian hatte glatt vergessen, daß Kim keine Sportkleidung besaß. Für Kinder aus der Ersten und Zweiten Kaste war es selbstverständlich, daß sie ein Trikot trugen. Lian sah die Szene bereits vor sich: Morgen würden die Quälgeister mit dem Finger auf Kim zeigen und in schadenfrohes Gelächter ausbrechen: Schaut nur, dieser Habenichts! Woher nimmt sie die Nilpferdhaut, ohne Sportkleidung daherzukommen? Hat sie sich vielleicht verlaufen? Steht sie etwa aus Versehen an der Startlinie? He, Kim, mach, daß du wegkommst!

Aber sie verscheuchte diese Vision und sagte: »Warum denn nicht?« Ihre Stimme klang, als wolle sie ein ganzes Bataillon Stänkerer abschrecken. »Es geht um deine Leistung, nicht um das, was du anhast.«

Siegerin ohne Ehre

Viertel vor sieben wartete Lian auf dem Sportplatz hinter der Schule. Der Platz bestand aus zwei Teilen, außen herum führte eine ovale Aschenbahn mit vierhundert Metern; im Oval lag der Fußballplatz, wo Weitsprung, Hochsprung und Handgranatenwerfen stattfinden sollten. Etwas außerhalb stand eine hohe Tribüne aus Zement, die zu diesem Anlaß festlich dekoriert war. Fähnchen und Girlanden in knalligen Farben wanden sich um die Pfeiler. Oben waren Tische und Stühle aufgestellt, für den Sportlehrer, der heute der Vorsitzende war, die beiden Schuldirektoren und vier junge Lehrerinnen, die als Sekretärinnen und Protokollantinnen fungierten.

»Könnt ihr mich hören? Ja?« Der Vorsitzende fummelte am Mikrofon und testete die Apparatur.

»Leiser, wir sind nicht taub!« protestierten die Lehrerinnen, die neben ihm auf der Tribüne standen, und wanden sich kokett, als sei ihr Körper aus Gummi.

Kim hatte sich für Granatenwerfen und den Fünfzehnhundertmeterlauf gemeldet, Lian für Weitsprung und den Hundertmeterlauf. Punkt sieben Uhr pfiff der Sportlehrer auf seiner Trillerpfeife. Jeder Klassensprecher rief die Schüler zusammen und ließ sie in Viererblöcken antreten. Nach einem weiteren Pfeifsignal marschierten die Blöcke diszipliniert vor die Tribüne. Der Lehrer ordnete die Klassen auf der Aschenbahn wie eiserne Schachfiguren auf einem magnetischen Schachbrett. Kim und Lian standen in derselben Reihe. Heute waren Kims Zöpfe auffallend gleichmäßig geflochten, und ihre Augen funkelten vor Entschlossenheit und heimlicher Aufregung.

Zuerst kamen die kurzen Strecken an die Reihe. Lian legte die hundert Meter in sechzehn Komma neun Sekunden zurück. Zehn Minuten später wurde ausgerufen, daß sie den sechsten Platz belegt hatte. Kim kam zu ihr gesaust und boxte mit den Fäusten energisch in die Luft. Lians bescheidener Erfolg machte sie froh und spornte sie an. Beim Weitsprung schaffte Lian drei Komma fünfunddreißig Meter. Da sich nur zehn Schüler an dieser Disziplin beteiligten, landete sie für diese schwache Leistung sogar noch auf dem dritten Platz.

Gegen drei Uhr hörte Lian über die Lautsprecher, daß der Höhepunkt der Herbstspiele bevorstand – das Finale des Fünfzehnhundertmeterlaufs. Von allen Seiten drängelten die Schüler zur Aschenbahn und bildeten an Start- und Ziellinie eine Festung aus dichtgedrängten Reihen. Lian sah, daß es keinen Sinn hatte, dort noch hinzugehen, weil man hinter dieser Festung weder etwas sehen noch hören konnte. Nur ein paar gelenkige Draufgänger schafften es noch, sich einen Platz zu erobern: Sie kletterten ein Stück die Laternenmasten hoch und erregten dort den Neid der ganzen Schule. Die meisten Zuschauer gaben sich mit einem Platz in der Nähe der Bahn zufrieden, reckten den

Hals und kniffen die Augen zusammen, um die acht Läufer zu bewundern, die sich für das Finale qualifiziert hatten.

Die verschiedenen Läufe waren die populärste Disziplin. Anders als beim Weit- und Hochsprung, wo die Teilnehmer unbeachtet ihre Leistung erbrachten, zogen die Läufer alle Aufmerksamkeit auf sich. Es mußte ein unvergleichliches Gefühl sein, unter dem ohrenbetäubenden Jubel mehrerer hundert Menschen über die Ziellinie zu schießen. Für diese Disziplin hatten sich daher auch viele Schüler gemeldet. Die Konkurrenz war mörderisch. Der Sieger im Schnellauf war schon ein halber Heiliger, und wer den Fünfzehnhundertmeterlauf gewann, war unsterblich.

Wie Lian erwartet hatte, gehörte Kim zu den acht Teilnehmern des Endlaufs. Sie stand auf der Innenbahn. Die sieben anderen Mädchen krümmten den Rücken und warfen aus dem linken Augenwinkel einen geringschätzigen Blick auf das wandelnde Gerippe, das ihrer Ansicht nach besser nach Hause gehen und erst einmal eine ordentliche Mahlzeit zu sich nehmen sollte, statt hier das Ansehen eines Wettkampfes zu schädigen, der Zähigkeit verlangte und hohes Prestige versprach. Seht nur, schienen ihre überheblichen Gesichter auszudrücken, sie ist ja nicht mal passend gekleidet. Sie trägt ja nicht mal ein Trikot. Und das zerschlissene Küchentuch, das sie da am Leib hat, verdient ja nicht mal den Namen Bluse!

Kim wußte, was sie dachten. Sie bestätigte die Vorurteile, indem sie sich scheinbar nicht auf den Startschuß vorbereitete. Stocksteif und kerzengerade stand sie da – im Gegensatz zu den anderen, die allerlei Lockerungsübungen vorführten.

»*Jieee!*« Kim wurde von ihren Klassenkameraden einfach ausgepfiffen. »Das zahle ich ihnen noch heim«, murmelte Lian vor sich hin. Diesmal steckte hinter dem Geschrei nicht nur Verachtung, sondern auch eine *darmverschlingende* Neugier. Die anderen erlebten zum erstenmal mit, daß sich Kim einem Wettkampf stellte, und das machte ihnen angst.

Angenommen, Kim würde gewinnen! Wie sollten sie das verkraften, wenn Kim, dem Pechvogel, einmal etwas Positives gelang? Ihr Vorurteil gegenüber Kim war ein Holzsplitter, der in ihre Zunge eingewachsen war; wenn man ihn entfernte, tat man dem gesunden Gewebe Gewalt an. Und das wäre kein Vergnügen. Sie waren schrecklich neugierig auf Kims Leistung und sehnten ihre Niederlage herbei, damit der Splitter in ihrer Zunge in Ruhe gelassen werden konnte.

Lian kannte sich selbst nicht mehr. Woher sie die Frechheit nahm, wußte sie nicht, aber auf jeden Fall stieß sie alle, die ihr im Weg standen, beiseite und gelangte so im Nu zum besten Platz an der Startlinie. Kim war nur ein paar Meter von ihr entfernt.

Um sie herum herrschte ohrenbetäubender Lärm. Alle versuchten ihre Aufregung und Nervosität zu überspielen, indem sie pausenlos plapperten und herumschrien. Aber Lian meinte, Kims Herz klopfen zu hören, ruhig und regelmäßig, als wäre sie in Trance. Woran dachte sie jetzt? Lian hoffte so sehr, daß Kim zu ihr hinsah! *Kim, ich hab' solche Angst. Werden wir es überstehen, wenn du ... wenn wir ... wenn du scheiterst?* Trotz aller Furcht wollte Lian das Beste, was sie geben konnte, Kim schenken ... wenn sie ihr doch die Gelegenheit dazu gäbe, wenn sie nur einen Moment zu ihr hersehen würde ... Lian wußte, ein einziger Blick würde Kim zeigen, welches Gefühl sie beherrschte, ein Gefühl, das wie ein Engel zu Kim fliegen und ihr ins Ohr flüstern wollte, daß Lian sie liebte und daß sie immer, wie weit sie auch voneinander entfernt sein mußten, in Lians Herzen leben würde.

Aber Kim wäre nicht Kim, wenn sie sich nicht geweigert hätte, Lian anzusehen. So gut kannte Lian ihre Freundin schon.

Das heißt, nein, Lian kannte Kim doch nicht so gut, wie sie glaubte. Gerade als der Mann auf dem hohen Eisenhocker gerufen hatte: »Auf die Plätze, eins ...«, drehte sich Kim zu Lian um und saugte mit ihren hungrigen Augen alles, was in Lians Blick lag, in sich hinein. Nichts und niemand könnte sie auseinanderreißen, kein Scheitern, keine Schikane, von wem auch immer, und kein Schicksal, gleich welcher Art. In diesem Moment hatte Lian plötzlich eine verrückte Idee. Am liebsten hätte sie aus voller Kehle geschrien: Komm, wir gehen nach Hause! Was macht es schon aus, ob du Siegerin wirst oder nicht. Es ist gut. Wir haben nichts mehr zu befürchten!

»Zwei ... drei ...«

Peng! Der Startschuß riß Lian aus ihrem Tagtraum, und sie sah, wie Kim in aller Ruhe abwartete, bis die anderen Mädchen wie Pfeile davonschossen. Kim schaute nur. Und plötzlich, als erwache sie aus einem Winterschlaf, fing sie an zu laufen. Schnell wie der Wind hatte sie alle eingeholt.

Nachdem die Läuferinnen achthundert Meter zurückgelegt hatten, sah man ihnen die Müdigkeit an. Ihre Schritte wurden langsamer, und sie japsten nach Luft. Kim jedoch behielt ihr Anfangstempo bei und rannte, als kenne sie keine Müdigkeit. Ihr Gesicht war weiß wie Papier.

Lian verließ die Startlinie und folgte Kim an der Bahn entlang. Unterwegs hörte sie ihre Klassenkameraden Kim ›zujubeln‹: »Hör mal, Kim, du vertrocknete Kartoffelscheibe! Gib zu, daß du nicht mehr weiterkannst, und fall tot um!« Aber Kim ließ sich nicht beirren. Schon hatte sie die dritte Runde angefangen, während ihre Konkurrentinnen noch in der zweiten vorankeuchten ...

»Jetzt gibt die Verrückte endlich auf!« riefen die Mitschüler. Aber ihre Stimmen klangen nicht mehr so sicher. Zweifel schnürte ihnen die Kehle zusammen, was nicht allzuoft vorkam, wenn es um so etwas Alltägliches ging, wie Kim zu quälen.

Der Sportlehrer sprang von der Tribüne und starrte ungläubig auf die Stoppuhr, die ein Mann an der Ziellinie in der Hand hielt. Er rannte auf Kim zu und rief: »4027, halt durch! Du brichst den Schulrekord!« Kim tat, als würde sie nichts hören, und rannte mechanisch, aber pfeilschnell in die Zielgerade. Der Lehrer riß die Stoppuhr aus der Hand seines Kollegen und richtete den rechten Arm wie ein Radargerät auf das heranstürmende, magere Mädchen.

Leichenblaß, aber entschlossen wie ein Kamikazeflieger schoß Kim über die Ziellinie.

»Sieben Minuten und fünfzehn Sekunden! Sieben Minuten und fünfzehn Sekunden! Sieben Minuten und fünfzehn Sekunden!« Der Lehrer starrte auf die Stoppuhr und wiederholte immerzu das Ergebnis, als wolle er die Leistung beschwören.

Lian hatte sich in den vergangenen Jahren oft vorzustellen versucht, wie wahnsinnig glücklich sie über Kims Sieg sein würde. Nun, wo es tatsächlich so gekommen war, konnte sie sich nicht einmal richtig auf den Beinen halten. Sie wankte, und alle Gegenstände und Menschen um sie herum schienen durch die Luft zu schweben. In ihren Ohren dröhnte ein eintöniges *Wuuunnnnnn*. Erst als ihr Gehirn wieder alle Teile ihres Körpers unter Kontrolle hatte, merkte sie, daß Kim neben ihr stand.

Seltsam: Kims Gesicht zeigte nichts als Ernst. Sie sah starr vor sich hin und biß sich auf die Lippen, bis sie kreideweiß wurden.

Lian sah sich um. Die Menge an der Ziellinie gaffte Kim mit offenem Mund an. Die Zuschauer wollten ihren Augen nicht trauen. Dieses schmächtige kleine Ding in seinen Lumpen hatte in der wichtigsten Disziplin der Herbstspiele den Sieg errungen! War es ein Alptraum, oder hatte Buddha sich einen schlechten Scherz mit ihnen erlaubt? Plötzlich herrschte Grabesstille. Die Luft schien vom Unglauben zu gefrieren.

Schüler anderer Jahrgänge und Klassen fragten sich, wie die Siegerin denn heiße, und Kims Klassenkameraden ließen den Kopf hängen wie das nasse Ende eines altersschwachen Wischmops. Sie fühlten sich wie ein Asiate, der zum erstenmal Käse ißt – das gelbe Zeug schmeckte zwar köstlich, aber es stank nach ... nun ja ...

»Mensch, toll, so ein kleines Mädchen ... und sie hat sogar den Schulrekord gebrochen. Was für eine Willenskraft!« sagte ein stämmiger Junge aus dem vierten Schuljahr. Sein Kommentar brachte das Geplapper wieder in Gang. Je lobender sich die Zuschauer über Kims Leistung äußerten, desto ungläubiger schüttelten sie den Kopf.

Das brachte Kims Klassenkameraden auf eine geniale, teuflische Idee. Sie bliesen die Nasenlöcher auf, ließen sich ein wieselartiges Kichern durch die Zähne entschlüpfen und belferten: »Was ist das schon: Siegerin im Fünfzehnhundertmeterlauf? Sie ist nichts weiter als ein Esel, der im Kreis um einen Mühlstein trabt!«

»*Hahaha!*« brüllte der Rest der Klasse.

»*Puh*, ich krieg' mich nicht mehr ein! Was für ein verdammt guter Vergleich! Aber ...« Yougui, ein Mitschüler, der so viele Eiterpusteln im Gesicht hatte, daß es doppelt so dick erschien, streckte seinen fleischigen Zeigefinger in die Höhe und räumte ein: »Aber man muß schon zugeben, Kim ist ein eifriger Esel. So ein Tier möchte jeder Müller gern besitzen!«

»*Hihihaha, hihihaha!*« Die Schüler kreischten so, daß es sich eher wie das Geschrei eines Esels anhörte, aber eines Esels, der plötzlich spürt, daß seine edlen Teile in eine glänzende Kastrierschere geklemmt sind.

Die Mädchen kicherten hinter vorgehaltener Hand in ihrer typisch weiblichen, anmutigen Art mit. Selbstverständlich lehnten sie die groben Worte der Jungen ab, aber der Kern fand durchaus Zustimmung in ihren eitlen Herzen. Sie sagten gesittet zueinander: »Es ist nur gut, daß die arme Kim wenigstens in irgend etwas gut ist. Stell dir vor, dieser – entschuldige, wenn ich das Wort ausspreche, aber es läßt sich nicht umgehen –, dieser Habenichts wäre weder schön und intelligent noch stark ...«

Lian hatte ein Loch in ihrem Herzen; ihr ganzes Blut strömte daraus weg. Und mit dem Blut verschwand ihre Seligkeit über Kims Erfolg, ihre Hoffnung und Kraft, um weiterträumen zu können. In der entstandenen Leere lebte nur noch ein tief verwurzelter und bis in die Wolken reichender Haß gegen ihre grausamen Mitschüler. Sie wagte es nicht, Kim anzusehen. Wenn sie sich schon so zerrissen fühlte, wie mußte es Kim dann erst ergehen?

Lian hatte schon so oft erlebt, wie Sieger in Wettkämpfen gerühmt und bewundert wurden, aber sie hatte sich nie gefragt, warum. Wo hatte sie ihre Augen gelassen? Kannte sie auch nur einen gefeierten Sieger, der aus der Zweiten oder Dritten Kaste stammte? Sie ließ die Helden der Herbstspiele aus den vergangenen drei Jahren Revue passieren und schämte sich zu Tode. Einer wie der andere gehörte der Ersten Kaste an.

Bitte, Kim, verzeih mir. Ich habe dich auf einen Irrweg geführt. Ich hatte noch nicht begriffen, daß es keine Hochachtung für die gibt, die nicht sowieso dafür geboren sind.

Schließlich nahm Lian ihren ganzen Mut zusammen, um Kim in die Augen sehen zu können. Nanu, wo war sie geblieben? Ach ja, natürlich! Sie war beim Granatenwerfen. Lian eilte zur Mitte des Sportplatzes.

»Augen auf!« mahnte eine strenge Männerstimme hinter ihr. Nun sah sie erst, wo sie war. Der Schweiß brach ihr aus: Sie war versehentlich in das Wurfgebiet geraten. Eiserne Handgranaten, groß wie Bierflaschen, sausten über ihrem Kopf durch die Luft. Eine schlug knapp vor ihr auf. So schnell sie konnte, machte sie sich aus dem Staub. Als sie eine Lehrerin mit einer Meßlatte sah, sprach sie diese an. Lian steckte fast ihre Nase in das Notizbuch: »War Kim Zhang schon an der Reihe?«

Die Lehrerin ließ ihren Finger über die Namen auf der Liste gleiten und sagte: »Hier: Zhang, K. Hat fünfmal geworfen. Ihr bestes Ergebnis sind fünfzehn Komma acht Meter.«

Was?! Lian hatte nie mehr als zehn Meter geschafft. Sie fragte schnell: »War jemand besser als Kim? Kim Zhang, meine ich?«

Die Frau lachte: »Mädchen, wenn wir noch einen zweiten Schüler hätten, der so einen Wurf schafft, besäßen wir das Monopol für den ganzen Distrikt!«

Beruhigt machte Lian sich auf die Suche nach Kim. Sie fand ihre Freundin beim Sandkasten für den Weitsprung. Allein und traurig saß sie dort.

»Kim!« Lian schwang ihre Arme und rief begeistert: »Du bist auch beim Granatenwerfen Erste geworden!«

Kim sah kurz auf und ließ trotz Lians Mitteilung den Kopf wieder mutlos hängen. Jetzt hatte sich Lians Befürchtung bestätigt: Sie konnten beide nicht mehr froh werden. Daran würde nicht einmal ein Sieg bei den Olympischen Spielen etwas ändern.

Der Sportlehrer kam auf sie zugerannt. Sein Gesicht strahlte: »Schülerin Kim Zhang, herzlichen Glückwunsch zu deinem Erfolg!« Er streckte ihr die rechte Hand hin, aber sie übersah die Geste. Der Mann sah in ihrer Weigerung wahrscheinlich eine Form von Verlegenheit – es kam schließlich nur selten vor, daß ein Lehrer einen Schüler dadurch ehrte, daß er ihm die Hand schüttelte. Er war nicht zu bremsen und sprudelte: »Morgen kannst du in der Mittagspause in mein Büro kommen. Ich habe dich auf die Nominierungsliste für die Distrikts-Herbstspiele gesetzt. Welche Kleidergröße hast du? Klein, bestimmt. Ich lege morgen einen Sportdreß für dich bereit. Kommst du und holst ihn ab? Dann können wir gleich ein Trainingsprogramm für dich aufstellen.«

Was? Kim wurde in die angesehene Sportmannschaft der Schule aufgenommen? Würde sie von nun an den blauen Nylonanzug mit der beneidenswerten weißen Aufschrift ›Oberschule Nummer 54‹ tragen? Im Vergleich dazu war die Ehre, zum ›Schüler der Drei Tugenden‹ erklärt zu werden, soviel wert wie das *gebrochene Nackenhaar eines Schimpansengroßvaters!*

Aber Lian hatte Angst. Und ihre Angst wurde nur noch größer, denn der Sportlehrer pfiff nun nichtsahnend einen fröhlichen Marsch und stampfte dabei sehr männlich auf den Boden, während er auf Kims Zustimmung wartete. Kim steckte sich eine Haarsträhne in den Mund und kaute darauf herum, als wolle sie verhindern, ihn mit einem Sturzbach wüster Schimpfworte zu überschütten.

Der Lehrer merkte immer noch nichts und fragte ungeduldig: »Also, kommst du nun morgen oder nicht?«

Als *das letzte Hälmchen Stroh, das dem Kamel den Rücken bricht*, fingen die Lautsprecher zu plärren an: »Ergebnis Handgranatenwerfen: Erster Platz Kim Zhang, fünfzehn Komma acht Meter, eine Verbesserung der Schulbestleistung von sage und schreibe eins Komma zwei Meter! Zweiter Platz ...«

Die Begeisterung des Lehrers erreichte einen Höhepunkt, und er wollte Kim voller Freude auf die Schulter klopfen. Aber da zog Kim die Haarsträhne aus dem Mund, duckte sich, bis sie außer Reichweite war, und machte sich davon. Sie rannte wie eine verwundete Löwin. Mit diesem Tempo wäre ihr beim Hundertmeterlauf die Goldmedaille sicher gewesen. Aber wozu eigentlich? Welchen Zweck hatte es, eine Goldmedaille zu gewinnen?

Um Kims ungezogenes Verhalten bei dem Lehrer wiedergutzumachen, zauberte Lian ihr liebenswürdigstes Lächeln auf ihr Gesicht, jenes honigsüße Lächeln, mit dem sie schon so oft den Angriff von Leuten aus der Zweiten und Dritten Kaste hatte parieren können. Der Sportlehrer verstand die Welt nicht mehr. Zuerst Kim, die sich weigerte, an den heißbegehrten Bezirks-Herbstspielen teilzunehmen; und jetzt Lian, die sich sonst Lehrern gegenüber so distanziert gab und nun Buddha-weiß-warum plötzlich mit ihm flirtete ...

Als Lian merkte, daß sein Zorn auf Kim verraucht war, verschwand sie schnell. Sie suchte sich einen ruhigen Platz unter den Weiden, weit weg von der ganzen Welt.

Um fünf Uhr war Siegerehrung. Kim ließ sich nicht blicken. Lian bat darum, daß sie die Preise für Kim in Empfang nehmen dürfe. Für den ersten Platz im Granatenwerfen bekam Kim ein Tagebuch mit einem schmucken roten Plastikeinband, auf dem mit goldenen Schriftzeichen gedruckt stand: *Das Denken Mao Zedongs ist eine geistige Atom-*

bombe. Für den Sieg im Fünfzehnhundertmeterlauf gab es eine Waschschüssel aus weißem Emaille; auf dem Boden waren zwei blaue Karpfen abgebildet, die von einem mehr zeitgenössischen Spruch umrandet waren: *Bei Mao fühlen wir uns wie ein Fisch im Wasser.*

Gegen halb sechs ging Lian zu Kim nach Hause. Kims Mutter nahm die Waschschüssel entgegen und wiegte sie in den Armen, als wäre es ein kleiner Sohn. Sie hatte in ihrem Leben nur zwei solche Luxusgegenstände bekommen, als Hochzeitsgeschenk ihres Lieblingsonkels Qingyuan. Seither hatte sie die Stücke bestimmt fünfmal reparieren lassen. Aus den verbeulten Resten hätte nicht einmal der beste Wahrsager deuten können, wie die Schüsseln ursprünglich ausgesehen hatten. Die Mutter wurde noch aufgeregter, als Lian ihr erzählte, daß Kim die Waschschüssel bei den Herbstspielen gewonnen hatte. Sie wischte mit den Ärmeln den Staub von der Schüssel und rief: »Kim, wo steckst du bloß? Warum hast du mir das nicht selbst erzählt? Warte, bis dein Vater nach Hause kommt. Wie stolz er sein wird!« An Lian gewandt, sagte sie: »Ach, Fräulein, ich hätte mir nie träumen lassen, daß meine Tochter schon so schnell Geld verdient! Wissen Sie, so ein Ding kostet im Laden mindestens fünf *Kuai*. Wieviel Tausende von Streichholzschachteln müßte ich dafür kleben! *Kälber werden stärker als die Kühe, und Kinder übertreffen ihre Eltern*, hat meine Mutter immer gesagt. Wie recht sie hatte!«

Lian fand Kim beim Herd, wo sie einen Zweig nach dem anderen ins Feuer warf. Jetzt, wo sie nicht zu rennen brauchte, war ihr Gesicht plötzlich glühend heiß und mit Schweißperlen bedeckt. Lian suchte ihre Augen, aber Kim wich ihrem Blick aus. Lian lehnte sich an den Ofen und bat flehentlich: »Kim, nun gib doch endlich zu, daß du heute einen großen Sieg errungen hast …!«

Kim sah Lian an. Ihre leeren Blicke trafen sich und schmolzen wie Schneeflocken in einer Pfütze von Vergeblichkeit. Lian ertrug Kims Schweigen nicht länger. Sie wollte sich jetzt Gewißheit verschaffen, ob sie Kim sehr verletzt hatte und wie sie es wiedergutmachen könnte. Lians

Schuldgefühle waren inzwischen stärker als ihre Verlegenheit und ihre Hemmungen. Stotternd fragte sie: »Kim? Nimmst, nimmst du es mir sehr übel, daß ich ... daß ich dir vorgeschlagen habe, bei ... bei den Herbstspielen mitzumachen?«

Da sprang Kim von ihrem Hocker auf und stand direkt vor Lian. Ihre Nasenflügel bebten, und sie begann zu schluchzen. Das war das zweitemal, daß Lian sie weinen sah. Kim faßte Lian an der Schulter und sagte mit schriller Stimme: »Wie kann ich denn böse auf dich sein? Wer auf der ganzen Welt mag mich so sehr wie du?«

Lian preßte ihren Oberkörper an den von Kim; sie konnte nicht mehr. Auch sie mußte weinen.

Kims Mutter kam mit einem Sack Maismehl in die Küche. Sie sah die beiden schluchzenden Mädchen und wollte gerade nach dem Grund fragen, als Kim die Starke markierte: »Mama, das Reisig, das ich gestern in den Wieselbergen gesammelt habe, muß noch ein oder zwei Tage in der Sonne trocknen. Sehen Sie nur, was für einen Rauch es macht.« Erregt wischte sie sich die Augen trocken und machte Lian ein Zeichen, das gleiche zu tun. Die Mutter schwebte noch immer in den Wolken wegen Kims Preisen und merkte deshalb nichts.

Kim zeigte auf die untergehende Sonne: »Mußt du nicht nach Hause?«

»Äh ... ja ... vielleicht ...« Eigentlich hatte Lian den ganzen Abend bei Kim bleiben wollen.

»Los, geh schon, sonst macht sich deine Mutter Sorgen. Morgen um drei komme ich wieder zu dir. Du hast doch versprochen, mir die Formel zu erklären?«

Junge Astronomen

Aus dem Sommerföhn war ein rauher Herbstwind geworden, der die dürren Blätter von den Bäumen peitschte. Die drückendheiße Luft wurde leichter und stieg zum azurblauen Himmel auf, dort verwandelte sie sich in silberweiße Wolken, die im Zeitlupentempo vorüberzogen. Das war natürlich eine optische Täuschung. Dort oben im Äther jagten die Federwolken vermutlich mit hohem Tempo dahin. Hier unten nahm Lian die große Geschwindigkeit nicht wahr – was sie sah, war eine verlangsamte Wiedergabe dessen, was sich droben abspielte.

Der Obstgarten vor dem Haus kündigte auf seine Weise den kommenden Herbst an. Grüne Zweige neigten sich fast bis zum Boden durch die Last der Früchte, die sie nach Monaten der liebevollen Schwangerschaft zur Reife gebracht hatten – rote Äpfel, goldgelbe Birnen und orangefarbene Aprikosen.

Kims große Anstrengungen begannen ebenfalls Früchte zu tragen. Sie konnte dem Unterricht immer besser folgen. Die Hausaufgaben schafften sie in einer Stunde, während sie vor zwei Jahren noch mindestens zwei Stunden dafür gebraucht hatten. Da sie gegen halb fünf nichts mehr zu tun hatten, wollte sich Lian fast automatisch ihrem Hobby widmen, dem Lesen.

Das war übrigens nicht ganz einfach. Bibliotheken waren seit 1966 entweder abgebrannt oder unzugänglich – die Türen waren fest vernagelt. Das Jugendzentrum verfügte neben seinem spärlichen Buchbestand nur über vier Sammlungen mit Flugblättern. In Lians Wohnung standen zwar Bücher, aber nur aus den Bereichen Medizin und Geschichte – nicht gerade Themen, die sie zur Zeit fesseln konnten.

Von klein auf war Lian verrückt nach Astronomie gewesen. Sie las, oder besser gesagt, betrachtete alle Bücher zu diesem Thema, die sie in die Hände bekam. Vor sechs Jahren, als die Rotgardisten Meimeis Vater verhaftet und die Wohnung geplündert hatten, fand Lian im Mülleimer des Wohnblocks einen riesigen Berg populärwissenschaftlicher Zeitschriften, darunter das angesehene Blatt *Junge Astronomen*. Die Gardisten hatten den Schmuck, das Porzellan und andere Wertsachen mitgenommen und die für sie uninteressante Fachliteratur einfach in den Mülleimer geworfen. Lian zog insgesamt vierzig Hefte der Zeitschrift heraus und vergnügte sich nun schon seit sechs Jahren damit. Von Langeweile konnte nicht die Rede sein – teils, weil Lian jedesmal ein wenig mehr von dem Inhalt verstand, teils, weil sie wußte, daß sie keine andere Wahl hatte.

Lian holte den Stapel *Junge Astronomen* aus dem Bücherschrank und fragte Kim, ob sie auch lesen wolle.

Seit den Herbstspielen hatte sich Kims Haltung ziemlich geändert. Lernen war ihr wichtiger geworden, und sie interessierte sich für viele ihr bisher unbekannte Wissensgebiete. Aber einfach nur Bilder von schwarzen und weißen Flocken bewundern, das ging ihr dann doch zu weit.

»Nein«, sagte sie, »zerbrich du dir nur den Kopf über Sterne und Satelliten, ich gucke mir lieber die dicken Schinken deines Vaters über Anatomie an.«

Wenn es eine Art von Büchern gab, die Lian – und darin war sie mit den Rotgardisten ganz einer Meinung – am liebsten verbieten, verbannen und verbrennen würde, dann waren es Werke über Anatomie. Diese Bücher bestanden fast nur aus Abbildungen des menschlichen Körpers. Lian haßte ihren Körper, der ständig weiterwuchs und immer unsittlichere Formen annahm. Sie wagte es nicht mehr, in den Spiegel zu sehen, so sehr haßte sie den Anblick dieser fast erwachsenen Frau mit allem Drum und Dran. *Bah!* Am liebsten wäre sie aus ihrem Körper geflohen, um nur noch in ihrem Geist weiterzuleben. Nein, ihr waren die Sterne am Himmel lieber – die lenkten zumindest die Aufmerksamkeit von ihrem Körper ab.

Natürlich war das kein Argument gegen Kims Entscheidung. Trotzdem versuchte sie Kim die Astronomie schmackhaft zu machen. »Weißt du«, sagte sie und zog ihre neueste Entdeckung aus der Zauberschachtel, »der Sternenhimmel ändert sich ständig.«

Kim lachte, als hätte sie einen guten Witz gehört.

Lian wußte, daß sie jetzt gute Chancen hatte. Schnell fuhr sie fort: »Man sollte meinen, daß der Nachthimmel immer gleich bleibt. Oh, oh ...« Sie drohte mit dem Zeigefinger. »Falsch!« Sie drehte zwölf Ausgaben von *Junge Astronomen* eine nach der anderen um und erklärte: »Hier siehst du zwölf Fotos vom Sternenhimmel, wie er 1963 ausgesehen hat, von Monat zu Monat. Siehst du, wie sich die Sterne jeden Monat ein Stückchen verschieben?«

Kim warf einen belustigten Blick auf die Zeitschriften; dann aber studierte sie die Fotos genauer. »Das ist ja ein Ding«, stellte sie fest, »die Milchstraße ist jedesmal an einer anderen Stelle.« Sie packte einen Hocker, um noch mehr Hefte aus dem Schrank zu holen. Das Phänomen zog sie völlig in seinen Bann, und sie wollte sofort die wissenschaftliche Erklärung dafür in einer der Zeitschriften finden.

Sag nichts, befahl Lian sich selbst. Sie wollte Kim nicht verraten, daß sie selbst seit Jahren vergeblich nach einer Erklärung suchte. Sie war schon überglücklich, daß Kim sich für das Thema zu interessieren begann.

Es endete damit, daß sich Kim, als sie um halb sechs aufbrach, einen kleinen Stapel *Junge Astronomen* ausleihen wollte.

Lian sagte mit gespielter Strenge: »Aber nur, wenn du sie innerhalb von zwei Wochen ausgelesen hast und wieder zurückbringst.«

Kim erklärte sich eifrig dazu bereit. Und Lian lachte sich ins Fäustchen: Kim tappt mit ihren großen Plattfüßen in meine Falle!

Eine Woche später brachte Kim die Zeitschriften zurück.

»Hast du sie alle gelesen?«

Kim riß ein Blatt aus ihrem Schreibblock, vollgekritzelt mit Notizen. Sie hatte nicht nur alles gelesen, sondern auch über die schwierigeren Probleme nachgedacht – etwa die Berechnung der Häufigkeit und Dauer einer Sonnenfinsternis, die Ursachen für die Entstehung von Mondkratern und die Frage, ob Leben auf dem Mars möglich sei. Sie wollte noch weitere Hefte ausleihen, aber Lian fand es an der Zeit, Bedingungen zu stellen: Von jetzt an würden sie jede Woche ein ›Astronomie-Forum‹ veranstalten.

Je länger sie das Gelesene diskutierten, desto klarer wurde ihnen, daß sie so gut wie nichts von den Sternsystemen wußten. Da Lians Zeitschriftenvorrat ihren Wissensdurst nicht mehr stillen konnte, machten sie sich auf die Suche nach fundierteren Büchern über Astronomie.

Auch das war nicht einfach. Wie sollten sie das anfangen? Die Verlage druckten seit 1966 fast ausschließlich das Kleine Rote Buch. Seit 1971 hatten sie daneben noch fünf oder sechs andere Titel im Programm, aber die waren Wort für Wort von der Zensur gesiebt, so daß sich kein Mensch mehr dafür interessierte. Daher waren die meisten Buchhandlungen geschlossen, und die wenigen, die es noch gab, sahen nur selten einen Kunden.

Kim und Lian wollten ihr Glück versuchen und machten sich auf den Weg zu einer Buchhandlung. Die nächste war fünf Kilometer von Lians Wohnung entfernt und hieß *Neues China*. Aber das hatte nichts zu besagen: Alle Buchläden trugen diesen Namen, so wie die meisten Mädchen nach 1967 ›Hong‹ – ›rot, revolutionär und progressiv‹ – hießen und ebenso viele Jungen ›Weidong‹ – ›Verteidige Mao Zedong‹ – genannt wurden.

Auf Zehenspitzen schlichen sie in den Laden. Wie zu erwarten, sah man keine Menschenseele. Man konnte eine Nadel fallen hören. Obwohl, das war nicht ganz der richtige Ausdruck – es mußte heißen: Man konnte ungestört dem Schnarchen des Verkäufers zuhören. Der Mann – dem Kanonendonner nach zu urteilen, war er um die Vierzig – saß hinter dem Ladentisch, den Kopf in den verschränkten Armen vergraben, und schlief voller Hingabe.

Was sollten sie jetzt tun? Wenn sie sich still in dem Laden umsahen, würde der Mann sie des Diebstahls bezichtigen, sobald er aufwachte. Wenn sie sich laut räusperten, um ihn aus seinen Träumen zu reißen, würde er Gift und Galle spucken. Kim machte Lian ein Zeichen, den Laden leise zu verlassen. Aber sie selbst stellte sich dabei nicht sehr geschickt an – sie trat gegen die Tür, die eine Zugfeder hatte.

Tjieja! klagte die aufgestoßene Tür, deren Scharniere

dringend Öl benötigten. Der Buchhändler schüttelte sich wie ein Hund, der im Rinnstein gelandet ist, und sah zerstreut aus seinen schläfrigen Augen. Vor dem Eingang bemerkte er zu seinem Mißfallen die Störenfriede, die ihm seine so dringend benötigte Ruhe raubten.

Aber Kim kehrte seelenruhig wieder ins Geschäft zurück und sagte sehr mitfühlend: »Es ist erst Herbstanfang, aber der Wind kann schon Dachziegel herunterwerfen.« Sie schob die Verantwortung für das Quietschen der Tür auf den Wind ...

Schlaftrunken musterte der Mann die beiden Mädchen und brummte verärgert: »Was sucht ihr hier?!«

Lian war auch nicht auf den Mund gefallen. Sie lächelte ihn zuckersüß an und antwortete: »Revolutionärer Genosse Alter Onkel, wir suchen ein Buch über Astronomie.«

Sie sprach ihn natürlich mit dem Ehrentitel an, um sich bei ihm einzuschmeicheln. Der Verkäufer war ja König und der Kunde Sklave. Alle Läden waren Staatseigentum. Die Angestellten bekamen einen festen Lohn, ob sie nun etwas verkauften oder nicht. Kunden konnten sie nicht ausstehen – die kamen nur, um ihre wohlverdiente Ruhe zu stören.

Der Mann *machte einen Purpurknoten aus seinen Lippen* und wies damit schweigend nach Osten, wo die naturwissenschaftlichen Bücher standen. Er fand es nicht der Mühe wert, Zunge oder Hände zu benutzen.

Das einzige ›Astronomiebuch‹, das sie fanden, war eher ein Comic. Der Titel lautete: *Bauern sind die besten Wissenschaftler: Hundert Wettersprüche. Mit fünfzig Illustrationen.* Kim blätterte darin herum und rief immer wieder: »Sieh mal, da steht noch ein Sprichwort, das meine Mutter oft gebrauchte.«

Lian las mit. Sie sah ein Farbfoto, unter dem der Satz stand: *Wenn die Wolken wie Fischschuppen aussehen, brauchen wir das Korn nicht zu wenden.*

Kim erklärte: »Das soll heißen, Wolken mit dieser Form

künden einen heißen Nachmittag an. Wenn der Weizen zum Trocknen auf dem Platz liegt, wird ihn die Sonne durch und durch backen. Man braucht die Getreidekörner also nicht von Zeit zu Zeit durchzumischen.« So erklärte sie einen Spruch nach dem anderen. Sie war überglücklich, ein wissenschaftliches Buch gefunden zu haben, das sie mühelos begriff.

Nachdem sie fünfundsiebzig *Fen* dafür hingezählt hatten, gingen sie zufrieden nach Hause.

Theorie und Praxis

Am nächsten Tag rannten sie nach den Hausaufgaben mit ihrer Neuerwerbung ins Freie. Sie studierten das Buch Seite für Seite und versuchten, Fotos von Wolkenformationen zu finden, die mit den Witterungsverhältnissen jenes Tages übereinstimmten. Das war gar nicht so einfach – bei jeder Abbildung, die in Frage kam, gerieten sie in hitzige Diskussionen. Kim fand, daß Lian die Fotos und den geschriebenen Text viel zu genau nahm. Wenn der Spruch lautete: *Am Himmel werden die Schäfchen nach Hause getrieben, und auf der Erde werden junge Bäume entwurzelt*, verglich Lian die Wolken am Himmel eine nach der anderen mit denen im Buch. War der Rumpf nicht exakt zylinderförmig oder fehlte ihnen der spitze Schwanz eines echten Schafs, erklärte Lian sofort, der Spruch treffe für diesen Tag nicht zu. Kim wurde davon ganz nervös. »Was bist du nur für ein Bücherwurm! Wann sieht man schon Wolken, die genau wie die Tiere aussehen? Das ist keine Zeichenstunde, Lian. Es geht darum, daß Schäfchenwolken Vorboten eines kräftigen Windes sind. Das ist alles. Meine Mutter mißt doch auch nicht eine Wolke nach der anderen aus, ehe sie uns warnt: ›Kinder, morgen müßt ihr euch warm anziehen, denn der Wind wird wie eine hungrige Hexe durch die Luft fegen.‹«

Lian hielt den Mund, dachte aber bei sich: Ist das hier nicht ernsthafte Forschung? Und Kims Mutter vertraut ihrem Gefühl. Wie kann sie eher recht haben als dieses merkwürdige Buch?

Um die Auseinandersetzung zu beenden, hielten sie ein Taschentuch in die Luft. Lian hoffte, es würde schlaff herunterhängen, aber das widerborstige Ding breitete die Flügel aus, und Kim lachte triumphierend. Von jetzt an hatte Kim einen Vorsprung auf dem Gebiet der Astronomie.

Nach einiger Zeit waren sie beim Kapitel *Der Nachthimmel* angelangt. Auf einem der Fotos sah man einen bleichen Mond, der von zwei Ringen umgeben war, der innere lila und der äußere blaugrau. Die dazugehörige Wetterregel lautete: *Das Mondmädchen trägt zwei hauchdünne seidene Jäckchen; morgen werden die Bettler mit den Zähnen klappern.* Kim und Lian mußten fünf Tage warten, bis wenigstens ein rosiger Ring um den Mond zu sehen war.

Am nächsten Tag begann ihr Streit. Kim fror so, daß sie mit den Zähnen klapperte – absichtlich, wie Lian meinte –, und behauptete, das käme, weil der Mond am Abend zuvor einen Ring gehabt hätte. Lian konterte, zum Herbst gehöre es nun einmal, daß es jeden Tag kühler würde. »Übrigens«, beharrte sie eigensinnig, »das Sprichwort spricht nicht von einem Ring. Nur wenn zwei Ringe zu sehen sind, gilt die Vorhersage.« Jetzt war Kim an der Reihe, wütend zu werden. Obwohl sie so schüchtern war, hielt sie gegen sechs Uhr im Treppenhaus Ausschau nach Meimeis Vater. Normalerweise würde sie es nicht einmal wagen, diesen Mann anzusehen, geschweige denn ihn anzusprechen. Er war vor nicht allzu langer Zeit aus dem Lager entlassen worden, um sich in der Sternwarte wieder wie früher seinen Forschungsprojekten zu widmen. Schließlich wollte die Regierung nicht ins Hintertreffen geraten: Auch China sollte einen Satelliten in den Weltraum entsenden – um die kapitalistischen Länder zu beobachten, damit eines Tages die ganze Welt *ein einziges blutrotes proletarisches Meer* sein würde.

Drei Tage nacheinander hatte Kim mehr als eine halbe Stunde auf Meimeis Vater gewartet, bis sie ihn endlich sprechen konnte. Es ging schon auf sieben Uhr.

»Alter Onkel«, grüßte sie ihn so höflich wie möglich, »hier im Buch steht: *Das Mondmädchen trägt zwei hauchdünne seidene Jäckchen; morgen werden die Bettler mit den Zähnen klappern.* Wenn der Mond aber nur einen Ring hat, gilt die Regel dann auch?«

Der Wissenschaftler brauchte einen Augenblick, um sich auf dieses ungewöhnliche Gesprächsthema einzustellen. Gewöhnt an Fachbegriffe und akademische Forschungsmethoden, mußte er sich erst einmal in den Geist dieser Volksweisheiten hineinversetzen. Beim Anblick von Kims Gesicht, das ernst und erwartungsvoll auf ihn gerichtet war, als würde er dem Jüngsten Gericht vorsitzen, unterdrückte er mühsam ein Schmunzeln. Plötzlich kam ihm eine Idee. Er sagte: »Mädchen, willst du wirklich wissen, ob auch ein einziger Ring einen kühlen Morgen ankündigt?« Kim zwinkerte mit den Augen, als würde sie gefragt, ob sie nach dem Tod in den Himmel wolle. »Dann mußt du eine Statistik erstellen.« Sie zwinkerte noch einmal, diesmal, als würde sie gefragt, wo denn die Leiter sei, mit der man ins Paradies kletterte. Er merkte, daß sie ihm nicht ganz folgen konnte: »Ich meine damit, daß du über einen Zeitraum von, sagen wir, einem halben Jahr notierst, wie oft der Mond einen Ring hat und ob es dann am nächsten Tag tatsächlich kalt ist. Aus der Häufigkeit kannst du den richtigen Schluß ziehen.«

Kims Gesicht hellte sich auf – sie zwinkerte noch einmal mit den Augen, rannte die Treppe hinauf und vergaß glatt, daß sie sich bei ihrem Ratgeber hätte bedanken müssen.

Dieses kurze Gespräch zwischen Kim und Meimeis Vater brachte für die beiden Freundinnen ein neues Glück. Der Gelehrte lud sie ein, ihn in seinem Arbeitszimmer aufzusuchen. *Puh!* Dort stapelten sich die Bücher vom Boden bis zur Decke. Diesmal hatte er gar keinen Anlaß zum Schmunzeln, als Kim ihm ein paar Fachfragen stellte. Er sah ihre wissensdurstigen Augen und bot an, ihnen Bücher auszuleihen, falls sie diese wirklich lesen würden.

Zwei Stück dürften sie jedesmal mitnehmen, und beim Zurückbringen müßten sie ihre Aufzeichnungen vorlegen. Ebensogut hätte er versuchen können, einen Fisch zu bestrafen, indem er ihn im Meer ertränkte. Kim strahlte übers ganze Gesicht.

Sie ließen die Bauernregeln Bauernregeln sein. Ihr Interesse am Sternenhimmel war zurückgekehrt. Lian und Kim fanden heraus, daß das astronomische Wissen unablässig von den Sternkundigen ergänzt wurde, die jede Nacht mit einem Teleskop die Himmelskörper studierten. Kim schlug vor, daß sie das auch tun sollten. Ein Teleskop besaßen sie zwar nicht, aber das war nicht weiter schlimm. In *Junge Astronomen* stand, daß man auch mit bloßem Auge eine Menge über die Sterne herausbekommen konnte.

Kim zitierte: »*Wie, glaubst du, haben die Menschen in der Renaissance, die gleichzeitig Philosophen, Künstler, Mathematiker, Physiker und Chemiker waren, ihre wichtigen astronomischen Entdeckungen gemacht …?*« Kim hatte ein Gedächtnis wie ein Elefant. Sie zitierte meist wörtlich und fehlerfrei: »*Hauptsächlich mit Hilfe primitiver, selbstgebauter Fernrohre, die sich mit den heutigen Instrumenten nicht vergleichen lassen, und natürlich hiermit.*« Sie deutete dabei auf ihre Augen – Augen, die vor Wißbegierde funkelten.

ZWILLINGSSTERNE

Ende Oktober erhielten Lian und Kim von ihren Eltern die Erlaubnis, einen Abend im Freien die Sterne zu beobachten. Sie gingen zum Sportplatz der Universität und breiteten ein altes Tischtuch auf dem Rasen aus. Es war neun Uhr. Im Umkreis von zwei Kilometern war außer den beiden jungen Astronomen kein Mensch zu sehen oder zu hören. Das einzige Geräusch kam von ein paar träge zirpenden Grillen, die offenbar einen so wunderbaren Tag hinter sich hatten, daß sie ihn trotz des späten Abends noch ein wenig ausklingen lassen wollten. Ihr Gesang kennzeichnete sich durch einen langen, entspannten Nachklang und ein gelöstes, freudiges Timbre. Das Gras war noch immer wohlig warm und glänzte im Nachtlicht wie die wallenden, schwarzen Haare eines verträumten Mädchens. Die Bäume auf dem Sportplatz warfen stolze Schatten; sie rauschten nicht und standen reglos da wie die Schildwachen vor einem Palast.

Über ihren Köpfen spielte der Mond eine leise Serenade für seine Sterne. Die Lichtpünktchen am nächtlichen Firmament glichen hellen, schmeichelnden Klängen, die wegen der großen Entfernung zwischen Himmel und Erde nicht mehr zu hören waren und dennoch wirkten wie zärtliche Musik. Manche Sterne waren mitunter dunkel und fast unsichtbar, um gleich darauf wieder in vollem Glanz zu funkeln – Lian mußte dabei an die tiefen und hohen Töne eines Klavierstücks denken.

Sie war von der Zauberkraft des Sternenhimmels wie gebannt und hatte jede Lust verloren, den Nachthimmel mit den Augen einer ›jungen Astronomin‹ zu analysieren. Sie bekam ein schlechtes Gewissen und sah Kim an, die ein Buch mit Farbfotos von Sternsystemen aus der Tasche geholt hatte. Zuerst hielt sie es verkehrt herum, korrigierte sich dann, zog die Stirn kraus und legte es wieder hin.

Gott sei Dank, dachte Lian.

Kim zog das Tischtuch auf dem Rasen zurecht und streckte sich darauf aus. Das war ein gutes Zeichen. Offenbar wollte auch sie nur den zauberhaften Anblick der Sterne genießen. Lian legte sich neben sie.

Eine ehrfurchtgebietende Stille umgab sie. Obwohl der Boden hart war, lagen sie auf federnden Graspolstern; die scheinbar reglosen Bäume um den Sportplatz wachten eifrig über ihre Sicherheit; das Zirpen der Grillen unterstrich die Lautlosigkeit, mit der die Natur verfährt; die laue Luft liebkoste wie eine warme, streichelnde Hand ihr Gesicht; der dunkle Himmel, mit all seinen funkelnden Sternen, war wie ein Kristall aus Licht...

Lian war gebannt von der gleißenden Schönheit der Nacht. Ihr Geist befreite sich aus dem engen Gefängnis des Körpers, stieg auf und blickte aus schwindelerregender

Höhe auf sie hinab. Sie nahm sich selbst unter die Lupe: Lian Shui ...

Ihre Trance fand ein abruptes Ende, als Kim sie in die Seite stupste. Lian stützte sich auf die Ellbogen und wandte sich der Freundin zu.

»Siehst du den Abendstern dort?« Kim zeigte auf einen der hellsten Sterne und sagte: »Das bist du.«

Lian legte sich wieder auf den Rücken und suchte Kims Augen. Sie war völlig perplex. Wie war das möglich? Wie konnte Kim, die ihr normalerweise nicht einmal einen anerkennenden Blick zuwarf, geschweige denn ein Kompliment machte, plötzlich so großzügig mit lobenden Worten sein?

Wahrscheinlich hatte sich durch Lians plötzliche Bewegung das Laken unter ihr verschoben. Die Grashalme kitzelten ihren nackten Hals und ihre Knöchel. Sie seufzte vor Entzücken und rollte sich mit einer fließenden Bewegung auf den linken Ellbogen. Ihre rechte Hand kroch zuerst zu Kim, blieb zehn Zentimeter vor ihrer Nase stehen und deutete dann wieder auf den Nachthimmel: »Siehst du den hellen Lichtpunkt neben dem Abendstern? Das ist seine Zwillingsschwester – das bist du.«

Kim kniff die Augen zusammen, aber es gelang ihr nicht, den Blick auf die Stelle zu fokussieren, die Lian ihr zeigte. Sie formte ihre Hände zu einem Fernrohr und versuchte es noch einmal. Nun drohte sie Lian mit dem Zeigefinger, als wolle sie sagen: Mir machst du nichts weis! Ich habe nirgendwo etwas über zwei Abendsterne gelesen ... Oder liegt es etwa daran, daß ich zuwenig von Astronomie weiß?

Es tat Lian leid, zumal Kim inzwischen ein eifrigerer Bücherwurm war als sie, aber sie wagte nicht zuzugeben, daß sie nur einen Scherz gemacht hatte. Kims Augen hätten Funken gesprüht, wenn sie gemerkt hätte, daß Lian sie die ganze Zeit zum Narren hielt.

Lian erklärte: »Es ist logisch, daß wir den zweiten Abendstern nicht sehen. Er ist ein paar Millionen Lichtjahre jünger als der heutige, und sein neugeborener Schein braucht vielleicht noch Tausende von Lichtjahren, bis er unseren Planeten erreicht. Aber eins steht fest: Sein Licht ist schon auf dem Weg zu uns. Und was für ein Licht! Er strahlt hundertmal so hell wie der Mond und ist die Schönheit selbst. Das bist du.«

Schlechte Nachrichten

Es schien ein ganz normaler Morgen im Herbst zu sein. Lian saß mit Mutter beim Frühstück und sah schweigend aus dem Fenster. Der Himmel war wie eine kunstvoll bemalte Vase, die ständig ihr Aussehen veränderte. Der milde Herbstwind hatte zitronengelbe, bordeauxrote und kastanienbraune Blätter zu einem endlosen Reigen eingeladen. Lian betrachtete das Bild, fühlte sich aber sehr eigenartig, zu eigenartig, um es genießen zu können. Mechanisch löffelte sie den Reisbrei in sich hinein.

»Ach, Lian, bevor ich es vergesse«, sagte Mutter zwischen zwei Bissen, »ich habe gestern Tante Ge getroffen.«

Ge? Lians Eßstäbchen ragten wie ein Paar erhobene Finger in die Luft. Der Name sagte ihr nichts.

»Sie hat mir erzählt«, fuhr Mutter fort, »daß Onkel Changshan im Krankenhaus liegt. Schon seit zwei Wochen. Stimmt es, daß du ihn so lange nicht mehr besucht hast? Das hat Tante Ge jedenfalls gesagt.«

Tingtangtang ... Lian fielen die Eßstäbchen aus der Hand. Tante Ge! Onkel Changshan! Es kam ihr vor, als höre sie ein Märchen – so unwirklich klangen die beiden Namen, wie aus ferner, vergangener Zeit. Sie bückte sich, um die Stäbchen aufzuheben, und ließ sich dabei viel Zeit. Was sagte Mutter da? Was hatte sie gesagt? Der Onkel war krank? Im Krankenhaus? Onkel Kannibale ...?

»Tante Ge hat erzählt, sie hätten bei Onkel Changshan vor zwei Wochen Leberkrebs festgestellt. Er mußte auf der Stelle ins Krankenhaus. *Gai,* was können sie schon tun? Metastasen ...«

Lian hörte gar nicht richtig zu. Sie zupfte an ihrem Pullover herum – am liebsten hätte sie ihn ganz zerrissen.

»... Ich habe Tante Ge versprochen, daß du ihn bald besuchen wirst ...«

»Ich muß für eine Prüfung lernen. Ich *kann* einfach nicht. Ich habe wirklich keine *Zeit* ...«

»Unfug! Onkel Changshan hat dir immer geholfen, zuerst im Lager, und auch, seit du wieder zu Hause bist. Und jetzt, wo er todkrank ist, mußt du auf einmal für deine Prüfungen lernen und hast keine Zeit, ihn aufzumuntern? So kenne ich dich gar nicht, Lian!«

Lian fing an, ihren Pullover in die Breite zu ziehen. Sie schwieg und betete zu Buddha, Mutter möge vergessen, was sie Tante Ge versprochen hatte. Sie fühlte sich todunglücklich – wo war ihr Gewissen geblieben?

Die Tochter des Dichters

Abends, es war schon gegen neun, klopfte es an der Tür. Es war Herr Song, einer von Mutters besten Freunden. Er rieb sich verlegen die Hände und stotterte: »Wäre, wäre es viel... vielleicht möglich, daß ... ein Gast von mir eine Nacht bei euch schlafen kann?«

Mutter zog an dem Wollknäuel neben sich und antwortete, ohne von ihrem Strickzeug aufzusehen: »Seit wann bist du so übertrieben höflich zu mir? Du weißt, das ist völlig überflüssig. Natürlich kann dein Besuch bei uns übernachten.«

Erleichtert atmete der Mann auf und erläuterte die Situation: »Du weißt, bei uns im Haus für Junggesellen ist es riskant, nachts Besuch zu haben. Du verstehst schon, was ich meine?«

Das Sicherheitskorps jeder Arbeitseinheit fiel nachts in Wohnhäuser ein – nicht nur mit der Absicht, die illegal in der Stadt lebenden Bauern aufzuspüren. Die Mitglieder des Korps hatten so ihre eigenen Interessen. Ihnen floß schon der Geifer, wenn sie nur vermuteten, irgendwo würde ein Ehebruch begangen oder eine ledige Frau mache sich zu einem ›ausgelatschten Schuh‹.

Lian erinnerte sich, wie sie als Vierjährige einmal so eine Szene miterlebt hatte. Es war dem Nachbarn aus der Wohnung über ihnen passiert, einem verwitweten Mathematikprofessor. Fünf Sadisten des Hausdurchsuchungskorps hatten ihn mitten in der Nacht aus dem Bett gezerrt und splitterfasernackt vor Dutzenden von schadenfroh lachenden Zuschauern – seinen eigenen Nachbarn – zur Schau gestellt. Obwohl es Sommer war, hatte er von Kopf bis Fuß gezittert, so sehr schämte er sich.

»Ein Hund, der sein Glied nicht unter Kontrolle hat!«
»Ein Schandfleck für seine Ahnen!«

Die Beschimpfungen und Flüche der Neugierigen machten den Mühlstein um seinen Hals noch schwerer. Lian hatte sich so ihre Gedanken gemacht: »Ein erwachsener Mann, und er trägt nachts nicht einmal einen Schlafanzug. Er schläft wie ein Tier!« Die Zuschauer waren in schallendes Gelächter ausgebrochen, als sie Lians Kommentar hörten. Erst letztes Jahr hatte Lian den wahren Grund herausgefunden, warum die Nachbarn damals so gemein zu ihm gewesen waren. Als sich das Korps Zutritt zu seiner Wohnung verschafft hatte, lag er mit seiner Verlobten im Bett …! Sex vor der Ehe war nun einmal nicht weniger strafbar als Ungehorsam gegenüber dem Weisesten Führer des Weltalls.

Herr Song fuhr fort: »Die Sache ist nämlich die. Wenyou Xiangs Tochter kam heute nachmittag vorbei, um mir das neueste Buch ihres Vaters zu bringen. Wir haben uns verplaudert und nicht auf die Zeit geachtet, und nun hat sie den letzten Bus verpaßt.«

Mutter legte abrupt den halbfertigen Pullover auf ihre Knie und fragte mit Augen, groß wie Wagenräder: »*Wessen* Tochter sagst du? Doch nicht von dem Wenyou Xiang, der *Der Fels ist hoch und steil* geschrieben hat?«

»Doch. Genau der.«

Lian spitzte die Ohren. Xiang war nicht nur wegen seiner Gedichte berühmt, er war auch vor der Kulturrevolution stellvertretender Minister für Kultur und Propaganda gewesen.

Mutter überging die üblichen Floskeln von Sie-ist-uns-von-Herzen-willkommen und fragte: »Schläft sie lieber auf der Couch im Wohnzimmer oder in Lians Zimmer?«

»Ich bringe sie gleich her. Frag sie selbst.«

Lian schlüpfte in ihr Zimmer und holte ihre schickste Bluse aus der Kommode.

Noch bevor der Gast zu sehen war, hörte man sein anstekkendes Lachen. Lian eilte zur Wohnungstür, wo ein hochgewachsenes, schlankes Mädchen stand. Lian war entzückt. Endlich einmal Besuch von einem Mädchen ihres Alters.

»Aha ... Guten Abend, Frau Yang, Fräulein Shui. Mein Name ist Youxin. Ich bin gekommen, um Sie zu stören. Haha ...« Sie kicherte immer weiter und füllte das Haus mit Sonnenstrahlen.

»Willkommen in unserem Heim.« Mutter schüttelte ihr die Hand und fragte, wo sie lieber schlafen wolle, im Wohnzimmer oder bei Lian.

Der Gast drehte den Kopf zu Lian und musterte sie von Kopf bis Fuß. Ihre Augenbrauen tanzten, und die Mundwinkel kräuselten sich nach oben: »Wenn das Fräulein einverstanden ist, würde ich sehr gern das Zimmer mit ihr teilen.«

Mutter stellte ein Klappbett neben das Kopfende von Lians Bett; die beiden Schlafgelegenheiten bildeten so ein L. Youxin zog das Spannlaken gerade und schüttelte das Kopfkissen zu einem luftigen Pudding auf. Mutter war angenehm überrascht, daß Youxin selbst Hand anlegte. Auch Lian traute ihren Augen nicht: Wie konnte sich jemand so schnell in einer wildfremden Umgebung heimisch fühlen?

Youxin saß auf ihrem ordentlich gemachten Bett und wippte mit ihren schlanken, aber fraulichen Beinen. Ihre Augen glitten über Lian, als wäre sie eine Kunstlehrerin, die ein Bild ihrer Schülerin beurteilt und noch nicht weiß, wie sie sich dazu äußern soll. Lian drehte sich so unauffällig wie möglich um – sie fühlte sich unbehaglich. In Gegenwart dieses fast erwachsenen Mädchens, das so entspannt, selbstsicher und elegant war, bekam sie Minderwertigkeitskomplexe. Andererseits beruhigte sie Youxins freundlicher Blick.

»Komm mal her«, sagte Youxin, »an sich ist diese Bluse nicht häßlich.« *Was?!* Es war ihre allerschönste! »Es ist nur, du darfst den obersten Knopf nicht schließen.« Sie zog Lian vorsichtig, aber entschieden zu sich heran, legte ihre weichen, kitzelnden Finger auf Lians Kragen und knöpfte ihn auf. Sie war so nah, daß Lian den Duft ihrer Haare roch, der an Hyazinthen erinnerte. Lian wurde steif vor Verlegenheit. Plötzlich drang ein frischer Luftzug durch den offenen Kragen, streifte ihren Oberkörper. Sie fühlte sich auf einmal viel wohler ... Sie hatte nicht geahnt, daß sie sich so angenehm frei fühlen konnte, wenn die Bluse so locker saß.

Youxin ließ Lians Schultern los und sagte: »Du hast mir noch nicht gesagt, wie du heißt.«

»Lian.«

»Hm, Lian, *Seerose*. Ein entzückender Name.«

Sagte sie das etwa, um den Kontrast zwischen ihrem Namen und ihrem Aussehen noch zu betonen?

»Du gehst bestimmt in die erste Klasse der Unterstufe?«

»In die dritte«, korrigierte Lian stolz. Sie wollte unbedingt als erwachsen angesehen werden.

»Oh, dann bist du vierzehn?«

»Ja. Aber in elf Monaten werde ich fünfzehn.«

»Dann bist du drei Jahre jünger als ich. Mach dir nichts draus. Deine Zeit kommt noch.«

Youxin wechselte schnell das Thema: »Letzte Woche schaute Onkel San He bei uns herein, du weißt schon, der Filmregisseur. Er hat uns erzählt, daß er in seinem hohen Alter noch den Beruf gewechselt hat: Zur Zeit dressiert er Schweine und Schafe statt Schauspieler. Im Lager verliert er zwar die Haare, aber nicht den Humor!«

Xin sprach über eine der größten Berühmtheiten Chinas wie über den Fahrradmechaniker an der nächsten Straßenecke. Lians Unbehagen wich sofort einem Gefühl der Hochachtung – Hochachtung vor Youxin, die sich unter Prominenten so wohl fühlte wie ein Wasserbüffel im Schlamm.

Um zehn Uhr kam Mutter und löschte das Licht. Youxin und Lian unterhielten sich flüsternd weiter. Jetzt, wo es dunkel war und sie Youxin nicht in die Augen sehen mußte, traute sich Lian, frei von der Leber weg zu reden. Sie fragte Youxin nach der neuesten Mode: Welche Frisur man zur Zeit trug und welche Blusenfarbe.

Youxin schien sich jedoch nicht für Lians Themen zu interessieren und redete immerzu nur über Jungen und Mädchen und solche Dinge.

»Vor zwei Monaten, Anfang Herbst, gingen Mimi Yue und ich in die Einkaufshalle des Chongwen-Bezirks ...«

»Mimi Yue? Die Tochter von Lizhi Yue, dem Schriftsteller?«

»Ja. Ach, jetzt hab' ich den Faden verloren. Also, wir sahen uns gerade Schaufenster an. Plötzlich tauchte ein Trupp Jungs auf, so um die Zwanzig. Sie wollten Mimi kennenlernen. Ach so, du kennst Mimi ja nicht. Sie ist eine Schönheit, wirklich. Sie wird oft gebeten, für Reklamemaler Modell zu stehen.«

»Wie sieht sie denn aus?«

»Na ja, wenn Männer sie sehen, wollen sie Mimi einfach küssen. Aber laß mich jetzt zu Ende erzählen – es ist wirklich passiert, echt. Natürlich wollte Mimi mit diesen Straßenrüpeln nichts zu tun haben. Schließlich kommt sie bei den Söhnen der Mitglieder des Zentralkomitees der Kommunistischen Partei gut an. Aber sie fühlte sich natürlich geschmeichelt, weil sie ihr nachliefen. Welches Mädchen würde das nicht? Wir wollen doch ehrlich sein. Aber wie es der Zufall wollte, kam eine zweite Gruppe junger Burschen daher. Sie wurden grün und gelb vor Neid, als sie sahen, daß die andere Bande dabei war, sich an so ein hübsches Mädchen ranzumachen. Sie spuckten auf den

Boden und traten dreimal auf die Spucke – als Zeichen der Verachtung. Und plötzlich fingen sie an, sich gegenseitig mit Backsteinen zu bewerfen. Mimi sah eine Weile zu, aber als es ihr zu langweilig wurde, gingen wir in ein Schuhgeschäft. Kurz darauf hörten wir den Rettungswagen. Zehn Jungen hatten ein Loch im Kopf und einer die Rippen gebrochen. *Hihi, haha!* Wie können Jungs nur so bescheuert sein ...!«

Lian verstand nicht, was daran so komisch war. Elf Menschen wurden in einem sinnlosen Kampf verletzt, und sie fand das lustig?

Youxin fühlte sich sichtlich unwohl in ihrer Haut und fügte hinzu: »Lian, vielleicht bist du noch zu jung. Du weißt nicht, was es für eine Frau bedeutet, von Männern begehrt zu werden, vor allem, wenn sie ihr Leben für dich aufs Spiel setzen.«

In dieser Nacht hatte Lian die verrücktesten Träume: Ihr Vater war auch eine prominente Persönlichkeit geworden. Er nahm sie mit zu seinen alten Freunden, deren Namen regelmäßig auf der Titelseite der *Volkszeitung* vorkamen. Überall, wo sie hinkam, warfen ihr die Jungen begehrliche Blicke zu.

Am nächsten Morgen hatte sie noch lange das Gefühl, ihr Traum sei Wirklichkeit.

Kurz, aber heftig

Mutter war noch halb im Mantel, als sie einen Brief aus der Manteltasche zog und sagte: »Tante Xiucai aus der Provinz Hunan kommt übermorgen. Sie wird zwei Wochen bei uns wohnen.«

»Oh, wie schön!«

»Ich weiß nicht, ob es für Tante Xiucai so schön ist. Sie leidet an einer chronischen Gebärmutterinfektion und kommt nach Peking, um hier ein paar fähige Gynäkologen aufzusuchen.«

»Schade, daß Vater nicht da ist, er könnte sie bei den Kapazitäten auf dem Gebiet einführen.«

»Erinnerst du dich noch an deinen Vetter Liqiang? Er kommt auch mit. Deine Tante schreibt, seine Schule macht diesen Monat ein Praktikum *Von den Arbeitern lernen*. Da kann er gut zwei Wochen fehlen. Du weißt, was es für eine Zeitverschwendung ist, sechs Tage in der Woche Limoflaschen abzufüllen.«

Mensch! Liqiang, der kleine Junge, der so prima klikkern und beim Kartenspielen schummeln konnte!

Zwei Tage später klopfte es morgens um acht an der Tür. Mutter räumte schnell noch ein bißchen Krimskrams unter ihre Bettdecke, fuhr sich mit den Fingern durchs Haar und öffnete.

Eine kleine Frau mit angegrautem Haar trippelte herein, nahm Lians Hand und sagte: »Gütiger Buddha, ist das unsere kleine Lian? Beim letztenmal fehlten dir noch zwei Schneidezähne.«

»Guten Morgen, Tante Yunxiang!« Mutter und Lian fuhren vor Schreck zusammen, als sie die laute Männerstimme hörten.

Lian stand einem baumlangen Kerl gegenüber. Ihr Cousin war mindestens zwei Köpfe größer als sie. Obwohl er sich rasiert hatte, sah sie an seinem Kinn bläuliche Stoppeln. Seine dunklen Augen strahlten, und er lächelte höflich, wie ein echter Herr.

Nach dem Frühstück packten die Gäste ihre Koffer aus. Sie bekamen Lians Zimmer; Lian würde solange auf der Couch im Wohnzimmer schlafen.

Die Tante gähnte, und Mutter überredete sie, ein Nikkerchen zu halten. Die Bahnfahrt hatte sie völlig erschöpft.

Mutter ging in ihr Arbeitszimmer und korrigierte Referate. Wie immer breitete Lian ihre Schularbeiten auf dem Eßtisch aus und fing mit den Rechenaufgaben an. Liqiang holte sich ein Buch aus dem Regal, setzte sich auf die Couch und las.

»Mußt du nicht auch ausruhen?« fragte Lian und drehte sich zu ihm um. Aus seiner strahlenden Miene sprach unbändige Energie. Er fand die Frage offenbar komisch. Beschämt steckte sie den Kopf in ihre Schulbücher.

Es war, als könne er Gedanken lesen. Er nahm einen Stuhl und setzte sich neben sie. »Oh, du bist gerade bei der Mathematik! Das ist mein Lieblingsfach.«

Es war zu dumm. Normalerweise war es Lian, die Kim alles erklärte, aber jetzt, mit Liqiang neben sich, begriff sie die einfachsten Formeln nicht mehr. Vor Nervosität kaute sie auf ihrem Stift herum.

Wie oft er ihr die Formeln auch erklärte, sie verstand überhaupt nichts mehr. Sie hätte sich umbringen können! Daß sie so ein Rindvieh sein konnte, hätte sie nicht gedacht. Aber Liqiangs Geduld war offenbar unerschöpflich; er erklärte ihr die mathematischen Regeln zehnmal, und das gleichbleibend ruhig und höflich.

Sie war beunruhigt und gerührt zugleich. Fand er sie vielleicht lästig? Anscheinend nicht, sonst wäre er nicht so freundlich und geduldig. Aber warum behandelte er sie so zuvorkommend? Womit hatte sie das verdient? Sie wußte nur, daß in bourgeoisen Romanen ein Mann viel hinnahm, wenn er eine Frau nett fand oder in sie verliebt war.

Bei Buddha! Fand Liqiang sie etwa nett? In Lians Bauch begann es zu kribbeln, sie schloß die Augen, um diese aberwitzige Idee aus ihrem Kopf zu verbannen. Sie durfte nicht lange fackeln und beschloß, Liqiang zu ärgern – ein gutes Mittel, ihre aufkeimenden Gefühle für ihn zu unterdrücken. Ihr Blick wurde wieder klar, und plötzlich bereiteten ihr die Formeln keine Schwierigkeiten mehr. Sie schob seine Hand von den Mathematikbüchern und löste die Aufgaben mühelos.

»Laß mich in Ruhe«, wehrte sie ab, wenn er sie auf eine effizientere Lösungsmöglichkeit aufmerksam machen wollte – so lange, bis sie ihn vertrieben hatte.

Er ging schweigend zur Couch zurück und versuchte sich wieder auf sein Buch zu konzentrieren. Bestimmt machte er sich Gedanken, warum seine Cousine auf einmal so kratzbürstig zu ihm war.

Am Nachmittag – Lian hatte einen kurzen Mittagsschlaf gehalten – war sie nicht mehr so entschlossen, Liqiang nicht in ihr Herz zu lassen. Sie suchte nach einer Gelegenheit, die Sache wieder einzurenken, auch wenn sie noch nicht genau wußte, wie. Sie kamen ins Gespräch. Er erzählte ihr, daß er zur Basketballmannschaft seiner Schule gehörte. Das war nicht verwunderlich; er war groß, stark und gelenkig. Lian wollte auch Basketballspielen lernen. Also verabredeten sie, jeden Morgen auf den Sportplatz zu gehen.

Am nächsten Morgen stand Lian um halb sieben vor dem Badezimmerspiegel und kämmte sich die Haare. Liqiang kam herein und putzte sich die Zähne. Sie wechselten einen Blick des Einvernehmens. Lian meinte zu wissen, was dieser Blick bedeutete, auch wenn sie es nicht in Worte fassen konnte.

Viertel vor sieben standen sie auf dem Basketballfeld. Liqiang beobachtete kritisch, wie sie mit dem Ball umging, und befahl ihr nach dem zweiten Mal aufzuhören. Seiner Ansicht nach hatte sie das Handgelenk falsch eingesetzt, und auch ihr ›Timing‹ sei nicht richtig gewesen. Der liebenswürdige Cousin hatte sich plötzlich in einen distanzierten, strengen Sportlehrer verwandelt. Das gefiel Lian überhaupt nicht. Um ihm klarzumachen, daß er sie nicht als Schülerin, sondern als Cousine behandeln mußte, tat sie genau das Gegenteil dessen, was er ihr auftrug. Er runzelte die Stirn und schüttelte den Kopf. Sie genoß es, ihm eine Lehre zu erteilen. Bis er zu einem gemeinen Trick griff: Er imitierte ihre falschen Schritte und ihre Haltung, und das so erbarmungslos exakt, als stünde sie vor einem Spiegel.

Lian konnte ihm keinen Vorwurf machen, denn sie wußte genau, daß sie es verdient hatte. Als Gegenwehr fiel ihr nur ein, ihm zuzurufen: »Hör doch damit auf! Du bist doch kein Clown! Du machst dich lächerlich.«

Er blieb kurz stehen und sah sie an. Wer machte sich hier eigentlich lächerlich? Lian wäre am liebsten im Erdboden versunken. Sie sprang, so hoch sie konnte, und versuchte seine Arme herunterzuziehen, damit er sie nicht mehr nachäffen konnte. Das schaffte sie natürlich nicht. Er brauchte die Hände nur ein wenig zu heben, und sie kam unmöglich heran. Sie sprang noch höher und fiel um so härter auf den Boden. Flehend und lamentierend versuchte sie ständig, sich an seine Arme zu hängen, aber vergebens.

Sie japste nach Luft und sah das spöttische Grinsen auf seinem verschwitzten Gesicht.

Auf dem Heimweg gingen sie schweigend nebeneinander. Liqiang war wirklich schon fast ein Mann. Er war schneller bereit, die Streiterei zu vergessen, und er versuchte Lian aufzuheitern. Er warf den Ball in die Luft, sprang fast einen Meter hoch, drehte sich um die eigene Achse und fing den rotierenden Ball mit einem Finger auf, wie ein Seehund im Zirkus, der auf seiner feuchten Nase einen gestreiften Ballon jongliert. Trotz ihrer Verwirrung genoß sie seine Show.

Beim Essen machte Liqiang Witze über den Dialekt seines Physiklehrers, den er perfekt imitieren konnte. Seine humorvolle Art zu erzählen steckte auch die anderen an. Alle lachten, aber Lian hatte den größten Spaß.

Bei der nächsten Basketballektion war Lian viel lernwilliger, und Liqiang gab sich weniger distanziert und autoritär. Nach einer Weile gelang es ihr, acht von zehn Bällen in den Korb zu werfen. Liqiang war stolz auf sie. Er rannte zu ihr hin, nickte anerkennend und klopfte ihr auf die Schulter.

Lian war es, als bekäme sie einen Stromschlag. Ihr ganzer Körper vibrierte, vom Scheitel bis zur Sohle. Es war ein prickelndes Gefühl, schmerzhaft und zugleich wunderschön. Jetzt strengte sie sich noch mehr an: um sich noch so ein Lob zu verdienen. Aber diesmal warf sie nur vier von zehn Bällen in den Korb. Betreten starrte sie auf ihre Schuhe. Doch Liqiang klopfte ihr wieder auf die Schulter – und wieder wußte sie nicht, was sie empfand. Nach einer Weile berührte er ihre Schulter auch, wenn sie keinen Treffer erzielt hatte. Die Sterne in seinen Augen und die Farbe seiner Wangen verrieten ihr, daß auch er die Berührung genoß.

Sie rieb sich die Augen. Ein Ring aus Licht umgab sie beide – als hätte man zwei Glühbirnen angeknipst. Liqiang und Lian rannten ausgelassen über das Spielfeld, warfen sich den Ball zu und zielten ihn lachend in den Korb.

Lian spürte den brennenden Blick ihrer Mutter. Mutters Worte dröhnten in ihrem Kopf. Laß dich nicht mit Jungen ein, sonst kannst du was erleben! Sie tröstete sich mit der Ausrede, daß sie einfach Sport trieben und dieses harmlose Schulterklopfen dazugehörte.

Drei Tage später wurde der Film *Lenin im Jahr 1917* zum tausendstenmal gezeigt. Liqiang und Lian hatten einen guten Vorwand, abends auszugehen.

»Kommt aber sofort nach Hause, wenn der Film aus ist«, sagte Lians Mutter seufzend. »Ich verstehe einfach nicht, warum Kinder diese alten Filme ständig wiederkäuen müssen. Sind sie vielleicht süchtig nach den Schatten auf der weißen Leinwand?«

Kichernd verließ Lian mit Liqiang das Haus. Das Mondlicht übergoß die nächtliche Welt mit Silberglanz. Bäume, Häuser und sogar die Mülleimer an der Straße hatten etwas Träumerisches. Liqiang pfiff eine Melodie aus dem Film *Der Kampf gegen die japanischen Eindringlinge*. Aber wie er sie pfiff, klang es keineswegs kämpferisch – sondern betörend romantisch. Lian konnte sich dabei völlig entspannen. Alle Sorgen und Ängste fielen von ihr ab. Sie fühlte sich immer leichter und vergaß schließlich alles, wie ein Meditationsmeister in vollkommener Versenkung ... Im Taumel des Augenblicks versetzte sie Liqiang einen Klaps auf den Hintern. Dieselbe Lian, die noch vor einer Woche Jungs nicht ausstehen konnte und sich sogar von ihrem Geruch angeekelt fühlte, schlug einem Mann freundschaftlich auf den Po! Sie hatte erwartet, ihre Hand würde zurückfedern wie bei Mutter, aber nein, es war, als schlüge sie auf eine Stahlplatte. Liqiangs Gesäß mußte ausschließlich aus Muskeln bestehen. Ihr Respekt vor ihm wuchs ins unermeßliche. Am liebsten hätte sie sich an ihn geschmiegt. Sie war sich sicher, daß Liqiang das gleiche für sie empfand.

Mutter war schon in aller Frühe auf den Beinen. Es war Sonntag, und sie machte Badewasser heiß. Es ging der Reihe nach: erst badete Tante Xiucai, dann Mutter, danach Lian und zuletzt Liqiang. Gegen zwölf, als Lian im Bademantel aus dem Badezimmer kam, stand Liqiang im Flur und reparierte eine Wandlampe. Er begrüßte sie mit dem Schraubenzieher in der Hand.

Da geschah es. Seine Augen glitten von ihren nassen Haaren zu ihrem Gesicht, von da zu ihren Schultern, die aus dem weiten Bademantel herausschauten, und schließlich zu ihren Hüften und ihren nackten Füßen.

Lians Herz kam völlig aus dem Takt. Ihr Blut hämmerte gegen den zu engen Brustkorb. Liqiangs Blicke versengten ihre Haut; jede Faser ihres Körpers schmolz. Eine tiefe Furcht überfiel sie. Aus einer Entfernung von mehr als einem Meter glaubte sie das Beben in Liqiangs Körper zu spüren.

Er suchte ihren Blick, aber sie wußte, wenn sie sich darauf einlassen und ihn ansehen würde, dann geschähe etwas ... etwas Unumkehrbares, für beide. Sie biß sich auf die Lippen und zwang sich, den Blick auf das Küchenfenster zu richten. Zehn, zwanzig Sekunden verstrichen, und noch immer hörte sie sein beschleunigtes, schweres Atmen. Erst nach fast einer Minute erwachten sie aus dem wilden, furchteinflößenden Traum. Jetzt erst wagten sie sich anzusehen – die Flammen in ihren Augen waren erloschen, und übrig blieb die bordeauxrote Asche ihrer Verlegenheit.

Der Vorfall bedeutete einen Wendepunkt in Lians Umgang mit Liqiang. Sie wußte jetzt, wie himmlisch es war, sich zu verlieben, aber auch: wie unheimlich. So ernst mußte es nun auch wieder nicht sein. Sie ging Liqiang aus dem Weg wie ein Kind, das den Ofen meidet, nachdem es sich verbrannt hat.

Seit dem Vorfall vor dem Badezimmer erschien Liqiang nicht mehr am Frühstückstisch. Er hatte quälende Kopfschmerzen.

Drei Tage später zwang die Tante ihren Sohn, sich anzuziehen und mit ihr ins Krankenhaus zu gehen, um eine Röntgenaufnahme machen zu lassen. Noch nie zuvor hatte ihr großer Sohn vier Tage lang unter derart heftigen Kopfschmerzen gelitten, ohne Fieber zu haben oder erkältet zu sein. Vom Wohnzimmer aus verfolgte Lian den heftigen Disput der beiden. Zehn Minuten später trat Tante verlegen zu ihr ins Zimmer und fragte: »Lian, würdest du mir bitte einen Gefallen tun? Gehst du kurz zu Liqiang? Er möchte dich so gern sprechen.« Sie zog Lian an den Armen. »Hilf deiner Tante, bitte! Überzeuge ihn, daß er unbedingt zum Arzt muß. Ja?«

Zögernd öffnete Lian die Tür zu Liqiangs Zimmer. Als sie seine bleichen, eingefallenen Wangen sah, empfand sie Widerwillen anstelle von Mitleid.

»Deine Mutter hat mich gebeten, dich zu überreden, zum Arzt zu gehen. Gehst du oder nicht?« Sie erschrak selbst über ihren kühlen, schroffen Ton.

Liqiangs Augen hatten vor Hoffnung geleuchtet, als er sie ins Zimmer kommen sah. Jetzt wurden sie wieder von schwarzen Wolken überschattet. Er schloß die Augen und sah vollkommen hilflos aus.

Nun mußte sie weinen. Nicht weil er ihr leid tat, sondern weil sie es nicht hatte verhindern können, zu so einer unbarmherzigen Hexe zu werden. Ihr Herz war ausgetrocknet; auch beim besten Willen vermochte sie kein Tröpfchen Zuneigung aus ihm herauszupressen.

Die Fotos

Tante und Cousin packten wieder ihre Koffer. Lian stand im Flur und räumte die Schubladen eines Tischchens auf. Sie waren voller Krimskrams und ließen sich kaum noch öffnen, geschweige denn wieder zuschieben. Lian zog alte Zeitungen, Formulare und Ausweise hervor und warf alles in den Papierkorb.

Von Zeit zu Zeit blickte Liqiang verlegen, aber voller Sympathie zu Lian hinüber. Offenbar wollte er den letzten Tag mit ihr nicht einfach verstreichen lassen. Er stellte sich neben sie, hockte sich neben den Papierkorb und fing an, darin zu kramen. Lian war es schnuppe, wonach er suchte. Plötzlich hörte sie ihn, zum erstenmal seit Sonntag letzter Woche, wieder lachen.

Sie schaute nach unten und sah, wie er ein zerknittertes Foto von einem alten Leseausweis glattstrich, den sie weggeworfen hatte.

»Das ist ein blödes Foto«, fauchte sie. »Übrigens, wenn du ein Foto von mir haben willst, mußt du es nur sagen. Ich habe ganz viele.«

Liqiang war es nicht mehr gewohnt, von ihr angesprochen zu werden, geschweige denn etwas angeboten zu bekommen. Er starrte sie verblüfft an.

Lian suchte in einer der Schubladen und fand einen Stapel Fotos, die Mutter auf ihrer letzten Geburtstagsfeier von ihr geknipst hatte. Sie warf ihm die ganze Sammlung hin und sagte: »Such dir selbst ein paar aus.«

Liqiang spreizte die Finger wie einen Fächer und nahm die Fotos vorsichtig entgegen. Er bewunderte sie Stück für Stück, verglich sie ausführlich voller Liebe und Respekt.

Als Lian sah, daß er sich offenbar nicht entscheiden konnte, weil ihm alle zu gut gefielen, wurde ihr schwindlig vor Schuldgefühl. Ihre Empfindungen für diesen Jungen konnte sie nicht in Worte fassen. Sie ging in die Knie und hockte sich neben ihn. Sie weinte, ohne sich zu schämen oder Angst zu haben, daß Tante oder Mutter sie hören könnten. Daß sie letzte Woche so grausam gewesen war, bereute sie nun. Im Grunde ihres Herzens wußte sie, daß sie ihn liebte, aber zu große Angst hatte, seine Liebe anzunehmen. Es war alles zu neu und zu fremd.

Sie sah Liqiang an und hoffte, daß er ihr verzieh. Er lächelte unter Tränen. Sie legte ihre Hand in seine Handfläche. Er zermalmte ihr beinahe die Knochen mit seinem Griff. Es machte ihr nichts aus.

Lian wußte nicht, wie lange sie so dagesessen hatten, aber irgendwann schreckten Tante Xiucais Rufe sie auf.

»Mein junger Ahne, sind deine Koffer immer noch nicht gepackt? Wir verpassen noch den Zug!«

Schnell schob ihm Lian den ganzen Stapel Fotos in die Brusttasche. Er bückte sich tief, vorgeblich, um es ihr leichter zu machen, und sah ihr in die Augen.

Von den Bauern lernen

Ende November erschien Frau Meng, Englischlehrerin und Mentorin, ohne Buch in der Hand vor der Klasse. Das wurde als günstiges Vorzeichen interpretiert. Die Mädchen begannen lächelnd miteinander zu tuscheln, während die Jungen auf den Fingern pfiffen, um eine festliche Stimmung herzustellen.

Frau Meng mußte sich nur zweimal trocken räuspern, und man konnte eine Nadel fallen hören.

»In drei Tagen, vom Freitag, dem 29. November an, machen alle Drittkläßler ein einmonatiges Praktikum in der *Fünf-Rote-Sterne-Kommune.*«

»Hurra!« Heftiger Jubel brandete auf. Einen Monat lang keine Schule und den ganzen Tag draußen in freier Natur! Nun ja, sie wußten schon, daß sie vermutlich hart arbeiten müßten, aber im übrigen versprach das Praktikum ein richtiges Ferienlager zu werden.

Als die Klasse sich wieder ein wenig beruhigt hatte, fuhr Frau Meng fort: »Der Parteivorsitzende Mao sagt: *Lernt von den Bauern.* In seinen Worten steckt der Kern aller Wahrheiten: Bei den Bauern erstrahlen die schönsten Eigenschaften des Proletariats. Ohne ein Wort der Klage sind sie immer fleißig und bereit, Entbehrungen auf sich zu nehmen. Außerdem haben sie nie den geringsten Zweifel an der weisen Führung des Großen Steuermanns und folgen ihm mit revolutionärer, vollkommener Ergebung. Deshalb zollt ihnen Mao Lob: *Die Bauernklasse hat das höchste politische Bewußtsein*. Wenn ihr demnächst aufs Land geht, werdet ihr merken, unter welch erbärmlichen Umständen die Bauernklasse das Lebensnotwendigste, das Getreide, anbaut. Achtet auf ihre positive Einstellung zu der harten Arbeit und dem ärmlichen Leben. Lernt von ihrem revolutionären Geist der Selbstaufopferung, dann erst werdet ihr wirklich verstehen, warum Mao die Bauern zur führenden Klasse unseres Landes erklärt hat.«

Es war sonnenklar, warum der Steuermann die Geringsten auf die höchste Stufe der gesellschaftlichen Leiter erhob. Er benutzte die Bauern, um den Intellektuellen und den gebildeten Beamten, die zu kritischem Denken fähig waren, im wörtlichen und im übertragenen Sinne zu zeigen, wo ihr Platz war. Um mehrere Ecken gedacht, begriff Lian den Sinn von Maos Aufruf: *Lernt von den Bauern*. Da die Landwirtschaft nicht mechanisiert war, konnten die Bauern in der Erntezeit jede helfende Hand brauchen. Durch die Einführung des Praktikums *Von den Bauern lernen* löste die Regierung das Problem des Arbeitskräftemangels, denn die Schüler arbeiteten gratis und franko.

Nachdem Frau Meng die ideologischen Aspekte des Praktikums erklärt hatte, kamen die mehr praktischen Gesichtspunkte zur Sprache: die Arbeitsleistungen eines jeden Schülers würden zum Schluß benotet, und diese Zensur würde im Dezember bei der Wahl des Schülers der Drei Tugenden mitzählen. Daran hatten Kim und Lian gar nicht mehr gedacht: Proletarisches Bewußtsein, sprich die Bereitschaft, schwere körperliche Arbeit zu verrichten, war ja eines der Kriterien für die Auszeichnung. Lian plusterte sich auf und dachte: Das ist *die* Chance für Kim, und sie fällt ihr in den Schoß. Nun könnte die Freundin den Klassenkameraden nach den Herbstspielen zum zweitenmal beweisen, wie erfolgreich sie war. Wenn es einen Menschen gab, der sich nicht zu schade für harte Arbeit war, dann war es Kim. Durch ihre Mithilfe im Garten der Familie kannte sich Kim gut aus mit Pflügen, Säen, Umgraben und Mähen. Sie zog jeden Tag zum Brennholzsuchen in die Berge und schleppte Reisigbündel nach Hause, die schwerer waren als sie selbst. Für Kim würde es ein Kinderspiel sein, sich bei der Landarbeit hervorzutun.

Schließlich rückte Frau Meng noch mit den Informationen heraus, die den Schülern am wichtigsten waren: die Zusammenstellung und die Unterbringung der einzelnen Gruppen. Die meisten Dörfer besaßen keine Hotels, Herbergen oder Schlafsäle. Die Gäste wurden daher in Gruppen von vier bis sechs Schülern bei Bauernfamilien einquartiert. Alle hofften, nicht mit ihren Erzfeinden in eine Gruppe zu kommen. Lian würde es nicht ertragen, mit Meimei in einem Raum zu schlafen. Dafür würde sie einen Freudensprung machen, wenn sie Kims Gruppe zugeordnet würde. Aber sie wußte natürlich auch, daß sie mit einem so törichten Wunsch einem Huhn glich, das davon träumte, als Schwalbe in den Himmel zu fliegen; trotz ihrer Predigt über das Thema *Von den Bauern lernen* würde Frau Meng nie so weit gehen, Schülern aus verschiedenen Kasten eine gemeinsame Unterkunft zuzuweisen.

Und tatsächlich, als Frau Meng die Namenslisten der Gruppen mit den zugehörigen Adressen verlas, mußte Lian feststellen, daß die Schüler nach ihrer Herkunft eingeteilt waren, so wie es sich gehörte, wie es immer gewesen war und vielleicht auch immer sein würde. Zu Lians Gruppe gehörten Qianyun, Feiwen und Liru, ausschließlich junge Damen aus der Ersten Kaste.

Um acht Uhr stand die Klasse vollzählig am Schultor und wartete auf das Fahrzeug, das sie zur *Fünf-Rote-Sterne-Kommune* bringen sollte. Eine gelbe Staubwolke mit einem schwarzen Rand näherte sich, und schon aus der Ferne hörten sie die Hupe und das Scheppern von Metallplatten.

»Dort kommt er!« rief Frau Meng. »Stellt euch ordentlich in zwei Reihen auf. Die Jungen gehen zuerst.«

Der Traktor wirbelte gewaltige Sandnebel auf und stieß pechschwarze Abgaswolken aus. Mit einem knarrenden Seufzer hielt das Ungetüm vor ihrer Nase an und führte noch ein paar beeindruckende Zuckungen vor. Ein geschmeidiger junger Mann, dessen Borstenhaar aus seinem löcherigen Strohhut stach, sprang aus dem Führerhaus. Er löste die Eisenketten am Anhänger. Jetzt begriff Lian, warum Frau Meng die Jungen zuerst auf den Wagen klettern ließ: Es gab keine Leiter, kein Seil, nichts, woran man sich festhalten konnte, wenn man auf die zwei Meter hohe Ladefläche kletterte.

Die Jungen warfen ihr Gepäck hinauf und sprangen dann – *hopp!* – wie Leoparden hinterher. Sie klammerten sich am Rand der Ladefläche fest – ihre Muskeln spannten sich und wurden kugelrund –, zogen sich mit Schwung hoch und kletterten hinauf. Nun konnten sie sich um die wartenden Mädchen kümmern. Ihr Blick ließ an Deutlichkeit nichts zu wünschen übrig: Ergreift unsere starken Hände, dann ziehen wir euch schon hoch.

Lians Beine zitterten. Sie sah ein paar Mädchen wie volle Kartoffelsäcke in der Luft baumeln – sie schafften es nicht, sich mit einem Schwung hochzuziehen. Die Jungen mußten sie mit ihrer ganzen Kraft festhalten, während das bewegliche Gepäck hilflos flehte, wieder losgelassen zu werden. Es war ein peinlicher Anblick. Lian überlegte, wie sie sich verhalten sollte. Aber Frau Meng wurde ungeduldig: »Kommt ihr nun mit oder nicht?«

Lian erschrak und sah sich um. Nur drei Mädchen waren noch nicht hochgehievt: Meimei, Kim und Lian. Meimei wiegte sich kokett in den Hüften und wartete geduldig, bis ihr Prinz – der große, schlanke Wudong mit der schönen, femininen Haut – sie hochziehen würde.

Und Kim? Ihr würde natürlich keiner eine Hand entgegenstrecken. Frau Meng hörte nicht auf zu schreien. Kim biß sich auf die Lippen und warf ihr Gepäck auf den Anhänger – *tong!* Dann lief sie zu einem der Hinterräder, kletterte darauf und stemmte sich Zentimeter für Zentimeter nach oben.

Während sie dieses Schauspiel bewunderte, hörte Lian eine zärtliche, männliche Stimme: »Lian, nimm meine Hand. Vertrau mir. Ich ziehe dich schon hoch.« Es war Wudong. Seine schwarzen Augen wirkten auf einmal braun – durch die Zärtlichkeit, mit der er zu ihr sprach. Sie dachte an Liqiang ...

»*Tjie!*« Meimei bemühte sich nicht einmal, ihre Enttäuschung und ihre Eifersucht zu verbergen.

Ehe sie sich's versah, stand Lian schon oben, Auge in Auge mit Wudong, und zwang sich, seine schweren Atemzüge einzig und allein dem geleisteten Kraftakt zuzuschreiben.

Schließlich half Shunzi Meimei, auf die Ladefläche zu klettern, allerdings nicht zu ihrer Freude. Auch als Klassensprecher und Sekretär des kommunistischen Jugendbundes für das dritte Schuljahr war und blieb er ein Angehöriger der Zweiten Kaste. Sich von ihm helfen zu lassen war eigentlich unter ihrer Würde. Sie hatte Chancen bei einer ganzen Reihe von Jungen aus der Ersten Kaste, aber diese Chancen vergab sie, weil sie unbedingt Wudong haben wollte – Wudong, *der den After an der Stelle der Augen hatte:* Er hatte nicht einmal gesehen, daß sie seine Hilfe benötigte.

Um zwei Uhr nachmittags hielt das rumpelnde Fahrzeug endlich mit einem Seufzer an. Sie befanden sich mitten in einem goldgelben Meer von Maiskolben, die auf einem Platz zum Trocknen auslagen. Am Rand des Platzes standen Lehmhäuser. Sonst gab es weit und breit nur raschelnde, gereifte Maispflanzen zu sehen.

Kwala! wurde die Kette gelöst, und Kim und die Jungen landeten wie hüpfende Fußbälle auf dem Boden. Wudong stützte die linke Hand auf den Rand der Ladefläche und forderte Lian mit einer Geste der rechten Hand auf, hinunterzuspringen – dabei lächelte er ihr beruhigend zu. Wie sengende Laserstrahlen brannten Meimeis Blicke in Lians

Rücken. Sie trat einen Schritt zur Seite. Vielleicht würde Wudong Meimei bemerken und *ihr* helfen. Lian hatte nach der Begegnung mit Liqiang kein Bedürfnis nach den Aufmerksamkeiten anderer Jungen.

Wudong sah Lian erstaunt an, als Meimei ihre zarten Finger in seine Hände schob. Er half ihr beim Absteigen, die Augen unverwandt auf Lian gerichtet. Wieder fühlte Lian, wie ungeheuer schön, aber auch wie verletzend die Gefühle zwischen einem Jungen und einem Mädchen sein konnten. Das ganze Theater war schmerzhaft, für Wudong wie für Meimei. Lian wollte damit absolut nichts zu tun haben. Ihre größte Sorge galt Kim. Sie wollte Kim helfen, weil sie sie mochte; und vielleicht auch ein wenig aus Narzißmus.

Frau Meng ließ einen Mann mittleren Alters aus einem der Lehmhäuser rufen. Er war der Leiter der Produktionsbrigade, der Lians Klasse zugeteilt war. Breit lächelnd kam er auf sie zu. Seine Zähne sahen dem, was hier angebaut wurde, täuschend ähnlich. Sie waren mit einer dicken Schicht maisfarbenem Zahnbelag überzogen.

Die Schüler stellten sich in ordentlichen Reihen vor ihm auf und erwarteten seine proletarische Predigt. Aber er mußte sich noch ein wenig vorbereiten. Mit dem Daumen drückte er auf seinen rechten Nasenflügel und – *pie!* – ein Strahl beigefarbener Schleim flog aus dem linken Nasenloch. Mit dem Zeigefinger an seinem linken Nasenflügel erzielte er anschließend das gleiche Ergebnis. Dann räusperte er sich und spuckte auf den Boden. Er verlagerte sein Gewicht vom linken auf das rechte Bein, bis er zufrieden war und sein Gleichgewicht gefunden hatte. Er sagte: »Kinders, es hat drei Tage Bindfäden geregnet. Seht ihr die Maisstengel dort? Sie sind voll mit grünem Schimmel. *Hai*, was für eine Sünde!«

Lian fielen vor Staunen fast die Augen aus dem Kopf: Nannte er sie nicht ›revolutionäre junge Genossen‹, wie es sich gehörte? Sagte er nichts in der Art von ›der rote Ostwind unterdrückt den schwarzen Westwind‹? Sprach er nicht von der Notwendigkeit, ihre bourgeoisen Gehirne zu reinigen, und daß Bauernschweiß die beste Seife sei? Dieser Mann mußte die Gallenblase eines Löwen haben, so ehrlich den wahren Zweck des Praktikums anzusprechen!

Er schlug sich mit den Handflächen auf die Schenkel und schüttelte den Kopf. »So dicke, kräftige Maisstengel! Wären sie nicht verfault, hätten wir sie als Brennholz gebrauchen können! Tja, nichts zu machen ... Zum Glück haben wir die Stengel in den anderen Feldern rechtzeitig mit Matten abgedeckt. Kinderchen, helft uns, sie so schnell wie möglich in die große Scheune zu bringen. Dann haben wir in den eisigen Wintermonaten etwas zum Heizen. Ich danke euch im voraus. Das war's. Und jetzt ab in die Kantine. Euer Essen steht schon auf dem Tisch. Und ihr könnt sicher sein, heute gibt es was ganz Besonderes!«

»Hurra!« Sie schrien vor Erleichterung. Alle sprangen auf, um zur Kantine zu rennen, aber Frau Meng mahnte sie: »Denkt an die eisernen Regeln der Revolution!«

O nein! Jetzt bekamen sie noch eine Predigt von ihrer Lehrerin zu hören. Wieder eine dieser endlosen Darlegungen, welche proletarischen Gedanken sie haben sollten und wie sie sich zu blutroten Nachfahren des Vaters, der Mutter, des Liebhabers und der Liebhaberin in Einer Person wandeln könnten. Ohren und Augen geschlossen, überstand Lian die Ansprache, von einem Bein aufs andere wippend.

Und nun kam das schönste: Schmausen! Das ›Besondere‹, das der Brigadeleiter angekündigt hatte, bestand allerdings aus einem einzigen gedämpften Weizenmehlbrötchen pro Person. Wie Kim erklärte, aßen einfache Bauern nur an Festtagen Weizenmehl. Außerdem bekam jeder zwei Maismehlbrötchen und zwei Scheiben eingesalzenen, getrockneten Rettich. Es war sonderbar: Normalerweise hätte Lian so etwas kaum hinuntergebracht, aber hier schmeckte es besser als die von ihr so geliebten, mit Garnelen gefüllten *Bapaos*.

Nach dem Festschmaus machten sie sich zu ihrer Gastfamilie auf. Frau Meng kam mit ihrem Gepäck auf Lian zu. Oje, die Lehrerin konnte bestimmt Gedanken lesen! Sie wußte natürlich, wie sehr Lian ihre scheinheiligen Vorträge haßte. Lian machte sich ganz klein in Erwartung von Frau Mengs Tadel.

Aber ihre Furcht war unbegründet. Frau Meng sagte in fast menschlichem Ton: »Äh ... hab' ich es euch schon erzählt? Ich schlafe bei euch.«

Lian tat einen kleinen Schrei und rief Liru, Qianyun und Feiwen. Mit ihrem schweren Bettzeug und dem ganzen Gepäck hüpften sie weiter. Sie fühlten sich geehrt, daß die Lehrerin sich für ihre Gruppe entschieden hatte, obwohl ihre Heuchelei sie auch manchmal störte.

Durch den anhaltenden Regen waren die unbefestigten Wege zum Dorf aufgeweicht. Bei jedem Schritt blieben ihre Schuhe im Schlamm stecken. Lian sah auf einmal, was für ein Luxus es war, in der Stadt auf asphaltierten Straßen gehen zu können. Wenn die, die vor ihr ging, nicht aufpaßte, bespritzte sie Lians Hose und sogar die Jacke mit Schlamm. Vielleicht war es nur Erde, aber es konnte ebensogut Kot von Kindern oder Tieren sein. Hier auf dem Land wurde jeder Platz als geeignet angesehen, seine Notdurft zu verrichten. Lian drehte sich der Magen um. Aber sie durfte sich nicht übergeben, sonst würden die anderen sie eine bourgeoise Zicke nennen – und dann konnte sie eine gute Note für das Praktikum in den Wind schreiben.

Im Dorf waren sogar die Schlammwege nicht mehr zu erkennen, aber Lian wurde immer neugieriger auf ihren Schlafplatz und fühlte sich gleich besser. Sie sah, wie ihre Klassenkameraden Grüppchen für Grüppchen in den Innenhöfen ihrer Gastfamilien verschwanden.

Beim Anblick der Häuser fragte sie sich, wie es in Buddhas Namen möglich war, daß die heftigen Regenböen der letzten Zeit sie nicht weggeschwemmt hatten. Sie waren aus Lehm gebaut, und ihre vier Ecken waren bereits von Wind und Wetter abgerundet. Sie wirkten heruntergekommen und baufällig. In die Fensteröffnungen war Reispapier geklebt, das mit den Jahren vergilbt und spröde geworden war. Jedes Haus hatte zwei winzige Zimmer. Lian schätzte, daß das Bett mindestens drei Viertel des Zimmers einnahm. Wer eintreten wollte, mußte sich einen Weg durch Hühner, Enten, Schweine und Schafe bahnen, die gackernd, quakend, grunzend und mähend verkündeten, daß die merkwürdig riechenden Besucher sie störten. Lian sah, wie einige Klassenkameraden nach dem Anklopfen von der Bäuerin und ihren Kindern hineingeschleppt und mit rauher, aber rührender Gastfreundschaft überschüttet wurden. Verglichen mit diesen Landbewohnern hatten sie, die Städter, Froschblut in den Adern. Der Wunsch, ebenfalls mit so großer Herzlichkeit empfangen zu werden, ließ Lian schneller ausschreiten. Jetzt wollte auch sie ihre Gastgeberin kennenlernen.

Tjiaa ... Die Mädchen drückten die Pforte zum Innenhof auf und warteten auf den Protestchor des frei herumlaufenden Viehbestands. Nanu, das Haus war aus Backstein! Lian kam sich vor wie in der Stadt. Im Vergleich zu den Häuschen, die sie bisher gesehen hatte, war das hier eine Villa, ein Schloß! Ein Haus mit mindestens vier Zimmern! Und was für welchen! Mit sehr hohen Decken und *Glasscheiben* in allen Fenstern. Am auffallendsten war die Pumpe mitten im Innenhof. Sie müßten also nicht wie ihre Klassenkameraden andauernd Hunderte von Metern zum Brunnen rennen.

»Guten Tag! Ist jemand da?« Sie klopften. Keine Antwort. Enttäuscht folgte Lian ihrer Gruppe ins Haus.

Mitten im Vorraum stand ein Tisch mit vier Stühlen. An der Wand hing ein Porträt des Vaters, der Mutter, des Liebhabers und der Liebhaberin in Einer Person. Zu beiden Seiten des Fotos hingen die in antithetischen Strophen verfaßten Segenswünsche, die alljährlich zum chinesischen Neujahrsfest ausgewechselt werden:

Buddha segne uns
indem er unseren Schweinestall
mit zahllosen Mutterschweinen füllt

*und den Bauch unserer Frau
mit ebenso vielen Söhnen*

Neben den Strophen hing ein Neujahrsdruck, auf dem ein riesiger roter Karpfen abgebildet war – ein Symbol des Überflusses. Auf dem Rücken des Fisches saß ein kichernder kleiner Junge im typischen Kleinkindanzug: eine kurze Hose mit offenem Schritt. Sein rosa Pimmelchen – Symbol des himmlischen Glücks: einen Sohn zu besitzen war das Beste, was einer Familie geschehen konnte – baumelte über dem Karpfenmaul. Um den Fisch und den Jungen herum rollten saftige Pfirsiche – Symbol für Gesundheit und ein langes Leben.

Auf dem Tisch, direkt unter dem Mao-Foto, stand eine Schale mit kleinen Kuchen und frischen Früchten. Es war eine Art Altar für den Großen Steuermann. In dieser Weise wurden früher nur die Ahnen der Familie verehrt, eine Sitte, die der Weiseste Führer des Weltalls als ›konterrevolutionär und feudalistisch‹ kritisiert hatte.

Außerdem gab es zwei Betten, ein Doppelbett und ein Einzelbett, beide aus Holz – auf dem Land ein außergewöhnlicher Luxus. Sogar die Landarbeiter, die es in die Stadt verschlagen hatte, schliefen meist noch auf Steinbetten.

Die Wände neben den Betten waren mit bunten Illustriertenbildern tapeziert. Auch das war ein Luxus – die meisten Bauernfamilien benutzten dazu alte Zeitungen. Vor Gesundheit strotzende Schauspielerinnen in revolutionärer Bauern- oder Arbeiterkleidung posierten auf den Abbildungen. Ihre Gesichter strahlten proletarischen Kampfgeist aus, und ihr ausgestreckter Finger war immer auf einen bleichhäutigen, bourgeois gesinnten Intellektuellen oder einen Spion aus Hongkong gerichtet. Bei genauerem Hinsehen erkannte man außer Kampfgeist freilich auch einen erotischen Ausdruck in ihren Mienen, der nicht so recht zur kommunistischen Propaganda passen wollte. Unter der Männerkleidung zeichneten sich unweigerlich zwei pralle Brüste ab, und aus den Augenwinkeln blitzte eine verstohlene Koketterie. Natürlich standen die Bauern auf solche Bilder ...

Es gab zwei Nebenräume. Der eine war gerade groß genug für einen Kang, auf dem eine Holztruhe stand – der Brautschatz. Dieser Schrank wurde von den Eltern des Bräutigams mit Kleidern für ihre zukünftige Schwiegertochter gefüllt, so daß diese für die nächsten Jahrzehnte nichts zum Anziehen kaufen mußte. Der andere Raum war eine Art Abstellkammer, in der Spaten, verrostete Pflüge und andere ausgediente Gerätschaften aufbewahrt wurden.

Lian blickte aus dem Fenster und entdeckte in einem unauffälligen Winkel des Innenhofs ein paar Blumenbeete. Rote, gelbe, violette und weiße Chrysanthemen reckten ihre leuchtenden Gesichter der Sonne entgegen. Langsam dämmerte Lian, warum Frau Meng sich gerade diesen Platz ausgesucht hatte. Der relative Wohlstand und der kunstsinnige Geschmack dieser Bauernfamilie waren eine Ausnahmeerscheinung in dieser Gegend. Nun ja, was sollte Frau Meng tun? Keine Moralpredigten mehr über das Thema ›Von den Bauern lernen‹ halten? Dann würde sie in kürzester Zeit von Kollegen ersetzt, die keine Skrupel hatten, zu heucheln. Sich die ärmlichste Gastfamilie aussuchen und dreißig Tage in einer Bruchbude schlafen? Frau Meng war schließlich auch ein Mensch aus Fleisch und Blut. Und jeder, mochte er noch so große Reden schwingen über kommunistisches Bewußtsein und ähnliche Dinge, wußte ein angenehmes Leben zu schätzen.

Abends gegen sechs hörten sie einen Spaten über den Boden scharren und die Pforte zum Innenhof knarren. Frau Meng stand sofort auf.

»Mama, sie sind schon da!« rief eine fröhliche Milchstimme, und eine stämmige Frau kam auf sie zu. Während sie die Hände eines etwa vierjährigen Mädchens von ihren Hosenbeinen schüttelte, sagte sie hastig: »Geh und hol deinen Bruder. Er gräbt gerade Omas Garten um. Sag ihm, er soll den Ofen anzünden. Wir wollen Wasser für unsere Gäste heiß machen.«

Mit überströmender Herzlichkeit nickte die Bäuerin ihnen zu. Auf dem Land gab man sich zur Begrüßung nicht die Hand – man begnügte sich mit einem Kopfnicken.
»Wo soll ich nur meine Visage aus Rindsleder verstekken! Es tut mir ja so leid, daß ich euch in diesem Dreck habe sitzenlassen. Aber was soll ich tun? Eine Frau, die selbst die Punkte für ihre Familie verdienen muß und auch noch zwei kleine Kinder hat, die ihr immer nur vor den Füßen herumlaufen ...«
Liru griff zu einem Staubtuch und wollte ihr helfen, den Tisch abzuwischen. Aber die Frau des Hauses sagte: »Nein, Fräulein, solche schmutzigen Arbeiten lassen Sie lieber.«
Frau Meng kam Liru zu Hilfe: »Aber deswegen sind wir doch hier.«
Die Bäuerin drehte sich um, musterte Liru, Qianyun, Feiwen und Lian von oben bis unten und sagte kopfschüttelnd: »Ich verstehe nicht, warum der Brigadeleiter solche Porzellanpüppchen herholt. *Jedes Tier hat sein eigenes Nest.* Junge Damen gehen in der Stadt spazieren, und Bauernkinder wälzen sich wie Büffel im Schlamm. Oder ist das Leben etwa anders? Wer das Unterste zuoberst kehrt, versündigt sich gegen die Tradition und damit gegen die natürliche Ordnung.«
Lian wagte kaum zu atmen: So eine Äußerung würde man in der Stadt ausgesprochen konterrevolutionär finden. Aber die Klassenlehrerin war schon einiges gewohnt. Sie wußte, daß die Bauern selten Gefahr liefen, kritisiert zu werden, was immer sie daherredeten. Im Gegensatz zu den Intellektuellen hatten sie keine Ahnung, daß sie ja mit ihrer Meinung die Politik des Landes beeinflussen könnten ...
»Ältere Schwägerin, es ist nicht Ihr Brigadeleiter, der beschlossen hat, die Schüler aufs Land zu schicken«, stellte Frau Meng klar.
Die Bäuerin riß Mund und Nase auf, denn für sie war

der Brigadeleiter die höchste Instanz; von ihm wurden alle Gesetze erlassen, ausgeführt und überwacht.

»Es ist die KPCh ... äh, die Kommunistische Partei Chinas, die dieses Praktikum *Von den Bauern lernen* ins Leben gerufen hat. Übrigens, weil wir gerade von Tradition sprechen: Wozu sollte es gut sein, daß Mädchen aus der Stadt eine feine, zarte Haut wie eine Porzellanpuppe haben dürfen, während das Gesicht von Kindern auf dem Land durch Sonne und Wind gegerbt ist? Mao sagt: *Je dunkler die Haut, desto revolutionärer das Herz.*«

Die letzten Worte verscheuchten die Verwirrung aus dem Gesicht der Bäuerin. Sie lachte los: »*Hahaha!* Oje, das ist ein guter Witz! Was die hohen Herren behaupten, begreifen wir einfachen Leute nicht, aber eins ist gewiß: Kein Mensch in den Dörfern möchte eine dunkle Haut haben.« Plötzlich schwieg sie und wurde rot bis über beide Ohren. Erst jetzt fiel Lian auf, daß das Gesicht ihrer Gastgeberin bei weitem nicht so gebräunt war wie das der meisten Landbewohner. Ihre Haut war auffallend glatt.

Kwatja! Das aus Maisstengeln geflochtene Tor zum Innenhof flog auf, und ein Junge rannte wie ein kleiner Wirbelsturm auf die Gastgeberin zu. Er preßte sein Gesicht an ihre Jacke, schlang die Arme um ihre Taille und rief: »Mama, Oma hat gesagt, daß ich heute wie ein richtiger Mann geschuftet habe!« Er breitete die Arme weit aus und fuhr fort: »So ein großes Stück habe ich in einer Stunde geschafft! Zum Frühlingsfest bekomme ich einen neuen Spaten geschenkt!«

Die Bäuerin schob seinen Kopf von ihrer Jacke weg: »Tiedar! Wisch deinen Schnodder nicht an meinen Kleidern ab! Es wird Zeit, daß wir einen Mann im Haus haben.« Sie streichelte ihm stolz über den Kopf und sagte: »Geh und wasch dir schnell dein schmutziges Gesicht. Dann kannst du unsere Gäste begrüßen.«

Tiedar schielte an seiner Mutter vorbei zum mittleren Zimmer und rieb noch einmal seine Nase an ihrer Jacke: »Nein, Mama, erst muß ich ein großes Geschäft machen.«

Er verschwand in einem Schilfhäuschen in einer Ecke des Innenhofs.

Pts! Lian konnte nicht mehr ernst bleiben: Was für ein wohlerzogenes Bürschchen! Welcher Bauernjunge in seinem Alter sagte denn ›ein großes Geschäft machen‹?

»Gouzi!« Lian erschrak von der lauten Stimme, die aus dem Schilfhäuschen ertönte. Noch einmal: »Gou-zi!«

Wupps! Ein Riesenhund kam aus dem Nichts hervorgesprungen und rannte dorthin, wo Tiedar hockte.

Sie hörte den Jungen murmeln: »Gut so ... nicht nur da ... hier! Da hast du noch nicht geleckt, ja ... brav so ...«

Lian schloß die Augen und wußte nicht, was sie tun sollte: sich ekeln oder lachen? War Toilettenpapier denn so teuer?

Abends um neun schickten sich die Mädchen an, ins Bett zu gehen. Das Ausziehen war am peinlichsten. Fünf Augenpaare verfolgten jede Bewegung Lians: vom Öffnen der Knöpfe bis zum Ausziehen ihrer Jacke und Hose. Aber sie beobachteten nicht nur Lian, nein, sie studierten gegenseitig jeden Teil ihres Körpers, als handle es sich um gemeinsames Eigentum. Als Einzelkind war es Lian nicht gewohnt, von Gleichaltrigen so angestarrt zu werden, vor allem nicht, wenn sie fast nackt war. Professor Maly hatte ihr einmal gesagt, man könne das englische Wort *privacy* nicht ins Chinesische übersetzen. Jeder mußte für den anderen ein offenes Buch sein, geistig und körperlich. Geistig in dem Sinne, daß man auch die geheimsten Gedanken und intimsten Gefühle nicht für sich behalten durfte. Unter der Leitung der KPCh fand zweimal in der Woche ein ›Gedankenaustausch‹ statt. Jeweils zwei Personen mußten sich dabei nach allem Möglichen ausfragen. An drei Nachmittagen pro Woche wurden politische Versammlungen abgehalten, in denen man vor den kritischen Blicken aller sein Innenleben bloßlegen mußte; die Partei lehrte einen, wie man zu empfinden hatte, in der richtigen, proletarischen Weise. Körperlich bedeutete die Abwesenheit von *privacy*, daß man es gewissermaßen als Geburtsrecht ansah, den

Körper seines Mitmenschen zu studieren, zu bewerten und zu kommentieren. In den öffentlichen Bedürfnisanstalten gab es zwischen den Hock- oder Sitzklos keine Wände. Die öffentlichen Badehäuser waren riesige Säle, in denen die Badegäste aus meterweiter Entfernung kontrollieren konnten, ob jemand zum Beispiel einen Bauch hatte.

Am nächsten Morgen, beim Frühstück in der Kantine, tauschten die einzelnen Gruppen ihre Erfahrungen der ersten Nacht auf dem Lande aus. Tieyan, ein Mädchen aus der Zweiten Kaste, das immer darauf bedacht war, sich wie eine Angehörige der Ersten Kaste zu kleiden und zu benehmen – sie war das einzige Kind relativ wohlhabender Eltern, die sie aus einer anonymen Bauernfamilie adoptiert hatten, als sie schon über vierzig waren –, spielte die Prinzessin auf der Erbse und näselte: »Ich habe die ganze Nacht kein Auge zugetan.« Die anderen fragten mit ihren Blicken: Warum? »Tja«, sagte sie, »ich mußte mit zwei anderen Mädchen im einzigen Bett der Bauernfamilie schlafen. Wie es hier üblich ist: Wir als Gäste in der Mitte, die beiden Söhne links, die drei Töchter rechts, und ganz außen auf der einen Seite der Vater und auf der anderen die Mutter ... Aber der älteste Sohn ist schon sechzehn! Und der Vater? Ich habe in meiner Jacke und in allen Kleidern geschlafen!«
 Kim warf Tieyan einen verärgerten Blick zu. Es war hier völlig normal, daß sich die ganze Familie ein Bett teilte. Wenn Besuch kam, rutschte man einfach ein Stückchen zur Seite, damit der Gast in der Mitte liegen konnte, auf dem sichersten und wärmsten Platz.

DER VORTEIL EINER BLASSEN HAUT

Punkt acht Uhr standen die Mädchen im Abstand von fünf Metern am Rand eines Maisfelds östlich des Dorfes. Jede mußte auf ihrem fünf Meter breiten Streifen die Maisstengel bündeln und zu dem kleinen Pfad am Feldrand tragen.

Die Jungen luden die Stengel dann auf ein Dreirad und brachten sie zu einer großen Scheune, zwei Kilometer weiter. Die Maisstengel lagen kreuz und quer auf dem Feld. Die Mädchen banden sie mit einem Strick zusammen und zogen sie über den Acker, der kaum begehbar war, weil überall Strünke aus der Erde ragten. Die Maispflanzen waren viel zu hoch abgeschnitten worden.

Der Wind peitschte Lian ins Gesicht. Schweiß strömte ihr über den Rücken und zeichnete einen tropfnassen Ring auf den Kragen ihrer Jacke. Sie war die schwere Feldarbeit überhaupt nicht mehr gewohnt und hatte das Gefühl, ihr Rücken bräche entzwei. Irgendwann spürte sie ihren Körper nicht einmal mehr. Dennoch hütete sie sich, sich einen Moment zu strecken und ein wenig auszuruhen. Eine spürbare Spannung hing in der Luft – ein heimlicher Wettstreit war im Gange. Wer seinen Streifen am schnellsten geschafft hatte, bekam den besten Eintrag bei der Tageswertung. Am Ende des Monats würden alle Leistungen zusammengezählt und über die Note für das Praktikum entscheiden. Fast mit Sehnsucht dachte Lian an das Lager zurück, wo sie mit Qin in der Mühle gearbeitet hatte. Auch dort war es eine Schinderei gewesen, aber Qin hatte ihr Gesellschaft geleistet, und sein Geschichtsunterricht hatte dafür gesorgt, daß es ihr nie langweilig wurde. Darüber hinaus wurde sie dort mit einer zusätzlichen Mahlzeit belohnt, die sogar Fleisch enthielt. Was war eine Praktikumsnote im Vergleich dazu?

Sie richtete sich auf. Der kalte Schweiß brach ihr aus: Sie war eine der langsamsten. Die anderen arbeiteten schon Meter vor ihr. Kim war zwar irgendwo hinter Lian, aber sie hatte schon mit ihrem zweiten Streifen angefangen.

Es war nicht gerecht. Sie hatte wirklich ihr Bestes gegeben. Sie konnte sich nicht vorstellen, daß sie so eine unglaubliche Niete war, aber die Tatsachen sprachen gegen sie. Da ihr Rückstand ohnehin schon so groß war, konnte es ihr einerlei sein, wenn sie eine Minute verlor, um wieder zu Atem zu kommen. *Wenn ein irdener Topf Risse hat, kannst du ihn ruhig zerschlagen.* Sie sah sich um. In den Blicken, die ihre

Klassenkameradinnen ab und zu auf Kim richteten, sprach im Gegensatz zu sonst Bewunderung. Kim war zweifellos die schnellste Arbeiterin. Das machte Lians Schreck über ihre eigenen mageren Leistungen wieder wett. Was hatte sie vor drei Tagen prophezeit? Sie wußte schon längst, daß Kim im Praktikum gut abschneiden würde.

Genau in dem Augenblick, als sie sich nach Kim umsah, hatte sich ihre Freundin aufgerichtet. Ungezwungen schlenderte sie zu Lian und fing an, ihr – *krats, krats* – ohne Kommentar bei ihrem Streifen zu helfen. Rasch holte Lian – oder besser: holten sie beide – die anderen ein. Ringsum sah Lian neidisch zusammengekniffene Augen.

Jede wollte ihren Streifen so schnell wie möglich fertigbekommen, und Hilfe von einer Freundin war genauso willkommen *wie Regentropfen auf vom Durst aufgesprungenen Lippen*. Aber wer wollte in diesem schweigenden Konkurrenzkampf die kostbare Zeit damit vergeuden, einer anderen zu helfen? Außer Kim würde keine von ihnen so etwas riskieren.

Kims heldenhafte Geste wurde nicht nur von den Schülern als ein großes Wunder bestaunt, sondern auch von den Bäuerinnen. Wenn ein junger Bursche einer jungen Frau bei der Feldarbeit half, wurde das als sublime Liebeserklärung betrachtet. Galt das wohl auch für ein Stadtkind?

Beim Abendessen bekamen sie über die Lautsprecher der Radiostation eine Lobeshymne auf Kim zu hören, die Wanquan, der Propagandasekretär ihrer Klasse, verfaßt hatte. Lian schmeckten die Maisbrötchen plötzlich doppelt so gut. Seit sich die Menschenaffen auf den Hinterbeinen erhoben und nach der Entdeckung des Feuers angefangen hatten, ihre Jagdbeute zu rösten, seit eine Schar gelbhäutiger Menschen sich an den Ufern des Gelben Flusses niedergelassen hatte, war es noch nicht vorgekommen, daß jemand vor den Ohren der vollzählig versammelten Produktionsbrigade so in den Himmel gelobt wurde! War das nicht der Anfang einer menschenwürdigen Existenz für Kim und das Ende ihres schlechten Rufs?

An diesem Nachmittag erfuhr Lian auf Umwegen, warum ihre Gastgeberin finanziell besser dastand als die anderen. Vor acht Jahren stand sie im Ruf, das schönste Mädchen aller sechs Dörfer in diesem Berggebiet zu sein. Für eine Bäuerin war ihre Haut ungewöhnlich hell, ihre Lippen waren rot wie Kirschen, und ihre Augen funkelten wie ein klarer Bach. Und das waren anscheinend nicht ihre einzigen Qualitäten. Die Bauernlümmel flogen auf sie wie die Bienen auf einen Honigtopf. Sieger wurde der Sohn eines Landarbeiters, der in einer nahen Stadt als Bauarbeiter bares (!) Geld verdiente. Das war natürlich der ausschlaggebende Treffer bei der Jagd auf die Schönheit. Im allgemeinen bekamen Bauern nur einmal im Jahr, im Dezember, ihren ›Lohn‹. Der bestand aus dem übriggebliebenen Getreide und Gemüse, nachdem die jährliche Produktionsquote beim Staat abgeliefert worden war, und ein paar Scheinen dazu, die gerade für die notwendigsten Dinge reichten wie Salz, Streichhölzer, Zahnpasta und eventuell noch ein wenig Stoff für neue Kleidung. Zehn Tage nach der Hochzeit war der Ehemann wieder zu seiner Arbeit in der Stadt zurückgekehrt. Seiner frischgebackenen, begehrenswerten Ehefrau überwies er jeden Monat fünf *Yuan*, ein Vermögen, das selbst Taubstumme zum Singen gebracht hätte. Von diesem Einkommen konnte sich die Familie das große Haus bauen lassen, und die Bäuerin konnte es mit einem Anflug von städtischem Geschmack einrichten. Das erklärte, warum die Frau gestern abend so heftig errötet war, als sie sagte, daß auch Bauern blasse Haut schätzten.

Am nächsten Morgen kam Frau Meng mit einem Stapel Briefe ins Zimmer. Für Lian war ein Brief von Mutter dabei: *Vater kommt zurück!* Sie erschrak. Natürlich müßte sie jetzt überglücklich sein, aber sie war nur verwirrt.

Am Ende des zweiten Arbeitstages wurde der Name Kims, der vorbildlichen Praktikantin, wieder vom Dorfsender lobend erwähnt. Der Himmel kam Lian weiter und blauer vor, und die Feldarbeit wurde ihr leichter, da Kim nun bei den Klassenkameraden an Ansehen gewann.

Kein Tag verging, an dem Kim nicht über das Dorfradio ins rechte Licht gerückt wurde. In der Kantine schubste man sie nicht mehr wie früher beiseite, wenn sie an der Reihe war. Die Mädchen trugen die Nase nicht mehr hoch, wenn sie Kim begegneten. Die Jungen hielten, wenn auch mit Mühe, ihre Beine in der Gewalt, wenn Kims Erscheinung ihren Tretreflex auslöste.

Zwischen dem Abendessen und der täglichen politischen Abendversammlung hatten die Schüler eine halbe Stunde frei. Lian würde nie vergessen, wie entspannt und froh Kim mit ihr an den Maisfeldern entlangspazierte und wie sie Lian in die Technik einweihte, die Maisstengel schnell und effektiv zu bündeln. Kims Rücken straffte sich vor Selbstachtung und Stolz, als Lian sie ausdrücklich bat, ihr die beste Methode dieser oder jener Feldarbeit noch einmal zu erklären.

Das Steinmädchen

Die dritte Woche des Praktikums brach an. Die meisten Mädchen aus Lians Klasse hatten inzwischen ihre Monatsblutung hinter sich, was bedeutete, daß sie mindestens vier Tage nicht voll gearbeitet und keine hohe Punktzahl erzielt hatten, während Kim unbeirrt Bestleistungen erbrachte. Der Neid der anderen schwoll an wie eine Zunge nach einem Bienenstich, und in der Kantine hörte Lian Gerede wie: »Tja, unsere ›vorbildliche‹ Praktikantin hat es auch leicht. Die hat mit ihrem Körper kein Problem, bei der ist es wie bei einem Jungen!« Anfangs lachte Lian noch darüber, denn die Monatsblutung war nicht gerade ein Vergnügen: Kim, sei froh, daß du davon noch verschont bleibst! Aber die rücksichtsvolle Behandlung, die Frau Meng den Mädchen in dieser Zeit angedeihen ließ, machte ihnen den Status verlockend. Sie brauchten beispielsweise erst um zehn Uhr morgens aufs Feld und durften schon um vier Uhr wieder zurückgehen. Und wenn sie Frau Meng am Abend eine Entschuldigung vorlegten, in der sie schrieben, sie hätten Bauchkrämpfe, blieb ihnen die tägliche politische Versammlung erspart. Sie brauchten nur zu piepsen, und die Klassenlehrerin erlaubte, daß sie sich aus dem zentralen Kessel der Kantine eine Schüssel warmes Wasser zum Waschen holten, während den anderen nicht einmal ein Tropfen lauwarmes Wasser zugestanden wurde, wenn sie sich die eiskalten Füße wuschen. Manche Mädchen kokettierten sogar mit ihrer Menstruation. Und diese Mädchen waren es auch, die Kim aus ihrem Kreis ausstießen und alles daransetzten, daß sie wieder so schlecht angesehen war wie vor dem Praktikum.

Es war und blieb ein versteckter Nervenkrieg; die Jungen, die normalerweise dafür zuständig waren, Kim zu schikanieren, konnten nun leider nicht eingeschaltet werden. Geheimhaltung war oberstes Gebot, wenn ein Mädchen seine Tage hatte. Es galt als Schande, wenn die Jungen herausfänden, daß ein Mädchen zur Frau wurde. Geschlechtsreife war tabu, wie alles, was mit Sex zu tun hatte. Die Jungen aus der Klasse ließen Kim also weiterhin in Ruhe, und die Radiostation sandte nach wie vor anerkennende Berichte über ihre Arbeitsleistung. Auch Frau Meng versäumte es in den politischen Versammlungen nie, Kim lobend zu erwähnen.

Lian fiel auf, daß Kim auf den gemeinsamen Spaziergängen immer schweigsamer wurde. Eines Abends blieb sie mitten auf einem schlammigen Feldweg stehen und fragte Lian: »Weißt du, was ein ›Steinmädchen‹ ist?« Lian schnürte sich das Herz zusammen: In der Medizin war das der Fachausdruck für Mädchen, die aufgrund einer Hormonstörung keine Monatsblutung bekamen. Das wußte sie, weil sie bei ihrer ersten Periode ihre Furcht überwunden und heimlich in Vaters medizinischen Lehrbüchern nachgeschlagen hatte. Sie hätte Kim gern gesagt, wie gut sie ihre Ängste nachempfinden könne, doch ihre Scheu war zu groß. Kim war schon sechzehn, zwei Jahre älter als die meisten ihrer Mitschülerinnen, aber sie war eines der beiden Mädchen, die bisher noch nie ihre Periode bekommen hatten. Lian wußte, woran es lag. Kim war einfach zu mager. Ihre Ernährung war zu einseitig, ihr fehlten Vitamine und Eiweiß. Aber ein ›Steinmädchen‹ war sie bestimmt nicht. Lian hatte Fotos solcher Patientinnen gesehen: Sie waren stark behaart, wie Affen oder europäische Männer. Das konnte man von Kim nicht sagen.

Den ganzen Rückweg zum Dorf schwieg Lian. Kim spürte, in welcher Stimmung sie war. Sie trat gegen Erdklumpen und zwang sich zu einem Lachen: »Jiening hat mich schon eingeholt. Bald denken die anderen, ich bin die kleine Schwester. Letzten Sommer ist sie unwohl geworden. Meine Mutter war zu Tode erschrocken. Du müßtest mal ihre Brüste sehen, wie bei einer Frau! Jetzt braucht sie noch weniger im Haushalt zu helfen, wenn sie ihre Tage hat, darf sie ›keeejne schweeare Arrrbeeit tuon‹.« Drollig, wie sie ihre Mutter nachmachte. Die gedehnten Wörter kennzeichneten den Dorfdialekt.

»*Pfche!*« Lian konnte es nicht ändern – sie mußte mitlachen.

Während Lian zum x-tenmal mit einem Bündel Maisstengel zum Feldrand trottete, schoß ihr plötzlich etwas durch den Kopf: Verflixt! Ihr Wunsch war in Erfüllung gegangen! Mutter hatte tatsächlich vergessen, sie an ihren Besuch beim Kannibalen zu erinnern. Vielleicht lag es daran, daß sie so überstürzt aufs Land hatte aufbrechen müssen.

Obwohl Lian froh war, daß ihr der Besuch erspart geblieben war, stimmte sie die Vorstellung, daß der Onkel im Krankenhaus lag, nicht gerade heiter. Sie wußte, daß er einen ungleichen Kampf mit der unablässig wuchernden Todesschwadron zu führen hatte. Und sie schämte sich zu sehr, um ihn aufzusuchen. Sie konnte zwar versuchen, ihr schlechtes Gewissen unter allen möglichen Ausreden zu begraben, aber dadurch wurde es nur zu einem immer größeren Ungeheuer, das sie quälte.

Es regnete wie aus Kübeln. Lians Gruppe konnte ebenso wie die Gastgeberin nicht aufs Feld. Sie blieben zu Hause. Zuerst hielten die Schülerinnen unter der Leitung von Frau Meng eine politische Versammlung ab, auf der von jeder – die Lehrerin natürlich ausgenommen – erwartet wurde, ihre bourgeoisen Gedanken auszuspucken. Qianyun beispielsweise gab zu, daß ihre Haare klebten und stanken – die Mädchen hatten fast einen Monat lang nicht baden können. Anschließend übte sie Selbstkritik: Es sei revisionistisch und kapitalistisch, sich vor Schmutz zu ekeln. Mao lehre ja, daß *Schmutz am Körper Sauberkeit im Kopf* bedeute. Sie sagte: »Ich muß von den Bauern lernen. Sie waschen sich nur im Sommer, wenn das Wasser im Fluß nicht zu kalt ist. Was bilde ich bourgeoise Gans mir eigentlich ein, schon nach dreiundzwanzig Tagen duschen zu wollen?« Erleichtert setzte sie sich wieder. Qianyun war schlau wie ein Fuchs. Durch ihre Selbstkritik konnte ihr niemand mehr ihr konterrevolutionäres Lamentieren über die schwarzen Streifen auf Beinen und Rücken vorwerfen, die so einfach mit einer Schüssel warmem Wasser zu entfernen wären.

Aus Selbstschutz fing auch die übrige Gruppe Hals über Kopf an, revisionistische Gelüste von sich abzuschütteln, wie das Verlangen nach ein paar Streifen Fleisch und ein wenig frischem Gemüse. Die Mädchen hatten drei Wochen lang nur von Brötchen mit eingelegtem Gemüse gelebt. Sie sagten im Chor: »Ja, wir schämen uns für unseren Wunsch nach solchem Luxus. Die Bauern leben das ganze Jahr so kärglich, bauen aber das Lebensnotwendigste an. Kein Wunder, daß der Weiseste Führer des Weltalls über sie sagt: *Bauern sind wie Kühe. Sie essen Gras, aber sie produzieren wohlschmeckende Milch.* Gibt es in diesem Universum ein schöneres Loblied auf die Bauernklasse?!«

Ihre Gastgeberin, die mit am Tisch saß und die Socken ihrer Kinder stopfte, betrachtete die heldenhafte proletarische Selbstanklage eher als Kritik an ihrer Haushaltsführung. Sie mischte sich verlegen ins Gespräch: »Darf ich euch kurz unterbrechen? Es tut mir schrecklich leid, daß ich kein Badewasser für euch heiß gemacht habe. Ich bin nur eine einfache Bäuerin und vergesse immer wieder, daß sich die Stadtmenschen alle zwei Wochen waschen müssen. Wir Dörfler machen uns nichts aus Hygiene ... Außerdem sind wir von der Arbeit so erschöpft, daß wir nur an eins denken, wenn wir abends heimkommen – schlafen. Woher sollen wir die Kraft nehmen, einen ganzen Tag in die Berge zu gehen und Holz zu sammeln und dann auch noch Wasser für ein Bad heiß zu machen?«

Frau Meng wurde blaß. Sie wollte der Gastgeberin erklären, daß es keineswegs so gemeint war, aber die Bäuerin fuhr resolut fort: »Morgen schicke ich meinen Sohn nicht in die Schule. Wozu ist der Unterricht überhaupt gut? Studierte Lehrer wollen nicht an einer Dorfschule bleiben, und die Schulmeister, die dazu bereit sind, sind fast genausolche Analphabeten wie wir. Ich schicke meinen Jungen morgen, jedenfalls wenn es nicht regnet, zum Brennholzsammeln in die Berge. Wenn ich abends vom Feld komme, mache ich Wasser heiß. Und ihr könnt euch endlich einmal waschen.« Sie knetete verlegen ihre großen Hände und errötete vor Scham.

Lian hätte sich am liebsten in einem finsteren Winkel verkrochen und geweint. Der Unterschied zwischen Bauern und Städtern war unerträglich, vor allem, wenn die Bauern auch noch meinten, sich dafür entschuldigen zu müssen. Sie hätte ihren Kopf am liebsten aufgebrochen wie eine Wassermelone, in der die revolutionären Parolen aufbewahrt wurden:

Lernt von den Bauern,
sie sind die Führer Chinas.
Je dunkler die Haut,
desto revolutionärer das Herz.
Schmutz am Körper
bedeutet Sauberkeit im Kopf.

Bauern sind wie Kühe:
Sie essen Gras, aber sie produzieren wohlschmeckende Milch.

Die Widersprüche, mit denen sie auf dem Land täglich konfrontiert wurden, die Kluft zwischen Seiner Propaganda und der ungeschminkten Wirklichkeit, dazu noch ihr Mitleid mit der Bauernklasse machten ihre Wut und ihren Zweifel noch größer. Was hatte ihr Qin gesagt? Wie würde der Kannibale auf so etwas reagieren? Sie betete heimlich: »Buddha, bitte, zeig mir den Weg!«

Unter Frau Mengs Leitung bemühten sich die Mädchen inzwischen mit vereinten Kräften, die Gastgeberin davon zu überzeugen, daß sie kein einziges Wort der Kritik an ihr hatten äußern wollen. Es sei wirklich reine Selbstkritik gewesen. Schließlich gelang es ihnen, die Bäuerin zu beruhigen. Jetzt erst konnte Frau Meng ruhigen Gewissens die politische Versammlung schließen. Sie setzten sich zu ihrer Gastgeberin und redeten über alles mögliche.

Liru stellte die Frage, die ihnen allen seit fast einem Monat auf den Lippen lag: »Wie oft kommt Ihr Mann nach Hause?«

Die Bäuerin zog ihre kleine Tochter an sich: »Der Vater meiner Kinder kommt einmal im Jahr zu Besuch, am chinesischen Neujahrsfest, wissen Sie. Aber wenn er Glück hat, das heißt, wenn es nicht zu viele Baustellen gibt und der Beutel an seinem Hosengürtel gut gefüllt ist, kommt er manchmal auch im Sommer für eine Woche zu uns. Das ist für die Kleinen ein Fest! Ich kann nämlich nicht schwimmen, und wenn ihr Vater nicht da ist, müssen die Kinder immer ihren Onkel drängeln, daß er sie zum Fluß mitnimmt. Es tut mir immer so leid, wenn sie so bitten und betteln.«

Feiwen nahm kein Blatt vor den Mund: »Finden Sie es nicht schlimm, daß Sie Ihren Mann so selten sehen?«

»Erkundigen Sie sich doch mal im Dorf. Wenn Sie auch nur eine Person finden, die unsere Familie nicht *bis tief in ihre Eingeweide beneidet*, laß ich meinen Kopf wie einen Blumenkohl über den Weg rollen! Hätte der Vater meiner Kinder weiter auf dem Feld gearbeitet, dann könnten wir nicht in einem so schönen Haus wohnen.« Sie beschrieb mit dem Kopf einen Halbkreis, um auf die Symbole des Wohlstands im Haus zu deuten, und streichelte stolz ihre vierjährige Tochter, die eine Jacke aus dem teuersten Synthetikstoff trug.

Lian hatte die ganze Zeit geglaubt, Mann und Frau lebten nicht zusammen, weil die Kulturrevolution sie auseinandergerissen hatte, wie es bei ihren Eltern der Fall war. Und nun entdeckte sie, daß es Menschen gab, die sich freiwillig dafür entschieden, nicht zusammenzuleben. Die finanziellen Vorteile einer Arbeit in der Stadt waren offenbar für eine Bauernfamilie so verlockend, daß das Ehepaar dafür die schönsten Jahre seines Lebens opferte und getrennt lebte.

Kims älterer Bruder

Sie waren im Begriff, nach Hause zurückzukehren. Der Traktor mit der gewohnten Staub- und Lärmproduktion stand bereits auf dem kleinen Platz und stieß Rauchwolken aus, und wieder befahl Frau Meng den Jungen, als erste auf den Anhänger zu klettern. Diesmal ergriff Lian die erstbeste Hand, die sich ihr entgegenstreckte, und ließ sich hinaufziehen. Als sie oben stand, wollte die Hand, die ihr geholfen hatte, sie nicht loslassen. Sie schaute den Besitzer dieser Hand an, und das Blut stockte ihr in den Adern. Vor ihr stand Wudong und sah sie mit seinen schönen Augen voller Sympathie an. Ihr ›felsenfester Unglaube‹ in bezug auf Wunder erlebte einen Erdrutsch ...

Sobald sie aus dem Strahlungsgürtel von Wudongs zärtlicher Spannung geflüchtet war, suchte sie frohgemut nach Kim, der vorbildlichen Praktikantin, die einen Monat lang die Hauptrolle in den Nachrichten gespielt hatte. Die Jungen würden sich bestimmt darum streiten, wer sie hochziehen dürfte.

Von wegen.

Kim stand einsam unten und warf trotz ihres Stolzes von Zeit zu Zeit einen schüchternen Blick auf die Jungengesichter oben auf dem Anhänger. Ihnen direkt in die Augen zu sehen wagte sie nicht, aber sie hoffte insgeheim, daß ihr wenigstens ein Mitschüler eine helfende Hand hinstrecken würde. Eine schmerzliche Frage entstellte Kims ausgetrocknetes Gesicht, und Lian konnte ihre Gedanken lesen: Haben die vielen Lobeshymnen, die dreißig Tage lang vom Dorfradio gesendet worden sind, meinen niedrigen Status nicht ein ganz klein wenig verbessert ...?

Lian wollte, sie hätte die starken Arme eines Jungen. Dann würde sie Kim hochziehen. Aber leider, sie wußte es genau, bei diesem Wagnis würden beide im Schlamm landen.

Tututu! Der Fahrer wurde ungeduldig.

»Beeilung! Auf den Wagen!« sagte Frau Meng zu Kim, rannte selbst nach vorne zum Traktoristen und setzte sich neben ihn.

Kim wurde aus ihrem Tagtraum gerissen und bat den Fahrer, noch einen Augenblick zu warten – sie mußte wie bei der Hinreise auf eines der Hinterräder klettern und sich von dort aus auf die Ladefläche ziehen. Der Fahrer blickte erstaunt auf das zarte Mädchen und konnte nicht begreifen, warum ihr als einziger keiner half. Und schon sprang er, hoppla, vom Traktor und sagte mit seiner kräftigen Stimme: »Mädchen, laß dir von deinem älteren Bruder raufhelfen!« Er faßte sie um die Taille und wollte sie hinaufwerfen. »Noch nicht!« schrie sie, während ihre Storchenbeine schon nervös in der Luft zappelten, »ich muß erst mein Gepäck verstauen!« Er schwenkte sie samt Gepäck hin und her. Seine Augen lachten fröhlich – das Gewicht dieses Mädchens war für ihn auch mit Rucksack und Taschen offenbar kein Problem. *Uff!* Schon stand sie auf dem Traktor.

Die Klassenkameraden auf der Ladefläche hatten dem Schauspiel mit offenem Mund zugesehen. Wie sollten sie das nun einordnen: War es eine Ehre für Kim, daß ihr der

Traktorfahrer geholfen hatte, oder bestätigte es gerade ihre jämmerliche Position?

Was die anderen davon hielten, war Lian einerlei. Sie hatte das Gefühl, daß ihr der Himmel auf den Kopf stürzte. Die Szene machte eines deutlich: Kims gute Note für das Praktikum und die Aufmerksamkeit, die ihr die Leitung aufgrund ihrer Leistungen gewidmet hatte, interessierte die Klassenkameraden überhaupt nicht. In den dünkelhaften leeren Höhlungen, die sie selbst ›Augen‹ nannten, war und blieb Kim die Verdammte aus der Dritten Kaste, die von jedem geschnitten oder aber gedemütigt und gequält werden mußte.

Auch Kim entging das natürlich nicht. Sie mied bewußt den vorderen Bereich der Ladefläche, denn der war selbstverständlich für die Schüler aus der Ersten und eventuell noch für ein paar Kinder aus der Zweiten Kaste ›reserviert‹, die dessen würdig waren, weil ihre politische Haltung einwandfrei war oder weil sie sich bei Frau Meng lieb Kind gemacht hatten.

Wanquan aus der Dritten Kaste war zum Propagandasekretär der Klasse avanciert, nicht zuletzt, weil er hochgewachsen und muskulös war – für so etwas war Frau Meng, die sich nach dem Geruch eines Mannes sehnte, nicht ganz unempfänglich. Ihr Ehemann, ein Brückenbauer, war vor zwei Jahren in ein Dorf im südlichsten Zipfel des Landes verbannt worden. In diesen Gegenden konnten *Mücken Menschen hochheben, viermal im Kreis schleudern und dann erst die Liebesbisse zurücklassen, die die Malariabrut vermehren würden.* Lian konnte es ihr nicht verdenken, daß sie Wanquan zu einem Status verholfen hatte, der dem der Ersten Kaste entsprach. Jeder rudert mit den Riemen, die er hat. Wanquan hatte seine Männlichkeit.

Kims Wangen hatten sich gerötet; Lian wußte, weshalb. Zum erstenmal hatte ein junger Mann Kim beachtet, und das ließ sie sichtlich nicht unberührt. Sie hatte erkannt, daß sie doch die Chance hatte, bemerkt zu werden, und sei es auch nur von einem Bauern. Die Zukunft war nicht vollkommen schwarz ...

TEIL IV
1974

Selbst eine Kerze
hat ein glühendes Herz
und tropft rote Perlen
eh' dich der Abschied umarmt

Du Mu, neuntes Jahrhundert

Die Geister der Ahnen

In zwei Tagen war es soweit – das chinesische Neujahr würde mit krachendem Feuerwerk angekündigt werden. Nach dem Mondkalender war heute der achtundzwanzigste Tag des zwölften Monats im Jahr 2876 – oder so … Lian wußte es nicht genau, denn gut ein Jahrzehnt vor ihrer Geburt hatte die KPCh den Mondkalender als feudalistisches Überbleibsel des früheren Kaiserreichs abgeschafft. Das führte dazu, daß so gut wie alle seit Jahrhunderten damit verbundenen Sitten und Bräuche mit einem Federstrich verboten wurden. Nur das Feiern des chinesischen Neujahrsfestes war noch erlaubt. Das chinesische Neujahr wurde auch ›Frühlingsfest‹ genannt, weil es das Wachsen und Blühen des neuen Jahres einläutete. Es zog einen Schlußstrich unter das Unglück des vergangenen Jahres und hieß das Glück des kommenden Jahres willkommen. Es stand für die Aussöhnung alter Feinde und das Anknüpfen neuer Freundschaftsbande. In diesen Tagen hielt man auch Rückschau auf das vergangene Jahr. Die Geister der Ahnen wurden aufgefordert, die Leistungen ihrer Nachkommen zu beurteilen. Natürlich versuchten die Lebenden, ihre Ahnen günstig zu stimmen, um von ihnen auch im neuen Jahr Schutz und Geleit zu erhalten. Daher wurden ihnen diese Tage mit Küchlein und anderen Köstlichkeiten, die auf den Familienaltar gestellt wurden, buchstäblich versüßt. Obwohl es der kälteste Monat im Jahr war, mit Temperaturen unter dem Gefrierpunkt und eisigem Wind, ließ man die Haustüren offenstehen, damit die Geister jederzeit hinein- und herausspazieren konnten. Lian erinnerte sich, wie Oma in Qingdao ihr erzählt hatte, daß die Geister die Türen nicht allein öffnen könnten – sie hatten keine Kraft mehr in den Händen.

Alte Schulden mußten zurückgezahlt werden, denn jeder wollte mit sauberen Händen ins neue Jahr gehen. Daher war es vor Gründung der Volksrepublik China – als der Besitz von Privateigentum noch nicht gegen das Gesetz verstieß – gang und gäbe, daß Pächter, die ihren Pachtzins nicht bezahlt hatten, in die Berge flohen, damit ihre Schuldner sie nicht zur Rechenschaft ziehen konnten.

Das chinesische Neujahrsfest war auch die Zeit der Reinigung. Angehörige der Zweiten und Dritten Kaste, die zu Hause keine Bade- oder Duschgelegenheit hatten, zogen in großer Zahl in die öffentlichen Badehäuser. Sie zahlten dafür fünfzehn *Fen*, soviel, wie ein gutes Kilo Maismehl kostete. Es war ein teures Vergnügen, das sie sich höchstens zweimal im Jahr erlauben konnten. Vor den Toren der Badehäuser drängten sich lange Schlangen Wartender, die unbedingt in der Woche vor Neujahr duschen wollten. Nicht früher und nicht später – obwohl der Andrang dann weniger groß wäre –, denn sie fürchteten, sonst für die Festtage nicht adrett genug zu sein.

Hausfrauen blieben bis nach Mitternacht auf, um für die ganze Familie neue Kleider zu nähen. Jung und alt mußte ja ordentlich gekleidet sein. Natürlich durfte bei dem Fest auch ein köstliches Mahl nicht fehlen. Von morgens früh bis abends spät ertönten die flehentlichen Todesschreie der Schweine und Kühe – es waren so gut wie die einzigen Tage im Jahr, an denen in den Dörfern Fleisch auf den Tisch kam. Alles in allem wurden weder Kosten noch Mühen gescheut. Nichts war für diese Jahreszeit zu luxuriös. Naschwerk wurde aus dem verschlossenen Schrank geholt und offen auf den Tisch gestellt. Früchte kamen nicht nur auf den Altar, sondern auch in die Schale, aus der sich die Sterblichen bedienen durften.

Kein böses Wort durfte in diesen Tagen fallen. Nur Glückwünsche und Liebenswürdigkeiten waren erlaubt. Schon allein deshalb war chinesisches Neujahr für die Kinder ein Zauberwort. Sie erkannten die Zeit an der seltenen Nahrungsfülle und den plötzlich sorglosen und glücklichen Mienen der Erwachsenen.

Revolutionäre Folgen

Vater war vor anderthalb Monaten zurückgekehrt, als Lian ihr Praktikum in der *Fünf-Rote-Sterne-Kommune* absolvierte. Als sie ihn im Wohnzimmer sitzen sah, hätte sie fast gerufen: Einbrecher!

Es war sonderbar. All die Jahre hatte sie seine Heimkehr herbeigesehnt, aber jetzt, wo er da war, konnte sie sich gar nicht darüber freuen. Mit einem Mann im Haus fühlte sie sich einfach nicht wohl. Sie war das Leben mit Mutter gewohnt, und da tauchte plötzlich dieser wildfremde große Kerl auf. Sie konnte nicht mehr nackt aus dem Badezimmer gelaufen kommen. Sie mußte die Tür abschließen, wenn sie auf die Toilette ging. Sie konnte ihre Unterwäsche nicht mehr auf der Couch herumliegen lassen. Wenn Vater ihr über den Kopf strich, bekam sie eine Gänsehaut. Und vor allem: Sie war nicht mehr der Mittelpunkt. Wenn Vater etwas Schönes mitbrachte, wie Kleider oder Gebäck, teilte er es zwischen Frau und Tochter auf. Vorher hatte Lian alles für sich gehabt.

Am meisten störte sie, daß es ständig Mißverständnisse zwischen ihnen gab. Gestern abend zum Beispiel. Da hatte Vater Lian einen Zeitungsausschnitt in die Hand gedrückt und gesagt: »Dieser Bericht wird dich vielleicht interessieren.«

Er handelte von einem elfjährigen Schüler, der so gut in Mathematik war, daß er sofort zur Universität geschickt wurde. Was wollte Vater damit sagen? Daß sie, verglichen mit dieser Rotznase, strohdumm war? Daß sie mehr büffeln sollte? Pikiert warf sie den Zeitungsausschnitt auf den Tisch und fauchte ihn an: »Schade für Sie, daß Sie nicht so einen intelligenten Sohn haben!«

Er sah sie erstaunt und betroffen an.

Mutter beobachtete ihren stillen Krieg voller Sorge, aber sobald sie sich einmischte, tat Lian, als gäbe es nichts zu beschwichtigen. »Was soll schon los sein? Ich liebe Papa, und er liebt mich. Das müssen wir uns doch nicht die ganze Zeit beweisen, oder?«

Vaters Rückkehr nach Peking war endgültig. Mit dem Befehl Nummer 28 hatte Mao die Rückführung der wichtigsten Regierungsinstitutionen, unter die auch Vaters Krankenhaus fiel, in die Hauptstadt angeordnet. Vater war Mitglied einer fünfzigköpfigen Vorbereitungsgruppe, welche die nötigen organisatorischen Maßnahmen treffen sollte, bevor das übrige Personal nachkommen konnte. Das hatte große Auswirkungen auch im privaten Bereich – die Familie war wieder vollständig.

Recht schnell spürte Lian, daß sie damit erneut in den Genuß der Privilegien kam, die sie früher als Mitglied der Ersten Kaste und Tochter einer Arztfamilie genossen hatte.

Vater legte zwei Eintrittskarten für die Neujahrsgala auf den Tisch. Diese Gala fand im prunkvollsten Gebäude der Hauptstadt und somit des ganzen Landes statt – im Volkspalast auf dem Platz des himmlischen Friedens. Vor der Kulturrevolution hatten sie jedes Jahr Eintrittskarten bekommen. Zu diesem Fest wurden seitdem eigentlich immer dieselben Leute eingeladen – fettleibige Parteibonzen, streng dreinblickende Offiziere, durchtriebene hohe Beamte, alle in Begleitung ihrer korpulenten Frauen und verwöhnten Kinder. Auch die Shows und das Unterhaltungsprogramm hatten sich nicht geändert. Deshalb war Lian nicht gerade wild darauf, die Gala zu besuchen.

Ganz im Gegensatz zu Mutter. Die war überglücklich, weil das Privileg dieser Einladung bedeutete, daß ihr Mann wieder seine alte Position innehatte und die KPCh ihre Familie nicht länger als Konterrevolutionäre mit bourgeoiser Gesinnung, also als Schlangengeister und Rinderteufel ansah: Politisch Unzuverlässige würden dort nie zugelassen.

Vater sagte: »Gut, daß ich nur zwei Karten habe, ich wüßte sonst nicht, was ich mit der dritten anfangen sollte. Geh du mal ruhig mit Lian hin. Ich habe keine Lust auf so viele Menschen.« Er litt noch immer unter einem Kulturschock, nachdem er aus dem dünnbesiedelten Wüstengebiet wieder mitten in Peking gelandet war. Ihn schmerzten die Ohren vom Straßenlärm, und ihm wurde schwindlig, wenn er von einer Menschenmenge umgeben war.

Mutter zog die Augenbrauen hoch. »Wie kommst du nur darauf? Ich? Zu dieser stinkvornehmen Gala? Mit denselben Bonzen, die mich ins Umerziehungslager gesteckt und mein Kind in einem Kinderheim haben verkümmern lassen, Konversation machen? Von mir aus dürfen diese scheinheiligen Politiker, die anderen den Marxismus aufzwingen und selbst das dekadenteste bourgeoise Leben führen, das man sich vorstellen kann, ihr Neujahrsfest gern in einem ihrer Umerziehungslager feiern!«

»Ach, hör mal«, versuchte der Vater sie zu beschwichtigen, »vergiß die Lagerzeit doch endlich und beiß dich nicht an deinem Groll fest. Laß uns ein neues Leben anfangen. Schließlich ist Neujahr.«

»Ich beiße mich nicht fest! Aber deshalb muß ich mich noch lange nicht freiwillig einer solchen Situation aussetzen. Laß uns die Karten einfach zurückgeben. Lian kann schlecht allein gehen.«

»Bist du denn von allen guten Geistern verlassen?! Du weißt ganz genau, daß diese Einladung ein Zeichen der Anerkennung dessen ist, was meine Arbeitseinheit geleistet hat. Weigere ich mich, die Karten anzunehmen, ist es auch mit allen anderen Extras vorbei.«

»Aber wie werden wir sie dann los? Nur Staatsbeamte über Rang G bekommen solche Karten. Meine Kollegen haben es nicht mal in Rang D geschafft. Wo finde ich eine geeignete Vertretung?«

Plötzlich hatte Lian eine Idee. Sie sagte aus heiterem Himmel: »Laßt nur, ich gehe schon. Ich nehme Kim mit, dann bin ich nicht allein.«

Mutter beobachtete gespannt ihren Mann, denn sie wußte, was jetzt kommen würde. Vater runzelte die Stirn. »Wer ist Kim? Doch nicht etwa diese Vogelscheuche, mit der du früher Hausaufgaben gemacht hast?«

Mutter nahm Lian sofort in Schutz: »Zügle deine Zunge. Du sprichst über Lians beste Freundin.«

Derart ermahnt, lenkte Vater sofort ein: »Lian, nicht, daß ich es dir verbieten will, mit Menschen aus der Dritten Kaste Umgang zu haben. Aber du bist schließlich schon vierzehn. So langsam fängt man an, darauf zu achten, mit wem du umgehst, und bald ...«

Seine Frau fing an zu lachen. »Hör doch auf! Oder willst du etwa behaupten, daß unsere Tochter langsam ins Heiratsalter kommt und ihr Marktwert sinkt, wenn sie sich in Gesellschaft von Menschen unter ihrem Stand zeigt? Lian ist erst vierzehn! Also noch lange nicht erwachsen. Laß sie doch tun, was sie will!«

Mutter wartete ab, bis sie sicher sein konnte, daß Lian wegen Vaters beleidigender Haltung gegenüber Kim keinen Wutanfall bekam. Dann sagte sie vorsichtig: »Eigentlich hat Papa nicht unrecht. Nur Angehörige der Ersten Kaste werden zur Gala eingeladen. Wie könnte Kim da mitkommen?«

»Erinnern Sie sich nicht mehr, daß Qianyun einmal ihren Cousin vom Lande in den Palast mitgenommen hat? Er kam nicht einmal aus einer Landarbeiterfamilie wie Kim, sondern aus einer hundertprozentigen Bauernfamilie! Damals hat doch auch kein Hahn danach gekräht?!«

Dagegen war wenig einzuwenden. »Na schön, aber laß Kim nicht aus den Augen. Und wenn die Leute fragen, wer sie ist, dann sagst du, sie sei deine Schwester.«

Vater schniefte verächtlich: »Wie nett für Lian, so eine Schwester zu haben.«

Der Aufenthalt in der Wüste hatte Vaters Bewußtsein der Klassenunterschiede offenbar noch verstärkt. Er hatte vermutlich unzählige ›Musterbeispiele‹ dafür erlebt, wie die konterrevolutionäre Klasse der Intellektuellen gedemütigt und die Arbeiterklasse in den Himmel gehoben wurde. Jetzt, wo das revolutionäre Klassensystem dem jahrhundertealten Kastensystem wieder heimlich, still und leise Platz gemacht hatte und er endlich wieder in seine alten Privilegien eingesetzt worden war, wollte er nachholen, was ihm als Rechtsabweichler und Schlangengeist verboten war: andere zu verachten, wie man ihn selbst verachtet hatte. Bei Mutter war es merkwürdigerweise gerade umgekehrt: Sie hatte eine unüberwindliche Abneigung gegen Klassen- und Kastenunterschiede entwickelt, und das, obwohl beide ungefähr die gleichen Erfahrungen gemacht hatten. Daraus sollte einer schlau werden.

Am Tag vor dem chinesischen Neujahrsfest überbrachte Lian Kim die große Nachricht. Anfangs begriff Kim überhaupt nichts, und als sie dann endlich kapierte, wagte sie nicht, die Einladung anzunehmen. Was hatte sie denn auf einer solchen Gala zu suchen? Lian hing alle Segel in den Wind, um sie zu überzeugen, aber Kim wurde allein schon bei dem Gedanken angst und bange, wie die Festgäste sie verspotten würden.

»Aber dort kennt dich doch keiner«, sagte Lian, »es kommen Tausende von Gästen. Wer soll sich über ein Mädchen namens Kim aufregen?«

Schließlich trieb Kims lange unterdrücktes Lächeln an die Oberfläche. Sie lachte lautlos, wie vor einem Jahr, als sie die ersten Benotungen mit ›Ausreichend‹ in ihrem Zeugnis gesehen hatte.

Ein Sitzplatz im Bus

Punkt sechs Uhr standen die beiden Freundinnen an der Sonderbushaltestelle vor Vaters Krankenhaus. Sonne und Wind waren in eine ausgelassene Balgerei verwickelt und hinterließen orangefarbene Streifen am stahlblauen Himmel. Die Streifen waren einzigartig. Hätte ein Maler sie wiederzugeben versucht, hätte ihm niemand geglaubt – wie sollten die Wolken derart bezaubernde Formen und Farben annehmen können? Aber nichts da! – sie sind wirklich so, versicherte Lian den Kritikern des ›Aquarells‹, die in ihrem Kopf Einspruch erhoben. Kam es vielleicht daher, daß sie sich vorher kaum je die Ruhe gegönnt hatte, den Himmel mit so viel Aufmerksamkeit zu betrachten?

Mit Kim neben sich und voller Vorfreude auf das Galafest, das der absolute Höhepunkt in deren Leben sein würde, konnte sie beim Warten auf den Sonderbus, der sie direkt zum Palast bringen würde, nicht anders, als sich friedlich und aus ganzem Herzen glücklich zu fühlen.

Lian mußte daran denken, wie anders die Situation bei den normalen Buslinien war. In den Stadtbus einzusteigen war mit dem Kampf vergleichbar, den zwei Ertrinkende im Stillen Ozean um eine Schiffsplanke führen. Man brauchte dazu die Unerbittlichkeit des Verzweifelten, der notfalls auch buchstäblich über Leichen ging. Nicht selten kam es vor, daß einem Kind unter den Füßen der Passagiere, die sich in den Bus hineinquetschten, die Rippen gebrochen wurden. Glücklich im Bus, hörten die Leute nicht auf zu drängeln, und durch das Aneinanderpressen der Körper *wurden manch einem Mitreisenden die Schlüssel in der Hosentasche verbogen*. Die Anschlüsse zwischen den einzelnen Buslinien ließen auch sehr zu wünschen übrig. Bei einer Fahrt von Lians Wohnung ins Zentrum mußte man fünfmal umsteigen, was doppelt unangenehm war, weil die Busfahrer die Fahrpläne nicht einhielten. Glücklicherweise blieb vielen aus der Ersten Kaste diese Unannehmlichkeit erspart, da ihre Arbeitseinheiten Sonderlinien unterhielten, deren Busse zu festgesetzten Zeiten bestimmte Haltestellen ansteuerten.

Lians Gedankenstrom wurde unterbrochen, als Kim sie am Ellenbogen packte und aus der Warteschlange an der Bushaltestelle wegzog. Kim deutete aufgeregt auf den näher kommenden Bus und rief: »Komm schon, sonst kriegen wir keinen Platz mehr!« Ihre Stimme klang vor Nervosität hoch und falsch, und die Augen aller Umstehenden richteten sich auf die beiden Mädchen.

Lian sah sich um. Sie standen als einzige auf dem Platz vor der Bushaltestelle. Ihr Rücken brannte von all den auf sie gerichteten Blicken. Sie versuchte, Kim an ihren alten Platz zurückzuziehen, aber vergebens. Zum einen war Kim viel stärker als sie – um sie auch nur einen Zentimeter wegzuziehen, hätte es der Kraft bedurft, die es braucht, um eine hundertjährige Eiche zu entwurzeln. Zum anderen nutzte selbst der größte Bulldozer nichts, wenn Kim sich einmal etwas in den Kopf gesetzt hatte. Lian flüsterte ihr ins Ohr: »Hör doch, Kim. Das ist kein normaler Bus. Sieh nur, wie geduldig die Leute warten, bis sie an der Reihe sind. Keiner muß befürchten, nicht mitzukommen. Es ist nicht umsonst eine Sonderlinie ...«

Verlegen ließ Kim Lians Arm los. Aber so schnell gab sie sich nicht geschlagen: »Trotzdem ist es besser, als einer der ersten drin zu sein, wenn man einen Sitzplatz bekommen will, verstehst du?«

Lian bemühte sich, nicht loszulachen: »Es gibt für jeden einen Sitzplatz.«

»Nun ja ...« Kim sah zu der sich windenden Schlange und zweifelte an Lians mathematischen Künsten. »Bei so vielen Passagieren?«

Lian deutete triumphierend auf die beiden anderen Busse, die inzwischen ebenfalls eingetroffen waren. Das ließ Kim endgültig verstummen. Aber Lian tat sie sofort wieder leid. Kim kannte nur die normalen Stadtbusse, die im allgemeinen mindestens doppelt so viele Fahrgäste wie erlaubt mitnahmen.

Sobald Kim einen Platz gefunden hatte, versuchte sie, ihre Hand aus dem Fenster zu strecken. Anschließend stand sie zweimal auf, um den Ledersitz zu bewundern, der nachgab wie ein Heuhaufen. Als sie damit fertig war, schloß sie die Augen und summte kaum hörbar ein vermutlich selbsterfundenes Lied.

Lian freute sich für Kim, war aber gleichzeitig verwirrt. Kaum eineinhalb Monate nach dem dreißigtägigen Praktikum, bei dem ihnen so nachdrücklich eingebleut worden war, daß die Bauern die Führer des Landes waren, durfte Kim, eine Tochter der nunmehr führenden Klasse, den Luxus miterleben, in dem die nach ideologischen Gesichtspunkten unterste, de facto aber höchste Kaste ständig schwamm. Eine komplizierte Sache, die Lian traurig stimmte.

»Sieh nur, der Sternenhimmel!« Kim hatte die Augen wieder geöffnet und deutete auf die hohen Gebäude und die breiten Boulevards, die vom Neonlicht festlich erleuchtet waren. Lian sah aus dem Fenster: Es war bewölkt. Aber sie verstand, was Kim sagen wollte. Im Lehmhausviertel gab es kaum Straßenlaternen. Die einzigen Lichter, die man abends sah, waren die Sterne am Firmament. Hier glichen die Boulevards selbst einem Sternenhimmel. Kim saß auf dem weichen Sitz und schlenkerte ihre Spinnenbeine hin und her, zufrieden wie ein Baby, das gerade die Brust bekommen hat.

Unbekannte Genüsse

Am Eingang zum Volkspalast mußten sie durch eine elektronische Kontrolle, die immer wieder bedrohlich piepte. In dem Fall wurden die Eintretenden aufgefordert, die Hosentaschen zu leeren und die Handtaschen zu öffnen. Meist kam ein dicker Schlüsselbund zum Vorschein. Kim ging auf Zehenspitzen an dem Detektor vorbei, aber er schwieg brav. Ihre Miene hellte sich auf – wenn es an ihr gelegen hätte, wäre sie gern noch einmal durchspaziert. Sie war so erleichtert, einmal nicht erwischt zu werden, vor allem, weil sie in der Schule regelmäßig herausgegriffen wurde, ganz gleich, wie vorsichtig sie sich verhielt und wie gut sie sich versteckte. Sie strahlte Lian über das ganze Gesicht an, als wäre sie eine Teufelin, die diesmal zufällig nicht geschnappt worden war. Lian konnte darüber nicht lachen. Es war ihr peinlich zu sehen, wie etwas so Alltägliches bei Kim ein solches Entzücken hervorrief. Sie schlug die Augen nieder, ging geradewegs in den Palast hinein und ließ Kim, die ihr ›Entkommen in letzter Sekunde‹ immer noch genoß, einfach stehen. Kim beeilte sich, ihr zu folgen.

Aus den Lautsprechern in der Halle erklang ein seit langem verbotenes Lied:

Schmetterlinge lieben Blumen
Blumen wollen nichts lieber,
als von Schmetterlingen berührt zu werden.

Ho, seit Beginn der Kulturrevolution drohte jedem, der diese Musik auflegte, ein halbes Jahr Gefängnis!

Vor sich sah Lian ein paar schlanke Beine in glänzenden Strümpfen. Als sie den Blick weiter nach oben lenkte, blieb ihr die Luft weg: Die Besitzerin dieser Beine trug das traditionelle hochgeschlitzte Shanghaikleid, eine Garderobe, die ihr wohlgeformtes Gesäß, ihren ranken Rücken und die Sinnlichkeit ihrer Arme betonte. Kim zog an Lians Hand. Lian versuchte sie mit einem Blick zu beschwichtigen: Hier, in diesem Palast für die Parteielite, war das Bourgeoise erwünscht und das Proletarische verpönt. Man mußte sich einfach vorstellen, heute abend hätten Himmel und Erde den Platz getauscht.

Farbenprächtige Ballons und Girlanden schmückten die Marmorsäulen. Die Kristalle der Kronleuchter sprenkelten fantasieanregende Lichtreflexe auf den spiegelnden Fußboden. Liebesmelodien schwebten durch die parfümierte Luft. Die galanten Gesten der Herren und das charmante Lächeln der Damen machten die romantische Atmosphäre vollkommen. Nach wenigen Sekunden vergaßen Kim und Lian ihren ideologischen Widerstand. Der Widerspruch zwischen dem angelernten Wissen über die Verwerflichkeit kapitalistischer Dekadenz und dem, was sie hier mit eigenen Augen sahen, überstieg ohnehin ihr Denkvermögen. Leichtfüßig gingen sie zu den Sälen, in denen allerlei Unterhaltung auf sie wartete.

Das erste Spiel, an dem Kim sich beteiligte, war ›Trokkenangeln‹. Auf einem Podest standen Dutzende von Spielzeugtieren, jedes mit einem Haken am Kopf versehen. Mit Hilfe eines dünnen Stocks, der Angelrute, konnte man nach den Tieren fischen. Eine lange Schlange stand an diesem Tisch an, und Kim hatte schon zweimal mitgespielt. Trotzdem war sie nicht wegzulocken. Sie mußte und würde einen Preis gewinnen.

»Ki-im, in diesem Gebäude sind noch acht Säle, und in jedem gibt es Dutzende von Spielen. Wenn du hier hängenbleibst, bekommst du heute abend nicht einmal ein Viertel des Palastes zu sehen. Und das wäre doch schade, oder?«

Kim sah Lian ungläubig an. Sie konnte sich offenbar nicht vorstellen, daß sie in einem grenzenlosen Ozean von Lustbarkeiten schwamm. Widerstrebend folgte sie Lian zum nächsten Spiel, dem Tauziehen. Kims Augen funkelten. Sie spuckte in die Hände, um sich Mut zu machen und auf die schwere Aufgabe vorzubereiten. Wie zu erwarten, gewann ihre Seite. Die Belohnung war ein giftgrünes Badetuch für jeden Teilnehmer. Diesmal wäre Kim nicht einmal mit einer Atombombe wegzusprengen gewesen. Sie beteiligte sich so oft an dem Spiel, bis sie für ihre ganze Familie Badetücher gewonnen hatte. Der Schiedsrichter klopfte ihr auf die Schulter. Er hätte es am liebsten gesehen, wenn sie bliebe. Sie waren dicke Freunde geworden. Kim strahlte jedesmal, wenn er neuen Spielern riet: »Stellt euch zu diesem Mädchen hier, dann könnt ihr euch jetzt schon mal überlegen, in welcher Farbe ihr euer Badetuch am liebsten hättet!« Alle sahen Kim voller Bewunderung an.

Schließlich tanzte sie mit vier Badetüchern unter dem Arm zu Lian. Ihre Augen strahlten vor Glück. Lian zog sie schnell zum Eingang eines Saals hinüber, der *Des Dichters Wein* hieß. Dort standen Tische, beladen mit Gebäck, herzhaften Happen und Getränken. Lian wollte Kim mit dem Reichtum an Köstlichkeiten überraschen. Kim aber traute sich nicht in den Saal: »Hör mal, Lian, ich möchte lieber weiterspielen. Außerdem habe ich schon zu Abend gegessen.«

»Aber es ist schon nach zehn. Du warst jetzt viermal beim Tauziehen und hast bei drei anderen Wettkämpfen mitgemacht. Hast du keine Lust auf ein Häppchen?«

Kim sah zu den Tischen und warf Lian einen wütenden Blick zu: Wie konnte sie nur! Einen ausgehungerten Wolf fragen, ob er ein Lämmchen möchte. Erst dann fiel Lian auf, daß Kim in ihrer Hosentasche herumtastete.

»Ach so! Weißt du, hier ist alles umsonst.«

Der Teufel scheißt immer auf den größten Haufen. Je höher man auf der sozialen Leiter stand, desto weniger mußte man für alles bezahlen. Wenn die Parteibonzen auch scheinbar nicht viel mehr verdienten als das normale Volk – schließlich propagierte der Steuermann die Gleichheit aller Bürger –, genossen sie darüber hinaus Privilegien, die so gut wie Bargeld waren. Sie bekamen Fleisch-, Kleidungs-, Fahrrad- und Uhrengutscheine und mußten diese Waren deshalb nicht auf dem Schwarzmarkt kaufen. Sie waren ständig mit dem Dienstwagen ihrer Arbeitseinheit unterwegs, ohne dafür auch nur das Geringste zu zahlen, und sie wurden zu Diners und Festen eingeladen, auf denen sie sich gratis die Bäuche vollschlagen konnten wie bei dieser Neujahrsgala.

Kim stand vor Lian in der Schlange an der Bar. Ihr fielen fast die Augen aus dem Kopf. Törtchen, die sie noch nie gesehen, geschweige denn gekostet hatte, die vielfarbigen Getränke, die teuren Häppchen – sie verschlang alles mit ihren Blicken und träumte mit offenen Augen.

Plötzlich ertönte hinter ihr eine sonore Stimme: »Gehen Sie nur vor, mein Fräulein.«

Kim sah um sich und suchte nach der Person, die der elegant gekleidete junge Herr vor ihr meinen könnte. Es gab niemanden, der in Frage kam. Sie zuckte mit den Schultern – bestimmt hatte sie sich verhört.

»Bitte, mein Fräulein, nach Ihnen. Sie haben bestimmt eine trockene Kehle.«

Kim schüttelte ungläubig den Kopf, als ihr klar wurde, daß dieser charmante junge Herr mit ihr sprach. Wie erstarrt blickte sie ihn mit großen Augen an.

Lian genierte sich für sie. Sie flüsterte: »Sag vielen Dank und nimm dir eine Limonade. Mach schon.«

Kim schien eine Skulptur, die tief in der Erde verankert war, aber der Herr lächelte ihr weiter höflich zu. Er sah sie mit einem Blick an, der sagen wollte: Wenn Sie nicht vorgehen wollen, ist es mir auch recht, es war nur ein Angebot.

So unauffällig wie möglich verließ Lian die Schlange und zerrte Kim mit sich, die ihr wie ein Roboter folgte.

Lian wagte es nicht, sich umzusehen. Der junge Mann hielt sie bestimmt für ein komisches Pärchen.

Als sie endlich in einer Ecke standen, rollte Kim die Augen – sie schmolz dahin. »Hast du das gehört, Lian Shui, er hat mich ›Fräulein‹ genannt!«

Lian befürchtete, daß Kim glauben könnte, der Mann hätte ein Auge auf sie geworfen. Da würde sie aber bitter enttäuscht werden, denn bei solchen Gelegenheiten pflegten die jungen Herren zu jedem höflich zu sein. Aber nein, Kim lachte wie ein Kleinkind, das gerade Dreiradfahren gelernt hat, und musterte ihre Sonntagskleider. Sah sie etwa aus wie ein Mädchen der Ersten Kaste? Wußten die Leute hier nicht, daß sie von ihren Mitschülern ständig geschlagen wurde? Sie drehte sich im Kreis, die Arme ausgestreckt wie ein Engel, der seine Flügel ausbreitet, um in den Himmel zurückzukehren. Sie schaute zum Eingang des Palastes und dann hinauf zur Decke, auf die die Kristallüster die wunderbarsten Muster gezeichnet hatten. Hier, zwischen den vier Wänden dieses magischen Gebäudes, fühlte sie sich sicher. Niemand erkannte sie. Hier war sie nicht das Prügelmädchen der Klasse. Hier war sie nicht länger die Tochter eines armseligen Landarbeiters. Hier ging man wie selbstverständlich davon aus, daß jeder zur Elite gehörte, und so ging man auch miteinander um. Hier wurde sie ohne weiteres akzeptiert. Von irgendeiner Wahnvorstellung über amouröse Absichten dieses gutaussehenden jungen Mannes konnte bei Kim keine Rede sein.

Da saßen sie nun, im Palast des Volkes am Platz des himmlischen Friedens, umgeben von allem nur erdenklichen Luxus, dem ›proletarischen Reichtum‹ oder wie immer man es nennen sollte. Sie sahen sich in die Augen, und ihr Gekicher flocht einen Kranz unbefangenen Vergnügens und Glücks um sie.

Sie hüpften aus dem einen Saal heraus und in den nächsten hinein, nicht länger auf der Suche nach einem neuen Spiel. Ohne bestimmtes Ziel genossen sie einfach, was ihnen geboten wurde. Sie schwelgten in der überirdischen Atmosphäre von Freiheit und Leichtigkeit. Hin und wieder, wenn Lian in ihrer Begeisterung Kim ansah, fiel ihr auf, wie Lachfältchen Kims Altmännergesicht durchzogen. Irgendwann würde der Tag kommen, an dem sie genug zu essen hätte und ihr hageres Gesicht voller würde, davon war Lian überzeugt. Sie drehte sich im Kreis und ließ diese Überzeugung bis in ihr Herz und in ihren Kopf, in ihr ganzes Wesen, eindringen. In diesem Augenblick, in diesem Zauberpalast, schien alles möglich und zum Greifen nahe.

DIE MACHT DES VERBOTS

Wie verabredet übernachtete Kim bei Lian. Lians Eltern erlaubten nicht, daß Kim mitten in der Nacht allein nach Hause ging. Wie *auf Samtpfoten* schlichen sie in die Wohnung, aber Vater hörte sie trotzdem. Er war ihretwegen wach geblieben. In seinem gestreiften Schlafanzug kam er in Lians Zimmer und flüsterte: »War's schön? Ihr habt bestimmt bei vielen Spielen mitgemacht und seid ganz verschwitzt. Mama hat Wasser für die Dusche warm gemacht, und der Radiator im Badezimmer ist angestellt. Seid vorsichtig und macht keinen Lärm. Sie schläft schon.«

Lian schloß die Tür hinter Vater und sagte zu Kim: »Geh ruhig unter die Dusche. Ich habe heute abend nicht so geschwitzt, aber ich bin völlig erledigt. Ich putz' mir hier über der Waschschüssel die Zähne und gehe dann gleich ins Bett.«

Kim rieb sich mit den Händen über ihr verschwitztes Gesicht und war offenbar hin- und hergerissen. Einerseits würde sie nur zu gern den Schweiß abspülen, andererseits traute sie der Sache nicht. Ihrer Ansicht nach *verbarg sich eine Natter im Gras* – daß man zu Hause baden können sollte, war in ihren Augen etwas Unglaubliches und ihr schon deshalb nicht ganz geheuer. Und außerdem wäre sie in dem unbekannten, luxuriösen Badezimmer ihrem Schicksal überlassen – wer wußte, was sie dort Unheimliches erwartete. Sie sagte: »Wenn du nicht mitkommst, dusche ich auch nicht.«

Lians Müdigkeit schlug sofort in Ärger um: »Kim, ich weiß, daß du nur selten Gelegenheit hast, ein Bad zu nehmen ... Entschuldige, ich wollte dich nicht beleidigen, so gut kennst du mich doch, oder? Und jetzt hast du die Möglichkeit zum Duschen und nützt die Gelegenheit nicht aus!«

Aber die dickköpfige Kim war schon dabei, unter die Bettdecke zu kriechen. Völlig ratlos spielte Lian ihren letzten Trumpf aus: »Es gibt nur einen Duschkopf, und das Duschbecken ist zu klein für uns beide.«

Kim schleuderte die Bettdecke von sich und warf Lian einen Blick zu, als wolle sie sagen: Wenn du nicht mitwillst, dann sag es doch. Du brauchst keine fadenscheinigen Ausreden zu erfinden. Plötzlich begriff Lian, woher Kims Unverständnis kam. Im öffentlichen Badehaus war es völlig normal, sich zu fünft unter einen Duschkopf zu stellen. Scham, sich nackt den Augen vieler anderer auszusetzen, kannte man nicht. Lians Schläfrigkeit war mit einem Schlag verschwunden. Sie gönnte es Kim so sehr, wenigstens einmal im Leben in aller Ruhe in einem privaten Badezimmer duschen zu können. Also sagte sie: »Einverstanden, ich komme mit.«

Der Radiator war bestimmt seit einer Stunde eingeschaltet, denn ihnen schlug eine Hitzewelle entgegen, als sie ins Badezimmer kamen. Lian schob Kim den einzigen Hocker zu, damit sie sich zum Ausziehen setzen konnte. Aber Kim hatte schon ruck, zuck im Stehen die Kleider ausgezogen und sie an den Haken an der Tür gehängt. Sie wandte sich der Dusche zu, wußte aber nicht, ob sie den Hahn selbst bedienen durfte, und wenn ja, wie. Schließlich drehte sie sich zu Lian um und wartete voller Ungeduld darauf, daß auch sie unter die Dusche käme ...

Scham ließ Lian noch mehr schwitzen. Ihr Gesicht und ihr ganzer Körper brannten wie Feuer. Seltsam, es war noch schlimmer als damals, an diesem unvergeßlichen Samstag morgen, als Liqiang sie angestarrt hatte, und dabei war Kim doch ein Mädchen. Wie konnte das sein? Das Hemd noch an, die Hände trotzdem vor die Brust geschlagen, beeilte Lian sich, für Kim die Dusche aufzudrehen.

Sjaaa! Wasserstrahlen haben keine Augen. Sie wußten

nicht, daß Lian noch nicht ganz ausgezogen war – sie regneten sie von oben bis unten naß. Die dünne Unterwäsche klebte ihr auf der Haut und zeichnete alle Rundungen und Einzelheiten ihres Körpers erbarmungslos ab.

»*Haha!* Schau nur! Du siehst aus wie ein Huhn, das aus Versehen in den Suppentopf gesprungen ist. Ich wollte dir noch sagen, daß du erst die Kleider ausziehen mußt, bevor du den Hahn...«

Kim erstarrten die Worte auf den Lippen. Ihre Augen glitten über die Hügel und Täler von Lians Körper...

Ein paar quälende Sekunden lang studierte Kim reglos und ohne Scheu den Körper ihrer Freundin. Lian fühlte, wie sich ihr Brustkorb hob und senkte. Sie war sich ihres eigenen Körpers nur allzu bewußt. Neben der Gedankenwelt, an der sie sich ihr Leben lang abgearbeitet hatte, besaß sie, unübersehbar, auch noch eine ›fleischliche Hülle‹, und die hatte offenbar schon an sich eine Bedeutung. Ohne daß sie etwas sagen oder denken oder tun mußte, konnte diese Hülle, die jetzt voll und weiblich geworden war, einem anderen Menschen eine Botschaft schicken und dadurch dessen Gemütszustand verändern...

Sjaaa ... Das Geräusch des Wasserstrahls holte sie wieder in die Wirklichkeit zurück. Kim sauste auf den Hahn zu. Lian pellte sich die triefende Wäsche vom Leib, und da stand sie, all ihre jungfräulichen Geheimnisse dem Menschen preisgegeben, an den sie ihr Herz verloren hatte. Lian wußte nicht, ob sie sich bücken und so tun sollte, als würde sie sich einseifen, oder ob es besser wäre, jetzt erst recht aufrecht stehen zu bleiben. Sie schwankte, ob sie sich nun für ihren Körper schämen oder, im Gegenteil, stolz auf ihn sein sollte. Entscheidend war, wie Kim sich verhalten würde. Aus der stotternden Art von Kims Gesang schloß Lian, daß auch ihre Freundin verwirrt war. Einen Augenblick lang starrte sie Lian gierig an, als wollte sie sie mit Haut und Haaren verschlingen, dann wieder warf sie ihr einen uninteressierten Blick zu, als wollte sie sagen: Was stellst du dir nur vor? Ich dusche mich, nichts weiter. Beeil dich, sonst dauert es noch länger, bis wir ins Bett kommen.

Auch Lian warf hastige und neugierige Blicke auf den Körper ihrer Freundin. Kims Brustkorb sah aus wie ein Waschbrett. Die dicksten Stellen an den Gliedmaßen waren die Gelenke. Und ihre Haut wirkte wie ein Fetzen gelbgrünes Küchenpapier: grob, faltig und porös. Von Lians Haut perlte das Duschwasser in glitzernden Tropfen ab, während Kims Körper es wie ein Schwamm aufsaugte. Der Wunsch, Kims mageren Körper in ihre vollen Arme zu schließen, wurde fast übermächtig. Sie mußte ein paarmal tief durchatmen, um diesem wilden Verlangen widerstehen zu können. Mutterinstinkt? Oder war es etwas anderes ...?

Leise schlossen sie die Tür von Lians Zimmer. Sie schoben die beiden Einzelbetten aneinander und machten daraus ein großes Bett, einfach so, ohne zu überlegen, als hätten sie diesen gewagten Schritt schon lange erwogen und sich darüber verständigt.

Als Lian sich ins Bett legte, war sie gespannt wie eine Klaviersaite. Kim lag neben ihr, genauso verspannt und steif. Es entstand eine lange, unergründliche Stille. Lian konnte nicht mehr denken. Vergebens bemühte sie sich, ihre Gedanken zu ordnen und herauszufinden, was Kim in diesem Augenblick denken oder fühlen mochte. Nach einer scheinbaren Ewigkeit wandte sich Kim ihr zu und legte ihre Hand zart auf Lians Bauch. Lian hielt den Atem an. Sie wagte nicht, sich zu rühren, und versuchte zu erraten, was Kim wollte. Aber Kim ging es wahrscheinlich genauso.

Nachdem sie lange so dagelegen hatten, kam der Punkt, an dem Lians Reglosigkeit Kim den letzten Mut nahm. Schließlich stupste Kim Lian vorwurfsvoll in die Seite. Natürlich war das nicht als echter Tadel gemeint – eher als eine Art Liebkosung. Nein ... es war mehr. Kim unterdrückte mit Gewalt ihr Verlangen, Lian zu streicheln, weil es in Selbstvorwürfe umgeschlagen war – schließlich war es ein verbotenes Verlangen ...

Endlich brach Kim die peinliche Stille. »Jetzt mußt du mir etwas erzählen ...« Sie drehte sich auf die rechte Seite und sah Lian direkt in die Augen, »… über dein Leben im Umerziehungslager. Ich habe dich nie danach gefragt. Ich wollte nicht *in deine Küche schauen*.«

Lian erschrak. »Was gibt es darüber schon zu erzählen? Es ist ein geschlossenes Buch für mich. Ein schönes Buch, das schon, aber vorbei ist vorbei. Ich bin jetzt hier. Ich gehöre in die Stadt, in dieses freie Leben, zu Gleichaltrigen.«

»Was hast du gesagt? Wieso schön? Es war doch eine Art Gefängnis!«

»Nicht nur. Oder vielleicht nicht für mich. Ich habe dort in allen Fächern die besten Lehrer gehabt, alles Professoren und Hochschullehrer. Ich wurde einfach in Watte gepackt. Professor Qin war der beste Geschichtslehrer, den man sich denken kann, und ich wurde verwöhnt von Tante Maly, meiner Englischlehrerin, und von Onkel Kannibale …«

»Kannibale? Was für ein komischer Name!«

»Es war sein Spitzname. Aber er war der liebste Mann auf der ganzen Welt.«

»Offenbar hast du viel Glück gehabt.«

»Das kannst du wohl sagen. Nun ja, natürlich sind auch ganz schreckliche Dinge passiert, wirklich. Schließlich war das kein Vergnügungspark oder so was.«

»Was meinst du damit?«

»Die Leute da … sie waren nicht sehr nett zu den Menschen, sie konnten ziemlich gemein sein, auch zu den Tieren.«

»Aber ist das nicht überall so?« Kim verdrehte die Augen. »Wo sind die Menschen schon nett zueinander?«

»Trotzdem war es anders als bei uns in der Schule, ich meine, anders als bei dir, zum Beispiel.«

»Was meinst du damit?«

»Nun ja, die Quälgeister aus unserer Klasse treten dich doch nur in den Hintern. Im Lager waren die Aufseher viel gemeiner, halt so, wie Erwachsene sich gegenseitig quälen. Es hat da einen Doktor der Psychologie gegeben, der war so richtig nett, und den haben sie ›Rosa Schwein‹ genannt, nur weil er ein bißchen dick war. Er mußte vor den

Augen von Hunderten von Gefangenen Kunstdünger in Säcken locker trampeln. Die Aufseher haben vor Vergnügen gekreischt – wie ein paar Hyänen.«

Kim verhielt sich totenstill. Lian hörte sie nur schlukken. Es war sehr kalt im Zimmer.

Lian zögerte. Sie wandte den Blick ab und sagte: »Laß uns jetzt schlafen. Demnächst erzähle ich dir mehr. Das macht dir doch nichts aus, oder?«

Kim steckte ihren Kopf unter Lians verschränkten Armen durch und kuschelte sich an ihre Schulter. Jetzt hatte Lian keine Angst mehr.

Das Morgenrot drang durch die Tüllgardinen, die sich leise im Wind bewegten. Jetzt erst sah Lian, daß sie in der vergangenen Nacht vergessen hatte, die Vorhänge zuzuziehen. Pfirsichrote Sonnenstrahlen, gebrochen durch das Stickmuster der Gardinen, überzogen das Zimmer mit wechselnden Blumenmustern – nicht, wie sie es gewohnt war, mit geraden, kantigen Streifen.

Sie spürte, wie jemand neben ihr aufwachte. Kim stützte sich auf einen Ellbogen und betrachtete ihre Freundin. Lian fühlte den Blick, stellte sich aber noch schlafend. Sie konnte sich ungefähr vorstellen, was Kim sah: Morgens waren ihre Wangen immer ein wenig rosig vom Schlaf. Ihre Lippen waren wahrscheinlich rot, ihr Gesicht entspannt und vielleicht ... zärtlich ... Warum stellte sie sich das vor?

Kims warmer Atem kam näher. Lian hoffte so sehr, daß Kims Gesicht ihres berühren würde! Ihr Gesicht brannte. Aber als es fast soweit war, kam die Angst, die sich in der vergangenen Nacht zurückgezogen hatte, wieder zurück. Sie nahm ihr so sehr den Atem, daß sie zu ersticken meinte. Sofort schlug sie die Augen auf. Der Traum war ausgeträumt. *Eine blinde Giraffe starrte sie an.*

Kim legte sich wieder in die Kissen zurück, und die beiden fingen an, sich zu unterhalten. Über den Unterricht und die bevorstehenden Prüfungen. Sie waren wieder zwei Freundinnen, zwischen denen nichts Besonderes vorgefallen war.

Kim sagte: »Wolltest du mir nicht mehr vom Umerziehungslager erzählen?«

Dem konnte sich Lian schlecht entziehen. Sie wußte genau, was sie Kim erzählen mußte, wie schwer es ihr auch fiel.

»Ein paar Tage vor dem chinesischen Neujahrsfest«, begann sie, »wollten wir alle zusammen ins Dorf Taohua Zhen gehen, wo ein großer Neujahrsmarkt abgehalten wurde. Es lag zehn Kilometer entfernt, deshalb mußten wir uns sehr früh auf den Weg machen ...« Lian schauderte. Wieder spürte sie die hartgefrorenen, holprigen Feldwege unter ihren Füßen. »Nach ungefähr zwei Kilometern begannen unsere Füße allmählich weh zu tun, aber das konnte unsere Vorfreude nicht trüben. Die Aussicht, für das größte Fest des Jahres einzukaufen und dazu vor allem vier Tage freizuhaben, hielt uns auf den Beinen.« Sie fuchtelte mit den Händen, als müsse sie tanzende Schneeflocken in der fahlblauen Luft abwehren. Sie steckte sich die Finger in die Ohren: »Wir hörten schon das Feuerwerk. Also konnte es nicht mehr weit sein ...«

Lian vergaß völlig, wo sie war. Sie sah die Ereignisse dieses Tages wieder glasklar vor sich. Ihre Augen trübten sich ...

Mager, aber zart

»Bleib in meiner Nähe«, ermahnte Mutter sie im voraus, »es wimmelt dort von Fremden.«

Das ohrenbetäubende Geschrei beim Anpreisen und Heruntehandeln der Waren, das Krachen des Feuerwerks, die grellfarbigen Trachten der Bäuerinnen und ihrer Kinder, die naiven Neujahrsdrucke, das alles machte die kahle Winterlandschaft fröhlicher. Lian konnte sich an alldem gar nicht satt sehen und hören.

Ia-ia! Lian zog Mutter mit sich, um den Esel sehen zu können.

»Einen Augenblick, mein Kind. Mama muß noch Eier kaufen. Anschließend gehen wir zusammen zum Viehmarkt. Abgemacht?«

»De-li-ka-tes-se zum Neujahrsabend: Allerfrischstes Affenfleisch!« Ein untersetzter Händler an einer Straßenecke pries lauthals seine Waren an.

»Mama, hören Sie das? Der Mistkerl verkauft Affenfleisch!«

»Sjt! Komm, wir gehen zum Viehmarkt.«

Ho, was für eine Menge Leute sich um den Affenverkäufer drängten. Es war wie im Zirkus. Lian bückte sich und konnte so unter den Armen der Großen nach vorn schlüpfen. Dort standen vier Käfige, in jedem zwei lebende Affen.

»Frisch in den Bergen gefangen! Mein Bruder weiß genau, in welchem ausgehöhlten Baumstamm er eine Affenfamilie findet! Nutzen Sie die einmalige Gelegenheit, das neue Jahr mit einem herrlichen Teller rotgeröstetem Affenfilet anzufangen!« Der Verkäufer spuckte vor Eifer und suchte unter den Neugierigen mit den Augen nach einem potentiellen Kunden.

»Und wieviel kostet das?« fragte eine ältere Frau mit einem Schilfkorb am Arm.

»Ein Sonderangebot für Sie: fünf Yuan das Kilo!«

»Mann, geh und wasch deinen Kindern die Windeln! Verschwende deine Zeit nicht auf dem Markt! Bei diesen gepfefferten Preisen will kein Hund deine Ware kaufen. Seht euch nur diese Gerippe an! Mehr Knochen als Fleisch. Fünf Yuan das Kilo? Du glaubst wohl, du hättest zartes Menschenfleisch im Angebot?!«

»He, älteste Schwester, was fällt dir ein, meine Ware schlechtzumachen! Die Affen sehen vielleicht ein bißchen mager aus, aber ihr Fleisch ist weich wie Butter. Es sind noch richtige Babys. Mein Bruder hat gewartet, bis ihre Mutter den Baumstamm verließ, um Futter zu suchen. Dann erst hat er das Nest ausgehoben. Aber gut, weil es fast Neujahr ist und ich gern schon ein bißchen früher nach Hause will, kriegst du's – für vier Yuan das Kilo.«

»Drei.«

»Dreifünfzig.«

»Na, dann los.«

Der Händler hob einen Kessel mit kochendem Wasser von einem kleinen Ofen, der hinter ihm stand, und fragte: »Welchen willst du haben?«

»Den dicken dort.« Die Frau deutete auf einen ängstlich dreinschauenden kleinen Affen in einem der Käfige.

»*Wird gemacht.*« *Der Verkäufer goß das kochende Wasser über das braune Äffchen, das herzzerreißende Schreie ausstieß:* »*Tjia-tjia!*« *Eine Dampfwolke stieg von ihm auf, während das glühendheiße Wasser an ihm herunterrann. Sein Gesicht verkrampfte sich, und die dünnen Ärmchen und Beinchen zuckten vor Schmerz. Sein Schreien war unerträglich.* »*Iiieiiie!*« *kreischte es aus der zusammengekniffenen Kehle. Völlig verzweifelt riß sich das Äffchen die Haare vom Körper und weinte und schrie um Hilfe. Die Tränen rollten über seine schon kahlgerupfte Brust. Immer schneller riß es sich die Haare aus, bis sein nackter, roter Körper sichtbar wurde. Nach ein paar Minuten war es nur noch ein von Kopf bis Fuß enthaartes, wimmerndes und schreiendes rotes Etwas.*

Genau das hatte der Affenhändler beabsichtigt – so sparte er sich die Mühe des Enthaarens.

Als er merkte, daß der Schmerz nicht im geringsten nachließ, fing der winzige Affe an, sich die Haut aufzukratzen. In dem Moment griff der Verkäufer ein, denn einen zerkratzten Affen konnte er nicht an den Mann bringen. Er öffnete den Käfig, legte den kreischenden Affen auf ein Stück Holz, das als Schneidebrett diente, und hackte ihn – katch – katch – in drei Teile. Dann wickelte er die kleine Leiche in eine alte Zeitung.

»*Zwei Kilo, macht sieben* Yuan. *Laß es dir schmecken, älteste Schwester.*«

»*Wer teilt einen Affen mit mir? Einen ganzen können* Die Meine, Die Mit Tausend Messerstichen Gelyncht Werden Sollte, *und ich nicht aufessen*«, *fragte ein junger Kerl in die Runde.*

»*Ich*«, *antwortete ein alter Mann.*

Der Affe, der mit dem vorigen Opfer den Käfig geteilt hatte, schlug das Köpfchen gegen die Gitterstäbe und weinte und flehte um Gnade. Mit seinen zarten Fingern bedeckte er seine Augen, als müsse er so sein eigenes Schicksal nicht mit ansehen.

Lian schoß das Blut in den Kopf, und ihr war, als würde ihr der Schädel vor Wut platzen. Sie stürzte auf den Affenhändler zu, warf den Kessel mit dem kochenden Wasser um und gestikulierte wie eine Besessene mit den Armen. Wo sie den Mut hernahm, wußte sie nicht, aber sie schrie: »*Polizei, Polizei! Ergreift den Mörder! Hier! Onkel und Tanten, sehen Sie nicht, daß er ein Henker ist? Warum helft ihr mir nicht, ihn zu verhaften? Schlachtet doch mich, wenn ihr unbedingt Affenfleisch zu Neujahr essen wollt!«*

Brennende Tränen trübten ihr den Blick, und mit einemmal spürte sie gar nichts mehr ...

Kim legte die Arme um Lian und weinte mit der Freundin. Sie wärmten sich gegenseitig mit ihren Körpern. Zwischen ihnen stand nichts Trennendes mehr.

Nach dem Frühstück wollte Kim sofort nach Hause. Am zweiten Tag des chinesischen Neujahrsfestes gab es daheim viel zu tun, behauptete sie.

Lian begleitete Kim schweigend auf ihrem Heimweg. Am Tor zum Universitätsgelände ergriff Kim Lians Hände und sagte: »Das waren die schönsten Tage in meinem Leben.« Und sie lachte lautlos. Lian schloß sich ihr an.

Eine merkwürdige Versammlung

Als Lian nach Hause kam, fand sie das Wohnzimmer voller Menschen. Mutter rannte wie ein kopfloses Huhn durch den Raum, und die anderen rauchten oder rangen die Hände. Zunächst begriff Lian gar nicht, was vorgefallen war. Sie stand noch ganz im Bann von Glanz und Glamour der gestrigen Galaveranstaltung und runzelte die Stirn, als sie die graue, zerlumpte Schar sah.

Ihre Verwirrung dauerte aber nicht länger als eine Sekunde, dann rief sie: »Onkel Qin! Tante Maly! Onkel Direktor Gao! Onkel Fu! Was für eine Überraschung! Was für ein Geschenk Buddhas, Sie alle wiederzusehen!«

Die ganze Gesellschaft wandte sich Lian zu. Sie stießen ein kurzes Lachen aus. Zu kurz, merkwürdig kurz. Lian faßte Qin um die Taille und rieb ihr Gesicht an seiner Jakke. Der Geruch brachte ihr die staubigen Feldwege in Erinnerung, die endlosen Weizenfelder und den stahlblauen Himmel über dem Lager.

Qin drehte ihren Kopf nach rechts und sagte: »Solltest du nicht auch die anderen Onkel und Tanten begrüßen?«

Unwillig löste sie sich aus der vertrauten Wärme des hageren Historikers und wandte sich mit weit ausgebreiteten Armen Tante Maly zu.

Diese nahm Lians Gesicht in ihre groben, rissigen Hände: »Wie gut zu wissen, daß der jungen Generation das Lager erspart bleibt.«

Lian betrachtete Tante Malys liebe Augen, ihre wettergegerbten, aber weichen Züge. Tante Maly sah sie mit einem Blick voller Wehmut an und streichelte ihre Wangen, als wären es die Blätter einer Seerose. Beide wurden still.

Als sie Direktor Gao sah, wußte sie nicht, was sie tun sollte. Wie konnte es sein, daß er zuerst so liebevoll zu ihr gewesen war, und danach …? Ahuang … Jeder sah zu ihr hin. Sie begrüßte ihn scheu und höflich und wandte sich so schnell wie möglich zu Onkel Fu. Onkel Fu war der einzige, der Platz genommen hatte. Er saß da wie ein Protokollant, den Stift im Anschlag. Sie umarmte ihn linkisch und drehte sich um – was war hier eigentlich los? Was hatten sie alle hier zu suchen? Was schrieb Onkel Fu da?

Als hätte Lians Ankunft etwas ausgelöst, begann Professor Qin zu sprechen. Er diktierte: »Dem treuen Diener der Kommunistischen Partei, unserem revolutionären Kampfgefährten Changshan Luo …« Er sah den Lagerdirektor abwartend an. »Dürfen wir einen Gefangenen ›revolutionär‹ nennen? Ich hoffe schon, denn … denn das ist wahrscheinlich das letzte Mal, daß wir ihm Ehre erweisen können, diesem außergewöhnlichen, bewundernswerten Mann …« *Tjeee!* Er schneuzte sich und wandte den Blick ab.

Lian ging in die Knie. Sie blickte vom einen betrübten Gesicht zum anderen. Was ging hier vor sich? Sie wollte herausschreien: Er ist doch nicht tot, oder? Onkel Kannibale ist doch nicht gestorben, oder?! Sie schüttelte den

Kopf und richtete das Gesicht zum Himmel: Sie fing an zu beten ... Onkel, bitte! Nicht, bevor wir Abschied genommen haben!

Dann rutschte sie auf den Knien zu Qin hinüber und fragte: »Er lebt noch, nicht wahr? Er ist noch bei klarem Verstand, er kann noch reden. Ich *weiß* es.«

Qin half ihr aufzustehen und klopfte ihr sanft und liebevoll auf den Rücken: »*Sst*, ruhig doch. Warum, meinst du wohl, würden wir diesen Brief schreiben, wenn ihn Onkel Kannibale nicht mehr lesen könnte? Gleich gehen wir gemeinsam zu ihm hin und lesen ihm den Brief vor. Er soll mit eigenen Ohren hören, wie sehr wir ...«

Maly unterbrach ihn: »Nun ja, hören ... hören ... Laßt uns hoffen, daß er das überhaupt noch kann.«

»Ich komme mit, ja, Mama?« Lian zerrte ihre Winterjacke von der Garderobe und öffnete die Tür.

»Warte eine Augenblick! Wir sind noch nicht fertig mit dem Brief.« Mutter holte sie mit schnellen Schritten ein.

»Junxiang, laß sie nur gehen. Was soll sie hier bei uns? Der Kannibale wartet auf sie.« Qins Stimme klang mit einem Male erstaunlich klar.

Aber Mutter überhörte seinen Rat und zog Lian die Jacke aus.

Lian wurde wütend. Sie zerrte an der Jacke. Als Mutter nicht losließ, rannte sie ohne Jacke aus dem Haus.

Das weisse Glück

Sie hastete zum Krankenhaus Nummer 114 und suchte das Eckzimmer auf der zweiten Etage. Es war, als hätte sie die Strecke schon ein dutzendmal zurückgelegt – im Traum vielleicht? Auf jeden Fall wußte sie genau, wo sie den Kannibalen finden konnte.

Vor seinem Zimmer blieb sie stehen. Durch die Ritzen in der Holztür kam der durchdringende Geruch von Desinfektionsmitteln. Er war so stark, daß er ihre aufwallenden Gedanken und Gefühle betäubte. Das einzige, woran sie jetzt denken konnte, war die Konfrontation mit dem bevorstehenden Tod des Kannibalen.

Lian klopfte an, und Tante Xiulans bleiches Gesicht kam zum Vorschein. »*Ha!*« Der Tante entfuhr ein schriller Schrei. Aber sofort kniff sie mit Daumen und Zeigefinger ihre Lippen zusammen. Vor Aufregung erschienen rote Flecken auf ihren Wangen. Sie drehte sich um und winkte hinter ihrem Rücken mit den Händen – zum Zeichen, daß Lian ihr folgen solle.

Lian trottete Tante Xiulan hinterher, bis zu einem weißen Bett am Fenster, durch das die Sonnenstrahlen mit überwältigender Kraft ins Zimmer drangen. Lian mußte die Augen zusammenkneifen, um nicht geblendet zu werden. Der typische Geruch von Äther lag in der Luft und hatte offenbar eine reinigende Wirkung – je näher sie dem Bett kamen, desto ruhiger wurde sie.

»Shan! Shan! Sieh mal, wer gekommen ist!« rief Tante dem Kannibalen ins Ohr.

In den Kissen lag ein Kopf, nur ein Kopf, wie es schien. Von den Konturen des übrigen Körpers war kaum etwas zu erkennen – auch wenn das Laken noch so dünn war. Onkel war der *Kern eines Menschen* geworden! Sie mußte an einen Pfirsich denken, dessen Fleisch verfault war, bis nur noch der braune Kern übrigblieb. Sie mußte sich zusammennehmen, um nicht loszuwimmern: Ach, mein geliebter Aufklärer, Lehrer, Vater und das Liebste auf Erden – und jetzt kaum mehr ein Schatten! Sie trat auf das Kopfende des Bettes zu.

Der Kannibale schlug mühsam die Augen auf, als Tante ihn noch einmal rief. Zuerst war sein Blick trübe, aber langsam schob sich der Nebel wie ein Vorhang zur Seite, bis seine Pupillen klar waren. Doch gleich darauf senkte sich der Schleier wieder ...

Unter dem Laken bewegte sich etwas. Tante Xiulan verstand sofort und lüpfte die Ecke des Lakens: seine rechte Hand.

»Kleine Lian, sieh nur, Onkel Changshan erkennt dich und möchte dir die Hand geben!« Sie legte ihren Mund an sein Ohr und sagte: »Schon gut, Shan. Lian begreift, daß du sie begrüßen willst.« Sie trocknete seine Augenwinkel und wandte sich an Lian: »Sieh nur, wie heftig sich sein Brustkorb bewegt. Er sammelt all seinen Atem, um mit dir zu sprechen ... Kaum etwas anderes hat ihm in letzter Zeit so am Herzen gelegen, wie liebevoll über dich zu sprechen, *daonian* ...«

Jetzt erst konnte Lian weinen. Sie legte ihr Gesicht auf das Stück Laken, unter dem seine zitternde Hand lag. Durch den Stoff fühlte sie die Kälte seiner Glieder. Sie küßte das Leintuch in der Hoffnung, daß ihre Wärme irgendwie in seine Adern übergehen könnte.

Eine Krankenschwester kam auf Zehenspitzen ins Zimmer und rief Tante Xiulan vor die Tür.

»*Ehn, ehn* ...« Lian hörte ein schwaches Echo seiner Stimme, die sie so gut kannte, zu ihr sagen: »... an Neujahr darf niemand weinen.« Als sie zu ihm aufsah, entdeckte sie ein verschwommenes, aber strahlendes Lächeln in seinem ausgezehrten Gesicht. Sofort stand sie auf und legte ihre Lippen an sein Ohr: »Onkel, hassen Sie mich noch?«

»*Ft, ft!*« keuchte er und schmiegte sein Gesicht an ihres. »Meine kleine Sonne, meine Lian, wie ... wie kommst du darauf? Ich habe dich nie gehaßt ... nur mich selbst ... Mein Meditationsmeister im Qingyuntempel hat gesagt ... das wichtigste Ziel meiner Lebensreise sei ... über die sieben Gefühle ... und sechs Verlangen hinauszugehen ... Siehst du, es ist mir ... es ist mir nicht gelungen. Kleine Lian, mein Sternchen, du bist zu ... zu ...« Er rang nach Luft.

Lians Knie stießen gegeneinander: »Onkel, sprechen Sie nicht so viel. Es erschöpft Sie zu sehr!«

Der Kannibale zwinkerte mit den Lidern und fuhr fort: »Kannst du ... willst du in Zukunft nur noch an die guten Dinge denken, die dein Onkel für dich getan hat ... und ihm den Rest vergeben? Meine Lian-naaa ... Ich möchte mit leichtem Herzen fortgehen können ...«

»Natürlich vergebe ich Ihnen! Aber, Onkel, was und warum muß ich Ihnen eigentlich vergeben? Sie sind der beste, liebste Mensch, den ich kenne. Nein, gehen Sie nicht fort, Onkel, bitte, Sie dürfen nicht sterben.«

Er rollte den Kopf von links nach rechts und zauberte das breiteste Lächeln hervor, zu dem er noch fähig war: »Lian, meine kleine Sonne, weißt du, was dieser Tag heute für mich ist? Es ist Neujahr. Heute werde ich wiedergeboren. Im Nirwana werde ich dich sehen, sooft ich nur will. Dann brauche ich mich nie mehr nach dir zu sehnen ...«

Einen Augenblick dachte sie, er wolle damit andeuten, daß sie ihren Besuch bei ihm zu lange hinausgezögert hatte. Sie machte einen Kotau vor ihm: »Onkel, vergeben Sie mir meine Herzlosigkeit?«

Aus seinem Auge rollte eine Träne, groß wie eine Weinbeere. Er sagte: »Lian, dein Herz ist reiner als der Morgentau auf einem Blütenkelch ... schöner als der Staubfaden der Azalee. Wie kommst du nur darauf, von Herzlosigkeit zu reden?«

Sie fiel ihm um den Hals und küßte seine fiebrigen Lippen.

»*Hjemmmm*«, seufzte er. Seine Augen strahlten.

Als Lian sich wieder erhoben hatte, spürte sie die Anwesenheit der Tante hinter sich. Xiulan streichelte Lians Wange und sagte: »Jetzt kann dein Onkel mit ruhigem Herzen zu seinen Ahnen gehen. Changshan, mein ganzes Leben habe ich mir Vorwürfe gemacht, daß ich dir kein Kind schenken konnte. Heute steht zumindest die kleine Lian, die uns wie eine Tochter ist, an deinem Sterbebett. Buddha ist barmherzig ...« Sie weinte ohne Scham.

»Xiulan ... *Das Weiße Glück* ... weißt du noch? So nennt man das Sterben doch? Lächelt ruhig, ihr zwei. Ich ... ich will eure fröhlichen Gesichter in mein Gedächtnis einprägen ...«

Die Tante und Lian hielten sich umfangen und lächelten trotz ihrer Tränen. Und merkwürdigerweise fühlte sich Lian wirklich glücklich. Aber es wurde Zeit. Die Tante mußte sie wegschicken: »Die Krankenschwester hat mir gerade die Medikamente gegeben. Ich muß den Onkel versorgen.«

Schweigende Zeugen

Der azurblaue Himmel zeigte sich kalt und distanziert. Das fahle Sonnenlicht kam nicht gegen den eisigen Wind an. Onkel Kannibale war schon seit einer Woche tot, einfach leise versunken in dem, was seinen Körper verzehrte. Lian klapperte mit den Zähnen, als sie aus dem Haus trat. Es war erst sieben Uhr, zu früh, um schon zur Schule zu gehen. Aber sie hatte es nicht länger im Bett ausgehalten und zu Mutter gesagt, sie wolle draußen im Obstgarten ihre englischen Vokabeln lernen.

Die kahlen, dunkelbraunen Äste zeichneten sich mit harten Konturen gegen das Weiß des Himmels ab. Sie erinnerten Lian an die knochigen Finger eines Skeletts, die aus einem Grab hervorgekrochen kamen. Sie schauderte. Wie kam sie auf eine derart verrückte Vision? Sie trat gegen einen abgebrochenen Zweig, auf dem Reifkristalle glitzerten. Als er unter ihren Füßen zerbrach, blieb sie stehen. Sie wußte sehr wohl, woher das Bild kam. Das seit Tagen anhaltende, ziehende Gefühl in ihrem Bauch, dem sie nicht hatte nachgeben wollen, explodierte in der stillen, kalten Atmosphäre. Heute nacht hatte sie kein Auge zugetan – immer wieder hatte sich das Foto des Kannibalen vor ihr inneres Auge gedrängt, eingerahmt von einem schwarzen Trauerflor.

Sie ließ sich auf den steinharten Boden fallen, und ihr tagelang unterdrückter Kummer brach heraus, verpackt in Wut und Fragen. Warum hatte ihr das Schicksal den Kannibalen weggenommen, so schnell, so unglaublich schnell, viel zu früh? Sie blies ein Atemwölkchen in ihre nahezu gefühllos gewordenen Hände und fragte einen von Laub entkleideten Pfirsichbaum: »Warum tut der Barmherzige Buddha mir so etwas an?«

Keine Antwort.

Lian ließ nicht locker: »Warum werden wir überhaupt geboren, wenn wir doch nur sterben und die, die uns lieb sind, im Stich lassen müssen?« Sie weinte leise vor sich hin.

Nichts.

In der Hoffnung, daß nicht auch er stumm bliebe, richtete Lian ihren Blick auf einen etwas weiter entfernt stehenden Birnbaum: »Onkel Kannibale hat gesagt, der Tod sei ›Das Weiße Glück‹. Aber hat er denn nicht gewußt, daß Tante Xiulans und meine Eingeweide in tausend Stücke brechen würden, wenn er uns verläßt? Falls doch, warum hat er es dann gesagt?«

Auch dieser Baum schwieg in allen Sprachen der Natur. Jetzt war Lian alles egal. Sie stand wieder auf und hörte sich sagen: »Könnte es sein, daß der Tod für den, der stirbt, ein Segen ist, und nur ein Fluch für den, der zurückbleibt? Sollte Onkel Changshan wirklich in das absolute Glück eingegangen sein, wie er uns weismachen wollte?« Ihr Blick schweifte von den Bäumen ab und richtete sich nach oben, hinauf zum weißen, bewölkten Himmel: »Bekomme ich noch eine Antwort oder nicht? Onkel Kannibale hat mir wenigstens zugehört.«

Onkel Kannibale war fort, unwiederbringlich, und nur die schweigenden Bäume blieben zurück. Ihr gefror das Blut in den Adern.

Ein Unikum

Es war erst Viertel vor acht, fünfzehn Minuten vor Unterrichtsbeginn, aber das Klassenzimmer war schon voller lärmender Schüler. Alle saßen, nach Kasten geordnet, an ihrem Platz. Es wurde über alles mögliche geredet, während jeder nur an eines dachte – die Noten. Im letzten Jahr der Unterstufe zählten die Punkte besonders viel im Hinblick auf einen eventuellen Übergang zur Oberstufe.

Es wurde fünf vor acht.

Drei vor acht.

Lian blickte ungeduldig zur Tür: Kim war immer noch nicht da. Wußte sie nicht, wie wichtig dieser Tag für sie war, für Lian, für alle beide? Jahrelang hatten sie dafür geschuftet. Und heute, wo es endlich soweit war, daß ihre Arbeit Funken schlagen könnte, tauchte sie nicht auf!

Nervös sah Lian aus dem Fenster. Aha! Jetzt begriff sie, warum Kim noch nicht da war: *Es regnete, als hätte Buddha am Morgen vergessen, den Wasserhahn abzudrehen.* An Tagen wie diesen schob Kim es so lange auf, von zu Hause loszugehen, in der Hoffnung, im letzten Augenblick würde es zu gießen aufhören, bis sie fast zu spät zum Unterricht kam. Dann flog sie wie eine Rakete zur Schule. Der einzige Schirm, den die Familie Zhang besaß, war natürlich Alleinbesitz ihrer Schwester Jiening. Nicht, daß Kim Angst davor hatte, naß zu werden, im Gegenteil. Dafür war sie viel zu zäh und eigensinnig. Aber wenn sie es irgendwie schaffte, einigermaßen trocken zur Schule zu gelangen, würde sie vielleicht den üblen Schikanen ihrer Mitschüler entgehen: »Seht ihr die Wasserratte? Kim braucht keine Regenjacke und keinen Schirm. Kein Wunder, sie ist ja gewöhnt, im Graben zu schwimmen! Hahahaha!«

Der billigste Regenschirm kostete fast zweieinhalb *Yuan*. Dafür mußte Kims Mutter Tausende von Streichholzschachteln falten und kleben, womit sie tagelang beschäftigt wäre, vorausgesetzt, die Fabrik gäbe ihr überhaupt einen Auftrag. Für so viel Geld konnte man gut zehn Kilo Maismehl kaufen, das heißt eine Familie mit vier Mündern eine Woche lang ernähren. Statt dessen ließ Kim sich dann doch lieber von ihren Klassenkameraden beschimpfen und triezen. Sie würde nicht im Traum daran denken, ihre Eltern zu bitten, einen zweiten Regenschirm anzuschaffen. Wenn es nieselte, kam sie manchmal mit einem verhaltenen Lächeln im Gesicht und heimlichem Stolz im Herzen mit einem Regenschirm an. Langsam und so anmutig wie möglich tänzelte sie dann ins Klassenzimmer. Bis eines Tages Tieyan, eine Zicke aus der Zweiten Kaste, Kims Geheimnis entdeckt und der Öffentlichkeit preisgegeben hatte.

Damals waren die Puppen am Tanzen gewesen. Tiezhu, ein Junge aus der Zweiten Kaste, hatte plötzlich geschrien: »Da haben wir es wieder! Die Hure, die einen Tempel der Keuschheit für sich beansprucht! Seht doch nur aus dem Fenster! Wozu braucht sie bei dem Nieselwetter einen Regenschirm?!«

Es entstand eine kurze Stille. Aber im Bruchteil einer Sekunde erkannte die Klasse, daß Kims Schwester es bei bloßem Nieselregen nicht für nötig hielt, den Schirm zu benutzen. Dann durfte Kim ihn haben ... Es war ein offenes Geheimnis, daß bei den Zhangs Jiening die Königin und Kim die Sklavin war.

Tiezhu strahlte, als seine Neuigkeit die angestrebte Wirkung zeigte. Das Thema wurde von der Klasse aufgegriffen und auf jede nur erdenkliche Weise variiert.

»Wenn Kim mit Regenschirm kommt, wissen wir, daß es garantiert nicht regnet!«

Das anfangs nur zögernde Hohngelächter schwoll zu einem langen und begeisterten Gebrüll an.

Zwei vor acht.

Dreißig Sekunden vor acht.

Fünf Sekunden vor acht.

Es war, als würde Kim das Pedal der Schulglocke bedienen. Punkt acht Uhr stürmte sie ins Klassenzimmer. Ihr Kopf war um die Hälfte eingeschnurrt: Die normalerweise nach allen Seiten abstehenden Haare klebten wie eine glänzende Teerschicht an ihrem Kopf. Sie hastete mit rundem Rücken zu ihrem Platz und blieb dort stocksteif sitzen.

Frau Meng öffnete ihre Mappe, und allen klopfte das Herz bis zum Hals.

»Ping Chen: Mathematik sechzig, Physik siebzig, Chemie fünfundfünfzig ...«

Die Klasse hielt den Atem an. Ping atmete vorläufig überhaupt nicht. Er war einer doppelten Prüfung ausgesetzt: Voller Spannung erwartete er nicht nur seine Examensergebnisse, sondern auch noch dazu die Reaktionen der Klasse auf seine Noten. Glücklicherweise gehörte er zum sicheren Mittelmaß, das weder des Neides noch der Verachtung für würdig befunden wurde ...

Die eingetretene Stille ermöglichte der Lehrerin den problemlosen Übergang zur Liste von Jiajun Bai. Erst jetzt ließ Ping aufatmend die Schultern sinken. Er holte tief Luft, und sein violett angelaufenes Gesicht nahm langsam wieder seine normale Farbe an. Wenn er auch aus Erfahrung wußte, daß seine Punkte nie übermäßig hoch oder niedrig ausfielen und er deshalb von der mißgünstigen Klasse auch nicht totgebissen oder an den Pranger gestellt würde, hatte er dennoch eine undefinierbare Furcht verspürt, was im Grunde auch verständlich war. In dieser Situation bibberten sie alle vor Angst. Wenn Ping ehrlich war, mußte er zugeben, daß er vor der Reaktion der Klasse auf seine Noten mehr Angst gehabt hatte als vor den Noten selbst.

Lian fühlte sich bei diesen Ritualen immer höchst unwohl in ihrer Haut. Sie wußte, irgend etwas stimmte nicht an der Art und Weise, wie die Noten ›verliehen‹ wurden: Ihrer Ansicht nach war es ein Einbruch in die Intimsphäre und eine Vergewaltigung der Menschenwürde. Aber wer war sie, um so etwas zu denken? Ihre Klassenkameraden lauschten schweigend. Kein Gesichtsmuskel verriet, daß irgend jemand sonst dieses Verfahren mißbilligte. Offenbar lag es an Lian. Vielleicht war es nicht normal, sich Privatheit und Respekt zu wünschen, wie auch ihre Abneigung gegen Doppelmoral, die allgemeine Scheinheiligkeit und die Sucht, dem anderen das Salz in der Suppe nicht zu gönnen, nicht gerade weit verbreitet zu sein schien. Wenn sie mit Qianyun oder einer ihrer anderen Freundinnen darüber sprach, begriffen sie meist gar nicht, was sie meinte. Noch schlimmer, sie glaubten, bei Lian sei eine Schraube locker. So saß sie zwischen Baum und Borke. Einerseits wollte sie ihre Gedanken und Gefühle nicht verleugnen, andererseits wollte sie von ihren Freundinnen akzeptiert werden. Aber es schien nur eine Möglichkeit zu geben: ihre Gedanken und Gefühle zu verbergen und den Klassenkameraden nach dem Mund zu reden.

»Yougui Fang: Mathematik dreißig, Physik dreißig, Chemie dreißig, Biologie dreißig, chinesische Grammatik dreißig ...«

Man hätte erwartet, daß die absolut rücksichtslosen Mitschüler nun aus Schadenfreude und tödlicher Verachtung in brüllendes Gelächter ausbrechen würden. Aber nein, vorläufig hielten sie den Atem an. Sie äugten schüchtern zu Yougui hinüber, und auf ihren Mienen zeichnete sich ein hündisches, anbiederndes Lächeln ab. Sie taten auch gut daran, denn auch wenn Yougui überhaupt nichts vom Stoff begriff, genoß er in der Klasse doch großes Ansehen: Er würde nicht davor zurückschrecken, jemandem den Schädel einzuschlagen, ihm die Beine zu brechen und auf ihn einzupeitschen, bis seine Haut auf das Dreifache ihrer sonstigen Dicke angeschwollen wäre. Es war ein offenes Geheimnis, daß er immer eine Peitsche bei sich trug, etwas, was die Lehrer stillschweigend duldeten. Mit Yougui konnte man nicht diskutieren, weil er gewalttätig wurde, sobald ihm keine Antwort mehr einfiel – und das passierte ziemlich schnell.

Pja! Pja! Yougui schnitt mit seiner Peitsche den prall gespannten Luftkuchen des Klassenzimmers in vier Teile. Er kreischte vor Lachen: »Haha, fick deine Großmutter von Vaterseite! Was für beschissene Noten das mal wieder waren! Und? Was haltet ihr davon?« Er ließ seinen Blick herausfordernd über die Klasse schweifen, die Peitsche im Anschlag, um jedem, der es wagen würde, ihn zu verspotten, einen blutigen Striemen zu verpassen.

Youguis Vater war Kutscher eines Pferdefuhrwerks, das Agrarprodukte vom Land nach Peking transportierte. Er war ein echter Landarbeiter und Yougui daher ein waschechter Angehöriger der Dritten Kaste. Armut, sichtbare Anzeichen von Unterernährung und miserable Schulleistungen verfolgten ihn wie ein Zwillingsbruder, ein Los, das er mit vielen Kindern seiner Schicht teilte. Aber er hatte nicht unter solchen Demütigungen und Schikanen zu leiden wie Kim, weil er sich für Terror entschieden hatte. Dieser Vorsatz hatte sich ausgezahlt. Niemand in der Schule, der im Hintergrund nicht irgendwelche Banden zur Unterstützung hatte, wagte es, ihn respektlos zu behandeln. In dieser Hinsicht war Yougui ganz anders als Kim, die zuviel Anstand und Gewissen hatte, um die Lösung in der Gewalt zu suchen. Offenbar verfügten die Angehörigen der Dritten Kaste über zwei Arten von Überlebenstechniken: sich quälen zu lassen oder andere zu quälen. Einen Mittelweg gab es nicht.

Eine bleierne Stille hatte sich über das Klassenzimmer gelegt.

Um von der Situation abzulenken, begann Frau Meng hastig, die Notenliste des nächsten Schülers vorzulesen. Yougui grinste triumphierend in die Runde und rollte seine Peitsche mit aufreizender Schweigsamkeit auf. Mit viel Gespür für Theatralik setzte er sich wieder, die Beine weit gespreizt, an seinen Tisch. Man konnte ihn innerlich noch fluchen hören.

»Kim Zhang ... Mathematik neunzig, Physik hundert, Chemie neunzig, Biologie achtzig, chinesische Grammatik neunzig ...«

Lians Herz setzte einen Schlag aus. Kim hatte es geschafft! Nach jahrelangen Bemühungen hatte Kim endlich erreicht, was sie sich vorgenommen hatten. Und ihre schulischen Leistungen waren nicht einfach gut – sie waren fast perfekt! Von den bisher verlesenen Schülern hatte noch niemand eine Hundert erreicht, in keinem Fach, geschweige denn in so etwas Schwierigem wie Physik! Lian sah mit unverhülltem Stolz auf ihre Freundin.

Kim hatte schon früh gelernt, ihre Gefühle zu verbergen. Sie schaute Frau Meng unbewegt an. Sie hatte ihre Punktzahlen gehört. Wurde es nicht Zeit, mit dem Vorlesen der Notenpunkte weiterzumachen?

Aber die Lehrerin konnte diese Leistung natürlich nicht unkommentiert lassen. Die Schülerin, die bisher immer die schlechteste in der Klasse gewesen war, schaffte solche Noten? Sie rückte ihre Brille zurecht und suchte nach Worten. Sie warf einen flüchtigen Blick auf die Klasse und sah, daß es vorläufig noch sinnlos war, sie zur Ordnung rufen zu wollen. Jeder redete links und rechts mit seinen Nachbarn – keiner gab sich die Mühe, leise zu sprechen. Verblüffung stand allen ins Gesicht geschrieben: Kim, unser Pechvogel, soll auf einmal so überragende Ergebnisse haben?! Waren sie verrückt geworden, oder was war geschehen? Das war die verkehrte Welt.

»Ruhe! Ruhe!« Frau Mengs Ermahnung hatte nicht mehr Wirkung als das Summen einer Mücke.

Kims harte Gesichtszüge schienen weicher und milder zu werden. Ab und zu blickte sie nicht ohne sichtliche Befriedigung auf ihre Klassenkameraden. Aber Frau Meng war nicht umsonst Lehrerin. Sie hatte sich etwas ausgedacht: »Kim Zhang, steh auf und erzähle uns, wie du deine schulischen Leistungen verbessern konntest.«

Die Klasse glich einem schlecht eingestellten Radio, das ein verärgerter Hörer plötzlich ausschaltet. Man konnte eine Haarsträhne fallen hören.

Lian war fassungslos. In ihren kühnsten Träumen hätte sie nicht zu hoffen gewagt, daß Kim aufgefordert würde, als Siegerin ihre Erfolgserfahrungen mit der Klasse zu teilen.

Zwanzig Sekunden verstrichen. Kim kam Frau Mengs Aufforderung immer noch nicht nach. Aber niemand wunderte sich darüber. Alle, Kim eingeschlossen, waren verblüfft. Kim traute ihren Ohren nicht: Ihr, dem allerschmutzigsten, allerjämmerlichsten Mitglied der Dritten Kaste, wurde die Ehre zuteil, als vorbildlichste Schülerin zur Klasse zu sprechen. Die Schüler rieben sich die Augen – das war unerhört.

Die Lehrerin wiederholte ihre Aufforderung, und jetzt mußte Kim es wohl glauben. Sie schob ihren Tisch ein wenig nach vorn, damit sie mehr Platz zum Stehen hatte, stützte die Arme auf der Tischplatte ab und richtete sich Zentimeter für Zentimeter auf. Aus dem gelenkigen und starken Mädchen war auf einmal eine schwache und steife alte Frau geworden. Sie ließ den Kopf hängen, und ihre Zunge hatte sich vor Verlegenheit verknotet. Frau Meng kam ihr zu Hilfe: »Hab keine Angst. Entspann dich ein bißchen. Vielleicht erzählst du uns zuerst, wie du den Lehrstoff studiert hast und wie du deinen Rückstand so fantastisch hast aufholen können.«

Kim sah die Lehrerin an und machte endlich den Mund auf: »Anfangs dachte ich, es wäre alles hoffnungslos und ich würde die Lehrbücher nie verstehen, aber das änderte sich allmählich, als ich begann, die ersten Wörter vom Lehrstoff zu kapieren, auch wenn es anfangs nur sehr wenige waren ...«

Was sie weiter sagte, war nicht mehr zu verstehen. Der Lärm im Klassenzimmer schwoll wieder an. Alle redeten wild drauflos. Doch diesmal triefte ein bösartiges Grinsen von den Gesichtern der Mitschüler. Lian erwachte aus ihrem Rausch. Was redeten sie jetzt wieder für einen Bockmist daher?

»*Hihi*, so ein Affenarsch redet von ›als ich begann, die ersten Wörter vom Lehrstoff zu kapieren, auch wenn es anfangs nur sehr wenige waren‹ ...«

Fassungslos musterte Lian ihre Freundin, um zu ergründen, wovon die Quälgeister sprachen. Weil Kims Tisch vorn im Klassenzimmer in der ersten Reihe stand, sahen die meisten Schüler sie nur von hinten. Auf der Sitzfläche ihrer blauen Hose waren drei Lagen O-förmige braune Flicken aufgenäht, die schrecklich vom blauen Untergrund abstachen und tatsächlich an die rosa Hinterbakken eines Gibbons erinnerten. An ihrem Rücken klebten zwei vom Platzregen auf dem Schulweg noch völlig durchnäßte Zöpfe und tropften auf ihre Jacke. Zwei dunkle Linien zeichneten sich auf der verwaschenen Jacke ab.

Pja! Pja! Yougui knallte wieder mit der Peitsche und schrie los: »Die Bettlerin hat heute Glück! Sie hat einen Goldklumpen auf der Müllkippe gefunden! Seht nur, wie verrückt sie vor Glück ist! Mehr verrückt als glücklich! Das widerliche Stück hat glatt vergessen, wie sie mit Nachnamen heißt!« Seine Worte zeigten Wirkung. Die Klasse lachte Kim aus vollem Hals aus und überhäufte sie mit Beschimpfungen.

Jetzt kam Yougui erst richtig auf Touren. Er verwünschte alles, was ihm in den Kopf kam, von der Amöbe bis zum Orang-Utan, vom Changbaigebirge im Norden bis zum Aliberg in Taiwan, von den längst verschiedenen Großeltern bis zu den Urenkeln in spe ...

Kim bekam kein Wort mehr heraus, begriff aber immer noch nicht, worüber die anderen sich lustig machten. Als sie sich erstaunt umwandte, tobte die Klasse noch lauter. Der Lärm, den sie machten, war ohrenbetäubend. Gerade Schüler wie Yougui, die sehr schlechte Noten bekommen hatten, wurden hysterisch und schöpften Kraft aus ihrer Scham und ihrem Neid. Einige Jungen begannen rhythmisch auf die Tische zu schlagen.

Frau Meng rang die Hände und schien in diesem Chaos kurz die Fassung zu verlieren. Nur an den Bewegungen ihrer Lippen konnte Lian ablesen, daß sie so etwas wie ›Ruhe‹ sagte. Sie machte Kim ein Zeichen, sich wieder zu setzen.

Kim setzte sich ...
Tong!
... auf den steinkalten Boden.

Einer der Schüler hinter Kim hatte das Tohuwabohu ausgenutzt, um den Stuhl unter ihr wegzuziehen.

Eine tödliche Stille senkte sich über die Klasse.

Kims Entscheidung

Es regnete nicht, aber Kim war am nächsten Morgen eine Minute vor acht immer noch nicht aufgetaucht. Hatte sie von dem Plumps auf den Boden etwa solche Schmerzen, daß sie nicht zur Schule laufen konnte?

Die Stunden krochen dahin wie eine Schildkröte. Lian wurde das Gefühl nicht los, die Zeit bliebe stehen, um sie zu quälen.

In der Sekunde, in der die Schulglocke die Mittagspause ankündigte, stürzte Lian schon aus dem Gebäude, auf direktem Weg zum Lehmhausviertel.

Bei Kim zu Hause herrschte Hochbetrieb. Turmhoch stapelten sich die Streichholzschachteln auf dem Boden, und Kim wetteiferte mit ihrer Mutter, wer am schnellsten falten und kleben konnte.

Lian seufzte erleichtert auf. Sie machte Kim Vorwürfe: »Ich habe den ganzen Morgen Angst um dich gehabt. Ich habe gemeint, du hättest solche Schmerzen, daß du im Bett bleiben mußtest.«

Kim verlagerte ihr Gewicht und klopfte sich auf die linke Hüfte: »Es ist noch nicht wieder ganz in Ordnung, aber Arbeiten wie diese kann ich machen.« Sie ließ sich nicht beim Falten und Zusammenkleben stören und hatte anscheinend nicht die Absicht, Lian zu erklären, warum sie heute morgen geschwänzt hatte.

Kims Mutter unterbrach die Stille: »Fräulein Shui, du kommst aus einer gelehrten Familie und verstehst mehr von solchen Dingen. Findest du auch, daß Kim besser nicht mehr in die Schule gehen sollte, damit sie mich beim Geldverdienen unterstützen kann? Kim sagt, ja. Was für eine Zukunft hat denn ein Mädchen aus der Dritten Kaste, egal, wie gut sein Notenspiegel auch ausfällt? Ich stimme ihr zu, aber wer bin ich schon? Ich bin eine einfache Seele und weiß nur, daß um so mehr Geld in meine Schublade kommt, je mehr Schachteln ich fertigkriege ...«

»Mama, warum müssen Sie sich immer so schlechtmachen!« fauchte Kim. Sie warf den Leimpinsel in den Topf.

Kims Mutter sah ihre älteste Tochter beleidigt an und verteidigte sich: »Kind, heute früh hast du mich noch gefragt, was ich davon halte, wenn du schwänzt. Und jetzt, wo deine beste Freundin da ist, darf ich sie nicht einmal um Rat fragen?!«

Kim richtete sich auf dem Kang, wo sie gerade noch in aller Ruhe Schachteln gefaltet hatte, hoch auf, bereit wie eine Tigerin, jeden in Stücke zu reißen, der versuchte, auch nur eine Hand nach ihrem Wurf auszustrecken: »Falls du jetzt vorhaben solltest, eine deiner Predigten über die Notwendigkeit des Lernens und die glänzenden Zukunftsaussichten von begabten Schülern loszulassen, dann behalte diese Ideenkotze lieber für dich. Kapier's endlich und laß mich tun, was ich will. Und wehe, du läßt noch ein Wort über die Schule fallen. Ich habe die Nase gestrichen voll. Hin und wieder, wenn mir die Arbeit zum Hals heraushängt, werde ich mich noch mal zur Abwechslung in der Schule zeigen. Aber erwarte nicht, daß ich auch nur den kleinen Finger krumm mache, um dem Unterricht zu folgen.«

Weder die Katastrophe nach Kims Sieg bei den Herbstspielen noch das Fiasko nach dem Praktikum oder die Folgen von Kims ausgezeichneten Noten hatten Lian die Augen öffnen können, gegen welche Windmühlen sie gekämpft hatten. Jetzt, wo Kim das Schwert aus der Hand legte und Lian warnte, sie nicht mehr an den Kampf zu erinnern, fand Lian nicht länger den Mut, Einspruch zu erheben.

Ihr Schweigen war Kims Mutter offenbar unangenehm. Sie stieg vom Kang und ging los, um Teewasser aufzusetzen.

»Machen Sie sich keine Mühe, Frau Zhang. Ich bekomme keinen Tropfen durch die Kehle.« Lian warf Kim einen flehenden Blick zu, aber Kim arbeitete unbeirrt weiter und tat, als existiere Lian nicht.

Lian wurde wütend. Sie stieg auf den Kang, hockte sich neben Kim, sah ihr tief in die Augen und sagte dramatisch: »Feigling ...!«

Kim erschrak. Das war sie von Lian nicht gewohnt. Sie stotterte: »Sag das ... sag das noch einmal!«

»Ich habe gesagt, daß du ein Feigling bist. Hast du es jetzt gehört? So viel Galle kannst du gar nicht in deiner Blase haben, daß du schon beim erstbesten Rückschlag aufgibst.«

»Jetzt reicht es aber.« Kim rutschte von ihr weg und wich ihrem Blick aus.

Lian versuchte es von einer anderen Seite: »*Außer Regen und Hagel bekommen wir vom Himmel nichts geschenkt.* Wir müssen uns alles hart erarbeiten, und der Weg zum Erfolg ist nun einmal mit Hindernissen, groß wie Felsbrocken, übersät ...«

»Aber der Weg, den du meinst, ist eine Sackgasse.«
»Wieso?«
»Soll ich dir sagen, warum es immer wieder schiefgeht, egal, wie groß meine Siege auch sein mögen?«

Lian zitterte am ganzen Körper und spitzte die Ohren.

Sie schickte ein Stoßgebet zu Buddha, daß Kim nicht aussprechen solle, was sie schon lange wußte, aber immer starrsinnig geleugnet hatte.

Kim zog die Augenbrauen hoch wie ein alter Mönch, der das Nirwana geschaut hat, und machte einen Scherz: »*C'est la vie*, liebe Lian Shui. Ich bin als Esel geboren, und aus mir wird nie ein Pferd. Angehörige der Dritten Kaste werden nun einmal verachtet und gedemütigt. Nur Menschen der Ersten Kaste bekommen Ansehen, Ehre und Achtung in die Wiege gelegt.«

Lians Gedanken überschlugen sich. Sie mußte und sie würde eine Ladung Gegenargumente auf Kim abfeuern. Sie fragte: »So, und was ist dann mit Wanquan? Der ist doch auch aus der Unterschicht? Und hat ein schönes Pöstchen als Propagandasekretär.«

»Wanquan? Der hat es nur aufgrund seines Aussehens geschafft. Es ist doch nicht normal für einen aus der Dritten Kaste, so gut auszusehen. Breite Schultern, kantiges Gesicht, muskulöse Arme und Beine, wo es bei uns doch sonst nur magere Hungerleider gibt. Deshalb hat ihm Frau Meng den Posten zugeschoben. Ist dir aufgefallen, welche Noten er in chinesischer Grammatik bekommt? Nie besser als eine Sechzig. Das kannst du einem Holzwurm erzählen, daß er die Funktion wegen seiner gut geschriebenen Propagandaartikel bekommen hat.

Warum, glaubst du, sitze ich da und falte Streichholzschachteln? Um an Geld zu kommen. An meinem Aussehen kann ich nichts ändern, wohl aber an meiner Kleidung. Schau dir doch nur Tieyan an. Na klar, ihr Gesicht hat die Form eines Kürbisses und die Farbe einer Aubergine, aber ihre Kleider sind aus Synthetik. Das macht einen verdammten Unterschied. Oder hast du je erlebt, daß sie geärgert wird? Na also! Wenn ich einen Monat lang jeden Tag zwölf Stunden Schachteln falte, kann ich es mir leisten, eine neue Jacke zu kaufen. Dann ist es egal, ob ich eine Dreißig oder eine Hundert bekomme.«

»Das ist doch der totale Wahnsinn!« Lian stand hochaufgerichtet auf dem Kang und schrie: »Wenn du dich wie eine Puppe benehmen willst, die außer einem hübschen Kleid nichts als die Lumpenfüllung in ihrem Bauch zu bieten hat, mußt du das selbst wissen. Aber dann kannst du auch nicht erwarten, daß du von irgendeiner Menschenseele geachtet wirst! Oder hättest du vielleicht eine hohe Meinung von dir, nur weil du eine teure Jacke trägst?«

Kim sah Lian verbittert an. »Wen hat es denn je interessiert, was ich selbst von mir halte? Seit meinem ersten Tag in der Grundschule mußte ich jede Minute auf der Hut sein, aus Furcht, gedemütigt und verprügelt zu werden. Jetzt ist das Maß voll. Ich lasse nicht länger zu, daß meine Klassenkameraden mich quälen. Hübsche Kleider werden sie zum Schweigen bringen. Sie werden mich nicht mehr als häßliche Hexe verwünschen. Was soll denn daran so falsch sein?«

Ihr Blick ging Lian durch und durch. Sie schämte sich in Grund und Boden. Wer war sie, um Kims Wunsch nach schönen Kleidern zu verurteilen? In den Augen einer verwöhnten Tochter aus besserem Hause, die nie vor ihren Klassenkameraden hatte flüchten und sich nie für teure Kleider hatte abrackern müssen, war die Idee, die Schule zu schwänzen und statt dessen Streichholzschachteln zu kleben, nur um eine Nylonjacke kaufen zu können, ein Anzeichen für oberflächliches Denken. Aber für ein Mädchen wie Kim, das nichts besaß und sich alles mit viel Schweiß erarbeiten mußte, war diese ›Oberflächlichkeit‹ die einzige Möglichkeit, ein Grundbedürfnis abzudecken: das nach Sicherheit. Wie konnte sie also behaupten, daß Kim etwas falsch machte? Ihr Heil in hübschen Kleidern zu suchen war vielleicht nicht die klügste Entscheidung, aber was blieb ihr anderes übrig?

Wieder änderte Lian ihre Strategie: »Hast du keine Angst, daß die Lehrerin dich tadeln wird, wenn du dauernd schwänzt?«

»Frau Meng? Hast du sie noch alle? Der wäre es doch am liebsten, wenn ich nie wieder zur Schule käme. Dann bliebe ihr wenigstens die Mühe erspart, die Klasse zur

Ordnung zu rufen, die meinetwegen immer wieder durchdreht.«

»Sprich nicht so respektlos von unserer Lehrerin.«

»Ach nein? Ist sie vielleicht eine Heilige? Scheinheilig würde wohl eher hinkommen. Weißt du noch, wie sie sich beim Praktikum das bequemste Bauernhaus zum Wohnen ausgesucht hat? Aber dann, bei ihrer blöden Predigt darüber, wie notwendig Entbehrungen für ein höheres politisches Bewußtsein sind, hat sie fast geschäumt vor Geifer. Alles Larifari!« Lian hatte gemeint, nur sie würde Frau Mengs Scheinheiligkeit durchschauen. Kim fuhr fort: »Oder erklär mir doch mal, warum unsere Lehrerin Jahr für Jahr Qianyun zur Schülerin der Drei Tugenden ausruft? Entschuldige, aber Qianyun schafft mit Mühe und Not eine Siebzig in fast all ihren Prüfungen. Während des Praktikums war sie die halbe Zeit krank. Sport ist angeblich zu anstrengend für dieses Püppchen. Und was sind ihre drei Tugenden? Ihre Abstammung aus der Ersten Kaste, ihr Vater, der einen hohen Posten beim Gesundheitsministerium hat, und ihr Vollmondgesicht, das man offenbar so bewundert, nicht zu vergessen ihre modische Kleidung. Siehst du, sie hat sogar *mehr* als drei Tugenden!«

Lian fühlte sich elend. Sie beobachtete Kim, die wieder völlig in die Kunst des Schachtelfaltens versunken war. Sie wagte nicht, die Freundin anzusprechen. Sie wußte nicht mehr, wie sie sich verhalten sollte. Kims Augenbrauen waren zusammengezogen, die Lippen schmal, und Wolken der Verstimmung zogen über ihr Gesicht. Geduldig wartete Lian ab, bis Kim wieder reden würde.

Als sie nach Hause ging, zählte Lian die Platten auf dem Gehweg nach einem Abzählreim ab, den sie unablässig vor sich hin murmelte: *Es ist wahr, daß Kim als Esel geboren wurde und nie ein Pferd aus ihr werden wird ... es ist wahr ... es ist nicht wahr ... es ist wahr ... es ist nicht wahr ...* Das Ergebnis war davon abhängig, ob die Zahl der Platten am Ende eines Wegstücks gerade oder ungerade war. Fiel es günstig aus, konnte Lian nicht daran glauben, fiel es ungünstig aus, hoffte sie auf das Gegenteil. In jedem Falle zählte sie weiter. Selbst die Treppenstufen zu ihrer Wohnung mußten für diesen Zweck herhalten ... und danach jeder Bissen beim Mittagessen.

Die Prinzessin auf dem Kang

Am nächsten Tag kam Kim wieder nicht zur Schule. Und tatsächlich – niemand scherte sich darum. Selbst die Lehrer waren offenbar froh, daß sie unterrichten konnten, ohne von lauten und mutwilligen Ausbrüchen der Klasse unterbrochen zu werden.

Lian machte sich Sorgen. Sollte Kim es ernst meinen? Hatte sie tatsächlich vor, ihr Brot von nun an mit dem Zusammensetzen von Streichholzschachteln zu verdienen?

Nachmittags um drei eilte Lian wieder zum Lehmhausviertel. Es war still zu Hause bei Kim. Lian rief ein paarmal ihren Namen, bekam aber keine Antwort. Sie suchte in dem dunklen Zimmer nach irgendeinem Lebenszeichen.

Erst nach einer ganzen Weile hörte sie das Rascheln von Kleidern und dann eine glockenhelle Stimme: »Sie ist zur Fabrik rüber.«

Lian versuchte, die Sprecherin zu lokalisieren, und entdeckte Jiening in einer Ecke auf dem Kang. Hätte sie sich nicht früher bemerkbar machen können, statt sie im Dunkeln herumtasten zu lassen? Lian konnte Jienings Stimme sowieso nicht leiden, denn sie mochte zwar liebenswürdig klingen, war für ein vierzehnjähriges Mädchen aber viel zu geziert und gekünstelt. Wie konnte sie bloß so zickig sein? Wie war so ein fremder Kuckuck in dieses Nest geraten? Am schlimmsten war, daß die drei anderen Familienmitglieder sie auch noch vergötterten. Mit ihrem hellen Teint, dem hübschen Gesicht und ihrer knospenden weiblichen Figur war Jiening der Stolz der Familie. Zwar fragten die drei sich ständig, wie es kam, daß Jiening wenig beziehungsweise keinerlei Anzeichen von Unterernährung oder Armut zeigte. Doch war das gleichzeitig Grund genug, alles daranzusetzen, sie wie eine Angehörige aus einer höheren Kaste zu behandeln: Sie mußte keine schweren körperlichen Arbeiten verrichten und erhielt das nahrhafteste Essen und die teuerste Kleidung, die sich die Familie erlauben konnte. Die grazile Jiening gehörte zur höchsten Klasse in der niedrigsten Kaste. Sie zählte zum Adel unter den Landarbeitern.

»Ist die Hüfte deiner Schwester denn schon wieder so weit in Ordnung, daß sie gehen kann? Wie weit ist es zur Fabrik? Fünf bis sieben Kilometer?« fragte Lian Jiening besorgt.

»Na ja, sie hinkt schon noch.« Jienings Blut mußte aus flüssigem Eis bestehen.

»Was tut sie dort?«

»Was soll sie dort schon tun? Natürlich Eisen- und Kupferabfälle sammeln. Warum sollte sie sonst so weit laufen?« Normal sprechen konnte diese junge Dame offenbar nicht – die Worte schossen ihr wie Kugeln aus dem Mund.

»Verdient sie damit im Moment ihr Geld? Mit Alteisen?«

Statt einer Antwort verdrehte die Ziege ihre Mandelaugen, bis das Weiße zu sehen war. Aus ihrer Miene sprachen Ungeduld und Verachtung. Offenbar hielt sie es für eine Verschwendung ihres kostbaren Atems, mit einer Schwachsinnigen wie der Freundin ihrer Schwester zu kommunizieren, die von Tuten und Blasen keine Ahnung hatte.

»Hör mal, Lian, jetzt, wo wir unter uns sind, könntest du mir doch eigentlich mal verraten, warum du dich so für Kim ins Zeug legst?«

Jienings Augen funkelten, als würde sie durchs Schlüsselloch in das Schlafzimmer eines frischgebackenen Ehepaars spähen. Sie glühten wie feurige Kohlen. Die harten Strahlen, die sie aussandten, schienen sich in Lian hineinzubohren, um nachzuforschen, was Lian tatsächlich mit der armseligen und häßlichen Kim verband. Aber vergebens.

Lian wurde übel. Sie wandte sich von Jiening ab und verließ das Zimmer. Ganz gleich, wie ihre Antwort ausgefallen wäre, sie würde keinen Tropfen Speichel darauf verschwenden, dieser zynischen Schlange auch nur ein Wort zu erwidern.

Aber Jiening ließ Lian nicht so ohne weiteres ziehen. Mit erhobener Stimme rief sie ihr nach: »An deiner Stelle würde ich meine Schwester fallenlassen. Das ist deine Chance, jetzt, wo sie nichts mehr von dir wissen will. Kehr zurück in deine eigenen Kreise, zu den charmanten Fräulein und den galanten Jüngelchen mit dem blauen Blut. Genieß deine angeborenen Privilegien und verhalte dich, wie es deiner Herkunft entspricht.«

Lian steckte sich die Finger in die Ohren und wußte nicht, was klüger wäre: zurückzugehen und Jiening eine Ohrfeige zu verpassen oder wegzurennen, um so schnell wie möglich Jienings giftigen Worten zu entkommen. Aber sie tat weder das eine noch das andere. Sie schob sich langsam aus dem Haus, während Jiening mit ihrem Sermon fortfuhr.

»So ist das nun mal, Lian. Jeder hat sein vorbestimmtes Leben. In Kims Schicksal steht geschrieben, daß sie Elend über Elend erleiden muß. Daran kannst auch du nichts ändern. Gib doch zu, daß es so ist, und finde dich damit ab.«

Jetzt kochte Lian vor Wut. Sie stürmte zurück ins Zimmer und rief. »Halt deinen Mund, du bösartige Hexe!«

»Siehst du, ich habe deine wunde Stelle getroffen! Hättest du Kim nicht diese lächerlichen Ideen in den Kopf gesetzt und ihr eine glänzende Zukunft durch gute Leistungen versprochen, dann wäre ihr diese Enttäuschung erspart geblieben. Denkst du, ich hätte nicht durchschaut, worauf ihr tagaus, tagein hingearbeitet habt?«

Lian haßte dieses Mädchen. Sie drehte sich um und sagte zähneknirschend zu Jiening: »Behalte deine fatalistischen Theorien für dich und ergib dich dem Schicksal der Unterschicht. Ich lasse Kim nicht fallen. Wir werden bis zum bitteren Ende gegen ihre angeblich so ungünstige Bestimmung kämpfen.«

»*Ptsch!*« Die bildhübsche Teufelin brach in Gelächter aus.

Lian wußte nicht, warum. »Wer sagt denn, daß ich mich in das Los der niedrigsten Geburt füge? Sieh nur.« Sie ließ sich von ihrem Thron gleiten und zog einen Backstein aus dem Kang. Vorsichtig tastend zog sie einen dicken Stapel zerknittertes Papier hervor. Der Stolz in ihrer Miene kam Lian vor wie der eines Kopfjägers, der die Totenschädel an seinem Türpfosten zählt. Jiening reichte Lian den Stapel.

Lian konnte ihren Augen nicht trauen. Wie konnte jemand so einen Stapel Liebesbriefe bekommen? Sie stammten von zahllosen Schülern ihrer Schule. Einige kannte Lian – sie gehörten zu ihrem Jahrgang. Von anderen hatte sie nur die Namen gehört – aus irgendeinem Grund waren sie berühmt oder berüchtigt. Auffallend war die große Zahl von Jungen aus der Ersten Kaste. Fanden sie ihre weiblichen Kastengenossinnen nicht attraktiv genug? Lian sah sich Jiening noch einmal genau an und wußte sofort, warum. Dieses Mädchen hatte über alle sonstigen Verlockungen hinaus etwas Exotisches, etwas, was den wohlgenährten Fräulein fehlte – eine fast krankhaft fragile Figur, die bei so manchem Jungen einen nicht zu unterdrückenden Impuls von Zärtlichkeit und Zuneigung auslösen mochte. Als Kontrast flammte von Zeit zu Zeit ein wildes, erregendes Feuer aus Jienings Augen, für das sich wohlerzogene Mädchen schämen würden, das die Jungen aber instinktiv sowohl abschreckte als anzog.

Wieder andere Anbeter identifizierte Lian als die tonangebenden Bandenführer aus dem Viertel. Der Stil der Briefe variierte, je nach der Sprachgewalt der Absender, aber der Inhalt lief immer aufs gleiche hinaus:

Jiening, Jiening, mein wandelndes Zuckerrohr!
Wer würd' in dich nicht beißen, kommst du nur hervor?
   Mir geht über das Auge,
   Wenn ich an dir sauge.
Dein herrlicher Körper, er ist süß, er erquickt;
Von dir, Jiening, träumt der ganze Distrikt!
   Komm in meine Arme,
   ins Feuer, ins warme.

Komm, Jiening, oder ich sterb' viel zu schnell!
Komm, meine Prinzessin, oder ich verderb' in der Höll'!

Jiening nahm Lian den Stapel Briefe ab und grinste: »Frag nur mal deine Oberschichtfreundinnen. Gütiger Himmel, wer sonst kriegt so viele Liebesbriefe? Ich – und mich in mein Schicksal ergeben? Du hast mich völlig mißverstanden. Klar muß man seine Herkunft akzeptieren, wie niedrig sie auch ist. Das heißt aber nicht, daß man seine Stärken nicht ausbauen kann. Mein Trumpf ist meine schöne Haut, und den spiele ich aus, um aufzusteigen. Und das hier, das sind die Sprossen meiner Leiter.« Sie wedelte so heftig mit den Papierbögen, daß ein kalter Luftzug entstand. »Ich weiß nur noch nicht, welche Jungen mir den größten Nutzen bringen. Die aus der Zweiten und Dritten Kaste zählen sowieso nicht. Was soll einem deren Liebe schon bringen? Die aus der Ersten Kaste und die Bandenführer kommen eher in Frage, aber auch die haben ihre Vor- und Nachteile.« Sie neigte kokett den Kopf zur Seite und versank in Gedanken ...

Lian traute ihren Ohren nicht. Ein vierzehnjähriges Mädchen, das so kühl und berechnend war ...

Als Jiening fortfuhr, sprach sie mehr zu sich selbst als zu Lian: »Die Reichen verschaffen mir Ansehen und machen mir teure Geschenke, solange ich Umgang mit ihnen habe, aber sie schwanken wie ein Blatt im Wind. Für sie bin ich nicht mehr als ein Stück zartes Fleisch. Sobald sie mich satt haben, lassen sie mich fallen. Die mächtigen Ganoven haben zwar keinen guten Namen und oft einen Stammplatz im Knast ... Andererseits sind sie Brüder meiner Kaste, werden mir also die Treue halten ... Und sie sind großzügiger als diese verwöhnten Reiche-Leute-Söhnchen. Mit Diebstahl und Raub kommt man eben immer noch leichter an Geld als mit einem festen Einkommen, wie hoch es auch sein mag ...«

Lian konnte nicht mehr denken. Mit offenem Mund lauschte sie Jienings Ausführungen.

»Was meinst du, für welche Art von Jungen ich mich

entscheiden sollte?« Jiening wartete auf eine Antwort, aber die blieb aus. »Lian, schläfst du? Hörst du mich?« Ihre schrille Stimme ließ Lian aus ihrem Traum hochfahren. Wie dick mußte das Fell dieser Kratzbürste sein, daß sie Lian um Rat fragte?

Tjiiie ... Langsam öffnete sich die Tür, und Kims Mutter schlurfte mit einem neuen Berg Kartonplatten herein, die sie zu Streichholzschachteln verarbeiten wollte. Jiening zupfte Lian am Ärmel und flüsterte: »Nur ein Wort über meine Verehrer, und ich sorge dafür, daß du hier nie mehr willkommen bist.« In der Zwischenzeit schob sie die Briefe unter ihr Gesäß und setzte wieder ihre übliche gleichgültige Miene auf. Wie eine Holzpuppe saß sie kerzengerade auf dem Bett und starrte vor sich hin.

Lian ging geradewegs zum Fabrikgelände. Die Frühlingssonne schien ihr roter und greller in die Augen als noch vor ein paar Wochen. Es war schon halb fünf, aber das Licht war immer noch gleißend. Die Bäume am Wegrand hüllten sich in einen frisch-grünen Nebel. Es fiel schwer, das Zirpen der Grillen zu überhören. Lian schüttelte alle Gedanken an das gerade Erlebte ab.

Nach einer Dreiviertelstunde Fußmarsch hörte sie das Brummen von Lastwagen, ein Zeichen, daß sie bei der *Agrarmaschinenfabrik Rote Fahnen* angelangt war. Hinter dem Fabrikgebäude erstreckte sich ein riesiges Gelände mit einer Müllkippe in der östlichen Ecke. Die Lastwagen brachten jeden Tag Industrieabfälle dorthin, darunter mehr oder weniger verrostete Metallteile. Das war es, wonach die Lehmviertelkinder suchten. Sie konnten die Metallreste für ein oder zwei *Fen* das Kilo an irgendwelche Alteisenhändler verkaufen.

Eigentlich mußte man nur den Müllautos folgen, dann gelangte man ganz von allein zur Kippe. Am Eingang zum Fabrikgelände stand jedoch ein Wachhäuschen, in dem ein alter Mann saß, der alles im Auge hatte. Lian machte also lieber einen Umweg und suchte sich ein Loch im Stacheldrahtzaun. Sie drückte ihre Haare flach, strich sich die

Kleider am Körper glatt und kroch durch das Loch. *Tjietjie.* Schon war es passiert. Die Ärmel ihrer Jacke zeigten zwei lange Risse. Das Loch war eigentlich viel zu klein. Die meisten Eisen- und Kupfersammler waren klapperdürre fünf- bis zehnjährige Kinder aus der Dritten Kaste. Lian klopfte sich den Staub von Knien und Ellbogen und rannte zur Müllhalde.

Wamm! Ein orangefarbener Lastwagen kippte seine Ladung auf die Müllkippe. Auf der Stelle stob eine graue Masse zerlumpter Bleichschnäbel auf den Abfall los. *Tjingtja-kla-kla.* Sie stocherten mit Eisenstangen im Müll, um Metallstücke ausfindig zu machen. Nur das Klingeln und Klirren unterbrach die Stille. Ab und zu hörte man einen triumphierenden Aufschrei, wenn jemand auf ein besonders großes Eisenstück gestoßen war, und von Zeit zu Zeit Streitereien:

»He, das hast du von meinem Platz aufgehoben! Das gehört mir.«

»Gib her! Es hat hier gelegen, in meinem Gebiet!«

Aber diese Diskussionen dauerten nie lange an. Keiner wollte kostbare Zeit damit verlieren.

Lian suchte nach Kim, konnte sie aber nirgends entdecken. Jiening hatte doch gesagt, sie wäre hier? War sie vielleicht schon wieder auf dem Heimweg? Aber das wäre Unsinn – gerade um diese Zeit kamen die meisten Lastwagen, um ihren Müll abzuladen. Kim würde sich diese einmalige Gelegenheit nicht entgehen lassen. Außerdem hätten sie sich sonst unterwegs begegnen müssen. Lian ging zur Halde hinüber und fragte eine Gruppe Kinder: »Habt ihr Kim gesehen?«

Ein vielleicht achtjähriges Kerlchen mit einem rostroten ›Bart‹ antwortete mit einer Gegenfrage: »Kim wer?«

»Kim Zhang, das Mädchen aus der vierten Reihe in der Lehmhaussiedlung.«

»Ach so, die große Idiotin. Die ist da drüben und wühlt in den Resten, die wir zurückgelassen haben.« Er grinste wie ein Sieger und deutete auf ein Häufchen Abfall neben einer Abraumhalde, die von den früheren Plünderern schon halb zusammengetreten war. Dort stand Kim vornübergebeugt und schaufelte den Abfall um.

Lian wunderte sich darüber, wie der kleine Kerl Kim genannt hatte. Ihre Freundin wurde selten als ›groß‹ bezeichnet. Aber diesen Winzlingen mußte sie natürlich wie eine Riesin vorkommen. Warum nützte Kim diese Überlegenheit nicht aus? Hier könnte sie ihre Größe und ihre Muskeln wirklich einmal einsetzen, um ihren Platz zu verteidigen. Aber nein. Kim fiel garantiert immer etwas ein, um eine Situation zu ihrem Nachteil zu verkehren. Es war klar, daß die Kinder sich hier zusammengetan und Kim, ›die große Idiotin‹, in ihre Schranken verwiesen hatten.

Lian eilte zu Kim und beteiligte sich am Eisensuchen. Kim warf ihr einen vorwurfsvollen Blick zu: Was suchst du denn hier? Mich wieder von der Arbeit abhalten, was?

Bemerkte Kim nicht, daß Lian die einzige auf der Welt war, die Verständnis für sie aufbrachte, ihr Freundschaft und Liebe entgegenbrachte und immer für sie eintrat? In letzter Zeit hatte sich Lian manchmal gefragt, ob sie dabei nicht selbst in die Rolle des Opfers schlüpfte. Aus welchem Grund sollte sie sonst Kim weiter nachlaufen, obwohl sie immer wieder abgewiesen wurde? Sehnte sie sich vielleicht nach dem Schmerz der Abweisung? Hatte sie nur redliche Absichten?

Die kleinen Metallstücke, die Kim und Lian schweigend aus dem Müll klaubten, steckten sie in Kims Seesack, der erst halb voll war, während die Säcke der anderen Kinder fast überquollen. Allmählich gab Kim ihre feindselige Haltung auf. Sie waren ein gutes Team: Kim stocherte im Abfall, und Lian hob die verkäuflichen Metallstücke vom Boden auf. Sie arbeiteten, bis sie kaum mehr die Hand vor den Augen sahen. Die Sonne hatte sich hinter die Berge zurückgezogen, und nach dem Dunkel zu urteilen, war schon lange Essenszeit.

Kim kroch als erste durch das Loch im Zaun und reichte Lian dann die Hand. Vorsichtig hielt Lian den vollen Seesack genau in die Mitte des Lochs, um ihn nicht aufzureißen, und kroch schließlich selbst hinterher, diesmal ohne ihre Kleider zu beschädigen. Als sie wieder auf den Füßen stand, lachte sie stolz. Langsam kannte sie sich auch mit Stacheldraht aus.

Auf dem Heimweg war Kim etwas gesprächiger: »Morgen früh gehe ich zum Alteisenhändler bei uns an der Ecke. Der Sack hier wiegt mindestens zehn Kilo, dafür bekomme ich genau zwanzig *Fen*. Das ist leicht verdientes Geld. Dafür habe ich nur drei Stunden gearbeitet. Drei Stunden lang Streichholzschachteln zu kleben bringt höchstens zehn *Fen*. Ich werde jetzt jeden Nachmittag zur Müllkippe gehen.« Aber gleich fiel ein Schatten über ihr Gesicht. Sie hätte dann jeden Nachmittag mit den kleinen Rabauken zu tun, die sie daran hinderten, im ›frischen‹ Müll zu stöbern.

Lian fühlte mit ihr: »Diese kleinen Halunken sind das reinste Giftkraut. Sie sind zwar noch klein, aber sie terrorisieren dich schon wie waschechte Kriminelle!«

Kim sagte: »Ich kann ja verstehen, warum mich die Kinder von der Müllhalde verscheuchen wollen. Das Wühlen im Abfall ist eine der wenigen Arbeiten, die sie körperlich schaffen und mit der sie an ein wenig Geld kommen können. Die meisten Jugendlichen ›verdienen‹ ihr Geld mit Gemüse- und Obstverkaufen.«

Lian hatte von dieser ›Branche‹ schon gehört. Täglich trafen in der Stadt zahllose Pferdefuhrwerke vom Land ein. Sie transportierten Gemüse und Obst aus den Volkskommunen zu den Geschäften in Peking. Halbwüchsige aus dem Lehmhausviertel versteckten sich oft im Gebüsch am Wegrand, um auf die vorbeifahrenden Fuhrwerke zu klettern. Sie zogen die hintere Klappe der Ladefläche auf, und dann kullerten Weißkohl, Knollensellerie und Auberginen auf die Straße. Wupp! Die Jugendlichen sprangen vom Wagen, stürzten sich auf die heruntergefallenen Feldfrüchte, und im Handumdrehen war nichts mehr davon zu sehen. Anschließend kletterten sie wieder auf den Wagen, um die Klappe zu schließen. Sie waren so klug, die Wagen nie ganz auszuräumen. Ein Zehntel jeder Fracht war mehr als genug, sonst kämen keine Wagen mehr vorbei und es gäbe gar nichts mehr zu plündern, und das war ja auch nicht in ihrem Sinne. Obwohl die Fuhrleute nur zu gut wußten, was hinter ihrem Rücken vor sich ging, griffen sie nie ein. Sie gingen davon aus, daß die jugendlichen Diebe den größten Teil der Fracht unberührt ließen, und der Verlust von zehn Prozent wurde in den Preis einkalkuliert.

»Ist es nicht gesetzwidrig, dieses Plündern oder Stehlen, egal, wie man es nennt?«

Kim nickte: »Deshalb laß ich auch die Finger davon.«

Lian sagte: »Soll ich von jetzt an jeden Nachmittag zum Helfen kommen? Zu zweit verdienen wir doppelt soviel.«

Kim ließ den Seesack fallen. »Oh, dann kann ich auch wieder zur Schule kommen.«

Was? Lian traute kaum ihren Ohren. Wünsche gehen in Erfüllung, wenn man es am wenigsten erwartet. Stand es nicht in den Sternen geschrieben, daß sie zueinander gehörten? Daß sie nichts trennen konnte?

HUANGSHUAI

Am nächsten Morgen saß Kim um fünf vor acht brav an ihrem Platz. Lian zwinkerte ihr zu. Sie würden sich von nichts auf der Welt beirren lassen.

Die Chemielehrerin, Frau Yang, betrat das Klassenzimmer und teilte den Test aus, den die Schüler vor gut einer Woche geschrieben hatten. Wie vorgesehen, besprach sie mit der Klasse die häufigsten Fehler, sozusagen als Wiederholung des Lehrstoffs aus dem vergangenen Semester. Die Schüler waren mucksmäuschenstill, denn bei solchen Unterrichtsstunden wären sie vor Scham am liebsten im Boden versunken. Ständig wurden sie mit der Nase auf unangenehme Tatsachen gestoßen: Wieder hatten sie die Formeln, die Frau Yang bestimmt schon zehnmal erklärt und vor deren falschem Gebrauch sie die Klasse so oft gewarnt hatte, im Test falsch angewandt. Nun erklärte die Lehrerin die bewußten Formeln zum elftenmal mit solcher

Geduld und auf so nachvollziehbare Weise, daß sie ihnen wahrscheinlich nur demonstrieren wollte, wie absurd und unverzeihlich ihre Fehler waren.

Aber heute lag etwas in der Luft. Frau Yang gab sich ungewohnt großzügig und wirkte sogar ein wenig eingeschüchtert. Ihre sonstige Unbeirrtheit, Ausfluß ihrer ausgezeichneten Fachkenntnisse, wurde durch eine Nervosität abgeschwächt, die überhaupt nicht zu ihr paßte. Und am meisten irritierte, daß sie bei der Fehleranalyse immer wieder in ›Ja-und-nein-Sätzen‹ sprach.

»Ja«, sagte sie zaghaft, »diese Regeln gehören eigentlich nicht zu dieser Formel, aber ach«, sie preßte ihrem Gesicht ein säuerliches Lächeln ab, »wenn ihr es unbedingt so haben wollt, ist es mir auch recht.«

Was war denn das? Sollten jetzt auf einmal die Schüler die Regeln festsetzen? Lian erkannte ihre sonst so strenge Lehrerin nicht wieder.

Die Klasse konnte solche Dinge förmlich riechen. Zögernd fingen ein paar Schüler aus den hinteren Reihen an, mit ein paar von denen zu ›telefonieren‹, die weiter vorn saßen, und die ersten Papierflieger wurden hochgeworfen. Trotzdem blieben alle auf der Hut. Jeden Moment könnte Frau Yang ihren gefürchteten Kommentar äußern: »Wollt ihr den Himmel auf den Kopf stellen?!«

Aber der Schlag blieb aus. Verwundert beobachtete Lian die Lehrerin. Frau Yang stand mit hilflos ausgebreiteten Händen vor der ungezogenen Klasse; ihr stand die Unentschlossenheit ins Gesicht geschrieben.

Warum schritt sie denn nicht ein …?

In der nächsten Stunde war Biologie. Herr Zeng forderte Shunzi, den Klassensprecher, auf, den Stapel korrigierter Hausaufgaben auszuteilen. Normalerweise nutzte Herr Zeng dabei die Gelegenheit, denen, die ihre Hausaufgaben besonders gut gemacht hatten, ein Lob auszusprechen, um so die anderen zu besseren Leistungen anzuspornen. Als Lian ihr Heft zurückbekam, machte sie einen Luftsprung, denn der Lehrer hatte nur ein einziges Schriftzeichen darunter gesetzt: *Brillant!* Es war sehr ungewöhnlich, daß sie eine solche Bemerkung einheimste. Aber komisch, hinter zwei der sechs Fragen stand ein X. Womit hatte sie dann dieses ›brillant‹ verdient?

Links und rechts neben ihr jauchzte es. Überall protzten die Klassenkameraden mit ihren Heften. Unter allen Arbeiten stand dieselbe Bemerkung.

Während der Zehn-Uhr-Pause schlich eine Reihe von Lehrern mit hängenden Köpfen durch den Korridor, wie Chinakohl, der vom Nachtfrost überrascht worden war. Als Höhepunkt des Ganzen kam Frau Meng nach der Pause in die Klasse geeilt und schickte alle nach Hause.

»Was haben Sie gesagt, Frau Meng? Heute haben wir keine Schule mehr? Was?! Morgen und Samstag auch nicht …? Wir haben frei! Schulfrei!« Eine Welle von Jubelschreien ließ die Landkarten an den Wänden erzittern, aber Frau Mengs Gesicht war grau von Sorgen …

Die Schüler stopften ruck, zuck ihre Bücher in die Taschen und sausten aus der Schule. Kim und Lian sahen sich an. Sie wußten nicht, was sie tun sollten. Buddhas Wege waren unergründlich. Wenn Kim keine Lust hatte zu lernen, mahnte sie ihr Gewissen, trotzdem zur Schule zu gehen. Und wenn sie in die Schule kam, wurde sie nach Hause geschickt. Sie kniff die Augen zusammen – wodurch ihr Gesicht noch mehr dem eines runzligen alten Männchens glich – und sagte: »Paß auf, die KPCh fängt wieder an, am Unterricht herumzupfuschen. Wenn das so ist, bleibe ich lieber zu Hause und falte Streichholzschachteln.«

Als Lian vier Tage später den Schulhof betrat, war das Hauptgebäude nicht mehr wiederzuerkennen. Es war von oben bis unten verpackt. Große rote Schriftzeichen schrien von den raschelnden Wänden.

Der zarte Frühlingswind streichelte die feuerspeiende Zeitung, so daß sie sich an vielen Stellen kräuselte wie ein sonst streitbarer junger Mann, der in den Armen seiner

Liebsten vor Rührung bebt. Um die Taille des raschelnden Bauwerks hing in Riesenbuchstaben eine Parole:

Nehmt Euch ein Vorbild an unserer revolutionären Mitschülerin Huangshuai und säubert den Lehrkörper von feudalen, bourgeoisen und revisionistischen Elementen.

Lian rannte auf das Gebäude zu und nahm die Zeitung, die nur aus Anklageartikeln bestand, näher in Augenschein. Einige Lehrer wurden namentlich genannt.
Einer der Artikel trug die Überschrift:

Gong Wei, halt deinen nach After riechenden Mund!

Der erste Absatz lautete:

Beschmutze unser proletarisches Podium nicht mit diesem Geschleime über den Kapitalisten Isaac Newton. Glaubst du vielleicht, wir, die chinesischen Arbeiter, hätten ohne diesen ausländischen Teufel die Schwerkraft nicht selbst entdeckt?! Mach einmal deinen Hühnerhals mit dem Regenwurm obendrauf lang und spucke aus, warum du wirklich Newtons Theorien lehrst. Wir haben dich durchschaut: Du willst uns – die junge Generation – zu Schleimscheißern des kapitalistischen Westens erziehen, damit wir dann als Erwachsene die kommunistische Partei unseres Vaterlandes stürzen! Gong Wei, bekenne deine konterrevolutionären Motive schnell und sofort, sonst werden WIR dafür sorgen, daß du es tust …!

Lian überschlug ein Stück und las den letzten Absatz:

Brüder und Schwestern unserer Klasse, laßt uns gemeinsam ausrufen: Tod den Revisionisten! Erklärt den reaktionären Lehrern den Krieg. Steckt die bourgeoise Unterrichtswelt in Brand! Sieg den Kommunisten!

Lian verschluckte sich fast an dem kalten Wind. Herr Gong Wei, mit Spitznamen Einstein, gehörte zu den angesehensten Lehrern der Schule. Sein Unterricht galt als ungemein faszinierend, und fast jeder Schüler, der ihn als Lehrer hatte, verliebte sich in Physik und gleichzeitig in ihn.

Sie las noch ein paar andere Aufsätze, aber alle hatten dieselbe Tendenz: Die besten Lehrer wurden als *Totengräber des Kommunismus* beschimpft. Lian fragte sich, warum Frau Yang, die doch auch für ihr Fachwissen berühmt war, nirgendwo erwähnt wurde. Im Geiste stellte sie eine Liste der beschuldigten Lehrkräfte zusammen ... und, ja wirklich, nur die Lehrer der höheren Klassen wurden unter Beschuß genommen. Lian war es schon letzten Donnerstag merkwürdig erschienen, daß die älteren Jahrgänge brav in ihren Klassenzimmern blieben, während sie nach Hause durften. Die älteren hatten also schon früher von der neuen Kampagne erfahren.

Im Vorfeld jeder politischen Kampagne brachte die KPCh verschiedene Dokumente und Flugblätter in Umlauf.

Das Kabinett bekam Unterlagen mit drei roten Kreuzen, in denen Staatsgeheimnisse enthüllt wurden, zum Beispiel eine Erklärung, warum der Steuermann einen bestimmten Minister eliminiert sehen wollte – meist, weil der Betreffende es gewagt hatte, die ewige Wahrheit des Weisesten Führers des Weltalls anzuzweifeln. Daraufhin rief die Nie Untergehende Sonne eine politische Kampagne ins Leben. Erstens, um den Einfluß des bewußten Ministers zu neutralisieren, indem die lokalen Kader, die ihn gestützt hatten, ihrer Posten enthoben wurden, zweitens, um den Eindruck zu erwecken, ›Er‹ habe den Minister aus ideologischen Gründen und nicht, um lediglich seine Macht zu demonstrieren, aus dem Kabinett entfernt.

Mitglieder des Politbüros erhielten Dokumente mit zwei roten Kreuzen. Darin wurde der wahre Zweck Seiner Kampagne in schöne Sprüche über den Streit des Großen Steuermanns mit dem ›revisionistischen‹ Minister verpackt, auch wenn Sein Ärger auf den bewußten Politiker zwischen den Zeilen zu lesen war.

Beamte des ersten bis achten Rangs bekamen Einsicht

in Dokumente mit einem Kreuz, in denen in hochtrabenden politischen Begriffen die ›Art‹ der Kampagne erläutert wurde. Diese Schriftstücke waren mit begleitenden Instruktionen garniert, wie der Adressat das Volk während der Kampagne zu führen hatte.

Personen vom neunten bis zum zwölften Rang erhielten Dokumente ohne Kreuz, deren Inhalt sich kaum von den Propagandaartikeln in der *Volkszeitung*, dem Sprachrohr der KPCh, unterschied – Arbeitern, Bauern und Schülern wurden Fragmente daraus vorgelesen. Der Eigentümer durfte diese Papiere unter keinen Umständen offen herumliegen lassen, damit sie nicht den unteren Schichten in die Hände fielen. Offenbar enthielten sie doch ein paar Geheimnisse. Von ihrer Mutter, die Dokumente ohne Kreuz lesen durfte, erhielt Lian ab und zu Informationen, die sie sonst nicht bekommen hätte. Während der letzten Kampagne, bei der Konfuzius aus dem Grab geholt und kein einziger Knochen seiner Leiche intakt gelassen wurde, hatte Mutter beim Frühstück gesagt: »In den Regierungsdokumenten heißt es, daß der Minister für Handel und Wirtschaft für eine gewisse Autonomie der Staatsbetriebe plädiert hat. Die Nie Untergehende Sonne hat ihn daher zum ›Beschreiter des kapitalistischen Wegs‹ erklärt.« In der Schule überschlug der Direktor beim Verlesen der Dokumente derartige Passagen. Der Kampf, den der Weiseste Führer mit seinen politischen Weggefährten führte, war tabu. Es würde den kleinen Mann zum Nachdenken anregen – und selbständig denkende Massen waren dem Fortgang der Sache nicht dienlich. In einem Balanceakt zwischen Veröffentlichung und Zurückhaltung von Informationen schrieb der Steuermann jeder sozialen Gruppe die richtige Informationsdosis vor.

Als die Schulglocke läutete, sauste Lian in die Klasse. Kim saß schon brav auf ihrem Platz. Frau Meng zog an einer Schnur an der Wand, mit der sie die Lautsprecher anstellte, die an die Anlage im Direktorat angeschlossen waren. Zunächst knarrten die lange nicht mehr benutzten Boxen wie abgestorbene Zweige im Wind, wodurch das jetzt gesendete Lied *Die kommunistische Revolution kennt keine Gnade* klang, als sei es in Stücke gesägt. Nach dem Kampflied hüstelte der stellvertretende Direktor, Herr Chen, kurz ins Mikrofon und hielt dann folgende Rede: »Kleine rote Waffenbrüder und -schwestern, das Schulwesen unseres Landes steht unter dem Zauberbann der bösen Bourgeoisie. Die Schüler werden gezwungen, immer mehr wissenschaftliche Kenntnisse zu erwerben. Sie schuften sich durch Prüfungen und werden von den Noten in Ketten gelegt. Wo …« Direktor Chen dehnte seine Stimmbänder bis zum Zerreißen, und die Schüler bekamen einen Heidenschreck, als ihnen sein hysterisches Kreischen in die Ohren fuhr: »… bleibt das politische Bewußtsein der Lehrer?! Ist es nicht ihre Aufgabe, die junge Generation zu Verteidigern von Maos weiser Führung zu erziehen? Wozu soll es gut sein, den Kindern kapitalistisches Wissen wie Algebra und das Periodensystem von Mendelejew in den Kopf zu stopfen?! Wie viele Seiten aus dem Kleinen Roten Buch kennen sie heutzutage noch auswendig? Wie häufig hören sie im Unterricht von der Wunderbaren Geschichte der KPCh? Können sie Kommunisten von Revisionisten unterscheiden? Wird es nicht höchste Zeit, uns ernsthaft Gedanken zu machen, welchem Zweck der Unterricht des proletarischen Chinas dient?!!«

Über die Gesichter einiger Schüler huschte ein Lächeln. Das klang gut. Es sah ganz danach aus, als brächen goldene Zeiten an. Wenn sie die Durchsage richtig verstanden hatten, mußten sie nicht mehr büffeln, und die Prüfungen würden höchstwahrscheinlich abgeschafft.

Aber Chen hatte sich noch nicht ausgetobt: »Vor zwei Wochen hat eine Schülerin mit revolutionärem Geist, die zwölfjährige Huangshuai, einen offenen Brief an das Politbüro geschrieben, in dem sie die schlimme Entwicklung des Unterrichtssystems anprangert. Der Große Steuermann hat wieder einmal bewiesen, daß er ein unvergleichlicher Politiker ist: Er hat sofort durchschaut, daß das bourgeoise Gesindel im Begriff ist, sein kommunistisches Regime zu untergraben, indem es die Schüler mit verfaultem kapitalistischem Wissen vollpumpt! Also hat Er eine Kampagne veranlaßt, um die Unterrichtswelt von revisionistischen und kapitalistischen Elementen zu säubern. Als Zeichen der Anerkennung für die Schülerin, die mit proletarischer Wachsamkeit diese gefährliche Tendenz im Unterricht bemerkt und in ihrem Brief darauf hingewiesen hat, gab der Große Steuermann der Kampagne ihren Namen: die *Huangshuai-Kampagne*.«

Im folgenden erklärte ihnen der stellvertretende Direktor anhand von Beispielen, wie sie mit ihren Lehrern umzugehen hätten:

– Hat der Englischlehrer euch aufgegeben, Verbformen auswendig zu lernen? Dann ist das reaktionär von ihm, denn Schüler sollen ihr Gedächtnis für revolutionäre Parolen nutzen und nicht, um die Umgangssprache behaarter ausländischer Teufel zu lernen.
– Will der Lehrer euch vielleicht überreden, Spione für den kapitalistischen Westen zu werden? Fragt euch mit proletarischer Wachsamkeit, welches revisionistische Ziel diese Art von Lehrkräften mit ihrem Unterricht erreichen will.
– Hat der Lehrer in chinesischer Grammatik euch aufgegeben, Aufsätze über Freundschaft zu schreiben? Völlig falsch! Eure kreativen Fähigkeiten müssen dem Besingen des Hasses gegen die Feinde des Steuermannes und Seiner nicht genug zu lobenden Revolution vorbehalten sein sowie dem unablässigen Kampf gegen den Kapitalismus.

Der Direktor schloß mit der Anweisung, daß jede Klasse sich nach dem Ende der Durchsage in vier Gruppen aufzuteilen und mit den Verbrechen der Lehrer zu beschäftigen habe. Noch vor der Mittagspause hätte jede Gruppe eine Kritikabhandlung in einem Umfang von tausend Wörtern fertigzustellen. Diese müsse am Nachmittag noch auf ein Papier von der Größe einer Haustür abgeschrieben und gegen drei Uhr nachmittags an einer von der Schulleitung angewiesenen Stelle angeklebt werden ...

»Bedeckt die Häuser, die Baumstämme, Laternenpfähle

und alles, was ein Blatt Papier tragen kann, mit kämpferischen Wandzeitungen! Steckt die Schule in revolutionären Brand! Bombardiert den Geist der bourgeoisen Lehrer, bis er in Rauch aufgeht! Lang lebe Mao! Lang lebe die KPCh! Lernt von Huangshuai! Verwirklicht die Ideale der *Huangshuai-Kampagne* bis zum bitteren Ende! Tod dem kapitalistischen Schulsystem!«

Chens Speichel spritzte hörbar gegen das Mikrofon, und er schrie wie ein Schwein kurz vor dem Abstechen. Wie kam er nur dazu? Wie konnte er zum Lehrerhaß aufrufen, obwohl er selbst Lehrer war?

Allerdings wußte Lian, was für ein langweiliger und schlechter Lehrer Chen war. Warum gerade dieser mit zwei linken Händen begnadete Mann Werkunterricht gab, war ihr immer ein Rätsel gewesen. Und nun sprach er zu ihnen als ›inspirierter‹ Anführer der Kampagne. Wo war Direktor Dong geblieben?

Nach Chen ergriff eine Frau das Wort. Lian erkannte sie sofort an der Stimme: Es war die Biologielehrerin für die Erstkläßler. Ihren richtigen Namen wußte sie nicht – jeder nannte sie ›Bei-uns-an-der-Universität‹. Weil sie an irgendeiner Lehrerbildungsanstalt und nicht an der Universität studiert hatte, war sie eine der Ausnahmen im Lehrkörper der Schule. Während der Wirren zu Beginn der Kulturrevolution hatte sie die Chance genutzt, an dieser Schule angestellt zu werden. Ihre Kollegen hatten nichts dagegen einzuwenden gehabt und auch nicht auf sie herabgesehen. Sie gehörte zwar nicht zu den Intelligentesten, aber sie gab sich sichtlich Mühe, auch wenn sie unter einem Minderwertigkeitskomplex litt. Ihre Schüler berichteten, es verginge keine Stunde, ohne daß sie von ihr zu hören bekämen: »Bei uns an der Universität ...« Daß sie ihre Lehrerbildungsanstalt in Universität umbenannt hatte, störte eigentlich keinen, aber der herabsetzende Ton, den sie gegenüber den Schülern anschlug, und die Verachtung, mit der sie über Kollegen sprach, gefiel den Schülern überhaupt nicht. Sie verdiente ihren Spitznamen doppelt und dreifach, fand man.

Diese Frau war es, die jetzt sagte: »Vielen Dank für Ihre Ansprache, Genosse Chen, Vorsitzender des neuen Roten Hauptquartiers der *Huangshuai-Kampagne* ...« Wieso? Hatte Chen die Gelegenheit ergriffen, Direktor Dongs Platz zu übernehmen? »... Als stellvertretende Vorsitzende des Hauptquartiers möchte ich zuallererst meiner Begeisterung über die *Huangshuai-Kampagne* Ausdruck verleihen.«

Kein Wunder, dachte Lian bei sich, ohne diese Kampagne hätte sie nie zur stellvertretenden Rektorin aufsteigen können. Chen, der Werklehrer mit den zwei linken Händen, und sie, die Biologielehrerin, die wegen ihrer Inkompetenz immer krampfhaft um ihren Platz an der Schule kämpfte: Solche schwarzen Schafe holten die politische Kampagne mit offenen Armen ins Haus und nutzten das Chaos als Helikopter, um geradewegs aufzusteigen.

»Zum zweiten will ich revisionistische Lehrer wie Yang, Wei, Tian und noch ein paar andere warnen: Laßt eure Hundeköpfe hängen und bekennt eure reaktionären Verbrechen, sonst haben die Kugeln der Revolution keine Augen.«

Tjitjih ... Lian hörte sie direkt mit den Zähnen knirschen. Wenn es an Bei-uns-an-der-Universität läge, würde sie diesen hervorragenden Lehrern bei lebendigem Leibe die Haut abziehen und sie zu Saté verarbeiten. All die Jahre hatte sie mit ihren selbstverschuldeten Frustrationen gegenüber den Kollegen gelebt, und nun war für sie der Tag gekommen, sich an ihnen zu rächen. Und sie hatte eine unangreifbare Ausrede – aktiv an der *Huangshuai-Kampagne* teilzunehmen ...

Und was war von Chen zu halten? Chen, der jahrelang Tag und Nacht auf den Moment gewartet hatte, an dem er seine Vorgesetzten vom Sockel zerren konnte? Solche Menschen sorgten dafür, daß es der Kampagne gelang, den Kern des Lehrkörpers zugrunde zu richten. Bald würde die Schule funktionsunfähig sein. In dieser Hinsicht war der Weiseste Führer des Weltalls wirklich ein Genie. Ganz gleich, welche Kampagne er sich ausdachte, es gelang ihm immer, im ganzen Land ergebene Anhänger zu finden. Einer Seiner Lieblingssprüche war daher auch: *Wo Menschen sind, gibt es Konflikte.* Und Konflikte brachten die Menschen gegeneinander auf. Eine politische Kampagne bot der schwächeren Gruppe die Möglichkeit, die stärkere zugrunde zu richten. Konnte es da noch erstaunen, daß Seine Aufforderung zum Austragen gleich welchen Kampfes stets bei der Bevölkerung ein offenes Ohr fand?

Nachdem Bei-uns-an-der-Universität Gift und Galle über ihre gelehrten Kollegen ausgespuckt hatte, wurde sie ruhiger. Jetzt ging sie zu ihrer eigentlichen Aufgabe über: Mitteilungen über praktische Angelegenheiten zu machen, zum Beispiel darüber, wo die Schüler den Leim für die Wandzeitung abholen konnten, welcher Klasse welches Mauerstück an welchem Gebäude zugeteilt war und wie viele Schriftzeichen ein Text für die Wandzeitung mindestens enthalten mußte. Als sie damit fertig war, fiel ihr wieder ein, daß sie jetzt die Möglichkeit hatte, ihre Kollegen ungestraft und so lange sie wollte unter Beschuß zu nehmen. Sie bekam wieder einen hysterischen Anfall:

»Klassensprecher, ruft eure Mitschüler zusammen und holt eure Lehrer vom Podest. Organisiert Anklageversammlungen gegen sie und überzieht sie mit dem Maschinengewehrfeuer eurer Worte. Hört nicht auf, sie zu kritisieren, bis sie zugeben, daß sie euch tatsächlich zu Verschwörern des imperialistischen Westens erziehen wollten!«

Instinktiv sah die Klasse hin zu Frau Meng, die sich zusammenkrümmte und das Podest mit schleppendem Gang verließ.

Shunzi erhob sich sofort und befahl der Lehrerin: »Geh zurück in dein Büro und erwarte unseren Aufruf zur Anklageversammlung. Inzwischen kannst du schon einmal eine Selbstkritik schreiben.« Er duzte sie, als hätte er seit Jahr und Tag nichts anderes getan. Der entschlossene, mitleidlose Ausdruck, der um seine Mundwinkel spielte, bewies, daß er sich in einen völlig anderen Menschen verwandelt hatte: Er war im Begriff, sich der von Chen und Bei-uns-an-der-Universität vorgegebenen Tendenz anzupassen.

Frau Meng nickte eingeschüchtert und schlich aus dem Klassenzimmer. Wanquan und einige andere Schüler sprangen auf, um Shunzi beim Einteilen der Klasse in vier Gruppen zu helfen.

Es war nicht einfach, die Vergehen der Lehrer aufzulisten. Die Schüler wußten verdammt gut, daß das, was die Lehrer getan hatten, den Lernprozeß vorangebracht hatte. Der Chemielehrer hatte sie zum Beispiel die Atomstruktur der häufigsten Elemente wie Sauerstoff und Kohlenstoff auswendig lernen lassen. Ohne dieses Grundwissen wären sie in diesem Fach nicht sehr weit gekommen. Aber irgendwie mußten sie der Aufforderung der Direktion nachkommen, noch vor der Mittagspause ganze Seiten mit den ›reaktionären Verbrechen‹ dieser Lehrer vollzuschreiben. Außerdem versuchten Wanquan, Yougui, Shunzi und noch ein paar andere Rüpel ihnen unablässig Angst einzujagen: »Wenn ihr die Verbrechen der Lehrer nicht alle aufschreibt, atmet ihr aus denselben Nasenlöchern wie sie.« Dieses Brandmal wagten sie nicht zu tragen, denn das würde sie ebenfalls auf die Anklagebank befördern. Dann lieber seinem Gewissen einen Bären aufbinden und tüchtig draufloslügen.

Da Lian für ihre Aufsätze meist gute Noten bekam, wurde sie ausgewählt, das heißt gezwungen, für ihre Gruppe die Kritikabhandlung zusammenzuschreiben. Sie saß zwischen ein paar Klassenkameraden, die voller Hingabe mit dem öffentlichen Nachdenken anfingen. Sie versuchten sich gegenseitig im Erfinden der bizarrsten Verbrechen zu übertrumpfen, die sie den Lehrern zur Last legen könnten. Und Lian protokollierte und protokollierte …

»Lian, schreib auf«, sagte Xiuli, »Fettsack mit deiner Tomatennase, warum stopfst du uns den Kopf mit blöden Atomstrukturen voll? Willst du uns so vielleicht davon abhalten, unsere Aufmerksamkeit auf die Hauptsache zu lenken – die Stärkung unseres politischen Bewußtseins und den Kampf gegen die Klassenfeinde? Beschreiter des kapitalistischen Wegs, wir haben natürlich durchschaut, wie du die Chemiestunde mißbraucht hast, damit wir keine Zeit übrig haben für die Proletarische Revolution. Es würde uns nicht wundern, wenn du ein Geheimagent eines imperialistischen westlichen Landes wärst! Laß dir in die Karten sehen und bekenne deine Verbrechen, sonst bekommst du es mit uns zu tun!«

»Ach was!« versuchte Kejian ihn zu übertrumpfen, »er kommt viel zu glimpflich davon, wenn du nur sagst: ›sonst bekommst du es mit uns zu tun‹. Es muß heißen: ›sonst hacken wir dich in Stücke und machen Fischfutter aus dir‹.« Er grinste Xiuli triumphierend an. Xiuli sah wie ein begossener Pudel aus: Warum war sie nicht auf solche schlagkräftigen Worte gekommen?

»Schreib auf!« Lian bekam einen Mordsschreck. Eine wütende Mädchenstimme ertönte hinter ihr: »Die wandelnde Witwe Frau Meng ... oder nein, laß die ›Frau‹ einfach weg. Ich fange noch mal an: Läufige Hündin, Tag und Nacht voll sabbernder Gier nach deinem Mann, der im Straflager in Yunnan eingesperrt ist – zu Recht –, hast du dein proletarisches Bewußtsein als Durchfall ausgekackt, oder was? Wo ist dein Respekt vor der Arbeiterklasse geblieben, daß du es wagst, mir, der Tochter eines roten Arbeiters, die Englischaussprache zu korrigieren? Wenn ich es noch einmal erlebe, reiße ich deine Lippen wie einen zerschlissenen Spüllappen entzwei!«

Es wurde totenstill. Lians Hand zitterte wie die einer alten Frau. Gingen sie nicht zu weit? Das war die Frage, die auf jedem Gesicht stand, auch wenn keiner den Mut hatte, es auszusprechen. Es war schlimm genug für Frau Meng, daß sie ihren Mann seit drei Jahren nicht hatte sehen können. Jeder Schüler wußte, daß Frau Meng, als ihr Mann verbannt wurde, *einen schweren Bauch mit sich herumschleppte.* Ihr kleiner Sohn, der vier Monate später geboren wurde, hatte seinen Vater nie gesehen. Wenn die Schüler mit dem Kind spielten, fragten sie ihn zum Scherz: »Wo ist dein Papa?« Dann deutete der Junge jedesmal auf eine hölzerne Kiste, die ihm sein Vater einmal, bis an den Rand voller Bananen, geschickt hatte, und sagte: »Papa!« Zehn von zehnmal strömten dann die Tränen aus den Augen seiner Mutter ... Daß dieses Biest Tieyan so über das Leid von Frau Mengs kleiner Familie spottete, ging den meisten doch zu weit. Und doch, die Parole *Die Kommunistische Revolution Kennt Keine Gnade* stopfte ihnen den Mund.

Als Ausgleich dachten die Mitschüler mit heimlicher Genugtuung an Tieyans Mißerfolge. Vor drei Jahren hatte die Klasse die erste Englischstunde gehabt. Tieyan hatte es nicht geschafft, *th* und *d* in ihrer Aussprache auseinanderzuhalten. Frau Meng hatte ihr bestimmt zwanzigmal vorgemacht, wie man das *th* richtig aussprach – ohne Erfolg. Eines Tages hatte Tieyan einen Satz aus dem Englischbuch vorlesen müssen. Sie las: *My elder brodder is dirty en my elder sister is dirty too*. Die Klasse hatte losgebrüllt. Das arme Schaf kannte nicht einmal den Unterschied zwischen *thirty* und *dirty!* Mit viel Mühe hatte Frau Meng die Klasse wieder beruhigt und Tieyan auf die Wichtigkeit einer korrekten Aussprache hingewiesen. Die ganzen drei Jahre hatte dieser kleine Drache Rachegedanken gegen Frau Meng gehegt, und jetzt war die Gelegenheit gekommen.

Kurz und gut, so ging es immer weiter.

Lian schaltete ihren Verstand aus und protokollierte brav, auch wenn sie sich gelegentlich schämte, wenn sie sah, was sie notiert hatte. Bei ihrer Lehrerin in chinesischer Grammatik hatte sie gelernt, induktiv oder deduktiv zu schreiben, aber das hier war jenseits aller Prinzipien. Es stand einer banalen Schimpfkanonade, wie man sie auf jedem Fischmarkt hören konnte, in nichts nach. Wo waren sie nur hingekommen?

Kopflos

Fünf Minuten vor drei hatte Lians Gruppe Gott sei Dank ihre Quote erfüllt: zwei Seiten Wandzeitung, jedes Blatt so lang und so breit wie eine Haustür, vollgeschrieben mit einem Artikel, in dem genau zehn Verbrechen ihrer Lehrer aufgelistet und angeprangert wurden. Aber Wanquan war mit dieser Leistung nicht sonderlich zufrieden. Er schrie sie an: »Ihr samenlosen Nichtsnutze! Ich gebe euch zehn Minuten extra. Wenn ihr nicht schnell noch zwei Seiten produziert, melde ich euch dem Vorsitzenden des Roten Hauptquartiers als Saboteure der *Huangshuai-Kampagne!*«

Yuehua, eines der Mädchen aus der Gruppe, wurde kreideweiß. Sie fing an zu weinen: »Revolutionärer Klassensprecher Shunzi Ding, nicht, daß wir keine Lust mehr hätten, aber – die Augen Buddhas sehen alles – so schnell können wir wirklich nicht noch zwei Seiten mit Kritiken vollschreiben. Schone uns und zeige uns bitte nicht an!«

Es war klar, daß sie stellvertretend für die meisten sprach – Aimei und ein paar andere Schüler waren ebenfalls leichenblaß geworden.

Shunzi bemerkte das natürlich auch. Ungerührt und mit einem gemeinen Grinsen im Gesicht sagte er: »Das hängt ganz allein von euch ab.«

Alle schluckten ihre Wut hinunter. Es knirschte förmlich in ihren Köpfen:

Shunzi, du Sohn einer ledigen Mutter, piß auf den Boden und guck in die Lache. Siehst du den kahlen Hund dort? Genau. Das bist du! Du schüttelst das Fell, das du nicht mehr hast. Aber jetzt, wo du die Gelegenheit hast, beißt du tollwütig um dich.

Aber das wagte natürlich keiner laut zu sagen.

Shunzi fixierte sein angstvoll schweigendes Publikum und fügte triumphierend hinzu: »Die alte reaktionäre Ordnung ist auf den Kopf gestellt. Jetzt werden wir den Lehrern mal eine Lektion erteilen. Wenn ihr nicht mitmacht und euch weigert, sie zur Schnecke zu machen, wie sollen diese Gehirnwichser und Schlappschwänze dann je kapieren, daß wir es jetzt sind, die hier das Sagen haben?«

In den Augen der Mitschüler loderten Angst und Haß. Shunzi war selbst ein Schlappschwanz, aber ohne Hirn.

Noch schlimmer: Er hatte nicht einmal mehr Hoden: Er war ein Eunuch!

Shunzi brachte seine Machtdemonstration so schnell wie möglich zu Ende: »Aber ein bißchen dalli. Sonst krieg' ich eins aufs Dach.«

Aha, er gab es zu! Jetzt war die Klasse mit Grinsen an der Reihe. Shunzi hatte bestimmt Angst, daß ihn der neue Direktor zur Rede stellen würde, weil sich seine Klasse nicht genug angestrengt hatte. Warum sagte er das nicht einfach, sie wußten doch sowieso, daß er in der Klemme saß. Nur sollte er ihnen dann ja nicht mit diesem Gerede über die ›alte reaktionäre Ordnung‹ kommen!

Viertel nach drei hatten sie mehr schlecht als recht die geforderte Anzahl Wörter in einer zweiten Version zu Papier gebracht, was ihnen allerdings nur durch die Unterstützung von anderen Gruppen gelungen war, die schon eher fertig gewesen waren. Es war ihnen nichts anderes übriggeblieben, denn keiner wollte gern morgen früh über den Lautsprecher zu hören bekommen, er sei zum ›Handlanger revisionistischer Lehrer‹ erklärt worden, eine Strafmaßnahme, die Bei-uns-an-der-Universität in ihrer heutigen Durchsage zusätzlich angedroht hatte.

Jetzt war es Zeit, die Wandzeitung aufzuhängen. Ein paar Jungen gingen los, um sich bei der Putzkolonne eine Leiter auszuleihen. Lian wurde losgeschickt, um einen Eimer und einen Quast zu organisieren.

In den verlassenen Korridoren war es still – die meisten Lehrer schrieben angespannt an ihrer Selbstkritik. Lian ging auf Zehenspitzen. Sie wollte niemanden stören.

Plötzlich hörte sie eine Frau schluchzen. Sie spitzte die Ohren und sah sich neugierig um. Es kam nur selten vor, daß man eine Lehrerin weinen hörte. Vor der Tür mit dem Schild MATHEMATIK, JAHRGANG 1, blieb sie stehen.

Vorsichtig spähte sie durchs Schlüsselloch. Dort, genau ihr gegenüber, saß Frau Xu und wischte sich die Tränen aus dem Gesicht. Lian erschrak. Sie hatte diese junge Lehrerin immer sehr gemocht.

Frau Xu sagte: »... die Wandzeitung meiner Klasse? Ich habe nichts anderes getan, als sie zu unterrichten. Wie können sie mich so angiften? Was habe ich um Himmels willen falsch gemacht?«

Lian schob den Kopf ein wenig nach rechts, um zu erkennen, mit wem Xu sprach. Mit Mühe erkannte sie eine Schulter und eine Haarlocke ... Das war doch Frau Feng! Frau Feng war eine ältere Kollegin Xus und ebenfalls Mathematiklehrerin im ersten Jahr. Sie legte Frau Xu die Hand auf die Schulter. Lian hörte sie sagen: »Dein Fehler ist, daß du diesen Beruf gewählt hast. Seit 1949 hat der Weiseste Führer des Weltalls alle paar Jahre eine Kampagne gegen ›denkende Elemente‹ lanciert – damit sind Leute wie wir gemeint. Wenn du eine politische Säuberung nach der anderen überlebt hast wie ich, wächst dir ganz von allein eine Elefantenhaut. Siehst du mich etwa wegen dieser kindischen Beleidigungen weinen? Warum sollte ich auch? Die Kinder sind unschuldig und rein wie der erste Schnee im Winter. Ohne die Hetze der KPCh kämen sie nie auf die Idee, ihre Lehrer so anzugreifen. Wenn du unbedingt trauern willst, dann trauere lieber darüber, daß ein gewisser Führer die Unwissenheit und kindliche Begeisterung der Schüler mißbraucht, um seinem Machtkampf dort oben Nachdruck zu verleihen ...«

Unvermittelt hörte Feng auf zu sprechen. Sie betrachtete eingehend das Gesicht ihrer Kollegin. Angst und Zweifel sprachen aus Fengs Augen. Auch Lian zitterte. Sie wußte ebenso wie Frau Feng, wie gefährlich es war, ehrlich zu sein – egal zu wem –, vor allem, wenn es um das Vorgehen von Vater, Mutter, Liebhaber und Liebhaberin in Einer Person ging.

Am nächsten Morgen standen Trauben von Schülern vor dem Schulgebäude. Sie deuteten auf die ausgehängten Texte und gaben lauthals Kommentare dazu ab. Die meisten machten die Anklageartikel der anderen Klassen schlecht und lobten ihre eigenen kleinen Meisterwerke in den Himmel. In einem Punkt waren sie sich jedoch ausnahmslos einig: Wer die schmutzigsten und brutalsten Texte geschrieben hatte, wurde als größter Revolutionär gefeiert.

Da und dort standen auch ein paar Lehrer mit hängendem Kopf in der Ecke und lasen ihre eigene Verurteilung, und zwar so schnell wie möglich, aus Angst, daß sie gleich an Ort und Stelle grün und blau geschlagen würden. Die älteren wußten noch, daß diese Furcht nicht unbegründet war. Frühere Kollegen, Herr An und Frau Lin, hatten bei der letzten Kampagne, als Folge der von den Schülern angezettelten Schlägereien, einen Arm und den Unterarm beziehungsweise ein Auge verloren.

Jeder wußte, warum sich die Lehrer dennoch hierherwagten. Sie wollten genau wissen, welche Kritik sie ›geerntet‹ hatten, damit sie sich in ihrer Selbstkritik gezielter in die geistige Vernichtung schreiben konnten. So hofften sie, das Rote Hauptquartier von ihrer absoluten Bereitschaft zu überzeugen, sich jeden Tadel zu Herzen zu nehmen.

Kim fehlte wieder einmal. Aber was hätte sie hier auch verloren? Selbst Däumchen drehen war in diesen Tagen sinnvoller, als zur Schule zu gehen. Da war es noch nicht mal das schlechteste, statt dessen Streichholzschachteln zu kleben.

Das Schreiben von Anklageabhandlungen ging ihnen schon viel flüssiger von der Hand – allmählich beherrschten sie es recht gut. Ihr Gewissen hatte sich schon längst davongeschlichen, und die Schüler scheuten nicht davor zurück, sich für jede beliebige Lehrkraft ein reaktionäres Vergehen nach dem anderen aus den Fingern zu saugen. Aber nach einer Weile machte es keinen Spaß mehr. Jetzt, wo sie sich daran gewöhnt hatten, nicht nur ungestraft, sondern sogar ermuntert von der Partei ihre verbalen Gewalttätigkeiten ausüben zu können, brauchten sie eine neue Herausforderung.

»Lian, schreib auf!« befahl Meimei. »Herr Jiang ist *schmiiierig bourgeooiiis.*« Sie glich einer rolligen Katze.

»*Wauw!*« reagierten vier Jungen mit lautem Gebrüll.

Obwohl Lian Meimeis Geschwätz nicht ausstehen konnte, wagte sie nicht, mit dem Protokollieren aufzuhören – sie mußte nun einmal aktiv an der Kampagne teilnehmen.

»Letzten Monat hat er das Kapitel *Die Reproduktionsfunktion des Menschen* behandelt. Waaaa-rum?« So ertönte der in revolutionäre Sprüche verpackte Lockruf vom anderen Ufer des Flusses Meimei.

Tjietjie! Die vier Jungen schnalzten mit der Zunge und lechzten nach mehr. Lian hatte eine vage Ahnung, daß hier eine Art Paarungsritual ablief, verbot sich aber mit schamroten Wangen diesen Verdacht. Eines war ihr völlig klar: Mit diesem Theater wollte sie nichts zu tun haben.

Meimei war nicht mehr zu bremsen: »Man kann sich denken, warum uns Jiang gerade dieses Kapitel hat lernen lassen: Er wollte unseren unschuldigen proletarischen Geist mit bourgeoisem Wissen über dieses schweinische Thema verderben!«

»*Ehmmmm*, das klingt guuut«, heulten die Jungen.

Lians Hände zitterten. Sie wagte nicht, den Blick zu heben – alle im Raum feixten. Sie fanden es offenbar wahnsinnig komisch. Lian schrieb eifrig weiter, während das Gelächter der Zuschauer immer hemmungsloser und dreister wurde. Wie naiv sie doch war! Sie mußte zweimal lesen, was sie notiert hatte, bevor ihr aufging, daß man sie die ganze Zeit zum Narren gehalten hatte: Anscheinend hatten alle anderen schon längst begriffen, daß Meimeis Diktat nicht für einen Anklageartikel gedacht war, sondern als Vorwand diente, mit den Jungen zu flirten. Und sie war so dumm gewesen, alles Wort für Wort aufzuschreiben!

Lian stand auf, warf den Stift auf den Boden und sagte: »Mir reicht es! Sucht euch einen anderen für die Arbeit. Ihr macht eine Zirkusvorstellung daraus.«

Die anderen hörten sofort zu kichern auf, sie sahen sie mit Augen *wie Verkehrsschilder* an.

»Wie meinst du das? Nenne mir nur ein Wort von dem,

was ich gesagt habe, das vom Ziel der *Huangshuai-Kampagne* abweicht!« Meimei, die sich gerade noch so mannstoll gebärdet hatte, verwandelte sich plötzlich in einen ›revolutionären Drachen‹.

Sie hatte natürlich recht. *Der Metzger hängt einen Hammelkopf ins Schaufenster, aber er verkauft Hundefleisch.* Im Grunde genommen hatte sie kein schlüpfriges Wort gebraucht. Wenn Lian ihr das vorwerfen wollte, würde sie es nicht beweisen können. Meimei nutzte Lians Verzweiflung aus und ging zum Angriff über: »Bitte sag deinen revolutionären Mitschülern doch mal, was du mit ›mir reicht es‹ genau gemeint hast? Willst du vielleicht die *Huangshuai-Kampagne,* die vom Vater, der Mutter, dem Liebhaber und der Liebhaberin in Einer Person ins Leben gerufen wurde, torpedieren?«

Das reichte, um der ganzen Klasse den Mund zu stopfen. Lian zuckte ängstlich zusammen.

Meimeis Drohung hatte Lian den ganzen Tag verdorben. Sie mußte unbedingt darauf achten, ihren Widerwillen gegen solche Praktiken besser zu verheimlichen. Sie tröstete sich nur mit dem Gedanken, daß sie Kim nach diesem Wahnsinn hier wiedersehen und bald mit ihr zum Fabrikgelände gehen würde, um Alteisen zu sammeln.

URGROSSMUTTER KIM ZHANG

Als Lian um halb vier vor Kims Haustür ankam, ging sie sofort zur hinteren Ecke des Innenhofs durch und schnappte sich die zwei kleinen Harken, mit denen sie immer das Eisen aus dem Müllberg scharrten. Kim rannte in die Küche, um den Seesack zu holen.

Auf dem Weg zur Fabrik erzählte Kim aufgeregt, daß sie mit dem Verkauf der Metallabfälle in weniger als fünf Tagen einen *Yuan* und fünfzig *Fen* zusammenbekommen hatte. »Ich war heute früh in der Einkaufshalle *Die Schwarze Klaue Des Kapitalismus Kann Die Rote Sonne Nicht Ver-*

dunkeln.« Schnell verbesserte sie sich: »Ich bin zufällig auf dem Weg zur Streichholzfabrik dort vorbeigekommen. Im billigsten Warenhaus *Um Den Kommunismus Zu Verteidigen, Besteigen Wir Berge Aus Messern Und Tauchen Ein In Feuermeere* kosten die Jacken um die fünfzehn *Yuan* pro Stück. In fünf Tagen kriege ich einsfünfzig zusammen. Das heißt, daß ich mir in zwei Monaten so eine schöne Jacke aus Nylon kaufen kann. Wie findest du das? Mir schien es immer, als müßte ich eine Reise zum Mond unternehmen, um solche Kleidungsstücke tragen zu können, aber so unerreichbar ist es nun auch wieder nicht!«

Sie näherten sich dem Stacheldrahtzaun. Kim sagte: »Weißt du noch, wie du dir beim erstenmal die Kleider zerrissen hast? Laß mich den Draht festhalten. Dann kommst du ohne eine Schramme durch.«

Krats-krats. Die rostigen Eisendrähte machten Lian widerstrebend Platz. Sie zwängte sich durch das Loch, setzte den Fuß auf und *hoppla!*, plötzlich ging es abwärts. Der Boden hatte unter ihren Füßen nachgegeben, und sie fiel in eine nach Erde und Schimmel riechende Grube. Während sie noch fiel, versuchte sie sich auf gut Glück irgendwo festzuhalten und faßte in den Stacheldraht.

»Loslassen!« befahl Kim.

Lian ließ sich fallen.

Als Lian aus einem, wie ihr schien, tiefen Schlaf zu sich kam, sah sie in Kims gerötete Augen. Sie zauberte ein Lächeln in ihr Gesicht und sagte so kaltschnäuzig wie möglich, ihr täte nichts weh.

Kim ballte die Fäuste: »Wenn ich diese Ekel erwische ... Das zahle ich ihnen heim!«

Noch bevor sie ausgesprochen hatte, tauchte hinter dem Abfallberg eine Reihe Köpfe auf. Die kleinen Jungen hatten sich dort verschanzt, um zu beobachten, wie Kim in ihre Falle ging. Sie grinsten und sangen im Chor: »Wer nicht hören will, muß fühlen! Deiner schönen Freundin unser herzlichstes Beileid! Eigentlich wollten wir, daß du dir die Beine brichst.«

Kim zog plötzlich ihre Arme unter Lians Achseln weg. Ein nie gesehenes, schreckliches Feuer loderte in ihren Augen. Die dummen Kerle hatten Kims schwächste Stelle getroffen. Sie sprang auf, zupfte sich die Kleider zurecht und schoß auf die kleinen Widerlinge zu. Bevor die Rabauken merkten, was ihnen geschah, hatte Kim drei von ihnen gepackt und ihre Köpfe aneinandergeknallt. *Dong-dong-dong* hallte es von den Köpfen voller gemeiner Tricks wider, und *tjie! tjie!* quietschten die kleinen Scheusale, wie abgestochene Ratten.

Die übrigen Quälgeister kamen auch nicht ungeschoren davon, denn Kim trat einen nach dem anderen gegen die Kniescheibe, bevor sie sich aus dem Staub machen konnten. Einige rannten im Kreis und hielten sich den Kopf, andere knieten heulend im Schmutz.

Kim machte mit jedem Arm ein V, so daß ihre Ellbogen nach außen zeigten, und spuckte in die Hände: »Wer die Galle hat, meiner Freundin Lian oder mir, eurer Großmutter, auch nur ein Haar zu krümmen, kann mit einer dreifachen Wangenverdickung rechnen!« In ihrem Gesicht stand ein sadistisches Grinsen. Sie war blau angelaufen vor Mordlust. Sie summte ein Kampflied und stampfte mit dem rechten Fuß den Takt:

Kämpfe, kämpfe, kämpfe!
Für die Große Proletarische
Kulturrevolu-tion!
Kämpfe, kämpfe, kämpfe!
Bis der letzte Klassenfeind
unter den Hu-hufen
unserer roten,
roten Genossen
zersta-hampft ist!

Mit Schmerzen im ganzen Körper humpelte Lian auf Kim zu. Auf halbem Weg mußte sie sich setzen. Das Gehen schmerzte zu sehr. Sie sah zu ihrer Freundin hinüber. War Kim jetzt auch zur Sadistin geworden?

Kim genoß den Anblick ihrer Opfer, von denen einige auf dem Boden saßen und wimmerten. Sie setzte einem von ihnen den linken Fuß auf den Rücken und befahl: »Wiederhole, was ich jetzt sage:

Urgroßmutter Kim Zhang,
wir verehren Sie als Unsere Ewige Überwinderin
und werden Ihre Überlegenheit
nie mehr in Zweifel ziehen ...«

Der kleine Junge machte ängstliche, aber ehrerbietige Kotaus vor Kim und versuchte, ihr nachzusprechen:

Ur... Urgroßmutter K-kim Zhang,
wir verehren Sie, Überwinderin,
und wir werden keine Überlegenheit
anzweifeln ...

Kim amüsierte sich königlich: »Nicht ganz richtig, aber na los ...«

Die Zeremonie war beendet. Kim bahnte sich einen Weg über das Schlachtfeld und lief zu Lian hinüber. Sobald sie Lian ansah, verschwand das teuflische Grinsen von ihrem Gesicht. Sie kniete sich neben die Freundin und sagte liebevoll: »Komm, steig auf meinen Rücken. Ich bringe dich ins Krankenhaus ...« Sie brach in Schluchzen aus: »Lian, meine liebste Freundin, ich verspreche dir, daß du nicht viele Schmerzen haben wirst und daß du bald wieder gesund wirst!«

Kim hatte Lian auf ihren Rücken gehievt und ging mit kräftigen Schritten durch die Straßen. Lian ließ sich tragen. Sie genoß jede Sekunde dieses Ritts und prägte ihn fest ihrem Gedächtnis ein. Sie wußte, daß es das erste, und vielleicht auch das letzte Mal war, daß sie sich körperlich so nahe waren.

Kim legte Lian vorsichtig, als wäre sie eine Seifenblase, auf die lederbezogene Liege in der Erste-Hilfe-Abteilung des Krankenhauses, das für Lian zuständig war. Sie wischte sich mit dem Ärmel ihr verschwitztes Gesicht ab und rief einen Arzt.

Lian mußte unzählige Fragen beantworten. Dann wurde sie geröntgt. Gut eine halbe Stunde später teilte der Arzt ihnen mit: »Knochenbruch am linken Oberarm und Prellungen an beiden Beinen.«

Der Arzt gab der Krankenschwester die Anweisung, Lians Arm einzugipsen. Zuerst aber mußte sie Lians rechte Hand behandeln. Die Schwester steckte ein jodgetränktes Stück Watte in die kleine, aber tiefe Wunde in Lians Handfläche. Lian krümmte sich vor Schmerz. Zur Ablenkung knüpfte die Schwester ein Gespräch an: »Sag mal, mein Kind, was für einen Unfug hast du denn getrieben, daß du dir so eine schlimme Wunde eingefangen hast?«

Bis jetzt hatten Kim und Lian die Fallgrube auf dem Fabrikgelände geflissentlich verschwiegen. Es war ja nicht normal, daß ein Fräulein der Ersten Kaste sich in so eine Gegend verirrte – und schon gar nicht, daß sie in einer Müllhalde wühlte. Aber der Schmerz ließ Lian das stillschweigend ausgemachte Schweigegelübde glatt vergessen. Sie sagte offen heraus: »Hätten Sie diese langen, verrosteten Dornen im Stacheldraht am Fabrikgelände gesehen, dann würden Sie sich nicht mehr wundern.«

Die Schwester vergaß mit einemmal, womit sie gerade beschäftigt war, und rief: »Was sagst du? Woher hast du die Wunde?«

Lian wollte ihre Worte zurücknehmen, aber die Schwester rannte wie ein Taifun zu Lians behandelndem Arzt und flüsterte ihm etwas ins Ohr.

Der Arzt sah auf seine Uhr: »Sie ist vor ungefähr vierzig Minuten hier eingetroffen.« Er eilte zu Lian und fragte: »Wie lange ist es her, seit du deine Hand an dem verrosteten Eisen verletzt hast?«

Warum die ganze Panik? dachte Lian. Sie stützte sich mit ihrem hellen Ellbogen auf das Bett und sagte: »Ach, anderthalb, zwei Stunden. Wieso?«

»Das Serum gegen Blutvergiftung! Aber schnell!« befahl der Arzt. Er steckte ihr das Fieberthermometer unter die

Achsel und überschüttete sie mit Fragen, die Lians Meinung nach nichts mit einem Armbruch oder einer Prellung zu tun hatten.

Kim ergriff Lians linke Hand und hielt sie krampfhaft fest.

Lian erfaßte den Ernst der Lage erst richtig, als der Arzt die letzte Frage stellte.

»Wie heißen deine Eltern, was ist ihre Arbeitseinheit, und weißt du vielleicht ihre Telefonnummer bei der Arbeit? Wir müssen sie umgehend benachrichtigen.«

Mit einemmal fühlte sich Lian wirklich krank.

»Ach, ich hätte es wissen können.« Sein Gesicht hellte sich auf. »Du heißt, laß mich kurz in der Akte nachschauen, Lian Shui. Dein Vater ist bestimmt Doktor Shui, Abteilungsleiter der Kardiologie.«

Vater arbeitete im vierten Stock desselben Gebäudes. Er wurde sofort heruntergerufen. Er las Lians Thermometer ab, fühlte ihre Stirn und stellte ihr die ganzen Fragen noch einmal. Schließlich sagte er zu seinem Kollegen: »Meiner Ansicht nach besteht kein Grund zur Beunruhigung, aber in diesem Stadium können wir eine Blutvergiftung nicht ausschließen.« Er lächelte Lians Arzt voller Bewunderung zu: »Vielen Dank, daß Sie herausgefunden haben, wo sie die Wunde herhat. Glauben Sie mir, ich weiß, wie schwierig es ist, die Wahrheit aus einem Kindermund zu erfahren.«

Der Arzt errötete. Er wurde etwas gesprächiger: »Nur schade, daß wir zu spät hinter die Ursache ihrer Wunde gekommen sind. Normalerweise müssen solche Patienten innerhalb von sechzig Minuten nach der Verletzung ein Serum gespritzt bekommen. Dafür ist es jetzt eine Stunde zu spät. Hoffen wir, daß ihr Körper stark genug ist, Abwehrkräfte zu entwickeln.«

Als die erste Aufregung vorbei war, wurde Vater vom Arzt wieder zum besorgten Elternteil. Er wandte sich seiner Tochter zu, sah, daß sie über und über mit schwarzem Staub, braunem Eisenrost und roten Blutflecken beschmiert war, und versuchte vergeblich, seinen Zorn zu unterdrücken: »Wo hast du dich bloß herumgetrieben? Sieh nur, was du angestellt hast! Dir liegt wohl gar nichts am Leben, was? Warte nur, bis deine Mutter das sieht!«

Kim ließ Lians Hand los und nahm ihre Freundin in Schutz: »Herr Shui, sie kann nichts dafür. Ich bin schuld.«

Jetzt erst bemerkte Vater, wer neben Lian saß. Er zog die Augenbrauen zusammen. Aber er war nicht umsonst ein Intellektueller, der gelernt hatte, auch noch die schwärzesten Gedanken in das glänzende Geschenkpapier der Scheinheiligkeit zu verpacken: »Wenn ich du wäre, kleines Mädchen« – er sprach das ›klein‹ so aus, daß seine Verachtung für Kim deutlich spürbar war –, »würde ich so schnell wie möglich von hier verschwinden. Hier ist kein Platz für dich.« Nach einer bedeutungsvollen Pause fuhr er fort: »Für gesunde Kinder wie dich, meine ich.«

Lian spürte, wie Kims Hand sich in ihrer verkrampfte und eiskalt wurde. Nicht einmal, als sie auf dem Fabrikgelände wieder auf die Beine zu kommen versuchte, hatte sie solchen Schmerz empfunden. Das würde sie Vater nie verzeihen. Nie! Lian tat, als würden die Schmerzen in ihrem Arm stärker, und fing schrecklich zu wimmern an, nur um ihren Vater in Harnisch zu bringen.

Ein offenes Geheimnis

Die nächsten drei Tage mußte Lian nicht in die Schule. Sie hatte vom Arzt ein Attest bekommen. Ihre Freude darüber war doppelt groß, denn sie hatte sich schon gefragt, wie sie es in der Schule aushalten sollte, solange die *Huangshuai-Kampagne* noch lief. Jetzt hatte sie eine Atempause. Sollten die anderen doch ruhig Kritikabhandlungen verfassen, sie konnte gemütlich zu Hause sitzen und lesen.

Der Arzt hatte angekündigt, daß sie ab nächster Woche jeden Nachmittag zu einer ›Kerzentherapie‹ ins Krankenhaus kommen müsse. Dabei wurde eine Art Plastiktüte mit glühendheißem Wachs auf die Prellungen gelegt. Das sollte den Blutkreislauf anregen und den Heilungsprozeß fördern. Auf jeden Fall bedeutete es, daß Lian auch dann noch die Hälfte des Unterrichts aus gesundheitlichen Gründen würde versäumen dürfen.

Am ersten Tag hatte Vater sich freigenommen, um bei seiner Tochter bleiben zu können, etwas, das nur selten erlaubt wurde, wenn man so einen aufreibenden Posten hatte wie er. Wenn innerhalb von achtundvierzig Stunden nach der Verletzung keine Symptome für Blutvergiftung auftraten, war die Gefahr so gut wie gebannt. Vater hielt Wache.

Abgesehen von einem ziehenden Schmerz in ihren Gliedern bei jeder Bewegung ging es Lian ausgezeichnet. Aber sie konnte sich nicht richtig auf ihr Buch konzentrieren. Insgeheim hoffte sie die ganze Zeit, daß Kim zu Besuch käme. Sie mußte daran denken, wie Kim mit den Kindern auf der Müllkippe umgesprungen war. So hatte sie ihre Freundin noch nie erlebt. Sie kannte Kim als jemanden, der die Schikanen seiner Mitmenschen mit gesenktem Kopf ertrug.

Gegen elf Uhr morgens rief Vaters Abteilung an. Er wurde sofort gebraucht: ein Notfall. Weiren Su, ein wichtiger Oberbefehlshaber der Armee, mußte am offenen Herzen operiert werden. Es wäre ein enormer politischer Schnitzer, wenn nicht *der* Herzchirurg der Abteilung die Lanzette führen würde. Nicht im Traum hätte Vater daran zu denken gewagt, den Aufruf zu ignorieren.

Lian sah den Anruf als einen Segen Buddhas. Sie hatte sich schon den Kopf zerbrochen: Was sollte sie tun, wenn Kim käme?

Der junge Arzt, den Vaters Abteilung geschickt hatte, damit er die Wache übernahm, grüßte Lian verlegen und rückte den Stuhl, der neben ihrem Bett stand, so weit wie möglich von ihr weg, als hätte sie eine ansteckende Krankheit. Das war natürlich Unsinn, denn als Arzt wußte er genau, daß eine Blutvergiftung nicht ansteckend war. Trotzdem benahm er sich, als wäre Lian ein Krokodil, das es auf ihn abgesehen hatte.

Er saß in seiner Ecke und blätterte in einer medizinischen Fachzeitschrift, die er mitgebracht hatte. Während er die Zeitschrift las, las Lian ihn.

Seltsam, ihr war noch nie zuvor aufgefallen, daß auch Männer zarte Gesichtszüge haben können. Das brachte sie in Verlegenheit, denn bisher war sie der festen Überzeugung gewesen, Männer seien grobe, muskulöse und gefühllose Riesen, die nichts, aber auch gar nichts mit dem anderen Teil der Menschheit, den Frauen, gemein hatten. Jetzt, wo sie Muße hatte, diesen Mann zu beobachten, wurde ihr klar, daß dieses Bild durchaus nicht immer zutraf. Er brachte ihr Vorurteil ins Wanken, und das machte ihr angst. Sie wandte die Augen nicht von ihm ab und wunderte sich. Wie konnte ein Mann so ein hübsches Gesicht haben?

Zum Glück klopfte es. Sobald Kim an ihrem Bett stand, vergaß Lian alles um sich herum. »Herr Doktor«, bat Lian den fremden Mann, »würden Sie mich bitte mit meiner Freundin allein lassen?«

Der Arzt stand auf und rollte seine Zeitschrift zu einem Köcher zusammen. An der Tür forderte er sie höflich und verlegen auf, sich in einer Dreiviertelstunde das Thermometer in den Mund zu stecken.

Lian betrachtete ihre Freundin, die gestern Krankenwagen gespielt hatte. Aber was war geschehen? Kim hatte ein blaues Auge, ihre Lippen waren geschwollen, und eine violette Beule verunzierte ihre Wange.

Kim rieb sich mit beiden Händen über das Gesicht, als könne sie so alles wegwischen. »Es ist nicht das, was du denkst«, sagte sie, »es war kein Rachefeldzug der kleinen Halunken.« Um ihren Mund zeichnete sich ein selbstgefälliges Lächeln ab. »Sie würden es nicht wagen.« Das offenbare Vergnügen, mit dem sie an ihre ›Heldentat‹ zurückdachte, ließ Lian schaudern. »Es ist wegen Jiening.« Sie zeigte auf ihre Augen und erklärte Lian: »Dieses Flittchen! Weißt du, was meine Eltern zwischen ihren Sachen gefunden haben? So einen Stapel Liebesbriefe!« Kim hielt Daumen und Zeigefinger so weit wie möglich auseinander und deutete damit die Dicke eines chinesischen Wörterbuchs an. »Aber noch schlimmer war, daß ich es heute früh von den Nachbarjungen erfahren mußte. Dabei habe ich auch mitgekriegt, daß Jiening keinen einzigen dieser unzähligen Briefschreiber zurückweist und ihnen allen schöne Augen macht! Sie hält sich einen richtigen Harem! Im Viertel und auch in der Schule ist es schon lange ein offenes Geheimnis gewesen, nur meine Eltern und ich haben nichts davon geahnt! Hast du es gewußt?«

Lian nickte.

Kims Augäpfel färbten sich vor Wut purpurrot: »Warum hast du es mir nicht gesagt?«

»Als sie mir den Stapel gezeigt hat, hat sie mir gedroht, dafür zu sorgen, daß ich nie wieder zu euch kommen darf, wenn ich sie verrate.«

Jetzt wurde Kim erst richtig giftig: »Und du hast dich von ihr erpressen lassen? Das ist es ja gerade! Was für ein Feigling du bist! Und Jiening ist eine durchtriebene Füchsin! Meine eigene Schwester! Wir hätten nichts von ihrem Geheimnis erfahren, wenn nicht gestern abend einer ihrer Verehrer in unser Haus gestürmt gekommen wäre ... mit einem Beil in der Hand! Weißt du, wer? Erfu, der Anführer der Fliegenden Tiger. Der Schuft, der damals vor den Augen von allen Leuten das Mädchen, das ihn verlassen hat, in den Dreck gestoßen und entehrt hat. Na ja, jedenfalls hat er bei uns die Tür eingetreten, sein Beil in den Kang gehauen und geschrien: ›Jetzt reicht es aber, Jiening. Was brauchst du all die anderen Jungen? Diese bleichhäutigen, verwöhnten Oberschichthälmchen? Ich hab' dir bestimmt zehn Briefe geschrieben und hundert Geschenke geschickt! Was glaubst du wohl, mit wem du es zu tun hast? Ich fick' deinen Opa! Was fällt dir überhaupt ein, mir auf der Nase herumzutanzen?!‹

Tjang! Er schlug so brutal auf den Rand des Kang ein, daß das Beil senkrecht darin steckenblieb.

Jiening erschrak und wurde ganz gefügig: ›Großvater Erfu, ich gehöre Ihnen.‹

Ich traute meinen Ohren nicht. Jiening sprach in einem Ton *voller Zahnfäule* wie eine kaiserliche Konkubine in den Historienschinken. War das meine kleine Schwester? Erfu grinste zufrieden. Er forderte Jiening auf, mit ihm ein Stückchen spazierenzugehen. Nachts um elf Uhr! Meine Eltern haben nicht gewagt, etwas einzuwenden, weil das Beil noch immer im Rand des Kang steckte und noch vibrierte. Nur ich hatte keine Angst und habe angeboten, sie zu begleiten. Jiening fand das eine geniale Idee. Sie erpreßte ihn. Ohne ihre ältere Schwester würde sie keinen Schritt aus dem Haus gehen. Du hättest Erfus Gesicht sehen müssen. Als hätte er sich versehentlich Scheiße statt Erdnußbutter aufs Brot gestrichen ...! Aber er mußte sich fügen. Sobald wir draußen waren, habe ich brav einige Schritte Abstand gehalten. Aber als ich heute früh losgegangen bin, um Mutters Streichholzschachteln in der Fabrik abzuliefern, hat Erfu mir unterwegs aufgelauert. Deshalb bin ich so übel zugerichtet.«

»Aber eigentlich müßte er sich doch bei dir einschmeicheln, weil du die Schwester seiner Liebsten bist?«

»Meinst du, der Anführer der mächtigsten Straßenbande des Bezirks hätte es nötig, bei irgend jemand kleine Brötchen zu backen? Einen *Korb voll Ohrfeigen,* die hat er auf Vorrat, und du kannst sicher sein, daß er sie gern austeilt. Er hat mir eine Lektion verpaßt, weil ich ihm den romantischen Abend verdorben habe.«

Lian wußte nicht, was sie davon halten sollte. Zuerst die Quälgeister auf dem Fabrikgelände, und nun das! Kim hatte einen weiteren Feind dazubekommen. Und was für einen. Ohne mit der Wimper zu zucken, würde Erfu jedem, der ihm im Weg stand, den Hals umdrehen. Trotzdem sagte sie: »Irgendwie muß man ihn doch zu packen bekommen! Wir zeigen ihn bei der Polizei an!«

»Bist du völlig verrückt geworden?! Und hör gefälligst auf, die Stirn zu runzeln, Lian. Das steht dir überhaupt nicht. Sieh mal, was ich dir mitgebracht habe«, Kim schüttete freudig den Inhalt ihrer Hosentasche auf Lians Nachtschränkchen. Es waren Bonbons mit Fruchtgeschmack, eingepackt in Papierchen mit einer dünnen Wachsschicht, das anstelle von Zellophan für die teurere Sorte verwendet wurde. Es war das kostbarste Geschenk, das Kim Lian machen konnte; nie in ihrem Erdenleben würde Kim so viel Geld aus dem Fenster werfen, um sich selbst zu verwöhnen. »Koste mal, ob sie schmecken.«

Lian wickelte ein Bonbon aus und steckte es in den Mund.

Kim starrte sie mit offenem Mund an, hin- und hergerissen zwischen Stolz und unterdrücktem Neid. Lian wurde plötzlich die Kehle eng. Was war sie doch für ein Schaf! Kim hatte so etwas vermutlich noch nie probiert.

»*Aua!*« Lian tat, als hätte sie Zahnweh. »Siehst du, mein Vater hatte recht. Ich darf keine Süßigkeiten essen.«

Kim ließ enttäuscht den Kopf hängen. Ihr Geschenk schien doch nicht so geeignet zu sein. Aber als Lian ihr die Bonbons eins nach dem anderen in die Hosentasche zurücksteckte, strahlte sie über das ganze Gesicht – nie hätte sie gedacht, daß sie selbst in den Genuß dieser Köstlichkeiten kommen würde. Auf Lians Drängen hin steckte sie sich vorsichtig eines der Bonbons in den Mund. Die Falten ihres Gesichts vergingen wie Schnee in der Sonne. Sie strahlte vor Entzücken. Lian wäre ihr am liebsten um den Hals gefallen, so glücklich machte sie dieser Anblick. Vielleicht war das auch der Grund, warum sie sich von Kim so angezogen fühlte: Kim konnte sich aus vollem Herzen über das wenige freuen, das Lian ihr schenkte. Es gab Lian das Gefühl zu leben.

Kim genoß noch immer den köstlichen Geschmack des schmelzenden Wunders in ihrem Mund und sagte: »Das Theater mit den Kindern auf dem Fabrikgelände hat mich eins gelehrt: Ich werde mein Geld nie mehr mit gebücktem Rücken verdienen. Hätte ich früher eingesehen, daß es unter meiner Würde ist, den Eisenabfall mit diesen Rotznasen zu teilen, wäre mir der ganze Ärger erspart geblieben ... und ich hätte dich nicht auch noch mit hineinziehen müssen. Streichholzschachteln zusammenzukleben mag nicht der direkteste Weg zu ein wenig Wohlstand sein, aber wenigstens werde ich dabei von niemand gedemütigt. Dann falte ich lieber Tag und Nacht Schachteln!«

Lian sah das Bild schon vor sich: Kim, eine Art klebender Roboter, der für den Rest seines Lebens Kartonstückchen aneinandersetzt. Sie fragte: »Gibt es wirklich keine andere Möglichkeit, Geld zu verdienen?«

»Aber sicher. Gemüsewagen kapern, du weißt schon. Aber bei gemeinen Sachen mach' ich nicht mit.«

Lian mußte sich beherrschen, um nicht zu sagen: Pfeif doch auf die moralischen und sozialen Normen, die haben sich die höheren Kasten nur ausgedacht, um ihre Belange zu schützen ...

Das rote Pferd

Nach drei Tagen stellte Vater erleichtert fest, daß sich bei Lian keine Anzeichen von Blutvergiftung einstellten. Da die ›Kerzentherapie‹, der sich Lian jeden Nachmittag unterzog, nur eine halbe Stunde dauerte, blieb ihr also viel Zeit. Lesen ging nicht so gut; die Verbindung zwischen ihren eigenen Gedanken und Gefühlen und denen des Autors, die sie in einem Buch suchte, schien ihr immer wieder zu entgleiten, als spiele der Autor Katz und Maus mit ihr. Sie sehnte sich nach einer neuen Art von menschlichem Kontakt, ohne genau zu wissen, wie er aussehen sollte. Ihr Hunger nach geistigen Abenteuern war mit den vorhandenen Büchern nicht zu stillen. Daher fing sie selbst zu schreiben an. Sie verfaßte kurze Texte, eigentlich ohne Handlung, in denen sich alles im Kopf und im Herzen abspielte. Sie beschrieb den schmachtenden Blick auf den Geliebten, sie assoziierte die Augen, Hände und Lippen ihrer Traumprinzessin mit der Sonne, dem Mond, einem Strauß Rosen und so weiter. Klischees aus Mädchenbüchern, würden Vater und Mutter das nennen. Es war ihr gleichgültig, ob die Vergleiche romantisch, altmodisch oder originell waren.

Damals, im Lager, hatte sie im See hinter den Baracken einen Resonanzboden gefunden. Qin hatte ihr zugehört, der Kannibale hatte ihr zugehört, und beide hatten ihr auf ihre eigene Weise geantwortet. Selbst die Frösche und die Grillen hatten sie angehört. Aber wo sollte sie jetzt hin? Wer blieb ihr zum Zuhören? Kim kam immer seltener zu Besuch; sie brauchte bestimmt all ihre Zeit für die Streichholzschachteln. Traurig sah Lian aus dem Fenster, und ihr Blick glitt über den Obstgarten der Universität. Schnell nahm sie ihr Heft vom Bett und stand eine Minute später im Freien.

Die zartgrünen, weichen Blätter waren dunkelgrün und groß wie Handteller geworden und statteten jeden Baum mit einem riesigen Sonnenschirm aus. Das hatte die Natur klug eingerichtet: In der kalten Zeit ließen die kahlen Äste die Sonnenstrahlen ungehindert durch. Jetzt, bei Hitze, schützten sich die Bäume mit ihren eigenen Blättern vor dem Verbrennen. Lian sprach ihre Gedanken aus und kam sich sehr weise vor.

Anschließend las sie ihre Geschichten den Bäumen vor. Wieder bildete sie sich ein, vor einem interessierten Publikum zu stehen. Das Rauschen der Blätter in den Bäumen war der Applaus für ihren literarischen Auftritt. Sie wußte nicht genau, was die Bäume von ihren Fantasien hielten, aber es kümmerte sie auch nicht sonderlich. Das wichtigste war, daß sie sich nicht mehr so einsam fühlte.

Eine Sache jedoch scherte sich um keine Naturgesetze: die *Huangshuai-Kampagne*. Die Massenhysterie schien kein Ende zu nehmen. Die Schule war und blieb eine Folterkammer für Lehrer, die unter den Peitschenschlägen der Kritik und den Beschuldigungen abgestumpft waren. Als sei das noch nicht genug, plagte seit einem Monat ein neuer Wahnsinn die Schulwelt: die *Zhang-Tiesheng-Kampagne*, auch *Weißes-Prüfungspapier-Kampagne* genannt.

Zhang Tiesheng, ein junger Bauer, hatte bei der Aufnahmeprüfung für die Universität aus Protest gegen das ›bourgeoise Unterrichtssystem‹, das die Studenten ›mit revisionistischem Unsinn vollstopft, den die Professoren Wissenschaft nennen‹, ein leeres Blatt abgegeben. Die Gehilfen des Weisesten Führers des Weltalls nutzten diesen Vorfall in ihrem Sinne und schickten auch die Universitäten ins revolutionäre Fegefeuer. Dem Großen Steuermann war es schon länger ein Dorn im Auge gewesen, daß nur die weiterführenden Schulen von kapitalistischen Elementen gesäubert wurden. Die *Zhang-Tiesheng-Kampagne* in Gang zu setzen war nur der nächste logische Schritt. Auch die Universitäten bekamen eine ideologische Kehrwoche verpaßt.

An den dunklen Ringen unter Mutters Augen konnte man ablesen, daß sie durch die Hölle ging. Auch das Universitätsgebäude, in dem sie arbeitete, war nun in ein Papierhaus verwandelt. Die Wände, die Türen, sogar die Fensterscheiben waren mit Anklagen zugeklebt. Mutters Name prangte an verschiedenen Stellen, geschmückt mit einem roten Kreuz, dem Zeichen, daß auch sie verdammt war. Lian durfte nicht mehr in Mutters Büro kommen, weil Mutter befürchtete, Lian würde die Wandzeitungen sehen, in denen sie verbal gelyncht wurde. Aber dieses Verbot schützte sie nicht allzusehr, denn die Anklageversammlungen gegen Mutter wurden manchmal auch bei ihnen zu Hause abgehalten.

Vor zwei Wochen hatte ein Student Mutter vom Lehrpodest gestoßen. Sie hatte einen Meniskusriß im rechten Kniegelenk davongetragen und konnte am nächsten Tag nicht zur Uni gehen. Als Lian in der Mittagspause nach Hause kam, stand um Mutters Bett eine Horde wutschnaubender Studenten, die mit den Fäusten drohten und sie beschimpften. Sie hatten die Anklageversammlung einfach in Mutters Schlafzimmer verlegt!

Entsetzt rannte Lian aus der Wohnung, die Treppen hinunter, ins Freie, zum Obstgarten hinaus. Die Stille in den Baumkronen stand in beeindruckendem Kontrast zu dem Klassenkampf, der zu Hause tobte, und erfüllte Lian mit tiefer Ehrfurcht. An den Zweigen, wo vor einigen Wochen noch Blüten geduftet hatten, standen jetzt glänzende Fruchtansätze, die, so klein sie auch waren, schon die Form von Birnen oder Pfirsichen zeigten. Genauso, wurde ihr bewußt, hatten ihre eigenen Taten Frucht getragen. Lian wurde plötzlich religiös zumute: Buddha wollte ihr offenbar zeigen, was es für eine Lehrerin bedeutete, so barbarisch von ihren Schülern attackiert zu werden. Hätte Lian sich nicht am Schreiben der grausamen Anklagen gegen Frau Meng beteiligt, würde Mutter jetzt nicht so von ihren Studenten mißhandelt ...

Die letzten drei Monate hatte sich Kim höchstens einmal wöchentlich in der Schule sehen lassen. Lian und Kim benutzten die Schule als Treffpunkt. Meist hatte Kim Neuigkeiten zu berichten, so eines Tages zum Beispiel, daß sie von der Streichholzfabrik den Eilauftrag bekommen hatte, innerhalb von drei Tagen fünftausend Schachteln zu liefern. Dafür bekam sie pro zehn Schachteln einen *Fen* zusätzlich ausbezahlt – ein Glücksfall. Von ihr aus könnte die Fabrik ruhig öfter in Zeitnot sein, hatte Kim gekichert. Lian war neugierig, was sie heute zu berichten hatte.

Während der Morgenpause zogen sich die beiden Freundinnen in eine stille Ecke im Korridor zurück, und dort erzählte Kim: »Ich muß heute nicht so viele Schachteln kleben, denn Mutter meint ... ich soll mich schonen.« In Kims Worten klang etwas Zartes und Verlegenes mit – etwas, das Lian an ihr überhaupt nicht kannte. Errötend erklärte sie: »Seit gestern nacht *reite ich auf dem roten Pferd* ...«

»Was?« rief Lian, packte Kim an den Armen und wirbelte sie herum. Sie verlieh ihrer Freude so lautstark Ausdruck, daß es durch den ganzen Korridor hallte. Hätte Kim ihr nicht rechtzeitig den Mund zugehalten, hätte Lian es von den Dächern gerufen: Endlich, Kim, du auch! Aber so flüsterte sie es Kim ins Ohr. Und Kim strahlte vor Stolz.

Lian hörte auf, mit Kim herumzutanzen, und starrte ihre Freundin an. Ja, die kleinen Höcker unter ihrer Bluse hatten sich zu spitzen Hügeln entwickelt, und unterhalb ihrer immer noch schmalen Taille zeichneten sich die ersten Rundungen von Hüften ab. Lian war es vorher nicht aufgefallen, daß Kims Gesicht nicht mehr so mager und grünlich aussah. Es war jetzt voller, und auf ihren Wangen schimmerte eine zarte Röte durch die hellgelbe Haut. Ihre früher so wirren, stumpfen Haare waren sorgfältig gekämmt und glänzten in der Sommersonne.

Lian schämte sich, daß sie ihre beste Freundin wie eine Fremde studierte, aber sie mußte zugeben, daß sogar in den kritischen Augen eines Unbeteiligten Kim alles andere als mager und häßlich war. Der armselige, mitleiderregende Eindruck, den sie immer erweckt hatte, war gegen das Bild eines blühenden Mädchens vertauscht, erfüllt vom duftenden Atem des Frühlings. Sie hatte zwar nicht die puppenhaften Züge ihrer Schwester, aber dieselbe atemberaubende Kraft, die ihr einen ganz eigenen Reiz verlieh. Sie sah aus wie ein lebendiger, robuster Löwenzahn, der gar nicht so schlecht in die ihn umgebende, gleichmäßig grüne Grasfläche paßte.

Nie mehr zurück

Kim war wieder zur Schule gekommen. Aber diesmal hatte sie in der Pause nichts zu berichten. Bisweilen hörte sie nicht einmal, was Lian sagte – sie starrte blicklos vor sich hin.

Kim ließ sich häufiger in der Schule sehen. Sie schritt langsam und anmutig durch das Klassenzimmer. Vorsichtig wich sie den Stänkerern aus, und wenn sie diese trotzdem ans Schienbein traten, ließ sie ihren Tränen, die sie früher hinuntergeschluckt hätte, freien Lauf. Merkwürdigerweise beeindruckte diese Reaktion ihre Peiniger, und sie ließen sie in Ruhe.

Eines Tages flüsterte Kim Lian ins Ohr: »Wenn ich heute nachmittag die Schachteln zur Streichholzfabrik bringe, habe ich genau fünfzehn Yuan zusammengespart!«

Lian stutzte einen Moment. »Vor fast vier Monaten hast du gesagt, du bräuchtest noch gut einen Monat, um diesen Betrag zusammenzubekommen. Warum erst jetzt?«

Kim seufzte: »Jiening brauchte neue Sommerkleider. Nun gut, morgen ist es soweit. Ich habe eine Bluse gesehen, die supermodern und ganz einzigartig ist. Direkt nach dem Abliefern kaufe ich sie.«

Lian freute sich für Kim. »Oh, bin ich neugierig, wie sie dir stehen wird! Bestimmt ganz toll.« Kims feminine Konturen und sanfte Gesichtszüge standen in krassem Kontrast zu den Lumpen, die ihren Körper umhüllten. Lian wünschte sich nichts sehnlicher, als eine anständig gekleidete Kim bewundern zu können.

Lian war extra zehn Minuten früher in die Schule gekommen. Sie wollte Kims historischen Auftritt nicht versäumen.

Obwohl Kim nicht mehr fürchten mußte, von ihren Mitschülern geschlagen zu werden, hielt sie sich weiter an ihre bewährte Vorsichtsmaßregel: Sie würde das Klassenzimmer erst betreten, wenn die Schulglocke zu klingeln begonnen hatte. Aber vielleicht hatte ihr spätes Eintreffen heute morgen auch einen anderen Grund: Sie würde der Klasse demonstrieren, was sie nach vier Monaten mit dem Verkauf von Altmetall und dem Kleben von Streichholzschachteln verdient hatte.

Als Kim endlich in der Tür stand, erschrak Lian. Kim trug tatsächlich ihre neue Bluse – aus einem Stoff mit orangefarbenen und roten Streifen. Es waren fröhliche Farben, aber zusammen auf einem Kleidungsstück? Das war ein bißchen viel des Guten. Und warum glänzte die Bluse so grell? Als Kim erhobenen Hauptes hereinstolziert kam, hörte Lian den Stoff rascheln. Mit heimlichem Stolz setzte sich Kim auf ihren Stuhl. *Krats-krats.* Wieder machte der Stoff der Bluse dieses seltsame Geräusch.

Aus den Lautsprechern ertönte eine der Predigten, die den Schülern die tägliche Dosis revolutionären Kampfgeist verpassen sollten. Die Lehrer zu beleidigen hatte allerhöchste Priorität. Aber in den letzten zweieinhalb Monaten schienen alle Schüler Bohnen in den Ohren zu haben. Einige unterhielten sich in aller Ruhe weiter, andere beäugten sich gegenseitig mit unverhohlenen Blicken. Heute hing jedoch eine gespannte Stille im Raum. Jeder starrte mit aufgerissenen Augen auf Kims schreiende Bluse.

Yougui, der zwei Tische hinter ihr saß, stand auf, als wolle er zur Toilette gehen. Auf dem Weg streifte er ›versehentlich‹ Kims mysteriöse Bluse. Er blieb einen Augenblick stehen, drehte sich um und befühlte den Stoff zwischen den Fingern. Ein teuflisches Grinsen verzerrte sein Gesicht. Er kreischte fast vor Lachen und übertraf noch die hysterische Stimme von Bei-uns-an-der-Universität: »Es ist eine Regenjacke aus Nylon! Schaut nur! Kim hat gedacht, es wäre eine vornehme Bluse, und dabei hat sie *das* da gekauft! Oder hast du sie etwa gestohlen, Kim?«

Kim rührte sich nicht. Gelassen ertrug sie die Beleidigungen, die ihr an den Kopf geworfen wurden, wieder ganz wie früher, ohne eine Träne zu vergießen. Lian befürchtete das Schlimmste. Diesmal würde Kim ihr Herz wieder hinter Schloß und Riegel sperren. Ihre Peiniger hatten ihre empfindlichste Stelle getroffen. Lian war die einzige in der Klasse, die wußte, welch unvorstellbare Mühe Kim dieser Traum gekostet hatte. Gerade weil sie sich nie neue Kleider erlauben konnte, hatte sie keinerlei Erfahrung beim Kauf, geschweige denn guten Geschmack. Das hatte schließlich zu diesem fatalen Fehlkauf geführt. *Wenn ein Armer vor der Buddhastatue ein Räucherstäbchen anzündet, dreht ihm Buddha die Kehrseite zu.*

In der Pause hastete Lian zu Kim, um sie zu trösten, aber Kim schob sie mit der Kraft eines wütenden Stiers von sich und machte sich auf und davon.

Nachmittags nach der Schule ging Lian mit Blei in den Schuhen zum Lehmhausviertel. Sie konnte sich jetzt schon ausrechnen, daß Kim sie in ihrem Kummer wieder fortschicken würde.

Offenbar war die Freundin nicht zu Hause. Aber wo

war sie? Diesmal war auch Jiening nirgendwo zu sehen. Sie steckte bestimmt bei ihrem Gangsterfreund. Auch Kims Mutter war nicht da. Um die Arbeit mit den Streichholzschachteln Kim überlassen zu können, hatte die Mutter in den letzten Monaten allerlei Gelegenheitsarbeiten angenommen wie Straßenkehren, das Leeren der Sickergruben in den öffentlichen Toiletten, oder sie half mit beim Anlegen der Kanalisation.

Drei Wochen gingen ins Land. Eines Morgens sah Lian in der Pause die anderen miteinander tuscheln. Qianyun erzählte ihr die Neuigkeit: »Kim ist Mitglied im Zentralkomitee von Erfus Bande geworden!« Was war denn das?! Lian ging beinahe an die Decke. In den schillerndsten Farben berichtete Qianyun, was sie wußte.

Vor zwei Wochen hatte sich Kim einer Division der Straßenbande vorgestellt, die hauptsächlich mit dem Kapern von Gemüsewagen ihr Geld verdiente. Ach, hatte Kim gesagt, um ihr Interesse zu betonen, ich brauche Geld für eine zweite Bluse. Die Plünderer hörten nicht auf zu lachen, als sie diesen bescheidenen Wunsch hörten. Sieh nur! Sie entblößten ihre Unterarme – sie waren bis zum Ellenbogen mit Markenuhren bestückt. Und da kam Kim an und wollte eine Bluse! Außerdem – welchen Wert sollte sie denn für die Bande haben? Jetzt war es an Kim zu grinsen. Was die Siegerin über fünfzehnhundert Meter für einen Wert haben konnte? Oder wäre ihnen eher mit der Siegerin im Handgranatenwerfen gedient?

Am nächsten Tag rannte Kim wie ein Leopard hinter einem Wagen mit Paprika her. Bevor die anderen auch nur einmal mit den Augen blinzeln konnten, hatte sie die Heckklappe geöffnet. Sie war schneller als der längste Kerl der Bande mit den meisten Muskeln. Normalerweise mußte so ein Kerl das Gemüse mit Händen und Füßen von der Ladefläche schaufeln, was ziemlich lange dauerte, viel Lärm verursachte und regelmäßig den Protest des Fahrers provozierte. Außerdem schadete diese Methode den empfindlichen Nahrungsmitteln. Kim jedoch steckte ihre Hände mitten in den Paprikahaufen und zog eine schnurgerade Linie. *Wupp!* Bevor der schnellste Taschendieb mitbekam, was geschah, hatte Kim Dutzende Reihen von Paprika leicht und gekonnt heruntergerollt. Das Kunststück war so behende ausgeführt, daß das saftige Gemüse weich und unbeschädigt auf dem Boden landete. Kim tat sich durch ihre klugen Strategien und ihre Erfindungsgabe hervor. Sie dachte sich ständig neue Methoden aus, um die Gruppe reicher zu machen. Ein Vorschlag lautete, einen Späher auf dem Fabrikgelände zu postieren, der beobachten sollte, wann die meterlangen Metallplatten neben der Müllkippe deponiert wurden. Wenn es soweit war, mußte er seine Kameraden benachrichtigen, notfalls mitten in der Nacht. Alle zusammen würden sie dann die Platten wegholen. Als Ausrede würden sie notfalls anführen, sie hätten geglaubt, die Fabrik habe das Metall als Abfall entladen. Dem würde kaum jemand etwas entgegensetzen – ein ungeschriebenes Gesetz lautete, daß alles, was offen und ungeschützt auf dem Gelände herumlag, von jedem mitgenommen werden konnte. Obwohl jeder genausogut wußte, daß die Fabrik das Material neben der Müllkippe unter freiem Himmel lagerte, weil die Lagerhalle vorübergehend überbelegt war. Kein Mensch mit nur einem Funken gesundem Verstand und einem letzten Rest von Gewissen würde eine solche Notsituation ausnutzen und die Fabrik hintergehen. Aber wenn jemand wie Kim dennoch auf die Idee kam, griff kein gesetzliches Verbot. Wie auch immer, Kim wurde schnell als Mitglied ins Zentralkomitee der Bande gewählt.

Mit einer Mischung aus Ehrfurcht und Abscheu schloß Qianyun ihren Bericht. »Ehrlich gesagt, so etwas hätte ich diesem Häufchen Elend nie zugetraut. Da sieht man's wieder: *Armut und Elend sind die Eltern des Verbrechens.* Lian, ich habe dich ziemlich oft mit ihr reden sehen. An deiner Stelle würde ich von nun an einen großen Bogen um Kim machen.«

Lian hörte sich die Geschichte verzweifelt an und ekelte

sich vor ihrer eigenen Gleichgültigkeit. Sie hatte kaum einen Gedanken an die Demütigung verschwendet, die Kim nach ihrem Fehlkauf erlitten hatte. Und jetzt war es zu spät. Hatte Kim den Weg gewählt, den sie die ganze Zeit so verachtet und mit eisernem Willen gemieden hatte? War es möglich, daß Kim, die Lug und Trug immer so verabscheut hatte, jetzt stahl und plünderte? Oder banden ihr die Freundinnen einen Bären auf?

Wie dem auch sei, Lian hatte keine Schwierigkeiten, sich vorzustellen, daß Kim in kürzester Zeit so hoch in der Bande aufgestiegen war. Kim hatte nun einmal die körperlichen und geistigen Kapazitäten dazu.

Wie hatte sie es so weit kommen lassen können? Hätte sie Kim rechtzeitig aufgesucht und mit ihr geredet, hätte die Freundin diesen Schritt dann auch getan? Oder war alles wirklich nur Klatsch und Tratsch? Ja oder nein? Ja oder nein? Ja oder nein?

Gleich nach der Schule schlug Lian, fast ohne nachzudenken, den Weg ein, den sie so oft zurückgelegt hatte. Als Kims Haus in Sicht kam, merkte sie, daß ihre Freude, Kim wiederzusehen, nicht sonderlich groß war – eigentlich hatte sie gar keine Lust dazu. Natürlich war sie neugierig zu sehen, wie Kim sich verändert hatte, aber in Wirklichkeit hatte sie Angst, Angst vor der Konfrontation, vor dem Gesichtsverlust, vor der Zurückweisung. Sie schämte sich zutiefst. Wie konnte sie ihrer liebsten Freundin gegenüber so empfinden?

Als sie eintrat, meinte Lian fast zu ersticken. Ein schwerer Vorhang aus Rauch mauerte Kims Wohnung zu und nahm ihr den Atem. Sie wagte es nicht, die Augen zu öffnen, weil der beißende Qualm sie zum Tränen bringen würde. Oder vielmehr, weil Lian dann der Wahrheit ins Auge sehen müßte. So stand sie kurz im Dunkel von Kims Welt.

Schließlich schreckte sie eine grobe Männerstimme auf: »Sieh nur, Tante Kim, was für ein zartes Fräulein du dir jetzt wieder geangelt hast!«

»Du bist wohl verrückt!« Kim hüstelte unbehaglich und klopfte ungeschickt die Asche von ihrer Zigarette.

Trotz des Schreckens ließ Lian ihre Freundin nicht aus den Augen. Seit wann rauchte sie? Aber plötzlich öffnete Kim den Mund so weit, als wollte sie einem Arzt ihre Mandeln zeigen, und zeterte drauflos: »Bist du verrückt? Ich sie geangelt? Sie ist wie eine Laus in meinem buschigen Schweif, ich werde sie einfach nicht los! Ich kann Winde lassen, kacken und pieseln, wie ich will – es hilft nichts! Eine Zicke aus der Ersten Kaste an sich zu binden ist verdammt keine Kunst. Meine kleine Lian, komm her. Laß meine Waffenbrüder einmal dein molliges Gesicht betrachten!«

Widerstrebend trat Lian ins Zimmer, nur um Kim, von der sie abhängig war, besser sehen zu können. Aber es waren nicht nur der Rauch und die Dunkelheit, die ihren Blick irritierten.

Jedesmal, wenn einer der Männer den Mund aufmachte, sah sie irgend etwas glänzen, etwas Goldenes. Erst später begriff sie, daß es Goldzähne sein mußten.

Lian stolperte auf Kim zu. Ein nervöser Zug huschte über Kims Gesicht, aber sie hatte sich schnell wieder im Griff und setzte ihre Maske auf. Sie nahm Lians Hände und stellte sie dem Mann vor, der sich halb an sie lehnte: »Fühl doch nur die weiche Haut, die dieses Weibchen aus der Ersten Kaste hat, zart wie ein gepelltes Ei.«

Einen Moment dachte Lian, Kim verhielte sich nur so, um sie heimlich ein wenig berühren zu können, aber offenbar wollte Kim wirklich nur mit ihrem ›Besitz‹ prahlen. Lian riß sich los und rannte aus dem Zimmer. Ein baumlanger Kerl, der an der Tür Wache hielt, blockierte ihr mit ausgestrecktem Arm den Weg. Er spuckte die Zigarette aus, die ihm im Mundwinkel klebte, packte Lian und versetzte ihr mehrere Tritte gegen die Kniescheiben. Wimmernd sackte Lian zusammen.

»Wer hat dir gesagt, daß du sie mißhandeln sollst? Du Samenloser! Daß du es wagst, ein wehrloses Mädchen so zu behandeln!« Kims Stimme bebte ein wenig. Lian vergaß sofort ihren Kummer. »Lian Shui, roll deinen Schwanz ein und verschwinde aus unserer Löwenhöhle! Laß dich hier nie mehr blicken! Es ist nur zu deinem Besten!«

Nie-mehr-blicken-nie-mehr-blicken-nie-mehr-blicken-nie-mehr ...
Die Worte wirbelten durch Lians Kopf. Ihr war eiskalt.

Gerüchteküche

Eines Morgens saß Kim wieder ordentlich an ihrem Platz im Klassenzimmer. Lian hatte sich in den letzten Wochen das Hirn zermartert. Sie wagte Kim nicht mehr anzusprechen. Und Kim würdigte sie keines Blickes. Warum Kim dennoch fast täglich zur Schule kam, war Lian ein Rätsel. Zum einen gab es hier nichts zu lernen, denn die revolutionäre Epilepsie schüttelte noch alles durch. Zweitens schien ihr, daß Kim ihre Zeit besser nutzen könnte, um mehr Geld zu ›verdienen‹. Früher hätte sich Lian noch vorstellen können, daß Kim auftauchte, um ihren guten Willen zu zeigen: Seht nur, ich benehme mich wie eine ordentliche Schülerin, auch wenn ihr auf mich herabseht. Aber jetzt gehörte Kim zum organisierten Verbrechen, und es konnte ihr völlig egal sein, was die Klassenkameraden von ihr dachten. Weshalb machte sie sich die Mühe, jeden Tag die Schulbank zu drücken?

Kim hatte eine wahre Metamorphose durchgemacht. Jeden zweiten Tag trug sie eine neue Bluse. Und zwar nicht irgendeine Bluse, sondern eine aus der reinsten Chemiefaser und dazu noch nach dem allerletzten Schrei geschnitten. Sie roch meilenweit nach irgendeiner Markenkosmetik. Offenbar aß sie in letzter Zeit mehr Gemüse und Fleisch – ihr Teint war heller, und ihr Gesicht rosiger und runder geworden.

Aber das war nicht der eigentliche Grund, weshalb die Mitschüler sie besser behandelten. Nur deshalb hätten sie sich ihr gegenüber niemals so untertänig verhalten. Denn selbst die furchtlosesten Jungen, die früher vor nichts zurückgeschreckt waren, wenn es darum ging, sie zu quälen, schämten sich nicht, ein schleimiges Lächeln aufzusetzen, sobald sie Kim sahen. Sie gingen nur noch auf Zehenspitzen, wenn es sich nicht vermeiden ließ, ihr nahe zu kommen. Kim wurde behandelt wie eine Löwin bei ihrem ersten Zirkusauftritt.

Die Erinnerung an ihre letzte Begegnung, besser, Konfrontation, erstickte in Lian jeden Wunsch nach einem Gespräch. Das war ihr auch geraten, denn jeder Blick in Kims Richtung wurde von Augen voll kalter Abweisung erwidert, die sich an absolut nichts zu erinnern schienen – als wäre der Topf von Kims Gedächtnis gründlich entkalkt worden und könnte die gemeinsame Vergangenheit dadurch unmöglich noch an den spiegelglatten Wänden haftenbleiben. Und selbst wenn Kim es zuließe, worüber sollten sie sprechen? Daß es nicht vernünftig war, sich auf illegale Weise Geld zu beschaffen? Genausogut hätte man versuchen können, ein fleischfressendes Tier davon zu überzeugen, daß Fleischfressen grausam ist. Es gab keine Garantie, daß Kim sich nicht ärgern und Lian zusammenschlagen würde. Gewalt war für sie jetzt doch bestimmt zu einer reinen Routinesache geworden.

Dennoch schielte Lian von Zeit zu Zeit zu Kim hinüber – sie konnte nicht anders. War das ihre liebste Freundin? War das ihre liebste Freundin gewesen? Warum liefen ihr jedesmal, wenn Kim zu ihr hersah, kalte Schauder über den Rücken?

Nach ein paar Tagen hörte Lian wieder neue Informationen. Sie spitzte die Ohren. Erfus Bande blühte durch Kims Tapferkeit und ihren Einfallsreichtum richtig auf. Sie setzte neue Ziele, entwickelte neue Pläne. Beispielsweise sollte es einen Schutz für alle Angehörigen der Dritten Kaste geben, die von Angehörigen der oberen Kasten gedemütigt und mißhandelt wurden. Das hofften sie durch größere Solidarität innerhalb der eigenen Kaste zu erreichen.

Vorher pflegte Erfu gelegentlich eine Vergeltungsaktion zu organisieren, wenn einer seiner Kameraden von Reiche-Leute-Kindern schikaniert wurde; aber das war eher beiläufig behandelt worden in schnell aufgezogenen Aktionen. Durch Kims Vorgehen verliefen solche Aktionen jetzt viel durchdachter. Die Angehörigen der Dritten Kaste faßten mehr Selbstvertrauen. Eines Tages hörte Lian sogar einen von ihnen drohen: »Faß mich nicht an! Du weißt doch: *Das Essen, das man nicht aufessen kann, muß man eingepackt mitnehmen!*« Die Gerüchteküche – so ziemlich der einzige Kanal, über den mehr oder weniger wahre Nachrichten hereinkamen – drehte sich augenblicklich nur um ein Thema: die jüngsten Entwicklungen um Kims Schlägerbande.

Die beiden oberen Kasten waren natürlich nicht glücklich über diese mächtige Gruppierung aus der Unterschicht, aber vorläufig machten sie sich noch keine großen Sorgen. Sie lebten in der Gewißheit, daß das Gesetz auf ihrer Seite war und der Sicherheitsdienst schon eingreifen würde, sobald das Gemeinwohl gefährdet war. Dennoch verfolgten Angehörige der höheren Kasten sorgfältig das Tun und Lassen der Bande. Daß ihre Kastengenossen es sich selbst zuzuschreiben hatten, wenn die Bande ihnen eine Lektion erteilte, stand dabei außer Frage, denn wer war schon so dumm, Angehörige der Unterschicht zu malträtieren. In dieser Hinsicht kannten sie kein Mitleid mit ihren eigenen Leuten. Schließlich lernte man von Kindesbeinen an, sich nicht mit Angehörigen der untersten Kaste einzulassen. *Wer Hühneraugen in den Ohren hatte, mußte es dann eben irgendwo anders an seinem Körper fühlen*, so einfach war das. Sie betrachteten das brutale Auftreten der Banditen als die einzigartige Chance, die Trennlinie zwischen den höheren und den unteren Kasten ein für allemal zu zementieren.

Ein weiterer Grund, warum Angehörige der Oberschicht sich keine großen Gedanken wegen der Bande machten, lag darin, daß ihre Gewalt sich in neun von zehn Fällen nach innen richtete. Die Banditen schlugen sich öfter gegenseitig zusammen, als daß sich ihre Aggressionen gegen die Mitglieder anderer Kasten richteten.

Bei genauem Hinsehen war dieses Phänomen keineswegs überraschend. Lian war zumindest schon öfter aufgefallen, daß in Familien, in denen die Eltern ihre Kinder mißhandelten, die älteren Geschwister die jüngeren piesackten, während die jüngeren wiederum die Haustiere quälten. Gab es im Haus keine Hunde oder Katzen, konnte man Gift darauf nehmen, daß sich irgendwo unter dem Kopfkissen oder der Matratze des jüngsten Familienmitglieds eine Puppe fand, die aufgerissen und völlig zerkratzt war.

Du willst deinen Feind foltern? Fang nur damit an, und du wirst sehen, daß er schnell von dir lernt und dein Nachfolger wird:
Er macht sich das Leben schon selbst sauer genug.

Die Mitglieder der Dritten Kaste lebten in einer Situation, in der man an Mißhandlungen gewöhnt war. Die Erste und Zweite Kaste mußte sich gar nicht erst den Kopf darüber zerbrechen, wie man den Mitgliedern der Dritten Kaste im einzelnen Gewalt antun sollte – das besorgten sie schon selbst.

Neue Gerüchte, und dazu noch so spannend! Die bildschöne Jiening hatte Erfu den Laufpaß gegeben! Lian standen die Haare zu Berge, als sie es hörte. Sie wußte jetzt schon ein wenig besser, wozu Erfu imstande war. Weilin, Jiening, Kim ...

Offenbar stand in den Sternen geschrieben, daß auch sein zweites Liebchen ihn für irgendeinen bleichhäutigen Reiche-Leute-Sohn verließ. Eine Schande, eine Beleidigung und eine Niederlage für das Oberhaupt einer so einflußreichen Straßenbande! Aber diesmal mußte er seine Niederlage wie einen ausgeschlagenen Zahn hinunterschlukken – das war etwas Neues. Der Vater von Jienings neuem

Freund war General. Schon als sie Erfu zu verstehen gab, sie würde ihn verlassen, stand ihr neuer Liebhaber vor der Tür, flankiert von Papas Leibwachen, die geladene Revolver an der Hüfte trugen. Nachdem Jiening ihren Vortrag beendet hatte, folgte ihr Freund Erfu der Form halber noch kurz auf sein Zimmer, um ihm mitzuteilen, daß er bloß nicht auf die Idee kommen solle, irgendwelche Racheaktionen anzuzetteln – andernfalls würde sein Vater schon dafür sorgen, daß seine Bande in kürzester Zeit hochgenommen würde. Damit stieß er bei Erfu nicht auf taube Ohren: Kein Weib, wie appetitlich ihr Fleisch auch riechen mochte, war es wert, daß seine Organisation zerschlagen wurde.

HÖRT DEN NEUESTEN KLATSCH!
FRISCH VON DER FRONT!
ERFU TOTAL VERKNALLT IN KIM!

Verknallt in Kim? Erfu? Er, der früher nur Augen für klassische Schönheiten und puppenhafte Prinzessinnen auf ihren ebensolchen Erbsen gehabt hatte? Kim? Die Banditin rannte schneller als der waghalsigste Kerl, hob einen Gemüsesack von fünfzig Kilo wie eine Streichholzschachtel vom Boden auf, qualmte wie der Schornstein eines Kohlekraftwerks und fluchte wie ein Fuhrknecht. Wie kam es bloß, daß der Anführer der Ganovenbande sein wählerisches Auge auf Kim fallen ließ?

Und er war nicht nur ein kleines bißchen verliebt, wenn man den Gerüchten glauben wollte. Eigentlich hätte es für Kim, die außer Abscheu und spontanen Quälimpulsen nie andere Gefühle bei Jungen geweckt hatte, eine wolkenkratzerhohe Ehre sein müssen, von so einem wichtigen Mann wie Erfu geliebt zu werden!

Doch weit gefehlt. Es war wirklich idiotisch, wie sie sich verhielt. Kim drohte nämlich mit ihrem Austritt aus dem Zentralkomitee der Bande, falls Erfu sie weiterhin mit zuckersüßen Worten, lächerlichen Gesten, Äußerungen der

Zuneigung und Leidenschaft sowie Abfallkörben voller teurer Geschenke ›belästigte‹. Was wollte das Mädchen bloß?

Die Kröte und der Schwan

Eines Morgens hatten sich gut hundert Schüler vor einer Wandzeitung versammelt. Merkwürdig, denn das Schreiben der Zeitung war längst eine Formalität geworden. Niemand gab sich mehr die Mühe, den Unsinn zu lesen. In den Anklageartikeln stand absolut nichts Neues. Die meisten waren aus denen vom Vortag abgeschrieben, nur um die tägliche Quote zu erfüllen und die Schulleitung zufriedenzustellen. Warum es heute plötzlich so ein riesiges Interesse für diesen Unfug gab, war Lian ein Rätsel. Wurde wieder mal einem der Lehrer vorgeworfen, auf dem kapitalistischen Weg zu sein? Ach, garantiert nicht, das war doch keine *Neuigkeit*.

Außerdem war das so gut wie unmöglich. In den vier Monaten, die sich die Huangshuai-Hysterie bereits hinzog, hatte nahezu jeder Lehrer eine Foltersitzung über sich ergehen lassen. Direktor Chen und seine Stellvertreterin Bei-uns-an-der-Universität waren die einzigen, die bislang ungeschoren davongekommen waren. Oder hatte etwa ein Opportunist die Gelegenheit ergriffen, noch radikaler und roter zu sein als Chen, und ihn unter dem Vorwand, über die Reinheit der proletarischen Bewegung zu wachen, vom Thron gestoßen? Aber nicht einmal das wäre eine richtige Neuigkeit. Der eine räumte den andern beiseite, und das Argument, mit dem er das tat, war immer das gleiche: Er war der Partei treuer ergeben als alle übrigen.

Natürlich! Es war keine Kritikabhandlung, über die sich die Schüler amüsierten. Sie hätte es sich denken können – ein Liebesbrief war es, der über eine verwitterte Beleidigung geklebt war.

Lian drängelte sich nach vorn. Schnell stimmte sie ins Kichern der Mädchen ein. Sie genoß das schallende Gelächter der Jungen. Was für ein leidenschaftlicher Brief! Sie mußte zugeben – es war ein literarisches Meisterwerk. Anders als die schmachtenden, vergrübelten und speicheltriefenden Sätze, die die bis über beide Ohren verliebten Dummköpfe sonst immer fanden, konnte der Verfasser dieses Briefes seine Gefühle klar, logisch, ja nüchtern formulieren. Gleichzeitig ließ er seine überwältigenden Leidenschaften grollen wie Berge bei einem Erdbeben und erschütterte seine Umgebung und die Leser seines Briefes, bis der Kern ihres Wesens im Rhythmus seines Begehrens mitschwang und auf dem Höhepunkt einer mitreißenden Ekstase in sich zusammenfiel ... Das war Poesie.

Aber je besser der Brief, desto größer das Vergnügen der Neugierigen. Man deutete auf Schriftzeichen, baute Sätze nach und tastete Wörter auf eine mögliche Doppeldeutigkeit hin ab. Was für ein Spaß! Was für eine Inspiration hatte der Verfasser aus seinen amourösen Gefühlswallungen geschöpft!

Lian feixte mit den anderen und vergaß dabei, wie unmenschlich die so Angesprochene eigentlich handelte, indem sie den Brief der ganzen Schule zugänglich machte und die Gefühle ihres Verehrers an den Pranger stellte. Wenn sie ehrlich war, lachte Lian nicht den Schreiber aus, sondern schirmte sich durch ihr Lachen ängstlich gegen ihre eigene Neigung ab, solchen Sehnsüchten ganz wie der Briefschreiber nachzugeben. In letzter Zeit hatte sie ständig Herzklopfen, wenn sie über Liebe fantasierte, etwas, womit sie sich bei Buddha keinen Rat wußte. Jedesmal, wenn sie es spürte, unterdrückte sie hastig ihre Gefühle und gab sich wie die alte Lian Shui, die nichts von Zuneigung wissen wollte und ihre Sehnsucht danach als ein Zeichen von Schwäche und geistigem Unwohlsein ansah. Damit war sie bestimmt nicht allein; sonst wären auch ihre Mitschüler nicht so angestrengt darum bemüht, sich wegen des Liebesbriefs amüsiert zu zeigen.

Aber etwas anderes rief in ihr tiefste Verachtung für die Empfängerin des Schreibens hervor. Die Wandzeitung war, in Chens Worten, ›die Guillotine für Konterrevolutionäre, Revisionisten und bourgeoises Gesindel‹. Durch das Ankleben dieses Briefes hatte die Empfängerin ihren Anbeter auf denselben Platz gezerrt, an dem die Lehrer mit revolutionärer Munition beschossen wurden – ein gerissener Schachzug!

Im großen und ganzen freute sich Lian über den Vorfall. Er gab dem langweiligen Schulleben wenigstens etwas Pfeffer. Das Huangshuai-Getue hing ihr allmählich zum Hals heraus.

Aber, Moment mal – die Handschrift kannte sie doch. Ihr Blick glitt ans Ende des Briefes, und das Lachen erstarb ihr in der Kehle: *unterzeichnet, Kim Zhang*. Unter den Brief war der Umschlag geheftet. *Empfänger: Wudong.*

Wudong, der Adonis. Der Junge, der Lian auf den Anhänger des Traktors geholfen hatte. Nicht einmal das wunderschöne Fräulein Meimei hatte die geringste Chance bei ihm. Wudong. Kim. Wudong. Wie kam Kim nur dazu, ihre tiefsten Gefühle ausgerechnet an ihn zu verschwenden? Und für ihn hatte sie Erfu fallenlassen? Sie schlug die einmalige Chance, in den Genuß der liebevollen Zuneigung des Bandenanführers zu kommen, in den Wind, und das nur wegen Wudong?

Lian bereute aus tiefstem Herzen, daß auch sie sich über den ›törichten Brief von der Hand einer durchgedrehten Verliebten‹ lustig gemacht hatte. Wie konnte sie nur so grausam sein, die Autorin zu beschimpfen? Sie hatte faule Eier in die Luft geworfen, und die zerplatzten nun stinkend auf ihrer Stirn. Aber woher hätte sie ahnen können, daß ausgerechnet Kim die Briefschreiberin war? Am liebsten würde sie Wudong bei lebendigem Leibe die Haut abziehen! War sein Herz aus Stein, daß er so mit dem Herzen eines verliebten Mädchens spielte? Im nachhinein war sie froh, daß sie damals nicht auf seine Avancen eingegangen war! Oder hätte sie es doch lieber tun sollen, um jetzt seine Gefühle in Salzsäure tauchen zu können?! Nun ja, diese Art Gehirnakrobatik war jetzt sinnlos. Das Kind lag schon im Brunnen. Kims Gefühl der Zuneigung war dem Gespött der Schule preisgegeben.

Wo war Kim überhaupt? Lian rannte ins Klassenzimmer. Da saß sie, mutterseelenallein, ohne zu ahnen, welches Schwert über ihr hing. Offenbar wußte sie als einzige noch nichts von Wudongs Aktion. Ihre Augen standen voller Fragezeichen – die Schulglocke hatte schon lange geläutet, wo blieben die anderen? Lian wagte Kim nicht in die Augen zu sehen. Sie flehte Buddha an, Er möge ihr den Anblick von Kims Bestürzung ersparen, wenn sie hinter das schmutzige Spiel käme, das mit ihr gespielt wurde.

Als die Schüler schließlich einer nach dem anderen in die Klasse schlenderten, zeichnete sich ein Zwiespalt auf ihren Gesichtern ab. Einerseits platzte ihr Bauchfell fast vor Schadenfreude und Verachtung für die verrückte Kim – *die warzenhäutige Kröte, die davon träumte, das Fleisch eines weißen Schwans zu kosten.* Andererseits fürchteten sie sich vor der Reaktion dieser brutalen Ganovin, *deren Fäuste keine Augenklappen hatten.*

Aber es dauerte nicht lange, bis Kim herausfand, was gespielt wurde. Aus dem Kichern und Flüstern ihrer Mitschüler konnte sie sich allmählich zusammenreimen, was passiert war. Mitten in der revolutionären Predigt ›Direktor‹ Chens erhob sie sich, stieß ihren Tisch um und trat gegen Tische und Stühle, ob Schüler darauf saßen oder nicht. Die Möbel fielen krachend um und klemmten den gerade noch grinsenden Klassenkameraden die Beine ein. Gespannt verfolgte die Klasse den Wutausbruch der gereizten Löwin. Sie befürchteten das Schlimmste, jetzt, als Kim sich in rasendem Tempo dem hinteren Teil des Saals näherte, wo Wudong zähneklappernd saß. Jeder sprang auf, sobald Kim sich näherte. Einige schoben ihr unterwürfig ihren Tisch hin, damit sie ungehindert ihre Wut an ihm auslassen konnte.

Wudong hatte sich in eine Ecke verkrochen, an zwei Seiten von Wänden geschützt. Er machte sich so klein wie möglich, damit Kim ihn nicht allzu hart treffen könnte. Wüste Beschimpfungen ausstoßend, stürmte sie auf ihn los. Unmittelbar vor ihm blieb sie stehen.

Sie sah ihn an.
Das Eisen in ihren Fäusten schmolz.
Die Beschimpfungen verstummten.
Es wurde still.
Kims heiße Tränen strömten über ihre modische Bluse auf den kalten, kalten Boden.

Auf einmal dämmerte es Lian: deshalb war Kim – trotz des vollkommen nutzlosen ›Unterrichts‹ – Tag für Tag in die Schule gekommen, deshalb trug sie jeden Morgen eine andere Bluse, deshalb strich sie sich die teure Creme ins Gesicht ... und deshalb hatte sie so oft blicklos vor sich hin gestarrt! Kim hatte ihr Herz an Wudong verloren und ihren Verstand in einer romantischen Traumwelt begraben.

Wudong musterte sein Opfer von oben bis unten und hatte die Stirn, die Stille zu brechen. Er glaubte, leichter davonzukommen, wenn er die Schuld auf seine Freunde schob: »Kim ... Kim, glaub mir, ich wollte deinen Brief nicht auf die Wandzeitung kleben, aber *sie* haben mich dazu gezwungen ...«

»Halt den Mund!«

Kim hob die Faust, doch anstatt auf Wudongs Kopf schlug sie auf die Wand neben seinem rechten Ohr. Auf dem Zement blieb ein blutiger Abdruck zurück. Kim wimmerte herzzerreißend.

Ein niederträchtiger und vor allem feiger Traumprinz hatte ihren Traum zerstört. Hätte er nur den Mund gehalten! Dann wäre Kim diese neue Enttäuschung erspart geblieben. Die Zurückweisung ihrer Liebe hatte sie ahnen können – schließlich wußte auch sie, daß sie die *warzenhäutige Kröte* und er der *weiße Schwan* war; selbst die Grausamkeit, die darin lag, ihren Brief allen zugänglich zu machen, hätte sie sich noch irgendwie schönreden können – eiskalt, wie es war, mochte das Herz ihres Traumprinzen die tragische Wirkung ihrer großen Liebe bis auf die Spitze treiben –, aber seine Feigheit übertraf alles. Und diesen Jungen hatte sie so sehr bewundert? In den Trümmern ihres Luftschlosses stand ihr Idol, seiner königlichen Gewänder entkleidet – und übrig blieb nichts als ein widerwärtiges, schimmeliges Skelett. Wer hätte vermutet, daß unter Wudongs schöner Haut eine so grausame, feige Qualle hauste?

Kim wischte sich die blutende Faust an ihrer schneeweißen Nylonbluse ab und schleppte sich unter lautlosem Schluchzen aus der Klasse.

Gleich nach der Schule rannte Lian zum Unigelände und verschwand im Obstgarten, einer Oase der Stille und des Reifens. Die Fruchtansätze hatten sich schon fast vollständig zu reifen Birnen und Pfirsichen entwickelt. War sie so lange nicht mehr hier gewesen? Sie seufzte vor Zufriedenheit und genoß dankbar die süßen Düfte. Je mehr Entspannung sie an diesem Ort fand, desto unerträglicher wurde die Erinnerung an die Ereignisse der letzten Zeit. Kims Fehlkauf – die für eine schöne Bluse gehaltene Regenjacke –, ihre Flucht in die Unterwelt und vor allem ihre törichte Liebe zu dem Feigling Wudong ...

Lian lehnte sich an einen Birnbaum. Sie spürte, wie der Baum lebte, spürte die ungeduldigen Regungen der Früchte, durch deren Last sich die Äste durchbogen, und spürte, wie die Zweige durch das Gewicht ihres Körpers zu beben begannen. Sie fragte das grüne Meer: »Verstehen Sie etwa, warum der äußere Schein so trügen kann? Wudong, der heißbegehrte Prinz, hat sich heute als ein Kuhfladen entpuppt, der bislang bloß unter einer dicken Schicht von schönen Farben und Lack verborgen war. Warum hat Kim das nicht durchschaut? Warum hat sie sich mit Herz und Seele auf ihn gestürzt? Ich muß Ihnen gestehen, eigentlich war ich heute früh genauso schockiert wie sie. Wer hätte in so einem hübschen Jungen derart verdorbene Eingeweide vermutet?«

Die Stille schlug Lian ins Gesicht. Wider besseres Wissen erwartete sie von den Bäumen eine Antwort. Aber es umwehte sie nur der allgegenwärtige Duft von Früchten und Gras. Sie kniff die Augen zusammen und stellte sich vor, die Düfte wären die Arme des Kannibalen, die sie hochhoben und mit sich forttrugen ins Nirwana. Lian breitete die Arme aus und machte sich bereit zur Flucht.

LIEBESLABYRINTH

Es sollte Monate dauern, ehe Lian Kim wiedersah.

Über Kim wurde viel getratscht. Es hieß, seit Wudongs Verrat zeige sie sich in aller Öffentlichkeit mit Erfu, Arm in Arm – und das galt als äußerst unmoralisch. So etwas konnte man nur verdammen oder aber bewundern, je nachdem, ob man dem Steuermann nach dem Mund redete oder seinem eigenen Herzen folgte. Trotz des Protests ihrer Eltern lebte Kim nun mit Erfu zusammen. Allerdings begriff niemand, warum sie Erfu jedesmal in die Hoden trat, wenn er sie mit ›mein Schatz‹ anredete.

Kims Ansehen in der Bande wuchs mit jedem Tag, und selbst Erfu überlegte es sich vorher dreimal, ehe er es wagte, von Kims Schlachtplänen abzuweichen. Wenn seine Leute mit einem neuen Vorschlag kamen, sagte er: »Ich werde darüber nachdenken«, was soviel hieß wie: »Meine Freundin wird darüber nachdenken.« Aber trotz Kims Talent zur Leitung der Organisation und trotz des großen Respekts, den ihr die Bandenmitglieder entgegenbrachten, rief die Nennung ihres Namens bei ihnen eher Ablehnung hervor. Kim war für sie ein komischer Vogel, eine knallharte, unerschütterliche Frau, die keine Gewalt scheute und noch in den gefährlichsten Situationen einen kühlen Kopf behielt ... aber schlagartig ihre Selbstbeherrschung verlor, wenn es jemand wagte, ihr seine Zuneigung zu bekunden. Zärtlichkeit weckte bei ihr nur Brutalität – und verstärkte ihren Hang zur Selbstzerstörung. Erfu, offenbar im Bann ihrer einzigartigen Persönlichkeit, ließ sie deshalb auch in Ruhe. Er war schon damit zufrieden, daß Kim mit ihm zusammenlebte. Was in ihr vorging, konnte und wollte er nicht wissen. Er machte aus der Not eine Tugend und hatte immer denselben Scherz auf den Lippen: »Meine

Freundin ist ein Engel. Sie pendelt zwischen Himmel und Erde und hat zwei Liebhaber. Der eine flattert dort oben herum, und der andere bin ich. Hab' ich ein Glück!«

Es waren noch vier Tage bis zu den Sommerferien. Ohne Kim plätscherte Lians Leben dahin. Was geschah, glitt an ihr vorüber und berührte sie so wenig wie eine Hand, die versuchte, durch drei Schichten Pullover hindurch ihren Rücken zu kratzen. Die junge Mathematiklehrerin Frau Xu hatte sich etwas geleistet, das alle anderen an der Schule in Aufruhr versetzte. Lian erinnerte sich noch daran, wie sie damals geweint hatte, weil sie das barbarische Auftreten ihrer Schüler gegen sie nicht begreifen konnte, und wie ihre ältere Kollegin Frau Feng versucht hatte, sie zu trösten und ihr Mut zu machen. Zum Dank hatte Frau Xu ihre Kollegin Feng bei der Direktion als konterrevolutionäres Element denunziert. Die Sache war so abgelaufen: Nachdem Frau Xu in Weinkrämpfe ausgebrochen war, hatte sie sich wieder gefangen. Als sie ein wenig besser in die Runde – und vor allem nach oben – schaute, gelangte sie zu der Schlußfolgerung, daß man sich anpassen und gewissenlos den roten Wahnsinn mitmachen mußte, wenn man überleben oder, besser noch, aufsteigen wollte. In ihrem Opportunismus nahm sie sich ›Direktor‹ Chen und Bei-uns-an-der-Universität als leuchtende Vorbilder. Sie schrieb Frau Fengs tröstende Bemerkungen wortwörtlich nieder, übertrieb mit blühender Fantasie da und dort, um das Reaktionäre besser herauszustellen, und ergänzte alles um eine proletarische, nach Schießpulver riechende Kritik.

Chen lobte Frau Xus Verhalten in den Himmel, weil er sich allmählich in die Isolation manövriert hatte – bis auf die stellvertretende Direktorin hatte er sämtliche Kollegen fertiggemacht und daher auch keine Mitstreiter mehr für die Fortsetzung der *Huangshuai-Kampagne*. Angesichts der jungen Denunziantin witterte er die Chance, ein paar Lehrer ohne Rückgrat und Integrität zu rekrutieren. Er belohnte Frau Xu mit dem wichtigsten Posten neben den beiden

Direktorenämtern: der Leitung des Sekretariats. Die Folge war, daß die Frau *die Nase hoch in der Luft* trug und daß auf ihr Geheiß ältere Kollegen getadelt, angeklagt und gefoltert wurden.

Frau Feng wurde in eine improvisierte Isolierzelle in einem der Nebengebäude der Schule gesperrt und kurze Zeit später in ein Umerziehungslager in der Provinz Heilong Jiang – im nördlichsten Teil Chinas – verbannt, damit die Verräterin weder mit ihrem Opfer noch mit ihrem Gewissen konfrontiert wurde.

Lian war inzwischen an solche Intrigen unter dem Deckmantel der Revolution schon so gewöhnt, daß sie nicht einmal mehr die Augenbrauen hob, als sie von dieser Geschichte erfuhr. Sie lehnte es inzwischen ab, sich mit Politik zu beschäftigen, die ihr doch nichts anderes schien als ein Machtkampf zwischen zwei Parteien – wer die Kunst des Lügens und Übertölpelns besser beherrschte, brachte seine Gegner hinter Gitter. So einfach war das.

Lian interessierte sich nur noch dafür, wie sie ihr Wissen um Die Große Liebe – das sie aus der Lektüre verbotener Romane hatte, die noch immer von Hand zu Hand gingen – in die Praxis umsetzen konnte. Die Wonne, sich ein Idol in der Fantasie zu erschaffen, kannte sie; nun begann sie sich umzuschauen, ob sich so jemand auch in der Realität finden ließ. Gleichaltrige interessierten sie nicht, vielleicht weil die Jungen genau wie sie nur mit sich selbst, mit der Suche nach ihrer Identität beschäftigt waren. Nur auf sich konzentriert, waren sie unfähig, ihrer Freundin genügend Aufmerksamkeit zu schenken – wie oft sie auch ihre Liebe beteuerten. Lian entwickelte dazu eine eigene Theorie, nicht aus eigener Erfahrung mit einem Jungen ihres Alters – nach der kurzen Freundschaft mit der Gruppe während ihres Aufenthalts im Kinderheim hatte sie kaum mehr ein Wort mit einem Jungen gewechselt –, sondern weil sie glaubte, an verschiedenen Kleinigkeiten erkennen zu können, wie ein Mensch wirklich war. Sie erwartete gar nicht, daß ihre Schlußfolgerungen vollkommen der Wirklichkeit entsprachen, aber sie schienen ihr doch realistisch genug, um als Richtschnur für ihr Tun und Lassen dienen zu können. Wie auch immer – die Jungen hatten einen Ausdruck in den Augen, der Lian nicht besonders gefiel. Ein hübsches Mädchen sahen sie an wie eine Zuckerstange, die ihre Naschlust befriedigen könnte. Lian interessierte sich mehr für die Lehrer.

Besonders Herr Gong Wei, der Physiklehrer für die höheren Klassen, hatte es Lian angetan. Sie hatte zwar noch nie Unterricht bei ihm gehabt, aber doch genügend Schmeichelhaftes über ihn gehört, um zu wissen, daß er nicht nur ein ausgezeichneter Fachlehrer, sondern vor allem ein sympathischer Mann war. Hinzu kam, daß sie ihn in den letzten drei Monaten regelmäßig bei den Anklageversammlungen gesehen hatte, an denen die ganze Schule teilnehmen mußte. Bei diesen Veranstaltungen wurden nur die schlimmsten Verbrecher, sprich: die fähigsten Lehrer, unter Beschuß genommen. Man band ihnen die Hände mit einem dicken Seil auf den Rücken, und sie mußten sich vorbeugen, bis ihr Kopf zwischen den Knien hing. Alle paar Minuten, sobald der Sprecher einen Absatz seiner Anklageschrift verlesen hatte, schlug man ihnen ins Gesicht, zerrte sie an den Haaren und – wenn es in dem entsprechenden Absatz um wichtige politische Dinge ging – trat ihnen in den Unterleib. Da die Lehrer mit ihren zusammengebundenen Händen kaum das Gleichgewicht halten konnten, stürzten sie oft unsanft zu Boden. Sie stöhnten vor Schmerz, während die Schüler sie wie einen Mehlsack hochzerrten und wieder auf die Beine stellten. Gong Wei verlor nie seine Würde, wie bestialisch er auch gequält wurde. Auch wenn man ihn mit der Nase auf den Boden preßte, hörte man von ihm nie einen Klagelaut. Eines Tages faßte ihn eine Schülerin so grob an, daß sie ihm eine Handvoll Haare ausriß. Entsetzt sprang sie auf, ließ das Haarbüschel fallen und brach mitten auf dem Podium, vor Hunderten von Teilnehmern, in Schluchzen aus. Gong Wei blickte voller Mitgefühl zu ihr hoch, und während ihm das Blut über den Schädel rann, beruhigte er sie mit einem freundlichen Lächeln.

Seitdem hing dieses Mädchen wie eine Klette an ihm. Sie brauchte nie lange zu suchen – Gong Wei hatte mit ein paar anderen rechtsabweichlerischen Kollegen eine neue Aufgabe bekommen: die Toiletten, Korridore und Klassenzimmer zu putzen. Er fegte auch die Straßen in der Umgebung der Schule. Wenn das Mädchen ihn sah, bot sie ihm jedesmal ein Glas Wasser gegen den Durst oder ein Handtuch zum Schweißabwischen an. Aber er übersah sie geflissentlich, denn er wußte, daß ihre Sympathie für ein reaktionäres Element bereits nach oben durchgesickert war; allein ihre freundliche Geste könnte man als Verbrechen auslegen. Indem er die Schülerin zurückstieß, beschützte er sie. Ein so integrer, liebevoller Mensch ließ Lians Herz höher schlagen ...

Aber als wolle das Schicksal Lian einen Streich spielen, hatte Gong Wei keine Augen für sie, während ›Direktor‹ Chen, der Intrigant, den sie auf den Tod nicht ausstehen konnte, ein mehr als normales Interesse an ihr zeigte.

Eine zwiespältige Aufsatzsammlung

Mitte Juli wurden zehn Schüler aus verschiedenen Jahrgängen, die im Aufsatzschreiben gute Noten hatten, ins Hauptquartier der *Huangshuai-Kampagne* bestellt. Auch Lian war unter ihnen. Binnen einer Woche sollte jeder von ihnen fünf Anklageschriften von hoher Qualität für einen Sammelband verfassen, den alle Schüler in den Ferien studieren sollten. Lian sollte die Abhandlungen außerdem redigieren. Chen war natürlich der Chefredakteur. Da Lian unter seiner direkten Leitung stand, mußte sie ihn oft um Anweisungen bitten. Es war schon sonderbar – während er bei seinen revolutionären Hetztiraden, die sie jeden Morgen über die Lautsprecher hören konnte, brüllte wie ein Bär unter dem Kastriermesser, saß er nun ganz entspannt vor ihr auf seinem Bürostuhl, drehte einen Stift zwischen Daumen und Zeigefinger und ließ seine Augen von rechts nach links und von oben nach unten rollen.

Auch wenn er nie direkt mit ihr flirtete, vermittelte er Lian den Eindruck, daß er sich an sie heranmachen wollte.

So las er eines Nachmittags flüchtig ihren Entwurf für die Inhaltsangabe der Aufsatzsammlung und sagte mit absichtlich tiefer Stimme: »Das ist ja wunderbar!« Dabei blickte er jedoch nicht auf die Blätter in seiner Hand, sondern ließ seine Augen wie eine Rolltreppe zwischen Lians Gesicht und ihren Brüsten auf und ab fahren. Das Wort ›wunderbar‹ sprach er so aus, daß er nicht einmal dem hintersten Ende eines Schweins weismachen konnte, er meine damit die Inhaltsangabe. Zu allem Unglück entflammte Lians Eitelkeit, und sie geriet in den Bann seiner Schmeicheleien, obwohl ihr Verstand diesen opportunistischen Rohling verabscheute. Das mußte man ihm lassen: Als älterer Mann verstand er sich darauf, ein Mädchen zu verführen. Neben ihm verblaßten die tolpatschigen Annäherungsversuche Liqiangs. Aber Lian brauchte nur einen Blick aus dem Fenster zu werfen, um Herrn Gong Wei zu sehen, der in der sengenden Sonne den Schulhof fegte, während ein unfähiger Werklehrer in seinem kühlen Büro versuchte, sich an eine Schülerin heranzumachen. Sie achtete nun auf Distanz und nahm seinen offen zur Schau getragenen Unmut und seine vielen kleinen Nadelstiche in Kauf.

Schaden und Wiedergutmachung

Im Laufe der Zeit hörten sich die Geschichten über Kim und ihre Gefährten immer schrecklicher an. Bei ihren Plünderungen gingen sie immer dreister vor. Hatten sie sich früher sofort aus dem Staub gemacht, wenn der Fahrer rief: »Jetzt ist aber Schluß, verschwindet!«, griffen sie ihn jetzt an, wenn er versuchte, seine Fracht zu verteidigen. Kims Bande glaubte offenbar, sie könnte es sich herausnehmen, in aller Öffentlichkeit ihre Überfälle zu verüben. Die Gemüsefahrer hatten es satt und erstatteten Anzeige. Kim und ihre Kumpane hatten es nun mit bewaffneten Polizisten zu tun, die immer häufiger an Ort und Stelle einschritten. Um dem Problem zu begegnen, brauchten sie Schußwaffen. Das erschien zunächst schwieriger, als es tatsächlich war. In der ersten Phase der Kulturrevolution hatten sich verschiedene Gruppierungen mit allen möglichen Waffen bis hin zu Maschinengewehren bekämpft, angeblich um die Reinheit der maoistischen Lehre zu schützen; trotz des strengen Waffenverbots befanden sich noch relativ viele Waffen aus jener Zeit im Besitz der Bevölkerung. Hinzu kam, daß die Waffenlager – nicht zuletzt durch die chaotische Organisation der Roten Revolution – nicht mehr streng genug bewacht wurden. Es hieß, Kims Gruppe habe sich Handgranaten und ein Dutzend Gewehre beschafft und sie irgendwo in den Hügeln unweit des Lehmhausviertels versteckt. Schon das Gerücht genügte, die Polizei künftig davon abzuhalten, Kims Raubzüge zu unterbinden. Gewalt war allgegenwärtig, auch in den Polizeieinheiten, wo die Linksradikalen die ›Beschreiter des kapitalistischen Wegs‹ folterten oder sogar totknüppelten. Im Vergleich dazu war das Stibitzen von Gemüse und das Zusammenschlagen von ein paar Bauernlümmeln nicht erwähnenswert.

Als die Sommerferien bevorstanden, hatte Lian zum Umgang mit den Mädchen aus ihrer Kaste zurückgefunden – sie fühlte sich dabei nicht froh, aber relativ sicher. Einen ganzen Monat lang glaubte Lian, ein harmonisches Verhältnis zu ihren Freundinnen zu haben. Gegenüber Kim empfand sie keine Schuldgefühle mehr.

In diesem Monat wurde der *Huangshuai-* und der *Zhang-Tiesheng-Kampagne* Einhalt geboten. Laut Meldungen der *Volkszeitung* – Kehle und Zunge der KPCh – erfolgte dieser Schritt, weil das Schulwesen inzwischen von revisionistischen Elementen gesäubert sei, während die unabhängige Berichterstattung der Klatsch- und Tratschkanäle die Beendigung der Kampagne darauf zurückführte, daß sich die Parkinsonsche Krankheit des Steuermanns verschlimmert hatte und seine Gegner im Politbüro die Oberhand bekamen. Die von Ihm als ›Beschreiter des kapitalistischen Wegs‹ unterdrückten Reformer hatten mit den zahllosen

Kampagnen, die das Land lahmlegten, kurzen Prozeß gemacht. Um wieder Ordnung zu schaffen, sorgten sie für einen geregelten Betrieb an Schulen und Universitäten, was zur Folge hatte, daß Huangshuai und Zhang Tiesheng von ihrem Sockel stürzten.

Als Lian durch das Schultor ging, waren die Gebäude sauber geschrubbt, und nirgends war auch nur ein Fetzen Wandzeitung zu sehen. Die Laternenmasten, die monatelang mit militanten Parolen umwickelt gewesen waren, zeigten sich wieder in ihrer wahren Gestalt: grauer Beton. Die Lehrer trugen statt Wischmop oder Besen Lehrbücher unter dem Arm. Die Lumpen hatten sie gegen ordentliche Kleidung getauscht, die Lehrern angemessen war. Sie eilten zwischen Büro und Klassenzimmer hin und her und bereiteten sich auf das neue Semester vor. Ihre Gesichter strahlten eine Heiterkeit und ein Verantwortungsbewußtsein aus, die es unvorstellbar erscheinen ließen, daß sie noch vor wenigen Wochen als politische Verbrecher schikaniert und geschlagen worden waren. Wenn man genauer hinsah, bemerkte man jedoch die Spuren der Verwüstung, die die *Huangshuai-Kampagne* bei ihnen hinterlassen hatte: Selbst die jüngsten Lehrer hatten graue Haare und Krähenfüße bekommen, von den über Vierzigjährigen ganz zu schweigen. Herr Gong Wei hatte wieder die stolze Haltung angenommen, die Lian an ihm kannte, aber seine Schritte waren nicht mehr so sicher wie früher – die Beweglichkeit seines linken Beins war für immer beeinträchtigt, seit ihm ein Schüler in seinem konterrevisionistischen Rausch ein Kettenschloß auf die Kniescheibe geschlagen hatte.

Diese Mischung aus Wiedergutmachung und bleibendem Schaden kennzeichnete auch die Verhältnisse in der Schulleitung. Auf Anweisung des Kultusministeriums mußten die Nutznießer der *Huangshuai-Kampagne* das Feld räumen. Vor zwei Monaten hatte Herr Dong, der frühere Direktor, während einer Anklageversammlung eine Gehirnblutung erlitten und war nun linksseitig gelähmt. Da

Chen bereits vor der Kampagne stellvertretender Direktor gewesen war, trat er automatisch Dongs Nachfolge an. Und weil Chens Position frei wurde, konnte Bei-uns-an-der-Universität stellvertretende Direktorin bleiben. Alles schien logisch und legal, aber selbst ein Blinder konnte sehen, wie der Hase lief. Nur Frau Xu, die ihre ältere Kollegin denunziert und so Karriere gemacht hatte, war es nicht gelungen, ihren neuerworbenen Status zum *Fait accompli* zu machen. Da nun wieder ein geregelter Schulbetrieb stattfand, ruhte auf dem Leiter des Sekretariats eine schwere Verantwortung. Der Inhaber dieses Postens mußte sich in finanziellen wie in personellen Verwaltungsangelegenheiten auskennen und außerdem Organisationstalent besitzen, damit die Schule mit ihren elfhundert Schülern, neunzig Lehrern und dreißig technischen und administrativen Kräften nicht zum Tollhaus würde. Dieses Risiko konnte Chen nicht eingehen, sosehr er den Beitrag der Denunziantin für die *Huangshuai-Kampagne* auch schätzte. Da er wußte, daß sein Direktorenstuhl noch wacklig war, mußte und würde er seinen Vorgesetzten beweisen, daß er dem Amt gewachsen war. Um Frau Xu eine allzu große Blamage zu ersparen, speiste er sie mit dem Ehrentitel Propagandakommissar ab. Zwar war die Propaganda de facto bedeutungslos geworden, nachdem der politische Wirbelsturm ausgewütet hatte, aber für die vorher so einflußreiche Opportunistin war es doch ein akzeptabler Posten – ohne Gesichtsverlust war sie von der Spitze auf die Stufe abgestiegen, die ihren Fähigkeiten entsprach.

Frau Xu stand jedoch noch mehr bevor. Wie es hieß, sollte die Kollegin, die sie ins Umerziehungslager gebracht hatte, wieder freigelassen werden. Den genauen Termin kannte keiner; die Akte befand sich noch in den Mühlen der Verwaltung. Aber früher oder später würde die andere Lehrerin zurückkommen und wieder gemeinsam mit ihrer Denunziantin die Schüler des ersten Jahrgangs in Mathematik unterrichten. Sie würden sich wieder wie früher gegenübersitzen – für die Mathematiklehrer gab es nur einen Raum.

Wie würde Frau Xu ihrem Opfer in die Augen sehen können? Und wie würde Frau Feng es ertragen, mit der leibhaftigen Ursache ihrer Haftstrafe tagaus, tagein einen kleinen Raum teilen zu müssen? Nun, sie würden sich daran gewöhnen. In diesem Land, in dem mit großer Regelmäßigkeit politische Kampagnen die Bevölkerung terrorisierten und in feindliche Lager spalteten, mußte man lernen, mit seinem früheren Peiniger, Gegenspieler und Verleumder in Frieden zu leben; eine andere Möglichkeit gab es eben nicht. Man lebte in den vier Wänden desselben kommunistischen Staates, und auch wer die Visage bestimmter *gesichtsloser* Kollegen nicht ausstehen konnte, mußte sich um seines inneren Friedens willen ein ständiges, unergründliches Grinsen zulegen.

»Aufstehen!« rief Shunzi den anderen zu, als Frau Meng das Klassenzimmer betrat, und brachte damit wieder den respektvollen Gruß von früher zu Ehren.
»Guten Morgen.« Frau Mengs Stimme klang dünn, dünner als früher, vor der *Huangshuai-Kampagne*. Ihr Ton war noch genauso freundlich, als sei sie nie von ihren Schülern beschimpft, gedemütigt, zu Unrecht beschuldigt und gefoltert worden. Sie ging zum Podest und legte ihre Bücher und Mappen auf den Tisch.
Nicht nur Shunzi quälte ein sorgfältig verborgenes Schuldgefühl. Auch die übrige Klasse fragte sich: Wie kann Frau Meng nach all dem, was wir ihr angetan haben, noch so nett zu uns sein? Hegt sie wirklich keinen Groll auf uns? Warum nutzt sie ihre Macht nicht, um sich an uns zu rächen? Sie mußten sich übrigens erst wieder daran gewöhnen, daß die Lehrerin in aufrechter Haltung vor ihnen stand. Monatelang hatten sie von ihr nicht viel mehr als den Scheitel gesehen, weil sie den Kopf ständig gegen die Knie pressen mußte.
Nach und nach löste sich die Spannung, denn Frau Meng demonstrierte ihre Versöhnungsbereitschaft, indem sie so passioniert und gewissenhaft wie früher unterrichtete.

Kims Platz blieb leer. Lian hatte eigentlich nichts anderes erwartet; es hätte sie nicht gewundert, wenn Kim sich für dieses Schuljahr nicht einmal eingeschrieben hätte. Ob Kim wohl bewußt war, was sie versäumte? Die Wirren der *Huangshuai-Kampagne* waren Vergangenheit, und sie könnte leicht wieder in den Unterricht einsteigen. Was gab es jetzt noch für einen Grund, bei der Bande zu bleiben? Lian befürchtete, daß Kim zu tief in den Treibsand des Bandenlebens geraten war, um den gesellschaftlich eher akzeptierten Weg zum Erfolg einschlagen zu wollen.

Aber wer beschreibt Lians Überraschung, als Kim am nächsten Tag an ihrem gewohnten Platz saß? Sie trug einen nagelneuen Anzug aus Kunstfaser; ihre Haare waren gekämmt, und ihr Gesicht glänzte von einer nach Mandeln duftenden Creme, die sie etwas zu dick aufgetragen hatte. Sie saß artig an ihrem Tisch und hielt sich gewissenhaft an die Regeln. In Mathematik wurde sie aufgerufen, und zur allgemeinen Überraschung war ihre Antwort richtig. Im Grunde war es auch nicht verwunderlich, denn in der Zeit, als sie die Schule schwänzte, hatten ihre Mitschüler nichts anderes getan, als den Lehrern das Leben schwerzumachen. Im Prinzip hatte sie nichts versäumt. Außerdem hatte sie ihre Gesamtzensur vor der *Huangshuai-Kampagne* auf über achtzig verbessert.

Aber ihre Anwesenheit zeigte durchaus Wirkung. Die Schüler reagierten nervös und erschreckt. Die Lehrer machten kein Hehl aus ihrer Abneigung und Verachtung. Frau Meng beispielsweise verwendete jedesmal Begriffe wie ›bei euch‹ und ›in euren Kreisen‹, wenn sie sich an Kim wandte. Es war auffallend, daß die Lehrer keinen Groll gegen jene Schüler hegten, die sie während der *Huangshuai-Kampagne* gequält und beleidigt hatten, und sie wie Unschuldsengel behandelten, jedoch gegenüber Kim, die ihnen in ihren schwersten Zeiten kein böses Wort gesagt und nie die Hand gegen sie erhoben hatte, grob und herablassend auftraten.

Offenbar betrachteten die Lehrer die massenhaft vorkommenden Grausamkeiten während einer politischen

Kampagne als Begleiterscheinung, die im Hinblick auf den allgemeinen Zustand des Landes verzeihlich war, die Unterschiede zwischen Kasten und sozialen Gruppen dagegen als unumstößliche Tatsache, die sie unter keiner Bedingung vergessen durften.

Kims Vorsatz, sich in die ›anständige‹ Gesellschaft einzugliedern und eine gute Schülerin zu werden, wurde dadurch im Keim erstickt. Sie wurde allmählich immer schwieriger für die Lehrer. Nun schwänzte sie nicht mehr, sondern provozierte mit ihrer pünktlichen Anwesenheit die Lehrer, die sie als Abschaum verabscheuten. Kims ständig verkniffene Lippen und ihre funkensprühenden Augen verhießen nichts Gutes. Ihre Mitschüler und die Lehrer versuchten Kim aus ihrer Welt fernzuhalten, und Kim versuchte mit aller Macht dazuzugehören.

Auf nach Miru

Im Schmuck ihres so herrlich bunten Kleides tanzte die goldene Herbstfrau nach Peking. Sie wirbelte im Kreis herum, immer wieder, zeigte jede Farbfläche ihres Kleides und blendete das menschliche Auge mit den unzähligen Facetten ihres duftenden Charmes, zielbewußt, verblüffend und bestürzend. Der erfrischende Wind streute die zitronengelben, fächerförmigen Blätter des Ginkgobaumes durch die Luft und bedeckte damit die Straßen und Feldwege.

Gleichzeitig verabschiedeten sich reife hellbraune Eicheln von ihren elterlichen Zweigen und rollten auf die nahrhafte schwarze Erde, in der sie ein Nest zu finden hofften, um ihre eigenen Baumkinder darin großzuziehen. Bordeauxrote Ahornbäume sahen ihren davongaukelnden Blättern voller Bewunderung nach.

Sie sangen ihnen ein Abschiedslied:

Geht in Frieden und sucht euren vorbestimmten Ort
Macht euch keine Sorgen, was aus uns wird

Wir bleiben – wir werden das vielfarbige Herbsterlebnis
der Menschen zu weinroten Erinnerungen brauen
und nach einer Weile dem Weiß des Winters weichen

In drei Monaten wird der Wein sich senken
Im Frühjahr ziehen wir den Korken aus der Flasche
Dann ist das Bouquet des Herbstes destilliert
und wir werden seinen ausgereiften Geschmack prüfen
können
So schließt sich der Kreis

Die Herbstferien waren der geeignete Zeitpunkt für eine Schulfahrt. Es war schon Jahre her, seit Lians Schule zum letztenmal so ein Ferienlager organisiert hatte. Aber dieses Jahr plante Chen ein ganz besonderes Lager, um Lehrern wie Schülern zu beweisen, daß die *Huangshuai-Kampagne* endgültig zu Ende war und das Schulleben wieder seinen gewohnten Gang ging; vielleicht wollte er auch die Verwüstungen, die der politische Wahnsinn angerichtet hatte, einigermaßen wiedergutmachen. Er hatte sich wirklich große Mühe gegeben. Über ein Geflecht von Beziehungen war es ihm gelungen, eine winzige Insel namens Miru, etwa einhundertfünfzig Kilometer vor der Küste, für zwei Wochen mit allem Drum und Dran zu mieten. Es gab dort ein fünfstöckiges Gebäude mit Schlafsälen und einer Kantine sowie ein kleines Fährboot, das sie zur Insel und wieder zurückbringen sollte und auch für Erkundungsfahrten an der Küste eingesetzt werden konnte.

Die Schüler konnten sich nicht mehr auf den Unterricht konzentrieren – ständig schwatzten sie aufgeregt. Ob das Meerwasser zum Schwimmen warm genug wäre, ob es dort nicht vielleicht wilde Tiere gäbe – war Miru nicht ein Naturschutzgebiet? – und ob sie wohl am Strand seltene Muscheln fänden.

Nur die Vorbereitungen waren weniger angenehm. Alle mußten zum Arzt, um sich ein Gesundheitsattest zu besorgen. Sie mußten dort stundenlang Schlange stehen,

Formulare in vierfacher Ausfertigung ausfüllen, sich Blut abnehmen lassen und was sonst noch dazugehörte. »Ja«, sagte Frau Meng, »wir wollen nicht riskieren, jemand mit einer chronischen oder ansteckenden Krankheit dabeizuhaben. Miru ist so weit weg von der bewohnten Welt. Wenn einer von euch krank wird, ist guter Rat teuer.« Die Eltern mußten ihre schriftliche Zustimmung geben, da die Schule auf keinen Fall ein Mutterkind mit auf die Insel nehmen wollte, das dort vor Heimweh vergehen würde.

Wie im letzten Jahr mußten die Schüler in Schlafgruppen eingeteilt werden. Das war an sich einfach. Im Laufe der Jahre hatten sie sich daran gewöhnt, nach ihrer Herkunft zusammengelegt zu werden. Kim stellte die Organisatoren diesmal jedoch vor ein Problem. Während des Praktikums *Von den Bauern lernen* hatte es ihre Kastenschwestern nicht besonders gestört, mit Kim im selben Haus zu schlafen, aber seit sie zu den Banditen gehörte, ging ihr jeder aus dem Weg, als sei sie ein Eimer aufspritzender Schwefelsäure. Frau Meng konnte kein Mitleid für Kim aufbringen; sie zog nur vielsagend die Augenbrauen hoch, was bei ihr nicht weniger als einen unwiderruflichen Bannfluch bedeutete. Nach heftigem Gebolze zwischen den Gruppen der Dritten Kaste, die sich gegenseitig schlechtmachten und so hofften, die andere Gruppe sei geeigneter, Kim aufzunehmen, pfiff Schiedsrichterin Meng das Fußballspiel ab: »Hört auf mit der Streiterei! Ihr habt alle gewonnen. Kim muß bei keinem von euch schlafen. Ich gehe zum Direktor und bitte ihn, eine Lösung zu finden, die für alle Beteiligten akzeptabel ist.«

Während des Gezänks ihrer Kastenkameraden war Kims Gesicht zuerst vor Wut rot angelaufen; dann wurde sie blaß und setzte eine gleichgültige Miene auf. Zum Schluß, nachdem Frau Meng eingegriffen hatte, trat langsam, aber unaufhaltsam ein undurchsichtiges Lächeln auf ihr Gesicht. Kim verschränkte die Arme vor der Brust und beobachtete fast lässig, wie sich ihre Mitschüler wegen ihrer Unterbringung in die Haare bekamen – als stritten sie sich über eine andere Person.

Drei Tage später hatte Direktor Chen tatsächlich eine Lösung gefunden: Er hatte Kim die Besenkammer zugewiesen, irgendwo im Parterre. Die Eimer, Kehrbleche, Besen und Putzlappen würden herausgeholt, um für Kims Strohmatratze Platz zu schaffen.

»Was? Ein Zimmer für mich allein? Für mich ganz allein? Bin ich ein Glückspilz!« Kim machte zum erstenmal seit der Ankündigung des Herbstlagers den Mund auf. Sie lachte, daß sich ihr ganzer Körper schüttelte, und eine Minute lang wurden ihre Klassenkameraden ganz klein. Kims Augen sprühten Feuer, wie an dem Tag, als sie Tische und Stühle umgeworfen und sich einen Weg zu Wudong gebahnt hatte.

Frau Meng wechselte rasch das Thema: Was sollten sie mitnehmen?

- Bettzeug
- ein großes Stück Plastik als Unterlage beim Picknicken
- eine Schale und Eßstäbchen
- eine Regenjacke
- ein Handtuch und ein Fußtuch
- Toilettenpapier
- eine Wasserflasche
- eine Rolle feste Schnur
- eine Taschenlampe
- keine Streichhölzer (denn das Haus, in dem sie wohnen würden, war ganz aus Holz)

Da in dem Gebäude auf Miru höchstens sechshundert Leute untergebracht werden konnten, die wie Sardinen aneinandergepreßt in jedem verfügbaren Raum schlafen müßten, sollten die Schüler der drei höheren Jahrgänge, zu denen auch Lian gehörte, die erste Woche dort verbringen. Sobald sie die Insel verlassen hatten, würden die jüngeren Schüler einziehen. Kim hörte sich alles mit einem unergründlichen Lächeln an.

Am Montag, dem zwanzigsten Oktober 1974, war es endlich soweit. Nach einer dreistündigen Busfahrt bestiegen sie das wartende Schiff. An Bord ließ Lian ihre Augen schweifen. Sie mußte sich erst daran gewöhnen, ringsum nur eine einzige Farbe zu sehen. Das vertraute Braun der Erde glitt langsam außer Sichtweite, und das Gefühl, mit ihrer Umgebung verbunden und deshalb geborgen zu sein, wurde von einer sanft kitzelnden Neugier und einer vagen Angst ersetzt. Sie fuhr sich mit den Fingern durch das vom salzigen Wind zerzauste Haar und öffnete der großmütigen Seeluft Lunge und Geist.

Alle Passagiere standen auf Deck und drückten sich an die Reling. Anders als sonst hörte man kein unablässiges Geplapper. Unter dem Eindruck der unermeßlichen Wasserfläche schwiegen die Stadtkinder nachdenklich. Lian hatte immer geglaubt, der Mensch sei Herr des Universums. Mit seiner Technologie verwandelte er grüne Weiden in eine graue Fabrik oder in einen weißen Wolkenkratzer, durch ein paar Pinselstriche angesehene Lehrer in einer Nacht in rechtsabweichlerische Rinderteufel und Schlangengeister; mit politischen Parolen konnte er das friedlich zusammenlebende Volk innerhalb weniger Stunden zu revolutionären Kämpfern aufhetzen, die sich am liebsten gegenseitig umbrächten. Aber das Meer, das Meer stand jenseits von Terror und Manipulationsgier der Menschen. Der in menschlichen Augen allmächtige Steuermann könnte das Meer noch so sehr anschreien und versuchen, es mit der Beschimpfung ›Beschreiter des kapitalistischen Weges‹ einzuschüchtern – es würde sich nicht beirren lassen.

Der kleine Punkt im Wasser, den sie ansteuerten, wurde immer größer, bis er schließlich die Form eines Hügels annahm. Miru kam in Sicht.

Lians Traum war wie ein Gemälde. Goldweißer Strand, orangerote Korallen, dunkelgrüne Heidepflanzen, braune Erde und das beigefarbene Haus, in dem sie wohnte. Dominierend war jedoch die Farbe des Meeres, so intensiv blau und allumfassend, daß Lian das Gefühl hatte, auch ihr Körper würde blau, wenn sie nur lange genug auf das Wasser blickte. Sie sah Kim einsam am Heck stehen, während der Bug und die beiden Seiten des Schiffes bis zum Bersten voll waren. Und zwar nicht nur im übertragenen, sondern auch im buchstäblichen Sinn: Weil keiner der vielen Schüler den Anblick des faszinierenden Meeres versäumen wollte, war die eiserne Reling durch den Ansturm der vielen Menschen schon verbogen. Der Gegensatz zwischen der Leere um Kim und dem Gedränge nur wenige Meter weiter ließ einem eiskalt werden.

Der traurige Ausdruck auf Kims Gesicht verflog, und statt dessen zeigte sich eine Grimasse. Kim steckte ihre Zeigefinger in den Mund und pfiff. Die Planken des Decks taten sich auf, und aus der Öffnung sprangen fünf Jungen, deren lange Haare senkrecht vom Kopf abstanden, als stünden sie unter Strom. Ehrerbietig machten sie drei Verbeugungen vor Kim und spitzten die Ohren, um ihre Befehle entgegenzunehmen.

Kim bewegte die Lippen. Sie sagte: »...«

Mit aller Macht versuchte Lian die Augen zu öffnen. Sie wollte nicht hören, was Kim ihnen auftrug. Aber der Alptraum ging weiter.

Als Lian endlich aus dem Schlaf aufschreckte, befahl sie sich, zu vergessen und zu leugnen, was sie gehört und gesehen hatte. Zum Glück lag am Strand genug zum Sammeln – das würde sie ein wenig ablenken.

Am nächsten Tag fand ein Schwimmwettkampf statt. Die Schüler entdeckten zu ihrer freudigen Überraschung, daß sich ihre Schwimmleistungen auf der ganzen Linie verbessert hatten, obwohl sie meinten, sich nicht mehr angestrengt zu haben als sonst im Schwimmbad. Herr Gong Wei erklärte ihnen, das Wasser bestünde hier zu dreißig Prozent aus Salz, was das Schwimmen erleichtere. Lian kannte die Theorie aus dem Physikunterricht, hätte aber nie einen Zusammenhang zwischen solch einer Theorie und dem wirklichen Leben vermutet.

Nachmittags gab es eine Führung durch das Waldstück, das sich auf dem Hügel in der Inselmitte befand. Die Biologielehrer wollten ihnen Verschiedenes zeigen und erklären. *Jo,* so ein undurchdringliches Dickicht hatten sie noch nie gesehen! Die Aufregung steigerte sich noch, als die Lehrer ihnen einschärften: Bleibt auf dem Fußweg, sonst könntet ihr in den Sumpf oder in Treibsand geraten, oder ihr erschreckt die wilden Tiere, die im Wald leben. Zu ihrem Entzücken sahen sie einen Leguan, nun ja, seinen Schwanz, der – *zuff!* – unter einem Felsen verschwand, sobald er ihre erstaunten Ausrufe hörte. Während ihnen eine Lehrerin die Anatomie und die Ernährungsgewohnheiten der Familie der Eidechsen in aller Ausführlichkeit nahebringen wollte, pflückten die Schüler begierig die exotischen Früchte, die hier an den Sträuchern wuchsen. Höflich hörten sie mit halbem Ohr dem ›Unterricht‹ zu. Ihnen taten die Lehrer leid, die nicht einmal in den Ferien ihren Beruf vergessen konnten. Stolz hielten sie ihre mit den gratis erlangten Früchten vollgestopften Hosentaschen fest. *Ehmmmm!* Das würde heute abend ein Schmaus!

STROMAUSFALL

Abends um halb zehn standen Lian und die anderen vierzig Mädchen aus ihrem Schlafsaal in einem winzigen Badezimmer, das für höchstens sechs Personen gedacht war. Sie bereiteten sich vor, ins Bett zu gehen. Natürlich gab es vor den Waschbecken Gezerre und Geschubse. Lians Schultern waren zwischen fünf kräftigen Mädchen eingeklemmt; selbst wenn sie aufs Waschen verzichten würde, käme sie aus dem völlig überfüllten Raum nicht heraus. Zu allem Unglück fiel auch noch der Strom aus. Mit der Zahnbürste in der Hand und Schaum um den Mund, rempelten sich die Mädchen gegenseitig an. Verwirrung und

Panik nahmen zu, je länger die undurchdringliche Dunkelheit anhielt. Jede Form von Vernunft war abhanden gekommen. Statt einen kühlen Kopf zu bewahren und diejenigen, die der Tür am nächsten standen, zu bitten, als erste den Raum zu verlassen, versperrten sie sich gegenseitig den Weg, um so schnell wie möglich aus diesem beklemmenden kleinen Raum zu entkommen. Deshalb konnten sie weder vor noch zurück; sie saßen in der Falle.

So schnell sie konnte, bahnte sich Frau Meng im Dunkeln einen Weg. Lian hörte, wie ihre Füße gegen Schemel, Waschschüsseln aus Zinn, Rucksäcke und Schuhe stießen, die überall auf dem Boden verstreut lagen.

Mit ihrer energischen Stimme übertönte Frau Meng das Kreischen der eingeklemmten Mädchen: »Direktor Chen und Herr Gong Wei sind schon auf dem Weg zum Zählerkasten. Die technische Störung wird bald behoben sein, ihr braucht euch nicht zu fürchten.«

Aber je mehr die Dunkelheit sie ängstigte, desto schwächer wurde die Wirkung von Frau Mengs beruhigenden Worten. Das weinerliche Jammern, Klagen und Schimpfen versank in einem Ozean aus Lärm.

Inmitten des Getöses ertönte ein ganz kleines Geräusch, wie eine winzige Fussel, die von weit her angeflogen kam. Irgendwo gab es jemanden, der lachte.

War das eine Wahnvorstellung? Lian konnte doch bei diesem Radau unmöglich so etwas hören?

Nach ungefähr einer Viertelstunde vertrieb eine Glühbirne die Dunkelheit. Mühsam gewannen die Mädchen die Fassung zurück, aber es dauerte noch fast zehn Minuten, ehe alle den Raum verlassen hatten. Nur noch wenige zeigten Lust, sich zu waschen. Sie hatten den Raum für sich allein.

Der dritte Morgen des Herbstlagers stand im Zeichen der ›Nachrichten von zu Hause‹. Das einzige Schiff, das aus Sparsamkeitsgründen nur alle drei Tage die Post vom Festland holte, brachte säckeweise Briefe mit.

Der Brief von Lians Eltern glich mehr einem Fragebogen:

Wie steht es mit der Schlafgelegenheit auf Miru?
Ißt du auch gesund?
Ist die Kleidung, die du mitgenommen hast, warm genug für den Wind an der Küste?
Welche Temperatur hat das Meerwasser?
Ist es nicht zu kalt zum Schwimmen?

Man konnte schon verstehen, daß sie sich Sorgen machten. Lian war schließlich selten für längere Zeit außer Haus, und nun reiste sie ausgerechnet auf eine unbewohnte Insel, hundertfünfzig Kilometer vom Festland.

Für Direktor Chen hatte das Schiff eine andere Bedeutung: Es war die einzige Verbindung zwischen Miru und der Welt auf der anderen Seite des Wassers. Wetterberichte über eventuelle Stürme und Zyklone, Anweisungen von Vorgesetzten und Nachrichten über die politische Lage gelangten nur mit diesem Fahrzeug hierher. Die Insel war zu unwichtig, um sie mit unterseeischen Telefonkabeln mit dem Festland zu verbinden; für die Errichtung einer Funkstation galt das gleiche. Auch vom Kantinenpersonal wurde das Schiff freudig erwartet: Die Lebensmittelvorräte und der Süßwassertank mußten alle drei Tage aufgefüllt werden.

Punkt halb zehn am Abend fiel wieder der Strom aus. Diesmal gab es keine Panik – ein Stromausfall gehörte offenbar zu den primitiven Bedingungen, unter denen sie hier lebten. Mehr oder weniger geduldig warteten die Mädchen auf die Instandsetzung des Stromnetzes. Gerüchteweise hörte Lian, Direktor Chen und Herr Gong Wei könnten sich die Stromausfälle nicht erklären, denn beide Male seien die Sicherungen intakt gewesen. Man hätte meinen können, jemand habe absichtlich den Hebel umgelegt. Nun ja, das war wohl etwas weit hergeholt. Vielleicht war der Generator auf Miru defekt und mußte endlich erneuert werden. Herr Gong Wei hatte zugesagt, die Maschine am nächsten Morgen gründlich zu untersuchen.

Spukhaus

Morgens um neun standen die Schüler, ausgestattet mit der vorgeschriebenen Rettungsausrüstung, in geordneten Reihen vor dem Boot. Sie sollten eine Erkundungsfahrt entlang der Küste unternehmen und ein paar winzig kleine Koralleninseln suchen, die nur auf der detaillierten Seekarte eingezeichnet waren, die Chen gerade studierte.

Tuh, tuh ... fsuh. Das Schiff holte zweimal Atem und stieß einen letzten Seufzer aus. Nach ein paar Minuten kam der Steuermann aus dem Schiff gelaufen, das Gesicht schweißüberströmt, die Arme verzweifelt in die Luft gereckt: Die Maschine war nicht in Gang zu bekommen.

»*Ooooch ...*«, riefen die wie für eine längere Expedition ausgerüsteten Schüler enttäuscht im Chor, als Chen ihnen mitteilte, die geplante Fahrt müsse auf den nächsten Tag verschoben werden.

Ihre Enttäuschung war nichts im Vergleich zu der des Direktors. Er war außer sich, sprach in allen Tonarten, höflich bittend und autoritär – auf jede erdenkliche Weise versuchte er den Steuermann davon zu überzeugen, daß er klug daran täte, das Schiff am besten noch gestern in Ordnung zu bringen. Der Mann im blauen Overall schüttelte den Kopf und weigerte sich mit Nachdruck, Chen die Reparatur des Schiffs zu garantieren: »Herr Direktor, ich fahre seit zehn Jahren auf diesem Schiff. Sie brauchen mir nicht zu erzählen, wie dringend es überholt werden müßte. Ich weiß alles über den Lebensmittelvorrat, den Süßwassertank und die Verbindung mit dem Festland. Wenn das Schiff nicht mehr fährt, wird Miru ein Gefängnis. Und in ein paar Tagen haben wir nichts mehr zu essen und zu trinken. So etwas habe ich vor fünf Jahren einmal mitgemacht, und damals habe ich mir gesagt: Ein zweites Mal überlebe ich das nicht. Also, Herr Direktor, Sie können sich sicher sein: So wahr ich lebe, werde ich alles daransetzen, das Schiff wieder flottzumachen. Aber versprechen kann ich nichts.«

Lian hatte das Gespräch mitbekommen, weil sie zufällig in der Nähe stand. Sie fand es typisch für die Wichtigtuerei der Erwachsenen – viel Lärm um nichts. Was machte es schon aus, wenn sie einen Tag länger auf der Insel bleiben mußten? Das wäre doch herrlich! Tief im Herzen fühlte sie sich von den azurblauen Wellen angezogen, die noch in einen weißen Morgendunst gehüllt waren, aber allmählich von der aufgehenden Sonne mit orangeroter Farbe besprüht wurden.

Zuerst sammelten sie Muscheln, dann spielten sie auf dem goldenen Sand Basketball, und nach dem Mittagessen, als es heißer wurde, tauchten sie ins Meer. Früchte als köstliche Beilage für das Abendessen zu pflücken vollendete ihr Vergnügen. Wenn es nach ihnen ginge, könnten sie Wochen auf Miru bleiben!

Aber am Abend fiel zum drittenmal der Strom aus – zum selben Zeitpunkt wie zuvor. Die Gleichgültigkeit, mit der sie den Stromausfall am Vorabend hingenommen hatten, schlug nun in Angst um. Auch wenn die meisten es nicht zugegeben hätten, so las Lian doch in ihren verwirrten Gesichtern, daß sie das gleiche vermuteten wie sie: Das hier war ein Spukhaus! Wie, um Himmels willen, war es sonst zu erklären, daß der Strom jeden Abend Punkt halb zehn ausfiel, obwohl Chen und Gong Wei keinen einzigen Defekt am Zählerkasten oder am Generator hatten finden können? Natürlich sprach niemand den Verdacht laut aus. Sie wollten ja nicht von den älteren Schülern als naive, abergläubische Kleinkinder ausgelacht werden!

Sand im Reis

Der fünfte Tag. Die Schüler gebärdeten sich wie eine Schafherde, die der Schäfer im Stich gelassen hat. Die Lehrer waren zu einer Eilversammlung zusammengetrommelt worden. Gerüchte machten die Runde, daß nicht nur das Schiff für irreparabel erklärt, sondern auch der Dieseltank ausgelaufen sei. Die kindliche Sorglosigkeit, mit der die Schüler den Schaden an der Fähre hingenommen hatten, wurde wie eine Sandschicht weggeschwemmt. Nun mußten sie den Tatsachen ins Auge sehen. Ein paar Kinder behaupteten sogar, sie seien zweifach verflucht. »Schaut mal«, sagten sie, »selbst wenn das Schiff wie durch ein Wunder repariert werden würde, kämen wir trotzdem nicht von der Insel weg – weil wir ja keinen Treibstoff haben. Wir könnten zwar die beiden Schlauchboote nehmen, aber wer sagt uns, daß wir auf dem Weg zum Festland nicht in haushohe Wellen geraten oder sogar in einen Sturm?«

O Buddha! Lian pochte das Herz bis zum Hals, und sie hätte am liebsten geschrien: Schnell, versteckt die Schlauchboote! Sie hatte die bange Ahnung, daß die altersschwachen Boote zu den nächsten Zielen in der Serie mysteriöser Ereignisse gehörten, wenn sie nicht rechtzeitig in Sicherheit gebracht würden. Mühsam hielt sie die Worte zurück. Ihr Verstand kritisierte ihr Gefühl: *Lian, drehst du etwa durch? Wie kommst du darauf, daß hier etwas Geheimnisvolles vor sich geht? Ein Schiff kann immer irgendeinen Defekt haben, der Tank kann jederzeit durch Rost ein Leck bekommen, der Generator kann eine Störung aufweisen, die ihn immer zum gleichen Zeitpunkt ausfallen läßt ... Sieh nicht überall Gespenster.*

Am nächsten Morgen waren die Schlauchboote spurlos verschwunden.

Die Lehrer hielten eine Versammlung nach der anderen ab, und die Schüler verloren allmählich den Blick für die schöne Landschaft der verhexten Insel. Seit gestern gab es nur noch halbe Essensportionen. Tagsüber knurrte ihnen der Magen, nachts wachten sie hungrig auf. Das Waschen mußte ausfallen, und zum Zähneputzen bekam jeder ein halbes Glas Wasser. Vorläufig gab es noch genug zu trinken, aber in seiner Morgenansprache sagte Direktor Chen, das könne sich vielleicht schon morgen ändern. Wenn das Schiff nicht wieder flott würde, könnte weder der Lebensmittelvorrat ergänzt noch der Süßwassertank aufgefüllt werden. Nach dem Frühstück krochen alle wieder ins Bett, nicht nur aus Langeweile, sondern weil der Biologielehrer es ihnen geraten hatte. Hunger und Durst machten sie ganz benommen, aber darüber waren sie so beunruhigt, daß ihr Körper durch die Aufregung noch mehr Kalorien verbrauchte. Wenn sie das Bett hüteten, würde ihr Blutzuckerspiegel nicht so schnell sinken, meinte der Biologielehrer.

Lian knurrte der Magen, aber ihr Kopf war außergewöhnlich klar. Alle wirren Gedanken, die in den letzten Tagen ihren Verstand verdunkelt hatten, lösten sich auf. Sie wußte nun den wahren Grund für die Ereignisse auf Miru. Nachdem sie sich tagelang halb unbewußt und halb absichtlich etwas vorgemacht hatte, nahm sie jetzt endlich ihren ganzen Mut zusammen, um den Tatsachen ins Auge zu sehen.

Kims Schlafplatz, die Besenkammer, lag neben dem Zählerkasten im Parterre, wo außer Kim niemand schlief und nur selten jemand hinkam, vor allem nicht abends. Jeden Abend schlich Kim um halb zehn zum Zählerkasten und legte den Hebel um. Dann eilte sie wieder in ihr Kämmerchen und lachte bellend wie eine Hyäne, während die Bewohner in den oberen Stockwerken wie blinde Ratten kreischend zusammenstießen.

Neuer Terror

Direktor Chens Gesicht war kreidebleich. Die Lehrer liefen kopflos umher. Lian bekam mit, daß Mirus unterirdischer Dieseltank, der den Notvorrat für das Fährboot enthielt, leer war. Lian hatte gar nichts von einem Nottank gewußt. Außerdem: *Warum hast du dir die Mühe gemacht, auch diesen Tank zu leeren? Du hattest es doch schon geschafft, das einzige Schiff außer Betrieb zu setzen?*

Lian erschrak. In Gedanken sprach sie mit Kim. Sie biß sich auf die Lippen und sah sich vorsichtig um. Zum Glück hatte es niemand bemerkt.

Es heißt: *Wissen ist Macht*. Das stimmte überhaupt nicht. Gerade weil Lian wußte, warum diese mysteriösen Dinge auf Miru geschahen, war sie in einer schwachen Position. Einerseits fühlte sie sich verpflichtet, den Direktor von ihrem Verdacht zu informieren, damit sie mit vereinten Kräften unverzüglich gegen die Verursacherin der Probleme vorgehen könnten. Andererseits mußte sie das Mädchen, das einmal ihre beste Freundin gewesen war, einfach in Schutz nehmen. Lian rechtfertigte ihr Schweigen vor sich selbst, indem sie sich vorstellte, wie man Kim ergreifen, sie einsperren und mißhandeln würde. Wenn sie nichts verriet, war sie einfach eine von sechshundert verängstigten Schülern. Gemeinsam waren sie ›stark‹. Würde sie Kim jedoch melden, wäre sie mit ihrem nagenden Gewissen mutterseelenallein. Kim würde ihres Lebens nicht mehr froh, wenn ihre Terroranschläge ans Licht kämen. Mit derselben Starrköpfigkeit, mit der sie Kim immer geliebt hatte, stellte Lian nun Kims Interessen über die der ganzen Welt. Auch über ihre eigenen.

Sie beteiligte sich an den Klagegesängen ihrer Schicksalsgefährten und stieß ›verzweifelte‹ Schreie aus, sobald wieder etwas Bedrohliches entdeckt wurde. Und das geschah oft genug. Im Erste-Hilfe-Koffer sah man langsam den Boden, weil immer mehr Schüler erkrankten. Es gab kaum noch Medikamente.

Lian schauderte. War ihre Entscheidung richtig? Sie zermarterte sich das Gehirn: Was wollte Kim mit ihren Terroraktionen erreichen? Wollte sie den überheblichen und grausamen Angehörigen der Ersten Kaste eine Lektion erteilen, daß man jemanden aus der Dritten Kaste nicht ungestraft demütigen konnte? Und wenn sie diese ›Lektion‹ wirklich begriffen, würde Kim sie dann künftig in Ruhe lassen? Oder wollte sie mit ihren Feinden ein für allemal abrechnen? Wenn das so war, waren ihre Stunden gezählt. Lian kannte Kims Findigkeit und ihr Durchsetzungsvermögen gut genug, um zu wissen, daß es kaum eine Chance gab, Kims Mordgier zu entkommen. Wenn Kim sich etwas in den Kopf gesetzt hatte, aufgepaßt!

Lian hatte noch einen Strohhalm, an den sie sich klammerte: die Wachsamkeit der stellvertretenden Direktorin. Am Nachmittag des heutigen Tages sollte Bei-uns-an-der-Universität eigentlich mit der zweiten Hälfte der Schüler nach Miru kommen; die höheren Klassen hätten schon zum Festland zurückgekehrt sein müssen. Aber da lag auch das Problem. Die Direktorin würde erst mit den anderen fünfhundertfünfzig Schülern zur Insel abreisen, wenn die erste Gruppe wieder in Peking angekommen war – wo sollten die Schüler sonst schlafen? Wenn Bei-uns-an-der-Universität schlau war, würde sie sich fragen, warum sie von Chen keinerlei Nachricht über den Stand der Dinge und seine Rückkehr erhielt. Auch wenn die Direktorin nicht selbst nach Miru fahren konnte, könnte sie wenigstens die Küstenwache oder die Wasserschutzpolizei benachrichtigen. Oder dachte sie einfach nicht weiter nach – überließ sie es etwa Direktor Chen, mit seinen sechshundert Schülern zurückzukommen, wann er Lust dazu hatte?

Einige Lehrer und ein paar beherzte Jungen aus dem sechsten Jahrgang hielten am Strand Wache und schauten sehnsüchtig nach jedem Pünktchen aus, das auf ein sich näherndes Schiff hindeuten könnte. Bei jeder Wachablösung sank die Stimmung der Schüler einen weiteren Kilometer unter den Meeresspiegel.

Bevor Bei-uns-an-der-Universität begriffen hatte, daß etwas schiefgelaufen war, kam eine unerwartete und unbegreifliche Drohung. Am achten Tag der Gefangenschaft auf Miru fand Chen in seinem Schlafzimmer, das ihm auch als Büro diente, einen Brief auf seinem ›Schreibtisch‹.

KAPIERT IHR ES IMMER NOCH NICHT?
SECHSHUNDERT HOHLKÖPFE!
EURE STUNDEN SIND GEZÄHLT.
    MIRU

Wie merkwürdig Chen die Unglücksserie auch vorgekommen war, bisher hatte er sie als ein Zusammentreffen widriger Umstände betrachtet. Erst jetzt ging ihm auf, daß hinter den Zwischenfällen eine menschliche Hand steckte, und er erkannte den Ernst der Lage. Aber wer konnte hinter dem Namen Miru stecken? Bisher hatte er keinen Gedanken an die Bedeutung des Namens verschwendet. *Mi*, ›Geheimnis‹, und *Ru*, ›als ob‹ ... *Wie ein Geheimnis?* Was sollte das bedeuten? Ihm lief es kalt über den Rücken. Instinktiv steckte er den Zettel in seine Hosentasche, als könne er dadurch die hereinbrechende Katastrophe verhindern. Er ließ sich auf sein Bett fallen und dachte fieberhaft nach. Aber seine Gedanken bewegten sich wie in einer Tretmühle.

Wenn du ein reines Gewissen hast, fürchtest du nicht die Geister, die dich nachts heimsuchen. Chen ließ die Kollegen Revue passieren, die er während der *Huangshuai-Kampagne* den Löwen zum Fraß vorgeworfen hatte, und zitterte am ganzen Körper. Unter den zwölf Lehrern, die mit nach Miru gekommen waren, gab es nicht einen, den er nicht direkt oder indirekt malträtiert hatte. Jeder von ihnen hatte mehr als einen Grund, sich an ihm zu rächen ...

Vor Schreck stockte ihm der Atem; er schlug sich auf die Wangen und murmelte: »Xingshun Chen, du Großvater aller Toren! Wie konntest du so einfältig sein, zu glauben, du würdest deinen Sünden straflos entkommen? Die Zeit der großen Abrechnung ist da. Du wirst draufgehen, zweifellos, aber ...« Die Tränensäcke unter seinen Schlitzaugen begannen plötzlich zu tanzen. Warum sprach der Briefschreiber von ›ihr‹? Vielleicht handelte es sich um einen ganz gewöhnlichen Kriminellen, für den es alltäglich war, Verbrechen zu begehen ... Aber was wollte er von ihnen, wenn es nicht um Chens bestialisches Vorgehen in der *Huangshuai-Kampagne* ging? Er müßte doch strohdumm sein, wenn er glaubte, er könne seiner Strafe entgehen? Andererseits – hatten sich die Schüler nicht genauso bösartig an den Quälereien beteiligt?

Der erste Kreis von Chens Argumentation hatte sich

geschlossen. Nach etwa zwanzig weiteren Runden fühlte er sich so schlaff wie ein Kuhfladen.

Inquisition

Um drei Uhr rief Chen alle ›Bewohner‹ von Miru zusammen. Er verlas den Drohbrief dreizehnmal, bis sich die gewünschte Wirkung einstellte: Die Zuhörer waren völlig außer sich und bereit, alles zu tun, was Chen ihnen auftrug, um den versteckten Terroristen aus seinem Schlupfwinkel zu locken. Sie schrien Zeter und Mordio und saugten wie ein Schwamm auf, was der Direktor von ihnen verlangte: »Teilt jede Klasse in vier Gruppen ein und überlegt, wer sich in den vergangenen fünf Tagen verdächtig verhalten hat. Zum Beispiel: War jemand vor oder nach dem Stromausfall besonders lange auf der Toilette? Hat sich jemand die Hände auffallend oft gewaschen, um den Geruch von Dieselöl zu beseitigen? Wenn ja, setzt seinen Namen auf die schwarze Liste. Es macht nichts aus, wenn die Liste lang wird. Lieber ein paar Unschuldige zuviel einsperren, als einen Schuldigen durch die Maschen des Netzes entwischen zu lassen. Vertraut eurem Direktor. Ich werde die Verdächtigen schon aussieben.«

Auch das Verhalten der Lehrer mußte unter die Lupe genommen werden. Schließlich hatte Chen es auf sie abgesehen. Für die Schüler war das nicht einfach. Es kostete Chen literweise Lügenspeichel, die Jungen und Mädchen zu überzeugen, daß sie ausgerechnet ihre Lehrer wegen der Terroranschläge verdächtigen mußten. Wußte nicht jeder, daß Spione aus dem westlichen kapitalistischen Ausland versuchten, unseren kommunistischen Staat hinter der Maske von Intellektuellen oder Geschäftsleuten zu infiltrieren? Vielleicht befand sich ja unter den Lehrern ein amerikanischer Geheimagent, der die proletarisch denkenden Schüler auf Miru ermorden wollte, und der Anschlag war Teil eines Plans, das gesamte kommunistische China zu vernichten!

Chen hatte eine wahre Hexenjagd entfesselt. Die Arme vor der Brust verschränkt, inspizierte er die heftig debattierenden Gruppen und beobachtete aufmerksam, wie seine Kollegen auf den Aufruf reagierten.

Zu seinem Erstaunen und seiner Enttäuschung waren sie ebenso erschrocken wie er und tappten bei der Suche nach dem Bösewicht genauso ängstlich im dunkeln. Chen erkannte, daß ihm weder ein schmutziges Politspiel noch die Manipulation der Massen aus dem Schlamassel helfen konnte. Mit dieser Insel stimmte etwas nicht, und nicht einmal ein mit allen Wassern gewaschener Intrigant wie er konnte das Verhängnis beeinflussen. Sein einziger Trost war, daß er dank dieser Fahndungsaktion die Gewißheit erlangt hatte, nicht die einzige Zielscheibe der Anschlagserie und der bevorstehenden Katastrophe zu sein.

Dutzende von Schülern wurden nach vorn gezerrt, um vor der aufgebrachten, verängstigten Menge zu bekennen, sie seien die Schuldigen. Auch Herr Gong Wei wurde auf das Podium geschleppt. Der Grund für die Verdächtigung: Bei jedem Zwischenfall war er am Ort des Geschehens gewesen. Als der Strom ausfiel, hatte er angeblich Sicherungen kontrolliert und sie ›nach vielem Gefummel‹ für intakt erklärt. Wie konnte der Strom ausfallen, wenn die Sicherungen intakt waren? Als der Motor des Fährschiffs ausfiel, war es Gong Wei, der an Bord ging, angeblich um die Maschine gründlich zu inspizieren; ›nach langem Herumbasteln‹ hatte er seinen Reparaturversuch aufgegeben und erklärt, der Motor sei in Ordnung. Je weiter die Schüler diese falsche Fährte verfolgten, desto einleuchtender erschien Gong Weis kriminelles Verhalten. Die Angst vor der hereinbrechenden Katastrophe machte sie alle für eine wichtige Tatsache blind: Gong Wei, auf Miru der einzige Physiklehrer und gleichzeitig ausgebildeter Ingenieur, war der gegebene Mann, technische Störungen zu beheben. Frau Meng dagegen hatte sich kein einziges Mal am Ort des Verbrechens aufgehalten – weil sie schlicht keine Ahnung von Technik hatte. In der allgemeinen Panik mußte unbedingt ein Sündenbock gefunden und geopfert werden, um die anderen zu retten. So wurde Gong Wei zum zweitenmal in diesem Jahr Zielscheibe von Anklagen und Mißhandlungen.

Während ihre Mitschüler auf Gong Wei einschlugen, um von ihm ein Geständnis zu erzwingen, schielte Lian unwillkürlich zu Kim. Wie eine Prinzessin thronte sie mitten im Publikum, die Beine übereinandergeschlagen – und grinste. Offenbar genoß sie die Szene. Wie konnte Kim das Leiden unschuldiger Menschen so gelassen mit ansehen und sich dabei auch noch amüsieren?

Nun ja, in der Regel waren die Rollen umgekehrt: Die anderen schauten voller Schadenfreude zu, wie Kim gedemütigt und geschlagen wurde. Warum sollte das eine normal sein und das, was jetzt geschah, niederträchtig?

Lian fragte sich inzwischen ernsthaft, ob es richtig war, wenn sie Kim weiterhin auf Kosten von Gong Wei und seinen Leidensgefährten in Schutz nahm. Konnte sie das verantworten? Durfte sie ungestraft den Mund halten, wenn Kim die sechshundert ›Bewohner‹ der Insel einschüchterte, gegeneinander ausspielte und mit der totalen Vernichtung bedrohte?

Entscheidend war jedoch, daß Lian selbst am Leben hing. Der Jammerchor ihrer Mitschüler und das Damoklesschwert über ihrem Haupt führten dazu, daß Lian in ihrer Haltung gegenüber der ehemaligen Freundin eine Wendung um 180 Grad vollzog. Lian stand nun auf der Seite von Kims Peinigern. Sosehr sie auch manche von ihnen gehaßt hatte, weil sie Kim triezten und schikanierten – nun saßen sie im selben Boot, und Kim wollte dieses Boot zum Sinken bringen.

Verrat

Nach der Versammlung beschloß Lian, Direktor Chen über ihren Verdacht zu informieren.

Vor Chens Zimmertür zögerte sie noch einmal. Wie sollte sie ihm erklären, welche Motive Kim für ihre Racheaktionen haben könnte? Er wußte von Kim lediglich, daß sie zu den Anführern der größten Straßengang des Bezirks gehörte. Wäre er im Besitz von überzeugendem Beweismaterial für ihre Schandtaten gewesen, hätte er sie längst von der Schule verwiesen. Für ihn gehörte es zum Verhaltensmuster eines Kriminellen, daß er auch Anschläge auf unschuldige Menschen verübte. Er hatte Kim nie näher kennengelernt und könnte sich bestimmt nicht vorstellen, daß sie im Grunde unschuldig war und ihre Mitschüler jetzt nur bedrohte, weil sie jahrelang von ihnen erbarmungslos verfolgt worden war. Chen würde kein Pardon kennen und Kim hart anfassen; um die Sicherheit der anderen zu gewährleisten, würde er sie notfalls einsperren oder sogar töten lassen.

Als der Direktor gerade sein ›Büro‹ verlassen wollte, stieß er vor der Tür auf Lian. Angenehm überrascht, bat er sie ins Zimmer. Wie immer setzte er sein unwiderstehlich charmantes Lächeln auf. Er schob ihr den einzigen Stuhl im Zimmer hin und setzte sich selbst auf einen wackligen Hokker. Seine Augen funkelten bedeutungsvoll, als wolle er sagen: Lian, seit die Redaktionsgruppe für die Sammlung der Anklageschriften aufgelöst wurde, habe ich dich sehr vermißt. Ich habe dir damals doch gesagt, daß du immer zu mir kommen kannst, wenn du irgendwelche Fragen hast. Aber bis heute habe ich auf dich warten müssen ...

Nach und nach schob er seinen Hocker näher heran. Sie konnte beinahe seinen heißen Atem spüren. Er ließ die Zündflamme ihrer Ängste hoch auflodern.

Der Direktor schaute sie erwartungsvoll an und sagte: »Lian, du weißt, wie ich mich freue, dich zu sehen, aber ich habe nur fünf Minuten Zeit für dich. Ich muß mir etwas einfallen lassen, wie ich die Küstenwache benachrichtigen kann, sonst sehen wir dem Tod ins Auge.«

Richtig, deswegen war sie ja auch hier. Ohne Punkt und Komma erzählte sie ihm, was sie zu wissen meinte. Welcher Zusammenhang zwischen dem Stromausfall, dem Motorschaden des Fährschiffs, dem leeren Dieseltank und dem Verschwinden der Schlauchboote bestand, und warum sie davon überzeugt war, daß Kim hinter allem steckte.

Je länger er ihr zuhörte, desto mehr schrumpfte das scheinheilige Lächeln auf seinem Gesicht, bis es schließlich wie ein Häufchen vertrockneter Blätter ganz von ihm abfiel. Der Hocker, auf dem Chen saß, knarrte und brach unter seinem Gewicht fast zusammen. Chen stand zitternd auf. Unschlüssig ging er auf und ab und ließ sich dann aufs Bett fallen. Er war leichenblaß.

»Wie kommt es nur, verzeih, aber ich muß einfach fluchen – *laß dich von einer Schildkröte durchficken* –, wie kommt es, daß eine so sympathische, bildhübsche junge Dame wie du die Busenfreundin einer Verbrecherin ist!! Sind in der Ersten Kaste vielleicht die netten Mädchen ausgestorben, daß du dort keine Freundin gefunden hast? Warum hast du mich nicht früher informiert, wenn du schon so lange gewußt hast, wer hinter dem ganzen Zirkus steckt? Bist du dir darüber im klaren, daß man dich als Mitschuldige bestrafen kann?!«

Lian stiegen Tränen in die Augen.

»Wenn du Kim so gut kennst, als wäre sie, wie du es ausdrückst, ›deine andere Hälfte‹, könntest du mir dann vielleicht erklären, was sie mit EURE STUNDEN SIND GEZÄHLT sagen will?«

Schlagartig begriff Lian, was gemeint war. »Direktor Chen! Könnte es sein, daß sie den Tank nicht einfach hat auslaufen lassen, sondern den Diesel in Gefäße umgefüllt hat?«

Chen zwinkerte ungläubig. Er schüttelte sie: »Was sagst du da?! In Gefäße umfüllen? Wozu denn?!«

Sie standen sich schweigend gegenüber.

Der Mann fuhr sich mit den Fingern durchs Haar und machte sich laut Vorwürfe, wie dumm er gewesen war, eine kriminelle Schülerin auf diese einsame Insel mitzunehmen. Dreimal, viermal wiederholte er es.

»Aber sie ist gar nicht kriminell!« versuchte Lian ihn zu bremsen.

»Halt's Maul! Hast du etwa Mitleid mit diesem Stück Dreck?«

Noch nie hatte er sie so grob angefahren. Seine Stimme

klang wieder genauso mordlüstern wie damals, als sie während der *Huangshuai-Kampagne* durch die Lautsprecher schallte. Lians Kopf begann zu schweben. Ihre Füße wurden leichter ...

Bevor sie auf dem Boden aufschlug, packte er sie bei den Armen und preßte sie grob an sich. Sie mußte sich fast erbrechen – noch nie hatte ein Mann sie so angefaßt, und dann noch so ein Opportunist, so ein Heuchler! Die Angst lähmte sie. Apathisch wandte sie den Kopf ab, als sein Atem in ihrem rechten Ohr explodierte. Wie Würgeschlangen legten sich seine Glieder um ihren Körper. *Ehn ...* Er seufzte und sah sie mit flehendem Blick an.

Der Mann zog sie zum Bett und drückte ihre Schultern nach unten. Jeder Muskel in ihrem Körper verkrampfte sich. Sie biß die Zähne zusammen. Nichts fühlen, nichts fühlen, wiederholte sie bei sich und ballte die Fäuste. Er griff nach ihren Händen, bog ihr die Finger auf und schlug sie regelrecht zwischen seine Beine. Sie riß sich los, zog sich schaudernd hoch und schloß die Augen. Sie wußte nicht, wie sie den Mann ansehen sollte.

Drei Finger kommen näher. Mein einer Augapfel. Die Finger drehen sich, drehen sich. Ein plötzlicher Schmerz.
Ich muß nicht mehr sehen.

»Hatten Sie es nicht eilig? Sie wollten doch versuchen, die Küstenwache zu benachrichtigen?«

Der Mann sah auf seine Armbanduhr. Mit gerunzelter Stirn strich er seine Kleider glatt. »Ich muß gehen. Hab keine Angst. Sprich mit niemandem über das, was du mir gerade erzählt hast. Ich trommle ein paar Lehrer zusammen und ein paar kräftige Burschen aus dem sechsten Jahrgang. Wir stecken Kim erst einmal in eine provisorische Isolierzelle. Dann werden wir sehen, ob deine Theorie stimmt. Wir haben ja nichts zu verlieren. Wenn die Einschüchterungen aufhören, dann *rufen die Berge: Lang lebe Mao!* Und wenn es nicht so ist, haben wir auf jeden Fall alles getan, was uns möglich war. In der Zwischenzeit zünden wir abends überall Lagerfeuer an und hoffen, daß ein Schiff oder ein Flugzeug uns entdeckt und rettet.«

Lian wurde ganz still. Sie war eine Verräterin.

Trockene Zweige

Kim wäre nicht Kim gewesen, wenn sie die drohende Gefahr nicht gewittert hätte.

Um halb sechs hatten Chen und sein Rollkommando das Gebäude vom Keller bis zum Dachboden durchkämmt, Kim aber nirgendwo gefunden. Während ihrer Suchaktion machten sie kein Geheimnis aus ihrem brennenden Wunsch, den Verbrecher zu erwischen, und erregten so die Neugier der Schüler. Chen fühlte sich verpflichtet, sie über die Aktion aufzuklären, und packte die Gelegenheit beim Schopf, sich ihre Wut nutzbar zu machen: Sie konnten helfen, Kim aufzuspüren. Er erzählte ihnen von Kims Vernichtungsplänen. Die Zweifel, die er im Gespräch mit Lian geäußert hatte, waren ausgeräumt, da sich nun herausstellte, daß Kim spurlos verschwunden war.

Nun war die Hölle los. Besonders die Schüler aus Lians Jahrgang und aus ihrer Klasse brüllten, daß die Decke bebte: »Da seht ihr's, wir haben es immer gesagt, sie ist Lumpenpack, Ausschuß der menschlichen Rasse, die geborene Verbrecherin und, und ...« Sie knirschten mit den Zähnen und brannten darauf, sie zu packen, bei lebendigem Leib zu häuten und in Stücke zu reißen. Und das meinten sie durchaus wörtlich, wie ihre wütenden Blicke verrieten. Ihr beispielloser Zorn wurde noch weiter angestachelt, wenn sie an die Tage des Ungemachs, des Hungers und Durstes, der Unsicherheit, Panik und Angst dachten. Kim würde auf keinerlei Nachsicht rechnen können. Sie würde dieses Herbstlager nicht mit heiler Haut verlassen ... falls man sie finden würde.

Die vielen Schüler, die zu Unrecht verdächtigt worden waren, und Herr Gong Wei wurden unter tausend Entschuldigungen freigelassen. Einträchtig hasteten die ›Bewohner‹ Mirus aus dem Haus und begannen teils unkoordiniert, teils überlegt nach der Verursacherin des Dramas zu suchen, die noch immer irgendwo auf der Insel sein mußte. Der Haß auf den ohnehin verabscheuten Pechvogel aus der Dritten Kaste und auf die gefürchtete Bandenführerin wurde nur noch größer.

Aber von der jungen Terroristin fehlte jede Spur.

Der Abend brach herein, und alle eilten in die Kantine. Das Abendessen verlief trister denn je. Jeder bekam eine halbe Schale Maisbrei, so stark verdünnt, daß man ihn als Spiegel benutzen konnte, um sein abgemagertes Gesicht darin zu bewundern. Baumlange Schüler aus dem höchsten Jahrgang leckten gierig ihre Schalen aus. Lian befürchtete, sie würden vor Hunger auch noch das Porzellan aufessen. Vor dem heutigen Nachmittag hatte im Speisesaal eine allgemeine Unzufriedenheit geherrscht, nun jedoch richteten sich alle Verwünschungen an Kims Adresse. Es war kaum noch zum Aushalten.

Was würden sie tun, wenn ihnen Kim in die Hände fiele? Lian war schon bei dem Gedanken ganz beklommen zumute. Aber was würde geschehen, wenn sie Kim nicht fänden und sie ihre Racheaktionen ungehindert fortsetzte?

Als Chen Lians Vermutung bekanntgemacht hatte, hatte er einen Teil der Geschichte für sich behalten. Er hielt es für unklug, allen zu erzählen, daß Kim den Dieselkraftstoff möglicherweise versteckt hatte, um das Haus damit anzuzünden. Er wollte die nervliche und körperliche Anspannung der Schüler nicht noch durch schlaflose Nächte steigern. Vorsichtshalber stellte er jedoch eine Gruppe von Nachtwächtern zusammen, die jede verdächtige Bewegung dem ›Hauptquartier‹ melden mußten, das aus Chen und vier Lehrern bestand.

In den nächsten drei Tagen fiel nichts Nennenswertes vor – wenn man davon absah, daß fünfzig Schüler vor Austrocknung und Hunger in Ohnmacht gefallen waren. Auch in den Nächten blieb es ruhig. Je länger der verhängnisvolle Schlag auf sich warten ließ, desto düsterer wurden die Spekulationen über die bevorstehende Katastrophe.

Am zwölften Tag ihrer Gefangenschaft auf der Insel entdeckte Chen, genau zur gleichen Zeit wie vor vier Tagen, einen zweiten Zettel auf seinem ›Schreibtisch‹:

EURE MINUTEN SIND GEZÄHLT
MIRU

Lian versuchte zu dieser Zeit im Schlafsaal Qianyun, Liru und Feiwen Mut zuzusprechen: »Glaubt mir, die Schulleitung wird das Stück Dreck bald festnehmen, und dann können wir nach Hause.« Sie erschrak über sich selbst: Jetzt nannte auch sie schon ihre ehemals beste Freundin ein ›Stück Dreck‹. Vor vier Tagen hatte sie noch die Stirn gehabt, den Direktor anzuherrschen, als er dieselben Worte benutzt hatte. Sogar damals, als Kim sie im Beisein von fünfzig Klassenkameraden als ›Arschkriecher‹ beschimpft hatte, nur weil sie mit ihr hatte reden wollen, hatte Lian noch felsenfest geglaubt, ihre Liebe zu Kim sei ewig. Und jetzt stand sie in einer Front mit den Mitschülern, die sie früher abgrundtief gehaßt hatte. Und alle hatten nur einen Wunsch: Kim zu finden und unschädlich zu machen. Wie konnten ihre Gefühle nur so ins Gegenteil umschlagen! War ihr Selbsterhaltungstrieb dafür verantwortlich? Wünschte sie Kim das Schlimmste – Gefängnis und Todesstrafe –, damit sie selbst weiterleben konnte? Lian hatte immer geglaubt, ihre Zuneigung zu Kim sei etwas Heiliges, für das sie sich, wenn es sein mußte, sogar opfern würde.

Chen kam in den Schlafsaal gestürmt, lotste Lian in sein Büro und zeigte ihr mit zitternden Händen den zweiten Drohbrief. Was bedeutete: EURE MINUTEN SIND GEZÄHLT? Auf dem letzten Zettel hatte gestanden: EURE STUNDEN SIND GEZÄHLT. Nach Minuten kommen Sekunden. Hieß das etwa, daß ihnen noch ein wenig Zeit blieb, um die Katastrophe zu verhindern? Oder hörte Kims Zeitbegriff bei Minuten auf?

Chen schlug vor, vier Freiwillige zu bitten, zur Küste zu schwimmen. »Ich bin dabei«, trumpfte er auf und drückte Lian an sich.

Ich muß nicht mehr sehen.

Lian stieß den Mann von sich. »Du bist ja verrückt! Hundertfünfzig Kilometer! Das ist der reinste Selbstmord!« Erschrocken merkte sie, daß sie den Direktor duzte. Chen kniete sich hin. Seine und Lians Schultern waren jetzt auf gleicher Höhe. Lian sagte: »Laß mich zu Kim gehen. Ich rede mit ihr. Ich kann nichts versprechen, aber ich werde alles daransetzen, sie von ihren Mordplänen abzubringen. Ich habe nur eine Bedingung. Benutze mich nicht als Lockvogel. Folge mir nicht. Sonst ist es aus mit mir. Und auch mit euch. Ich kenne Kim: Sie duldet keine Verräter. Und wer mich zum Verrat zwingt, wird vor ihr keine Gnade finden.«

Nachdem sie sich nun entschieden hatte, Kim aufzusuchen, begann Lian einen Plan zu schmieden. Wie konnte sie Kim finden? Sie wollte gleich in den Schlafsaal zurück, um sich auf dieses Problem zu konzentrieren. Sie hatte schon die Klinke in der Hand.

Der Mann packte sie. Er schnüffelte an ihr und ließ keinen Zentimeter aus. Die Adern an seinem Hals schienen fast zu platzen. Seine Augen bohrten sich durch ihre Bluse wie Laserstrahlen durch eine Stahlplatte. Plötzlich haßte er die Knöpfe an ihrer Kleidung. »Nein, hör auf«, flehte Lian. Aber Chen hatte bereits ihre Schultern entblößt; sie spürte seinen feuchten Mund auf ihrer Brust. Sie fürchtete, er könne sie tatsächlich verschlingen. Sie stieß ihn mit den Knien von sich. Das machte ihn nur noch brutaler.

Mein Hals. Die Hände auf meinem Plüsch. Der Schmerz wird Tod. Ich werde gebogen. Ich breche.

Ich muß nicht mehr fühlen.

Es war vier Uhr nachmittags, aber Lian verkroch sich ins Bett und bat die anderen Mädchen im Saal: »Stört mich nicht. Ich will schlafen. Ich habe letzte Nacht kein Auge zugetan.« Sie schlief auf der Stelle ein und verstrickte sich in ein beängstigendes Gewirr von Träumen.

Wieder ging sie über das Deck des überfüllten Fährschiffs. Aber auf dem Platz des Ruderhauses stand jetzt eine riesige Buddhastatue. Die Statue begann zu sprechen, zuerst mit der Stimme von Opa aus Qingdao, dann mit der von Onkel Changshan. Irgendwo hinter ihr saß Kim, mutterseelenallein, und schaute zu ihr her. Sie konnte sie nicht sehen, aber sie wußte genau, daß sie dort saß. Die Orakelsprüche Buddhas oder Opas oder des Kannibalen gingen ihr durch Mark und Bein. Sie versuchte zu begreifen, worum es ging, konnte sich aber nicht richtig konzentrieren – Kims Augen bohrten sich in ihren Rücken. Sie kannte die Stimme und versuchte die Worte aufzuschnappen, als kämen sie von einem Radio, dessen Sender nicht richtig eingestellt war. »... trockene Zweige ... Grillen ... hinter den Baracken ...« Sie drehte sich nach Kim um. Ihre Freundin war fast so groß wie die Buddhastatue. Das Schiff schwankte bedrohlich unter dem Gewicht. Hinter Kim erblickte sie eine Insel. Die Sonne ging unter in orangefarbenem Licht – nein, es war der Mond, groß, oval und rot ... Das Meer stand in Flammen. »... beim See, Lian ... rette uns ... es ist so still ...«

Ganz fern, über der Feuerglut, stand das Zwillingsgestirn.

Schwitzend wachte sie auf. Sie sprang auf die Füße.

Das grösste Geschenk

Das Mondlicht der klaren Herbstnacht überzog alles mit Silberglanz: den Strand, das Meer, die roten, gelben und orangefarbenen Früchte an den Büschen und die braune Erde. Grillen zirpten, und Frösche quakten. Der Abend roch zitronenfrisch. Friede liebkoste die Insel, ein Friede, den die Natur nach jedem Sonnenuntergang auf einem silbernen Tablett den Menschen brachte.

Das ganze Haus war in heller Aufregung. Selbst hier am

Strand konnte Lian die anderen jammern hören. Sie dagegen war nun so gelassen wie ein Buddhist, der sich dem Lauf seines vorherbestimmten Schicksals fügt. Das Mondlicht spülte ihre Todesangst wie Staub von ihrem Körper.

Es war, als sei sie auf dem Weg zum Seerosentheater. Diesmal nicht, um den Grillen und Fröschen ihre Vorträge über Geschichte zu halten oder sich an der Weisheit ihrer Lehrmeister – Qin und der Kannibale – zu laben, sondern um in der Stille hinter den Baracken Kim zu treffen. Kim, die ihre Freundin gewesen war, für die sie sich eingesetzt hatte, aber von der sie nun eine unüberbrückbare Kluft trennte. Qin war weit weg – irgendwo im Lager, irgendwo in einer grauen Vergangenheit hatte er sie losgelassen. Und der Kannibale war vielleicht noch weiter weg, aufgelöst in der Weite des *Weißen Glücks* ... Dennoch schienen ihr die beiden unendlich näher als ihre Freundin, die nun zu einer Terroristin geworden war und sogar Lians Leben aufs Spiel setzte.

Lian fragte sich, wie es Kim ergehen mochte, nachdem sie sich nun schon vier Tage im Dickicht versteckt hielt. Nur Buddha wußte, wie sie sich am Leben erhalten konnte. Und Buddha würde auch wissen, was in ihr vorging.

Nachdem Lian eine Weile dem Lauf der Küste gefolgt war, bog sie landeinwärts ab, im Vertrauen auf ihren inneren, geheimen Kompaß. Sie verließ den Pfad, obwohl es die Biologielehrer streng verboten hatten, weil man leicht in sumpfiges Gelände oder in Treibsand geraten konnte oder das Territorium der Schlangen und Füchse betrat. Aber Buddha wollte offenbar, daß sie gerade dort nach Kim suchte. Seltsam, sonst war immer sie ein Angsthase, aber auf einmal fühlte sie sich tapfer und sogar tollkühn. Sie sprang über eine Pfütze nach der anderen und sang das Lied, das Kim so mochte:

Schmetterlinge lieben Blumen
Blumen wollen nichts lieber
Als von Schmetterlingen berührt zu werden

Noch stärker als Lians Lebenswille war ihr Bedürfnis nach Klarheit. Klarheit darüber, was die drei Jahre währende Freundschaft für Kim bedeutet hatte, Klarheit über den Sinn all dessen, was sie unter großen Anstrengungen, aber auch mit so viel Hoffnung und Freude geschafft hatten. Und vor allem: Sie wollte ihre Freundin wiederhaben.

Sie tauchte ins Röhricht und bahnte sich einen Weg durch die hohen Halme. Sie konnte Kim beinahe riechen. Keine Sekunde hatte sie daran gezweifelt, auf dem richtigen Weg zu sein, als wäre ihr der Pfad zu Kim in ihren Träumen bis auf den Meter genau vorgezeichnet worden.

Krats-krats. Trockene Zweige kratzten an ihren Ärmeln. Sollte jetzt alles vorbei sein? Sie kannte Kim gut genug, um zu wissen, daß keine Macht der Welt das verhindern konnte, was sie sich in den Kopf gesetzt hatte.

Eine tiefe Stille umgab Lian. Plötzlich sah sie den Mond auf der Erde! Ein Moorsee lag vor ihr, mitten im Wald. Auf der spiegelglatten Oberfläche trieb, minuziös gezeichnet, das Nachtgestirn. Das Quaken der Frösche zerriß die Stille. Auch Lians Grillenfreunde hatten sich eingefunden und empfingen sie mit einem vielstimmigen Konzert.

Jenseits des Moorsees stand ein großer, buschiger Jujubestrauch. Die Aufregung durchzuckte Lians Rückenmark. Das war Kims Versteck! Lian war sich ganz sicher! Obwohl sie hier noch nie gewesen war, kannte sie jeden Zweig. In ihren Träumen hatte sie das alles schon gesehen. Wenn sie sich auch nur um einen Zentimeter irrte, ließe sie sich ohne Widerstand in einen Frosch verwandeln.

Der brennende Wunsch, Kim zu begegnen, spritzte Mut in Lians Adern, und sie setzte den linken Fuß in den Moorsee. Wovor sollte sie sich fürchten? Daß sie ertrinken könnte? So ein Quatsch! Ob sie nun mit den anderen in einem unerwarteten Augenblick bei lebendigem Leib verbrennen oder hier im Moor versinken würde, das machte keinen großen Unterschied.

»Paß auf!« Lian zuckte vor Schreck zusammen, als die

so vertraute Stimme die Stille auf dem friedlichen Hügel zerriß. »Das Wasser ist tief«

Wie eine Statue stand Lian da und staunte den Waldmenschen an, der ihre Freundin Kim sein mußte. Ihre Haare sahen blond aus, so viele vertrocknete Grashalme hingen darin. Die früher so schicke Nylonbluse war von den Dornen in Fetzen gerissen. Ihre Hose erinnerte an ein mißlungenes Gemälde – ein Mischmasch aus undefinierbaren Farben, mit Lehmbraun als Grundierung.

Instinktiv wollte Lian zu ihr laufen.

»Bleib, wo du bist!«

Das war auch ratsam, denn das Wasser reichte Lian bereits bis zum Knie.

Kim stand vor dem Jujubestrauch. Ihr Kommandoton stieß Lian mit der Nase auf die eiskalten Fakten: Sie hatte es mit einer Terroristin zu tun, nicht mit der Freundin, nach der sie sich so gesehnt hatte.

»Bist du allein?«

»Ja. Ich will mit dir unter vier Augen sprechen.«

Aufmerksam spähte der Waldmensch auf den Schilfgürtel hinter Lian, und erst als Kim keine verdächtigen Bewegungen wahrnahm, verschwand der Argwohn aus ihrem mit grünen, braunen und gelben Streifen ›geschminkten‹ Gesicht. Sie trat gegen einen abgestorbenen Baum, der daraufhin mit einem seufzenden *jiejow* ins dunkle Wasser fiel. Die Spitze landete an Lians Ufer. Als das Wasser wieder zur Ruhe gekommen war, stieg Lian schnell, aber mit zitternden Knien auf die schwimmende Brücke.

Als sie fast die Mitte erreicht hatte, sagte Kim: »Stopp!«

Gehorsam blieb sie stehen, mitten im Moorsee, auf einem schwankenden Baumstamm. Sie hatte sich längst mit der Rolle eines wehrlosen Opfers ihrer Freundin abgefunden.

Kim rannte zu Lian, als sei der schmale Stamm eine breite, asphaltierte Straße. Als sie sich Auge in Auge gegenüberstanden, vergaß Lian völlig, weshalb sie gekommen war. Es war so herrlich, Kim wieder nahe zu sein, ohne befürchten zu müssen, sich lächerlich zu machen.

Kim lächelte ihr zu. Sie flüsterte ihr ins Ohr: »Ich wußte, daß du kommst. Ich wußte, daß du mich finden würdest.«

Nun verschwand auch noch der letzte Schimmer von Lians ursprünglicher Absicht. Bei Kims schmeichelnden Worten wurde sie rot, und es gab für sie nichts mehr als die Zuneigung zu ihrer liebsten Freundin. Kim verschränkte die Arme und erwartete geduldig Lians Predigt: »Fang ruhig an. Sag nur, daß es bestialisch ist, Hunderten von Menschen durch Sabotage und Drohbriefe einen Schrecken einzujagen. Erzähl mir nicht, du wüßtest nicht, daß ich das Schiff kaputtgemacht und den Diesel gestohlen habe. Na, was ist? Haben sie dir etwa die Zunge abgeschnitten? Sollst du mir nicht sagen, daß auf meine Verbrechen eine schwere Strafe steht und daß es vernünftig wäre, wenn ich mich ergebe?«

Bei den letzten Worten erwachte Lian aus ihrer romantischen Verzückung. Sie nickte eifrig.

»Mich ergeben? Wem denn? Dem Haufen feiger Trottel, die nicht einmal merken, daß um das Haus herum große Behälter mit Diesel stehen und es sich jede Minute in ein Flammenmeer verwandeln kann, wenn *ich* es will?«

»Du hast also wirklich vor, das Haus anzuzünden?« fragte Lian, obwohl sie es längst wußte.

»Weiß noch jemand von meinem Plan?«

»Nur Direktor Chen und ein paar Lehrer.«

»Wissen sie auch, wann es soweit ist?«

Lian wurde schwindlig. Sie konnte sich gerade noch auf den Beinen halten. »Was meinst du damit? Etwa heute noch?!«

Kim sah Lian mit einem spöttischen Lächeln an. »Ich denke, du kennst mich so gut? Warum weißt du dann nicht, wann ich zuschlagen werde?«

Jetzt erinnerte sich Lian an ein Bild aus ihrem Alptraum: Die Glut der aufgehenden Sonne mischte sich mit den Flammen des Gebäudes.

»Bitte, Kim, kannst du uns nicht noch einmal verschonen?«

»Warum sollte ich?«

Lian standen Tränen in den Augen. »Hast du die wunderschönen Stunden, die wir zusammen verbracht haben, denn vollkommen vergessen? Unser Training für den Fünfzehnhundertmeterlauf, die gemeinsamen Hausaufgaben, die Heilkräuter, die du für mich gepflückt hast gegen meine Vitiligo, das Neujahrsfest, und wie du bei mir übernachtet hast ...« Insgeheim schämte sich Lian dafür, wie sie Kim zu überreden versuchte. Was für eine Schleimerei, die ganzen Erinnerungen an ihre gemeinsame Vergangenheit aufzuwärmen.

Aber Kim vervollständigte Lians Aufzählung: »... und die katastrophale Bekanntgabe der Noten und wie ich mir für mein sauer verdientes Geld eine Regenjacke als Bluse gekauft habe, und wie mich alle ausgelacht haben, weil ich so blöd war, mich in Wudong zu verlieben, diesen feigen Kastraten!« Sie stampfte wie eine Besessene auf den Baumstamm unter ihren Füßen, und der Wasserspiegel zerbrach in tausend Scherben. Lian verlor das Gleichgewicht, aber Kim fing sie noch rechtzeitig auf. Als ihre starken Arme Lian umschlossen, fühlte sich Lian geborgen wie ein Baby, das sich an die weichen Brüste seiner Mutter schmiegt.

Lian flehte erneut, diesmal zu verzweifelt, um sich dafür zu schämen: »Ich wollte es zuerst nicht sagen, aber könntest du nicht, könntest du ... könntest du deinen Vernichtungsplan nicht aufgeben, für ... für mich?«

»Für dich? Warum sollte ich?«

Lian war fassungslos. Sie wußte nicht, was sie darauf antworten sollte.

»Na gut«, grinste Kim, »mein Herz ist auch nicht aus Stein. Du bist die einzige, die mir fehlen wird, wenn ich in der Todeszelle hocke oder wenn ich im Kittchen die Wände bekritzeln darf.«

Vor Freude schwankte Lian wieder. Vielleicht auch, weil sie wollte, daß Kim sie noch einmal festhielt. Sie hatte also recht gehabt. Kims Gefühle für sie waren immer noch so stark, daß sie im entscheidenden Moment Rücksicht auf sie nahm. Aber Kim grinste noch immer. Sie griff in ihre Hosentasche und zog ein langes Messer hervor. Sie blies auf die Klinge, und die Mordwaffe sang: *fwie*. Kim bewegte das Messer hin und her, voller Stolz, als hätte sie es noch nie gesehen. Das gleißende Mondlicht, das die Klinge widerspiegelte, zerschnitt ihre letzte Verbindung zu Lian.

»Ich mache es schnell. Du wirst keinen Schmerz spüren. Ich habe schon viele Hühner geschlachtet. Das ist das größte Geschenk, das ich für dich habe. Ich finde, es ist tausendmal schlimmer, in einem brennenden Haus wie Saté gegrillt zu werden. He, sag doch was! Was hältst du davon, daß ich dir diese besondere Gunst erweisen will?« Das Messer schimmerte im Mondlicht.

Einen Augenblick dachte Lian, es sei schon geschehen. Der Baumstamm unter ihren Füßen schien im Moor zu versinken. Sie hatte ihren letzten Halt verloren. Sie drehte sich um und rannte, so schnell sie konnte. Sie merkte nicht einmal, daß sie über einen bedrohlich schwankenden Baumstamm lief; ehe sie sich's versah, hatte sie das Ufer erreicht.

Aber Kim war ihr auf den Fersen und hatte sie schnell eingeholt. Mit festem Griff hielt sie Lians Arme. »Lian, wenn du so unvernünftig bist, zu diesem verdammten Haus zurückzugehen, um Chen zu warnen, schlägst du das größte Geschenk aus, das ich dir machen kann.«

»Laß mich los!« Mit einemmal haßte Lian Kim aus tiefstem Herzen. Sie schrie sie an: »Du undankbarer Abschaum aus der Dritten Kaste! Du bist tatsächlich als Esel geboren und wirst nie ein Pferd werden! Steif gefrorene Schlange! Ich habe dich an meinem Busen gehegt, um dich zu wärmen! Und jetzt, wo du endlich wach wirst, schlägst du deine Giftzähne in meine Adern!«

Fwie ... wieder zog Kim das Messer aus der Scheide und hielt die Spitze der Waffe an Lians Kinn: »Du kannst Chen ausrichten, daß ich heimliche Helfer unter den Schülern habe. Ganz egal, wohin er sein Rudel Angsthasen bringt – meine Leute werden dafür sorgen, daß mein Plan keine

Minute später ausgeführt wird und nicht eine Spur von dem abweicht, was ich vorhabe.«

Wie eine Wahnsinnige zerrte Lian ihre Ärmel aus Kims Griff und rannte davon. Diesmal hätte sie die Herbstspiele gewonnen.

Sie brauchte kein Mondlicht, um ihren Weg zu finden. Als sie sich zum erstenmal umsah, lief sie schon längst am Strand entlang. Kim war ihr nicht gefolgt.

Nach Hause

Die Lehrer und die stärksten Jungen aus dem sechsten Jahrgang wurden zusammengetrommelt und über Kims Pläne informiert. Sie halfen Chen, das Gebäude zu räumen. In Decken eingerollt, lagen die sechshundert Schüler am Strand und versuchten trotz Kälte, Unbequemlichkeit, Aufregung und Angst zu schlafen. Wenn sie einnickten, dann vor allem, weil ihnen der Magen knurrte und sie zu benommen waren, um wach zu bleiben ...

Pfuuu-pfuuu ...! Gegen Morgen erreichte ein vertrautes Geräusch die verängstigte Schar auf dem kalten Strand. Sie reckten die Hälse, und es war Qianyun, die als erste rief: »Papa! Dort kommt Papa!«

Alle dachten, sie hätte vor Hunger und Angst den Verstand verloren, aber als ein glänzendes Patrouillenboot in Sicht kam, gaben sie ihr nur allzugern recht. An Deck standen vier bewaffnete Soldaten und mitten unter ihnen tatsächlich Qianyuns Vater. Mit dem letzten Hauch von Kraft, der noch in ihren Körpern war, jubelten sie ihren Rettern zu.

Man konnte schwerlich sagen, wer neugieriger war, die Retter oder die Schüler. Qianyuns Vater schrie schon über das Wasser eine endlose Kette von Fragen: »Was ist hier eigentlich los? Warum laßt ihr nichts von euch hören? Zwei Wochen lang! Wißt ihr, daß eure Eltern vor Unruhe vergehen? Qianyun, wo bist du? Zeig dich mal deinem

Vater. Wenn ich dich nicht wohlbehalten nach Hause bringe, ermordet mich deine Mutter!«

Als das Boot angelegt hatte, überschütteten Chen und seine Mitstreiter ihrerseits den alten General mit Fragen und forderten eine Erklärung: »Wieso kommen ausgerechnet Sie? Wo bleibt die stellvertretende Direktorin? Sitzt auf dem faulen Hintern, während wir hier dem Tod ins Auge sehen?«

Nachdem alle durcheinandergeschrien hatten, bekam Chen heraus, daß Qianyuns Vater ein Patrouillenboot der Marine eingeschaltet hatte, was für jemanden in seiner Position nicht schwirig war. Anschließend erfuhr der General, was auf Miru los war.

»Und wer ist der Täter?« Der Kriegsveteran runzelte die Stirn, blühte aber sichtlich auf. Sein lange nicht genutzter militärischer Instinkt lebte auf. »Wie bitte? Ein Mädchen aus eurer Schule? Eine schmächtige Schülerin? Und deshalb habt ihr euch seit mehr als einer Woche in die Hosen gemacht?!«

Unterstützt von ein paar Lehrern und wichtigtuerischen Jungen, schilderte Chen die beängstigenden Zwischenfälle auf der Insel in allen Einzelheiten.

Das spöttische Lächeln wich vom Gesicht des Generals, weniger, weil es Chen gelungen war, ihn vom Ernst der Lage zu überzeugen, sondern wegen des Anblicks der am Strand liegenden Schüler, die leichenblaß waren und ausgezehrt von Hunger und Austrocknung. Über Funk unterrichtete er die Küstenwache und die Polizei von Peking und forderte dringend Verstärkung an. Dann wollte er von Chen wissen: »Haben Sie eine Vorstellung, wo sich Ihre kleine Terroristin versteckt?«

Chen suchte mit den Augen die Gruppe Schüler ab, bei denen Lian stand. Lian war klar, worum es ging. Was sollte sie tun? Sie zum Moorsee führen und Kim verhaften lassen? Oder behaupten, sie könne den schmalen Pfad zu Kims Versteck nicht wiederfinden, weil es gestern abend schon so dunkel gewesen sei? Die schönen Erinnerungen an ihre Freundin kämpften mit dem Gedanken an das Messer, das ihr Kim an die Kehle gehalten hatte, und an Kims Plan, sechshundert Menschen wie Streichhölzer zu verbrennen.

Der Direktor rief Lian zu sich und setzte sie unter Druck: »Sag diesem Herrn die Wahrheit, oder ich erzähle ihm, daß du insgeheim mit dieser Bandenführerin sympathisierst!« Der Mann legte seine Hände auf Lians Schultern.

Lian schrie: »Laß mich los!«

»Irgendwo auf dem Hügel, in dem Waldstück muß sie sein«, sagte Chen. Lian hatte gestern nacht durchschimmern lassen, in welche Richtung sie gehen würde.

»Hol das Megafon aus dem Ruderhaus«, sagte Qianyuns Vater zu einem seiner Männer, »und ruf dieser, wie heißt das Miststück noch, Pang, Bang, Zhang ... ruf ihr zu, daß sie sich ergeben soll. Sonst ziehen wir andere Saiten auf!«

Noch ehe es Mittag wurde, war die Pekinger Polizei eingetroffen. Lian wurde verhört, als sei sie die Terroristin. Anschließend wurde sie in einem Kämmerchen eingeschlossen. Die Polizei wagte es nicht, die einzige potentielle Informantin frei herumlaufen zu lassen.

Lian machte die Situation buchstäblich krank; sie mußte sich ständig übergeben. Sie schlug so lange mit dem Kopf gegen die Wand, bis es schwarz um sie wurde.

...

Als sie die Augen öffnete, sah sie Chens verhaßtes Gesicht über ihrem Bett. Er sagte zuckersüß: »Lian, mir blieb keine Wahl. Es geht um das Leben von sechshundert Menschen!« Er schielte auf ihre Bluse.

Lian spuckte ihm ins Gesicht.

Der Mann umklammerte die Gitterstäbe des Betts. »Bitte, Lian, quäl mich nicht so ... Mach doch die Augen auf. Schau mich an! Hörst du mir zu? Ich habe gute Nachrichten für dich: Es ist nicht mehr nötig, daß du die Polizisten zu Kim führst. Sie haben die Erlaubnis, den Hügel zu sprengen.«

Wie eine Rakete schoß Lian hoch. »Es ist gegen das Gesetz, jemanden auf so schreckliche Weise zu ermorden!« *Aua!* Tat ihr der Kopf weh!

Chen lachte: »Gegen das Gesetz? Wenn es nach der Polizei ginge, würde Kim in Stücke gerissen! Sechshundert Menschen terrorisieren und sie bei lebendigem Leib verbrennen wollen. Ein Fährschiff im Wert von einer Million *Yuan* außer Betrieb setzen und den Dieseltank leer plündern. Weißt du, welche Strafe darauf steht?«

»Ich führe die Polizisten ja zu Kim!« Lian verstand selbst nicht, warum sie sich nun wieder auf Kims Seite stellte.

»Dafür ist es zu spät. Sie sind schon auf dem Weg.«

»Schnell, ich will zu Kim. Sie hört auf mich.«

»Aber sie sind schon auf dem Weg«, wiederholte Chen.

Lian schauderte.

Honghong ... donnng! Zu spät. Feuerbälle und Hitzewellen ließen die Insel erbeben.

Aus roten Kelchen steigt weißer Dampf. Asche wirbelt in der goldenen Glut. Ein ins Unendliche verwischter Strich, ein Seufzer, ein Komet, der nach Hause zurückkehrt.

Worterklärungen

bie tile!: »Hat man da noch Worte!«
chihuo: Freßsack; einer, der nichts anderes kann als essen.
Dachherr: Einbrecher. Früher drangen die Einbrecher fast
  immer durch das Dach ins Haus ihrer Opfer ein; sie schoben einfach ein paar Dachpfannen zur Seite, hockten sich
  auf einen Querbalken und warteten geduldig, bis die
  Bewohner das Haus verließen. Dann kletterte der Einbrecher an einem senkrechten Balken nach unten und
  gelangte so in die Wohnung, um sie auszurauben. Da
  dieser ›Beruf‹ beachtliche akrobatische Fähigkeiten und
  große Umsicht erforderte, wurde der Einbrecher nicht
  ohne Respekt ›Herr des Daches‹ genannt. Eine andere
  Erklärung für dieses Wort findet sich in einer Erzählung
  aus der Zeit der Han-Dynastie, nach der ein Weiser einen Einbrecher auf frischer Tat ertappt und zu ihm sagt:
  »Obwohl Ihre Handlungen kriminell sind, bin ich davon überzeugt, daß der Kern Ihres Wesens unversehrt
  ist und Sie im Innern ein wirklicher Herr sind.«
dao: gekommen; anwesend; präsent.
daonian: ständig voller Liebe und Besorgtheit über eine andere Person sprechen.
*Die Meine, Die Mit Tausend Messerstichen Gelyncht Werden
  Sollte:* mein Liebling; Schätzchen; Chinesen geizen mit
  Kosenamen, vor allem ihrem Ehepartner gegenüber.
  Eine der großartigsten Liebeserklärungen einer jungen
  Frau für ihren Geliebten lautete: »Wälz dich weg und
  verbirg deinen Schweinerüssel im hintersten Winkel!«
  Woraufhin der schlagfertige junge Mann seiner Traum-
  prinzessin antwortete: »Aber nur, wenn du dann wie-
  der mitkommst, du Wildsau.«
  Ein weiterer Grund, weshalb sich Lebensgefährten
  in dieser Weise titulieren, liegt in der Tradition der
  Verheiratung durch die Eltern. Viele Paare sahen den

Ehepartner am Tag der Hochzeit zum erstenmal. Im Lauf der Jahre arrangierte man sich, und im besten Fall entwickelte sich eine wirkliche Liebesbeziehung. Das war den Paaren auch deshalb zu wünschen, weil eine Scheidung praktisch ebenso unmöglich war wie eine Liebesheirat. Selbstverständlich gab es sehr viele Ehepaare, die sich ein Leben lang haßten. Da eine Trennung unmöglich war, suchte man eine verbale Kompensation und beschimpfte und verfluchte sich gegenseitig.

Gaiside, »er/sie, der gut daran tut, auf der Stelle tot umzufallen«, und *Laobusi*, »er/sie, die den letzten Atem einfach nicht ausblasen will« sind Beispiele für die zahllosen Varianten von ›mein Schatz‹.

donggua: Kalebasse.

dui: stimmt; genau; tatsächlich.

erhu: Musikinstrument mit zwei Saiten, chinesische Violine.

Das Essen, das man nicht aufessen kann, eingepackt mitnehmen müssen: etwas aufs Butterbrot geschmiert bekommen; seinen verdienten Lohn erhalten.

fen: chinesische Geldeinheit. Münze, im Geldwert etwa vergleichbar mit einem Pfennig.

Eine Fliege saugt nicht an einem Ei ohne Sprung: sich etwas selbst zuzuschreiben haben; selbst schuld an etwas sein; ein Unglück herausfordern.

fuwuyan: Angehöriger des Bedienungspersonals im Gaststättengewerbe.

Galle: (Hundegalle, Bärengalle, etc.) Tapferkeit; Mut; Schneid; Tollkühnheit. Basiert auf dem Glauben, das Organ des Tieres, das man verzehrt, würde das entsprechende Organ im eigenen Körper stärken oder heilen. Die Gallenblase regt angeblich zu Tapferkeit und Mut an. Von einer Person, die mutig oder tollkühn ist, sagt man, sie habe viel tierische Galle zu sich genommen. Je größer oder gefährlicher das Tier ist, desto mutiger bzw. ungestümer verhält sich die entsprechende Person. – Aus diesem Grund ist auch der sogenannte ›Acht-Peitschen-Trunk‹ bei chinesischen Männern sehr beliebt. In diesem Getränk schwimmen acht konservierte Tierpenisse, vorzugsweise von wilden Tieren. Gestärkt durch diesen Trunk (schon ein Schluck genügt), kann ein Mann wieder in die vollen gehen – so glaubt er jedenfalls.

hesun: Essigbaum, dessen Wurzel im Volksglauben heilkräftige und blutreinigende Wirkung zugeschrieben wird.

huangjiang: Soße aus gegorenen, gesalzenen Sojabohnen.

jianbing: eine Art Pfannkuchen.

jiaozi: chinesische Ravioli.

jimu: von *ji* – sammeln, aufstapeln und *mu* – Holz. ›Holzklötzchen, die aufgestapelt werden müssen‹; chinesisches Pendant zu Lego.

kang: Bett aus Stein für die ganze Familie; meist mit eingebautem Ofen; ca. einen Meter hoch; meist von drei Wänden umschlossen, kann nur von vorn bestiegen werden.

Kaste: ein Begriff, der in Anlehnung an das hinduistische Kastensystem in Indien den Unterschied zwischen sozialen Gruppen kennzeichnen soll. Zu der höchsten Kaste gehörten Parteifunktionäre, Intellektuelle, prominente Schauspieler, Tänzer, Spitzensportler usw. Arbeiter bildeten die Mittelkaste; Bauern und andere Handarbeiter wurden zur niedrigsten Kaste gezählt. Obwohl im Vokabular der Regierung das Wort ›Kaste‹ nicht vorkam, spielte das Phänomen, auf das dieser Begriff verweist, im Alltag eine wesentliche Rolle. ›Klasse‹ war dagegen ein Begriff, den die Partei prinzipiell verwendete, um die Beziehung zwischen den sozialen Gruppen zu ›korrigieren‹. Das neue Klassensystem wurde vor allem während der Kulturrevolution mit großem Eifer propagiert, wobei die niedrigsten Kasten zu den höchsten Klassen erklärt und die höchste Kaste auf die unterste Sprosse der politischen Leiter gestoßen wurde. Parolen wie ›Arbeiter, Bauern und Soldaten sind die Führer des Landes‹ hingen an jeder Straßenecke und schallten in ganz China aus den Lautsprechern. Zu

Maos großem Ärger, der auf seiner Verkehrsinsel stand und rief, die Erde müsse ihren Lauf ändern, setzte sich das Klassensystem nicht durch: Das traditionelle Kastensystem bestimmte weiterhin so gut wie fast alle Facetten des Zusammenlebens.

Klasse – siehe *Kaste*

Kotau (kowtow): von *kow* – mit etwas Weichem auf etwas Hartes schlagen und *tow* – Kopf. Art der Begrüßung oder des Bittens, bei der man sich hinkniet, beide Hände auf den Boden legt und sich mit dem Kopf dem Boden nähert oder ihn berührt. Je lauter und heftiger der Kopf auf den Boden klopft oder schlägt, desto größer ist die Ehrfurcht oder die Verzweiflung, die zum Ausdruck gebracht werden soll.

mao: chinesische Geldeinheit, im Geldwert etwa vergleichbar mit zehn Pfennigen.

mantou: gedämpftes rundes Brötchen aus Weizenmehl; ein *mantou* ist weder salzig noch süß. Der Teig bleibt leicht an den Zähnen kleben, weil er durch das Dämpfen sehr feucht wird.

ning-en: mit den Nägeln von Daumen und Zeigefinger in ein Stück Haut am Arm oder einem anderen entblößten Körperteil kneifen, sich vergewissern, daß die Haut fest zwischen den Nägeln eingeklemmt ist und sie dann zwirbeln. Die Haut wird erst dann losgelassen, wenn die Schmerzensschreie des Opfers unerträglich werden.

pia: eine Art Kuchen, meist gefüllt mit gerösteten und gesüßten Sesamkörnern, Nüssen oder Bohnenpaste.

piao: großer Schöpflöffel aus einer getrockneten und ausgehöhlten Kalebasse.

Qi-Strom: von *qi* – Atem, Lebensodem. *Der Qi-Strom fließt nicht mit einem* bedeutet, man hat es nicht gut getroffen; das Schicksal meint es nicht gut mit einem. Wenn man Pech hat, sagt man: Der Qi, der Atem, der in mir und um mich ist, ist trübe geworden.

Regen und Wolken / die Sache des Regens und der Wolken betreiben: Geschlechtsverkehr haben. Wolken symbolisieren die weiblichen Körpersäfte und Regen den männlichen Samen. Die Vermischung von Regen und Wolken bedeutet auch Orgasmus.

Reihenzimmer: kleine, kasernenartige Wohnungen.

Rosa Vorfall: von allen verabscheute Liebesaffäre. Da die Farbe Rot die von der Gesellschaft akzeptierte Liebe symbolisiert, gilt die hellere Variante als Symbol für die nicht tolerierte Liebe.

Schlangengeister und Rinderteufel: gängiges Schimpfwort während der Kulturrevolution. Man wollte damit ausdrücken, böse Geister seien in die Gestalt der (an sich guten) Rinder und Schlangen geschlüpft, um so die Welt hinters Licht zu führen.

schleudern / hinter den Kopf schleudern; in die Luft werfen: etwas hinter sich lassen; (angeblich) plötzlich etwas vergessen; ignorieren; wegwischen.

Sieben Gefühle und sechs Verlangen: Begriff aus der buddhistischen Lehre, der bedeutete, daß man Gefühle und Verlangen überwinden muß, um ins Nirwana zu gelangen. Der Begriff ›Verlangen‹ bedeutet hier nicht nur ›Verlangen nach etwas empfinden‹, sondern auch ›die Art und Weise, in der sich dieses Verlangen manifestiert oder ausdrückt‹. Die sieben Gefühle sind: Glück, Wut, Sorge, Angst, Liebe, Haß und Sehnsucht. Die sechs Verlangen sind: 1. Farben und Sexualität, 2. Form und Mimik, 3. stolze Haltung und gutes Aussehen, 4. Worte, Sprache und Töne, 5. Glätte und Feinheit der Haut, 6. das äußere Erscheinungsbild.

Sohn des Drachen: der Kaiser. Das Staatsoberhaupt galt nicht als Mensch, sondern als ein Drachenjunges; nur diese Reptilienart hatte das himmlische Mandat, das Land zu regieren.

tongxinglian: von *tong* – dasselbe, *xing* – Geschlecht und *lian* – lieben. Homosexualität. Ein zweites Homonym von *xing* bedeutet ›Familienname‹; daher Lians irrtümliche Interpretation ›Menschen mit demselben Familiennamen, die einander lieben‹.

Wenyan: chinesische Schriftsprache, die bis zur Bewegung des 4. Mai im Jahr 1919 allgemein in Gebrauch war. Sie unterschied sich so stark von der gesprochenen Sprache, daß z. B. ein Schmied einen Dolmetscher brauchte, um den einfachsten Beamten zu verstehen.

yaojing: eine Art Hexe oder Zauberin, die in den verschiedensten Gestalten auftreten kann: als verführerische junge Frau, als unschuldiges junges Mädchen, als Biest, Mörderin oder anderes – ganz nach Wunsch desjenigen, der sie beschwört.

yuan: offizielle Bezeichnung für die chinesische Geldeinheit Kuai. Im Geldwert etwa vergleichbar mit der deutschen Mark. 1 *yuan* = 10 *mao* = 100 *fen*.

zaofanpai: von *zao* – machen, *fan* – umkehren; *pai* – Gruppierung. Linksradikale während der Kulturrevolution, deren wichtigstes Ziel es war, die bestehende Ordnung auf den Kopf zu stellen.

zuojia: Schriftsteller, auch Homonym von ›zu Hause sitzen‹; daher auch ›Stubenhocker‹.

Stefanie Zweig

Nirgendwo in Afrika

Mit phantasievollen Bildern und einer wunderbar poetischen Sprache beschreibt Stefanie Zweig in ihrem Romandebüt die Emigration ihrer Familie nach Kenia.

»Eine literarische Liebeserklärung – vor literarischem Hintergrund.«
 HAMBURGER ABENDBLATT

01/10261

Heyne-Taschenbücher

Tania Blixen

Jenseits von Afrika

Tania Blixen, die große dänische Erzählerin, hat eines der lebendigsten und poetischsten Bücher verfaßt, das je über Afrika geschrieben wurde.

»... ein sehr konzentriertes Buch, wie ein Mythos.«
Doris Lessing

Gleichzeitig als lesefreundliche Großdruck-Ausgabe lieferbar:

21/1

01/8390

Heyne-Taschenbücher

Johanna Carlany

Keiner schlafe

Er ist charmant, fröhlich, intelligent. Niemand ahnt, daß er ein entsetzliches Geheimnis in sich trägt – ein Geheimnis, das nicht einmal er selbst kennt. Doch dann holt der Schatten der Vergangenheit ihn ein. Das Unfaßbare geschieht.

»Ein tiefbewegender, großer Tatsachenroman.«
    BERLINER MORGENPOST

»Ein Roman, der unter die Haut geht.«
    WELT DER FRAU

01/9850

Heyne-Taschenbücher

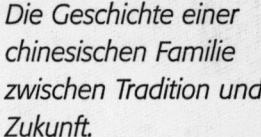

Denise Chong

Die Kinder der Konkubine

Die Geschichte einer chinesischen Familie zwischen Tradition und Zukunft.

»Die Autorin ist die Enkelin der Konkubine May-Ying, die 1924 mit 17 an den in Vancouver lebenden 37jährigen Chan Sam verkauft wurde und dort ihr Schicksal selbst in die Hand nimmt.

Wie sie sich in schweren Zeiten über Wasser hält und wie die übrige Familie derweil in China lebt, das ist authentisch erzählt und lesenswert.«
BUCHMARKT

01/10355

Heyne-Taschenbücher